피의 수확

김민수 옮김

서울에서 나고 자라 한국과 미국에서 공부했다. 옮긴 책으로는 스탠리 엘린의 『특별 요리』, 라즈 채스트의 『우리 딴 얘기 좀 하면 안 돼?』 등이 있다.

BLOOD HARVEST

Copyright © S.J. Bolton 2010

All rights reserved.

Korean translation copyright © 2019 by MUNHAKDONGNE Publishing Corp.

Korean translation rights arranged with THE BUCKMAN AGENCY through EYA(Eric Yang Agency).

이 책의 한국어판 저작권은 EYA(에릭양 에이전시)를 통한 THE BUCKMAN AGENCY사와의 독점 계약으로 한국어 판권을 '엘릭시르, (주)문학동네'가 소유합니다.

저작권법에 의하여 한국 내에서 보호를 받는 저작물이므로 무단 전재와 무단 복제를 금합니다.

이 도서의 국립중앙도서관 출판예정도서목록(CIP)은 서지정보유통지원시스템 홈페이지(http://seoji.nl.go.kr)와 국가자료공동목록시스템(http://www.nl.go.kr/kolisnet)에서 이용하실 수 있습니다.

(CIP제어번호: CIP2019019508)

BLOOD
HARVEST

피의
수확

샤론 볼턴
장편소설

김민수 옮김

엘릭시르

옮긴이 일러두기

성공회 관련 용어들은 다음과 같은 기준을 적용하여 옮겼다.

1. 영국 성공회가 천주교회와 큰 차이 없이 사용하는 용어들은 한국천주교중앙협의회와 대한
   성공회의 용어를 참고하여 옮겼다. 또한 교구사제의 호칭은 영국 내 인식 및 같은 영어권인
   미국 성공회와 캐나다 성공회와의 공통점과 차이점을 두루 참고하여 '목사'로 옮겼다.

2. 그 외의 성경 표현의 경우 한국 천주교회와 개신교회가 공동으로 구성한 성서공동번역위원
   회가 1977년 편찬한 한국어 성경(공동번역 성경)을 참고하여 옮겼다.

차례

무어 황야의 언덕마루에
커다랗고 반짝거리는 새집을 지은
쿠퍼 씨 가족에게 이 책을 바칩니다.

괴물이 되지 않기 위해서는
괴물과 싸우지 말아야 한다.
또한 심연을 응시하는 자는
자신의 내면을 응시하는
심연의 시선을 마주하게 된다.

독일 철학자 프리드리히 니체
(1844~1900)

"한동안 우리를 지켜보고 있었어요."

"계속해, 톰."

"어떨 땐 항상 거기 있는 것 같아요. 돌더미 뒤나 탑 아래 그늘이 나 오래된 무덤들 아래에요. 참 잘 숨어요."

"잘 숨는 건 분명한 것 같구나."

"눈치도 못 채고 있는데 아주 가까이 올 때도 있어요. 뭔가 생각하고 있을 때 갑자기 나한테 말하는 거예요. 잠깐이지만 깜짝 놀라서 완전히 속아요. 그 목소리를 들으면 진짜로 동생이나 엄마가 구석에 숨어 있다가 말한 거라고 믿게 되거든요."

"그런데 그게 아니라는 걸 깨닫게 되니?"

"네. 동생이나 엄마가 아니라 그 애인 거예요. 여러 가지 목소리를 갖고 있는 그 여자아이요. 그런데 고개를 돌리면 없어져 있어요.

진짜 빨리 돌리면 잠깐 볼 수는 있을지 몰라요. 보통은 아무것도 없어요. 목소리 듣기 전이랑 똑같아요. 하지만……."

"하지만 뭐?"

"하지만 예전이랑은 다르게, 세상에 비밀이 있는 것 같은 그런 느낌이 들어요. 그리고 속이 답답하게 뭉친 느낌이 드는데……. 뭐냐면, 이런 느낌이에요. 또 그 아이야. 그 아이가 지켜보고 있어."

프롤로그

11월 3일

그렇다. 그 일이 실제로 일어났던 것이다. 이제 와서야 깨달은 것이지만 그는 예전부터 두려워하고 있었다. 최악의 상황이 벌어진 지금, 더이상은 모르는 척할 필요가 없다는 게 어찌 보면 구원이었다. 그가 딴청을 부리며 이 마을이 마치 평범한 곳인 양, 이곳 주민들이 마치 보통 사람인 양하는 것을 이제는 아마도 멈출 수 있을 것이다. 해리는 숨을 깊이 들이마셨다. 하수구와 축축한 토양과 두꺼운 비닐의 냄새가 죽음의 냄새 같았다.

이 미터가 채 안 되는 거리에 있는 두개골은 아주 작아 보였다. 그의 손아귀에 쏙 들어갈 정도로 작았다. 두개골만큼 끔찍스러운, 아니 더 끔찍한 것은 손이었다. 뼛조각들이 결합조직에 떨어질락 말락 붙어 있는 그 손은 땅 밑에서 기어나오려는 듯한 모양새로 진흙에 반쯤 파묻혀 있었다.

해리의 머리 위에 쳐진 비닐 장막으로 빗줄기가 총성처럼 울리며 내리꽂혔다. 무어 황야에 불어치는 바람은 폭풍에 가까울 정도로 세차서 경찰의 간이 텐트가 제대로 막아주기를 바라는 것은 어리석은 일이었다. 그가 차를 주차했을 때가 오전 3시 17분. 삼 분이 채 지나지 않았다. 아무리 밤이라도 이토록 어두울 수 있을까? 해리는 자신이 눈을 감고 있음을 깨달았다.

두 사람이 안쪽의 경찰 통제선에 다다를 때까지 러시턴 총경의 손이 해리의 팔에 얹혀 있었다. 더이상의 진입은 허용되지 않았다. 텐트 안에는 둘 외에 여섯 명이 있었다. 모두 동일한 모양의 흰 셔츠와 후드 티셔츠, 그리고 해리와 러시턴도 방금 신은 웰링턴 장화를 신고 있었다.

해리는 몸의 떨림을 느꼈다. 눈을 감고 있는 그의 귀에 텐트 천장을 고집스럽게 두들기는 빗소리가 들렸다. 자신을 잡고 있는 손도 여전히 느껴졌다. 그는 몸이 홀렁 흔들리는 것을 느끼고 눈을 뜨려던 차에 자칫 균형을 잃을 뻔했다.

"뒤로 잠깐 물러서요, 해리. 매트에서 벗어나지 말고." 러시턴이 말했다. 해리는 고분고분 따랐다. 그의 몸이 걸맞지 않게 웃자란 느낌이 들었다. 빌려 신은 장화는 견디기 힘들 정도로 빡빡했고 옷은 찰싹 들러붙어 있었으며 머릿속 뼈들은 너무 가냘프게 느껴졌다. 비바람 소리가 싸구려 영화의 배경음악처럼 계속 울렸다. 한밤중에 어울리지 않게 조명이 너무 밝았고 주변이 시끄러웠다. 두개골이 몸통에서 떨어져 나와 있었다. 해리의 눈에 흉곽이 보였다. 너무나 작은 흉곽 위에는 아직 옷이 걸쳐져 있었고 조명 아래서 작은 단추들이 반들반들 빛났다. "다른 시신은 어디 있습니까?" 그가 물었다.

피의 수확

러시턴 총경이 고개를 까닥이더니 진흙 위에 징검다리처럼 놓인 알루미늄 격자판으로 그를 이끌었다. 두 사람은 교회 담을 따라 걸었다. "잘 보면서 걸어요, 젊은 양반. 이 부근 전체가 완전히 엉망진 창이니까. 자, 보입니까?"

그들은 경찰 통제선 끝머리에서 멈췄다. 훼손되지는 않았지만 첫째로 본 시신보다 커 보이지 않는 시신이 있었다. 얼굴은 진흙 바닥에 잠겼다. 왼발에 작은 웰링턴 장화 한 짝이 신겨 있었다.

"세 번째 시신은 담 옆에 있어요. 비석들에 반쯤 가려져 있어서 잘 안 보일 겁니다."

"이번에도 어린아이인가요?" 텐트 위로 느슨하게 늘어진 비닐 자락이 바람에 너무나 세차게 펄럭여 상대에게 들리도록 말하려면 거의 고함을 쳐야 했다.

"그런 것 같습니다." 러시턴의 안경이 빗방울로 얼룩져 있었다. 텐트에 들어선 뒤에도 총경은 안경을 닦지 않았다. 사물을 뚜렷하게 볼 수 없다는 사실이 고마운지도 모른다. "벽이 무너진 곳이 보입니까?"

해리가 고개를 끄덕였다. 플레처가※의 소유지와 교회 경내를 가르는 약 삼 미터 길이의 벽돌담이 무너지는 바람에 담 한쪽에 쌓여 있던 흙더미가 작은 산사태라도 일어난 것처럼 허물어져 정원 쪽으로 쏟아져 있었다. 눈이 시리도록 환한 인공조명 속에 드러난 모습을 보며 해리는 여인의 긴 머리채를 떠올렸다.

"담이 무너졌을 때 경내 묘지가 피해를 입었어요. 그중 하나가 어린아이의 무덤이었지. 루시 픽업이라는 여자애의 무덤인데, 문제가 생겼어요. 우리가 가지고 있는 정보에 따르면 무덤 속에는 루시만 있어야 합니다. 그 아이를 묻기 위해 십 년 전에 새로 판 무덤이거든요."

"알고 있습니다. 하지만 그렇다면…….." 해리가 앞에 펼쳐진 모습에 시선을 돌렸다.

"무슨 문제인지 알겠지요?" 러시턴이 말을 받았다. "루시가 홀로 묻혔다면, 다른 두 아이는 대체 누구라는 건지."

"제가 잠시 아이들과 함께해도 괜찮겠습니까?" 해리가 물었다.

러시턴이 눈을 가늘게 떴다. 그는 작은 시신들로부터 시선을 거둬 해리를 보았다가 다시 시선을 돌렸다.

"이곳은 신성한 장소입니다." 해리가 혼잣말처럼 나직이 말했다.

러시턴이 그에게서 몇 발짝 떨어졌다. "여러분!" 그가 소리쳤다.

"잠시 조용히 해주시기 바랍니다. 목사님을 위해서요." 사건 현장에 있는 경찰들이 고개를 들었다. 그중 한 명이 항의하기 위해 입을 벌리다 브라이언 러시턴의 표정에 입을 다물었다. 해리는 감사하다고 작게 말하며 앞으로 발을 내디뎠고 누군가의 손이 그의 팔을 건드려 멈추게 할 때까지 접근 금지 구역으로 다가갔다. 그에게서 가장 가까이 있는 시신의 두개골은 심하게 훼손되어 있었다. 거의 3분의 1이 사라진 듯했다. 루시 픽업이 어떻게 세상을 떴는지 이야기를 들은 기억이 났다. 해리는 주변의 모든 이가 미동 없이 서 있음을 느끼며 숨을 깊이 들이마셨다. 몇 명은 그를 바라보고 있었고 나머지는 고개를 숙였다. 그는 오른손을 들어 성호를 긋기 시작했다. 위로, 아래로, 그의 왼쪽으로. 그가 퍼뜩 멈췄다. 조명이 바로 위에 있었고, 사건 현장에 보다 가까워진 탓에 세 번째 시신이 아까보다 잘 보였다. 작고 가냘픈 형체의 목을 자수로 무늬를 놓은 듯한 뭔가가 감싸고 있었다. 작은 고슴도치와 토끼, 보닛 모자를 쓴 오리 무늬. 피터 래빗 이야기를 지은 동화 작가 베아트릭스 포터의 캐릭터들이었다.

해리는 입에서 무슨 말이 튀어나오는지도 제대로 알지 못한 채로 중얼거리기 시작했다. 죽은 영혼을 위한 짧은 기도였을 수도 있고 아니면 별 의미 없는 헛소리를 지껄였을 수도 있다. 사람들이 사건 현장에서 일을 다시 하기 시작한 걸 보니 그가 말을 끝마친 것이 분명했다. 러시턴이 그의 팔을 토닥인 후 텐트 밖으로 이끌었다. 해리는 자신이 충격에 휩싸였음을 의식하며 아무 저항 없이 뒤를 따랐다.

한 시신만을 품고 있었어야 할 무덤 하나에서 나온 세 구의 작은 시신. 신원 미상의 아이 두 명이 루시 픽업의 마지막 휴식 장소를 나눠 쓰고 있었다. 그중 한 명은 더이상 신원 미상이 아니었다. 적어도 그에게는 아니었다. 베아트릭스 포터의 캐릭터가 그려진 잠옷을 입은 아이. 그 여자아이가 누군지, 그는 알고 있었다.

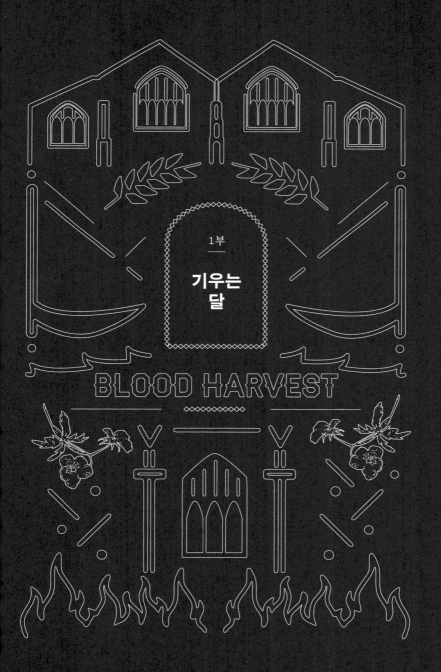

1부

기우는
달

BLOOD HARVEST

1

9월 4일 (아홉 주 전)

　플레처 가족이 반짝반짝한 새집을 커다랗게 지은 곳은 무어 황야의 언덕마루, 시간도 흐르는 것을 잊은 듯한 동네였다. 현금이 간절한 교구에서 처분하고 싶어 한 크지도 작지도 않은 땅에 지은 새집은 두 채의 교회(한 채는 오래된 교회, 다른 한 채는 아주 오래된 교회)와 가까워서 침실 창문 밖으로 몸을 기울이면 오랜 옛날에 지어진 교회 탑 표면에 손이 닿을 듯했다. 새집 정원의 세 면은 '더이상 바랄 나위가 없을 정도로 조용한 이웃들'과 맞닿아 있었는데, 그 표현은 열 살배기 톰 플레처가 좋아하던 농담이기도 했다. 그 말이 농인 이유는 다름 아닌 그들의 새집이 묘지 한가운데에 있었기 때문이다. 플레처 가족은 좀더 잘 알아봤어야 했다.

　그래도 막 이사 왔을 때 톰과 동생 조는 완전히 신이 났다. 새집에는 갓 칠한 페인트 냄새를 풍기는 자기들만의 커다란 침실이 있었다. 집밖에는 나무딸기 덩굴이 얽힌, 부서질 듯한 돌담에 싸인 교회 마당이 있었는데 동화 속에서나 가능한 모험이 숨어 있을 것 같은 모습이었다. 반면 집안에는 해가 하늘의 어디메에 있는지에 따라 온갖 농담의 노란색으로 반들반들 빛나는 거실이 있었다. 집밖에는 오래된 아치식 통로가 하늘로 치솟아 있었고, 늙은데다 담벼락 따위가 없어도 혼자 서 있을 만큼 뻣뻣한 아이비 덩굴 안에는 굴 같은 아늑한 공간들이 있었으며, 여섯 살배기 조가 푹 파묻힐 만큼 키가 큰 풀밭이 있었다. 집안은 부모의 개성이 스며들면서 모든 방에 신선한 색채와 벽걸이 그림과 동물 조각상이 자리잡았다. 톰과 조는 교회 마당을 자기들 세상으로 삼았다.

여름방학의 마지막날, 톰은 잭슨 레이놀즈(1875-1945)의 무덤 위에 누워 오래된 돌의 온기를 빨아들이고 있었다. 하늘은 엄마가 가장 좋아하는 물감 색깔인 콘플라워블루였고 태양은 이른 아침부터 고개를 쑥 내밀고 자기 할 일을 충실히 하고 있었다. 조가 으레 말하듯, "햇빛 쨍쨍한 날"이었다.

무엇이 변한 건지 딱 집어 말할 수는 없다. 블랙번 로버스 축구팀에 지원하려면 몇 살이 되어야 하나 생각하면서 기분 좋고 따뜻하고 행복한 상태에 젖어 있던 톰의 기분이 어째서 안 좋아진 걸까. 하지만 갑자기, 순식간에, 축구란 것이 그리 중요하지 않은 것처럼 느껴졌다. 딱히 잘못된 것은 없었지만 톰은 그저 몸을 일으켜 앉고 싶었다. 근처에 뭐가 있는지 보고 싶었다. 만약 누군가가……

멍청하긴! 몸을 세워 앉은 톰은 주변을 둘러보며 어떻게 조가 또 몸을 숨길 수 있었을까 생각했다. 공동묘지는 아래로 내려갈수록 가팔라지는 언덕에 축구장만큼 길게 뻗어 있었다. 묘지 아래로 테라스가 딸린 주택이 몇 줄 늘어서 있었고 그다음엔 밭이 있었다. 그 너머, 언덕 아래 평지에는 굿쇼브리지라는 이웃 마을이 자리잡고 있었다. 월요일에 그곳에서 톰과 조는 새 학기를 시작하게 될 것이다. 골짜기 너머로는 무어 황야가 펼쳐졌다. 끝이 없는 듯한 무어 황야였다.

톰의 아빠는 무어 황야와 야생 지대와 장대하고 예측이 전혀 불가능한 영국 북부를 너무나 사랑한다고 즐겨 말하곤 했다. 톰도 아빠에게 동의했다. 그도 그럴 것이, 그는 열 살에 지나지 않으니까. 하지만 속으로는 '예측 가능한(사전을 찾아봐서 뜻을 알았다)' 전원 지역이 그리 나쁜 것일까 생각하곤 했다. 때때로 톰에게는 새집 주변의 무어 황야가 약간은, 좀 지나치게, 예측 불가능해 보였다. 그렇지만 그 말을 결코 입 밖으로는 내고 싶지 않았다.

물론 그는 바보였다. 두말할 필요도 없었다.

하지만 어째서인지 톰에게는 처음 보는 돌무덤이나 전에는 없던 작은 골짜기나 밤새 생겨난 듯한 한 무더기의 히스나 나무숲이 걸핏하면 눈에 띄었다. 때때로 구름이 하늘에서 빠르게 흐르고 구름 그림자가 경주하듯 땅 위를 달릴 때면, 무어 황야에 잔물결이 이는 것처럼 보였다. 마치 수면 밑에 무언가가 있을 때 물이 넘실거리거나 잠자던 괴물이 잠에서 깨어나려 할 때 뒤척이는 것처럼 말이다. 그리고 태양이 골짜기 너머로 지고 어둠이 내릴 때면 주변의 무어 황야가 조여들고 있다고 생각하지 않을 수 없을 때가 이따금 있었다.

"톰!" 공동묘지의 한쪽에서 조가 소리쳤다. 조가 부르는 소리가 반가울 때가 다 있다니! 깔고 앉았던 돌은 이미 차갑게 식었고 머리 위에는 구름이 끼었다.

"톰!" 조가 다시 톰을 불렀다. 이번엔 바로 톰의 귀에 대고. 와, 조. 엄청 빠르게 왔는데? 톰이 펄쩍 뛰며 주위를 둘러보았다. 조는 없었다.

교회 마당 가장자리에 심긴 나무들이 부르르 떨기 시작했다. 바람이 다시 일었다. 무어 황야에 제대로 바람이 일면 막을 자가 없다. 무언가로 막히거나 가려진 구석빼기에도 바람은 어김없이 들이쳤다. 톰 근처의 덤불 속에서 무엇인가가 움직였다.

"조." 톰의 목소리는 의도한 것보다 더 나직했다. 누군가가 덤불 속에 숨어 자신을 보고 있을지도 모른다는 사실이 진짜 싫었기 때문이다. 그 누군가가 설사 조라 할지라도. 톰은 앉은 채로 커다랗고 윤기 나는 녹색 잎사귀들을 쳐다보며 그것들이 다시 움직이기를 기다렸다. 키가 크고 늙고 굵은 월계수에 난 잎사귀들이었다. 바람이 일기 시작한 것이 분명한 듯, 나무 위편에서 이는 바람 소리가 귀에 들려왔다. 눈앞의 월계수 잎은 움직이지 않았다.

조가 가까이 있다고 생각하게 만든 건 이상한 메아리에 지나지 않았던 모양이다. 하지만 톰은 기묘한 기분이 들었다. 하면 안 되는 짓을 하다가 들켰을 때 느끼는 간질거림? 게다가 방금 목덜미 뒤에서 조의 숨결이 느껴지지 않았던가?

"조?" 톰이 동생의 이름을 다시 불렀다.

"조?" 자신의 목소리가 되돌아왔다. 톰은 두 발짝쯤 물러서다가 비석에 부딪혔다. 주위를 둘러보고 근처에 아무도 없음을 거듭 확인한 후 땅바닥에 웅크렸다.

이렇게 아래쪽에서 보면 월계수 관목의 잎사귀가 덜 빼곡했다. 쐐기풀 사이로 잎이 달리지 않은 나뭇가지가 여러 줄기 보였다. 뭔가 다른 것도 보였는데, 무슨 모양인지 알아챌 수는 없었지만 식물이 아님은 알 수 있었다. 무엇 같은가 하면……. 저게 조금만 움직이면 더 잘 보일 텐데. 헉! 발인가? 커다랗고 아주 더러운 인간의 발 같았다!

"톰, 톰, 여기 와서 이것 좀 봐봐!" 동생이 소리쳤다. 이번엔 몇 킬로미터나 떨어진 곳에서 들리는 것 같았다. 톰은 동생이 다시 부를 때까지 기다리지 않고 벌떡 일어나 동생의 목소리가 들려온 방향으로 내달렸다.

조는 자기네 정원과 교회 마당을 가르는 담벼락 발치께에 웅크려 있었다. 무덤 하나를 쳐다보고 있었는데 주변의 많은 다른 무덤보다 나중에 생긴 것 같은 무덤이었다. 무덤 발치에는 석상 하나가 비석을 마주하며 서 있었다.

"이것 봐봐, 톰." 톰이 달음박질을 멈추기도 전에 조가 입을 열었다. "여자애야. 인형을 들고 있어."

톰이 몸을 구부렸다. 약 삼십 센티미터 높이의 석상은 작고 통통한 여자아이의 모습으로, 곱슬머리에 파티 원피스를 입었다. 톰은 손을 뻗어 석상에 자라고 있는 이끼를 조금 긁어냈다. 석공은 여자애에게 잘 조각된 신을 신겨주었고 팔에는 작은 인형을 들려주었다.

"여자애들이네. 여자애들을 위한 무덤이야." 조가 말했다.

톰이 시선을 올렸다. 조가 바로 맞혔다. 하나만 빼고. 비석에 새겨진 이름은 루시 하나였다. 이름이 더 있을지도 모르지만 루시라고 새겨진 부분 아래는 아이비로 덮여 있었다. "여자애 한 명이야. 루시래." 톰이 말했다.

톰은 날짜를 보기 위해 비석 위로 자란 아이비를 당겨 치웠다. 루시가 죽은 것은 십 년 전이었다. 두 살밖에 안 된 어린아이였다. "제니퍼 픽업과 마이클 픽업의 사랑받은 아이"라고 새겨져 있었다. 다른 말은 없었다.

"루시뿐이야." 톰이 되풀이했다. "이제 가자."

톰은 조심스레 쐐기풀을 피하고 나무딸기를 헤치며 키 큰 풀 사이로 길을 만들기 시작했다. 뒤쪽에서 풀잎이 헤쳐지며 부스럭부스럭 소리가 들려와 조가 따라오고 있음을 알았다. 언덕을 오르니 옛 교회 터의 담이 눈에 들어왔다.

"톰." 조가 말했다. 목소리가 왠지 이상하게 들렸다.

톰은 걸음을 멈췄다. 바로 뒤에서 풀잎이 움직이는 소리가 들렸지만 뒤로 돌아서지 않았다. 그저 그 자리에 서서 황폐한 교회 탑을 바라보았지만 시선을 탑에 못 박은 것일 뿐 실제로 탑을 보고 있는 것은 아니었다. 대신 어째서 돌아서서 동생을 마주하기가 갑자기 겁나는 걸까 의아해하고 있었다.

톰이 돌아섰다. 주위에는 키 큰 비석들 외에는 아무것도 없었다. 저도 모르게 양 주먹에 힘이 들어갔다. 재미있지 않아. 하나도 재미있지 않다고. 그리고 몇 미터 너머의 관목들이 다시 움직이더니 조가 나타났다. 형에게 뒤떨어지지 않겠다는 듯 풀을 뚫고 빨개진 얼굴로 헉헉대며 달려오고 있었다. 조가 점점 다가와 이윽고 형을 따라잡고는 멈춰 섰다.

"왜 그래?" 조가 말했다.

"누가 우릴 따라오는 거 같아." 톰이 속삭였다.

조는 형을 바라보기만 했다. 누가 따라오는지, 어디에 있는지, 톰이 그것을 어찌 아는지 묻지도 않았다. 톰이 동생의 팔을 잡았다. 그들은 집으로 돌아갈 것이다. 지금 당장.

안타깝게도 그럴 운명이 아니었던 듯했다. 언덕을 따라 자리잡은 공동묘지와 옛 교회 터를 분리하는 담벼락 위에 여섯 명의 사내아이가 볼링 핀처럼 한 줄로 나란히 서서 형제를 보고 있었다. 톰은 심장 박동이 빨라지는 것을 느꼈다. 담 위에 선 여섯 명의 사내애 외에도 아마도 가까이에 한 명이 더 있을 것이다.

체구가 가장 큰 소년이 한쪽 끝이 둘로 갈라진 굵은 나뭇가지를 들고 있었다. 톰은 자기 쪽으로 매섭게 날아온 미사일을 보지 못했지만 얼굴 옆으로 휙 하고 나는 소리는 들었다. 눈에 띄는 자주색과 파란색의 축구팀 셔츠를 입은 다른 소년 하나도 겨냥을 하고 있었다. 조가 형보다 나은 반사 신경을 발휘하며 커다란 비석 뒤로 몸을 던졌다. 톰도 그 뒤를 따랐고 가까스로 공격을 피했다.

"누구야?" 머리 위로 돌멩이가 또 하나 날았을 때 조가 속삭여 물었다.

"학교 애들이야. 두 명은 우리 학년이야."

"우리한테 왜 이러는 거야?" 평소에도 창백한 조의 낯빛이 더 하얘졌다.

"나도 몰라." 하지만 톰은 알았다. 그중 한 명이 톰을 괴롭히려고 하는 것이다. 나머지 소년은 자기 친구를 돕고 있을 따름이었다. 커다란 돌멩이가 비석 가장자리에 부딪혔고 톰은 돌가루가 날리는 것을 보았다. "번리 팀 셔츠를 입은 게 제이크 놀스야." 톰이 마지못한 투로 말했다.

"톰이랑 싸웠던 사람? 톰이 교장실에 불려갔을 때? 자기 아빠한테 톰을 퇴학시키라고 했던 그 애야?"

톰이 몸을 웅크리며 앞으로 내밀었다. 키 큰 풀잎이 머리를 가려 주기를 바라며 비석 너머를 내다보았다. 톰과 같은 학년인 또 다른 소년 빌리 애스핀이 조가 좀 전에 발견한 어린 소녀의 무덤 근처에 엉겨 붙은 나무딸기 덤불을 가리키고 있었다. 톰이 조를 뒤돌아보았다. "지금 여기 안 보고 있어. 빨리 가야 돼. 따라와."

톰이 우뚝 솟은 커다란 무덤을 향해 튀어나갔고 조가 뒤에 딱 붙어 형을 따랐다. 둘은 언덕에서 가장 큰 무덤 중 하나에 무사히 다다랐다. 돌멩이들이 대기를 뚫고 날아왔지만, 철제 울타리로 둘러싸인 커다란 석조 구조물 뒤에 숨은 톰과 조는 안전했다. 무덤엔 철제 대문이 달려 있었고 그 뒤에는 구조물 안으로 이어지는 나무문이 있었다. 형제의 아버지가 가족 묘지라고 가르쳐준 그 구조물은 언덕배기 안으로 뚫려 있었다. 널찍한 내부에는 여러 자손의 관을 놓을 선반들이 달려 있을 것이다.

"녀석들이 갈라졌어! 너희 둘은 날 따라와!" 담벼락에서 고함소리가 들렸다.

톰과 조는 서로를 보았다. 둘은 지금도 조의 숨결이 톰의 얼굴에 닿을 정도로 가까이 있는데 어째서 형제가 갈라졌다는 걸까.

"멍청이들." 조가 말했다.

톰이 납골당 뒤에서 앞으로 몸을 뺐다. 사내애 세 명이 담벼락을 따라 루시 픽업의 무덤으로 향하고 있었다. 다른 아이들은 여전히 둘 쪽을 바라보고 있었다.

"지금 나는 소리가 뭐야?" 조가 물었다.

"바람?" 들어보지도 않고 톰이 말했다. 상당히 안전한 짐작이었다.

"바람 아니야. 음악이야."

조가 옳았다. 확실히 음악이었다. 안정된 리듬의 낮은 음악. 남자의 깊은 목소리가 노래를 부르고 있었다. 멍청이들도 들은 모양이었다. 그중 한 명이 몸을 낮추더니 길 쪽으로 뛰어갔다. 나머지도 뒤따랐다. 음악은 점점 커졌고 톰은 자동차 엔진 소리를 들을 수 있었다.

존 리 후커. 아빠는 그 사람 CD를 여러 장 가지고 있었고 엄마가 외출했을 때 아주 크게 틀곤 했다. 바로 그 존 리 후커의 음악을 누가 카스테레오로 튼 채 차를 몰며 언덕을 올라오고 있었다. 몸을 빼기에 절호의 기회였다. 톰은 가족 묘지의 안전한 공간에서 벗어나 옆으로 발걸음을 옮겼다.

제이크 놀스만 보였다. 그가 주위를 둘러보다 톰을 보았다. 톰은 이번에는 숨지 못했다. 두 사내아이 모두 이제 게임은 끝났음을 알았다. 하지만……

"쟤, 톰의 야구 방망이를 갖고 있어. 뭐하는 거지?" 톰을 따라 모습을 드러낸 조가 말했다.

제이크는 톰의 야구 방망이뿐 아니라 톰의 공도 가지고 있었다. 커다랗고 무거운 빨간 공이었다. "이 공을 건물 주변, 특히 창문 달린 건물 근처에서 가지고 놀았다간 길고 고통스러운 죽음을 맞게 될 거야. 알아들었어?"(엄마는 심각한 기분일 때 이런 식으로 얘기한다) 엄마에게 이런 준엄한 경고를 듣게 했던, 바로 그 공이었다. 톰과 조는 아까 교회 옆에서 캐치볼을 연습했다. 형제가 담벼락 근처에 팽개친 방망이와 공을 제이크가 손에 넣은 것이다.

"훔쳐가는 거야. 경찰에 전화하면 되겠다."

"아닐걸." 톰이 말했다. 제이크가 몸을 틀어 교회를 마주했다. 톰은 제이크가 공중에 부드럽게 공을 띄우는 모습을 지켜보았다. 제이크가 방망이를 세게 휘둘렀다. 공은 대기 사이로 날아가 교회 측면의 거대한 스테인드글라스를 뚫고 사라졌다. 자동차 엔진이 꺼지고 음악이 멎는 동시에 파란색 유리창이 산산조각 났고 제이크는 친구들을 따라 도망갔다.

"왜 저런 짓을 하지? 창문을 깼어. 죽도록 맞을 텐데."

"아니, 맞는 건 저 애가 아니라 우리야." 톰이 말했다.

조는 잠시 형을 쳐다보다 그 말뜻을 바로 알아차렸다. 여섯 살에 지나지 않고 귀찮게 구는 동생이지만 멍청이는 아니었다.

"그건 불공평하잖아. 우리가 말하면 돼." 조의 작은 얼굴이 분노로 뒤틀렸다.

"어른들이 우리 말을 믿을 거 같아?" 새 학교에 다닌 여섯 주 동안 정학이 세 번, 교장실에 불려간 것이 두 번, 담임교사에게 심각하게 꾸지람을 들은 것이 여러 번이었다. 이제 아무도 톰을 믿지 않았다. 학급의 절반이 제이크 놀스의 편에 서서 열렬히 지지하는 상황인데 왜 톰을 믿어주겠는가. 제이크의 친구처럼 보이지 않는 아이들도 제이크와 그 일당이 무서운지 아무 말도 하지 않았다. 그후로 여섯 주 동안 제이크 놀스가 한 모든 짓거리에 톰이 대신 야단을 맞았다. 톰이야말로 멍청이인지도 몰랐다.

톰이 조의 손을 잡았고 형제는 최대한 속도를 내어 키 큰 풀잎을 헤치며 달렸다. 톰이 담벼락 위로 올라가 교회 경내 주변을 샅샅이 둘러본 후 몸을 숙여 조를 끌어올렸다. 제이크와 아이들은 어디에도 보이지 않았지만 옛 교회 터에는 숨을 곳이 백 군데는 있었다.

오래된 스포츠카가 교회 정문 바로 옆에 주차되어 있었다. 은빛 장식으로 잔뜩 꾸민 하늘색 차였다. 천으로 된 차의 지붕이 트렁크 위로 접혀 있었다. 남자 한 명이 조수석 쪽으로 몸을 기울여 글러브 박스를 뒤지다가 찾던 것을 손에 넣었는지 몸을 곧추세웠다. 서른넷이나 다섯 정도 되었을까? 톰의 아빠와 비슷한 연배로 보였는데 아빠보다 키는 컸지만 더 말랐다.

톰은 조에게 따라오라고 한 후 야구 방망이를 집은 뒤(남이 다 보는 곳에 증거를 남겨둘 이유는 없다) 냅다 뛰어 형제가 가장 좋아하는 은신처로 기어 들어갔다. 이사 온 지 얼마 되지 않아 발견한 곳이었다. 네 개의 돌기둥으로 커다란 직사각형 테이블 모양의 돌을 받친, 무덤이었다. 주변에 풀이 높이 자라 있어서 밑으로 들어가면 밖에서 전혀 보이지 않았다.

스포츠카 운전자가 차문을 열고 내렸다. 그가 교회 쪽으로 몸을 돌렸을 때 형제는 그의 머리카락이 엄마와 같은 색(붉은 기가 도는 금발인 스트로베리블론드. 생강빛이 아니라)인데다가 엄마처럼 곱슬이지만 짧게 쳐진 것을 보았다. 남자는 무릎까지 내려오는 반바지에 흰색 티셔츠를 입고 빨간색 크록스를 신었다. 그는 길을 건너 교회 경내로 들어섰다. 일단 들어선 뒤에는 멈춰 서서 그 자리에서 천천히 뒤로 돌아 자갈이 깔린 도로들과 테라스가 딸린 주택들, 두 채의 교회, 그 너머로 끝없이 펼쳐진 무어 황야를 바라보았다.

"전에 와본 적이 없나 봐." 조가 속삭였다.

톰이 고개를 끄덕였다. 낯선 남자는 형제 옆을 지나쳐 교회 현관에 다다랐다. 그가 주머니에서 열쇠를 꺼냈다. 잠시 후 문이 홀쩍 열렸고 그가 안으로 들어갔다. 제이크 놀스가 교회 경내의 입구에 나타난 것은 바로 그때였다. 톰은 일어나 주변을 둘러보았다. 빌리 애스핀이 형제 뒤에 있었다. 제이크의 나머지 일당이 비석 뒤에서, 그리고 담벼락을 기어올라 톰과 조의 눈앞에 모습을 드러냈다. 형제는 포위되었다.

2

"세 시간이나 탄 후에야 불을 끌 수 있었어요. 그리고 그 사람들이 그랬는데 내부 온도가…… 무슨 부라던가 했는데 기억이 안 나요……."

"발화부?" 이비가 말했다.

맞은편에 앉은 젊은 여자가 고개를 끄덕였다. "그래요, 그거요. 발화부예요. 발화부의 온도가 벽난로처럼 뜨거웠을 거래요. 그런데 딸애 방이 발화부 바로 위에 있었어요. 그 사람들은 집에 전혀 접근할 수가 없었어요. 계단을 오르는 건 상상도 못 했어요. 그러고는 천장이 무너졌어요. 집이 차갑게 식을 때까지도 아이를 찾을 수 없었어요."

"흔적이 전혀 없었나요?"

질리언이 고개를 흔들었다. "네, 전혀요. 자그만 아이였거든요. 뼈대가 너무나 작고 부드러웠죠."

질리언의 호흡이 다시 가빠졌다. "어디선가 읽었는데요. 특이하지는 않지만 아주 없는 일은 아니래요. 사람이 완전히 사라지는 거요. 불이 완전히 연소시키는 거죠." 질리언이 숨을 쉬지 못하고 헐떡거렸다.

피의 수확

이비가 의자에서 몸을 일으키자 왼쪽 다리가 즉각 통증으로 화답했다. "질리언, 괜찮아요. 숨을 쉬어요. 천천히 쉬면 돼요."

질리언이 무릎 사이에 양손을 넣으며 고개를 숙였고, 이비는 왼쪽 다리 통증 이외의 다른 것에 초점을 맞추고 자신의 호흡을 통제하는 데 집중했다. 벽에 걸린 시계가 상담한 지 십오 분이 지났음을 알렸다.

이비의 새 환자 질리언 로일은 무직에다 이혼 경력이 있고 알코올 의존자였다. 담당 가정의의 편지에 의하면, 스물여섯에 불과한 이 젊은 여성은 삼 년 전, 이십칠 개월 된 딸을 집의 화재로 잃은 후 '지속되는 병적 애도 반응'을 겪고 있다. 담당의는 질리언이 심각한 우울증에 자살 충동과 자해 경험이 있어 더 빨리 정신과에 의뢰를 했어야 했지만 그 또한 지역의 사회복지사를 통해 그녀를 갓 알게 되었다고 했다. 오늘이 질리언과 이비의 첫 상담이었다.

질리언의 감지 않은 머리카락이 거의 바닥까지 흘러내렸다. 과거에 염색했던 머리카락은 예전 금발 브리지의 흔적 외에는 칙칙한 갈색이었다. 여자의 들썩거리던 어깨가 서서히 잦아들었다. 잠시 후 그녀가 머리를 뒤로 넘겼다. 얼굴이 다시 나타났다. "죄송해요." 여자가 말썽을 피우다 걸린 아이처럼 말했다.

이비가 고개를 저었다. "전혀요. 지금 질리언이 느끼는 감정은 아주 정상이에요. 숨쉬기 어려울 때가 자주 있나요?"

질리언이 고개를 끄덕였다.

"아주 정상이에요." 이비가 같은 말을 되풀이했다. "거대한 슬픔에 고통받는 사람은 호흡곤란을 자주 겪어요. 갑자기 초조해지고, 심지어 겁도 나죠. 아무 명백한 이유 없이요. 그러고는 숨쉬기가 힘들어지는 거예요. 어때요, 어디서 들어본 얘기 같나요?"

질리언이 다시 고개를 끄덕였다. 막 마친 경주에서 아깝게 진 것처럼 여전히 헐떡거리고 있었다.

"아이를 기억할 만한 물건이 있나요?" 이비가 물었다.

질리언이 옆에 놓인 작은 테이블에 손을 뻗어 사각 티슈 케이스에서 티슈를 새로 뽑았다. 아직 울지는 않았지만 질리언은 티슈로 줄곧 얼굴을 찍기도 하고 빼빼 마른 손가락으로 티슈를 뒤틀기도 했다. 얄따란 티슈의 작고 뒤틀린 잔해가 카펫에 널려 있었다.

"소방관이 장난감을 찾았어요. 분홍색 토끼요. 아기 침대에 있어야 하는 건데 소파 뒤에 떨어져 있었어요. 그거라도 남았으니 기뻐해야 하겠지만, 아이가 그 끔찍한 일을 다 겪는데 분홍 토끼까지 옆에 없었다고 생각하면……." 여자의 고개가 다시 앞으로 떨어졌고 몸이 덜덜 떨리기 시작했다. 여자는 얇은 복숭앗빛 티슈를 꽉 쥔 양손으로 입을 틀어막고 있었다.

"헤일리의 시신을 발견하지 못한 것이 질리언에게 더 힘들었나요?"

고개를 든 질리언의 눈에서 어두운 빛이 일렁이는 것을 이비는 보았다. 여자의 얼굴선도 딱딱해졌다. 세찬 분노의 감정이 슬픔을 내리찍고 모습을 드러내려고 했다. "피트는 잘된 거라고 했어요. 딸애를 못 찾은 게요."

"질리언 생각은 어때요?"

"찾았으면 좋았을 거라고 생각해요." 여자가 바로 대답했다. "그럼 난 확실히 알았을 테니까. 받아들일 수밖에 없었겠죠."

"실제로 일어난 일이라는 걸 받아들인다는 뜻인가요?"

피의 수확

"네. 왜냐하면 난 그럴 수가 없었어요. 받아들일 수가 없었죠. 아이가 진짜로 죽었다는 걸 믿을 수가 없었어요. 내가 그래서 뭘 했는지 아세요?"

이비가 부드럽게 고개를 가로저었다. "아니요. 뭘 했는지 가르쳐줘요."

"딸애를 찾으러 나갔어요. 무어 황야로요. 사람들이 아이를 못 찾았잖아요. 그러니까 뭔가 착오가 있었던 게 분명하다고 생각했어요. 아이가 어찌어찌 밖으로 나간 거라고요. 배리가……. 배리는 베이비시터인데요. 아마도 배리가 연기를 많이 마시기 전에 아이를 집밖 정원으로 내보낼 수 있었던 게 아닐까 생각했어요. 아이는 혼자 어디론가 걸어가버린 거라고요."

질리언의 눈동자가 동의해달라는 듯 애원했다. 그럴 가능성이 상당히 높다고, 아이는 여전히 바깥 어디서 헤매면서 산딸기를 따 먹으며 살고 있을 테니 질리언이 계속 찾아다녀야 한다고 말해달라는 듯 이비에게 애원하고 있었다. 질리언이 말을 이었다.

"딸애가 불에 겁을 잔뜩 집어먹었겠죠. 그래서 도망가려고 한 거예요. 어떻게 그랬는지는 모르겠지만 대문 밖으로 나가서 길을 따라 위로 올라간 거예요. 그래서 우린…… 피트랑 나는 아이를 찾으러 나갔고 몇 사람도 같이 갔어요. 우린 밤새 아이 이름을 부르면서 무어 황야를 걸었어요. 난요, 딸애가 죽었을 리가 없다고 너무나 확신했어요."

"그것도 정상이에요." 이비가 말했다. "'부정'이라고 불리죠. 엄청난 상실을 경험한 사람이 선뜻 그 사실을 받아들이지 못하는 것은 자주 있는 일이에요. 너무나 심한 고통에서 스스로를 보호하려는 반응이라고 믿는 의사도 있답니다. 사랑하는 사람을 잃었다는 것을 머리로는 알지만, 마음은 다른 말을 하는 거예요. 살아남은 사람이 죽은 사람을 보거나 목소리를 듣기도 한답니다. 드물지 않아요."

이비가 잠시 말을 멈췄다. 질리언이 또다시 의자에서 몸을 뻣뻣이 세우고 있었다. "사람들이 그래요?" 여자가 이비 쪽으로 몸을 기울이며 물었다. "죽은 사람을 보고 목소리를 들어요?"

"네. 그런 일은 아주 흔해요. 질리언에게도 그런 일이 있었나요? 헤일리를 보았…… 헤일리를 보나요?"

질리언이 천천히 고개를 저었다. "그 애를 본 적은 한 번도 없어요." 여자가 잠시 이비를 바라보았다. 이윽고 그녀의 얼굴이 바람이 천천히 새는 풍선처럼 허물어졌다. "그 애를 본 적은 한 번도 없어요." 그녀가 되풀이했다. 그리고 사각 티슈 케이스를 향해 또 손을 뻗었다. 케이스가 바닥으로 떨어졌지만 그전에 티슈를 한 움큼 빼낸 질리언이 얼굴을 티슈에 묻었다. 여전히 눈물은 없었다. 이미 동이 난 건지도 몰랐다.

"참을 필요 없어요. 질리언은 울 필요가 있어요. 시간은 많아요. 기다릴게요."

질리언은 울지는 않았지만 한줌의 티슈를 얼굴에 댄 채 자신의 진빠진 몸이 흐느끼도록 내버려두었다. 이비의 눈앞에서 시계의 초침이 세 번 돌았다.

여자에게 충분히 시간을 주었다고 판단이 들었을 때 이비가 입을 뗐다. "질리언, 워링턴 선생님께 들었는데 질리언은 아직도 하루에 몇 시간씩 무어 황야를 걷는다고요? 지금도 헤일리를 찾고 있나요?"

질리언이 고개를 숙인 채 끄덕였다. "왜 그러는지 나도 모르겠어요." 그녀가 티슈에 대고 중얼거렸다. "그저 머릿속에 이상한 느낌이 들어서 집에 있을 수가 없어요. 나가야만 해요. 나가서 찾아야만 해요." 질리언이 고개를 들었고 창백한 회색 눈동자가 이비를 바라보았다. "도와주실 수 있어요?" 홀연, 스물여섯의 나이보다 훨씬 어려 보이는 모습으로 여자가 물었다.

"그럼요, 당연하죠." 이비가 재빨리 대답했다. "약을 좀 처방해줄게요. 기분이 나아지도록 항우울제와 밤에 잠이 잘 오게 하는 약도 좀 넣을 거예요. 한시적인 방법이에요. 질리언이 기분이 나빠지는 악순환을 깰 수 있도록 하는 거지요. 이해가 되나요?"

어른이 마침내 고삐를 잡아 안심한 아이처럼, 질리언이 그녀를 물끄러미 바라보았다.

"잘 들어봐요. 질리언은 질리언이 느끼는 고통 때문에 몸까지 아프게 되었어요. 몇 년 동안이나 제대로 잠도 못 자고 먹지도 못했죠. 술은 너무 많이 마시는데다 무어 황야에서 오래 걸으면서 몸을 혹사시키고 있어요."

질리언이 두 번 눈을 깜박였다. 그녀의 눈은 벌겋게 부어 있었다.

"낮 동안 기분이 좀 좋아지고 밤에 잠을 잘 수 있게 되면, 술에 대해서도 뭔가 할 수 있게 될 거예요. 내가 지원 모임을 추천해줄 수 있어요. 질리언이 견딜 수 있도록 처음 몇 주는 모임에서 도와줄 거예요. 어때요, 괜찮게 들리나요?"

질리언이 고개를 끄덕였다.

"더이상 만날 필요가 없어질 때까지 계속 질리언과 일주일에 한 번씩 만날 거예요. 기분이 좋아지고 아픔을 통제하게 되면, 그때부터는 질리언이 현재의 삶에 적응하기 위한 과정을 시작해야 해요."

질리언의 눈빛이 멍해졌다. 질리언이 양 눈썹을 치켰다.

"이 모든 일이 일어나기 전에 질리언은 아내이자 엄마였죠. 지금은 달라요. 지독하게 들리겠지만 우리가 함께 마주해야 할 현실이에요. 헤일리는 언제나 질리언의 인생의 한 부분으로 남을 거예요. 하지만 지금 이 순간 아이는…… 아이의 상실은 질리언의 인생 전부가 되어버렸어요. 질리언은 삶을 다시 구축할 필요가 있어요. 그와 동시에 아이의 자리를 마련해야 하고요."

침묵. 티슈들은 바닥으로 떨어졌고 질리언은 가슴 앞으로 단단히 팔짱을 꼈다. 이비가 바라던 반응과 많이 달랐다.

"질리언?"

"내가 이런 말 하면 선생님은 날 미워하실 거예요." 고개를 저으며 질리언이 말했다. "하지만 가끔 난 바라요……"

"무얼 바라죠?" 질리언을 만나고 처음으로, 이비는 질리언이 무슨 말을 할지 전혀 감이 오지 않았다. "난…… 딸애가 귀찮게 굴지 말고 날 그냥 내버려두었으면 좋겠어요."

3

솜사탕처럼 부드럽고 옅은 색 머리카락의 여자아이가 자고 있었다. 유모차에 누워 햇빛을 받으며 깊은 잠을 자고 있었다. 유모차의 위에서 아래까지 탄탄하게 쳐진 촘촘한 망사가 벌레, 그리고 정원에서 종종거리며 돌아다닐지 모르는 모든 것으로부터 아이를 보호하고 있었다. 축축한 곱슬머리가 통통한 뺨에 찰싹 붙어 있었다. 아이

피의 수확

의 입을 덮고 있는 주먹에서 엄지가 직각으로 삐져나와 있었다. 엄지를 빨며 잠이 들었지만 꿈속에서 무언가가 엄지를 뱉게 한 듯이. 아이의 배가 부풀다가 꺼졌고, 오르다가 내렸다.

두 살 남짓 되었을까. 뒤뚱거리며 걸을 수 있을 정도로 여전히 통통한 다리. 말을 하기 시작한 입술. 눈을 뜬다면 두 눈엔 갓 태어난 인간의 신뢰 어린 순수가 담겨 있을 것이다. 사람이 남을 해칠 수 있다는 것을 아직 배우지 못했을 터.

아이의 작은 분홍빛 입술 사이로 침이 거품을 품었다. 거품은 사라졌다가 다시 일었다. 아이가 한숨을 쉬자 거품이 대기에서 터졌다. 그 소리가 잔잔한 구월 아침을 뚫고 퍼지는 것 같았다.

아, 다, 다, 다. 아이가 잠든 채로 중얼거렸다.

정말로 아름다운 여자아이였다. 그 아이들과 아주 똑같이.

4

조가 펄쩍 일어나 뛰었다. 톰이 정신없이 바로 뒤따랐다. 두 사내아이는 계단을 쏜살같이 달려 올라가 열려 있는 교회 안으로 들어갔다. 톰의 눈에 금발머리의 남자가 제대로 다가가는 모습이 어렴풋이 들어왔고 그때 조가 뒷줄 장의자 뒤로 쑥 숨었다. 톰도 따라 했다.

교회 바닥 판석은 먼지투성이였다. 톰의 시야에 장의자들 아래에 쳐진 거미집이 들어왔다. 완전하고 완벽한 집도 있고 찢어진 것도 있고 죽은 지 오래된 파리의 시체로 장식한 집도 있었다. 수가 놓인 기도 방석이 의자 고리에 단정하게 걸려 있었다.

"아저씨가 기도하고 있어." 장의자 너머로 엿보던 조가 속삭였다. 톰이 몸을 세웠다. 반바지를 입은 남자는 제대 계단에 무릎을 꿇고 난간에 양 팔꿈치를 괸 채 교회 전면 벽에 난 커다란 스테인드글라스 창문을 올려다보고 있었다. 실로 기도하는 것처럼 보였다.

갑자기 인 소음에 톰이 주위를 둘러보았다. 교회의 열린 문 밖으로 누군가가 뛰어 지나가는 모습이 얼핏 보였다. 제이크 일당이 아직도 밖에서 기다리는 중이었던 것이다. 조가 급하게 톰을 장의자 밑으로 끌어내렸다.

"아저씨가 무슨 소리를 들었어." 조가 속삭였다.

자기들이 소리를 낸 것 같지는 않았지만, 톰은 퍼뜩 겁이 났다. 남자가 둘을 발견한다면 밖으로 나가라고 할지도 몰랐다. 제이크 일당이 기다리고 있는 밖으로. 조가 위험을 무릅쓰고 고개를 다시 들었다. 톰도 따랐다. 반바지 남자는 움직이지 않았지만 기도하지 않는 것이 분명해 보였다. 고개는 위를 향했고 몸은 뻣뻣하게 힘이 들어가 있었다. 그는 귀를 기울이고 있었다. 그러다가 일어나 뒤로 돌아섰다. 조와 톰이 후다닥 몸을 숙이다 머리를 서로 부딪혔다. 모든 게 끝났다! 허락도 없이 교회에 들어온 것도 모자라 창문까지 깨먹었다. 누가 봐도 형제가 한 짓으로 보였다.

"누구 있나요?" 남자가 의아스러운, 하지만 화가 난 기색은 없는 목소리로 외쳤다. "여보세요!" 그가 소리쳤다. 목소리가 교회 뒤까지 시원하게 닿았다.

톰이 일어나려고 했다. "안 돼!" 동생이 쉿소리를 내며 그에게 들러붙었다. "우리 부르는 거 아니야."

"무슨 소리야, 우리지. 우리 말고 아무도 없다고." 톰도 쉿소리를

피의 수확

냈다.

조는 톰을 무시하고 흉벽 너머를 살피는 군인처럼 조심스레 고개를 들었다. 조가 아래로 흘깃 시선을 돌리더니 형도 보라는 듯 톰에게 고개를 주억거렸다. 반바지 남자가 제대 오른쪽에 난 문을 향해 천천히 걸어가고 있었다. 그가 문을 당겨 열더니 문간에 서서 안쪽을 들여다보았다.

"거기 있는 거 다 압니다." 술래잡기를 하는 아빠처럼 그가 소리쳤다. 북쪽 사람이었다. 하지만 랭커셔도, 경계선 바로 위의 요크셔 사람도 아니었다. 더 위쪽, 아마도 뉴캐슬이 아닐까 하고 톰은 짐작해보았다.

톰이 양팔을 들고 '어쩌라고?' 하는 표정을 조에게 지어 보였다. 교회 안에는 세 사람이 있었고 그중 둘이 톰과 조였다.

"나와서 인사하지 않을래요?" 남자가 말했다. 톰이 듣기에 남자는 '나오든 말든 난 상관없지만'이라고 들리게 하고 싶었던 모양이지만 성공적이지 않았다. 그는 긴장해 있었다. "조금 있다가 교회 문 잠글 겁니다." 남자가 말을 이었다. "여기 숨어 있으면 그럴 수가 없잖아요?" 남자가 발꿈치를 축으로 삼아 휙 돌아서서 맞은편을 보았다. "별로 재미있지 않아요, 여러분." 그는 중얼거리며 마주보던 방향으로 잽싸게 걸어가 오르간 뒤쪽으로 자취를 감췄다. 도망칠 기회였다. 톰이 조의 팔을 잡아당겼다. 둘이 교회 통로로 나서자마자 빌리 애스핀이 교회 문간에 나타나 그들을 향해 씩 웃었다. 톰은 조를 움켜잡고 장의자 뒤로 다시 끌어당겼다.

"안녕." 뉴캐슬 억양의 목소리가 머리 위에서 들려왔다. 반바지 남자가 앞의 의자에서 형제를 내려다보고 있었다.

"안녕하세요. 찾던 사람 찾았어요?" 조가 대답했다.

반바지 남자가 미간을 찌푸렸다. "두 사람, 어떻게 제의실에서 나와서 오르간 뒤로 갔다가 여기까지 왔지? 나한테 들키지 않고?"

"우린 계속 여기 있었어요." 톰이 대답했다.

"아저씨가 기도하는 거 봤어요." 제대祭臺 뒤에서 쉬를 하는 사람이라도 본 어조로 조가 말했다.

"아, 그랬니? 두 사람은 어디 살지?" 반바지 남자가 말을 받았다.

남자에게 말하지 않고 도망갈 수 있을까 톰은 잠시 생각했다. 그는 형제와 문 사이에 서 있었다. 하지만 톰이 한쪽으로 휙 내닫는다면…….

"옆집요." 조가 냉큼 대답했다. "새집이에요." 어떤 집일지 착각의 여지가 없게 하겠다는 듯이 덧붙였다.

남자가 고개를 끄덕였다. "이곳 문을 잠가야 한단다. 이리 오렴." 그가 통로로 나서며 말했다.

"어째서 열쇠를 갖고 있어요?" 톰이 찌르기에는 너무나 멀리 몸을 움직이며 조가 물었다. "열쇠를 가질 수 있는 건 목사님뿐인데. 목사님이 아저씨한테 줬어요?"

"대부제大副祭님이 주셨단다. 자, 문을 잠그기 전에 다시 물어볼게. 다른 사람이 또 있니?"

"없어요. 우린 아저씨를 따라 들어왔어요. 우린……. 어……. 다른 아이들하고 밖에서 술래잡기를 하고 있었어요. 아무도 우리를 따라오지 않았어요." 톰이 대답했다.

반바지 남자가 고개를 끄덕였다. "알았다. 이제 가자."

그가 문을 향해 손을 내저었다. 톰과 조가 먼저 나가야 한다는 뜻

피의 수확

이었다. 톰이 움직였다. 지금까진 괜찮아. 톰과 조가 어른과 함께 나타난다면 제이크 일당은 아무 짓도 못할 것이다. 그리고 남자는 아직 창문이 깨진 걸 눈치 못 채……

"톰, 공 가져가야지!" 조가 한쪽으로 튀어나가며 소리쳤다. 톰은 눈을 감으며 하느님과 은밀한 대화를 잠시 나눴다. 이 세상에 남동생이 필요한 이유가 진짜 있나요?

톰이 눈을 떴을 때 조는 깨진 유릿조각 사이에서 공을 찾아 든 상태였고, 반바지 남자의 양 눈썹은 너무나 위로 치켜져 머리카락 속으로 사라져 있었다. 그가 공을 달라며 손을 내밀었다. 톰이 입을 열다가 꾹 닫았다. 변명을 해봤자 무슨 소용일까?

"머리를 민 아이는 누구니? 내가 차를 몰고 왔을 때 담 위에 서 있던 아이 말이야." 반바지 남자가 물었다.

"제이크 놀스요. 톰이랑 같은 반인데 톰을 자꾸 못살게 굴어요. 새총으로 우리한테 돌을 쏘더니 톰 방망이를 뺏었어요."

"그 애가 그랬니?"

"지금 밖에서 우릴 기다리고 있어요."

"호오, 그래?"

"밖에 나가면 우릴 때릴 거예요. 못된 자식들이에요."

"너는 이름이 뭐니?" 반바지 남자가 물었다. 톰이 조에게 이름을 알려주는 것은 진짜 좋지 않은 생각이라고 신호를 보내려는데……

"조 플레처요." 조가 냉큼 대답했다. "그리고 형은 톰이에요. 나는 여섯 살이고 톰은 열 살이에요. 밀리는 두 살이고 우리 아빠는 서른여섯 살, 우리 엄마는……"

"이 친구야, 천천히 말해도 돼." 반바지 남자는 조가 재미있어 죽겠다는 표정이었다. 한번 같이 살아보세요, 재미있나. "다들 가자. 문을 잠가야지."

5

이비는 진료실 창가에 서서 숨을 깊이 쉬며 파라세타몰과 이부프로펜의 조합이 효과를 나타내기를 기다렸다. 지상 3층에 위치한 그녀의 상담 진료실에서는 병원 응급실이 바로 내려다보였다. 그녀의 시선 아래서 구급차가 주차 공간에 차를 댔고 구급대원과 운전사가 차례로 뛰쳐나왔다. 두 사람은 구급차의 뒷문을 열고 휠체어 리프트를 조작했다.

들이마시고, 내쉬고. 약물은 제대로 작동할 것이다. 언제나 그랬다. 그저 어떤 때는 조금 더 오래 걸리는 듯할 뿐이었다. 도로를 끼고 병원 앞 맞은편에는 슈퍼마켓이 있었다. 슈퍼마켓 주차장은 이미 붐볐다. 금요일 아침. 사람들이 주말을 위해 물건을 재놓고 있었다. 이비는 잠시 눈을 감았다가 고개를 들어 건물 지붕들과 사무실 지대 너머 먼 저편을 아스라이 바라보았다. 그녀가 주로 일을 하는 커다란 북쪽 동네는 널따란 골짜기를 따라 조성되어 있었다. 마을 양쪽으로는 황무지가 펼쳐졌다. 그녀의 진료실 창턱에서 날아오른 새는 직선 방향으로 칠팔 킬로미터만 날면 가장 가까운 봉우리에 닿을 수 있었다. 그곳에서 새는 황무지를 내려다볼 수 있으리라. 질리언 로일은 여전히 대부분의 시간을 그곳에서 보냈다. 이비는 책상으로 몸을 돌렸다. 다음 환자가 십오 분 후에 예정되어 있었다.

피의 수확

이비는 진통제를 먹기 전에 이미 질리언의 상담에 대해 메모를 해 놓았다. 매일 그녀는 진통제를 먹는 간격을 오 분씩 늘리려고 애썼다. 책상으로 돌아와《랭커서 텔레그래프》의 웹사이트를 검색했다. 원하는 기사를 찾는 데는 오래 걸리지 않았다.

와이트 레인의 작은 가정집에서 사흘 전에 발생한 화재로 헵턴클로의 주민들은 충격에 빠져 있다. 지역 주민인 스탠리 하그리브스 씨는 그토록 거센 화재는 본 적이 없다고 말했다. "아무도 가까이 갈 수가 없었습니다. 가까이 갈 수 있었다면 꼬마 아가씨를 구할 수 있었을 텐데." 그는 본지 기자들에게 이렇게 말했다.

기사에서는 화재를 진압했던 소방대가 여전히 증거물을 살피고 있지만, 점화되어 있던 가스레인지 화구에서 화재가 시작되었을 가능성이 있다고 했다. 열기구 주위에 있던 기름병들이 촉매로 작용했을 것이다. 헵턴클로의 보다 오래된 건물에 속하는 그 돌집은 마을 공동체의 주요 지역에서 어느 정도 떨어져 있어 누군가가 불길을 알아챘을 때는 이미 늦은 상태였다.《랭커서 텔레그래프》는 다음과 같이 기사를 맺었다.

피해자 가족의 아기를 돌보고 있던 배리 로빈슨(14세)은 의식을 잃고 정원에 쓰러져 있던 중 소방관에게 발견되어 현재 번리 종합병원에서 치료중이다. 연기 흡입의 징후를 보이지만 의료진은 소년이 완전히 회복될 것이라 예측했다. 소년의 부모는 소년이 화재를 알아채거나 집 건물에서 나온 일을 기억하지 못한다고 전했다.

이비의 전화가 울리고 있었다. 다음 환자가 온 모양이었다.

6

"너희들, 대체 어디 있었니? 엄마랑 밀리가 너희를 부른 게 십 분은 됐어."

문가에 선 여인은 장남보다 키가 그리 크지 않았고 헐렁한 셔츠와 청바지를 입었음에도 체중 역시 장남보다 많이 나갈 것 같지 않았다. 스트로베리블론드의 금발이 어깨까지 구불거리며 내려왔고 터키블루의 눈이 커다랬다. 두 아들에게서 해리에게 움직이던 그 두 눈이 놀라움에 살짝 더 커졌다.

"안녕하세요." 여인이 입을 열었다.

"아농." 엄마 등에 업힌 통통한 어린 여자아이가 낮잠에서 깬 지 얼마 안 된 듯 두 눈을 비볐다. 여자애의 머리카락은 엄마와 똑같이 따뜻한 색감의 금발이었다. 반면 톰은 백금발이었고 남동생의 윤기 나는 머리카락은 짙은 붉은색이었다. 하지만 네 명 모두 낯빛이 창백했고 주근깨가 있었다.

"안녕하세요." 해리는 어린애에게 눈을 찡긋한 다음 어머니에게 시선을 돌리며 말을 이었다. "좋은 아침입니다. 귀찮게 해드려 죄송합니다만, 요 두 녀석이 교회에 숨어 있던 걸 제가 찾아냈거든요. 윗

나이대의 사내애 무리하고 문제를 겪는 것 같았어요. 그래서 집까지 안전하게 바래다줘야겠다고 생각했습니다."

여인이 미간을 찌푸린 채 두 아들을 번갈아 보았다. "둘 다 괜찮니?"

"새총으로 우리한테 돌을 던지다가 해리의 목소리를 듣고 도망갔어요. 이 아저씨가 해리예요. 교회에서 기도를 하고 있었어요. 우리가 봤어요." 조가 대답했다.

"흠. 그러라고 있는 교회지. 만나게 되어 반가워요, 해리. 그리고 고맙습니다. 참, 저는 앨리스 플레처예요. 커피라도…… 한잔 드시겠어요? 사이코패스는 아니시겠죠? 그렇다면 커피는 여기 문간에서 대접해야 할 것 같아서요."

"저는 목사입니다." 해리는 얼굴이 뜨거워지는 것을 느꼈다. 예쁜 여자를 보면 으레 그랬다. "우리 목사들은 대체로 사이코패스가 아닙니다. 대주교님이 별로 권장하지 않거든요."

"목사요? 우리 교회 목사님요? 새로 오신?" 앨리스가 물었다.

"그게 접니다."

"아저씨가 목사님일 리 없어요." 조가 말했다.

"어째서?"

"목사님은 반바지를 안 입어요. 그리고 목사님은 진짜 늙었어요. 할아버지처럼요."

해리가 빙긋 미소를 지었다. "흠. 반바지 문제는 내가 손볼 수 있겠는데. 나머지 문제는 시간에 맡겨야 하겠구나. 목사님은 문간에서 커피를 마셔야 하니?"

앨리스 또한 그가 목사임을 믿기 어렵다는 듯이 해리를 빤히 쳐다보았다. 하지만 둘째보다는 조금 더 예절 발랐다. 뒤로 한 걸음 물러서며 그녀는 해리와 아들들을 집안으로 들였다. 조와 톰이 운동복 바지를 벗어던지며 현관 복도를 앞서갔고 그녀는 문을 닫았다.

"사이코패스가 뭐야?" 복도 끝에서 아이들이 문을 밀어 열 때 조가 속삭이는 소리가 해리에게 들렸다.

"제이크 놀스가 크면 그렇게 돼." 동생을 들어올리며 톰이 대답했다.

앨리스와 해리가 소년 뒤를 따라 주방으로 들어갔고 밀리는 꼼지락거리며 엄마에게서 벗어나려고 했다. 바닥에 내려서자 아이는 오빠들에게 아장아장 걸어갔다. 톰에게 안긴 조가 커다란 비스킷 깡통을 안고 있었다.

"빅빅." 그 나이의 어린아이치고는 놀라울 정도로 개구진 표정을 지으며 밀리가 말했다.

앨리스는 해리에게 식탁을 가리키며 앉으라고 손짓했다. 그녀는 주전자를 들어 남은 물이 있나 살짝 흔들어본 후 스위치를 켰다. 식탁에는 아침 식사의 잔해가 아직 남아 있었고 싱크대에는 접시와 식기가 수북이 쌓여 있었다.

"이 동네 출신이 아니시네요?" 앨리스가 필터에 커피 가루를 담으며 말했다.

"마찬가지 아닙니까?" 해리가 대꾸했다. 여자의 억양에서 미국 남부의 칵테일인 민트 줄렙과 향기가 밴 달큰한 대기가 떠올랐다. 너무나 강렬해 손에 만져질 듯한 열기를 띤. "맞혀볼까요? 텍사스?"

뒤에서 무언가가 움직이는 기색에 그는 아이들을 흘끗 보았다. 밀리가 생강 쿠키를 씹으며 조의 손에 있는 초콜릿 바를 눈여겨보고

피의 수확

있었다.

"아쉽게 틀렸네요. 전 테네시 주 멤피스 출신이에요." 설탕 그릇을 가리키며 앨리스가 말했다. 해리는 고개를 저었다. 그의 오른쪽에서 조가 초콜릿 바의 한쪽 끝을 입으로 물고 몸을 숙여 나머지를 밀리에게 내밀었다. 밀리가 이로 초콜릿 바를 꽉 물더니 조와 함께 씹기 시작했다. 입을 맞추게 된 남매가 까르륵 웃음을 터뜨렸다.

"얘들아, 이제 그만 먹어. 조금 있으면 점심시간이야." 앨리스가 고개를 돌리지 않은 채 말했다. 두 형제가 눈짓을 교환하더니 조가 주머니에 초콜릿 바 세 개와 생강 쿠키 한쪽을 주머니에 쑤셔넣고 서둘러 주방에서 나갔다. 밀리는 자기가 맡은 커스터드 파이를 원피스 목깃 속으로 쑤셔넣고 대견해하는 미소를 띤 맏오빠의 시선을 받으며 아장아장 걸어나갔다. 비스킷을 한줌 쥐어 주머니에 넣던 톰은 해리가 보고 있음을 깨달았다. 손님에게서 어머니에게 시선을 옮기는 소년의 얼굴이 살짝 붉어졌다.

"거실로 막 가려던 참이었어요." 톰이 말했다.

"알았어. 하지만 비스킷은 두고 가렴." 앨리스가 한 손을 내밀며 말했다. 톰은 마지막으로 해리를 흘깃 본 후 (해리는 동정심에 어깨를 으쓱했다) 전리품을 포기하고는 슬그머니 사라졌다.

잠시 주방 안은 조용했다. 아이들이 없으니 공간이 지나치게 빈 듯 느껴졌다. 앨리스가 머그잔과 설탕 그릇, 스푼과 우유병을 식탁에 올려놓았다.

"여기 산 지 오래됐나요?" 그럴 리가 없음을 알면서도 해리가 물었다. 누가 봐도 이 집은 새집이었다.

"석 달요." 앨리스가 해리에게서 몸을 돌려 지저분한 접시와 그릇을 식기세척기에 넣었다.

"자리는 잘 잡고 있고요?"

앨리스는 식기세척기를 채운 후 싱크대 밑의 찬장을 열어 행주와 살균 스프레이를 꺼냈다. 그녀는 수돗물에 행주를 적셔 싱크대를 닦았다. 해리는 자신이 달갑지 않은 손님인 것일까 궁금해졌다. 커피 초대는 의미가 없을지도?

"그게, 시간이 걸리는 법이니까요." 앨리스가 잠시 뜸을 들인 후 대답하고는 커피를 식탁으로 가져와 앉았다. "이 동네에 사실 건가요?"

해리는 고개를 저었다. "아뇨. 언덕에서 몇 킬로미터 떨어진 곳에 목사관이 있습니다. 굿쇼브리지에요. 본당을 세 곳 담당하게 되었는데 이곳이 제일 작은 본당입니다. 그리고 아마도 가장 힘든 곳일 테고요. 몇 년 동안 예배가 없었거든요. 어때요, 주민들이 우호적일 거라고 보세요?"

또다시 침묵. 이번엔 확실히 어색했다. 앨리스가 커피를 따르고 해리 쪽으로 우유병을 밀었다.

"교회가 다시 열리는 거군요." 그가 우유를 따랐을 때 그녀가 말했다. "이 동네에는 좋은 일이겠죠. 우리 가족은 교회에 잘 가는 편이 아니지만, 이렇게 가깝게 사니 노력은 해야겠죠? 언제 여세요?"

"아직 몇 주는 더 있어야 해요. 다음주 목요일에 굿쇼브리지에 있는 세인트 메리 교회에서 정식 임명을 받게 되어 있습니다. 앨리스와 가족분들이 와주시면 참 좋겠네요."

앨리스가 애매하게 고개를 끄덕이더니 다시 침묵에 빠졌다. 해리가 거북함을 느낄 무렵 그녀가 결단을 내렸다. "이 지역 주민들은 우리가 이 동네로 이사 오는 것을 몹시 반대했어요." 몸을 뒤로 젖히며 그녀가 말했다. "이십 년이 넘도록 새 건물이 없다가 생긴 게 이 집이라고 하더군요. 렌쇼 가문이 동네 땅을 대부분 소유하고 있고 집도 많이 가지고 있다는데, 누가 마을로 이주를 할 수 있는지 없는지를 통제하는 듯해요."

형제들의 커진 목소리와 밀리가 내는 꺅꺅거리는 소리가 집안 어디선가 들려왔다.

"우리 교회의 평신도 회장 이름이 렌쇼더군요. 제 면담 때 들어온 사람 중 한 명이었어요."

앨리스가 고개를 끄덕였다. "싱클레어 렌쇼예요. 교회 맞은편 부지에 있는 커다란 저택에서 맏딸과 아버지와 함께 살아요. 일전에는 싱클레어의 아버지인 토비어스 씨가 커피를 마시고 가셨는데 우리 아이들한테 반하신 것 같아요. 둘째 딸 제니는 두어 주 전엔가 우체국에서 만나 인사했는데 우리집을 방문하겠다고 하더군요. 말씀드렸다시피, 이런 일들은 시간이 걸리니까요."

깔깔거리는 웃음소리가 또 들려왔다.

"남편분 되십니까?" 여인 뒤의 창턱에 놓인 사진을 가리키며 해리가 물었다. 짙은 색 머리카락 위로 카우보이모자를 젖혀 쓴 삼십 대 미남이었다. 입고 있는 폴로셔츠처럼 그의 눈도 파랬다.

그녀가 고개를 끄덕였다. "오랫동안 남편의 꿈이었어요. 이런 곳에 우리 가족의 집을 짓고, 닭을 치고 채마밭을 꾸미는 게요. 물론, 남편은 여기 별로 없……."

현관문을 세게 두드리는 소리에 앨리스가 말을 멈췄다. 그녀는 미안하다고 말하며 주방을 나섰다. 해리는 손목시계를 보았다. 콩

콩 작은 발걸음 소리가 들려왔고, 곧 막대기에 달린 반짝거리는 빨간 오리를 끌며 밀리가 주방에 나타났다. 아이는 식탁 주변을 돌기 시작했고 해리는 앨리스가 현관문을 여는 소리를 들었다. 남은 커피를 꿀꺽 들이켜고 해리는 자리에서 일어섰다. 정말로, 떠나야 할 시간이었다.

"안녕하세요, 앨리스. 온다 온다 했는데 이제야 왔네요. 시간 괜찮으세요?" 가볍고 명쾌한 여인의 목소리에는 억양이 없었다. 비싼 사교육을 받은 젊은 여성임을 그는 알 수 있었다. 아름다운 편이고 어쩌면 얼굴이 기름한 편일 것 같았다. 주방 문으로 가 복도를 내다보기도 전에 그는 알았다. 여자는 현관문 바로 안쪽에 들어와 있었다. 그의 짐작은 모두 들어맞았다.

"다음주 토요일에 남편분까지 두 분 시간이 괜찮으실까요?" 여자가 앨리스에게 묻고 있었다. "몇 분을 초대해서 저녁 모임을 하려고 해요."

타고난 금발이라고 하기엔 너무나 다양한 톤과 브리지가 섞인 어깨 길이의 머리카락이 값비싼 선글라스로 고정되어 있었다. 석고상 같은 얼굴 옆에서 작은 체구의 어여쁜 앨리스는 마치 인형처럼 보였다.

"오실 수 있다면 정말 좋겠어요." 여자는 애원하는 표정을 지었지만 부정적인 답변은 예상하지 않는다는 것이 뚜렷이 보였다.

해리가 복도를 걸어가 인사를 하고 떠나려고 할 때, 옆으로 난 방에서 형제가 모습을 드러냈다.

낯선 여자는 청바지에 크림색 리넨 셔츠를 입고 있었다. 격의 없으면서도 고급스러워 보이는 차림새였다. 앨리스는 대답을 하기 전

피의 수확

에 해리를 보았고, 여자의 입이 흥미롭다는 듯 휘어졌다. "안녕하세요." 여자의 인사에 해리는 얼굴이 벌게지는 것을 느꼈다.

"제니, 이분은 해리라고 해요. 새로 오신 목사님이세요. 이 동네에서 성직자에게 바라는 복식에 대해서는 조가 이미 한마디했답니다. 해리, 이분은 제니 픽업이세요. 마을에서 몇 킬로미터 떨어진 곳에서 남편분하고 농장을 하세요."

"레이콕 목사님?" 여자가 손을 내밀며 입을 열었다. "아, 너무 잘됐어요. 목사님이 안 오시나 했거든요. 아빠가 목사님을 한 시간 동안 기다리고 계세요."

해리가 여자의 손을 맞잡았다. "아빠요?"

"싱클레어 렌쇼 아시죠?" 여자가 해리의 손을 놓고 주머니에 손을 넣으며 대답했다. "목사님 교회의 평신도 회장요. 목사님이 오늘 아침에 도착하신다고 알고 있었거든요. 집으로 와주시리라 생각했죠."

해리는 손목시계를 흘낏 보았다. 평신도 회장을 만나기로 약속을 확실히 잡았던가? 그런 기억은 없었다. 오전 늦게 도착할 것이고 교회에 가겠다고 메시지를 남긴 것이 다였다.

"앗, 호랑이도 제 말 하면 온다더니!" 여자가 열린 현관문 밖을 내다보며 말을 이었다. "아빠, 여기 계셨어요. 제가 찾았어요."

문턱을 나서던 해리는 자신이 180센티미터가 넘는 장신인데도 남자와 눈을 맞추기 위해 고개를 치켜야 했다. 싱클레어 렌쇼는 육십 대 후반이었다. 성성한 백발이 이마로 늘어져 짙은 색의 눈썹을 거의 다 가렸다. 우아한 안경 뒤에서 갈색 눈동자가 빛났고 푸른색과 갈색, 베이지 등의 다양한 색조로 차려 입은 모습이 마치 잡지에 나오는 전원 마을의 신사 같았다. 그가 해리를 향해 고개를 끄덕하고는 앨리스에게 몸을 돌렸다. 키 큰 부녀 옆에서 앨리스는 마치 난쟁이가 된 듯했다.

"교회에 심각한 기물 파손이 발생한 것 같던데. 오래된 창문 하나가 깨졌습니다. 오늘 아침에 자제분들이 그곳에 있었다고 들었는데요, 플레처 부인. 크리켓 방망이하고 공을 가지고 놀았다고요." 그가 시선은 해리를 향한 채 앨리스에게 말했다.

"야구요." 조가 친절하게 수정했다.

앨리스가 표정을 굳히며 톰에게 시선을 돌렸다.

"무슨 일이 있었니?"

"창문이 깨지는 걸 제가 봤습니다." 해리가 끼어들었다. "누가 했는지도요. 이름이 뭐라더라, 잭? 존······?" 그가 도와달라는 듯 톰을 내려다보았다.

"제이크예요. 제이크 놀스요." 조가 말했다.

"차를 몰고 오는데 그 제이크라는 아이가 담 위에 서 있더군요. 방망이를 휘둘러서 공을 창문으로 쳐 보내는 것을 보았습니다. 아이 부모님께는 제가 얘기를 하려고 합니다." 해리가 말했다.

렌쇼가 잠시 해리를 보았다. 꼬마 형제들은 완전히 무시한 채였다. 그가 이윽고 입을 열었다. "성가신 일을 하실 필요는 없습니다. 제가 처리하지요. 번거롭게 해드려 죄송합니다, 플레처 부인." 그가 앨리스에게 고개를 한 번 까딱한 후 해리에게 몸을 돌렸다. "오늘 오전에 뵙지 못해서 유감입니다, 목사님. 이제라도 환영 인사를 드리겠습니다. 곧 점심 식사를 같이 하도록 하지요." 말을 마친 렌쇼는 진입로를 걸어 내려가 언덕을 올라갔다.

피의 수확

남편과 함께 다음주 저녁 모임에 가겠다는 약속을 앨리스에게 받아낸 제니는 레인지로버를 몰고 사라졌다. 아이들도 다시 모습을 감췄다.

"저도 늦었군요. 십오 분 후 목사관에서 약속이 있습니다. 모두들 만나서 반가웠습니다." 해리가 말했다.

앨리스가 미소 지었다.

"저도요, 해리. 다음주 목요일에 뵐게요."

7

9월 11일

이비는 움찔했다. 누군가가 이비의 의자를 빌려 쓰면서 높이를 조절해놓았다. 그 탓에 기묘한 각도로 책상 위에 몸을 기울일 수밖에 없었고, 상한 신경에는 압박이 더해졌다. 손목시계를 보았다. 삼십 분 후에는 법정에 가 있어야 했다. 다음에 올 때 의자를 손보리라.

혹시 놓친 게 있을까 싶어 웹사이트에서 저장한 지난주 《랭커셔 텔레그래프》 기사를 열었다. 방금 전 질리언 로일이 두 번째 상담을 마치고 떠난 참이었다. 표면적으로는 개선의 모습을 보이고 있었다. 질리언은 약을 복용하고 있었고 이전보다 쉽게 잠들 수 있다고 이미 느꼈으며 첫 '익명의 알코올중독자들' 모임을 예약했다고 했다. 심지어 식사까지 하려고 노력중이라고 했다. 회복 진행표에 체크할 수 있는 사항이 많았다. 하지만 뭔가 느낌이 좋지 않았다.

신경정신과 의사로서 자격을 갖춘 이래 이비는 상실을 극복하려고 애쓰는 환자를 숱하게 만나보았다. 아이를 잃은 부모도 여럿이었다. 그럼에도 질리언 로일 같은 경우는 처음이었다. 질리언의 머릿속에는 딸을 향한 비탄 외에 다른 것이 진행되고 있었다. 두 번째 상담을 마친 지금, 이비는 확신했다. 그녀의 아픔은 너무나 새롭고 너무나 강렬하고 계속해서 되살아나는 불길 같았다. 그녀가 화재를 겪었다는 점을 생각하면 떠올리기 끔찍한 이미지였지만, 어쨌든 무엇인가가 회복의 길에 끼어들어 그녀가 앞으로 나아가는 것을 가로막고 있었다.

이비는 거짓말을 수없이 접해왔다. 환자가 진실을 말하지 않으면 그녀는 알았다. 또한 누군가가 모든 것을 다 털어놓지 않아도 그녀는 알았다.

신문 기사를 다시 읽었다. "헵턴클로의 주민들은 충격에 빠져 있다⋯⋯." 여러 번 읽은 부분으로, 새로울 것이 없었다. "⋯⋯점화되어 있던 가스레인지 화구에서 화재가 시작되었을 가능성이 있다⋯⋯." 가스불을 켠 채로 둔 것이 질리언이라면, 엄밀히 따져볼 때 화재는 그녀의 잘못이었다. 죄책감으로 스스로 고문하고 있을까.

이비는 통상적 상담 절차에 따라 두 번째 상담을 하면서 이야기를 질리언의 어린시절로 이끌었다. 잘되지는 않았다. 그녀는 질리언과 어머니의 관계에서 긴장을 느꼈고 질리언이 헤일리의 죽음 후 붕괴한 것이 부모의 지원 부족 때문일까 궁금해졌다. 질리언은 거의 기억이 없는 친아버지에 대해 잠깐 이야기했고 친아버지가 죽은 몇 년 후 만나게 된 양아버지에 대해 언급했다. 이비는 계속 컴퓨터 화면의 기사를 살폈다. "⋯⋯최근 발생한 이 비극적 사건은 헵턴클로의 어린이 메건을 잃은 지 겨우 삼 년이 지난 후 발생했다⋯⋯." 기사는 다른 사건으로 옮겨갔고 이비는 화면을 닫았다.

이비가 어린시절로 파고들수록 환자는 흥분했고 급기야 이야기하기를 단호하게 거부했다. 그것 자체도 흥미로웠다. 이비의 관점에서 보면 질리언처럼 심각한 증상에 하나의 원인만 있는 경우란 거의 없었다. 주요 원인(질리언의 경우는 자식과 사별)으로 으레 보이는 것은 단지 방아쇠이자 '마지막 지푸라기*'에 불과한 경우가 매우 흔했다. 질리언에 대해 훨씬 더 많이 알아야 했다.

8

"조!"

형제들이 학교에서 돌아온 지 얼마 되지 않은 금요일 오후. 이런저런 일을 고려하면 그리 나쁜 한 주는 아니었다. 새로 온 목사님인 해리 덕분에 제이크 놀스는 교회 창문에 대해 심하게 꾸지람을 들었고 당분간에 지나지 않겠지만 적어도 지금은 톰을 건드리지 않았다.

조는 어디 있을까. 슈팅 연습을 위해 골대에 서달라고 동생을 설득할 수 있을까 궁리하며 톰은 아래층을 이리저리 돌아다니고 있었다. 열린 뒷문을 통해 들려오는 목소리에 주방 조리대로 기어 올라갔고, 집 정원과 교회 경내를 가로지르는 담벼락 위에 앉아 있는 남동생을 보았다. 동생은 담 건너편에 있는 누군가와 수다를 떠는 것

---

* '마지막 지푸라기가 낙타의 등을 부러뜨린다(The last straw breaks the camel's back)'는 영어 속담을 인용한 것.

같았다. 톰은 공을 집어 들고 밖으로 나갔다.

"조심해, 조!" 톰이 문가에서 소리치고 동생을 향해 드롭킥을 찼다. 조가 깜짝 놀라며 위를 쳐다보았고 공은 조의 머리 위를 날아 교회 경내로 사라졌다.

톰은 담으로 달려가 펄쩍 뛰어올랐다. 담벼락이 높기는 했지만 오래된데다 벽 뒤의 흙 때문에 아랫부분이 톰네 집 정원 쪽으로 불룩하게 튀어나와 있었다. 돌 몇 개가 빠져 있어 손과 발을 걸치기에도 좋았다. 그렇지만 조가 혼자서 벽 위로 올라가는 것은 본 적이 없었다.

담 위에 닿았을 때 톰은 동생이 앉은 곳 바로 아래로 루시 픽업의 무덤이 보인다는 것을 깨달았다. 지난주에 조가 엄청난 관심을 가졌던 무덤이었다.

"누구랑 얘기하고 있었어?" 톰이 물었다.

조가 눈을 크게 뜨고 교회 경내를 내려다보았다. 그리고 왼쪽과 오른쪽을 번갈아 보다가 톰에게 시선을 돌렸다. "저기 아무도 없는데." 양어깨를 살짝 치키며 조가 말했다.

"네 목소리 들었다고." 톰이 우겼다. 그가 주방 창을 가리켰다. "저기서 널 봤어. 누구랑 얘기하는 것처럼 보였는데."

조가 교회 마당 쪽으로 시선을 돌렸다. "아무도 안 보여."

톰은 포기했다. 동생에게 상상의 친구가 있다 해도 다른 사람도 아닌 톰이 그것을 걱정한다면 꽤나 웃길 것이다. "골키퍼랑 스트라이커 연습할래?"

조가 고개를 끄덕였다. "응." 조의 입술에 짓궂은 미소가 살포시 떠올랐다. "공은 어딨어?"

훌륭한 질문이었다. 공은 사라졌다.

"제기랄." 톰이 중얼거렸다. 다른 공이 없기도 하고 제이크 놀스 일당에게 습격을 당한 이후 처음으로 교회 경내에 들어가야 함을 깨달았기 때문이다. "이리 와. 가서 찾아봐야 해." 톰이 마지못해 말했다.

톰이 훌쩍 뛰어내렸다. 공은 그리 멀리 가지 않았을 것이다.

흠. 톰은 자신의 슈팅 파워를 잘 모르고 있었음이 분명했다. 공이 어디에서도 보이지 않았던 것이다. 조가 노래를 나직이 흥얼거리며 톰을 뒤따랐다.

"톰! 조! 차 마실 시간이야!"

"제기랄." 발걸음을 재촉하며 톰이 말했다. 오 분 내에 돌아가지 않으면 엄마가 머리에서 증기를 펄펄 뿜을 테지. "어디로 갔는지 못 봤어?" 톰이 조에게 물었다.

"톰! 조!"

톰이 발걸음을 멈췄다. 그리고 둘이 방금 전 기어 넘었던 담을 보기 위해 뒤로 돌아섰다. 이십 미터가 채 안 되는 거리였다. 엄마는 뒷문에 있을 것이다. 그런데 어째서 엄마의 목소리가 반대편에 있는 월계수 관목의 작은 덤불을 뚫고 들려오는 걸까?

톰은 덤불을 쳐다보았다. 움직이는 것 같지 않았다.

"톰! 어딨니!"

이번엔 확실히 엄마였다. 집 뒷문 방향에서 들려오는 엄마의 목소리는 평상시와 백 퍼센트 똑같았고 상당히 화가 난 기색이었다.

"톰." 보다 부드럽고 낮은 목소리 또한 엄청나게 엄마 목소리처럼 들렸지만.

"들었어?" 톰이 동생을 보았다. 조가 월계수 관목을 바라보고 있었다. "조, 덤불 안에 누가 있니? 엄마인 척하는 사람이 있어?"

"톰, 조, 썩 오지 못해!"

"가요!" 톰이 소리쳤다. 톰은 깊게 생각할 새도 없이 조의 손을 잡아채 담으로 질질 끌었다. 담에 뛰어오른 톰은 비명을 내지를 기세로 뒤로 휙 돌아섰다. 뭔가 끔찍한 것이 둘을 따라와 뛰어 오르려는 것 같았다.

묘지 구역은 비어 있었다. 톰은 아래를 내려다보지 않은 채 손을 내밀어 동생을 끌어올렸다.

"왜 이렇게 꾸물대니! 빨리 와서 손 씻어라."

톰은 가까스로 집 쪽으로 시선을 돌렸다. 엄마다. 엄마가 맞았다. 밀리가 엄마 무릎에 매달려 있었다. 엄마가 화난 표정으로 고개를 가로젓더니 집으로 몸을 돌렸다. 톰의 가빴던 숨이 잦아들고 있었다. 메아리였던 거야. 그게 다야. 오래된 비석들 때문에 메아리가 기묘하게 들렸던 거야.

톰은 조가 집 정원으로 내려오는 것을 돕다가 동생이 다시 미소를 짓는 것을 보았다. 톰이 몸을 돌렸다. 공이 있었다. 정원 한가운데에.

"어떻게?"

조는 톰이 아닌 주방 창문을 똑바로 쳐다보고 있었다. 조리대에서 손을 흔드는 밀리가 보이리라 예상하며 톰 또한 창문을 보았다.

으악! 밀리의 얼굴이 아니었다. 도대체 주방에 있는 게 누구지? 얼핏 머리카락이 긴 아이 같았지만 얼굴이 뭔가 아주 이상했다. 톰은 자신이 보고 있는 것이 유리에 비친 모습임을 문득 깨달았다. 그

피의 수확

에게 보이는 그 아이는, 그 소녀는, 형제들 바로 뒤에 있었다. 톰과 조를 담 너머로 보고 있었다. 톰이 뒤로 홱 돌아섰다. 아무도 없었다. 다시 주방 창문을 보았다. 유리에 비치던 모습이 사라졌다.

톰은 정원을 가로질러 공을 집어 들었다. 골키퍼와 스트라이커 놀이를 하고 싶은 마음은 싹 가신 상태였다. 안으로 들어가 뒷문을 꽉 닫고 싶었다. 톰은 실제로 그렇게 했을 뿐 아니라 고리에 걸려 있던 열쇠를 꺼내 문을 잠그기까지 했다. 그리고 숨을 고르고 방금 무슨 일이 일어난 것인지 생각해보기 위해 잠시 신발장 옆에 서 있었다.

톰 눈에까지 보이다니, 동생의 상상 친구는 대단한 존재임이 틀림없었다.

9

9월 18일

"뭣 좀 물어봐도 돼요?" 질리언이 말했다.

"물론이에요." 이비가 대답했다.

"알게 된 여자가 있는데요. 새로 이사 온 사람인데 같이 대화를 많이 해요. 그런데 내가 헤일리의 장례식을 치르지 않았다니까 그 사람이 놀라는 거예요. 그 사람이 그러는데 장례식이란, 아, 시신이 없으면 추모식이겠죠. 사람들에게 애도할 기회를 주고 제대로 작별 인사를 하는 기회를 주는 거래요."

"흠, 그분 말씀이 맞아요. 보통 장례식이란 애도의 감정을 겪는 과정에서 중요한 부분이지요." 이비가 조심스럽게 말했다.

"하지만 나는 그게 없었던 거예요." 의자에서 몸을 앞으로 내밀며 질리언이 말했다. "그게 내가 앞으로 나아가지 못하는 이유일지도 몰라요. 왜 내가 여전히⋯⋯. 아무튼 그 사람⋯⋯ 앨리스가 그러는데, 내가 헤일리를 위해 추모식을 여는 걸 고려해봐야 한대요. 새 목사님이랑 의논해보라고 했어요. 어떻게 생각하세요?"

"좋은 생각이라고 봐요." 이비가 대답했다. "다만 타이밍을 잘 잡는 게 중요하다고도 생각해요. 질리언에게는 감정적으로 격한 경험이 될 거거든요. 이제 회복을 향해 첫걸음을 내디뎠을 뿐이라 그걸 방해할 만한 일은 어떤 것이라도 하지 않도록 주의할 필요가 있어요."

질리언은 천천히 고개를 끄덕였지만, 이비가 자기 계획에 바로 동의하지 않은 데 대한 실망감이 표정에 비쳤다.

"아직 초기예요." 이비가 재빨리 말을 이었다. "추모식은 고려할 만한 아이디어지만 서두르면 좋지 않을 수 있어요. 다음주에 다시 얘기하면 어떨까요."

질리언이 한숨을 쉬더니 가냘픈 어깨를 으쓱했다. "좋아요." 그녀는 동의하면서도 풀이 죽은 듯했다.

"새 친구를 사귄 거네요, 그렇죠? 앨리스라고 했나요?"

살짝 얼굴이 밝아지며 질리언이 고개를 끄덕였다. "앨리스네 가족이 옛 교회 바로 옆에 새집을 지었어요. 사람들이 좋아한 것 같지는 않지만요. 앨리스는 좋은 사람 같아요. 나를 그리고 싶다고 했어요. 내 얼굴이 근사하대었어요."

이비가 고개를 끄덕였다. "진짜 그래요." 그녀가 미소를 지으며 동의했다. 첫 상담 이후 질리언의 피부는 약간 맑아졌고, 시선을 어지럽히는 잡티가 사라지니 높은 광대와 깨끗한 턱선과 작은 코가 눈에 확 들어왔다. 애도의 감정으로 인해 정신이 어지러워지기 전에는 사람의 눈을 잡아끄는 아름다운 아가씨였을 것이다. "앨리스를 위해 모델을 설 건가요?"

질리언의 얼굴이 어두워지는 듯했다. "앨리스는 아이가 셋이에요. 남자애 둘은 상관없지만 어린 딸이 있어요. 헤일리랑 비슷한 나이예요."

"견디기 아주 힘들겠어요."

"금발에 곱슬이에요." 질리언이 양손을 내려다보며 말했다. "때때로…… 내가 그 아이의 뒷모습을 보거나 다른 방에서 들려오는 목소리를 들으면, 마치 헤일리가 돌아온 것 같은 느낌이 들어요. 머릿속에서 누군가가 '저 애는 네 아이야. 잡아, 지금 잡으라고' 하고 말하는 것 같아요. 그 애를 붙들어 그 집에서 뛰쳐나오고 싶은 나 자신을 억눌러야 해요."

이비는 자신이 미동도 없이 앉아 있음을 깨달았다. 그녀는 손을 뻗어 볼펜을 집었다. "그런 일을 할 것 같은가요?"

"그런 일? 밀리를 데려오는 거요?"

"자기 자신을 억눌러야 했다고 질리언이 말했어요. 억누르는 게 얼마나 힘들었나요?" 이비가 조용히 물었다.

질리언이 고개를 흔들었다. "그런 짓은 안 해요. 앨리스에게 그런 짓을 하진 않아요. 그게 어떤 기분인지 나는 알거든요. 아이가 어디 있는지 모르는 게 어떤지. 단 몇 분뿐이라도, 나의 일부가 죽어버려요. 그저 가끔, 밀리를 보면 기분이……."

"기분이 어때요?" 이비가 물었다.

"헤일리가 다시 돌아온 것 같아요."

10

9월 19일

작은 시골집은 검게 탄 돌 몇 개 외엔 남은 것이 없었다. 짧은 자갈길 끝에 있던 그 집은 이비가 헵턴클로에 도착해서 처음 마주친 집이었다. 그녀는 평상시 다니는 길에서 벗어나 톤스워스 무어 황야의 서쪽에 있는, 그다지 이용되지 않는 승마로를 따라갔다. 열여섯 살 먹은 땅딸막한 회색 말 더치스가 낙석이 어지러이 깔린 길을 걷고, 빽빽이 들어선 덤불을 헤치며, 황야의 개울들을 건너 그녀를 안전하게 데려다주었다. 심지어 둘은 빗장이 걸린 나무 울타리 문까지 극복했다.

모르타르 없이 돌을 번갈아 쌓아 나지막한 담을 두른 작은 집에는 단순한 철제 대문이 달려 있었다. 겁에 질린 아기가 문을 밀고 나가 어둠 속에서 어디론가 사라지는 모습을 상상하기란 그리 어렵지 않았다. 전원에 가까이 위치한 집을 보고 나니 화재 후 몇 주 동안 질리언이 한 행동이 좀 이해됐다. 이비는 고삐를 느슨히 하며 더치스를 멈춰 세웠다.

우와, 더웠다. 더치스는 땀으로 축축했고 이비도 그랬다. 그녀는 고삐를 놓고 스웨트 셔츠를 벗어 허리에 맸다. 질리언 로일이 남편과 함께 결혼 생활을 했던 이 집은 마을의 유서 깊은 가족이 세를 놓은 것이었다. 화재 후에 부부는 잡화점 위의 방 하나짜리 아파트를 제공받았다. 그후 피터 로일은 새 인생을 찾았다. 여자친구를 사귀었고 현재는 임신한 그녀와 몇 킬로미터 근처에 살고 있었다. 질리언은 지금도 그 아파트에 살았다.

기회주의자인 더치스가 맞은편 대문 밑에 자라고 있는 풀 무더기를 향해 슬쩍 발을 뗐다. 이비는 고삐를 잡았다. 여기엔 더이상 볼만한 것이 없었다. 새 환자에 대한 통찰을 도울 만한 것이 없었다. 그은 돌덩이들과 숯이 된 나무토막 몇 조각, 그리고 나무딸기 덤불뿐이었다. 그녀는 더치스의 고개를 들리고 채찍으로 말의 왼쪽 옆구리를 살짝 쳤다.

둘은 시골집 두 채를 더 지났다. 두 채 모두 뿌리채소와 과일나무와 깍지콩대로 가득찬 작은 정원이 있었다. 계속 길을 가니 길 양편에 서 있는 주택의 외양이 점점 비슷해졌다. 슬레이트 지붕을 얹은 돌집이었다.

마을 중심에 가까워지면서 자갈길도 좀더 평평해졌다. 도로 양편에는 돌로 지은 삼 층짜리 건물들이 우뚝 서 있었다. 이비는 더치스의 방향을 틀어 언덕 위로 향했고 헵턴클로의 가장 유명한 장소인두 교회에 가까이 다가갔다.

중세 건물의 유적은 빅토리아시대에 지은 대체 건물 옆에 마치메아리처럼, 또는 스러지기를 거부하는 추억처럼 나란히 서 있었다. 폐허가 된 교회의 석조 아치들은 실로 거대하여 더치스 위에 앉아 있는 이비를 내려다보았다. 오래된 담 중에는 하늘로 솟아오른 것도 있었고 바닥에 무너진 것도 있었다. 조각된 기둥들이 선돌처럼 중

력에도 시간의 흐름에도 아랑곳 않는다는 듯 거만하게 서 있었다. 세월에 깎여 매끄럽고 반짝이게 된 판석이 땅바닥을 덮고 있었고, 사방 어디를 보아도 무어 황야가 시선을 채웠다. 황야는 모퉁이마다 밀려들어 틈새를 채워가며 수백 년 후에 대지를 다시 점령하려고 했다.

새 건물은 전임자보다는 덜 장대했다. 작은 규모에 커다란 중앙 종루도 없었다. 대신 교회 지붕의 네 귀퉁이에 작은 탑이 세워져 있었다. 일 미터쯤 되는 탑들은 네 개의 돌기둥 위에 세운 것이었다. 좁은 도로의 다른 한편에는 짙은 색의 키 큰 돌집들이 서 있었다.

사람은 보이지 않았다. 무어 황야의 꼭대기에 자리한 이 기묘한 동네에 이비와 더치스만이 있다 해도 믿을 수 있을 정도로 조용했다.

교회들 옆에 있는 커다란 집은 석재의 빛깔이 아직 옅고, 작은 앞뜰이 미완성인 점으로 미루어보아 새로 지은 건물이었다. 현관 계단에 놓인 작은 분홍색 웰링턴 장화가 유령 마을에 존재하는 유일한 생명체의 표지처럼 보였다.

새된 소리가 째지듯 울리며 침묵을 깼고 뭔가 밝게 채색된 것이 이비의 왼쪽 어깨 옆을 휙 지나갔다. 웬만해서는 흥분하지 않는 더치스가 펄쩍 뛰었다가 자갈에 미끄러졌다.

"진정해, 진정하자." 이비가 고삐를 당기며 안장에 앉은 채로 똑바로 몸을 세웠다. 대체 뭐였지?

그것이 다시 보였다. 이십 미터 정도 저편에서 삼각 깃발을 펄럭이며 날아다니듯 움직이고 있었다. 이비는 교회 근처에서 벗어나기 위해 더치스를 언덕 위로 몰았다. 운이 좋다면 그녀는 언덕 높이 올라갔다가 방향을 틀어 황야로 접어들 수 있을 것이다.

그것은 그들을 향해 일직선으로 달려오고 있었다. 더치스가 주택 담 근처까지 뒤로 미끄러졌다. 이비는 균형을 잃었지만 말갈기를 한 움큼 붙들고 몸을 곧추세웠다. "이쪽으로 오지 마!" 그녀가 소리 쳤다. "너 때문에 말이 겁을 먹잖아."

자전거를 탄 소년과 잠시 눈을 마주친 이비는 심각한 문제에 봉착 했음을 깨달았다. 그 소년은 자신이 말을 겁먹게 한다는 사실을 잘 알고 있었다.

이비는 고삐를 세게 당겨 더치스가 언덕을 향하게 했다. 말이 튀 어나간다면 위로 가는 것이 안전했다.

자전거는 더 있었다. 아까의 자전거와 반대 방향으로 움직이고 있었다. 고성능 자전거를 탄 십 대 소년 두 명이 두 교회를 둘러싼 높은 담 주위를 돌고 있었다. 자살 시도나 마찬가지였다. 둘은 곧 충 돌하고 이 미터 남짓 아래로 추락하여 단단한 자갈 위로 나동그라지 게 될 것이다. 소년들은 일 미터 내로 가까워졌고 그중 한 명이 교회 부지로 이어지는 능선을 타고 사라졌다. 다른 소년은 이비 옆으로 휙 지나갔고, 이비는 더치스를 안정시키기 위해 애써야 했다.

아이들은 더 있었다. 네 명의 소년이 마치 스턴트맨처럼 미친 듯 한 속도로 오래된 담벼락 주위를 돌았다. 핸들에 달린 삼각 깃발들 이 펄럭거렸고 브레이크가 모퉁이를 돌 때마다 비명을 질러댔다.

"꺼져, 멍청한 녀석들!" 이비가 가까스로 소리쳤다. 무소음과 속 도의 결합이 큰 불안감을 일으키기 때문에 말은 평온한 상황에서도 자전거를 혐오한다. 그런데 이 네 명은 그녀의 주위에서 모기처럼 앵앵거렸다. 담 뒤로 사라졌다가 다른 곳에서 다시 나타나며 계속 이비에게 돌아왔다. 다섯 번째로 돌아온 소년 무리는 그녀의 뒤에서 갑자기 나타나 앞으로 파고들었다. 더치스가 고개를 위로 획 치키더니 빙그르르 돌아 언덕을 경보로 내려가기 시작했다.

급박한 비명. 미끄러지는 발굽. 짧은 충격의 고통. 하지만 그때는 고통보다는 분노가 더 컸다.

그리고 고요가 찾아왔다.

이비는 바닥에 엎드려 있었다. 자갈 사이에 낀 지푸라기 한 가닥을 보며 자신이 아직 살아 있나 생각했다. 잠시 후 그녀는 답을 얻었다. 입에서 끼친 숨결에 돌 위로 떨어진 피 한 방울이 떨리는 게 보였다.

고통이 밀려들 것은 알았지만, 정상적으로 작동했던 뇌 영역은 그녀를 내버려둔 채 팽글팽글 돌아가고 있었다. 차갑고 하얀, 부드러운 것 사이에 파묻혀 정신이 멍한 한편으로 왠지 덥기도 했다. 아주 더웠다. 그녀는 자신에게서 흘러나오는 가느다란 물줄기를 바라보며 어째서 산의 냇물이 저토록 빨간 것일까 의문이 들었다. 이제까지의 삶이 끝났다는 것은, 처음부터 알았다.

"기다려요, 내가 곧 가니까!"

지난번엔, 누군가가 그녀가 이해하지 못하는 언어로 소리를 쳤더랬다. 그는 독일어권 언어로 그녀에게 지시 사항을 외쳤고, 그녀는 움직이는 것이 불가능하다는 사실을 깨달은 채로 위를, 이제껏 본 중 가장 파란 하늘을 물끄러미 바라보았다. 아마도 남은 생 동안 움직이기는 불가능……

"움직이지 말아요. 거의 다 됐어요. 앨리스! 톰! 내 말 들려요?"

그리고 그녀는 맥주와 선크림 냄새를 풍기는 키 큰 금발 남자들에게 둘러싸였더랬다. 그녀를 안심시키고 안정시키고자 남자들은 말

피의 수확

을 걸며 그녀를 단단히 묶어 급하게 내려보냈다. 산밑으로.

"괜찮아요. 일어나려고 너무 애쓰지 말아요. 당신 말도 잡아놓았어요. 잘 있어요." 남성 한 명이 무릎을 꿇고 한 손으로 상냥하게 이비의 어깨를 짚은 채 기묘한 억양으로 말을 하고 있었다. "구급차를 불러야 하겠지만 전화를 교회에 두고 왔어요. 길에 당신 혼자 두고 갈 수는 없고요. 앨리스! 톰!"

이비는 머리를 들고 천천히 오른쪽에서 왼쪽으로, 위아래로 움직여보았다. 이마는 충격을 입었지만 목은 괜찮은 것 같았다. 부츠 안에서 오른발과 왼발을 차례대로 꼼지락거려보았다. 두 발 모두 자기 할 일을 제대로 했다. 양 손바닥을 자갈길에 얹고 눌러보았다. 갈빗대에 날카로운 통증이 느껴졌지만 심각하지는 않다는 것을 본능적으로 알아차렸다.

"아니, 움직이지 말아요." 남자의 목소리가 다시 귀에 가깝게 들렸다. "플레처 가족들이 일 분 전에 여기 있었어요. 멀리 가지 않았을 겁니다. 아니, 그러시면 안 된다니까……."

이비가 몸을 일으켜 앉았다. 옆에 무릎을 꿇고 있던 남자는 키가 컸지만 독일인이나 오스트리아인이라고 하기엔 몸집이 작아 보였다. 그리고 그녀 주위의 언덕들은 산이 아니었다. 무어 황야였다. 황야는 갓 든 멍처럼 부드럽고 짙은 보랏빛으로 변하고 있었다.

"괜찮아요?" 반바지에 러닝 조끼를 입은 금발의 남자가 물었다. 사내애들은 자전거를 탔고 더치스는 공황 상태에 빠졌고 그녀는 조깅을 하던 사람에게 구조된 것이다. "아픈 곳이 어디인가요?" 남자가 말을 하고 있었다.

"다 아파요." 말을 할 수 있다는 것을 깨달은 이비가 구시렁거렸다. "심각한 건 아녜요. 더치스는 어딨어요?"

조깅하던 남자가 언덕 아래로 시선을 내렸고 이비도 따라 했다. 더치스는 교회 담 모퉁이의 오래된 철제 고리에 묶여 있었다. 고개를 숙인 암말이 크고 누런 이빨로 쐐기풀밭을 먹어치우고 있었다.

"저 녀석을 잡아서 정말 다행이에요." 이비가 말했다. "그 멍청한 무뢰한들 같으니. 저 말은 며칠 전에 발에 멍이 심하게 들었어요. 괜찮아 보이던가요?"

"흠. 배가 죽을 만큼 고픈 건 확실하지만 그 외엔 괜찮던데요. 제가 말의 육신에 대해 권위자라고 하긴 어렵지만요."

더치스는 네 발로 안정되게 서 있었다. 고통을 느낀다면 먹고 있지 않겠지? 아니, 더치스라면 능히 그럴 수도 있었다.

"다치지 않은 게 확실해요?" 질문을 하는 남자가 보트슈즈를 신고 있다는 것을 그녀는 그제야 눈치챘다. 반바지도 러닝용이 아니었다. 청백색 줄무늬 면바지는 거의 무릎까지 내려왔고 남자의 종아리 뒤에 난 털은 금빛에 성성했다.

"확실해요." 이비가 남자의 다리에서 시선을 거두며 대답했다. 납득하지 못한 듯한 그의 표정에 그녀가 덧붙였다. "저 의사거든요. 당연히 알죠. 길에서 비키고 싶은데, 도와주시겠어요?"

"앗, 미안합니다. 물론이죠." 금발 남자가 벌떡 일어나 몸을 굽히고 마치 피크닉 돗자리에 앉은 아가씨를 일으키려는 듯이 이비에게 오른손을 내밀었다.

그녀가 고개를 저었다. "죄송한데 그렇겐 안돼요. 제가 혼자 일어날 수가 없어요. 괜찮으시면 양팔로 저를 안아서 들어올려주시면 좋겠는데요. 저, 그렇게 안 무거워요."

그가 걱정하는 낯으로 고개를 저었다. "다치지 않았다면서요. 당신이 혼자서 일어날 수 없는 상태라면, 제가 당신을 들어올리면 안 되겠죠. 구급대원을 부릅시다."

이 사람한테 하나하나 설명을 해줘야 하나?

이비는 숨을 깊이 들이쉬었다. "지금은 다치지 않았지만 삼 년 전에 심한 사고를 당해서 왼쪽 다리의 좌골신경이 심하게 훼손되었어요. 보조 없이는 걸을 수 없고 자갈길에서 일어날 때 제 체중을 견딜 만큼 다리가 강하지 않아요. 그나저나 이 길, 꽤 불편하네요."

남자가 그녀를 잠시 바라보았고 그녀는 그의 시선이 그녀의 왼쪽 다리로 향하는 것을 보았다. 심홍색 승마 바지 안의 다리는 부자연스러울 정도로 앙상하고 추했다.

"이 길은 통행인이 많나요?" 언덕을 올려다보며 이비가 물었다.

"아니요. 하지만 당신 말이 맞아요. 미안합니다." 그가 다시 무릎을 꿇고 오른팔을 그녀의 어깨 밑에 넣었다. 남자의 왼손이 그녀의 허벅지 아래로 향했을 때 전류 같은 감각이 그녀의 몸을 꿰뚫었다. 고통과는 아무 상관 없는 감각이었다. 그의 손길을 예상하고 있었고 그와 접촉한다는 것에 마음의 준비가 꽤 되어 있었는데 어째서일까. 그녀는 바로 서서 그에게 기댔다. 살냄새, 먼지 냄새, 그리고 방금 맺힌 남자의 땀냄새가 났다.

"좋아요, 십 미터 정도 언덕을 올라가면 지친 양치기가 앉아서 지원을 기다리는 벤치가 있어요. 우리가 좀 빌려 쓴다고 쓴소리를 들을 것 같진 않군요. 거기까지 갈 수 있겠어요?"

"물론이죠." 이비는 바로 대꾸했지만 말처럼 쉽지는 않을 것이다. 그녀는 남자의 허리에 손을 두를 수밖에 없었다. 그는 뜨거웠다. 뜨거울 수밖에 없었다. 날은 무더웠고 그녀의 몸도 뜨거웠던 것이다. 그녀에게선 말 냄새도 풍길 것이다. 이비가 오른발을 움직이자 왼발이 비명을 질렀다. 걷는다니, 쓸데없는 짓은 당장 집어치워!

"제길." 약한 다리를 앞으로 내디딜 수가 없었다. 내 말 들어, 이 쓸모없는 자식…….

이비가 비틀거리다 또다시 넘어질 뻔했지만 옆의 전우가 그녀의 허리를 잡은 손에 힘을 주고 아래로 몸을 숙여 양다리를 길에서 가뿐히 들어올렸다. 본능적으로 그녀는 아무것도 잡지 않은 팔을 남자의 목 주위에 두르며 매달렸다. 그의 얼굴이 분홍빛으로 물들었다.

"미안합니다. 또 넘어지게 하고 싶지 않았어요. 제가 벤치까지 안고 가도 되겠어요?"

이비가 고개를 끄덕였고 잠시 후 그는 교회 담에 가까운 나무 벤치에 그녀를 살포시 내려놓았다. 그녀는 감사한 마음으로 벤치에 등을 기대며 눈을 감았다. 나는 어떻게 이 정도로 멍청했던 것일까? 더치스를 여기까지 몰고 오다니. 그녀 때문에 둘 다 심각하게 다쳤을 수도 있었다. 사는 게 왜 이렇게 힘들어야 할까? 이비는 눈을 감은 채 눈물을 삼키려고 했다.

다시 눈을 떴을 때 그녀는 혼자였다. 그 남자, 여기다 나를 그냥 두고 간 거야? 세상에나. 내가 나긋나긋하게 굴지는 않았지만 그래도…….

이비는 몸을 앞으로 내밀고 주위를 둘러보았다. 길 건너편에 보이는 창문들은 어둡고 비어 있었다. 무거운 적막이 무어 황야로 내려온 것 같았다. 자전거를 타던 아이들도 사라졌다. 그 아이들이 일으킨 문제를 생각하면 놀라울 것도 없으리라. 하지만 다른 사람은 다 어디 있는 걸까. 집이 이렇게 많은데, 창문이 이렇게 많은데, 살아 있는 것은 전혀 보이지 않았다. 게다가 토요일 오후란 말이다. 무슨 일이 벌어지고 있는지 밖을 내다보는 사람이 어쩌면 이렇게도 없는 걸까?

아니, 있는지도 모른다. 어두운 창문 하나 뒤에서 누군가가 이비를 바라보고 있었다. 이비는 확신했다. 쳐다본다는 기색을 내지 않으며 눈으로 왼쪽과 오른쪽을 훑었다. 뭔가가 움직이는 듯한 기색은 조금도 느껴지지 않았지만, 분명히 누군가가 있었다. 그녀는 천천히 시선을 틀었다.

그녀가 맞았다. 뭔가 움직였다. 저 높이에서. 이비는 눈가로 손을 올려 태양을 가렸다. 아니, 불가능했다. 그녀는 교회 꼭대기에서 무언가가 종종걸음 치는 것을 보았다고 생각했다. 하지만 누구도 그렇게 높이 있을 수는 없을 터. 새를 본 모양이었다. 아니면 다람쥐? 고양이일 수도 있었다.

이비는 턱 끈을 풀고 모자를 벗었다. 머릿속에 느껴지던 압박감이 순식간에 사라졌다. 그녀는 손가락으로 머리카락을 들어올려, 공기가 스며들어 두피를 부드럽게 어루만지도록 했다.

발소리가 들렸다. 반짝이는 줄무늬 반바지를 입은 생강빛 머리카락의 기사님이 돌아온 것이다. 기사님은 물 한 잔을 들고 교회의 길을 따라 반쯤 뛰다시피 그녀에게 다가왔다.

"안녕하세요." 가까워지자 그가 입을 열었다. "차도 대접할 수 있긴 한데 시간이 더 걸려서요. 좀 어때요?"

내가 좀 어떻느냐고? 광속으로 움직일 수 있는 사나운 십 대들에게 괴롭힘을 당했고 열다섯 뼘은 되는 높이의 말 등에서 떨어졌으며 모래사장에서 쉬는 고래처럼 길바닥에 누워 있어야 했다. 그도 모자라 그나마 쥐꼬리만큼 남아 있었을지도 모르는 존엄성은 개나 줘야 했는지, 생강빛 머리카락의 머저리에게 안겨 옮겨져야 했다. 냄새까지 났다. 남자……의 냄새.

"좀 나아진 것 같아요. 낙마는 언제나 충격적이죠. 특히 바닥이 부드러운 흙이 아닐 때는요."

남자가 벤치에 앉았다. "당신 말을 믿을게요. 무례하게 들리겠지만 이 말은 해야겠어요. 다리가 약한데 혼자 나와도 되는 건가요?"

이비가 입을 열다가 굳게 다물었다. 남자의 의도는 선량했다. 그녀는 손목시계를 보며 잠시 뜸을 들였다. "흠, 한동안은 나오는 일이 없을 거예요. 제가 이용하는 사육소는 아주 엄격하거든요. 다음 여섯 달 동안은 누군가의 감독하에 마술 연습장 주위를 속보로 움직이게 될 거예요."

"아마도……." 그녀의 표정에 그가 말을 멈췄다. "얼마나 멀리서 오신 건가요?" 그가 물었다.

"브래컨 팜 사육소에서요. 무어 황야를 가로지르면 칠 킬로미터 정도 거리예요."

"제가 거기 전화해드릴까요? 그쪽에서 여기까지 말을 데리러 올 수 있을지 모르겠지만 제가 말을 데리고 걸……."

"아뇨." 의도한 것보다 대답은 더 크고 단호하게 튀어나왔다. 전투가 곧 벌어지리라는 느낌이 들었기 때문이다. 멍이 들고 충격을 받은 상태라도 그녀는 그 전투를 이겨야 했다. 이비는 가까스로 미소를 지으며 말을 이었다. "감사합니다. 잠시 후에 제가 타고 돌아가면 됩니다." 말에 다시 오를 상태가 전혀 아니라고 느끼면서도 그녀는 물을 마저 마시고 모자를 썼다. 무슨 일이 벌어질지 정확히 예측할 수 있었으므로, 그녀는 곧 떠나겠다는 신호를 보내야 한다고 굳게 마음먹었다.

남자가 고개를 설레설레 흔들었다. 뭐, 그럴 줄 알았다. 키가 크고 강인하고 사지를 모두 잘 쓸 수 있다는 이유만으로 그는 자기 맘대로 할 수 있는 것이다. "당신이 말에 오르도록 두지 않겠어요." 그가 말했다.

"뭐라고요?"

"미안하지만, 아가씨. 당신은 장애인이에요. 심하게 추락했고 아마 잠깐 기절도 했을 겁니다. 헐벗은 무어 황야를 가로질러 칠 킬로미터나 말을 몰고 갈 수는 없어요."

'미안하지만, 아가씨'라고? 이비는 길로 시선을 돌렸다. 안 그러면 그를 노려보지 않을 수 없었기 때문이다. 지난 삼 년 동안 그녀가 배운 게 하나 있다면, 다친 사람은 화를 낼 자유도 없다는 점이었다. 비장애인이 화가 날 때 짜증을 낸다 해도 그건 누구에게나 일어나는 일이다. 그러나 장애인이 기분 나쁜 기색을 보이면 뭔가 문제가 있고 그가 도움을 필요로 한다는 뜻이다. 제대로 일을 처리할 수 없다는 의미였다.

"걱정해주셔서 감사합니다. 하지만 장애인이건 아니건 저는 저자신의 행동에 책임을 져야 하고요. 말에 오르는 데 아무 도움이 필요 없답니다. 저 때문에 여기서 더 시간을 쓰실 필요는 없어요."

그녀는 유리잔을 돌려주고 벤치에서 몸을 옆으로 살짝 비켰다. 남자가 그녀를 두고 가게 하려면 지금이 최선이다.

"어떻게요?" 그는 움직이지 않았다.

"뭐라고요?"

"이보세요. 당신이 길에서 혼자 일어날 수도 없어서 이 의자까지 내가 옮겨야 했잖아요? 그런데 어떻게 언덕 아래로 십이삼 미터를 걸어 내려가서 커다란 말에 올라탈 거냐고요."

"잘 보고 배우시죠."

이비는 몸을 꼿꼿이 세웠다. 육십 센티미터 정도의 거리에 담이 있으니 아래로 내려갈 때 짚고 가면 되리라.

"잠깐만 기다려요. 우리 협상합시다."

남자가 그녀의 코앞에 서 있었다. 담까지 혼자 가는 것은 가능했다. 협상부터 해서 그를 없애버리는 것은 아마 일도 아닐 것이다.

"뭘요?"

"당신이 십 분만 더 쉬고 사육소에 도착하는 순간 내게 전화를 준다면, 당신이 말에 올라타는 걸 도와주고 승마로까지 데려다주겠습니다."

초면인 남자와 가장 기본적인 축에 속하는 자유를 협상해야 한다니. "내가 동의하지 않는다면요?"

그가 주머니에서 휴대전화를 꺼냈다. "브래컨 팜 사육소에 전화해서 무슨 일이 발생했는지 정확히 말할 겁니다. 당신이 담 끝까지 가기 전에 그들이 이리로 오겠죠."

"치사한 자식." 저도 모르게 입에서 욕이 튀어나왔다.

그가 휴대전화를 들어 보였다.

"내 앞에서 비켜요."

그가 번호판을 몇 번 누르더니 잠시 후 말했다. "여보세요. 전화

번호 문의 좀 하려는데요. 사육소……."

이비가 항복의 뜻으로 양손을 들어올려 보이고 다시 앉았다. 남자는 교환원에게 사과를 하고 주머니에 전화를 넣었다. 이비는 시간에 관심도 없었고 자신이 유치하게 굴고 있다는 것을 알면서도 보란 듯이 손목시계를 쳐다보았다. 남자가 그녀 옆에 앉았다.

"차 한잔할래요?" 그가 제안했다.

"아뇨, 괜찮아요."

"물 한 잔 더?"

"가져오는 데 시간이 오래 걸린다면, 부탁할게요."

남자가 겸연쩍은 듯 낮게 킥 웃었다. "나 참. 사촌 결혼식에 갔을 때 잔뜩 취해서 목사 들러리한테 토한 적이 있는데 그때 이후로 숙녀분께 이렇게 좋은 대접을 받는 건 처음인데요."

"아, 그래요. 그 숙녀분만큼 저도 기분이 좋네요."

"그 숙녀와 저는 열여덟 달 동안 사귀었는데요?"

침묵. 이비는 다시 손목시계를 보았다.

"참, 헵턴클로는 마음에 들었습니까?" 그가 물었다.

이비는 앞을 똑바로 바라보고 있었다. 맞은편에 보이는 작은 계단과 아주 작은 길, 넓어 봤자 남자가 양팔을 벌린 너비 정도의 작은 길 외엔 아무것도 보지 않겠다고 굳게 마음먹었다. 모자를 다시 벗고 싶은 충동이 불쑥 일었다.

"정말 좋아요." 그녀가 말했다.

"처음 온 건가요?"

"처음이자 마지막요."

나이 많고 거동이 쉽지 않은 사람이 계단을 내려갈 수 있도록 철제 난간이 담에 설치되어 있었다. 난간을 짚는다 해도 계단이 너무 가팔라 이비는 고생할 것이었다. 네 단의 계단. 이비에겐 백 개나 다름없었다.

"뇌진탕이 아닌 게 확실해요? 사람들은 보통 날 처음 만났을 때 이렇게 무례하지 않거든요. 시간이 지나면 그렇게 되는 일이 꽤 흔하지만 처음엔 안 그런다고요. 내 손가락이 몇 개로 보이죠?"

이비의 고개가 확 돌아갔다. 거친 말을 퍼붓기 위해 입부터 먼저 열었다. 남자가 양 주먹을 들고 있었고 손가락은 안 보였다. 그는 흠칫 놀란 척 뒤로 몸을 젖혔다. 그녀는 남자의 얼굴을 후려치기 위해 오른팔을 들었다. 그 행동의 결과에 대해서는 신경쓰지 않았다. 그리고…….

"당신은 미소를 짓는 게 훨씬 더 예뻐요."

……그 생각이 싹 사라지는 것을 느꼈다.

"미소 짓지 않아도 아주 예쁩니다. 오해하지 말아요. 나는 그저 미소 짓는 여성분이 더 좋더라고요. 내 독특한 취향이랄까."

그 남자를 때리고 싶은 마음은 이제 전혀 없었다. 이비는 상당히 다른 행동을 하고 싶었다. 심지어 여기서, 길거리에서, 온 세상이 볼 수 있는 곳에서…….

"입 좀 다물어요." 그녀가 간신히 대꾸했다.

남자가 손가락 두 개를 딱 붙여 입 위로 지퍼를 잠그는 듯한, 실없고 유치한 동작을 했다. 그의 입은 여전히 길게 늘어나 있었다. 이비는 고개를 돌렸다. 자칫하면 자신의 미소가 남자의 미소와 너무 비슷해질 것 같았다.

다시 침묵. 길 건너에 고양이가 한 마리 나타났다. 그리고 제일 위

계단에 앉아 몸을 깨끗이 단장하기 시작했다.

"나도 저렇게 할 수 있으면 좋겠다는 생각을 항상 해요." 그가 말했다.

"아하!" 그녀가 손가락 하나를 들어 보였다.

"미안요."

침묵. 고양이가 한쪽 다리를 들어올리고 자기 성기를 핥았다. 두 사람이 앉은 벤치가 흔들리기 시작했다. 희망이 없었다. 곧 나는 십대처럼 낄낄거리겠지. 이비는 그에게 시선을 돌렸다. 그러면 적어도 고양이는 바라보지 않아도 되니까.

"여기 살아요?"

그가 고개를 저었다. "아니요. 여기서는 일만 합니다. 언덕을 내려가 몇 킬로미터 떨어진 곳에 살죠."

남자의 다갈색 눈동자와 짙은 속눈썹이 밝은 색 머리카락에 대비되며 두드러졌다. 생강빛 머리카락인가? 그리고 보니 그의 머리색을 묘사하기에 생강은 너무 거친 단어인 듯 느껴졌다. 오늘처럼 부드러운 구월 햇빛 아래에서 뭐랄까…… 꿀처럼 보이는 색인데?

이비는 아래로 시선을 흘낏 던지며 손목시계를 보았다. 십 분이 지나 있었다. 그녀는 손목을 비틀어 더이상 시간을 확인할 수 없도록 시계를 아래로 향하게 했다. "교회가 왜 두 채나 있는 건가요?"

"근사하죠. 그렇지 않나요? '전'과 '후'라고나 할까. 역사 강의를 좀 할 테니 정신 바짝 차리세요. 대수도원들이 영국을 장악한 시절로 거슬러 올라갑니다. 그때는 헵턴클로에도 수도원이 하나 있었어요. 건축은 1193년에 시작되었죠. 우리 뒤에 있는 교회가 먼저 지어졌고, 주택과 농장은 나중에 지어졌죠."

그가 벤치에서 몸을 휙 돌려 그들 뒤의 폐허를 마주했다. 이비도 따라 했지만 왼쪽 다리가 심하게 아파왔다. 그가 말을 이었다. "수도원장이 살던 건물은 여전히 있어요. 오래되고 아름다운 중세 건물이죠. 여기선 잘 안 보입니다. 새 교회의 맞은편에 있거든요. 지금은 렌쇼라는 가족이 살고 있어요."

이비는 학창 시절의 역사 수업을 떠올리고 있었다. "그렇다면 수도원이 폐허가 된 것은 헨리 8세의 탓인 건가요?"

남자가 고개를 끄덕이며 동의했다. "뭐, 그자가 도움이 되지 않은 건 확실하죠. 헵턴클로의 마지막 수도원장은 리처드 패스턴이란 사람이었는데, 헨리의 교회 정책에 반대하는 저항 운동에 연루되어 반역 혐의로 재판을 받았죠."

"처형됐나요?"

"여기서 그리 멀지 않은 곳에서요. 그리고 그가 데리고 있던 수도사도 대부분 죽었죠. 마을은 계속 번성했어요. 16세기에는 사우스페나인 모직 교역의 중심지였습니다. 직물회관이 있었고 은행과 여관과 점포가 두어 군데, 그리고 중등학교가 있었고, 마침내 새 교회가 옛 교회 옆에 지어졌어요. 옛 교회가 뭐랄까, 그림 같은 풍경을 만든다고 마을 사람들이 생각했거든요."

"지금도 그렇네요." 이비가 인정했다.

"18세기 후반에 핼리팩스가 모직 교역의 새로운 강자로 등장하면서 헵턴클로는 대장 자리를 잃었어요. 옛 건물들이 남아 있지만 지금은 주로 주택으로 사용됩니다. 대부분 한 가문이 소유하고 있지요."

"새 교회는 탑이 없네요." 이비가 지적했다. "그걸 제외하면 새 교회는 옛 교회를 작은 규모로 복제한 것 같아요. 큰 탑 대신 네 개의 작은 탑을 가진 복제품요."

친절한 벗이 내막을 설명해주었다. "새 교회가 완성되기 전에 마을 평의회가 돈을 다 써버렸어요. 그래서 종 하나를 넣기 위한 작은 탑을 지었는데 보기에 별로여서 균형을 잡기 위해 세 개를 더 지은 겁니다. 하지만 장식용에 불과한 탑입니다. 들어갈 수도 없어요. 돈이 생기면 무너뜨리고 큰 탑을 새로 세우는 것이 원래 계획이었던 것 같지만……." 그가 어깨를 으쓱했다. 탑을 세울 돈이 생기지 않았음이 분명했다.

더이상 머무를 핑계가 없었다. 이곳에 오래 머무를수록 그녀는 사육소에서 곤란을 겪을 터였다. "저, 이젠 정말 괜찮아요. 그리고 돌아가봐야 해요. 혹시 저를 도……."

"그럼요." 마치 그저 예의를 지키고 있었을 뿐인 것처럼 남자가 다소 급하게 일어섰다. 이비도 일어났다. 남자의 조끼 목에서 빼꼼 삐져나온 금빛 털이 그녀의 눈과 높이가 맞았다.

"어떻게 하고 싶어요?" 그가 물었다.

그녀는 남자를 제대로 보기 위해 고개를 젖혔고 그에게 다시 안겨 언덕을 내려간다는 생각이 그리 싫지 않았다. 허벅지에 통증이 날카롭게 느껴졌다. "당신 팔을 잡아도 될까요?" 그녀가 물었다.

그는 옛 시절의 연인들처럼 오른쪽 팔꿈치를 내밀었고 둘은 언덕을 걸어 내려갔다. 왼쪽 다리가 불타는 것 같았지만 그들은 너무나 빨리 더치스와 재회했다.

"안녕하세요, 해리. 이거 누구 말이에요?" 작은 목소리가 들렸다.

"이 귀한 말은 아름다운 베렝가리아 공주님의 것이란다. 이제 공주님께선 말을 타고 언덕 위의 성으로 돌아가실 거야." 해리라는 호칭에 답한 남자가 말했다. 그는 담 저편에 있는 누군가를 보는 듯했다. "다리를 올리시겠사옵니까, 공주님?" 그가 이비에게 몸을 틀며 말했다.

"말 머리만 잘 잡아주겠어요?"

"이번에도 퇴짜군." 해리가 고삐를 풀어 더치스의 머리에 씌우면서 중얼거렸다. 이비가 왼발을 들어 등자에 거는 동안 그는 굴레를 잡고 있었다. 그녀는 발을 살짝 세 번 구른 후 말 위에 자리잡았다. 그녀의 눈에 짙은 빨간 머리에 대여섯 살 정도 된 작은 사내아이가 들어왔다. 아이는 오른손에는 플라스틱 광선검을, 왼손에는 그녀에게 낯익은 물건을 들고 있었다.

"안녕." 이비가 말했다. 아이가 그녀를 물끄러미 바라보았다. 공주처럼 보이지 않는다고, 공주라 해도 예쁜 공주는 아니라고 생각하는 것이 분명했다. 그리고 아마 지금 바로 입을 열어 그렇게 말을 할 것이다. 아이는 그렇다.

"이거 아줌마 거예요?" 대신 아이는 이비가 떨어뜨리고 잠시 잊었던 채찍을 내밀며 말했다. "길에서 주웠어요."

담에 기어올라 채찍을 건넨 아이에게 이비는 미소를 지으며 감사의 인사를 했다. 해리는 여전히 더치스의 굴레를 붙들고 있었다. 그는 짧고 가파른 언덕을 따라 말을 이끌었고 두 사람은 와이트 레인이라 불리는 길에 이르렀다. 길로 접어들 때 이비는 아까 본 고양이가 낡은 나무 울타리를 따라 가볍게 통통 따라오고 있는 모습을 보았다. 뒤를 흘깃 보니 사내아이도 그들을 바라보고 있었다.

자갈길이 거칠어지고 집들의 모양이 다양해지면서 해리는 말할

피의 수확

거리가 다 떨어진 듯 보였다. 그들은 길 끝에 세워진 통행문에 다다랐고 해리는 마침내 굴레를 놓고 문을 열어주었다.

"돌아가는 데 얼마나 걸립니까?" 그가 물었다. 그의 머리 뒤에서 산울타리에 맺힌 나무딸기가 루비처럼 반짝거렸다.

"속보로 계속 가다가 마지막 백 미터 정도를 구보로 가면 이십 분 걸려요."

해리가 말 안 듣는 학생에게 설교하는 교장같이 엄숙한 표정을 지었다. "찬찬히 걸으면요?" 그의 발치에 피어 있는 히스는 오디 열매처럼 짙은 자주색이었다. 구월이 얼마나 아름다울 수 있는지 그녀는 잊었더랬다.

내 입이 미소 짓게는 하지 않겠어. "삼십오 분이나 사십 분요."

그가 손목시계를 보고 주머니를 뒤져 명함을 꺼냈다. "4시까지는 전화 주세요." 명함을 건네며 그가 말했다. "그때까지 전화가 오지 않으면 십오 킬로미터 반경 내에 있는 모든 응급실과 군부대와 해안경비대와 말 사육소와 전국농민연합에 전화를 할 겁니다. 우리 둘 다에게 창피한 일이 되겠죠."

"그리고 당신 돈도 많이 들겠죠." 명함을 셔츠 주머니에 넣으며 이비가 말했다.

"그러니 전화해요."

"전화할게요."

"뵙게 되어 황송했사옵니다, 공주님."

이비가 오른쪽 다리에 힘을 주고 채찍을 찰싹 튀겼고 집으로 향한다는 것을 본능적으로 깨달은 더치스가 힘차게 걷기 시작했다. 그녀는 뒤를 돌아보지 않았다. 그에게 그녀가 보이지 않는 것이 확실할 정도로 멀리 온 후에야 그녀는 셔츠 주머니에서 명함을 꺼내 보았다.

방금 전에 만났는데 그녀에게 전화를 달라고 우기는 남자. 이런 일이 있던 게 언제였던가? 그는 그녀를 품에 안아주었다. 아름답다 해주었다. 길거리에서 그녀는 그에게 진한 키스를 하고 싶었다. 명함을 보았다. "목회자 해리 레이콕, 학사/신학 준학사"라고 씌어 있었다. "굿쇼브리지·러브클로·헵턴클로 본당 통합목사". 밑에는 연락처가 있었다. 더치스는 계속 걸었고 이비는 주머니에 명함을 넣었다.

그 남자는 목사였다.

할말이 없었다.

11

해리는 십 분 남짓 담에 기대 여자가 말을 타고 사라지는 모습을 지켜보았다. 그녀와 회색 말이 관목 숲속으로 사라졌을 때에야 몸을 틀어 천천히 교회로 향했다. 새 저택 옆을 지날 때 그의 눈에 거실 창가에 앉아 있는 앨리스 플레처가 들어왔다. 수화기에 대고 이야기를 하며 정원에 있는 조를 지켜보던 그녀가 해리에게 손을 흔들었다.

해리는 옛 수도원 입구로 걸어 들어가다 그를 기다리던 사람과 마주쳤다.

젊은 여성. 과다한 흡연과 음주로 나이에 걸맞지 않게 주름이 진 잿빛 얼굴. 청바지에 빛바랜 긴팔 티셔츠를 입었고 머리카락은 뒤로 넘겨 포니테일 스타일로 단단히 묶었다. 머리끈 위로는 흐릿한 갈색 머리가 떡이 져 있었고 머리끈 아래로는 햇빛 아래 오래 방치된 지푸라기 같은 머리카락이 비죽비죽 삐져나와 있었다.

"올리버 선생님이었죠? 맞죠? 내 얘기 하던가요?" 그녀가 물었다.

해리는 젊은 여성을 쳐다보았다. 화장기 없는 얼굴. 그다지 깨끗하지 않은 옷가지. 뭐라는 거지? 그가 처음 부분을 미처 못 들은 건가? 안녕하세요, 저는 누구라고 합니다, 새로 오신 목사님을 뵈어서 기쁘네요. 이런 부분? "흠. 자기 이름을 말하진 않았어요." 그가 잠시 뜸을 들였다 대답했다. "하지만 당신 말을 듣고 보니, 자기가 의사라고 하긴 했네요. 안녕하세요? 해리 레이콕이라고 합니다." 그가 손을 내밀었지만 여자는 잡으려고 하지 않았다.

"선생님이 나에 대해 뭐라고 했어요?" 그녀가 대답을 요구했다.

그가 알지 못하는 사정이 있는 모양이었다. 분명히, 말을 탔던 여자는 동네를 처음 방문한 거라고 했다. 처음이자 마지막일 거라고 했다.

"왜 웃는 거예요? 무슨 말을 들었어요?"

그는 잠시 집중했다. 이 아가씨에게 문제가 있다는 것은 그녀의 낯빛 나쁜 얼굴에 두드러지는 코만큼이나 뚜렷했다.

"그 사람은 누구에 대해서도 이야기하지 않았어요. 말에서 떨어져서 쇼크 상태였거든요. 하지만 그 사람이 의사라면……."

"정신과 의사예요."

"정…… 네?" 그의 목소리에서 놀라움을 감추는 것은 불가능했다. 그 툴툴거리고 예민하던 사람이……. 맙소사. "흠. 그런 말은 하지 않았습니다만, 그 사람이 정신과 의사라면 자기 환자에 대해서는 누구하고도 이야기할 수 없어요. 그렇다면…….”

“난 환자가 아니에요. 그저 때때로 만날 뿐이에요.”

“그렇겠죠.” 해리는 저도 모르게 마치 그녀의 말을 잘 이해한다는 양 고개를 끄덕였지만 진정으로 이해한 것은 아니었다.

“당신이 새로 온 목사예요?”

마침내, 그가 잘 아는 영역으로 돌아왔다. “네. 이름은 해리라고 해요. 격식을 갖추고 싶다면 레이콕 목사라고 부르면 되지만 그러는 사람은 거의 없어요. 아무래도 이 반바지 때문인 것 같아요. 그런데 당신은……?”

“앨리스가 내 얘기 했어요?”

“앨리스?” 아무래도 그가 문제인 것 같다. 뇌가 방금 휴가원이라도 낸 걸까.

“앨리스 플레처요. 새집에 사는 사람요.”

빛이 강림하였다. “당신이 질리언인가요?”

젊은 여성이 고개를 끄덕였다.

“당신에 대해 언급했어요. 슬픈 일을 겪었다고 들었는데, 참 안됐습니다.”

여성의 얼굴이 움찔거리다 움츠러들었고 얄따란 입술이 꽉 다물리며 사라졌다. “고맙습니다.” 그녀의 눈동자가 그의 얼굴을 벗어나 그의 왼편 어깨 너머 어딘가로 향했다.

“어떻게 지내고 있나요? 잘 지내요?” 해리가 물었다.

질리언이 숨을 깊게 들이쉬었고 순간 그녀의 눈동자가 초점을 잃으며 팽창했다. 멍청한 질문 같으니. 물론 그녀는 잘 지내고 있지 못하다. 그리고 그녀는 그에게 왜 신이 그녀의 아이를 앗아갔는지 물으려고 할 것이다. 이 세상 하고많은 아이 가운데 하필 왜 내 아이냐는 등의 질문이 터질 것이다.

"차를 끓이려던 참이었어요." 해리는 재빨리 입을 열었다. "제의실에 주전자가 있답니다. 같이 드시겠어요?" 질리언은 차라는 것이 그녀의 일상생활에서 낯선 존재인 듯 잠시 그를 바라보다 이윽고 고개를 끄덕였다. 해리는 앨리스가 그녀에 대해 무엇이라고 했는지 떠올리려고 애쓰며 그녀를 이끌었다. 둘은 옛 수도원의 폐허를 뚫고 판석으로 포장된 길을 따라 세인트 바나바 교회로 향했다.

질리언 로저스였나? 로버츠였나? 잘 기억이 나지 않았다. 아무튼 이 젊은 여성은 삼 년 전에 집에 난 화재로 딸을 잃었다. 그 이후 살아 있는 유령처럼 하루 종일 무어 황야를 걷고 마을의 옛 거리를 헤맸다. 앨리스는 옛 수도원 터에서 그녀를 처음 만나 커피를 같이 마시자고 집으로 청했다고 한다. 앨리스가 으레 취하는, 친절하지만 충동적이고 그다지 현명하지 못한 행동이었다. 초대를 받아들인 질리언은 거의 오전 내내 새 저택에서 머물렀고, 대화를 시도하는 앨리스에게 어영부영 대답을 했지만 대체로 아이들이 노는 것을 그저 바라보기만 했단다.

가을의 햇빛이 사라진 후라 그런지 교회는 으스스 춥고 축축했다. "이 교회를 혼자 다 청소하세요?" 질리언이 해리와 함께 통로를 따라 걸으며 물었다.

"감사하게도, 그럴 필요가 없어요. 교구에서 전문 청소 인력을 보내주었거든요. 방금 전에 끝내고 갔죠. 나는 그저 찬장을 정리하고 무엇이 어디 들어 있는지 확인하면서 교회 건물을 정상으로 되돌려 놓는 중입니다. 앨리스와 아이들이 도와주고 있고요."

해리가 제의실 문을 밀어 열고 질리언을 먼저 들여보냈다. 의자를 몇 개, 그리고 작은 테이블도 하나 들여놓아야 할 것 같다. 주전자가 아직 따뜻했다. 그 의사가 말한테 고함을 치는 소리가 들렸을 때 그는 스위치를 켰고, 찬장에서 티백과 머그잔을 찾아냈을 때 즈음 물이 다 끓었다. 그는 질리언이 그의 바로 뒤에 붙어 있다는 사실을 의식하며 뜨거운 물을 붓고, 우유나 설탕을 넣겠느냐고 묻지 않고 둘 다 넣었다. 그녀에게 둘 다 필요한 것은 분명했다. 마침 앨리스가 오늘 두고 간 큰 포장의 초콜릿 다이제스티브 비스킷도 있었다. 앨리스에게 축복 있으라.

그는 질리언에게 잔을 내밀었다. 잔을 받기 위해 내민 작고 하얀 손이 걷잡을 수 없이 떨리고 있었다. 팔목의 피부에는 숱한 흉터가 어지럽게 나 있었다. 팔목을 향한 시선을 느낀 그녀의 얼굴이 벌게졌다. 그는 차를 물리고 대신 비스킷을 내밀었다.

"가서 앉을까요." 그렇게 제안한 후 해리가 교회 쪽으로 앞서 나갔다. 그는 합창단석의 앞좌석에 앉았다. 질리언도 앉았을 때 그는 이제는 뜨거운 차를 줘도 괜찮겠다 싶었다. 그는 자신의 차를 감사한 마음으로 홀짝거렸다. 교회를 청소하고, 입이 험한 정신과 의사를 구출하고, 슬픔에 잠긴 신도를 위로하는 일은 목을 마르게 하는 일이었다.

"난 술을 여드레나 안 마셨어요." 질리언이 말했다. 잠시 그는 이해할 수 없……. 아, 그렇다. 앨리스가 질리언이 가정의를 찾아가서 알코올중독자 지원 모임과 가정 문제를 전문으로 하는 정신과 의사를 소개받았다고 했다. 물론 그 정신과 의사는 그가 조금 아까 만났던 숙녀분이 틀림없었다. 올리버 선생님.

피의 수확

"잘했어요."

"몸이 좀 나아졌어요. 진짜로요. 올리버 선생님이 잠자는 데 도움이 된다는 약을 좀 줬어요. 잠을 잘 수 있게 된 것이 참으로 오랜만이에요."

"정말 다행이군요." 해리는 최선을 다해 '나는 참을성이 많고 당신이야기에 관심이 있어요'라는 표정을 얼굴에 떠올리고 그녀의 다음말을 기다렸다.

"질리언은 믿음이 있나요?" 그녀가 입을 다시 열 생각이 없음을깨닫고 그가 물었다. 때로는 직격탄을 쏘는 게 최선이다.

마치 그의 말을 이해하지 못한 듯 그녀가 그를 물끄러미 바라보았다. "내가 신을 믿느냐, 뭐 그런 거요?"

그가 고개를 끄덕였다. "그래요, 그 뜻이에요. 사랑하는 사람을잃는 것은 매우 힘든 일이죠. 강한 믿음을 가진 사람조차 시험에 든답니다."

질리언의 손이 다시 떨리고 있었다. 뜨거운 차에 델 것 같았다. 해리는 손을 뻗어 머그잔을 잡아 바닥에 놓았다.

"그 일이 난 후에, 사람이 왔어요. 성직자가요. 헤일리가 하늘에계신 아버지와 함께 있고 행복하다고, 그러니 안심하라고 했어요.하지만 엄마가 없는데 어떻게 그 애가 행복할 수 있겠어요? 혼자잖아요. 두 살인데 혼자라고요. 그게 내가 이해할 수 없는 점이에요.그 아이는 너무나 외로울 거예요."

"전에 다른 가족을 잃은 적이 있어요, 질리언? 부모님은 생존해계신가요?"

질리언이 어리둥절한 표정을 지었다. "아빠는 내가 어릴 때 죽었

어요. 자동차 사고로요. 그리고 여동생이 있었는데 오래전에 죽었
고요."

"참 안됐어요. 조부모님은요? 살아 계신 분이 있나요?"

"아뇨. 다 돌아가셨어요. 근데 왜……."

해리가 그녀의 양손을 모아 잡고 앞으로 몸을 숙였다. "질리언, 장
례식에서 자주 읽는 구절이 있습니다. 질리언도 들어봤을 수 있어
요. 백 년 전에 어떤 주교가 쓴 구절인데, 사랑하는 이의 죽음을 바
닷가에 서서 아름다운 배가 수평선 너머로 떠나는 모습에 비유한 거
예요. 잠깐 떠올려볼 수 있어요? 파란 바다와 아름답게 지어진 나무
보트와 하얀 모래밭을 상상해봐요."

질리언이 눈을 꼭 감았다. 그녀가 고개를 끄덕였다.

"보트는 점점 작아지다 수평선 너머로 사라지고, 당신 옆에 서 있
는 누군가가 말해요. '배가 사라졌어.'"

질리언의 감긴 눈꼬리에 눈물이 맺혔다.

"더이상 눈에는 보이지 않을지라도 배는 여전히 존재해요. 여전
히 강하고 아름다워요. 그리고 배가 당신의 시야에서 사라지는 순
간, 그 배는 다른 바닷가에 모습을 나타내지요. 다른 사람이 볼 수
있게 되는 겁니다."

질리언이 눈을 떴다.

"헤일리는 그 배와 같아요. 질리언의 시야에서는 사라졌지만 여
전히 존재해요. 그리고 새로 간 곳에 있는 사람들은 그 아이를 만나
서 너무 기쁘답니다. 질리언의 아버지와 여동생과 조부모님이요.
그분들이 헤일리를 잘 돌봐주고 조건 없이 사랑해줄 겁니다. 당신
이 헤일리를 다시 만나게 될 때까지요."

젊은 여성의 울부짖음에 그의 가슴이 찢어졌다. 그는 그 자리에서 그녀의 마른 몸이 흐느끼고 눈물이 그의 양손에 떨어지는 모습을 지켜보았다. 오 분, 아마 십 분은 울었을 것이다. 그녀가 그에게서 벗어나려는 기색이 느껴질 때까지 그는 그녀의 손을 잡고 있었다. 휴지는 없었지만 제의실 어딘가에 키친타월이 있었다. 그는 제의실로 빠르게 걸어가 싱크대 뒤에서 키친타월을 찾아내 그녀에게 건넸다. 그녀가 얼굴을 닦고 그에게 미소를 지어 보이려고 했다. 눈물에 씻긴 눈동자는 은빛에 가까웠다. 올리버 선생의 눈동자는 파란빛이었다. 보랏빛이 깃든 깊은 파란빛.

그의 반바지 주머니에서 휴대전화가 울렸다. 지금은 무시하고 음성 사서함으로 가게 내버려두었다가 나중에 응답 전화를 거는 것이 옳을 테지만, 그는 누가 전화를 걸었는지 알고 있었다.

"잠시 실례하겠습니다. 바로 올게요." 그가 일어서며 말했다.

그는 통로를 따라 몇 발자국 걸어간 후 '받기' 버튼을 눌렀다.

"해리 레이콕입니다."

"베렝가리아예요."

"안전하게 도착하셨습니까, 올리버 선생님?"

"잠깐만요. 좀 으스스한데요. 어떻게 알았어요?"

해리는 통로 뒤편을 흘낏 보았다. 질리언은 바닥을 바라보고 있었다. 그녀와 너무 가까웠다. 그가 말하는 것이 전부 들릴 것이다. "제 상사처럼 저도 신비한 방식으로 일하거든요."

잠시의 침묵.

"어, 네, 도와주셔서 고마워요." 마침내 올리버 선생의 목소리가 들렸다. "더치스와 저는 둘 다 저희가 와야 할 곳으로 돌아왔고요.

모험에도 불구하고 다 괜찮답니다."

"듣던 중 반가운 소식입니다." 질리언이 그를 바라보고 있었다. 자신의 시간이 방해받는 것을 그녀는 좋아하지 않을 것이다. 사별을 겪은 이는 이기적일 수 있다. 타이밍이 별로군요, 공주. "그럼 잘 지내요. 더치스에게도 안부 전해주세요."

"그럴게요." 전화기 저편의 목소리가 밋밋해졌다. "그럼 이만."

공주는 사라졌고 그는 질리언에게 돌아가야 했다. 그녀는 더이상 합창단석 앞줄에 차분하게 앉아 있지 못하고 일어서 있었다. 두려움과 경악이라고밖에 묘사할 수 없는 표정으로 주위를 둘러보고 있었다. 얼굴 가죽이 마치 무언가에 세게 잡아당겨진 듯, 가면처럼 보였다. 그녀가 그를 향해 성큼성큼 걸어왔다. "들었어요?" 그녀가 다그쳤다. "목사님도 들었느냐고요?"

"내가요? 뭘요?" 그는 통화중이었다. 무슨 소리를 들었어야 하는 거였나?

"엄마라고 부르는 목소리요. 들었어요?"

질리언에게 일어난 변화에 깜짝 놀란 해리는 약간 경계심이 일어 주위를 둘러보았다. "무슨 소리를 들은 것 같긴 한데요. 전 통화중이었어요." 그가 휴대폰을 들어 보였다.

"뭐요? 뭘 들었어요?" 그녀가 다그쳤다.

"어, 아이 소리라고 생각했어요. 밖에 있는 어린아이."

그녀가 그의 팔을 움켜잡았다. 그녀의 손가락이 그의 맨살에 파고들었다. "아니, 안이었어요. 교회 안에서 들려왔어요."

"여긴 우리 말고 아무도 없어요. 여기처럼 오래된 건물에 있으면 속기 쉬워요. 메아리가 이상하게 울리거든요." 그가 천천히 말했다.

질리언이 그에게서 휙 돌아서더니 통로를 따라 뛰다시피 되돌아갔다. 합창단석에 이른 그녀는 첫 번째 좌석을 가로로 길게 살피더니 좌석을 차례대로 옮겨가며 합창단석 전체를 살폈다.

대체 무슨 일이지?

그녀는 교회 안을 휘젓듯 돌아다녔다. 오르간 의자를 끌어내보기도 하고 제대 뒤로 돌아가 제대보를 들췄다. 그가 다가갔을 때 그녀는 포기한 듯 한차례 흐느끼고 타일 바닥에 쓰러지다시피 무너졌다. 그러고는 이내 몸을 추슬러 일으켰다.

"헤일리!" 질리언이 소리쳤다.

해리가 우뚝 멈춰 섰다. 그 또한 교회 안에서 목소리를 들었다. 사람의 움직이는 모습은 보이지 않았지만 소리는 들렸다. 지금 이 순간, 어째서 뒤를 돌아보고 싶은 충동이 이렇게 거세게 드는 걸까?

그가 돌아섰다. 교회 안에는 아무도 없었다. 질리언과 자신뿐이었다.

"집에 데려다줄게요. 휴식을 취해야겠어요." 그가 말했다. 그녀가 주치의의 이름을 알려준다면 그가 전화를 걸어 무슨 일이 벌어지고 있는지 설명하고 그녀를 데려갈 사람을 즉각 보내줄 수 있는지 알아볼 수 있을 것이다. 그리고 내일 아침 예배가 끝난 후에 그가 그녀를 방문하면 될 것이다. 가까이 다가온 그에게 그녀가 달라붙었다.

"들었죠? 목사님도 헤일리의 목소리를 들었잖아요." 그녀가 애걸하다시피 다그쳤다. 자신이 이성을 잃은 것이 아니라고 말해달라 애원하고 있었다.

"아이의 목소리가 확실히 들렸습니다." 솔직히 말하면 확신은 없었지만 그는 그렇게 대답했다. 그때 그는 수화기 저편의 목소리가 변한 의미를 고심하는 중이었다. "'엄마'라고 말하는 아이의 목소리를 들었을 수도 있어요. 하지만 질리언도 알다시피 플레처 가족의 아이들이 오후 내내 교회에서 놀고 있었습니다. 우리가 들은 건 밀리의 목소리일 가능성도 높아요."

질리언이 그를 바라보고 있었다.

"자, 이리 와요. 공기 좀 쐽시다. 집에 바래다줄게요."

막내를 포함한 아이들이 밖에 있게 해주십사 조용히 기도하며 해리는 질리언을 문밖 햇빛 속으로 이끌었다. 길을 반쯤 걸었을 때 장난감 화살이 휭 하고 그들 옆을 스쳐갔고 질리언이 펄쩍 뛰었다. 해리가 정원을 향해 오른쪽으로 몸을 틀자 그를 바라보는 조 플레처의 파란 눈동자가 바로 보였다. 몇 미터 떨어진 곳에서 톰이 축구공을 집 담벼락에 차고 있었다. 형제의 누이동생은 맨땅에 앉아 흙을 파고 있었다.

"못 맞혔네." 조에게 미소를 지으며 해리가 말했다.

어머니가 보았을까 싶어 두려운 조의 고개가 휙 돌아갔다. 어머니는 빨래를 널고 있었고 이쪽을 돌아보지 않았다.

'죄송해요.' 조가 입 모양을 지어 보였다. 해리가 눈을 찡긋했다.

"생쥐다!" 삼사십 센티미터 떨어진 곳의 무언가에 시선을 고정하며 밀리가 말했다. 아이는 눈동자를 반짝이며 통통한 팔을 뻗었다.

"아니야, 밀리. 그건 시궁쥐야." 해리가 소리쳤다. 앨리스가 돌아서다 들고 있던 것을 떨어뜨리는 모습이 눈언저리 시야로 들어왔다.

해리가 담을 뛰어넘어 정원의 부드러운 흙바닥에 내려서자 톰이 공차기를 멈췄다.

"사라졌어." 조가 말했다. 시궁쥐는 담을 따라 허둥지둥 도망치고 있었다. 굵은 잿빛 꼬리가 두 개의 돌 사이에서 설핏 꿈틀거리다 사라졌다. 해리가 교회 마당을 돌아보았다. 질리언 또한 자취를 감춘 후였다.

12

9월 21일

처음에 속삭임을 들은 건 꿈속이었다. 그러다 들리지 않았다. 언제 바뀐 건지, 언제 꿈에서 현실로 깨어났는지 톰은 전혀 가늠할 수 없었지만 한순간 깊이 잠들어 있던 그는 다음 순간 깨 있었고, 꿈은 스러지고 있었다. 아마도 나무들이 있었고 그 안에서 뭔가가 그를 바라보았던 것 같다. 교회도 있었던 것 같지만 확실한 것은 속삭임이었다. 톰은 완전히 확신했다. 아직도 들렸기 때문이다.

톰은 일어나 앉았다. 탁상시계의 반짝거리는 숫자판이 2시 35분을 알리고 있었다. 엄마와 아빠는 이 시간에 결코 깨어 있지 않았다. 부모님은 깊이 잠들어 있고 집은 밤중이라 잠겨 있을 것이다.

누가 속삭이는 걸까?

톰은 몸을 거꾸로 내려 조의 침대 위 공간에 머리를 들이밀었다. 남동생은 톰의 방 바로 옆에 자기 방이 있었다. 자기 장난감을 모두 그 방에 두고 많이 놀기도 했지만 결코 잠은 거기에서 자지 않았다. 매일 밤 동생은 톰의 방에 와 이층침대 중 아래 침대로 기어들어 왔다.

"조, 너 깨 있어?"

말을 하는 그 순간에 아래쪽 침대가 빈 것이 보였다. 퀼트 이불이 젖혀 있었고 조의 머리가 닿았던 베개 부분이 움푹 패 있었다.

톰은 양발을 훌렁 휘둘러 카펫으로 뛰어내렸다. 어둠에 잠긴 층계에서는 아무 움직임도 느껴지지 않았다. 문 세 개가 살짝 열려 있었다. 화장실 문, 밀리의 방문, 엄마 아빠의 침실 문. 하지만 문 뒤쪽은 모두 그저 컴컴했다. 톰이 계단에 가까이 다가갔을 때 찬바람이 가볍게 집안을 감돌았다. 현관문이 활짝 열려 있었다.

들어온 사람이 있나, 아니면 나간 건가?

계단에 한 발을 내딛자 끽 소리가 크게 났다. 엄마 아빠가 잠에서 깨서 자기가 내는 소리를 들었으면 좋겠다고 내심 바라며 톰은 한 단을 더 내려갔고, 또 한 단을 내려갔다.

속삭이던 게 누굴까? 조였을까?

가장 아래 계단에 발이 닿았을 때 바람이 톰을 스치며 집안으로 들어왔다. 팔의 잔털이 일며 오스스 소름이 끼쳤다. 바람은 곧 사라졌고 공기는 따뜻할 정도로 부드러워졌다. 몸을 떨 이유가 진짜 없었다. 그렇지만 떨림을 멈출 수가 없었다.

엄마와 아빠를 깨워야 한다는 것은 알고 있었다. 한밤중에 조가 집밖으로 나간 것은 혼자 해결하기엔 너무나 심각한 문제였다. 하지만 톰과 조가 곤경에 빠졌을 때 야단을 꼭 오십 대 오십으로 나눠 맞지는 않는다는 사실이 마음에 걸렸다. 넉넉하게, 구십 퍼센트의 꾸지람은 어김없이 톰을 향했고 실제로 잘못한 사람이 누구인지가 꾸지람의 향방에 영향을 미치는 적은 별로 없었다. 그가 지금 엄마와 아빠를 깨운다면, 조를 찾아내 집으로 돌아왔을 때 '이럴 줄 알았어' 하는 잔소리를 누가 듣게 될지 톰은 잘 알고 있었다.

이번에는 정말 동생을 죽여버릴 테다. 정말이었다.

밖으로 나섰을 때 톰은 화난 감정도, 자신을 당장이라도 집어삼키려던 공포의 감정도 잠시 잊었다. 아, 이런 것이었다, 밤이란 것은. 부드럽고 향기롭고 기묘하게 따스한 것. 모든 색채가 사라지고 대신 검정과 은빛과 달빛이 남는 곳. 톰은 집으로부터 한 발짝을 더 떼었다.

그때 예의 그 느낌이 다시 스멀스멀 그를 뒤덮었다. 요즘 톰은 집 밖으로 나올 때마다 이런 기분을 느꼈다. 집안에 있을 때도 들었고 밖에 어둠이 내릴 즈음 확 덮쳐올 때도 있었다. 저녁이면 안절부절 못하다가 후다닥 커튼을 닫고 싶은 적도 여러 날 있었다.

톰은 알고 있었다. 누군가 지금 자신을 보고 있었다. 누군가가, 아주 가까이서. 숨소리가 들리는 것 같았고 톰은 그것이 동생이 내는 소리이기를 그야말로 애타게 바랐다. 톰이 집 모퉁이를 향해 천천히 고개를 돌렸다.

커다란 두 눈이 창백하고 흐늘흐늘 늘어진 얼굴로 톰을 마주보았다. 그리고 사라졌다.

톰은 집을 향해 내달렸다. 상대적으로 안전하게 느껴지는 문간에 이르렀을 때 멈춰서 뒤를 돌아보았다.

체구로만 보면 톰과 비슷한 나이 같은 여자아이가 톰네 정원과 교회 경내를 가르는 담벼락을 기어오르고 있었다. 아이는 자주 해본 듯 재빨리 담을 올랐다. 머리채가 길게 뒤로 늘어졌고 헐렁한 옷가지가 산들바람에 펄럭였다. 톰처럼 그 아이도 맨발이었지만 톰의 발과는 딴판이었다. 멀리서 보아도 아이의 발은 체구에 비해 거대해 보였다. 아이의 양손도 마찬가지였다.

그때였다. 집 모퉁이에, 여자애가 나타났던 바로 그 자리에서 뭔가가 보였다. 당장 집안으로 뛰어들려던 순간 톰은 그 뭔가가 빨갛고 파란 스파이더맨 잠옷을 입은 동생 조임을 깨달았다.

"뭐하는 거야?" 조가 총총거리며 다가왔을 때 톰이 쉿소리를 내며 힐난했다. "당장 들어가지 않으면 아빠 부를 거야." 톰이 교회 담을 다시 쳐다봤을 때 여자아이는 없었다. 진짜 떠난 걸까, 아니면 그저 어디 숨은 걸까? 숨는 것은 그 아이가 으레 하는 짓이었다. 그 아이는 숨었다. 그리고 지켜보았다.

"우리, 여기 있으면 안 되잖아, 톰." 조가 중얼거렸다.

"나도 알아." 톰이 쏘아붙였다. "그러니까 엄마 아빠가 깨기 전에 들어가자."

조가 고개를 들었다. 창백한 낯빛 속에서 두 눈이 커다래 보였다. "맞아." 조가 서서히 시선을 톰에게서 담으로 돌리며 말했다. "우린 여기 있으면 안 돼." 조가 되풀이했다. "여긴 안전하지 않아."

13

9월 22일

밀리. 솜사탕 색깔 머리카락의 어린 여자애가 정원에 있었다. 오빠 중 한 명에게서 물려받은 진청색 트레이닝 바지와 청백색 축구 스웨트 셔츠를 입었는데, 맨 흙바닥에 앉아 진흙이 묻어 있었다. 트레이닝 바지 허리춤에서 빼꼼 삐져나온 기저귀 때문에 엉덩이가 어마어마하게 커 보였다.

"밀리." 어머니의 목소리가 집안에서 들려왔다. 어머니가 한 손에는 플라스틱 그릇을 들고 다른 손은 화가 난 듯 허리에 얹은 채 문간에 나타났다.

"아이고, 저 꼴 좀 보게." 어머니가 소리쳤다. 밀리가 얼굴을 빛내며 어머니를 쳐다보았다. 일어서려고 했지만 엉거주춤하다 엉덩방아를 찧었다.

"아가, 잠깐 거기 있으렴." 밀리의 어머니가 외쳤다. "옷 좀 가져올게. 그리고 오빠들 데리러 가자. 바이바이!" 어머니가 집안으로 사라지자 아이는 입을 벌리고 울음을 터뜨리려 했다. 그러다 아이의 머리가 다른 방향으로 휙 돌아갔다. 무슨 소리가 들린 모양이었다.

밀리는 일어나 거친 흙으로 발걸음을 옮겨 저택 정원을 두른 담에 닿을 만큼 가까이 다가갔다. 십여 센티미터 정도를 남기고 아이는 멈춰 서서 위를 올려보았다. 아마도 수백 년은 살았을 상록수가 교회 경내에 심어져 있었다. 나무는 담의 일부라고 할 수 있을 정도로 담벼락에 가까웠다. 밀리가 위를 올려다보았다.

"아농." 밀리가 말했다. "아농, 에바."

14

여자는 그가 기억하던 것보다 키가 컸지만 여전히 날씬했다. 말 트레일러에서 나온 그녀는 어깨에 굴레와 고삐를 둘러메고 있었다. 그녀는 커다란 고리에 걸린 안장을 오른팔에 걸고 사육장 마당을 떴다. 왼팔로는 강철과 플라스틱 재질의 견고해 보이는 지팡이를 짚고 콘크리트 바닥 위로 천천히, 힘겹게 걸음을 떼었다.

낮게 드리워진 거대한 호두나무의 가지 뒤에 반쯤 몸을 숨긴 채 해리는 그녀가 마구실로 절뚝거리며 가는 모습을 가만히 지켜보았다. 여자가 어깨로 문을 밀어 열고 다소 어색한 몸짓으로 안으로 사라졌다.

이러는 게 정말 좋은 생각인가? 그가 여성에게 데이트를 청한 지도 몇 달 전이었다. 더구나 그녀에 대해 아무것도 아는 것이 없는데 왜 그녀를 선택한 것일까?

한두 가지는 알고 있었다. 그렇지 않나? 몸에서 가장 길고 넓게 퍼진 단일 신경인 좌골신경이 등 아래에서 시작하여 엉덩이를 통해 다리까지 이어진다는 사실이라든가. 좌골신경은 다리 피부에 분포되어 있고 또한 허벅지 뒷부분, 다리 아래쪽, 발의 근육에도 분포되어 있다든가 등등. 올리버 선생(이제 그는 그녀의 이름이 이비라는 것도 안다)을 처음 만난 날, 그는 저녁 식사 후 컴퓨터 앞에 앉아 검색에 나섰다. 십 분 후, 그는 자신이 마치 의사 선생의 사생활을 꼬치꼬치 캐는 것 같은 기분이 들었다.

피의 수확

마구실로 난 문이 열리며 그녀가 나왔다. 더이상 마구를 지고 있지 않아서인지 보다 쉽게 걸었지만 다리를 둥글리며 절뚝거리는 모습은 뚜렷했다.

그가 채 움직이기도 전에 그녀가 먼저 그를 보고 걸음을 멈췄다. 좋은 신호인가, 나쁜 신호인가? 그녀가 손을 뻗어 모자 끈을 풀고 모자를 벗었다. 좋은 신호? 그녀가 그를 향해 계속 걸어왔다. 얼굴의 움찔거림은 미소일 수도 있었고 당황한 찡그림일 수도 있었다. 그는 확신하기가 어려웠고 판단을 내릴 시간이 없었다. 왜냐하면 그녀가 그의 옆으로 가까이 다가왔고 그가 이제는 정말로 인사를 해야 할…….

"안녕하세요." 그녀가 선수를 쳤다. '안녕하세요'라니, 괜찮은 신호였다. 그렇지 않나? '대체 뭐예요, 여기서 뭐하는 거죠?'보다는 나았다.

"네, 말은 잘 타셨나요?" 말을 잘 탔느냐니! 그걸 질문이라고 하는거냐!

"상쾌했어요. 감사합니다. 여긴 웬일이시죠?"

그가 주머니에서 오른손을 뺐다. 대화가 시작된 지 십 초 만에 그는 벌써 예비 작전까지 꺼내 들었다.

"이거, 당신 건가요?" 그가 물었다. 파란색 돌로 장식된 작은 은팔찌가 빛에 반짝 빛났다. 그녀는 움직이지 않았다.

"아뇨." 고개를 흔들며 그녀가 대답했다. 관자놀이 주변의 머리카락은 땀으로 축축했고 승마 모자에 눌려 머리에 달라붙어 있었다. 여자가 손을 머리로 올려 머리카락을 뒤로 넘겼다. 얼굴은 분홍빛이었다. 닷새 전에는 낙마로 창백했던 얼굴이었다.

"길에서 찾았나요?"

"아뇨. 이틀 전쯤에 로튼스틸 시장에서 제가 산 겁니다." 그가 실토했다. 뭐, 조금 많이 위험한 고백이었지만 효과가 있는 것 같기도 했다. 여자 입가의 꿈틀거림이 미소에 가까울 정도로 커졌다.

"조금 성급하셨네요. 당신하고는 색깔이 안 맞는 것 같은데."

"맞는 말씀입니다. 저는 뭐랄까 연한 레몬색이 더 스타일에 맞는 남자죠. 하지만 구실이 필요했어요."

됐다! 미소였다. 확실히 그랬다. "무슨 구실요?" 그녀가 물었다.

"더치스가 걱정이 되더라고요."

"더치스요?" 여자의 입술이 다시 일자로 팽팽해졌다. 눈썹이 치켜 올라갔다. 눈가에는 여전히 미소가 일렁거렸다.

"네. 더치스는 잘 있나요?" 그는 회색 말이 두 사람을 바라보고 있는 말 트레일러로 시선을 돌리고 그 방향으로 몇 발짝을 떼었다. "얘가 더치스죠, 맞죠?"

여자가 그를 뒤따랐다. 지팡이가 콘크리트를 치는 소리가 들렸다. "그 아이가 더치스예요. 주말에 모험을 겪었지만 멀쩡하죠. 참, 그래서 말인데, 주말 이야기는 이곳 누구한테도 하지 않았거든요?"

"주말 얘기라뇨? 무슨 말씀을 하시는지 전 당최 모르겠네요. 더치스가 박하향 폴로 캔디를 좋아할까요?"

그녀가 살짝 거리를 두고 그의 옆에 서 있었다. "당신 손까지 뜯어 먹을걸요." 해리는 다시 주머니를 뒤져 시장에서 산 초록색 포장의 폴로 캔디 한 줄을 꺼냈다. 트레일러에서 더치스가 그를 향해 히힝 하고 웃었다. 더치스의 옆의 옆 이웃이 자기 트레일러의 문을 차기 시작했다.

　　　　　　　　　　　　　　　　　　피의 수확

"일을 저질렀군요. 말은 포장을 뜯지 않아도 민트 냄새를 맡을 수 있어요. 게다가 포장을 알아본답니다." 이비가 말했다.

"저를 보고 기뻐하는 존재가 적어도 하나는 있군요." 포장을 푼 폴로 캔디를 손바닥에 올려 더치스에게 내밀고 해리가 말했다. 순식간에 캔디는 사라졌고 대신 말의 침만 흥건히 남았다. 이걸 어떻게 해야 한다? 청바지에 닦으면 보기 좋은 모습은 아닐 것이다.

"전 좀 앉아야겠어요. 그래도 될까요?" 이비가 물었다.

"물론이죠." 침을 말리기 위해 손가락을 휘휘 흔들며 해리가 대답했다. "도와드릴까요?"

"아뇨. 그냥 오랫동안 서 있을 수 없는 것뿐이에요." 이비가 지팡이를 움직여 사육장 마당을 가로질러 호두나무로 되돌아갔다. 나무 아래에 플라스틱 의자 두어 개가 흩어져 있었다. 해리가 바로 따라가 그녀가 몸을 낮춰 앉을 동안 흔들리지 않도록 의자를 잡았다. 그는 다른 의자를 당겨 그녀의 옆에 앉았다. 손에 묻은 더치스의 침이 마르기 시작했다.

두 사람 앞에 있는 연습장에서는 기수가 어린 말을 훈련시키고 있었다. 털은 더치스와 같았지만 체구는 더치스보다 더 좋았다. 연습장은 너도밤나무 울타리로 둘러싸여 있었고 나뭇잎은 갓 주조한 동전처럼 황금빛을 띤 연한 갈색으로 변하는 참이었다.

"아름다운 저녁이군요." 너도밤나무 울타리 너머로 지는 해가 말의 털 위로 금빛 음영을 흩뿌리는 모습을 바라보며 해리가 말했다. 말이 마치 철망 갑옷을 걸친 것처럼 보였다.

"제가 여기 있는지 어떻게 아셨어요?"

"혹시나 해서 매일 밤 왔어요." 해리가 대답했다. 눈앞의 말이 속보로 제자리걸음을 하는 것처럼 보였다. 고개를 숙여서 코는 땅바닥을 향했고 주둥이에는 거품이 일고 있었다. "저 말, 순종인가요?"

"아일랜드산이에요. 예쁘지만 제가 옆에 가기에는 너무 어리고 예민하죠. 그리고 솔직히 말하면 말이죠……."

이비는 아름다운 어린 말이 아니라 해리를 바라보고 있었다. 그가 기억하는 것처럼 그녀의 눈동자는 파랬다. "솔직히 말하면 말이죠." 그가 끼어들었다. "월요일에 사육소에 전화를 해서 올리버 선생님과 얘기하고 싶다고 했어요. 선생님이 오시는 날이 월요일 밤이라고 우겼죠. 더치스 이름도 언급하면서 멍든 발이 잘 낫고 있는지 묻고 선생님이랑 정말 중요한 일로 얘기해야 한다고 했어요. 선생님이 월요일에 간다고 했는데 사육소에 오시지 않은 것이 확실하냐고 물었죠. 몇 분 동안 실랑이를 하니까 사육소 사람이 기록을 뒤지더니 올리버 선생님은 사육소에선 이비라고 불리고 목요일, 토요일 그리고 가끔은 일요일에도 승마를 한다고 말해줬어요."

이비는 연습장으로 시선을 돌렸다. 딱 좋은 길이의 이마와 작고 쭉 뻗은 코, 도톰한 입술과 부드럽게 부푼 턱. 완벽하다고 해도 과장이 아닐 옆모습이었다. "신의 사람이 하기에는 아주 교활한 짓이네요." 마침내 그녀가 말했다.

해리가 웃었다. "예수회에 대해 들으신 적이 없나 봅니다. 제가 당신에게 한잔하러 가자고 청하면 예의에 어긋나는 걸까요?"

그런 모양이었다. 그녀는 더이상 미소 짓고 있지 않았다. "미안합니다. 남편이나 오래 사귄 남자친구가 있거나 아니면 생강빛 머리카락을 가진 남자는 견딜 수 없거나 하는 경우라면 저는 가망이 전혀 없겠죠. 그럼, 더치스는 금요일 밤에 시간이 날지도 모르니까 그리로 가보겠습니다."

해리가 엉거주춤 일어났다. 그는 그녀와의 상황을 잘못 판단했고, 이제는 가능한 한 아무렇지도 않은 척하며 당당하게 자리를 떠야만 했다.

이비가 해리의 팔에 손을 얹었다. "강한 진통제를 복용중이에요. 줄곧요. 그래서 알코올 섭취가 금지되어 있어요."

그녀의 말이 '당신은 아니야. 끝났어'로 들리지는 않았다. "뭐, 문제없습니다. 저도 성직자니까요." 다시 앉으며 해리가 말했다. "우리도 매일 밤 만취하는 건 금지되어 있거든요. 그러니까 우리는 잘 맞겠어요. 로튼스틸에서 크리스토퍼 리 영화를 계속 상영하던데, 공포영화 좋아해요?"

"별론데요." 이비의 손은 그의 팔에서 떨어졌지만 미소는 확실히 되돌아왔다.

그가 고개를 내저었다. "저도 별로입니다. 겁을 너무 쉽게 먹거든요. 로맨틱코미디는 어때요?"

"로맨틱코미디물에 지금 제가 출연중인 것 같다는 생각이 드네요. 목사는 동정을 지켜야 하지 않나요?"

"천주교 사제나 그렇지요." 그가 가까스로 무표정을 지키며 말했다. "영국 교회에서는 섹스를 허용합니다." 그의 말에 그녀가 얼굴을 다른 편으로 돌렸다. 그녀의 목 피부가 타는 듯 빨개지는 것이 보였다. "매뉴얼에 의하면 보통 우리는 먼저 두세 번은 데이트를 해야 합니다. 영화를 보거나 피자를 먹거나 하면서 말이죠. 하지만 저는 유연한 사람이라서요."

그녀는 밝은 분홍빛으로 물들었고 마치 연습장의 회색 말이 무언가 대단한 것을 하려는 순간인 듯이 앞만 똑바로 쳐다보고 있었다. "입 좀 다물어요." 그녀가 쏘아붙였다.

"흠, 그러고 싶지만 아직 예스라는 대답을 못 들어서 말이죠. 수화로 대화를 하는 건 힘들거든요."

그녀는 그에게 시선을 돌리며 심각한 표정을 지으려고 애썼지만 허사였다. "지난번에는 제가 당신을 치사한 자식이라고 불렀죠." 그녀가 말했다.

"통찰력이 대단하시더군요. 여성에게 꼭 필요한 덕목입니다."

이비가 고개를 숙인 채 해리를 곁눈질했다. 삼십 대 초반임이 분명한 여성치고는 놀라울 정도로 앳된 몸짓이었다. "그날 못되게 굴어서 미안해요. 하지만 길 한가운데서 사지를 펼치고 철퍼덕 너부러져 있는 건……."

"좋게 보였는걸요. 아니 그런 말이 아니라……. 음, 입 닥칠게요. 아무래도 전 더치스한테나 데이트 신청을 해야겠어요."

"그러면 교회에서 파문당하지 않을까요?"

"아니, 그것도 허락되어 있습니다. 생각하는 것보다는 많이들 그러거든요."

이비가 웃었다. 부드러운, 소리 없는 유쾌한 웃음이 그녀의 어깨를 흔들었고 가슴이 셔츠 안에서 출렁거렸다. 그녀를 빤히 바라보고 있는 자신을 깨닫고 해리는 성급히 의자로 기대며 시선을 위로 보냈다. 찌르레기 몇 마리가 무리 지어 하늘을 날고 있었다. 새는 일심동체로 방향을 바꿨고 아주 잠시지만 하트처럼 보이는 대형을 공중에서 이루었다가 곧 모양을 바꾸고 전진했다.

"전 교회에 다니지 않아요." 잠시 후 이비가 말했다.

　　　　　　　　　　　　　　　　　　　　피의 수확

해리가 어깨를 으쓱했다. "사람이 완벽할 수는 없는 거죠."

"전 심각해요." 그녀는 실로 심각했다. 미소가 사라져 있었다. "전 진정으로 신의 존재를 믿지 않아요. 그게 문제가 되지 않겠어요? 우리가 로맨틱코미디 영화를 보거나 피자를 먹거나 그 외 등등을 하고 있을 때요?"

"이비, 우리 협상합시다." 사실 결과는 거의 나온 상태고 그저 마무리가 필요함을 그는 알고 있었다.

"또요?"

"첫 번째 협상은 괜찮았잖아요. 저는 당신을 말에 태웠고 당신은 저와 계속 대화를 했죠. 새로운 협상 주제는 이거예요. 저는 당신을 교화시키려고 노력하지 않겠습니다. 그리고 당신은 저를 분석하려고 하지 않는 겁니다."

"어떻게 알았어요? 제 이름이 뭔지, 그리고 제가 무슨 일을 하는지 어떻게 알았죠?"

해리가 하늘을 가리켰다. 찌르레기들이 여전히 그들 머리 위에 있었다. 마치 땅에서 무슨 일이 벌어지고 있는지 알고 결과를 보기 위해 기다리는 양. "전지전능하신 분이 제 단축번호에 있거든요. 금요일 어때요?"

이비는 잠시 생각하는 척도 하지 않았다. "좋아요. 제길! 아니 무슨 말이냐면, 미안해요. 그날은 일해야 해요. 올드햄에 가정 방문 상담을 가기로 되어 있어요. 늦게까지 돌아오지 못해요."

"흠. 그럼 토요일은 어때요. 오, 안 돼요. 미안해요! 아니 무슨 말이냐면, 제길. 저는 교회 일이 있네요. 헵턴클로에서요. 우리가 만났던 곳인데 기억하시죠? 연례 수확제가 있어요. 아시죠? 마지막 밀을 자르는 의식을 치르고 해가 질 무렵에 홀딱 벗고 춤을 추고는 커다란 저택에서 축하 만찬을 하는 거요."

"무척 시끌벅적하겠네요."

"흠, 상당히요. 주민들이 저보고 농작물 앞에서 전통 기도문을 읊고 저녁 식사 자리에서 기도를 올려달라고 요청했어요. 손님도 데려오라고 하더군요. 하지만 아마도……." 해리가 말을 멈췄다. 그의 첫 공식 행사에 데이트 상대를 데리고 가는 것이 정말 좋은 생각일까?

"재미있을 것 같네요. 당신이 일하는 모습도 볼 수 있고요."

해리는 문득 자신이 이비와의 첫 데이트가 잘못되는 것을 진실로 원하지 않는다는 것을 깨달았다. 그가 자기 옷을 가리켰다. "그날 옷은요. 아시죠, 성직용 의복을 입게 될 겁니다. 흔히 개 목걸이라고 부르는 로만 칼라하고 전례복요. 적어도 공식 일정이 끝날 때까지는요."

"토요일까지 어떻게 기다리죠?" 찌르레기들이 움직이기 시작하다가 일이 잘 진행되는지 확인하기 위해서라는 듯이 몇 초마다 두 사람 쪽으로 되돌아왔다. 일은 잘 진행되고 있었다. 방금 그가 조금 망쳤을지도 모른다는 사실만 제외하면.

"저기, 뭔가 야릇한 생각을 하시는 것 같은데요."

"당신이야말로 제가 타는 말하고 데이트를 하고 싶다고 해놓고 뭘 그러세요?"

"그럼 토요일로 하죠. 차까지 모셔다드려도 될까요?"

이비가 몸을 일으켰다. "고마워요. 크롬 장식이 잔뜩 붙고 천으로 된 지붕이 달린 번지르르한 파란 차 옆에 있는 게 제 차예요."

15

"훨씬 좋아 보여요, 질리언. 못 알아볼 뻔했어요." 이비가 말했다.

"고맙습니다. 훨씬 나아졌어요."

질리언의 머리는 깨끗이 감겨 있었고 옷가지도 전보다 깨끗해 보였다. 그녀의 묘한, 은회색 눈동자 주위엔 화장의 흔적마저 살짝 엿보였다. 삶이 산산조각 나기 전의 모습으로 돌아간 매력적인 여성을 보는 것이 오늘 아침엔 가능했다.

"약은 잘 먹고 있고요?"

질리언이 고개를 끄덕였다. "정말 대단해요. 약 때문에 완전히 달라졌어요. 그런데 선생님이 주신 약에 대해 엄마와 이야기를 했는데 내가 중독이 될 거라고 엄마가 그랬어요. 죽을 때까지 계속 약을 먹어야 할 거라고요." 그녀의 얼굴이 어두워졌다.

편견을 가진 친족의 선의가 언제나 유익한 것은 아니다.

"걱정하지 말아요." 이비가 고개를 저으며 말했다. "중독의 가능성은 언제나 있지만 그렇기 때문에 아주 조심한답니다. 내가 질리언에게 준 약은 임시 방편이에요. 질리언이 약 없이도 괜찮게 지낼 수 있다고 우리 둘 다 생각하게 되면 서서히 약을 끊는 것이 내 계획이에요. '익명의 알코올중독자들' 모임은 어땠어요?"

다시 긍정의 끄덕거림. "사람들이 착했어요. 좋은 사람들이에요. 저, 술을 마시지 않은지 십사 일 됐어요."

"멋져요, 질리언. 아주 잘했어요."

질리언의 변화는 실로 충격적이었다. 사 주 전에 질리언은 문장 하나를 제대로 말할 수 없었다.

"일주일 동안 어떻게 지냈는지 말해주겠어요? 식사는 어때요?"

"노력하고 있기는 한데요. 웃기죠. 피트는 내가 살쪘다고 놀리곤 했거든요. 그런데 이제 나는 제로사이즈이고 피트의 새 여자친구는 매일매일 살이 찌고 있대요."

신체 치수를 다시 의식하게 됨. 모델 용어인 제로사이즈란 말을 사용하고 남몰래 자랑스러워함.

"지금도 피트랑 연락해요?" 질리언의 전남편은 이전 두 번의 상담에서 잠깐 언급된 적이 있었다. 두 번 모두 질리언은 이야기하기를 꺼렸고 이비는 그녀의 내부에 억제된 커다란 분노가 회복을 방해하고 있다고 생각하지 않을 수 없었다. 그리고 지금, 전남편의 이름이 나오자 질리언의 입술은 꽉 다물렸고 왼쪽 눈 밑의 근육이 살짝 꿈틀거렸다.

"피트에게 화가 나 있나요? 질리언이 슬퍼하는 동안 떠나버려서?"

질리언이 대답하려는 기색을 보이지 않자 이비가 물었다.

질리언이 눈을 가늘게 떴다. "바람을 피우고 있었어요. 화재가 나기 전에요. 그전부터 그 여자를 만나고 있었어요. 지금 같이 사는 여자요." 그녀가 이비 어깨 너머의 창문에 시선을 주며 대답했다.

뭔가 있을 거라고 생각하기는 했다. "미안해요. 몰랐어요. 질리언은 어떻게 알게 되었나요?"

질리언이 카펫으로 시선을 떨어뜨렸다. "어떤 사람한테 들었어요. 친구요. 술집에서 두 사람을 봤다고 했어요. 하지만 난 그 얘기가 아니라도 알고 있었어요. 아내는 언제나 알죠. 그렇지 않나요?"

"질리언과 피트는 화재가 난 밤에 같이 외출했잖아요? 그다지 심각한 관계가 아니었을 수도 있어요. 다른 여……."

"우린 같이 외출하지 않았어요." 질리언이 말을 막았다. "그이는 그 여자와 함께 있었어요. 나 혼자 헤일리와 있게 두고 나갔죠. 그날도요. 나는 배리 로빈슨에게 전화를 해서 아이를 봐달라고 부탁했어요. 그리고 마을로 향하는 버스를 탔어요. 내가 바람피우는 남편의 뒤를 밟는 동안 내 아기는 불에 타서 죽고 있었던 거예요."

많은 것이 마침내 이해가 되었다. 질리언이 죄책감을 느끼는 것도 무리가 아니었다. 남편이 그녀를 떠난 것은 그보다 더 이해하기 쉬웠다. 두 사람이 서로를 보면서 죄책감에 압도되지 않기란 거의 불가능했을 것이다.

"피트에 대해 여전히 좋아하는 감정이 있나요?"

"그 자식은 바람둥이 개자식이에요. 내 양아빠도 똑같았어요. 그치들은 다 그래요. 단물을 빨아먹을 수만 있다면 누구라도 상관없다고요."

이비의 머릿속에서 경계경보가 울려댔다. "양아버지와 사이가 좋지 않았군요?" 질리언의 양부도 바람을 피웠다? 누구와?

질리언은 여전히 바닥을 바라보고 있었다. 입술이 꽉 다물려 있었다. 밖에서 늦게까지 놀았다고 야단맞는 십 대 아이처럼 보였다.

"헤일리가 죽은 것이 피트 때문이라고 생각해요?" 질리언이 양부에 대해 이야기하지 않을 것임을 깨닫고 이비가 다시 물었다. 대답이 없었다. "질리언만큼 애도하지 않아서 피트에게 화가 난 건가요?"

마침내 질리언이 고개를 들었다. "피트는 헤일리가 죽고 산산조각이 났어요. 딸아이를 너무나 예뻐했거든요. 그 일이 난 후에는 나를 차마 보지 못했어요. 내가 딸아이를 생각나게 하기 때문에요."

"애도의 감정은 종종 결혼을 파괴시키죠. 고통이 너무 강렬해서 그것을 극복하는 방법이 매듭을 깨끗이 짓고 나오는 것밖에 없는 경우도 때때로 있어요."

"내가 다른 사람을 만나게 될 수 있다고 보세요?" 질리언이 잠시 후 물었다.

"남성을 뜻하는 건가요? 남자친구?" 이비가 놀라서 물었다.

"네. 내가 누군가를 좋아하는 것이 가능하다고 생각하세요? 그게, 나를 돌봐줄지도 모르는 사람이라면요."

벌써 누군가를 만난 것일까? 깨끗한 머리카락과 옷가지는 그 때문인지도 몰랐다. 미래에 대한 흥미라. 알코올중독자 모임에서 만난 사람일까?

"그럴 가능성이 아주 높다고 생각해요. 질리언은 아직 젊고 예쁘잖아요. 하지만 남녀 관계라는 것은 감정적 에너지가 많이 소비되지요. 지금 우리는 질리언이 다시 강해지는 데 집중할 필요가 있어요."

"다음엔 피트와는 다른 사람을 찾아보려고요. 아마도, 나이가 좀 더 위인 사람? 외모는 별로 신경쓰지 않을 거예요. 다정하기만 하면 돼요."

질리언은 누군가를 찾고 있는 것이 아니었다. 이미 찾았다고 느끼고 있다.

"상냥함은 남자가 가질 수 있는 좋은 덕목이죠. 모임의 사람들은 어때요?" 이비가 물었다.

"괜찮아요. 내가 누구를 만나기에 너무 이르다고 보세요?"

"누구를 만났나요?"

질리언의 뺨이 발그레 물들고 있어! "아뇨. 아마도요. 내가 말씀드리면 선생님은 내가 미쳤다고 생각하실 거예요."

"왜 내가 그렇게 생각하겠어요?"

"왜냐하면 그 사람은 내 타입이 아니거든요. 그냥 상냥했어요. 그리고 그다음 날엔 나를 보러 와줬어요. 얘기만 하면서도 거의 두 시간이나 있었어요. 뭐라 해야 하나, '화학반응'이라는 게 있었어요. 무슨 말인지 아시겠어요?"

뭔가 꺼림칙한 기분에도 불구하고 이비 또한 미소를 지었다. "네, '화학반응'이 어떤 건지 나도 알지요."

어떤 의학서의 내용을 참고하더라도 질리언은 새로운 관계를 가질 준비가 되지 않았겠지만 뭐 어쩌겠는가. 때로는 그냥 흐름에 몸을 맡겨야 하는 법이다. 이비 자신도 우연한 만남이 삶을 변화시킬 수 있다는 것을 경험에서 알고 있었다. 어둠밖에 없던 여성의 미래에 어떻게 햇빛 한줄기가 홀연 비쳐들 수 있는지.

"하지만, 신이시여, 아니 내 말은요, 목사님요. 이건 너무 나답지 않아요."

"뭐라고요?"

"그 사람은 목사예요. 믿어지세요? 일단 나는 욕하는 걸 멈춰야 해요. 매주 교회에도 가야 하고요. 그런 걸 견딜 수 있을지 자신이 없어요."

미소를 짓기가 힘들어졌다. 이비는 입 주위 근육에서 힘을 빼고 대신 흥미를 느끼는 듯한 다정한 표정을 유지하는 데 집중하기로 했다. "목사를 만난 거예요?"

"알아요, 알아요. 하지만 그 사람, 뭔가 확실히 멋진 데가 있어요. 그리고 젊고 보통 사람처럼 옷을 입고요. 아, 선생님도 그분을 아실지 모르겠어요. 내가 봤는데 선생님하고……."

질리언은 계속 재잘거렸지만 이비는 듣고 싶은 마음이 사라졌다. 아, 그래. 뭔가 확실히 멋진 데가 있지. 그렇지.

"상담을 끝낼 시간이에요, 질리언." 사 분이나 남았지만 이비가 말을 잘랐다. "질리언이 너무 잘하고 있어서 참 기뻐요."

질리언이 미소를 띤 채로 상담실을 떠났다. 두어 주 전만 해도 그녀의 삶은 너덜너덜했다. 지금은 미소를 짓고 있다. 이비는 수화기를 들었다. 해결할 방법이 있을까? 그녀에게는 아무 방안도 보이지 않았다. 이비는 전화기를 들었고, 해리의 자동응답기가 답을 했을 때 그녀는 자신이 믿지 않는 신에게 감사를 드렸다.

16

9월 26일

아아-레이-오!

고함소리가 거리에 메아리쳤다. 크고 강한 남자 목소리. 잠시 후 많은 목소리가 화답했다.

아-레이-오, 아-레이-오, 아-레이-오!

그리고 침묵. 조가 접시처럼 둥그레진 눈으로 형을 보았다. 톰은 슬쩍 어깨를 으쓱하며 마치 전에도 들어본 소리인 것처럼 행동했다.

아아-레이-오! 다시 하나의 목소리가 언덕 아래 어디에선가 들려왔다. 두 박자만큼의 침묵 후 고함이 다시 울렸다. 아아-레이-오, 아-레이-오. 드럼 소리처럼 커지고 빨라졌다. 마치 백 명은 되는 남자가 바로 근처에서 내는 것 같은 소리였다.

소리가 이보다 더 커질 수는 없다고 톰이 생각한 바로 그때, 소리가 뚝 그쳤다. 찰나의 고요 직후 금속이 돌에 부딪히는 그야말로 거대한 소리가 울리기 시작했다. 울리고, 또 울렸다. 챙! 챙! 언덕을 따라 올라오는 발소리들이 들렸다. 톰은 아빠에게 조금 가까이 붙었다. 딱 한 발짝, 너무 조금이라 아무도 눈치채지 못할 정도만.

때는 저녁 7시. 플레처 가족은 주택 진입로에 서 있었다. 조와 밀리가 잠자리에 드는 시간이었고 얼마 후에는 톰도 그럴 시간이었지만 오늘은 달랐다. 오늘밤에는 '목 베기'가 있다. 아주 오래된 의식이라고 렌쇼가 말했다. 그는 플레처 가족을 초대하러 와서 '목 베기'가 수백 년 전으로 거슬러 올라가는 의식이라고 했다. 그때는 멋지게 들렸고, 톰이 보기에 엄마도 초대받은 것을 기뻐했다. 하지만 이같은 발소리와 날카로운 금속이 바위를 긁는 듯한, 마치 칼을 가는 듯한 끔찍하기 그지없는 소리를 듣고 있자니 톰은 궁금증을 억누를 수 없었다. 대체 누구 목을 베는 걸까?

톰은 부르르 떨고 아빠 옆으로 한 발짝 더 다가갔다. 톰의 옆에서 조도 똑같이 따라 했다. 해는 이제 졌고 한 시간 전 시골 동네를 물들였던 예쁜 금빛도 같이 사라졌다. 하늘은 차가운 은홍색이었고 그림자가 땅 위에 길게 늘어지고 있었다.

경사진 위쪽 길 한가운데 서 있는 렌쇼가 톰의 눈에 들어왔다. 트위드 재킷을 입고 플랫 캡을 쓴 그의 옆에는 토비어스 노인이 서 있었다. 두어 번 플레처 가족을 방문한 그는 엄마와 그림 얘기를 하는 것을 좋아했다. 토비어스 노인은 나이가 더 들어 보인다는 점만 제외하면 아들과 똑 닮았다. 실로 두 사람은 마을의 두 교회와 비슷했다. 하나는 키가 크고 강하고 자부심이 강하고, 다른 하나도 딱 그러하지만 오래되었다는 점에서 그랬다. 그들 옆에는 키가 크고 세련되게 옷을 입은 여성이 있었다. 옆의 두 남자와 닮아 보이는 그녀는 늙지는 않았지만 톰이 보기에는 뭔가 비어 있는 듯한 느낌의 얼굴이었다.

여자 옆에는 해리가 있었다. 금실로 수를 놓은 흰 전례복을 입고 커다랗고 빨간 기도문을 든 모습이 딱 성직자 같았다. 그들 뒤엔 한 무리의 사람이 있었다. 주로 여성과 여자아이로, 모두 옷을 잘 차려입었다. 톰은 헵턴클로에 사람이 그렇게 많이 사는 줄 미처 몰랐다. 사람들은 문간이나 골목 입구에 서 있거나 교회 담에 기대거나 열린 창문으로 내다보고 있었다. 톰은 자신이 그 얼굴들을 살피며 누군가를 찾고 있다는 사실을 깨달았다. 창백한 낯에 까맣고 커다란 눈, 얼굴을 감싸는 길고 지저분한 머리카락의 그 누군가 말이다.

수십 켤레의 장화가 자갈에 쿵쿵대는 소리가 질릴 정도로 계속 들려왔고 그 끔찍한 긁는 소리가 나고 또 났다. 칠판을 손톱으로 긋는 듯한 소리가, 학교의 형편없는 오케스트라에서 바이올린이 조율하는 듯한 소리가, 그리고…….

낫!

드디어 남자들이 몰려왔다. 모퉁이를 돌고 경사진 길을 올라 그들을 향해 오고 있었다. 모두 낫을 하나씩 들고 있었다. 해적이 드는

칼처럼 휘어지고, 끔찍하게 날카로운 날이 달린 장대. 남자들은 자갈길과 벽돌담에 낫의 날을 그어대며 걸어왔다.

"어머나, 어머나. 다들 뒤로 물러서자." 앨리스가 말했다.

톰은 엄마 말이 농담임을 알았지만 뒤로 물러섰고 그러다 아빠의 발을 밟았다. 개릿 플레처가 신음을 하며 아들을 앞으로 살짝 밀었다. 남자 무리의 대장이 교회 정문 앞에 있던 렌쇼에게 이르자 행진이 멈췄다. 앞줄에 있던 한 남자(톰 생각엔 푸줏간 주인인 딕 그라임스 같았다)가 큰 소리로 고함을 쳤고 무리의 모든 남자가 낫을 어깨 위로 높이 쳐들었다. 다음 순간 깊은 고요가 감돌았다. 렌쇼가 해리를 향해 살짝 고개를 끄덕였다.

"기도합시다."

해리의 말에 모든 사람이 고개를 숙였다. 조가 형을 향해 몸을 기울였다.

"목사님, 저 드레스 밑에 반바지 입었을까?"

"오, 주여. 저희에게 풍요의 자비를 내리시는 분이시여. 대지의 씨앗 위에 태양의 열기와 비의 수분을 내리시는 분이시여." 해리가 기도문을 읽기 시작했다.

"뭐라고 하는 거야?" 조가 톰의 귀에 대고 속삭였다.

"작물을 자라게 해준 걸 신에게 감사하고 있어." 톰도 속삭였다.

해리가 기도문을 읊고 있을 때 톰의 눈에 질리언이 들어왔다. 엄마가 불쌍하게 생각하는 그 여자는 길에서 조금 멀리 떨어져 와이트레인 입구에 서 있었다. 톰은 질리언을 볼 때마다 안 그러려고 했지만 마음 한구석이 불편했다. 그 여자는 너무나 깊이 시름에 잠겨 있었다. 그리고 질리언이 톰과 조, 밀리를 바라보는 표정이 톰을 움츠러들게 했다. 밀리를 볼 때는 더 그랬다. 왠지 모르지만 질리언은 밀리에게 매료된 것처럼 보였다. 다만 지금 그녀가 바라보는 것은 밀리가 아니었다. 그녀는 해리를 보고 있었다.

"풍성한 축복에 감사드리옵나이다." 해리가 계속 읊고 있었다. "우리 주 예수 그리스도의 이름으로, 아멘."

"아멘." 낫을 든 남자들과 그 뒤를 따라온 가족들이 외쳤다.

"아멘." 다른 사람들이 말한 잠시 후 조가 말했다.

"멘!" 저 높이, 아버지의 어깨 위에서 밀리가 말했다.

싱클레어 렌쇼가 목사에게 고개를 끄덕여 감사한 후 언덕을 내려갔다. 남자들이 그 뒤를 따랐고 무리는 와이트 레인으로 접어들어 언덕 아래 밭으로 향했다. 해리가 와이트 레인으로 들어섰고 플레처 가족도 그들을 따랐다.

그들은 길을 따라 걸었다. 톰은 주위를 둘러보았다. 블랙베리가 익어가고 있었고 장미 열매와 산사나무 열매가 반짝거렸고 하늘이 잘 익은 황금빛 보리밭처럼 그들 앞에 펼쳐져 있었다.

"어때요, 개릿?" 톰의 아버지에게 한 남자가 다가왔다. 마이크 픽업이었다. 그는 무어 황야의 꼭대기에 있는 모렐 농장에서 아내 제니와 함께 살았다. "행사를 하기에 좋은 저녁이죠?"

"안녕하세요, 마이크." 개릿이 대답했다.

마이크 픽업은 톰의 아빠보다 연배는 조금 더 위로 보였고 훨씬 더 많이 살쪘다. 머리가 빠지기 시작했고 뺨은 밝은 빨간색이었다. 앞서간 두 명의 렌쇼처럼 그도 트위드 옷을 입고 있었다.

질리언의 옛집 입구 앞에 왔을 때 톰 가족은 말똥을 피하기 위해 옆으로 비켜섰다가 울타리 문을 넘어 밭으로 들어갔다. 무리는 뚱

뚱한 악어처럼 경사를 따라 올라가다 밭의 중심부에 다다랐을 때 비로소 멈췄다. 톰은 남자들이 일 미터 정도 간격으로 서서 커다랗게 원을 이루는 것을 보았다. 다른 사람들이 원의 밖에 더 큰 원을 형성했다. 그 기묘한 여자애는 여전히 보이지 않았다. 마을 사람 전체가 여기 있다는데, 그 아이는 어디 있는 걸까?

"우리, 춤을 추게 될 거 같은데." 톰의 엄마가 속삭였다. 아빠가 표정을 찡그리며 엄마에게 조용히 하라고 했다.

플레처 가족에게는 싱클레어 렌쇼가 원형의 중심에 혼자 서 있는 모습이 간신히 보였다. 렌쇼 옆에는 아직 수확되지 않은 작물이 아주 조금 있었다. 딕 그라임스가 걸어가 싱클레어에게 낫을 건넸다.

"건초인가요?" 개릿이 조용히 물었다.

"그래요. 동물 사료로 쓰지. 이만큼 높이 자라는 건 저것뿐이죠. 밭의 나머지는 이 주 전에 다 잘랐어요. 달이 기울기 전에 수확하죠. 언제나 그래요." 마이크가 대답했다.

톰이 위를 보자 마침 창백한 달이 지평선 너머로 뜨고 있었다. "보름달인데요." 톰이 말했다.

마이크 픽업이 고개를 저었다. "열 시간 전에는 보름달이었지. 지금은 기울고 있단다. 쉿."

그들은 입을 다물었다. 원의 중심에서 렌쇼가 몇 움큼 안 되는 마지막 건초를 잡아 쥐고 돌돌 만 후 세게 당겼다. 그가 낫을 머리 위로 높이 들어올렸다.

"찾았노라!" 그가 소리쳤다. 몹시 큰 소리여서 톰은 기우는 달까지도 들리겠다고 생각했다. "찾았노라!" 그가 되풀이했다. "찾았노라!" 그가 세 번째로 소리쳤다.

"무엇을?" 남자들이 화답으로 외쳤다.

"목!" 싱클레어가 소리쳤다. 그리고 그의 낫이 대단히 빠르게 떨어졌다. 톰은 낫이 움직이는 것을 보지도 못했다. 마지막으로 남았던 건초가 잘렸다. 밭에 모인 모든 남자와 여자와 아이가 환호성을 내질렀다. 엄마와 아빠, 심지어 밀리까지도 공손하게 손뼉을 쳤다. 톰과 조는 서로 마주보았다.

이윽고 여자들이 들쥐처럼 종종걸음을 치며 미처 잘리지 못한 건초를 빠짐없이 거뒀다. 남자들은 렌쇼의 주위에 모여 마치 그가 대단한 일을 한 듯 악수를 하고는 몸을 돌려 줄줄이 밭을 빠져나갔다. 톰은 해리가 질리언이 울타리 문을 넘을 수 있도록 돕는 모습을 바라보았다. 그 둘은 와이트 레인을 함께 걸어 내려와, 그녀의 옛집 입구에 멈춰 서서 이야기를 나눴다.

"목은 언제 베는 거야?" 조가 톰의 옆에서 물었다.

"아까 그게 목이었던 것 같아. 목이란 게 마지막까지 남은 작물을 뜻하나 봐." 톰이 대답했다.

잠시 조는 실망한 듯 보였다. 그러더니 고개를 흔들었다. 다시 입을 열었을 때 조의 목소리는 조금 더 나이가 든 것처럼 들렸다.

"그뿐은 아닐 거야."

17

해리는 앞선 남자들을 따라 높다란 돌 아치길을 지나 교회 마당의 낮은 쪽 끝으로 이어지는 좁은 자갈길을 걸었다. 그의 왼쪽에는 옛

피의 수확

수도원장의 거주지와 수도승의 숙소 등 중세 건축물이 있었고 오른쪽에는 키 큰 쇠 울타리가 박힌 교회 담이 둘려 있었다. 해리가 렌쇼의 거주지에 온 것은 이번이 처음이었다. 이전에는 평신도 회장과 세인트 바나바 교회의 제의실이나 화이트라이언에서 만났더랬다.

마을 대부분의 구역과 달리, 수도원장 저택에 쓰인 돌은 깨끗하게 관리되어 있었다. 옅은 생강가루 색깔이었다. 밀과 보리, 야생화가 한아름 꽂힌 거대한 항아리들이 정문 양쪽에 서 있었다. 나무 잎사귀와 장미꽃이 새겨진 그 문은 저택의 다른 부분과 마찬가지로 오래되어 보였다. 문은 열려 있지 않았고 앞선 남자들은 문을 지나쳤다. 어두워졌을 때 사람들을 집으로 인도해줄 초롱들을 지나 계속 걸었다.

검은 고양이 한 마리가 담 위에 앉아 사람들이 지나치는 모습을 바라보고 있었고 해리는 잠시 녀석이 일주일 전 이비와 함께 본 그 고양이일까 생각했다. 수도원장 저택은 자갈길을 따라 거의 삼십 미터가량 늘어선 거대한 규모였다. 남자들이 바로 앞에 열려 있는 문으로 들어가고 있었다. 해리가 따라 들어가자 좁고 키 큰 창문들이 달린 커다란 강당이 나왔다. 강당 중심부에 놓인 십자 모양 테이블에는 음식이 높다랗게 쌓여 있었고, 방 끝 벽 옆에는 검정색에 가까운 나무로 만든 설교단 같은 것이 놓여 있었다.

"목사님 발바닥을 봐야겠습니다." 그의 옆에서 나이든 목소리가 점잖게 말했다. 해리가 몸을 틀자 싱클레어의 아버지인 토비어스 노인이 있었다. 마을에서 가장 연장자인 그는 떠도는 소문이 옳다면 가장 똑똑한 사람이기도 할 것이었다.

"렌쇼 어르신, 해리 레이콕입니다. 뵙게 되어 반갑습니다." 해리가 손을 내밀며 말했다.

"반갑습니다." 두 사람은 악수를 했다. 제일 먼저 강당에 들어온 남자들이 벽에다 낫을 걸고 있었다. 돌벽 어디를 보아도 고리가 설치되어 있었다. 남자들이 그의 뒤로 더 들어왔다. 밀 이삭을 든 여자들과 어린 소녀들도 도착했다.

"그런데 제 발은 왜 보시려는 겁니까?" 해리가 물었다.

"전통이라오." 토비어스가 미소를 지었다.

"또요?" 문간은 대화를 할 장소로 적합하지 않았다. 해리는 토비어스 옆에 아주 가까이 붙어 서야 했다. 그는 젊었을 때는 아들만큼 키가 컸을 것이다. 지금도 거의 해리만큼 컸다.

"아, 우린 전통이 아주 많지. 이것이 덜 불쾌한 것 중 하나라오. 그냥 따르시길 권합니다. 저항은 정말 필요한 경우를 위해 남겨둬요. 목사님은 마을 신참자로서 이 노인네한테 발을 주는 겁니다. 이 어여쁜 처자가 목사님이 균형을 잡도록 도와주겠죠. 그러면 나는 환영석으로 목사님 신발 밑창을 긁을 겁니다. 12세기 수도승으로부터 비롯된 종교 전통이라오. 역사에 등을 돌리는 건 목사님이 하실 일이 아니겠지요."

"절대 아니죠. 그런데 어여쁜 처자에 대해 뭐라고 하셨…… 오, 안녕하세요, 질리언. 아니, 전 괜찮아요. 그래서 어떻게 하면 됩니까? 캉캉 걸처럼 발을 들고 어르신을 마주보면 되는 건가요, 아니면 말굽이 박히는 말처럼 등을 돌리면 되는 건가요?"

"이건 또 무슨 야릇한 징크스인 건가요?" 밀리를 업은 앨리스가 문간에 나타나 물었다. 두 사내애가 뒤따랐다. "비켜주세요, 목사님. 밀려서 줄이 생겼다고요." 그녀가 말했다.

피의 수확

"줄은 기다려야 할 겁니다, 앨리스." 토비어스가 끼어들었다. "앨리스가 다음이에요. 그다음엔 이 아름다운 따님이고. 안녕, 아가야." 그가 팔을 뻗어 긴 갈색 손가락으로 밀리의 머리카락을 쓰다듬었다.

"그냥 하세요, 목사님." 다른 여자의 목소리가 들렸고 해리가 시선을 돌리니 제니 픽업이 그들 옆을 지나 강당에 들어오려 하고 있었다. "수확연에 처음 올 때는 오래된 돌조각으로 신을 긁게 되어 있어요. 할아버지가 육십 년 동안 해오신 일인데 오늘 멈출 리가 있겠어요?"

"전 괜찮아요." 앨리스가 말했다. 밀리를 업은 채 앨리스가 왼쪽 다리와 완벽한 직각이 되도록 오른쪽 다리를 올렸다. 그녀의 발이 토비어스의 바로 앞에 있었다. 토비어스가 한 손으로 그녀의 발목을 잡고 망고 크기의 반들반들한 돌로 신발 바닥을 그었다.

"대단한데요." 앨리스가 전혀 흔들리지 않고 다리를 내렸을 때 해리가 말했다.

"십오 년 동안 발레를 배웠거든요. 목사님 차례예요." 앨리스가 말했다.

해리는 톰과 조를 향해 어깨를 으쓱해 보인 후, 톰의 어깨를 짚어 균형을 잡고 토비어스에게 발을 내밀었다. 몇 초 후 톰과 조, 밀리와 개릿 플레처는 모두 발바닥을 긁혔고 플레처 가족과 해리는 강당으로 들어갔다.

"무슨 병기고 같군." 사람이 들어올 때마다 수가 늘어나는 무기를 둘러보며 개릿이 말했다. 낮이 걸린 자리 훨씬 위쪽에는 엽총과 라이플 들이 매달려 있었다. 골동품이나 수집가가 좋아할 만한 것처럼 보이는 것도 있었다. 그 외에는 평범했다.

"끝내준다! 아빠, 나……." 조가 입을 열었다.

"안 돼." 앨리스가 말했다.

"이곳은 오래전에 수도승이 식사를 하던 식당입니다." 그들과 계속 함께 있었던 제니가 말했다. 그녀는 몸에 딱 맞는 긴 소매의 검정 원피스를 입고 있었다. 그 옷은 그녀와 해리가 처음 만났던 날 입었던 격식 없는 옷에 비해 왠지 그녀에게 어울리지 않았다. "우리 아빠가 어렸을 때는 중등학교였다고 하죠." 제니가 조각이 새겨진 설교단을 가리켰다. "저것은 예전에 학교 선생님이 앉던 의자였답니다." 그녀가 해리에게 시선을 돌렸다. "요즘은 파티를 열 때만 이곳을 이용해요. 전례복을 입은 모습을 뵈니 좋네요, 목사님."

해리는 어떻게 대답을 해야 할지 모른 채 입을 벌렸다.

"저 여자분은 뭐하시는 건가요?" 톰이 물었다.

강당 한쪽 끝에서 한 여자가 계단을 딛고 예전 학교 교사의 의자였다는 것에 올라가 앉더니, 자기 무릎 위로 주의를 기울였다. 싱클레어와 토비어스와 함께 있던 그 여자였다. 그녀 주위에서 여자들이 밭에서 주워 온 건초 줄기를 물이 채워진 커다란 통에 담고 있었다.

"내 언니란다. 크리스티아나라고 해. 언니는 매년 수확의 여왕이 되지. 짚 인형을 만드는 게 언니의 임무야." 제니가 대답했다.

"짚 인형이 뭐예요?" 조가 물었다.

"농촌의 오래된 전통이야. 오래전, 우리가 모두 기독교도가 되기 전에는 다들 대지의 정령이 농작물에 살고 있다고 믿었어. 작물이 수확되면 정령은 집을 잃게 되는 거야. 그래서 마지막으로 남은 농작물의 이삭 몇 줄기를 가지고 짚 인형을 만들었단다. 정령이 겨울을 나도록 일종의 집을 만들어준 거지. 봄이 되면 땅을 갈아 묻는단다. 어릴 때 난 크리스티아나에게 질투가 나서 나도 한 번만 여왕이되게 해달라고 아빠한테 졸랐어. 그럼 언제나 아빠는 내가 크리스티아나처럼 짚 인형을 만들게 되면 여왕이 될 거라고 하셨지."

"그래서 그렇게 만드셨어요?" 톰이 물었다.

"아니. 불가능했단다. 지랄맞게 어려웠⋯⋯. 앗, 죄송해요, 목사님. 언니가 어떻게 그리 잘하는지 도통 모르겠어요. 밤이 될 때쯤이면 다 만들 거예요. 그때까지 한잔씩들 하시죠."

해리는 플레처 부부와 함께 주류 테이블로 어영부영 이끌려갔다. 강당은 그들 주위에서 붐볐고 사람들은 한 쌍의 나무문을 통해 담으로 둘린 커다란 바깥 정원으로 몰려나가고 있었다. 짙은 터키블루의 저녁 하늘과 등롱이 매달린 과실수들이 보였다. 현악기와 관악기로 이뤄진 사인조 밴드가 음악을 연주할 준비를 하고 있었다.

한 벽면에 부착된, 박물관에 어울릴 법한 유리 상자들의 내용물이 플레처가 소년들과 아버지의 주의를 끌었다. 해리도 같이 갔다. 상자에는 렌쇼가의 개인 박물관에 보존된 고고학적 유물이 들어 있었다. 무어 황야에서 발견된 신석기시대 부시 도구와 청동기시대무기, 고대 로마 시대의 장신구, 심지어 인간의 뼈도 한두 개쯤 있었다.

해리는 다른 사람이 자꾸 말을 거는 바람에 유물을 오랫동안 살필수가 없었다. 사람들이 계속 그에게 자기소개를 했고 마침내 그는 이름을 기억하겠다는 희망을 깡그리 버렸다.

한 시간 정도가 흘렀다. 마침내 모든 이와 인사를 마친 듯했다. 강당이 더워져서 해리는 정원을 향해 난 문으로 향하다 곧 걸음을 멈췄다. 플레처 형제와 두어 명의 마을 소년이 학교 교사의 왕좌에 앉은 수확의 여왕 근처에 모여 있었다. 그는 싱클레어의 장녀가 선보이는 빠르고 숙련된 손놀림을 아이들의 머리 너머로 지켜보았다.

그녀는 체구가 컸다. 거의 180센티미터에 달하는 키에, 골격도 컸다. 삼십 대 후반이거나 사십 대 초반이리라 그는 짐작했다. 짙은 갈색 머리는 숱이 많았고 얼굴에는 주름이 없었다. 커다란 갈색 눈동자에 지성의 빛이 조금 있었다면, 보통은 다물고 있는 것임을 잊은 듯 헤 벌리고 있는 입만 아니라면, 미인 축에 들었을 수도 있었다.

예전에는 아마도, 미인이었을지 모른다. 머릿속 생각은 마지막 한 방울까지 손끝에 몰려 있는지 모른다. 그녀의 양손은 놀랄 만한 속도로 움직였다. 묶고 비틀고 땋는 과정을 반복하고 또 반복하며 손가락이 꿈틀거렸다. 물을 흡수해서 부드러워진 찌끄레기 건초가 무언가로 모양새를 형성하고 있었다. 그녀는 시야를 전방에 못박은 채 단 한 순간도 자신이 만드는 것을 내려다보지 않았다. 하지만 그녀가 의자에 앉아 있던 짧은 시간 동안 십오 센티미터 남짓 길이의 고리가 생겼고 이제 그녀는 기다란 지푸라기를 고정하고 뒤틀며 인형을 삼고 있었다.

"페나인 나선이라고 해요." 뒤에서 목소리가 들렸다. 해리와 아이들이 동시에 고개를 돌리자 토비어스 렌쇼가 서 있었다. "짚 인형은 영국 전역의 전통이지. 하지만 각 지역마다 독특한 디자인이 있어요. 나선형은 만들기 가장 어려운 것 중 하나라오. 손녀딸의 뇌는 모두 손가락으로 간 것 같아."

해리는 크리스티아나를 재빨리 훔쳐보았다. 그녀의 얼굴이 잠시 뒤틀렸지만 시선은 흔들리지 않았다. 그녀의 손도 마찬가지였다.

"깊이 집중한 것처럼 보입니다. 사람들이 보는 걸 싫어하나요?" 해리가 물었다.

"크리스티아나는 자기만의 세계에 살지. 우리가 근처에 있는 걸 알 것 같지 않아요." 노인이 대답했다.

해리는 크리스티아나가 어두운 시선을 할아버지에게 쏘는 것을 보았다. 그는 플레처 형제의 어깨를 양손으로 짚었다. "가자. 렌쇼 양을 편하게 해드리자. 인형은 나중에 감상해도 돼."

그는 아이들을 부모에게 데려다주기 위해 정원으로 나가려고 몸을 틀었다. 토비어스가 그의 가슴을 손으로 막으며 멈춰 세웠다.

"목사님은 우리의 전통을 경멸하실 수밖에 없겠소만." 그가 말했다. 노인의 손힘은 나이에 비해 놀라울 정도로 강했고 해리는 손을 밀치고 싶은 유혹과 싸웠다.

"전혀요. 의식이란 사람들에게 매우 중요합니다. 교회도 의식이 많죠."

"그 말이 맞소." 토비어스가 손을 내리며 낮고 교양 있는 어조로 말했다. "오늘과 같은 행사는 공동체를 하나로 묶는 일을 해요. 오늘밤 모인 사람 중 경작을 하는 사람은 이제 거의 없어요. 다들 근처 동네에 직장을 가지고 있지. 자영업 종사자도 있고 집에서 일하는 사람도 있고 일이 없는 사람도 있지만, '목 베기'는 주민 모두가 참여하는 것이라오. 그들의 아버지와 할아버지가 참여했던 행사이기 때문이지. 이 행사나 이와 비슷한 다른 여러 전통을 통해서 사람들은 대지와 연대를 느끼는 거요. 이해가 가시오?"

"저는 뉴캐슬의 거친 지역에서 자랐습니다. 대지를 그다지 보지 못했어요."

"오늘밤 목사님이 드실 음식은 모두 여기서 십 킬로미터 반경 안에서 자라거나 키워진 것이지. 시력이 예전 같지는 않습니다만, 야생조는 모두 이 노인네가 직접 사냥한 것이고. 내가 이제까지 사는 동안 먹은 음식의 구십 퍼센트는 무어 황야에서 온 것이오. 마을 사람 중 상당수가 같은 말을 할 수 있어요. 렌쇼가는 수백 년 동안 자급자족을 해왔다오."

"그럼 생선은 안 좋아하세요?"

토비어스의 눈썹이 치켜졌다. "무슨 말씀을? 우리는 골짜기 기슭에 송어 계류를 가지고 있어요." 그가 뷔페 테이블을 가리켰다. "송어 파테를 추천해드리겠소."

"빨리 먹어보고 싶군요. 안녕, 질리언. 제가 필요한가요?"

"한 말씀만 더 드리고 놓아드리겠소, 목사님. 아가씨, 잠깐만 기다려요. 그래주겠지? 자, 가거라, 얘들아. 할아버지가 레이콕 목사님하고 둘이서만 할 이야기가 있단다." 톰과 조는 전혀 마다하지 않고 냉큼 종종걸음 쳐 강당의 무기 상자로 갔다. 질리언도 강당의 다른 쪽으로 갔지만 해리는 그녀가 그들을 지켜보고 있음을 느낄 수 있었다.

"마을 전통 중에 목사님이 알아두셔야 하는 것이 하나 더 있어요. 이 전통 또한 영국 전역에 여러 변형의 형태로 퍼져 있습니다만, 수확이 끝나고 두어 주 후에, 보통은 시월 중순의 옛 입동 전에 우리는 이듬해 봄에 필요하지 않을 가축을 도살한다오. 주로 잉여의 양과 돼지이고, 닭이 좀 있고, 가끔은 소도 잡아요. 예전에는 겨울을 나기 위해 고기를 절여 보존했지만 요새는 그저 냉동실에 넣지."

"꽤 실용적인 전통 같군요. 도살장으로 보내는 동물을 위해 기도가 필요하신 건가요?"

"내 말을 오해하셨소, 목사님. 목사님이 오실 필요도 없고 가축은 어디에도 보내지 않아요. 여기서 우리가 잡거든."

"여기, 마을에서요?"

"그래요. 필요한 허가증은 딕 그라임스와 내 아들이 다 가지고 있고 딕이 점포 뒤에 도살 시설을 갖고 있어요. 이것을 언급하는 이유는 플레처 가족이 바로 길 건너에 살아서 소리를 듣게 될 것이기 때문이오. 남자들이 많이 개입되는 일인데 바깥 거리는, 뭐라고 해야 할까, 좀 지저분해지거든. 우리는 이 행사를 '피의 수확'이라고 부른다오."

"뭐라고 하셨어요?"

"목사님이 들은 게 맞아요. 물론 플레처 가족에게 내가 직접 이야기해도 되겠소만, 목사님이 그 사람들하고 잘 맞는 것 같더군요. 그러니 목사님에게 듣는 게 더 나을 수도 있겠다는 생각이 들더란 말이오. 그 주말에 친척을 만나러 갈 계획이라도 잡는다면 그리 나쁜 일은 아닐 거요."

연회실로 난 문에서 일 미터 남짓 떨어진 곳에 밀리가 있었다. 아이는 바닥에 주저앉아 주변에서 움직이는 사람들의 발과 다리는 안중에 없이 고양이를 쓰다듬고 있었다. 통통하고 작은 손이 머리부터 꼬리 끝까지 고양이 털을 쓸었다. 꼬리가 꿈틀했다. 밀리가 꼬리를 손에 꼭 쥐었다. 고양이가 펄쩍 뛰어오르더니 새침하게 걸어가버렸다.

밀리는 주위를 둘러보았다. 두 오빠 중 자기가 '도'라고 부르는 오빠가 가까이서 유리 상자 속 무기들을 보고 있었다. 밀리가 몸을 일으켜 고양이를 따라 아장아장 걸어갔지만 오빠는 돌아보지 않았다. 처음엔 고양이, 그다음엔 밀리가 연회실 밖으로 나가 야외의 자갈길로 접어들었다. 누구도 두 존재가 떠나는 것을 눈치채지 못했다.

"여기 있었군요, 해리. 오늘밤 왜 이렇게 조용해요? 괜찮아요?"

앨리스가 담장이 쳐진 정원 안쪽에서 그를 찾아냈다. 그는 옛 장미 품종인 올드로즈에 둘러싸인 등나무 벤치에 앉아 빈 유리잔을 입에 대고 있었다.

"난 괜찮아요." 그가 옆으로 움직여 앨리스에게 앉을 공간을 내주며 대답했다. "그냥 충전중이에요. 사람들은 그저 잡담하자고 목사한테 말을 걸지는 않거든요. 언제나 뭔가를 더 원하죠. 셰리주를 마시면서 영적인 인도를 좀 원한다든가, 영국 교회의 방향성에 대한 토론을 하자든가 등등요. 그러다 보면 좀 지쳐요."

앨리스가 그의 옆에 앉았다. 그녀가 항상 뿌리는 향수 냄새가 풍겨왔다. 가볍고 달콤하고, 다소 예스러운 향기. "여기 앉아 있는 걸 못 볼 뻔했어요. 전례복은 어떻게 했어요?"

해리는 더이상 필요가 없게 되자마자 전례복과 로만 칼라를 벗어버린 참이었다. "너무 더워요. 그리고 지나치게 눈에 띄기도 하고. 한동안 배경에 섞여들고 싶었어요."

앨리스가 고개를 한쪽으로 기울였다. 익숙한 몸짓이었지만 그녀가 그러는 것은 처음 보는 것 같았다. "누가 기분 나쁘게 했어요?"

피의 수확

해리는 그녀를 똑바로 쳐다보았다. 토비어스와 나눈 대화에 대해 털어놓고 싶었지만 그러지 않기로 결심했다. 앨리스의 저녁까지 망칠 이유가 없었다. 두 사람이 만난 이후로 오늘밤처럼 그녀가 행복해 보인 적이 없었다. 이번 주가 가기 전에 개릿과 조용히 이야기를 나눠야 하리라.

"오늘밤에 데이트할 사람이 있었어요." 해리는 그렇게 말해놓고 자신도 놀랐다. "그런데 바람을 맞았어요."

앨리스의 작은 얼굴이 활짝 밝아졌다. "데이트요? 어머, 신나라!"

해리가 양손을 들어 보였다. "하지만 결과적으로는 못 했다니까요."

"저런, 안됐네요." 앨리스가 그의 팔을 살짝 토닥였다. "이유를 말하던가요?"

"자동응답기에 메시지를 남긴 게 다예요. 일이 쌓였대요. 이삼 주 후에나 아니면 바쁜 게 좀 나아지면 봤으면 좋겠다고 했는데, 희망적으로 들리진 않았어요."

앨리스가 잠시 후 말했다. "운이 없었군요. 한 잔 더 할래요?"

"한 잔 더 하면 난 제의실에서 자야 할 거예요. 슬슬 가야 할 것 같군요. 연회장으로 갑시다." 해리가 말했다.

해리와 앨리스는 일어서서 사과나무 사이를 뚫고 저택 쪽으로 걸었다. 사람들 무리에 가까워졌을 때 해리는 긴박한 움직임의 기운을 느꼈다. 누군가가 사람들을 헤치며 움직이고 있었다. 나타난 것은 개릿 플레처였다. 톰의 손을 꼭 쥐고 있었다.

"조랑 밀리가 어디 있는지 모르겠어요!" 그가 말했다. "다 찾아봤는데 없어요! 두 아이가 사라졌어요!"

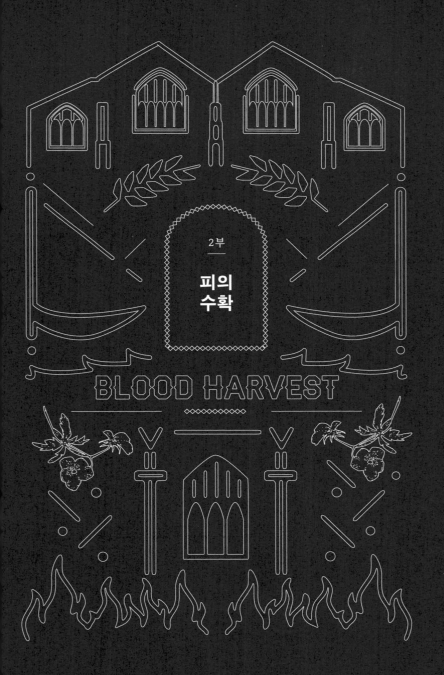

2부

피의
수확

BLOOD HARVEST

18

해리와 톰이 강당에 들어갔을 때 싱클레어가 나타났다.

"무슨 일인가요, 목사님?"

"플레처 가족의 둘째와 막내가 없어졌어요." 해리가 다급하게 대답했다.

"여자애요?" 싱클레어가 해리의 말을 막았다. 강당의 음악과 소음에도 불구하고 그의 어조는 부드러웠다.

"네. 그리고 그 애의 오빠도요. 아이들 부모님은 애들이 혹시 집에 갔나 해서 보러 갔습니다. 여기 톰하고 저는……."

"잠깐만요." 싱클레어가 몸을 틀어 실내를 둘러보았다. "아버지!" 그가 소리치더니 톰의 팔을 잡아 노인을 향해 끌고 갔다. 해리가 뒤에서 따라오는 소리가 들려 톰이 뒤를 흘낏 보니 해리는 불만의 기색이 역력했다. 그는 톰을 돌보면서 밖을 지켜봐달라는 부탁을 받앉고 그렇게 하고 싶은 것이다. 톰도 그러고 싶었다. 조와 밀리를 찾아보면서 그가 신뢰할 수 있는 어른 가까이 있고 싶었다.

"아버지." 두 사람은 자갈길로 이어지는 문에 닿았다. 조와 밀리 둘이서만 돌아다니기에 밖은 너무나 어두웠다. "플레처 부부의 막내가 없어졌답니다. 여자애요." 싱클레어가 설명했다. 그의 목소리는 여전히 낮았다.

"그리고 그 애 오빠요." 해리가 고집스럽게 덧붙였다.

"그렇지, 그렇지. 아버지, 제니와 크리스티아나를 데리고 가서 집을 수색해주세요." 그는 낮은 목소리를 더 낮추며 덧붙였다. "문을 잠그시고요."

토비어스가 고개를 한 번 끄덕이더니 강당을 가로질러(그의 나이를 고려하면 상당히 빨랐다) 크리스티아나가 지푸라기를 비틀고 있는 곳으로 향했다. 싱클레어가 해리에게 몸을 돌렸다.

"그 여자애…… 아니 남매가 사라진 지 얼마나 되었습니까? 언제, 어디서 마지막으로 목격되었나요?"

물론 해리는 몰랐고, 그래서 그는 톰을 보았다. 톰도 그다지 아는 것이 없었다. 톰이 지금까지 본 중 가장 몸이 큰 남자가 눈빛을 이글거리며 그를 내려다보고 있었다. 이런 상황에서 생각을 한다는 것은 어려웠다.

"여기서요. 나는……." 톰이 입을 열다가 멈췄다. 아빠가 음료를 가지러 갈 동안 동생들을 잘 보라고 그랬다. 다 자기의 잘못이었다.

"뭔데 그러니? 중요한 일이야, 톰. 톰은 뭘 하고 있었지?" 해리가 물었다.

"요리가 놓인 테이블 밑에 있었어요. 제이크 놀스를 피해서 숨어 있었어요." 톰은 해리를 올려다보며 그가 이해해주기를 바랐다. 제이크와 그의 친구 두 명이 톰을 찾고 있었고, 엄마는 어디에도 없었고 아빠는 거의 정원에 발을 걸치다시피 강당 반대편 멀리에 있었다. 톰은 커다란 하얀색 테이블보 속으로 뛰어들어 반대편까지 기어갔다. 톰이 아빠에게 이르렀을 때 둘은 다시 조와 밀리를 찾기 위해 강당을 가로질러야 했다.

"우린 이 안을 다 찾아봤어요. 밖에 나가 좁은 길이랑 정원도 살펴봤어요. 동생들은 전혀 보이지 않았어요."

말을 하는 톰의 눈에 토비어스 렌쇼와 그의 손녀딸 크리스티아나가 강당을 가로질러 커다란 나무문 밖으로 사라지는 모습이 들어왔다.

싱클레어 렌쇼가 잠시 톰을 쳐다보다가 해리에게 시선을 돌렸다.

"이 아이와 같이 계세요. 저는 수색대를 조직하겠습니다. 여기 있는 사람들에게 다 말하면 너무 혼란스러울 테니 제게 맡겨두세요."

그는 성큼성큼 그들로부터 멀어졌다. 해리와 톰은 마주보았고, 근처에 있던 밝은 노란색 스웨터를 입은 여성을 스쳐 열려 있는 문으로 향했다. 밖으로 나가니 높다란 담벼락 탓인지 예상보다 자갈길이 더 어두워, 톰은 담에 걸린 작은 초롱들의 존재가 고마웠다.

"엄마랑 아빠가 저쪽으로 갔을 거야. 그리로 가보자." 해리가 톰의 집을 가리키며 말했다.

해리와 톰은 왼쪽으로 방향을 틀었다. 연회 소리가 잦아들어갔고 이윽고 그들 자신만의 발소리 외엔 아무것도 들리지 않게 되었다. 초롱 사이의 간격은 점점 넓어졌고 자갈길은 점점 어두워졌다. 그들이 모퉁이를 돌자 막다른 골목이 나왔다.

"조랑 밀리가 저기를 넘어갔을 리는 없어요." 눈앞의 높은 돌담을 보며 톰이 말했다.

"그래." 해리가 동의했다. "하지만 저쪽으로 갔을 수는 있지."

고개를 돌린 톰은 순간 가슴이 철렁했다. 동생들이 땅에 너부러져 있는 모습이 보일 것만 같아 눈을 낮출 수가 없었다. 교회 경내 담에 있는 커다란 철 대문의 자물쇠가 문 앞에 풀린 채로 놓여 있었다. 대문 너머로 비석들이 달빛 아래 진주처럼 반짝거렸다.

해리가 묘지를 살피다가 톰을 내려다보았다. "톰, 강당으로 지금 뛰어가. 네가 안전하게 도착하는지 봐줄게."

"싫어요. 난 목사님이랑 있고 싶어요." 톰이 얼른 대답했다. 사실 저 묘지로 들어가느니 눈을 막대기로 찔리는 편을 선택하겠다는 것이 톰의 솔직한 심정이었고 그래서 고민할 틈을 갖지 않았다.

"톰, 나랑 있으면 별로 좋지 않을 거야. 돌아가."

묘지니까 당연한 것 아닌가! 평범한 옛 묘지가 아니라 그의 집 뒤편에 있는 묘지였고, 이상한 존재가 돌아다니는 게 분명한 곳이었다. 당연히 별로 좋지 않을 것이다. 하지만 조와 밀리가 그곳에 있었다. 왠지는 모르겠지만 톰은 그냥 알았다. 둘은 이 대문을 지나 그곳에 들어갔다.

"난 목사님하고 갈 거예요. 우리는 그 애들을 찾아야만 해요."

해리가 무슨 말인가를 중얼거렸다. 딱 욕처럼 들렸지만 설마 목사가 욕을 했을 리는 없으리라. 해리가 초롱 두 개를 담에서 떼내어 하나를 톰에게 건넸다. "이걸 몸에서 멀리 들어. 높게."

톰은 시키는 대로 했고 두 사람은 대문을 밀고 교회 마당으로 발을 디뎠다.

온 세상이 음소거를 한 양 너무나 조용했다. 그래서 해리가 입을 열었을 때 톰은 자기도 모르게 펄쩍 뛰었다.

"이 문은 옛날에 교회로 들어가는 데 쓰던 문 중 하나란다. 수도승만 드나들 수 있었지. 자, 우린 천천히, 그리고 가능한 한 보도로만 걸으면서 열심히 귀를 기울일 거야. 큰 소리는 나만 지를 수 있어. 알겠니?"

"네." 톰이 속삭였고 두 사람은 출발했다.

몇 분을 걸은 후에야 톰은 둘이 손을 잡고 있음을 깨달았다. 고요함이 부자연스럽게 느껴지기도 했다. 무언가 소리가 들려야 했다. 그렇지 않은가? 나뭇가지 사이로 부는 바람이라든가 등등? 길을 걷는 그들의 발소리와 해리의 숨소리가 아니었다면 톰은 자기 귀가 멀었다고 착각할 지경이었다. 문득 해리가 발걸음을 멈췄고, 톰도 따라서 멈췄다.

"조! 밀리!" 해리가 외쳤다.

근처 어딘가에서 부스럭거리는 소리가 들렸고 해리의 고개가 총알처럼 돌아갔다. "조?" 그가 소리쳤다. 둘은 모두 기다렸다. 아무도 해리에게 응답하지 않았고 잠시 후 그와 톰은 다시 걷기 시작했다.

"톰!" 몇 미터 정도 떨어진 둔덕 위쪽에서 작은 목소리가 들렸다.

해리가 우뚝 멈춰 섰다. "조의 목소리야. 어디서 소리가 났지?" 그가 톰의 손을 놓고 그 자리에서 서서 초롱을 높이 들고 몸을 돌렸다. "조!" 그가 이번에는 더 큰 소리로 외쳤다.

"톰." 또다시 목소리가 들렸다.

"확실히 조야. 어디서 나는지 들었지?" 해리가 말했다. 그가 이리저리 시선을 돌리며 살폈다. 사람보다는 경찰견처럼 보이는 모습이 마치 곧 땅에 코를 대고 킁킁거릴 것만 같았다. 톰은 움직이지 않았다.

"아니에요."

"뭐가?" 해리가 중얼거리듯 물었다.

"조가 아니에요." 톰이 되풀이했다. 톰은 뒤돌아보며 대문이 얼마나 멀리 있는지, 둘이 같이 뛰기 시작하면 자기가 해리에게 뒤처질지 가늠해보려고 애썼다. "해리, 우리 여기서 나가요."

해리는 톰의 말을 듣지 못했거나 아니면 무시하기로 한 모양이었다. 그는 다시 톰의 손을 잡고 보도에서 벗어나 위쪽의 렌쇼 가족 묘지로 향했다. "조가 그리 멀지 않은 데 있어. 내 옆에 있어야 해, 톰. 아래를 잘 보면서 걷고."

톰과 해리는 울퉁불퉁한 땅 위에서 비틀거렸고 곧 발이 흠뻑 젖었다. 긴 풀잎에는 벌써 이슬이 내려와 달빛이 어루만질 때마다 은빛으로 빛났다. 차가운 부드러움이 톰의 다리를 쓰다듬었고 비석들이 그들을 곁눈질했다. 비석은 더이상 진주처럼 보이지 않았다. 그것들은 이빨 같았다.

톰은 땅바닥에 시선을 고정하고 두 발로 걷는 데 집중했다. 해리가 너무 빨리 움직여서 톰은 소리를 지르고 싶었다. 멈추라고, 끔찍한 실수를 저지르는 것이라고, 그리고…….

"톰." 그들 뒤에서 끔찍한 목소리가 들렸다. 톰이 해리에게서 몸을 빼 뒤로 펄쩍 돌아섰다. 톰은 최대한 거세게 싸울 태세에 돌입했다. 이젠 진저리가 났다. 이번엔 정말 더이상 참을 수 없었다. 그리고…….

조가 있었다. 진짜 조였다. 그들을 향해 걷듯 뛰듯 하며 풀밭을 가로지르고 있었다. 해리가 몇 발짝 앞으로 나가 조를 들어올려 품에

　　　　　　　　　　　　　　피의 수확

꼭 안았다. "아, 정말 다행이야. 감사합니다. 하느님, 감사합니다."
톰도 마음속으로 다행이야, 하느님, 감사합니다 하고 말했다. 그러
나 다음 순간, 톰은 감사할 수 없었다. 조는 혼자였다.

19

"이 멍청한 여자야, 집착을 버려. *끄고 자라고.*" 이비는 혼잣말을
하며 컴퓨터 화면 왼쪽 아래 구석에 있는 시계를 보았다. 오후 9시
25분. 9시 30분에 잠을 자러 갈 수는 없었다.

텔레비전에 볼만한 게 있을까? 이비는 의자에 앉은 채 몸을 돌려
방 건너편에 놓인 텔레비전을 흘낏 보았다. 바본가. 토요일 밤에 볼
게 있을 리 없었다. 책장에는 그녀가 최소 네 번은 읽은 책밖에 없
었다.

컴퓨터 화면으로 다시 시선을 돌렸다. 《랭커셔 텔레그래프》 웹사
이트에서 찾아낸 해리의 사진이 떠 있었다. 검정색 셔츠와 로만 칼
라, 검정색 재킷을 입고 있었다. 일이 년 전에 찍은 사진 같았다. 머
리카락은 지금보다 조금 길었고 왼쪽 귓불에는 작은 금속 십자가가
달려 있었다. 사진에 딸린 기사에 의하면 해리 레이콕 목사는 최근
에 통합된 굿쇼브리지, 러브클로, 헵턴클로 본당의 종신 성직록을
받았고, 그전에는 더햄 교구 대부제의 특별보좌관이었다. 성직 초
반 몇 년 동안에는 나미비아의 성공회 조직에서 일했다. 미혼이며
취미로는 축구(경기 참여와 관람 모두)와 암벽타기, 장거리달리기
를 즐겼다.

이비는 사진을 출력할 수도 있었다.

물론 그렇게 한심한 짓은 절대로, 어떤 일이 있어도 하지 않을 것이다. 그녀는 화면을 위로 올려 검색 엔진에 '헵턴클로'를 친 후 자신이 지금 무엇을 하는 건지 생각할 틈을 주지 않은 채 엔터키를 눌렀다. 검색 사이트에 기사 링크가 여러 개 나타났다. 이건 집착이 아니었다. 타당한 검색이었다. 그녀에게는 그 동네에 사는 환자가 있었다.

헵턴클로가 뉴스거리가 되는 일은 그리 많지 않았다. 가장 최근의 기사가 해리의 임명에 관한 것이었다. 이비는 그 기사를 다시 열고 싶은 유혹을 느끼기 전에 재빨리 다른 링크로 시선을 옮겼다. "헵턴클로 주민, 밀렵 혐의로 벌금형에 처해져", "헵턴클로와 이웃 굿쇼브리지를 이어주는 새로운 버스 노선". 굿쇼브리지에는 그가 살고 있다. 아, 정신 차려, 이 여자야. 이비는 질리언의 화재 사건에 대한 기사와 후속 기사를 찾아냈다. 후속 기사에는 배리 로빈슨이 병원에서 퇴원했지만 화재에 대해서는 아무것도 기억하지 못한다는 내용이 실려 있었다. "실종 아동 메건 계속 수색중", "미성년 음주자를 향한 헵턴클로 선술집의 경고"······.

이비는 목록 조금 위로 되돌아갔다. "실종 아동 메건 계속 수색중". 어째서 어디선가 본 것 같은 걸까. 그 기사는 육 년 전의 기사였다. 그리고 그녀가 목록 아래로 내려가자 후속 기사가 여러 편 있었고 실종에 대한 첫 번째 기사도 있었다. "무어 황야에서 아동 실종".

그녀는 링크를 열고 앞의 두어 줄을 읽었다. 그 기사가 처음 실렸을 때 그녀는 스롭셔에서 일하고 있었지만, 페나인 무어 황야에서 실종된 여자아이에 대한 뉴스를 본 기억은 있었다. 수색은 여러 날 진행되었다. 어린이도 어린이의 시신도 발견되지 않았다. 돌이켜보니 이비 자신이 한 대학 강연에서 이 사건을 언급한 적도 있었다. 사랑하는 이의 죽음이 정량되지도 확정되지도 않았을 때 사람이 겪는 애도의 특정 단계, 그리고 살아 있을 가능성이 아무리 비현실적이라도 혹시나 하는 희망이 남아 있는 탓에 겪는 종결의 험난함에 대한 강연이었다.

> 수십 명의 지역 주민이 실종된 네 살 아동 메건 코너를 찾기 위한 경찰 수색에 참여했다. 야유회 도중 가족과 떨어진 메건은 어깨까지 내려오는 금발머리에 눈동자는 파란색으로, 실종 당시 빨간색 비옷과 빨간색 웰링턴 장화를 신고 있었다. 북서 지역 전역에 실종 아동의 사진이 배포됐으며 메건의 가족은 대중에게 경계를 낮추지 말고 딸의 안전한 귀가를 위해 기도해줄 것을 부탁했다.

기사에는 백설공주 옷을 입은 여자아이의 사진이 있었다. 유아기는 벗어났지만 어린아이의 특징인 통통함과 부드러움이 여전히 남아 있었다. 질리언이 메건의 수색에 참여했다면 어째서 그녀가 화재 후 삼 년이 지난 지금도 메건의 경우처럼 딸이 실종되었다는 생각에 사로잡혀 있는지 이해가 갈 만했다.

아, 안 되겠다. 그녀는 더이상 가만히 앉아 있을 수 없었다. 무슨 이유에선지 다리 통증이 오늘밤은 더 심한 것 같았다. 욕실 장에 마약성 진통제인 트라마돌이 있었다. 여섯 달 동안 한 알도 복용하지 않고 그럴 필요도 없었다. 그녀는 진정으로 복용을 다시 시작하기를 원하는 걸까?

20

"밀리는 어디 있니?" 조를 땅에 내려놓으며 해리가 물었다. "조, 동생은 어디 있지?"

"걔네는 저기로 올라간 것 같아요." 조가 불안한 표정으로 형을 보며 오르막에 위치한 교회 쪽을 가리켰다.

"누구? 누가 거기 갔다는 거니?" 해리가 물었다.

"난 못 봤어요." 조가 또다시 톰을 곁눈질하며 말했다. "톰이 테이블 밑으로 들어갔고 그다음에 밀리가 없어졌어요."

"밀리가 밖에 나갔니? 파티장을 떠났어?"

"바깥을 봤을 때 누가 이쪽으로 들어오는 걸 본 것 같은데 걔네들은 너무 빨리 가버렸어요." 조가 말했다.

해리가 잠시 조에게서 시선을 거두어 형 쪽을 보았다. 톰의 얼굴에 떠오른 표정이 마음에 들지 않았다.

"톰, 뭔가 아는 게 있어? 누가 밀리를 데리고 갔는지 알아?"

톰은 동생에게서 시선을 떼지 않은 채 해리와 눈을 마주치지 않았다. 이윽고 톰이 고개를 저었다.

해리가 몸을 꼿꼿이 세우고 밤의 대기 속으로 고함을 쳤다. "여보세요! 내 목소리 들려요?" 그들은 기다렸다. "대체 다들 어디 있는 거야?" 아무도 대답하지 않았고 그가 중얼거렸다. "됐다. 너희 둘, 나랑 같이 가겠니?"

조가 즉각 고개를 끄덕였고 톰은 잠시 뜸을 들였다가 끄덕였다. 해리가 몸을 숙여 조를 안아 들었다. 초롱을 내려놓고 해리는 톰의 손을 꼭 잡은 후 걷기 시작했다.

"밀리!" 해리가 몇 초마다 멈춰 서서 외쳤다. 그들은 오르막 꼭대기에 이르러 옛 수도원 터의 그늘에서 멈췄다. 교회 문까지는 구 미터 남짓 떨어져 있었다. 조가 작은 체구에도 불구하고 무겁게 느껴지면서 해리는 조를 바닥에 내려놓았다.

"밀리." 그가 외쳤고 열 몇 군데 방향으로부터 되돌아오는 자신의 목소리를 들었다. "밀리, 밀리, 밀리." 메아리가 외쳤다.

"밀리." 목소리 하나가 매우 크고 뚜렷하게 들렸다. 메아리는 절대 아니었다.

"누구세요?" 자리에서 돌며 해리가 물었다.

조와 톰이 마주보았다. "그 아이가 데려간 거야, 조? 이건 심각한 문제야. 걔네 어디 있어?" 톰이 낮은 목소리로 물었다.

"걔네가 누구지?" 교회 쪽으로 뒷걸음질을 치며 형제에게서 멀어지던 해리가 물었다. "여기서 무슨 일이 일어나고 있는 거지? 밀리!"

"토미." 높다랗고 가는 목소리가 들렸고 톰이 펄쩍 뛰어 해리 옆으로 붙었다.

"됐어요, 이제 그만합시다. 어린아이가 실종되었어요. 경찰에 연락할 겁니다. 다른 사람이 아직 안 했다면요. 지금 빨리 나오세요."

해리는 고함을 치지 않으려고 애썼지만 목소리에서 분노의 기색을 감추기는 쉽지 않았다.

그들은 기다렸다. 멀리서 개가 짖었다. 차 시동이 걸리는 소리가 들렸다. 홀연히 높은 울음소리가 밤의 공기를 갈랐다.

"밀리예요. 진짜 밀리예요. 가까이 있는 게 틀림없어요. 밀리! 어디 있니?" 톰이 말했다.

"교회 안에 있어. 문이 열려 있어." 조가 말했다.

조가 옳았다. 교회 문이 십 센티미터 정도 살짝 열려 있었다. 이렇게 밤늦은 시각에 열려 있으면 안 되는 문이었다. 해리는 소년들이 가까이 뒤따르는 것을 의식하며 앞으로 내달렸다. 문마다 열고 들어가 전등 스위치를 계속 켜다가 중앙 통로에 닿았을 때 우뚝 멈춰 섰다. 그의 머리 위에서 누군가가 떨며 울고 있었다.

해리가 위를 올려다보다 말했다. "오, 하느님. 제발!"

톰과 조도 해리를 따라 고개를 들었다. 형제들의 한참 위에, 나무로 된 발코니 난간에 겁에 질려 엉망이 된 작은 얼굴이 보였다. 밀리가 앉아 있었다.

21

스티브, 잘 계시죠?

스티브의 조언이 꼭 필요한 문제가 있어서 메일 드려요. 상황 참고를 위해 뉴스 기사 두 편을 첨부합니다. 스티브라면 기사 없이도 메건 코너 실종 사건에 대해 기억하실 수도 있겠네요. 제가 아는 한, 그 아이는 끝까지 발견되지 않았어요.

저는 메건이 실종된 동네 출신인 스물여섯 살 난 환자를 보고 있어요. 환자의 딸은 메건이 실종된 뒤 삼 년 후에 사고로 사망했어요. 제 환자가 겪고 있는 지속적인 애도 반응이 메건 사건의 기억에 영향을 받았을 수도 있다는 생각을 지울 수가 없네요.

제 기억으로는 나라 전체가 그 사건에 크게 상처를 받았죠.

그러니 그 동네에서는 더 끔찍했을 게 확실해요. 심지어 제 환자는 민관 합동 수색에 참여했을 가능성도 있어요.

제가 상담에서 이 문제를 언급해도 되는지 궁금해요. 환자가 언급할 때까지 기다려야 할까요? 환자는 표면적으로는 개선이 되고 있지만 제가 이해할 수 없는 부분이 아직도 많습니다. 숨기는 게 있다는 생각이 자꾸 들어요. 스티브는 어떻게 판단하시는지 알고 싶어요.

헬렌과 아이들에게 안부 전해주세요.

이비

이비는 철자를 검토하고 쉼표를 하나 덧붙인 뒤 '보내기'를 눌렀다. 스티브 채닝은 그녀보다 경험이 풍부한 신경정신과 의사로, 어려운 사례가 있을 때 그녀가 종종 의견을 구하는 비공식 멘토였다. 이메일의 날짜와 시간을 보고 그녀가 토요일 밤에도 일하고 있다는 것을 알아채리라. 하지만 모든 사람에게서 숨을 수는 없었다.

22

"저긴 어떻게 올라간 거야?" 어린 여동생에게서 시선을 거두지 못한 채 톰이 속삭이듯 중얼거렸다. 동생은 단단한 교회 돌바닥으로부터 이 미터 위에서 불안정하게 균형을 잡고 있었다. 아무도 그의 질문에 대답하지 않았다. 왜 그러겠는가? 멍청한 질문인데. 지금 오로지 중요한 것은 어떻게 아이를 내려놓을 것인가 하는 문제였다.

"거기 가만히 있어, 밀리. 움직이지 말고." 해리가 교회 문 쪽을 향해 달려가고 있었다. 교회의 복층 신도석으로 이어지는 계단을 밟는 그의 발소리가 들려왔다. 그는 밀리에게 제때 닿을 것이다. 그 래야만 했다.

해리의 발걸음이 멈췄고, 두 형제는 복층 신도석과 계단 사이에 있는 문틀이 흔들리는 소리를 들었다.

"이게 뭐야?" 문 뒤에서 해리의 목소리가 들렸다. 연이어 쾅쾅거리는 소리가 교회 안에 시끄럽게 메아리쳤다. 해리가 문 너머에서 문을 발로 차고 있었다.

"문이 잠겼나 봐. 목사님이 밀리한테 갈 수가 없나 봐." 조가 말했다.

소음에 겁을 먹은 밀리가 오빠들을 내려다보았다. 아이가 양팔을 앞으로 내미는 모습에 톰의 가슴이 서늘해졌다. 동생은 집에서 그랬던 것처럼 그에게 뛰어내리려 하고 있었다. 오빠가 소파 등받이에서 뛰어내리는 자기를 언제나 잘 받아주었던 것처럼, 지금도 잘 받아주리라 굳게 믿으며 뛰어내리려는 것이다. 하지만 저 높이라면 동생은 너무 빨리 떨어질 것이기에 톰은 도저히 성공할 수 없었다. 아무것도 없었다. 두 아이가 할 수 있는 것은 아무것도 없었다. 동생은 떨어질 것이고 돌바닥에서 아이의 머리는 유리처럼 산산조각이 날 것이다.

"안 돼, 밀리. 안 돼! 움직이지 마!" 두 형제가 동생에게 소리쳤다. 아이들은 어린아이가 좁은 난간에서 균형을 잃고 앞으로 쏟아지는 모습을 공포에 휩싸여 지켜보았다. 조가 비명을 지르기 시작했을 때 밀리가 한 손을 뻗어 신도석 난간을 잡으며 복층 신도석의 가느

피의 수확

다란 턱을 디뎠다. 간신히 턱에 걸쳐진 두 발에는 분홍 파티 구두가
신겨 있었다.

"너희 둘, 입 다물어, 입 다물라고." 형제 옆으로 다시 다가온 해리
가 속삭이듯 힐난했다. 그때서야 톰은 자기들이 모두 시끄럽게 비
명을 지르고 있었음을 깨달았다. 톰이 조를 옆으로 끌어당겼다. 조
가 톰에게 찰싹 달라붙었고 형제는 가까스로 비명을 멈췄다.

"밀리. 가만히 있어, 우리 아가. 꼭 잡고 있자. 목사님이 데리러
갈게." 톰은 해리의 목소리가 흔들리는 것을 느꼈다.

해리는 교회 양편을 둘러보더니 마음을 정한 듯했다. 그가 형제
들에게 몸을 돌렸다.

"방석을 가져오렴. 기도할 때 쓰는 방석 말이야. 가능한 한 많이
가져와서 바닥에 깔아. 밀리 바로 아래. 지금 빨리."

톰은 움직일 수 없었다. 밀리에게서 눈을 뗄 수가 없었다. 자신이
일 초라도 다른 곳을 본다면 동생이 떨어질 것 같았다. 그때 톰은 조
가 근처에서 종종걸음을 치며 움직이고 있는 것을 깨달았다. 조는
벌써 좌석 고리에서 방석을 세 개나 떼어다 밀리 아래의 바닥에 깔
아놓았다.

톰도 쏜살같이 움직여 반대편 좌석으로부터 방석을 모았다. 고리
에서 방석을 빼 밀리가 떨어질 부분으로 던졌다. 여섯 개를 던지고
통로로 빠르게 온 톰은 위를 올려다보며 여동생의 통통한 다리와 분
홍 구두의 위치를 가늠한 후 그 아래에 방석으로 부드러운 카펫을
만들었다. 방석을 충분히 가져다 놓는다면 추락의 충격을 막아줄
것이다.

해리가 복층 신도석 난간에 닿기 위해서 창턱에 올라가 옆으로 움

직이는 모습이 톰의 눈 끝에 잡혔다. 그가 어떻게 위로 올라갈지 톰은 전혀 알 수 없었지만, 여가 시간에 등산을 다닌 해리라면 다른 사람보다는 올라가기 수월할 것이다. 톰은 그저 방석에만 집중하면 됐다. 조가 톰을 따라 방석을 의자 너머로 던지고 있었다. 방석이 바닥에 닿자마자 톰이 집어 들어 다른 방석 옆에 늘어놓았다. 밀리를 위한 완충 매트가 점점 커졌다.

"안 돼. 아가야, 안 돼." 해리가 위로 올라가기 위해 안간힘을 쓰며 목소리를 쥐어짜냈다. 그리고 공황 상태에 빠지지 않기 위해 애쓰고 있었다. "거기 가만히 있으렴. 꼭 잡아. 목사님이 가고 있어." 톰은 잠시 멈추고 용기를 내 위를 올려다보았다. 교회 내벽을 두르고 있는, 부조가 새겨진 벽판에 해리가 거대한 거미처럼 매달려 있었다. 미끄러지지만 않는다면 몇 초 후에는 복층 신도석 난간에 이르러 위로 올라갈 수 있으리라. 그리고 거기서 일 초만 더 있으면 밀리에게 닿을 것이고 밀리는 안전할 것이다.

그러나 해리에게 그 몇 초가 허용되지 않을지도 모른다. 자신에게 조금씩 다가오는 해리를 본 밀리가 그에게 다가가려고 한 것이다. 아이는 난간 턱을 따라 움직였고 곧 방석 매트의 범위를 벗어나 버렸다. 그리고 통통한 손가락에 악력 따위는 없었다. 아이는 마구 흐느끼고 있었다. 더이상은 버티지 못할 것이다. 아이는 곧 추락할 것이다. 아이도 그것을 알고 있었다.

피의 수확

23

이비는 질리언 로일의 의료 기록을 보고 있었다. 그녀가 질리언을 환자로 받아들이면서 통상적인 절차에 따라 그녀에게 보내진 자료이다. 다행히 질리언이 다닌 동네 의원은 기록의 전산화를 제일 먼저 시도한 축에 속했다. 어린시절에 대한 종이 기록마저도 어느 순간 데이터베이스에 입력되었다.

이비는 물론 질리언과 첫 상담을 하기 전에 자료를 읽었다. 그녀가 놓친 것이 있던가?

"그 자식은 바람둥이 개자식이에요. 내 양아빠도 똑같았어요." 지금까지 적어도 두 번, 자기 인생에 들어온 남자에 대해 이야기할 때 질리언은 예민해졌다. 남성과 섹스에 대한 냉소적 태도나 피해의식, 세상이 자신에게 빚을 졌다는, 입 밖에는 내지 않지만 여전히 그녀 안에 존재하는 믿음 등 질리언이 지닌 여러 면모 때문에 이비는 이 젊은 여성에게 학대받은 과거가 있을 것이라 짐작했다.

이비는 컴퓨터 화면을 스크롤해 질리언의 어릴 때 기록으로 되돌아갔다. 통상적인 예방접종 및 세 살 때 맞은 수두 예방주사 기록이 있었다. 아버지가 사고로 죽고 얼마 안 되어 질리언이 의원을 방문했지만 투약도 후속 방문도 처방된 바 없었다.

질리언은 아홉 살이 되었을 때 블랙번에 있는 다른 의원에 다니기 시작했다. 이 변화는 아마도 어머니의 재혼 후 온 가족이 헵턴클로 밖으로 이사를 가면서 함께 일어났을 것이다. 질리언의 의원 출입 횟수가 늘어났다. 그녀는 종종 내용이 명확하지 않은 배앓이 때문에 학교를 며칠씩 결석해야 했다고 불평했지만 검진 결과에 의하면 아무 문제가 없었다. 배앓이 외에도 팔이 부러지거나 멍이 드는 등 경미한 부상을 연달아 입었다. 이는 학대를 시사할지 모른다. 아니면 질리언이 그저 활기차고 사고뭉치인 어린이였다는 뜻일 수도 있다.

열세 살 때 질리언과 그녀의 어머니는 헵턴클로로 다시 이주했다. 질리언은 아주 어린 나이(열다섯 살이 되기 두어 달 전)에 피임약을 처방받았고 열일곱에는 임신중절을 했다. 이상적인 시나리오라 할 수는 없지만 현대의 십 대 소녀에게는 그리 드문 일도 아니었다.

참 내, 이제 그만 좀 봐. 그녀에게는 다른 환자도 꽤 많았다. 이비는 다시 일어섰다. 욕실 쪽을 흘깃 보았다. 문이 열려 있었고 욕실장이 보였다.

밖은 완전히 어두워졌다. 지금쯤 헵턴클로에서는 다들 춤을 추고 있을까. 이비는 삼 년 동안 춤을 춘 적이 없다. 아마도 다시는 추지 못하리라.

24

"방석을 옮겨야 돼. 나랑 같이 밀어줘." 톰이 동생에게 다급하게 말했다. 톰과 조는 양손과 양 무릎으로 방석을 미끄러뜨렸다. 매끄럽지 않은 돌바닥에서 방석은 부드럽게 움직이지 않았고, 돌 포장의 솟은 부분과 팬 부분에 걸리며 흐트러졌다.

"한데 모아놔야 해." 감히 올려다볼 엄두를 내지 못하며 톰이 외쳤다. 톰과 조는 미친듯이 방석을 한데 모으려고 애썼다. 밀리 아래에 제대로 깔린 건지 아닌지 감이 전혀 오지 않았다. 톰은 감히 올려다볼 수가 없었다. 그랬다간 여동생의 몸이 자신을 향해 떨어지는 모습을 보게 될 것이었다.

"우와, 쟤가 어떻게 저기 올라간 거야?" 중앙 통로 저편에서 목소리가 들려왔다. 톰이 고개를 드니 제이크 놀스와 빌리 애스핀이 소리 없이 들어와 있었다. 둘은 모두 목사와 아기를 휘둥그레진 눈으로 바라보았다.

해리는 발코니 난간에 매달려 있는 밀리에게 조금씩 가까워졌다. 무언가가 톰의 얼굴을 쳤다. 돌아보니 톰과 조로부터 세 줄 뒤에 놓인 장의자에서 제이크와 빌리가 방석을 모아 던지고 있었다.

"멍청아, 백 미터는 어긋났겠다." 시선은 톰에게 못 박은 채, 하지만 손가락으로는 발코니와 바닥을 번갈아 가리키며 제이크가 소리쳤다. "십오 센티미터 정도 저리로 밀어."

제이크가 옳았다. 톰이 방석을 왼쪽으로 밀었고 조가 방석을 열심히 모았다. 빌리가 두 아이 옆으로 와 방석을 두 겹으로 쌓기 시작했고 제이크는 계속 방석을 미사일처럼 던져댔다.

머리 위에서 쿵 소리가 들려 톰은 터지려는 비명을 가까스로 억눌렀다. 빌리와 제이크, 조가 모두 위를 쳐다보았다. 해리가 복층 신도석으로 들어가 나직이 밀리에게 말을 건네며 아이를 향해 천천히 움직이고 있었다. 다섯 발짝만 더 가면…… 넷…… 셋…… 톰이 숨을 죽였다. 해리가 손을 내밀었다. 톰은 눈을 감았다.

"목사가 잡았어." 제이크가 말했다. 톰이 눈을 뜨며 숨을 내쉬었다. 눈앞 돌바닥에서 피를 흘리며 죽은 여동생은 없었다. 다 끝났다. 제이크가 돌바닥에 흩어진 방석들을 보았다.

"이거, 다시 되돌려놔야 하겠지."

"얘들아." 위에서 해리의 목소리가 들렸다. 마치 경주를 방금 마친 사람의 목소리 같았다. "밀리랑 나는 문 열쇠를 찾을 때까지 내려갈 수가 없어. 누가 제의실 좀 뒤져주겠니?"

순간 톰은 제의실이 어디 있는지 기억할 수가 없었다. 교회 앞쪽에 있지 하고 돌아서다 톰은 우뚝 멈춰 섰다. 그리고 눈을 깜빡거린 후 다시 보았다. 아무것도 없었다. 하지만 그 순간 톰은 분명히 보았다. 오르간 한편에, 누군가가 마른 몸을 파이프에 기대고 그들을 쳐다보고 있었다. 여자아이였다.

25

그들이 교회 마당을 벗어나고 있었다. 요즘 들어 교회를 책임지게 된 듯이 보이는 남자와 밀리의 두 오빠였다. 어머니도 있었다. 밀리의 어머니는 아니었다. 밀리의 어머니는 소리를 지르고 야단법석을 떨며 그 집 정원에서 아직도 뛰어다니는 중이었다. 그렇다. 밀리의 어머니가 아니라 다른 어머니였다. 아이들과 남자가 교회를 떠날 때 어디선지 모르게 불쑥 나타난 어머니였다. 언덕을 내려가며 그녀는 품에 밀리를 안고 있었다.

그들을 발견한 밀리의 부모가 뛰어왔다. 다들 왁자지껄 떠들면서 밀리를 보며 머리를 쓰다듬고 꼭 껴안았다. 아이를 잃은 줄 알고 겁이 났던 것이리라. 이제는 그 아이를 좀더 잘 보살필 것이다. 한동안은.

26

10월 2일

"처음에, 몇 분 동안은요, 옛날에 꾸던 악몽을 다시 꾸는 것 같았어요. 무슨 말인지 아시겠어요? 내 어린 딸아이가 사라져서 찾아야 했어요. 나가서 무어 황야를 걸어야만 했어요. 부르고 또 부르고, 딸을 찾을 때까지요."

"괜찮아요, 질리언. 천천히 말해도 돼요. 좀 진정해요."

"난 제대로 생각할 수가 없었어요. 비명을 지르고만 싶었어요."

"이해해요. 모두에게 괴로운 일이었겠지만 질리언에겐 특히 더 그랬겠죠." 이비가 말했다. 질리언은 또 한 번 무어 황야에 나가 수색을 했다. 처음엔 메건, 그다음엔 헤일리. 그리고 가장 최근에는 밀리. 그 이름이 맞나?

"네, 그랬어요." 질리언이 말했다.

"천천히 해도 돼요." 이비가 다시 말했다. 메건의 수색을 언급해야 할까? 그녀의 멘토는 아직 연락이 없다.

"그런데 마치 불이 켜진 듯이 다시 명확하게 볼 수 있었어요. 최악의 상황은 이미 일어났잖아요? 나는 아무것도 두려울 게 없었어요. 그래서 도와주기엔 가장 좋은 입장이었어요. 나는 동네에 있는 숨을 곳을 전부 알아요. 거의 삼 년 동안 매일 확인하고 다녔으니까. 그래서 나는 내가 아이를 찾을 가능성이 가장 높다는 걸 알았어요."

이비와 마지막으로 만난 후 질리언은 쇼핑을 한 모양이었다. 새 것처럼 보이는 검정색 바지와 딱 달라붙는 검정색 스웨터를 입고 있었다. 피부도 계속 좋아지고 있었다.

"우린 시간이 많아요, 질리언. 사십 분은 더 이야기할 수 있어요. 그래서, 어떻게 했는지 말해줄래요?"

"난 찾으러 나갔어요. 혼자서, 어둠 속으로요. 그런 데 익숙하거든요. 와이트 레인을 따라 걸었어요. 내가 살던 옛날 집을 지나서 밭을 따라 올라가 토르*로 향했어요. 그러다 교회에 불이 켜진 걸 보고 다시 돌아왔어요."

"그 이야기를 들으니 질리언이 참으로 강인한 사람이라는 걸 알겠어요. 과거에 그렇게 힘든 일을 겪었는데도 수색에 참여할 수 있다니 대단해요."

질리언이 흥분한 채로 고개를 끄덕였다. "정말 기분이 좋았어요. 내가 밀리를 품에 안고 앨리스와 개릿을 만났을 때요. 그 사람들이 너무 고마워했고 그리고……."

"질리언이 여자애를 찾은 건가요?"

"네, 아뇨, 그런 건 아니에요. 난 그 네 명을 만난 거예요. 교회에서 나오고 있더라고요. 다들 조금씩 흥분해 있었어요. 톰은 남동생하고 말다툼을 하고 있었는데 뭔가 어린 여자애들에 관한 얘기였어요. 내가 톰에게서 밀리를 빼앗았어요. 떨어뜨릴 것 같아서요. 처음엔 해리를 못 봤어요. 담에 기대 있었고 검은색 옷을 입어서 잘 보이지 않았어요."

이비는 책상에서 물잔을 집었지만 목이 마르지 않다는 사실을 깨

---

* Tor. 지표면 아래 있던 암석이 풍화 작용 등의 이유로 토양층이 제거되면서 저항력이 강한 암석이 표면 위로 노출된 것. 흔들바위나 기암괴석의 형태를 띨 때가 많다. 원래는 영국 다트무어의 암괴를 칭하는 용어였다.

피의 수확

달았다. 그녀는 잔을 쥐고 빙글빙글 돌리며 안의 물을 흔들었다.

"그런데 그 아이는 그냥 파티에서 나가서 없어졌던 건가요?"

"솔직히 말하면 어떻게 된 건지 아무도 몰라요. 사정을 얘기하기에 밀리는 너무 어리고요. 공식적으로는 자기보다 큰 애들을 따라서 연회장 밖으로 나갔다가 끝까지 쫓아가지 못하고 놓친 걸로 입을 맞추기로 했어요."

이비가 든 유리잔 때문에 질리언의 주의가 산만해졌다. 이비는 마지못해 잔을 내려놓았다. 책상에 클립이 하나 있었다. 그녀가 그걸 집어 손가락 사이에서 돌리기 시작하면, 또 질리언의 주의를 흐트러뜨릴 것이다.

"비공식적인 설명은요?" 호기심이 솟는 것을 느끼며 이비가 물었다.

"동네에 좀 노는 애들이 있는데 플레처 가족이 그 애들하고 문제가 몇 번 있었대요. 그런데 그 일이 생겼을 때 그 애들이 하필 주변에 있던 모양이에요. 플레처 가족은 그 애들이 밀리를 데리고 간 것 같대요. 장난으로요. 그런데 일이 커진 거죠. 경찰이 조사를 했지만 그 애들은 아무것도 시인하지 않았어요. 사람들은 좋게 끝난 것만으로도 그냥 기뻐하고 있어요."

"이게 다 9시 이후에 일어난 일인가요? 어린아이가 깨어 있기엔 상당히 늦은 시간인데. 그렇잖아요?"

"아, 아이들은 베기를 할 때는 다들 늦게까지 안자요. 전통이에요."

"베기요?"

"사람들이 그렇게 불러요. 옛날 농사꾼 일이에요. 그리고 파티를 해요. 사람들이 모두 초대받고요. 솔직히 말하면 난 별로 관심이 없었어요. 특히 피트가 떠난 다음에는요. 하지만 이번엔 해리가 나보고 가느냐고 묻기에 마음을 바꿨죠. '안 갈 이유가 없잖아?' 하고요. 뭘 입어야 하나 완전히 당황해서 어쩔 줄 몰랐던 것만 빼고요. 데이트도 뭣도 아니지만 내가 가는지 해리가 일부러 물어보기까지 했는데……. 왜 그러세요? 내가 뭘 잘못 말했나요?"

클립은 결국 이비의 손가락으로 진출했다. 이비는 고개를 내젓고 억지로 미소를 지어 보였다. "아무것도 아녜요. 미안해요." 이비가 뒤틀린 철사를 책상에 내려놓으며 말했다. "질리언이 오늘은 아주 기분이 좋네요. 내가 따라가기가 힘들어요. 얘기 계속하세요."

"나는 칠부바지를 입기로 최종 결정했어요. 테스코 마트에서 산 노란색 스웨터하고요. 옷이 좀 귀티가 나는 게, 마트에서 산 것처럼 안 보이긴 해요. 새 옷을 마지막으로 산 게 언젠지 기억도 안나요. 예뻐 보이려고 새 옷을 사고 싶어 하는 건 좋은 신호죠, 그렇죠?"

침묵이 흘렀다.

"그렇죠?" 질리언이 되풀이했다.

이비가 고개를 끄덕였다. 얼굴에 여전히 미소가 떠 있나? 간신히 떠 있었다. "좋은 신호예요." 이비가 동의했다.

예뻐 보이고 싶어 하는 것은 매우 좋은 신호였다. 발목까지 내려오는 하늘하늘한 치마, 몸에 착 달라붙어 어깨를 돋보이게 해주었을 빨간색 윗도리, 저녁에 추워질 것을 대비해서 준비한 라벤더색 파시미나 숄. 이비가 그날 입으려던 옷이었다.

"그후 파티에서는 어땠어요? 술 종류가 있었을 텐데 유혹이 오던가요?"

피의 수확

질리언이 잠시 뜸을 들이다 고개를 저었다. "별로요. 이것저것 일이 너무 많았어요. 사람들이 나와 이야기하고 싶어 했어요. 어떻게 지내는지 묻고요. 제니는 상냥했어요. 제니 픽업요. 결혼 전엔 제니 렌쇼였죠. 난 오래전에 제니네 애를 봐주곤 했고 제니는 헤일리의 대모였어요. 그리고 해리도 파티에 오래 있었어요. 나는 파티에서는 별로 알은척을 안 했어요. 사람들이 어떻게 뒷말을 하는지 잘 아시죠?"

"밤늦게까지 있었나요?" 이비는 늦은 밤, 지붕을 접어 걷은 오픈카를 타고 집까지 오는 모습을 그려봤었다. 그날 밤, 그녀가 11시가 되기 바로 전에 정원에 나갔을 때 밤공기는 따뜻했다. 별들도 떠 있었다.

"밀리를 찾은 다음엔 조금 있다가 다 끝났어요. 플레처 가족은 집에 갔고 나머지 사람은 렌쇼가로 돌아갔죠. 밴드가 철수했고 사람들이 강당을 치웠어요. 생각하면 참 이상한 게, 예전에는 파티를 한밤중까지 했거든요."

"질리언도 집에 갔어요?"

질리언이 고개를 저었다. "아뇨, 난 해리랑 갔어요."

이비가 팔을 뻗어 유리잔을 집었다. 잔을 입술에 대고 습기를 핥았다. 유리잔이 다시 내려갔다.

"해리? 목사 말예요?"

"알아요, 알아요." 질리언이 킬킬대다시피 했다. "목사라니, 나도 아직 적응이 안돼요. 하지만 그 한심한 옷을 벗으니까 전혀 목사처럼 보이지 않았어요. 내가 떠날 때 해리가 밖에 서 있었는데 날 기다리고 있었다는 느낌이 딱 왔어요."

"그렇게 말하던가요?"

"흠. 그럴 수는 없었겠죠. 안 그래요? 좀 수줍어하는 편인 것 같아요. 그래서 내가 사는 아파트로 가서 커피 한잔하겠느냐고 물어봤어요."

이비의 손이 다시 유리잔으로 향했다. "뭐라고 대답하던가요?"

"흠. 그런다고 할 거라고 확신했는데 하필 그때 사람들이 모퉁이에서 나오더라고요. 그래서인지 해리는 교회가 잠겼는지 확인해야 한다고 말하고는 위쪽으로 올라갔어요. 물론 내가 따라오기를 바란다는 걸 알았기 때문에 몇 분 기다렸다가 그쪽으로 갔어요."

"질리언……"

"왜 그러세요?"

"그게요……. 성직자에게는 준수해야 할 행동 규범이 있어요."

질리언의 얼굴에 멍한 표정이 떠올랐다.

이비는 쉽게 풀어 설명해주었다. "목사는 교회에서 정해준 대로 행동해야 한다는 뜻이에요. 잘 알지 못하는 젊은 여성을 밤에 교회로 초대하는 것은……. 그건 내게는 책임감 있는 행동으로 느껴지지 않아요. 목사가 그걸 원한 게 확실한가요?"

질리언이 어깨를 으쓱했다. "그래봤자 남자는 남자죠. 개 목걸이를 차고 있을지는 모르겠지만 바지 속에 든 건 다 똑같다고요."

이비가 다시 잔을 들었다. 잔은 비어 있었다.

목소리가 흔들리지 않으리라 확신할 수 있을 때 그녀는 입을 열었다. "미안해요. 내가 너무 꼬치꼬치 캐묻는다고 생각할 거예요. 이 문제에 대해 이야기할 준비가 되어 있지 않다면 그것도 괜찮아요. 요새도 잠은 잘 자나요?"

피의 수확

"나 같은 사람한테는 목사가 관심을 갖지 않을 거라고 생각하시는 건가요?" 질리언이 물었다. 그녀의 얼굴선이 딱딱해진 듯 보였다. 그녀가 선택한 립스틱은 너무 짙어 보였다.

"아니요. 내가 말하려던 건 그런 게 전혀 아니에요."

"그이가 나한테 입을 맞춘 이유가 뭐겠어요?"

이비가 숨을 깊이 들이마셨다. "질리언, 내가 걱정하는 건 질리언이 남자와 다시 만날 준비가 되었는지뿐이에요. 질리언은 감정적으로 심각한 상처를 입었으니까요."

질리언에게 입을 맞췄다고?

질리언이 의자 속으로 움츠러들었다. 그녀는 더이상 이비를 쳐다볼 엄두를 내지 못하는 것 같았다.

"그 사람을 정말 좋아하나요?" 이비가 부드럽게 물었다.

질리언이 고개를 들지 않은 채 끄덕였고 발치의 카펫을 보며 입을 열었다. "멍청하게 들리겠죠. 어떤 사람인지 거의 모르면서도 그 사람을 좋아하는 것 같으니까요. 내가 교회에 갔을 때 그이는 앞줄 의자에 앉아 있었어요. 내가 옆에 앉아서 그 사람 손에 내 손을 얹었어요. 그런데 손을 빼지 않았어요. 그 사람은 밀리의 일이 유감이라면서, 그런 일이 일어나서 내가 힘들었겠다고 말해줬어요."

"누구한테나 상당히 힘든 일이겠지요." 이비가 말했다. 상담이 끝날 때까지 남은 시간은 십 분. 주제의 심각성에 비하면 매우 짧은 시간이었다. 하지만 희미하게 불이 밝혀진 교회 안에서 해리와 질리언이 손을 잡고 있는 광경을 머릿속에 담기에는 너무나 긴 시간이었다.

"우리는 뭔가 통한 것 같았어요. 무슨 말이라도 해도 괜찮을 것 같은 기분이었어요. 그래서 나는 그이를 처음 봤을 때 묻고 싶었던 것을 물어보았어요. 신이 어떻게 헤일리처럼 아무 죄 없는 순수한 사람에게 나쁜 일이 일어나게 할 수 있느냐고요. 그리고 밀리도 당할 뻔했죠. 사람들이 말하는 대로 신이 그렇게 전능하다면, 왜 이런 일이 일어나는 걸까 물어봤어요."

그리고 나한테도 일어났지 하고 이비는 생각했다. 신의 위대한 계획 중 어느 부분 때문에 나는 불구가 된 것일까? 해리를 앗아간 것은 그 계획 중의 어느 부분일까? 하필 딱 그와……. 십 분이 채 남지 않았다.

"목사가 뭐라고 하던가요?"

"기도문을 인용했어요. 그이는 자주 그래요. 난 벌써 눈치챘어요. 기억력이 놀랍도록 좋은 사람이에요. 예수가 손도 발도 가지지 않았다던가 뭐 그런 거였는데……."

"우리의 것 외에는 손이 없습니다." 잠시 후 이비가 말했다.

"그거예요. 아세요?"

"나는 천주교 신자로 자랐어요. 성 테레사가 16세기에 쓴 기도문이에요. '그리스도는 이제 이 세상에 우리의 것 외엔 육신이 없습니다. 우리의 것 외에는 손이 없고, 우리의 것 외에는 발이 없습니다.' 세상에서 일어나는 모든 일은 좋은 일이건 나쁜 일이건 모두 우리에게 책임이 있다는 뜻이에요."

"네, 해리도 그렇게 말했어요. 이제 우리한테 달렸다고요. 신은 위대한 계획이 있고 그는 그것을 확신하지만 신의 계획은 윤곽만 있을 뿐 그 내용을 채우는 것은 우리에게 달려 있다고 그랬어요."

"상당히 현명한 것 같아요. 질리언의 해리란 사람." 말도 안 되는

피의 수확

일이었다. 이비는 해리를 단지 두 번 만났을 뿐이다. 뱃속이 납덩이처럼 느껴질 이유가 정말 하나도 없었다.

"나도 그렇게 생각해요. 이번 일요일에 교회에 가요. 몇 년 만에 처음이에요."

질리언이 갑자기 몸을 틀더니 벽에 걸린 시계를 보았다. "가야겠어요. 정오에 그이를 만나겠다고 했거든요. 교회 장식하는 걸 도울 거예요. 감사합니다, 이비. 다음주에 뵐게요."

질리언이 자리에서 일어나 상담실을 떠났다. 상담 시간이 팔 분남아 있었지만 그녀는 더이상 이비가 필요한 것처럼 보이지 않았다. 왜 아니겠는가. 그녀에겐 해리가 있었다.

27

"부심이 숫자판을 들었고, 이제 이 중차대한 리그 결승전은 추가시간 삼 분만이 남아 있습니다. 공이 브라운에게……. 그가 몸을 틉니다. 홈구장인 이우드 파크에 처음 등판한 젊은 선수 플레처에게 패스합니다. 플레처, 플레처가 계속……. 고개를 살짝 드는군요. 그린이 있습니다만……. 플레처가 끝까지 가겠군요. 골인!"

톰은 응원단에게 소박하게 손을 흔들며 마지막 킥오프를 위해 경기장 가운데로 뛰어갔다. 추가 시간은 일 분이 채 남지 않았고 흔히 쓰는 표현대로 승리는 이미 우리 것이었다. 그때 다른 선수 중 한 명이 그에게 몸을 돌렸다.

"토미." 그가 속삭였다.

톰은 잠에서 깨어났다. 톰은 더이상 자신이 가장 좋아하는 축구 팀을 승리로 이끄는 신성 스트라이커가 아니었다. 한밤중에 침대에 누워 있는 열 살배기 톰 플레처일 뿐이었다. 커다란 문제를 안고 있는.

밖에서는 바람이 무어 황야에 불어치고 있었다. 휘파람 소리를 내며 자갈길을 뚫고 지나가는 바람에 창틀에 낀 유리가 덜덜 떨렸다. 톰은 움직일 엄두도 내지 못한 채 퀼트 이불을 귀까지 끌어올려 누워 있었다. 이제 바람에는 익숙했다. 집은 밤을 맞아 휴식을 취하고 있었고 라디에이터 관 속에서 물이 꿀럭대는 기묘한 소리가 들려왔다. 그 소리도 귀에 익었다. 육십 센티미터 남짓 아래에서 조의 부드러운 숨소리가 규칙적으로 들려왔다. 모든 게 정상이었다.

누군가가 톰과 조와 함께 침실에 있다는 사실만 제외한다면 말이다. 누군가가 방금 침대 끝에서 톰의 이불을 당겼다.

잠에서 홀딱 깬 톰은 감히 움직이지 못했다. 이불이 당겨진 것은 꿈일 수도 있었지만 혹 그 일이 다시 일어나지 않게 하려면 가만히 있어야 했다. 십 초, 이십 초를 기다리던 톰은 자신이 숨을 쉬고 있지 않음을 깨달았다. 가능한 한 조용히 숨을 내쉬었다. 그리고 일 초의 몇분의 일쯤 후, 누군가가 숨을 들이쉬었다.

톰은 여전히 움직일 엄두를 못 냈다. 방금 들은 것이 자신의 숨소리나 조의 숨소리일 수 있었다. 그럴 수 있었다.

이불이 다시 톰의 얼굴로부터 당겨 내려갔다. 밤공기가 뺨에 닿았고 곧 귀에도 느껴졌다. 아래 침대에서 조가 잠꼬대를 했다. '엄마'처럼 들리는 말을 웅얼거리더니 낮은 신음 소리를 냈다.

"토미." 조의 목소리였다. 하지만 조는 잠들어 있었다.

피의 수확

"토미." 어머니의 목소리였다. 하지만 어머니가 이런 식으로 톰을 겁줄 리는 결코 없었다.

톰은 두 눈을 떴다. 어떻게 이렇게 어두워진 걸까? 아이들이 자다 일어날 때를 대비해 밤이면 항상 켜두는 수면등이 꺼져 있어 톰의 방은 평상시보다 어두웠다. 가구 등속과 흩어져 있는 장난감이 어두운 그림자로밖에 보이지 않았다. 그것들은 이미 낯익은 어두운 그림자였고 밤에 눈을 뜨면 으레 보일 것으로 예상하는 것이었다. 그가 예상하지 않았던 것은 침대 발치에 있는 무엇인가였다.

정체를 알 수 없는 그것은 가만히 있었지만 숨을 쉬고 있어서 어깨의 미미한 움직임을 볼 수 있었다. 머리의 윤곽이 보였고 두 점의 작은 빛이 보였다. 아마도, 확실히, 눈일 것이다. 그림자는 그를 지켜보고 있었다.

톰은 순간 움직일 수가 없었다. 그리고 곧 모든 것이 불가능해졌다. 그는 양 발꿈치와 팔꿈치로 이불을 걷어차고 밀어젖히며 엉덩이를 뒤로 질질 끌었다. 머리가 침대 헤드보드의 금속 테두리에 세게 부딪혔고 톰은 더이상 움직일 수 없었다.

그림자가 톰을 향해 몸을 기울였다.

"밀리." 톰에게 그 소리는 자기 목소리처럼 들렸다. "밀리 떨어져."

28

10월 3일

"아이들은 괜찮나요?" 열중해서 이야기를 듣던 해리가 물었다.

개릿이 어깨를 으쓱했다. "흠, 다들 꽤 조용해요. 톰과 조는 말은 안 하지만 밀리를 한시도 시야 밖에 두지 않아요. 톰은 창문 잠금장치에 엄청난 관심을 가지게 되었는지, 잠금장치가 제대로 작동하는지 확인하기도 하고 열쇠는 어디 있는지 알고 싶어 하고 그럽니다."

"톰이 여자애가 있다고 했다고요? 그 아이가 가족 모두를 지켜보고 있다고요?"

개릿이 고개를 끄덕였다. "그 아이에 대해서는 전에도 언급했지만 우리는 별로 신경쓰지 않았어요. 이 동네에는 애들이 많고 톰의 상상력은 언제나 다채로운 편이었거든요."

"그때 앨리스는 어디 있었나요? 그 일이 일어날……." 해리가 말을 멈췄다. 그의 말이 앨리스를 정죄하는 느낌이었을까?

개릿은 눈치를 못 챘거나 무시하기로 한 모양이었다. "자기 스튜디오요. 토비어스 씨 초상화를 그리고 있거든요. 그 노인네가 일주일에 몇 번 모델을 서는데 앨리스는 월말까지 끝내고 싶어 해요. 톰이 위층에서 비명을 지르는 걸 듣고 방에 갔을 때는 다른 애들까지 깨서 함께 미친듯이 소리를 지르고 있었대요."

"누가 침입한 흔적은 없었습니까? 톰이 누구를 진짜 보았을 가능성은요?"

개릿이 고개를 저었다. "아래층 화장실에 난 작은 창문이 열려 있었지만 정상 체구의 사람이라면 들어올 수 없어요. 어린애가 밤에 혼자 나왔더라도 거기까지 올라갈 수 없었을 겁니다."

두 남자가 교회 뒤편에 이르렀다. 그들은 주목 나무로 만든 것처럼 보이는 높고 좁은 문 앞에서 멈춰 섰다. "여기 있어도 정말 괜찮겠어요? 급한 일은 아닙니다. 개릿은 아마도……."

개릿이 가지고 온 공구 상자를 들었다. "괜찮아요. 다른 식구는 산책을 나갔어요. 조가 토르 암괴를 구경하고 싶어 했거든요. 여기서 할 일이 끝나면 가겠다고 말해놨습니다."

"흠. 괜찮은 게 확실하다면야."

"확실합니다. 이제 엽시다."

해리가 열쇠를 자물쇠에 꽂았다. "엄밀히 말하면 묘실은 아닙니다. 지하실에 더 가깝죠. 뭔가를 보관하는 데 편리할지도 모르겠어요. 측량 기사를 불러서 안전한지 미리 확인을 해야 할지 개릿의 의견이 듣고 싶은 것뿐입니다." 열쇠는 쉽게 돌아갔다. 해리가 손잡이를 쥐고 빗장을 올렸다.

"으스스한 곳을 혼자서 보고 싶지 않아서 데리고 온 거기도 하잖아요." 개릿이 말했다.

"그 말씀이 백번 옳습니다요. 우왓, 문이 꽤 뻑뻑하군요. 몇 년 동안이나 움직인 적이 없는 게 확실해요."

"아, 옆으로 나오세요, 목사님. 이건 남자가 해야 할 일입니다."

"물러나시죠. 내가 할게요. 자, 엽니다."

문이 안쪽으로 밀리며 열렸고 신 냄새가 나는 먼지 거품이 눈앞에서 팟 하고 터졌다. 해리는 눈을 열심히 깜박거렸고 개릿은 헛기침을 했다. "허허, 심한데요. 뭐가 죽어 있지 않은 게 확실한가요?"

"확실한 건 아무것도 없어요." 해리가 손전등을 들고 교회 아래로 내려가는 나선계단에 발을 디디며 대답했다. 차가운 공기가 목뒤에서 일렁이는 듯했다. "말뚝과 마늘꽃을 대령해야 되겠는데요."

교회 지하 공간의 축축한 냄새는 두 남자가 내려가는 동안 점점 짙어졌다. 절반을 채 가기 전에 해리는 두 사람이 플리스 점퍼를 입고 있어 다행이라고 생각했다. 스물두 계단을 내려온 후 그들은 환하게 빛나는 전등을 손에 든 채 지하실에 도착했다. 두 개의 전등 빛 속에서 거대한 돌기둥들과 아치형의 벽돌 천장이 모습을 드러냈다. 두 사람이 예상했던 것보다 훨씬 더 거대한 규모였다.

"제 말을 수정해야겠는데요. 이곳은 묘실입니다." 해리가 몇 초 후 말했다.

두어 주 전에 물었다면 톰은 시월을 너무나 사랑하는 달이라고 대답했을지 모른다. 나무는 캐러멜 소스를 입힌 사과 사탕처럼 보이고 갈아엎은 밭이 다크초콜릿색으로 변하는 때가 시월이었기 때문이다. 시월엔 혀에 와닿는 공기의 맛이 박하 사탕처럼 신선하고 날카로워서 좋았고 핼러윈으로 시작해 본파이어의 밤을 거쳐 크리스마스로 이어지는 연말 명절에 대한 기대감을 사랑했다. 하지만 올해는 바로 이 기대감 때문에 힘이 들었다. 올해의 톰은 앞을 멀리 내다보고 싶지 않았다.

"너희 둘, 잠깐 기다려. 우리 좀 기다려줘." 엄마의 목소리가 언덕 아래에서 들려왔다.

톰이 뒤를 돌아보았다. 어깨에는 플라스틱 활, 등에는 화살통을 멘 중세 궁사로 분장한 조가 일이 미터 뒤에서 따라오고 있었다. 조는 조용히 노래를 흥얼거리며 잘 따라왔다. 이십오륙 미터 아래에서 앨리스와 밀리가 안개를 뚫고 나타났다.

"톰, 길 벗어나지 마!" 엄마가 소리쳤다.

"알았어, 알았어요!"

톰은 계속 위로 올라갔다.

해리는 묘실의 넓고 어두운 중심부에 이를 때까지 계속 걸었다. 화려한 돌기둥 세 개가 아치형 천장을 받치고 있었다. 묘실 바닥은 예상과 달리 흙바닥이 아니었고 지상의 교회 길처럼 오래된 묘석으로 덮여 있었다.

"정말 대단하다고밖에 할말이 없군요." 그의 옆에서 개릿이 중얼거렸다.

두 남자는 계속 걸었다. 몇 미터 앞에서 오른편 벽이 갑자기 막힌 것처럼 보였고 해리의 손전등 앞이 어두워졌다. 가까이 다가가자 벽 속으로 뚫려 있는 아치길이 보였다. 그 너머는 눈에 보이지 않았다.

"먼저 가시죠." 개릿이 말했다.

"겁쟁이시네."

해리가 컴컴한 아치길로 들어가 손전등을 여기저기 비췄다. "흠. 이건 정말……." 그가 입을 열었다. 벽 너머의 지하 공간은 그들이 지나온 교회 묘실보다도 더 컸다.

"우리, 옛 교회 밑에 있군요. 교회 두 개에 하나의 거대한 지하 저장 공간이 있는 거예요." 바로 뒤에 따라온 개릿이 말했다.

"저장 공간이 모자랄 일은 없겠네요." 해리가 비추는 전등 빛에 멀리 떨어져 있는 벽이 떠올랐다. 벽에는 벽감이 잔뜩 있었다. 아치형에 문까지 달려 있었다. "이곳이 단지 저장실로 쓰였을 것 같지 않아요. 장식이 너무 화려합니다. 예배드릴 때 사용되었던 것 같은데, 물소리 들리세요?"

"네. 파이프가 터진 것 같지는 않군요. 그러기엔 소리가 커요. 저쪽에서 나는 것 같습니다." 개릿이 말했다.

개릿이 앞장섰고 해리는 장미와 잎사귀와 벌레가 아름답게 새겨진 돌벽에 감탄하며 그 뒤를 따랐다. 벽에는 성지로 향하는 순례자의 행렬도 새겨져 있었다. 발밑의 돌바닥은 닳아서 반들반들했다. 수백 년 동안 수도승이 조용히 이 돌을 밟으며 걸었으리라. 앞서가던 개릿이 물소리가 나는 곳을 찾은 것 같았다.

"이런 건 생전 처음 봅니다." 그가 말했다.

저장실 안쪽 벽에는 석조 가리비 조각이 있었다. 그 십여 센티미터 위에 설치된 좁은 관에서 흘러나온 물이 가리비 속으로 쏟아져 내렸다. 집 정원에서 흔히 볼 수 있는 장식 분수처럼 물은 가리비 조각의 좌우로 흘러내려 격자 철망 사이로 사라졌다. 해리가 손을 내밀어 물을 떴다. 얼어붙을 듯 차가웠다. 그는 손을 입으로 가져가 물의 냄새를 킁킁 맡고 혀도 대보았다.

"마실 수 있는 것 같습니다. 수도승이 모였던 일종의 거대한 피난처였을 것 같은데, 어때요? 적이 오면 이리로 도망쳐 온 겁니다. 음용수를 확보했으니 몇 주 정도는 여기 콕 박혀 있어도 되었겠죠."

"이 부근에는 지하수가 몇 줄기 흐르고 있어요. 우리도 집의 기반을 세울 때 꽤 조심해야 했지요. 아마 병에 담아 팔 수도 있을 겁니다."

"헵턴클로 샘물. 느낌이 좋은데요?" 해리가 고개를 끄덕였다.

"이제 묘실이냐 지하실이냐에 대해 얘기할 수 있나요? 전 저쪽 어디쯤에 죽은 것이 있는 것 같다는 생각을 멈출 수가 없단 말입니다."

가장 가까이 있던 벽감 속을 비춰보던 개릿이 말했다.

안개 너머로 아스라한 형체가 떠올라 톰은 걷는 속도를 줄였다. 문득 톰은 예전에는 이곳에 건물들이 있었음을 깨달았다. 지금 보고 있는 것이 그 잔해였다.

"톰, 당장 멈춰!"

이번엔 그냥 하는 말이 아니었다. 엄마 특유의 말투와 성량에 착각의 여지는 없었다. 그는 엄마와 밀리가 따라잡을 때까지 기다렸다. 둘 다 피곤한 기색이었다.

전날 밤, 엄마가 물감과 진한 커피 냄새를 풍기며 스튜디오에서 헐레벌떡 달려왔을 때, 그리고 침실 문 뒤에 자신이 겁에 질려 웅크리고 있는 모습을 보았을 때, 톰은 그 여자아이가 집안 어딘가에 아직 있다고 확신한 상태였다. 톰은 모든 장소를, 숨는 게 가능한 장소를 하나도 남김없이 수색하기 전까지는 침대로 돌아가지 않겠다고 버텼다.

거짓말을 일삼는 비열한 동생 조는 톰의 말에 힘을 실어주지 않았다. 조 자신도 여자아이를 보았으며 말까지 했었노라 인정하려 하지 않았다. 조는 그저 두 눈을 화등잔만 하게 뜨고 고개만 내저을 따름이었다.

"고맙다. 이제 다들 함께 움직이면 안 되겠니? 안개가 짙으니 엄마의 시야를 벗어나는 사람이 있어서는 안 돼. 자, 이쪽으로 가면 될 것 같다." 엄마가 말했다.

엄마가 밀리를 업은 후 발을 뗐고 형제들이 뒤따랐다. 톰은 땅바닥에 시선을 고정했다. 조가 자기를 열받게 하는 말을 한다면 톰도 맞받아칠 것이다.

그들이 나무숲 가장자리에 이르렀을 때 안개가 약간 걷히는 듯했다. 너도밤나무 잎사귀가 앞에 수북이 쌓여 있었다. 나이를 많이 먹은 나무들은 거대했다. 톰과 톰의 가족은 계속 전진해 숲속으로 들어갔다. 동화책에서 튀어나온 것 같은 아주 작은 농가가 눈앞에 나타났다.

* * *

해리와 개릿은 돌로 벽을 바른 좁은 벽감 옆에 서 있었다. 복잡하게 세공된 벽감 철문은 잠겨 있었다.

"이 문을 열 열쇠는 없는데."

"이 정도는 문제도 안 됩니다, 친구." 개릿이 고개를 흔들며 대꾸했다.

철문 너머 벽감 벽에는 무늬가 새겨진 석관 네 개가 선반에 얹혀 있었다. 성직자 복장을 한 남자들이 엎드려 있는 모습이 각 관 위에 조각되어 있었다. 첫째 관에는 토머스 버웍이라는 이름이 새겨져 있었다. 1346년의 대수도원장이었다. 다른 관에 새겨진 글은 너무 닳아서 해리가 알아볼 수 없었다. 두 남자는 잠겨 있는 벽감을 전등으로 하나하나 비춰보며 지하실 벽을 따라 걸었다. 그들은 마지막 벽감 앞에서 멈췄다. 석관 너머 뒷벽에 나무문이 하나 있었다.

"저게 어디로 통할 것 같습니까? 난 방향 감각을 완전히 잃었어요."

해리가 어깨를 으쓱했다. 그도 마찬가지였다. "제의실 책상에 오래된 열쇠가 몇 개 있습니다. 서랍 구석에 처박혀 있던데요."

"나중에 오면 어떨까요."

"이곳에 대해 아무도 말해주지 않았다니 믿을 수가 없어요. 이 장소의 역사적 의미는 정말 큽니다. 관광버스를 줄줄이 오게 할 수 있겠어요."

"그래서 비밀로 한 걸 수도 있죠. 목사님네 평신도 회장님이 자기 동네를 관광지로 만들고 싶어 할 사람으로 보입니까?"

"그 사람이 동네 전체를 소유한 건 아니잖아요." 해리가 화난 목소리로 말했다. 수백 년 전에 살았던 수도원장들이 바로 여기에 매장되어 있을 수도 있었다. 그야말로 대단한 발견이었다.

"거의 다를 소유하고는 있죠."

"교회를 소유하고 있지는 않아요. 특히 이곳은 절대 소유하고 있지 않죠."

"빨간 망토네 집?" 자기가 골이 난 상태임을 잊고 톰이 말했다.

"빨간 망토의 할머니네 집이겠지." 밀리가 농가의 앞문으로 아장아장 걸어갈 때 앨리스가 톰의 말을 수정했다.

그들이 방금 지나친 황폐한 건물들과 달리 농가는 견고했고 수리가 잘되어 있는 듯했다. 벽도 제대로 서 있었고 지붕도 온전해 보였고 앞문의 경첩도 튼튼하게 달려 있었다. 덧창이 딱 닫혀 있는 창문이 두 개나 있었고 굴뚝도 있었다.

앨리스가 손을 뻗어 손잡이를 돌려보았다. 잠겨 있었다. 그녀는 아이들에게 몸을 돌리고 어깨를 으쓱해 보였다. "할머니가 집에 없나 봐. 여기가 제니가 우리한테 말해줬던 집이 틀림없어. 제니가 언니랑 놀았다고 한 집 말이야."

톰이 부르르 떨었다. 톰은 조를 흘깃 보았다. 조는 농가에는 관심이 없다는 듯 땅바닥만 쳐다보았다. 갑자기 어떤 생각이 톰의 뇌리에 스쳤다. 이 집이 그 여자애가 살던 집이라면?

"가요." 톰이 크게 말했다. 앨리스가 고개를 끄덕였고 플레처 가족은 토르 암괴가 모습을 드러낼 때까지 계속 걸었다.

"올라가도 돼요, 엄마?" 조가 물었다.

"이런 안개 속에서는 절대 안 돼. 아버지도 안 계시니 우린 여기가 끝이야."

톰은 구름을 뚫고 서 있는 거대한 암석 더미를 물끄러미 올려다보았다. 바위 더미가 위에서 내려다보는 듯한 모습에 왠지 불안해졌다. 그리고 바위를 올려다보아야 하는 것이 싫었다. 엄마와 조와 밀리까지 올려다보는 그 모습이 아무래도 마음에 들지 않았다. 톰은 시선을 돌리다 자기도 모르게 비명을 내질렀다.

"왜 그러니?" 앨리스가 돌아서며 소리쳤다.

"저기 누가 있어요. 나무 사이에요. 누가 우리를 보고 있어요."

앨리스가 눈을 찡그리며 재빨리 오른쪽에서 왼쪽을 보았다. "엄만 아무것도 안 보여. 나무밖에 안 보이는데."

톰이 엄마 쪽으로 움직였다. 키가 크고 마른 형체가 분명 나무 사이에 서서 이쪽을 보고 있었는데. 톰의 눈에 띄자 안개 속으로 자취를 감춘 것이다. 톰이 시선을 돌려 조를 노려보려다가 멈췄다. 그 형체는 여자아이의 모양새가 아니었던 것 같고 그 아이의 키와도 달랐던 것 같았다.

"가자. 이제 가야 해. 안개가 걷힐 것 같지 않구나. 다들 서두르자." 앨리스가 말했다. 그녀는 다시 밀리를 업고 나무들을 향해 출발했다. 그러다 멈추고는 조용한 목소리로 말했다. "누가 있긴 있구나. 조, 잠깐 기다려."

톰은 가슴이 조여드는 것 같았다. 톰에겐 아무것도 보이지 않았다. 아니 적어도……. 엄마가 주머니에 손을 넣었다. 휴대전화를 꺼내 화면을 보고 버튼 몇 개를 누르더니 귀에 가져다 댔다.

"어디 전화하는 거예요?" 톰이 물었다.

"아빠한테." 앨리스가 대꾸하더니 고개를 흔들었다. "아직도 지하에 있는 게 분명해."

앨리스가 뒤를 또 한 번 살피더니 언덕 아래를 향해 발걸음을 뗐다. 조와 톰이 차례대로 뒤따랐다. 둘 다 아무 말도 하지 않았다. 몇 발짝마다 앨리스는 속도를 줄이고 뒤를 돌아보았다. 몇 초 후 톰도 엄마의 행동을 따라 했다. 뒤에는 오로지 회색 구름뿐이었다. 토르암괴는 이미 사라지고 없었다.

몇 분 후, 그들은 나무숲에 이르렀다. 톰에게는 그새 나무들이 더 자란 것처럼 보였다. 톰은 엄마에게 더 가까이 붙었고, 조도 자기처럼 엄마에게 붙는 것을 보았다. 누구도 입을 열고 싶어 하는 것 같지 않았다. 밀리마저도 이상할 정도로 조용했다. 앨리스는 여전히 휴대전화를 손에 쥐고 있었다. 그녀가 전화기를 다시 한번 보았고 톰은 엄마의 엄지가 버튼 위에서 머뭇거리는 것을 볼 수 있었다. 엄마는 마치 숫자 9를 누를 준비를 하는 것처럼 보였다. 긴급 구조 번호 999?

"엄마, 나 무서워요." 조가 작은 목소리로 말했다.

"무서울 이유는 전혀 없단다, 아들." 앨리스가 바로 대답했지만 목소리는 평상시보다 조금 새되게 들렸다. "십 분만 더 가면 집이야."

앨리스는 다시 걷기 시작했다. 한 발짝, 그 앞에 다른 한 발짝, 이번에는 좀더 천천히 걸었다. 톰은 엄마의 눈이 좌우를 번갈아 빠르게 훑는 모습을 볼 수 있었다. 그들은 이제 숲에 들어와 있었다. 사방에서 어두운 그림자가 그들을 둘러싸고 있었다.

"톰, 우리 아들." 앨리스가 톰을 보지 않은 채 입을 열었다. "엄마가 말하면 조의 손을 잡고 최대한 빨리 언덕을 달려 내려가서 아빠를 찾을 수 있겠니?"

"왜요?"

"아빠는 아마 아직도 교회에 계실 거야. 집에 오셨을 수도 있고. 아빠를 찾아서 우리가 어디 있는지 알려드렸으면 좋겠어."

"엄마랑 밀리는요?"

"밀리는 엄마가 돌볼 테니까. 네가 얼마나 빠른지 엄마는 잘 안단다. 너하고 조라면 집에 아주 빠르게 갈 수 있을 거야. 톰은 착한 아이니까, 엄마를 위해 그래줄 수 있지?"

톰은 망설였다. 엄마를 남겨두고 안개 속을 뛰어가라고? 그들은 숲의 끝에 거의 다 와 있었다. 무어 황야의 아래쪽은 안개가 그리 짙지 않았다. 헵턴클로의 건물 윤곽이 떠오르기 시작했다. 언덕 아래가 보였다.

"아아, 이럴 줄 알았어." 앨리스가 멈춰 서서 눈을 감으며 말했다. "이런 걸 줄 알았어. 톰, 너 때문에 엄마가 완전히 겁먹었잖아. 아무 것도 아닌데."

톰은 엄마를 보았다. 엄마는 화가 났다기보다 마음이 푹 놓인 듯한 표정을 짓고 있었다. 톰이 언덕 아래로 고개를 돌리자 구십여 미터 정도 거리에 누군가가 서 있었다.

엄마가 말했다. "질리언이야. 오늘도 걷고 있는 모양이네. 질리언을 무서워했다니, 내 참."

29

10월 8일

"이비? 스티브예요. 전화 괜찮아요?"

이비는 손목시계를 보았다. 경찰이 아동보호법에 의한 특별 권한을 발동하여 열흘 전 부모와 분리시킨 남자아이를 만나러 보육원에 가려던 참이었다. 아이는 분리 이후 한마디도 하지 않았다고 했다. 보육원은 차로 십 분 걸리는 거리였다. 그리고 그녀는 차까지 가서 올라타는 데 십 분, 차에서 내려서 움직이는 데 십 분이 걸릴 것이다. 하지만 멘토가 그녀의 휴대전화로 전화를 했기 때문에 움직이면서 통화를 해야 했다.

"할 수 있어요. 몇 분 정도는 괜찮아요. 연락 주셔서 감사해요." 이비가 책상에서 공책과 연필 몇 자루를 챙기며 말했다.

"더 빨리 연락하지 못해서 미안해요. 집에 없었거든. 오늘 아침에야 출근했지."

"좋은 데 다녀오셨나 봐요?" 어째서 연필은 깎아도 깎아도 금방

뭉툭해지는 걸까? 그녀는 책상에 기대며 서랍을 뒤적였다.

"안티구아에 다녀왔어요. 아주 좋더군. 자, 이비가 보낸 이메일 말인데."

"좋은 생각이 있으세요?" 연필깎이를 찾아냈다. 그러나 전화를 어깨와 귀 사이에 두고 통화하는 것은 그녀의 등에 좋지 않을 것이다.

"환자가 개선되고 있다고 했나요?" 스티브가 홀짝거리는 소리가 들렸다. 그는 항상 진한 블랙커피를 마셨다.

"표면적으로는요." 뾰족하게 깎은 연필 두 자루면 충분할 것이다. "환자는 음주 습관을 잘 조절하고 있고 제가 처방해준 약도 잘 듣고 있어요. 그리고 미래에 대해 이야기하기 시작했어요." 필기도구는 됐고, 전화기…… 맞다. 자동차 열쇠를 대체 어디다 두었더라.

"그렇다면 뭐가 문제지?"

"환자가 말하지 않는 게 있다는 느낌을 지울 수가 없어요." 자동차 열쇠는 코트 주머니에 있었다. 그럴 줄 알았다. 열쇠는 언제나 코트 주머니에 있었다. "환자는 어린시절에 대해 이야기하기를 매우 주저하고 있어요. 아버지의 죽음과 양부의 등장에 대해서요. 마치 커튼이 쳐진 것같이 느껴질 때가 여러 번 있었어요. 언급 금지 구역이라고나 할까요?"

"이비가 오랫동안 그 환자를 본 건 아니죠, 그렇죠?"

"네. 보기 시작한 지 두어 주밖에 안 됐어요." 앞으로 넘어지지 않고 코트를 걸칠 수 있을까 궁리하며 이비가 대답했다. "이런 일에 시간이 필요하다는 것은 저도 알고 있어요. 그저 메건 코너 일이 우연치고는 신기해서요. 그 사건에 영향을 받은 게 분명하다고밖에 생각이 안 돼요."

"아마 이비 생각이 옳을 겁니다. 그렇지만 나라면 환자가 먼저 언급할 때까지 기다리겠어요. 지금은 환자가 하고 싶어 하는 말만 하게 돼요. 아직은 진료 초기 단계니까. 시간은 많아요."

"네, 맞아요. 저도 그런 것 같아요. 그저 스티브의 확인이 필요했어요." 코트는 간신히 입었다. 이비는 휠체어에 맞게 주문 제작한 고리에 가방을 걸고 지팡이가 휠체어 등뒤에 제대로 꽂혔는지 확인했다. 어깨와 귀 사이에 휴대전화를 낀 채로 그녀는 털썩 앉았다.

"그래야지. 역시 똑똑한 후배야. 그런데 내가 이건 확실히 말해줄 수 있어요. 난 메건 일을 잘 기억해요."

"정말요?" 상담실 문은 발로 밀면 밖으로 열리도록 되어 있었다.

"그래요. 동료 의사가 관심이 컸거든. 비극적 사건이 소규모 공동체에 끼치는 영향에 대해 연구를 하고 있어요."

"어떻게 말인가요?" 이비가 복도로 나서며 물었다.

"한 공동체가 평범의 범위를 벗어나는 상실을 경험하면 그 충격은 상당히 오랫동안 지속될 수 있어요. 바깥세상으로부터 살짝 모진 평판을 겪고 그로 인해 주민이 생각하고 행동하는 방식이 변하게 되지요. 동료는 그 주제에 대해 논문을 썼는데, 헝거포드와 던블레인, 로커비, 애버팬 같은 곳을 살펴봤다고 했어요. 내가 조금 더 알아보고 알려줄게요."

이비는 모퉁이를 돌다가 복도에서 잡담하던 동료 의사 세 명에게 부딪힐 뻔했다. 그들이 옆으로 비켜섰고 이비는 감사의 의미로 고개를 가볍게 숙였다.

"《영국의학저널》도 그에 대한 기사를 실었는데, 그리 오래되지 않았어요. 참사 이후 오십 퍼센트에 달하는 인구가 정신적 고통을 겪을 수 있다고 하더군요. 약하거나 중간 정도 강도의 각종 증후군 발생이 두 배까지 확대될 수 있고, 정신이상과 같은 심각한 징후도 증가한다고 했어요."

"하지만 그건 아주 큰 재해나 참사일 때 그렇다는 거잖아요? 지진이나 비행기 추락이나 화학 공장 폭발 같은 거요. 대량 인명 상해를 말씀하시는 거죠?" 이비는 복도에서 여자와 아이를 지나쳤고 수위를 지나쳤다.

"그래요. 난 죽은 아이 한두 명이 현실적으로 그런 예에 비교될 수 있다고 말하는 건 아니에요. 다만 메건 사건은 상당히 유명한 사례였기 때문에 공동체의 정신 건강에 영향이 있을 거라는 점을 고려해야 해요. 어떤 차원에서 그곳 사람은 책임감을 느낄 테니까요. 더럽혀졌다는 느낌도 받았을 거고."

"그렇다면 메건의 일이 무의식적으로라도 제 환자의 회복에 영향을 끼치는 걸까요?"

"그렇다 해도 전혀 놀랍지 않지. 환자의 딸이 죽었을 때 실제로 무슨 일이 발생했는지 알아보는 게 좋을 거예요. 예전 신문도 읽고, 관련된 가정의하고 이야기도 해봐요. 어떤 것을 더 파헤쳐야 할지 감이 올 겁니다. 환자가 말해주는 내용과 이비가 알고 있는 사실을 비교해보고 그 둘에 차이가 있는지 보세요. 물론 환자를 다그치면 안되지. 그래도 때때로 우리는 환자가 말하는 것보다 말하지 않는 것에서 더 많은 것을 알게 되죠. 이해되나요?"

병원 정문에 다다랐다. 어떤 멍청한 자식이 휠체어 경사로에 포장용 나무상자를 쌓아놓았다. "네, 잘돼요." 상자들을 노려보며 이비가 대답했다. "고마워요, 스티브. 이제 그만 끊어야겠어요. 가랑이를 세게 걷어차줘야 할 녀석이 생겼어요."

30

10월 10일

"모든 것에는 철이 있나니, 태양 아래 일어나는 모든 일에 때가 있
노라. 태어날 때가 있고 죽을 때가 있으며, 씨를 뿌려야 할 때가 있
고 수확을 거둬야 할……." 드물게 나는 해리의 낮은 목소리가 빈
교회 안에 메아리쳤다.

뒤에서 투닥이는 듯한 소리가 들렸다. 해리가 읽기를 멈췄다. 어
깨 뒤를 흘낏 봤지만 그는 여전히 혼자였다. 앨리스와 질리언이 감
사절 장식의 마무리를 도와주러 왔고 그는 십 분 전에는 앨리스에
게, 그 뒤 삼사 분 후에는 질리언에게 안녕을 고했다. 그후 누가 교
회에 들어왔다면 그의 눈에 반드시 띄었을 것이다. 설교단 앞에 서
있으면 놓칠 수가 없다.

"……거둬야 할 때가 있노라." 소음은 분명 뒤에서 들려왔지만 그
는 눈앞에 놓인 장의자를 한 줄 한 줄 훑으며 계속 읽었다. "죽여야
할 때가 있고……." 그가 다시 멈췄다. 견갑골 사이에 좋지 않은 느
낌이 왔다. 마치 당장이라도 누군가가 뒤에서 손을 뻗어…….

해리는 설교 원고를 내려다보았다. 『전도서』 3장은 수확 시기에
언제나 인기가 있다. 사람들은 『전도서』 구절에 어린 단순한 아름다
움과 균형의 완성된 느낌을 사랑했다.

"죽을 때가 있노라." 그의 바로 뒤에서 한 목소리가 작게 말했다.

해리는 복층 신도석에 시선을 못 박고 기다렸다. 교회 중앙 통로에서 무언가가 끽 하는 소리를 냈지만 오래된 나무는 으레 그런 소리를 낸다. 잠시 플레처 형제들이 또 교회로 몰래 들어온 것일까 생각했지만, 그의 귀에 닿은 목소리는 그 아이들 같지 않았다. 그는 양손으로 시선을 떨어뜨렸다. 두 손이 설교단의 나무틀을 꽉 붙들고 있는 모습이 그리 남자답지 않았다. 숨을 죽인 채 그는 그 자리에서 휙 돌아섰다.

성단소는 비어 보였지만 사실 그도 다른 모습을 예상했던 것은 아니었다. 누군가가 목사에게 장난을 치고 있었다. 해리는 몸을 돌려 다시 교회 전방을 향했다.

"……치유할 때가 있으며…… 흐느껴 울 때가 있고 웃을 때가 있으……." 내일 교회에 사람이 있을 때도 지나치게 크다고 할 만한 소리로 그가 읽었다. 빈 교회 안에서 그 소리는 약간 광적으로 들렸다.

"죽여야 할 때가 있노라." 그 목소리가 속삭였다.

에잇, 제기랄!

해리는 계단을 디디는 수고를 생략하고 성단소 난간 위로 양다리를 휙 올려 바로 바닥으로 뛰어내렸다. 목소리는 일 미터 정도 떨어진 가까운 거리에서 들려왔다. 확실했다. 누가 자취를 감출 만한 시간이 없었다. 문제는 그런데도 그 누가 자취를 감추었다는 데 있었다. 합창단석에는 아무도 없었고 오르간 뒤의 좁은 공간에도 아무도 없었으며, 제대 뒤에도 누구도 숨어 있지 않았고, 누구도……. 그가 멈췄다. 옛 지하 묘실에 누가 있는 걸까? 거기서부터 소리가 위로 타고 올라온 것일 수도 있을까?

피의 수확

"왜 그러세요, 목사님?"

해리가 생각의 흐름을 멈추고 새로운 목소리의 주인을 보기 위해 고개를 돌렸다. 싱클레어의 딸 제니 픽업이 통로 중간쯤에 서서 그를 보고 있었다. 어리둥절함과 흥미로움이 섞인 표정이 얼굴에 떠올라 있었다. 해리는 얼굴이 벌게지는 것을 느꼈다. 왠지 제니는 언제나 그가 약간 멍청하다고 느끼는 것처럼 보였다.

"이 건물로 통하는 비밀 통로에 대해 들은 적이 있나요, 제니? 아래 지하실로 통하는 비밀 통로 같은 거? 동네 아이들이 알 만한 것이요."

그녀가 고개를 저었다. "제가 알기로는 없는데요. 왜요, 없어진 게 있나요?"

"아니, 그런 건 아니고." 해리가 재빨리 대답했다. "그냥, 내일 할 설교를 연습중이었는데 제 말을 누군가가 되풀이하는 걸 들은 것 같거든요. 맹세할 수 있어요."

제니는 그녀에게 잘 어울리는 연분홍색 스웨트 셔츠와 승마 바지를 입었고 바짓단 위로 올라오는 검은 장화를 신고 있었다. "이 건물은 소리를 기묘하게 울리게 하죠. 다들 잘 알고 있어요." 그녀가 잠시 후 대답했다.

"소리가 울린 것 같지는 않거든요. 어린애 목소리 같았어요. 그게 맞는다면 교회를 잠그기 전에 그 녀석을 찾아내야 해요." 해리가 대꾸했다.

제니가 앞으로 다가와 있었다. 그녀의 시선이 천천히 교회 안을 훑었다. "오늘밤은 목사님 대신 제가 잠가드릴게요."

"제니가요?"

"네." 그녀가 살짝 슬픈 듯한 미소를 띠며 고개를 끄덕였다. "목사님과 잠깐 이야기를 나누고 싶어요. 그리고 여기서 혼자 조금 시간을 보내고 싶습니다. 그래도 될까요? 제가 나갈 때 아무도 없도록 제대로 확인할게요. 약속해요."

"제니가 그러고 싶다면요."

"문제없어요. 밖으로 나가시죠. 저녁 풍경이 아름다워요."

해리가 재킷을 챙겼고 두 사람은 제의실로 들어갔다. 해리는 참지 못하고 마지막으로 중앙 통로를 살폈다. 교회는 비어 있었다.

"제 열쇠를 빌려드릴까요?"

"아니요, 괜찮습니다." 둘이 밖으로 걸어나갈 때 제니가 대답했다. "아빠가 빌려주셨어요. 아마 나중에 오실 거예요. 제가 정말 제대로 잠그고 불을 다 껐는지 확인하시려고요."

길고 납작한 트레일러를 뒤에 단 랜드로버가 교회 입구 근처에 있는 딕 그라임스의 푸줏간 밖에 멈춰 섰다. 운전자가 뛰어내렸고 바둑무늬의 콜리견이 따라 나왔다. 그는 트레일러 뒤로 가서 뒷문을 열었다. 개가 경사로 위로 뛰어올라가자 양 열두어 마리가 트레일러에서 비틀비틀 걸어 나왔다. 해리와 제니는 개가 양떼를 트럭 주위로 이끌어 푸줏간 뒤 헛간으로 몰고 가는 모습을 지켜보았다.

"목사님은 농촌 출신이 아니신 걸로 아는데, 맞나요?" 그녀가 물었다.

그들은 양들이 헛간으로 사라지고 운전자와 콜리견이 다시 나타나 차에 올라타는 모습을 바라보았다. 트럭이 모퉁이를 돌 때 여자 하나가 차를 피해 벽 쪽으로 붙었다. 질리언이었다.

"맞습니다. 하지만 농촌 생활에 대해 빠르게 배우고 있답니다."

해리가 제니에게 시선을 돌리며 대답했다.

"인도적인 방법으로 해요. 그리고 가축들은 오랜 이동의 스트레스를 겪지 않아도 되고요."

"조금도 의심하지 않습니다." 해리가 경사 지대 위를 흘끗 보았다. 질리언은 여전히 그곳에 있었다. "제가 비판한다고 생각하지 마세요. 그저 익숙해질 시간이 필요한 것뿐이니까요." 그가 덧붙였다.

"다 끝난 후에는 남자들이 모두 우리집으로 와요. 우리집에서 저녁을 준비하고 선술집에서 보통 생맥주를 한두 통 제공해주죠. 목사님이 오실 수 있다면 참 좋겠는데요." 제니가 자동차 열쇠를 양손으로 뒤틀고 있었다. 길고 가는 손가락은 벌건 기운이 살짝 돌았고 거칠었다. 아마도 궂은 날씨에 말을 타는 습관 때문일 것이다.

"고맙습니다. 친절하시네요. 내년엔 저도 가고 싶습니다. 하지만 내일은 제게 중요한 날이라서요. 오늘 빨리 자야 할 것 같네요." 질리언이 단지 몇 미터 너머에 있다는 것을 해리는 예민하게 느끼고 있었지만 그쪽을 다시 보지 않겠다고 굳게 마음먹은 터였다.

"내년에는 오세요." 제니는 일을 하다가 온 모양이었다. 짧은 손톱이 더러웠고 스웨트 셔츠에는 짚이 묻어 있었다.

"질리언이 집에 가면 좋겠군요. 날씨가 추워지는데 따뜻한 코트를 입고 있는 모습을 본 적이 없는 것 같아요." 이비의 손톱도 짧았지만, 깨끗하게 잘 관리되어 있었다. 여자의 손톱 같은 것을 눈여겨보다니, 우스운 일이었다.

제니가 해리의 어깨 너머를 흘끗 보았다. "질리언이 요새는 훨씬 더 좋아 보여요. 한동안 사람들이 꽤 걱정했죠. 잘 극복하고 있는 것 같지 않았거든요."

"너무나 끔찍한 일을 당했으니까요."

제니가 숨을 깊이 들이마셨다. "저도 딸아이를 잃었답니다, 목사님. 아셨나요?"

"몰랐습니다." 해리가 질리언 쪽에서 시선을 옮겨 제니의 개암나무빛 눈동자를 마주하며 대답했다. "참으로 슬픈 일을 겪으셨군요. 저와 이야기하고 싶다는 것이 그 일인가요?"

"그 얘기도 하게 될 거예요. 십 년 전 일이니 제겐 질리언보다는 치유될 시간이 더 많이 있었죠. 그렇지만 하루도 고통을 느끼지 않는 날이 없네요. 오늘은 딸아이가 무엇을 할 수 있었을까, 이제 여덟 살, 아홉 살, 열 살이 되었는데 어떤 모습일까, 생각하지 않는 날이 없어요."

"이해합니다." 대답은 그렇게 했지만 그는 자신이 진정으로 이해하고 있는 것은 아님을 알고 있었다. 그런 고통은 직접 겪어보지 않고는 제대로 알 수 없는 것이다.

"내일 때문에 불안하신가요?" 제니가 물었다.

해리가 솔직하게 대답했다. "물론입니다. 다른 두 본당에서는 이미 예배를 드렸고 잘되었지만, 이곳은 어쩐지 좀 다르네요. 아마도 교회가 오랫동안 폐쇄된 상태였기 때문일 수도 있겠죠. 폐쇄 이유는 아직 알아내지 못했지만요."

"그게 제가 말씀드리고자 했던 거예요. 잠시 앉아서 얘기할 수 있을까요?"

해리는 제니를 따라 옛 양치기의 벤치로 갔다. 이비와 함께 앉았던 그 벤치. 그녀는 아직도 그에게 전화를 하지 않았다.

제니가 한 손으로 차 열쇠를 비틀고 있었다. "내일 잘될 거예요.

요."

"왜 폐쇄되었던 건가요?" 그녀가 단도직입적인 질문을 바란다는 것을 깨닫고 그가 물었다.

그녀는 그를 보고 있지 않았다. "배려심 때문이죠. 슬픔 때문이기도 했고요. 제 딸아이 루시가 교회에서 죽었거든요."

그런데 아무도 그에게 주의를 줄 생각을 하지 않았단 말인가? "정말 가슴 아픈 일입니다."

"딸애는 복층 신도석에서 떨어졌어요. 제 잘못이었어요. 우린 심지어 교회에 있지도 않았죠. 저는 아빠 집에서 사람들하고 이야기를 하고 있었어요. 그러고 보니 질리언이랑 질리언 어머니와 얘기하고 있었네요. 두 사람은 우리를 위해 일한 적이 있어요. 전 루시가 밖으로 나가는 것을 보지 못했어요."

"복층 신도석요? 밀리 플레처가 지난주에 큰일날 뻔했던 것처럼 말입니까?"

제니가 고개를 끄덕였다. "왜 우리가 그렇게 놀라고 속상해했는지 이제 이해가 가시겠죠? 너무나 끔찍하고 잔인한 장난 같았어요. 그 남자애들, 그 애들 머릿속엔 대체 뭐가 든 건지……."

"미안합니다만, 루시에 대해서 말씀해주세요. 제니가 보고 있지 않을 때 그냥 걸어서 어디론가 간 건가요?"

"우리도 물론 찾아보기 시작했죠. 하지만 우리는 집안부터 뒤졌어요. 집이 크거든요. 그다음엔 정원을 봤고 바깥의 길을 살폈죠. 아이가 교회로 갔을 수 있다고는 상상도 하지 못했어요. 그리고 그 계단을 다 올라갔을 거라고도. 찾았을 때 이미 그 아이의 몸은 차가웠어요. 그리고 두개골이, 아이의 작은 두개골이 글쎄……."

제니의 얼굴에서 핏기가 가셨다. 몸 전체가 덜덜 떨리고 있었다.

"어떻게 위로를 드려야 할지 모르겠습니다. 저는 전혀 몰랐어요. 아무것도……. 교회를 다시 여는 것이 제니에게는 괴로운 일이겠습니다."

"아니, 괜찮아요. 저도 준비가 됐어요." 제니의 얼굴은 여전히 창백했지만 몸의 떨림은 잦아드는 것처럼 보였다. "루시 일을 언급하지 말아달라고 제가 아빠께 부탁드렸어요. 제가 직접 말씀드리고 싶었거든요."

"굉장히 용기 있는 행동입니다. 고마워요." 확실히 많은 것이 이해됐다. 해리가 들은 것은 십 년 전에 신도들이 교회 건물의 사용을 갑자기 중단했다는 이야기뿐이었다. 당시 성직록을 가졌던 목사가 은퇴했을 때 교구는 교회 건물을 정식으로 폐쇄했다. 헵턴클로 본당이 다른 두 본당과 통합된 후에야 교회를 다시 열기로 결정이 내려졌다. 폐쇄의 진정한 사유가 무엇이었는지 그는 전혀 몰랐다.

질리언은 오르막길 꼭대기에서 여전히 머뭇거리고 있었다. 제니가 그의 눈이 깜박 흔들리는 것을 보고 고개를 돌려 경사 지대 위를 바라보았다.

"저는 질리언이 낳은 아이의 대모였어요. 화재가 나기 두어 달 전에 루시가 입던 옷을 그 애에게 주었지요. 그중에는 크리스티아나가 루시에게 만들어준 정말 소중한 옷도 있었어요. 옷을 없앤 것이 제게는 앞으로 나아가는 큰 한 걸음이라고 느껴졌어요. 이제는 잊을 때가 되었다고나 할까요. 그런데 헤일리마저 죽고 옷은 다 타버렸어요. 마치 루시가 두 번 죽은 것 같았어요."

피의 수확

해리는 어떤 말을 해야 할지 생각조차 할 수 없었다.

"작은 잠옷 세트가 있었어요. 크리스티아나가 손수 베아트릭스 포터의 캐릭터들을 수놓은 옷이죠. 아름다웠어요. 그걸 주다니 제가 아주 용감하다고 스스로 생각했어요."

이번에도 할말이 없었다. 애도하는 어머니 앞에서 그는 무력했다. 희망 한 점 없이 너무나 무력했다.

"사람 말을 잘 들어주시는군요." 제니가 일어서며 말했다. "전 이제 안으로 들어갈게요. 내일 예배가 잘 진행되기를 바랍니다."

"제가 같이 가드릴까요?" 그도 일어섰다.

"아뇨, 괜찮아요. 저는 별일 없을 거예요. 유령을 무서워한 적은 한 번도 없답니다." 제니가 그에게 미소를 지었다. 그리고 몸을 돌려 교회를 향해 걸었다.

31

"오, 세상에. 들어봐요, 개릿. 아직도 하고 있어."

톰을 포근하게 잠들게 한 부드러운 흔들림이 멈췄다. 아빠가 자동차를 주차했고 엄마가 낮은 목소리로 말을 하고 있었다. 톰이나 조가 듣는 것을 원하지 않을 때 엄마는 낮게 말했다. 보통 그것은 더 열심히 귀를 기울여야 한다는 신호였지만 톰은 이미 깬 것보다 더 잠이 깨고 싶지는 않았다. 톰은 그저 자고 싶었다.

무언가 움직이는 소리가 들렸고, 톰은 아마도 아빠가 자리에서 몸을 틀어 자기들을 보려고 하는 것이라 짐작했다. "곯아떨어졌네. 안아서 들고 가야겠어요. 그럼 아무것도 모를 거야." 엄마처럼 아빠도 속삭이듯 말했다.

"하지만 저 소리 좀 들어봐요. 토할 것 같아."

톰은 아무 소리도 듣고 싶지 않았다. 깨기 전에 그는 꿈을 꾸었다. 좋은 꿈이었다. 다시 잠이 들어 그 꿈으로 되돌아갈 수 있다면 좋으련만. 그러나 이미 엄마와 아빠가 나누는 대화를 듣고 있었다. 어쩔 수가 없었다. 저 소리는 대체 뭘까? 누군가가 신음하는 것 같은 소리였다. 아니 한 사람이 아니라 많은 사람이 둔탁하고 낮은 목소리로 외치고 있었다. 잠깐, 사람이 맞을까? 사람 소리처럼 들리지 않았다. 꾸에에엑이라고 말하고 있었다. 거듭, 거듭. 꾸에에엑. 왠지 톰은 죄책감을 느꼈다. 이유는 설명할 수 없었다.

자동차 문이 열렸고 차가운 공기가 톰의 얼굴에 닿았다. 소음도 더 커졌다. 꾸에에엑 외의 다른 소리도 들렸다. 매애애애! 매애애애! 어딘가 가까운 곳에서 남자들이 고함을 치고 껄껄 웃고, 서로에게 이래라저래라 소리치고 있었다. 톰은 정말로, 정말로 듣고 싶지 않았지만, 그 시끄러운 소리는 물이 스펀지에 스며들 듯이 머릿속으로 스며들고 있었다. 그때 누가 톰의 위로 팔을 뻗쳤고, 골짜기의 백합 냄새가 풍겨왔다. 엄마의 향수 냄새. 엄마가 입은 부드러운 모직 스웨터가 톰의 얼굴을 스쳤고 톰은 엄마에게 손을 뻗어 끌어안을까 생각했다. 그 순간 엄마가 멀어졌다.

"톰을 여기 놔둘 순 없어요. 어떻게 해야 하지?" 엄마가 말했다.

톰을 놔둔다고?

"내가 차문을 잠그지. 삼십 초면 돼요. 빨리 합시다." 아빠가 말했다.

피의 수확

엄마의 향기가 사라졌다. 차문이 부드럽게 닫히는 소리가 들렸고 리모컨의 내는 삑 소리와 차문이 자동으로 잠기는 소리도 들렸다. 톰은 눈을 떴다. 그는 차의 뒷좌석 창문 옆에 앉아 있었다. 혼자였다.

차는 집의 진입로에 주차되어 있었다. 집 1층에 켜진 불빛이 보였다. 앞 현관문이 열려 있었다. 엄마와 아빠가 조와 밀리를 침대로 안고 들어가고 있을 것이고 아빠는 곧 톰을 데리러 올 것이다. 오늘밤처럼 외출에서 늦게 돌아온 날이면, 예를 들어 할머니와 할아버지네 집에서 저녁을 먹고 온 날이면, 그들은 종종 이런 식으로 집에 들어갔다. 톰은 눈을 감고 다시 잠에 빠질 준비를 했다.

그렇지만 무언가가 가까이서 너무나 비참해하고 겁에 질려 있는데 어떻게 잠을 잘 수 있겠는가? 그 무언가의 신음 소리가 들리고 또 들렸다. 엄마를 토하고 싶게 만든 그 무언가 때문에 톰은 울고 싶었다. 비명소리가 들렸다. 크고 날카로운 비명소리에 다시 잠이 확깼다.

톰이 고개를 돌려 경사 지대 위를 올려다보았다. 길 건너편 푸줏간 근처의 건물들이 조명으로 휘황찬란했다. 남자들이 어깨에 커다란 자루 같은 것을 얹은 채 걸어 다니는 모습이 눈에 들어왔다.

톰은 몸 위에 탄탄히 채워져 있는 안전벨트를 풀었다. 자동차는 잠겨 있었고 뒷좌석의 문은 안전 잠금장치가 되어 있었지만 톰은 의자 위로 넘어가면 앞문을 열 수 있다는 걸 알았다. 오 초면 집안에 있을 수 있었다. 잠긴 자동차를 떠나 집안에 들어가는 데 걸리는 시간은 단 오 초.

고함소리와 비명소리가 점점 가까워지는 듯했다. 아니면 단지 소리가 커지는 것일 수도? 이렇든 저렇든 오 초는 너무 길게 느껴졌다. 아빠가 곧 올 것이다. 톰은 몸을 움츠렸다. 눈을 감고 싶었지만 감히 그러지 못했다. 아빠가 돌아오기를 간절히 바랐다. 톰은 귀를 막기 위해 양손을 들었다.

방금 차 밖에 뭐가 있었나? 차 도장을 살살 긁는 듯한 소리가 났다. 톰은 숨을 죽였다. 무언가가 밖에서 움직이고 있었다. 톰은 그 소리를 들을 수 있었다. 자동차가 흔들거리는 것이 느껴지는 듯 했다. 고개를 움직일 엄두도 내지 못한 채 톰은 문을 흘깃 보았다. 여전히 잠겨 있었다. 열쇠 없이는 아무도 열지 못할 것이다. 아니, 열 수 있을까?

아빠를 소리쳐 불러야 했다. 귀청이 떨어지도록 크게 불러야 했다. 하지만 이 밤은 이미 비명으로 가득했다. 톰이 지르는 소리를 아무도 듣지 못하리라. 경적! 아빠라면 경적 소리는 들을 것이다. 톰은 그저 몸을 앞으로 기울이기만 하면 되었다. 뒷좌석에서도 경적을 누를 수 있었다. 아빠가 듣고 뛰어와줄 것이다. 톰이 몸을 세워 앉아 튀어나갈 태세를 갖췄다.

뒤쪽 유리창에 작은 손 하나가 나타났다. 톰의 얼굴에서 십오 센티미터나 떨어졌을까.

톰은 자신이 비명을 내질렀음을 알았다. 또한 아무도 자신의 소리를 듣지 못했음을 알았다. 다시 소리를 치려 했지만 아무 소리도 나오지 않았다. 몸을 움직일 수도 없었다. 그저 쳐다볼 수밖에 없었다.

손 색깔이 달랐다. 손은 그런 색이 아니다. 손은 빨간색이 아니다.

손이 빨간 점액 같은 흔적을 남기면서 아래로 움직였다. 엄지 뿌리가 먼저 흔적을 남기더니 다섯 손가락이 유리 위로 찌익 미끄러지며 다섯 개의 구불구불한 선을 그렸다. 톰은 뒤쪽 유리창 밑으로 팔이, 그리고 손목이 사라지는 것을 지켜보았다. 손바닥이 시야에서 거의 사라졌을 때 손가락들이 그를 향해 꼼지락거렸다. 마치 파도처럼.

톰은 일어나 앞좌석으로 몸을 굽혀 경적으로 손을 뻗었다. 얼굴 하나가 앞유리를 통해 안을 들여다보고 있었다. 톰이 소리를 치려 입을 열었으나 차 안의 산소가 다 빨려 나간 것 같았다. 숨을 쉴 수가 없었고 그러니 소리를 칠 수도 없었다.

뭐였지? 대체 그게 뭐였지? 여자아이였어. 톰은 생각했다. 머리카락이 긴 여자아이. 하지만 머리가 너무 컸다. 그리고 그 애의 얼굴은 가끔 조가 점토로 빚는 인형 같았다. 눈은 커다랬고 입술은 통통했고 빨갛고 축축했다. 가장 끔찍한 것은, 아니 두 번째로 끔찍한 것은 피부였다. 너무나도 창백했다. 마치 아이에게 큰 옷을 입힌 양 뼈 위에 느슨하게 걸려 있어 전혀 피부처럼 보이지 않았다. 마치 뜨거운 촛농이 허옇고 쭈글쭈글하게 굳은 것 같았다. 촛농에 머리를 담갔다가 뺀 사람처럼 보였다. 그렇지만 피부보다 끔찍한 것이 있었으니, 그것은 아이의 목에 난 혹이었다. 혹에 눌려 아이의 얼굴은 찌그러졌고 옷의 네크라인이 비뚤어졌다. 그 여자아이가 차 앞유리를 통해 톰을 바라볼 때 그 혹은 마치 혼자 움직이는 것처럼 보였고, 톰의 머릿속에 아이의 몸통이 번득 떠올랐다. 덩어리지고 찰흙처럼 부드러운 몸. 밀랍 같은 피부에 두드러지는 핏줄.

톰은 마침내 경적에 닿았고 곧 온 힘을 다해 경적을 눌렀다. 경적소리 때문에 더 겁이 났지만 어째서인지 도저히 손을 뗄 수가 없었다. 다음 순간 톰은 차 밖에 있었다. 어떻게 나온 건지는 몰랐다. 그저 자기가 밖에 나왔다는 사실만 알았다. 샌들 밑에 느껴지는 진입로 바닥은 단단했고, 밤은 고통의 소리로 가득했고, 악몽에서 나온 듯한 존재는 그와 현관문 사이에 서 있었다.

톰은 자신이 비명을 지르고 있음을 깨달았다. 그리고 뛰고 있었다. 그는 엄마처럼 높은 목소리로 비명을 지르고 있었다. 아빠의 목소리가 들렸다. 아빠가 "톰, 톰, 어디 있니?"라고 외치고 있었고 여자아이는 톰을 쫓아오고 있었다. 그 아이가 따라와 톰이 할 수 있는 것이라곤 뛰고 뛰고 또 뛰는 것뿐이었다.

그리고 숨었다.

조용했다. 모든 것이 차가웠고 젖어 있었다. 지금 있는 곳이 어디인지 전혀 감이 오지 않았으나 어둡고 축축한 곳인 것만은 알 수 있었다. 톰은 누워 있었지만, 자신이 넘어진 건지 아니면 그저 숨이 찬건지도 알 수 없었다. 톰은 폐에 충분한 산소를 얻을 수 없는 것처럼 헐떡이고 있었다. 무언가 딱딱한 것이 갈빗대 사이를 파고들었지만 감히 움직이지 못했다.

"톰!"

아빠의 목소리였다. 아빠가 가까이 있었다. 하지만…… 과연 정말 아빠일까?

"아빠아아." 낮고 놀리는 듯한 부드러운 목소리가 났다. 숨바꼭질하는 아이가 내는 것 같은 목소리였다. 그 목소리는, 오, 하느님, 그 목소리는 마치…….

"톰, 어디 있니?" 아빠가 소리쳤다.

아니, 아니야. 아빠, 아니에요. 그 목소리는 내가 아니야!

피의 수확

"아빠아아……."

"장난이 지나치다, 톰. 당장 나와."

"개릿, 톰을 찾았어요?" 엄마의 목소리가 좀더 멀리서 들려왔다. 우는 것 같은 소리였다. 엄마인가? 엄마처럼 들렸다. 하지만……

발걸음 소리. 무거운 발걸음 소리가 가까이서 났다. 그가 짐작하는 그 사람이기에는 너무나 무거운 발걸음……

톰은 일어났다. 그는 공동묘지에 있었고 아빠가 삼 미터 정도 떨어져 있었다. 자신을 향해 다가오는 아빠가 보였다. 곧 톰은 누군가에게 안겨 공동묘지를 지났고 갑자기 엄마가 있었고 그들은 집안에 있었고 끔찍한 신음 소리는 톰의 머릿속에서 너무나 크게 울렸다. 톰에게 말을 하려는 엄마의 얼굴이 보였지만 머릿속의 소리가 너무 컸다. 그들은 거실에 있었고 아빠가 톰을 소파에 내려놓았고 엄마가 톰에게 몸을 기울인 채 톰을 붙들고 무언가 말을 하려고 했지만 들을 수 없었다. 왜냐하면 머릿속의 소리가 너무 컸기 때문이다. 엄마가 울기 시작했고 톰은 엄마의 얼굴을 타고 흐르는 눈물을 볼 수 있었지만 울음소리는 들을 수 없었다. 들을 수 있는 것이라고는, 톰이 들을 수 있는 유일한 소리는 이 끔찍한, 끔찍한 울부짖음뿐이었기 때문이다.

톰은 문득 누가 울부짖고 있는지 깨달았다.

"톰, 우리 착한 아들, 제발 소리 좀 그만 지르자. 제발."

톰은 이미 멈췄는데 엄마는 모르는 것 같았다. 엄마는 소파에 앉아 톰을 무릎 위로 당겨 안고 있었다. 톰은 엄마보다 그리 작지 않고 더이상 엄마의 무릎에 앉는 일이 없었지만, 엄마의 팔이 자신의 몸을 꼭 감싸고 있는 것이 너무나도 기뻤다. 계단 아래서 발걸음 소리가 들렸고 아빠가 문간에 나타났다.

"애들은 잘 있어요." 아빠가 부드러운 목소리로 엄마에게 말했다.
"둘 다 아직 자고 있어."

개릿이 거실을 가로질러 와 톰 앞의 러그에 무릎을 꿇었다. 그가
팔을 뻗어 아들의 이마를 쓰다듬었다.

"무슨 일이 있었니, 친구?" 톰의 머리 위로 손을 옮기며 아빠가 물
었다.

물론, 톰은 다 말했다. 그러지 않을 이유가 있겠는가? 그들은 톰
의 부모였다. 이 세상에서 그 누구보다 신뢰하는 사람들이었다. 그
러나 톰이 미처 생각하지 못한 것이 있었다. 이 세상에는 심지어 부
모조차 도저히 믿을 수 없는 이야기가 있다.

32

10월 11일

왕이신 하느님의 모든 피조물들이여,
목소리를 드높여 다 함께 찬양할지어다.

교회는 꽉 차다시피 했고 헵턴클로의 주민은 목소리를 내는 데 수
줍어하지 않았다. 해리는 본당 신자들을 돌아보았다. 앞에서 두 번
째 줄 장의자에 제니 픽업이 남편과 함께 서 있었다. 그녀의 표정은
잔잔해 보였다.

그와 달리, 숙취를 달래고 있는 것처럼 보이는 남자도 한두 명 있었고 해리는 참석자 중 얼마나 많은 사람이 전날 저녁의 축제에 참여했는지 궁금해졌다. 토요일 밤에는 살육 의식. 다음날 아침에는 교회에서 예배. 그래, 이것이 농촌의 삶이었다. 그는 이제 농부 사이에서 살고 있는 것이다.

플레처 가족은 아직 보지 못했다. 앨리스는 토요일 밤에 충분히 멀리 나갈 테니 걱정 말라며 그를 안심시켰지만 그들의 집은 딕 그라임스가 동네 도살장으로 이용하는 헛간에서 너무 가까웠다. 그는 한 시간 전 마을에 도착하여 오 분여 동안 길 위아래를 걸었다. 바깥 거리는, 뭐라고 해야 할까, 좀 지저분해지거든. 토비어스 노인이 그렇게 말하지 않았던가. 밤에 비가 내린 건지 청소를 철저히 한 건지는 모르겠지만 전날 밤의 흔적은 전혀 없었다.

찬송가가 끝나가고 있었다. 왼편 통로의 중간께에 개릿이 있었다. 앨리스가 그 옆에 있었다. 한 손으로는 찬송가책을 들고 다른 한 손으로는 톰의 어깨를 감싸고 있었다. 그녀의 장남은 발만 쳐다보고 있는 것 같았다. 그들 누구도 노래하고 있지 않았다.

"지난 삼 주 동안, 저는 두 가지 질문을 상당히 자주 받았습니다." 해리가 말했다. 그는 설교단 앞에 서 있었고 대부분의 얼굴이 그를 향하고 있었다. 신도 다수의 주목을 받는다는 것은 언제나 좋은 신호였다. "첫 번째 질문은 '잘 적응하고 계쇼, 목사님?'이었고요. 두 번째 질문은 '농촌 출신이 아니지, 젊은이?'였습니다."

두세 명이 쿡쿡거리는 나직한 웃음소리가 교회 안에 살짝 울렸다.

"첫 번째 질문에 대한 제 대답은 이랬습니다. '아주 잘요. 고맙습니다. 여러분이 모두 친절하게 대해주세요'. 두 번째 질문에 대한 대답은 '네, 농촌 출신이 아닙니다. 하지만 슬슬 되어가고 있어요'였지요."

교회 안이 붐볐지만 앞쪽의 왼편 장의자에는 오로지 세 명만이 앉아 있었다. 싱클레어와 그의 아버지 토비어스와 장녀 크리스티아나였다. 오래전에 그 자리는 렌쇼가의 의자였다. 지금 또한, 모든 것을 고려할 때, 여전히 렌쇼가의 의자였다.

"우리가 모두 질서정연한 우주에서 살고 있다는 사실에 우리는 커다란 위안을 받습니다. 언덕 사이에서, 대지가 우리의 삶에 너무나 중요한 부분을 담당하고, 우리가 하는 모든 것이 계절의 영향을 크게 받는 이곳에서, 우리는 마을이나 도시에서 느끼는 것보다 조화로움에 대해 더 크게 느끼게 됩니다."

교회의 부드러운 조명 아래서 크리스티아나 렌쇼의 커다랗고 단정한 이목구비는 아름다워 보이기까지 했고 여동생과 매우 닮아 보였다. 그녀는 해리가 아닌, 창가의 꽃 장식에 든 사과 한 알을 바라보고 있었다. 그녀는 조부로부터 일 미터 정도 떨어져 앉아 있었다.

"제가 방금 여러분께 읽어드린 그 구절은 수확철이나 세례식, 결혼식, 심지어 장례식에서도 인기가 있습니다. 인생에서 중요한 시점을 맞으면 우리는 기억하고 싶은 것입니다. 우리가 보다 큰 계획의 일부이며, 목적이 있다는 것을 말이죠. 그리고 모든 것에는 자기 자리와 자기 시간이 있다는 것 또한 기억하고 싶은 것입니다. 오늘의 성경 구절인 『전도서』 3장 1절에서 8절까지의 말씀은 제가 생각할 수 있는 한, 그 점을 가장 잘 전하는 구절이라 할 수 있습니다."

질리언은 뒤에서 여덟 번째 장의자에 앉아 있었다. 플레처 가족

바로 뒤였다. 멀리서도 해리는 그녀가 머리를 깨끗이 감았고 화장을 했음을 알아볼 수 있었다.

"그러므로 『전도서』의 나머지 내용이 성서 전체에서 가장 이해하기 힘들다는 사실은 다소 기이한 일입니다."

예배가 끝나가고 있었다. 신도들은 봉헌 성가를 부르고, 교회의 두 봉사자인 딕과 셀비 그라임스가 헌금 접시를 들고 돌아다녔다. 해리는 성찬례를 준비했다. 전날 와인병을 따 디캔터에 옮겨놓는 등 모든 것을 준비해두었다. 이제 와인을 성작에 붓기만 하면 됐다. 그는 디캔터의 마개를 열고 와인을 성작에 약간 부은 다음 물을 더 했다. 성찬용 제병도 가져와 은제 성반에 놓았다. 그가 성반을 들고 신도에게 제병을 나눠줄 것이고 싱클레어는 와인을 들고 그를 뒤따를 것이다.

해리가 성반을 위로 들어올렸다. 첫 영성체를 하는 이는 언제나 예배를 집전하는 성직자다. 그 뒤를 싱클레어와 오르간 반주자 그리고 신도들이 이을 것이다. 그의 뒤에서 봉사자들이 사람들을 정렬시키는 소리가 들려왔다.

"주 예수 그리스도의 몸이 이를 받아 모시는 저희에게 영원한 생명이 되게 하소서." 해리가 성반에서 제병을 하나 집어 들었다. "이 성체로써 예수 그리스도의 죽음을 기억하게 하소서. 주께서 그리스도의 몸을 먹이심으로 그리스도와 하나되게 하시니 감사하나이다."

해리가 제병을 입에 넣었다. 오르간 주자는 연주를 마치고 싱클레어 옆에 서기 위해 걸어오고 있었다. 교회 안이 조용해졌다. 영성체를 하려는 신도의 첫 줄이 성단소 난간 앞에 자리잡는 소리를 해리는 들을 수 있었다. 나중에 제니와 마이크에게 전화해서 첫 예배가 너무 힘들지 않았는지 확인해야 할 것이다. 필요하다면 방문해서 얼굴을 비춰야 할 수도 있었다. 그가 성작을 들어올렸다. 이상한 냄새가 나는 것 같은데?

"주 예수 그리스도의 피가 이를 받아 모시는 저희에게 영원한 생명이 되게 하소서. 이 보혈로써 예수 그리스도의 죽음을 기억하게 하소서. 주께서 그리스도의 피를 먹이심으로 그리스도와 하나되게 하시니 감사하나이다." 해리가 성작을 입에 가져다 댔다. 제대 위에 난 창문으로부터 햇빛이 한줄기 비쳐 들었다. 잠시, 단단한 은제 성작이 안에 든 내용물처럼 진홍빛으로 물들었다.

"그리스도의 피." 그가 자신에게 속삭였다. 차가운 은잔이 그의 입술에 닿았다.

밖에서는 까마귀들이 지붕 위를 날았다. 까마귀가 서로에게 외치는 소리가 들려왔다. 교회 안은 조용했다. 신도들은 숨을 죽이고 그가 앞으로 나와 신도에게 성찬을 행하기를 기다리고 있었다.

천천히, 아주 천천히, 해리가 성작을 제대에 내려놓았다.

하얀 리넨 냅킨이 가까스로 손닿을 거리에 있었다. 그는 냅킨을 움켜쥐고 입에 가져다 댔다. 그 자리에서 당장 토할 것 같았다. 그는 성작을 다시 집어 들고 내용물을 흘리지 않으려고 애쓰며 다급하게 제의실로 향했다. 어깨로 문을 밀어 열고 안으로 들어간 후 발로 문을 차서 닫았다. 아슬아슬하게 싱크대에 닿았다.

빨간 액체가 하얀 도기 위에 흩뿌려졌고 해리는 자신이 토하고 있음을 깨달았다. 신도 전체가 그 소리를 들을 수 있다는 사실도. 그는 수도꼭지를 틀어 손 위로 찬물이 흐르게 했다. 그러고는 양손을 얼굴에 가져다 댔다.

"목사님, 무슨 일입니까?"

싱클레어 렌쇼가 그를 따라 제의실에 들어와 있었다. 해리는 손을 모아 물을 받았다. 그리고 손을 올려 물을 마셨다.

"편찮으세요, 목사님? 제가 도와드리겠습니다."

해리가 몸을 돌려 성작을 들어 평신도 회장에게 내밀었다. "이것도 전통입니까?" 해리가 물었다. 그의 손이 마구 떨리고 있었다. 그는 잔을 내려놓았다.

싱클레어가 잔을 흘낏 보더니 몸을 틀어 문을 향해 성큼성큼 걸어갔다. 그가 제의실 문을 닫고 다시 해리 쪽으로 걸어와 가까이 다가섰다.

"그게 이런 식으로 끝나는 건가요? 토요일 밤엔 피를 실컷 흘리게 하고 다음날은 마시는 건가요?" 해리가 물었다.

"대체 무슨 말씀이신지요?"

해리가 잔을 가리켰다. "이건 와인이 아닙니다." 그의 손이 여전히 흔들리고 있었다. "피예요. 상징적인 의미가 아니라. 진짜 피입니다."

"그럴 리가요?"

"직접 맛보시죠. 저도 그랬으니까."

싱클레어가 성작을 들어 조명 아래로 가져갔다. 그는 잔을 얼굴로 들어 코로 깊이 숨을 들이마셨다. 그리고 검지를 액체에 담갔다 빼 자세히 살폈다. 해리는 그를 바라보고 있었지만 노년 남성의 얼굴에 떠오른 표정을 읽을 수가 없었다. 잠시 후 싱클레어가 수돗물에 손을 헹구고 몸을 돌려 해리를 마주했다.

"물을 한 잔 드시고 잠시 진정하고 계세요."

싱클레어는 몸을 돌려 실내를 가로질러 선반에서 다른 성작을 찾아냈다. 더 오래되고, 살짝 변색이 된 잔을 수돗물에 헹궜다. 그리고 찬장 문을 열고(싱클레어가 제의실에 대해 잘 안다는 사실이 이로써 분명해졌다) 따지 않은 와인 한 병을 꺼냈다. 해리는 의자에 앉아 싱클레어가 코르크 따개를 찾아 병을 따는 모습을 지켜보았다. 그가 잔에 와인을 붓고 한 모금 맛을 보았다.

"이건 괜찮군요. 예배를 계속하실 수 있겠습니까?"

해리는 대답하지 않았다. 너희를 위해 흘리신 주 예수의 피. 피의 수확.

"목사님!" 싱클레어의 목소리는 여전히 차분했지만 그는 해리가 멋대로 굴게 두지 않았다. "목사님이 편찮으시다고 신도들에게 알릴 수도 있습니다. 그러기를 원하시는 건가요?"

해리가 고개를 저으며 일어섰다. "아니요, 저는 괜찮습니다. 감사합니다."

"훌륭하십니다. 먼저 저하고만 축성 기도를 올려보세요. 진정하는 데 도움이 될 겁니다."

그가 옳았다. 해리는 숨을 깊이 들이쉬고 입에 익은 단어들을 말했다. 그리고 자신에게 생각할 틈을 주지 않고 바로 잔을 입술로 올려 내용물을 마셨다. 와인이었다.

"좀 나아지셨습니까?"

"네. 감사합니다. 이제 우리도……." 해리가 제의실 문을 향해 손짓을 했다. 지금쯤 바깥에 있는 이들이 모두 무슨 생각을 하고 있을지 짐작조차 할 수 없었다.

　　　　　　　　　　　　　　　　　　　　　　피의 수확

"잠시만요." 싱클레어가 그의 팔을 잡았다. "예배가 끝난 후에 제가 처리하겠습니다." 그가 첫 번째 잔을 가리켰다. 그 안에는 아직도……. "한심한 장난이겠죠. 어젯밤에 사람들이 술을 많이 마셨습니다. 제가 대신 이렇게 사죄드립니다."

해리가 고개를 끄덕였고 두 남자는 제의실을 나섰다. 해리는 제병이 담긴 성반을 들고 성단소를 가로질러 사람들이 영성체를 하기 위해 줄을 지어 참을성 있게 무릎을 꿇고 있는 곳으로 갔다.

"그리스도의 몸." 그의 앞에 내밀어진 손에 제병을 놓으며 그가 말했다. "그리스도의 몸……. 그리스도의 몸." 그는 줄 선 사람들에게 계속 말했고 그의 뒤에서 싱클레어가 와인을 나눠주는 소리가 들렸다. "그리스도의 피"라고 그는 말하고 있었다. "그리스도의 피."

해리가 그 표현에 기쁨을 느끼게 될 날이 과연 다시 올 것인가? 그는 알 수 없었다.

33

"와인 어때요, 해리?"

"좋죠. 화이트와인 있나요?" 해리가 코트를 벗어 걸어둘 데를 찾아 두리번거렸다.

이 집의 코트 걸이는 언제나 꽉 차 있는 것 같았다.

"잠시만요." 개릿이 웅크리더니 냉장고를 열었다.

"냄새가 좋은데요, 앨리스." 개릿으로부터 커다란 유리잔을 건네받으며 해리가 말했다. 식탁에는 일요일 점심 식사를 위한 식기가

놓여 있었다. 유아 식탁 의자에 앉은 밀리가 그에게 브레드스틱을
내밀었다. 그가 고개를 젓자 아이는 빵을 바닥에 떨어뜨렸다.

"미국 남부식으로 구운 닭고기를 먹을 거예요. 바삭하게 잘 구워
지고 있어요." 앨리스가 대답했다.

"성찬례 도중에 무슨 문제가 있던 건가요? 목사님이 어디 갔는지
다들 궁금해했답니다." 개릿이 앨리스의 잔에는 화이트와인을, 자
기 잔에는 레드와인을 따르며 말했다.

"아, 와인이 상해 있었어요." 해리가 말했다. 그와 싱클레어가 합
의를 본 설명이었다. 실제로 일어난 일은 둘만 알고 있는 것이 현명
할 것이다. 그가 몸을 숙여 밀리의 브레드스틱을 집었다. "식초처럼
시어서 끔찍했어요."

"그래도, 예배는 꽤 잘됐어요. 교회도 꽉 찼고 조는 사람도 없더라
고요." 앨리스가 말했다.

"신도들은 아마 매우 만족스러운 영적 경험을 했을 거라고 확신
합니다. 이 사람은 무시하세요. 미국인이잖아요." 개릿이 말했다.

"나랑 결혼하기 전에 자기는 교회에 발이라도 한번 들여놔봤나?"
앨리스가 비꼬았다. "세례를 받기나 했어요? 브레드스틱 어디에 뒀
니, 아가? 아니 목사님이 훔쳤어? 목사님 나쁜 사람이네."

"이래 봬도 왼쪽 발목을 잡혀서 로튼스틸 저수지에서 세례를 받
았다고. 그래서 무적의 몸이 되었지."

뭔가가 이상했다. 앨리스와 개릿이 너무 애를 쓰고 있었다. 미소
도 농담도 억지스러웠다. 그리고 보니 둘 다 잠을 설친 것처럼 보였
다.

"내가 도와줄 게 있을까요, 앨리스?" 해리가 말했다.

피의 수확

"애들 좀 찾아주세요. 식탁까지 오게 하는 데 보통 십 분은 걸리니 단호하게 나가야 해요."

해리가 유리잔을 들고 집 수색에 들어갔다. 아래층 방에는 아이들이 없어서 위층으로 향했다. "얘들아!" 그가 가장 위 계단에 발을 디디며 외쳤다. "밥 먹자."

아무 응답이 없었고 그는 계단 끝쪽에 위치한 두 개의 문으로 향했다. 첫째 문을 가볍게 두드리고는 밀어서 열었다. 조가 작은 병정 인형들에게 둘러싸여 카펫 한가운데 앉아 있었다.

"어이, 친구. 엄마가 밥 먹으러 오라서."

조가 뒤쪽을 흘낏 내려다보더니 병정 몇 명을 다른 위치로 움직였다.

"목사님, 토했죠? 교회에서요. 사람들이 소리를 다 들었어요."

아이고. 해리가 입을 열었다. "목사님이 토한 것 때문에 점심을 안 먹는 사람은 없었으면 좋겠구나. 내려올 거지?" 그가 문가로 향했다. 옆은 톰의 방이 분명했다.

"그 애들은 죽었어요. 그렇죠?"

해리는 방안으로 다시 들어와 몸을 한껏 낮춰 조와 머리 높이를 맞췄다. 아이는 병정 게임에서 시선을 거두지 않고 있었다.

죽을 때가 있노라.

"무슨 말이니, 조? 누가 죽었는데?"

조가 고개를 들고 해리를 보았다. 눈 아래가 거뭇거뭇했다.

"교회에 있는 여자애들요."

"어제 오후에 교회에 왔니, 조? 내가 픽업 부인하고 이야기하는 말을 들었니?"

조가 고개를 흔들었다. 거짓말하는 것처럼 보이지는 않았다. 제니가 해리와 함께 밖에 나왔을 때 조에게 딸에 대해 말해주었을 수도 있었다.

"해리! 얘들아, 밥 먹자!" 계단 아래서 앨리스가 소리쳤다. 해리가 몸을 일으켰다.

"그 애 얘기가 아닌데." 조가 낮은 목소리로 말했다. 조는 병정들에게 이야기하고 있었다. "그 애에 대해선 다들 알아. 난 다른 애들을 말한 건데."

해리가 다시 무릎을 꿇었다. "무슨 다른 애들 말이니, 조?"

조가 그를 올려다보았다. 주근깨가 흩어진 창백한 얼굴과 파란 눈, 빨간 머리카락. 조는 해리가 본 중 가장 사랑스럽게 생긴 남자아이였다. 하지만 그 눈에 어린 무언가가 상당히 기묘하게 느껴졌다.

"이 집에 있는 사람들은 배가 하나도 안 고픈가 봐?" 앨리스가 소리쳤다.

해리가 일어섰다. "밥 먹으러 가야지, 친구." 해리가 말하고는 조를 일으켜 문 쪽으로 밀었다. 계단참에 이르렀을 때 뒤에서 무슨 소리가 들렸고 그들은 뒤를 돌아보았다. 톰의 방문이 안에서 당겨지며 열렸다. 문 너머 방안은 커튼이 드리워져 어두웠다. 톰이 문간에 나타나 그들 앞을 지나 무거운 발걸음으로 계단을 내려갔다. 톰이 해리를 무시한 것은 이번이 처음이었다.

"엄마, 밥 먹은 다음에 호박 초롱 만들어도 돼요?" 조가 물었다.

앨리스는 식탁 위로 몸을 굽혀 밀리의 닭고기를 잘게 잘라주고 있었다. 그녀가 톰을 흘깃 본 후 해리를 보았다. 그녀의 미간이 찌푸려

지며 주름이 생겼다. "잘 모르겠네, 아들. 사람들이 다 핼러윈을 좋아하는 건 아니거든. 목사님을 화나게 해선 안 돼."

"난 호박이 좋아요." 해리는 앨리스가 불안한 표정으로 톰을 돌아보는 모습을 지켜보았다. "원하면 목사님이 도와줄 수 있단다, 조. 하지만 엄마 아빠가 예술적 재능이 많으시니 나는 아마 실망만 시키게 될 거야."

"우리는 핼러윈에 사탕을 얻으러 나가요. 목사님도 원하시면 우리랑 같이 가요." 조가 말했다.

"잠깐만, 조. 엄마는 아직 아무것도 약속하지 않았어." 앨리스가 다시 톰을 보았다. 그녀의 장남은 접시에 손을 대지 않았다. "어떻게 생각해요, 해리? 헵턴클로 사람들은 핼러윈 행사를 할까요?" 그녀가 해리에게 시선을 보내며 말했다.

"오, 그럼요. 내기해도 돼요. 톰, 괜찮니?"

"톰은 특별한 의사 선생님을 보러 가야 한대요. 왜냐하면 괴물에 대한 이야기를 지어내는데다 어젯밤에는 난리를 쳤거든요." 조가 말했다.

"응? 무슨 뜻이야?" 해리가 말했다.

"그만해, 조." 개릿이 동시에 말했다.

"톰이 악몽을 꿨어요." 앨리스가 재빨리 끼어들었다. "어제 늦게 집에 왔는데 길이 시끄럽더라고요. 아이를 차에 둔 게 잘못이었어요." 그녀가 장남에게 몸을 돌려 한 손가락으로 아들의 손등을 쓸었다. "우리 착한 아들, 미안해." 톰은 어머니의 말을 무시했다.

"그러지 마, 톰. 밥 좀 먹어." 개릿이 말했다.

톰이 의자를 뒤로 밀며 펄쩍 일어나는 바람에 의자가 나무 바닥에

서 시끄럽게 덜컥거렸다. "악몽이 아니었어! 그 애는 진짜야. 조도 안단 말이에요. 조가 그 애를 집으로 들어오게 했고 그 애가 우리를 다 죽이면 그건 다 조 때문이야. 제길, 난 조가 진짜 싫어요!" 톰이 소리쳤다.

앨리스와 개럿이 반응을 보일 새도 없이 톰은 식당을 뛰쳐나갔다. 앨리스가 조용히 일어서서 아들을 뒤따랐다. 개럿이 와인잔을 비우고 한 잔을 더 따랐다. 조는 크고 파란 눈으로 해리를 보고 있었다.

반시간 후, 해리는 플레처 저택을 나왔다. 그가 집을 나서기 전, 개럿이 조와 밀리를 놀게 내보낸 후 해리에게 어제저녁 일을 이야기해주었다. 그나 앨리스는 톰이 계속 언급해온 여자애를 머리카락도 본 적이 없다고 했다. 아침에 앨리스가 톰을 데리고 의사에게 갈 것이라 했다.

해리가 진입로를 걸어 내려올 때 하늘에 다시 비의 기운이 비쳤다. 그는 플레처 가족의 자동차에 이르렀을 때 발걸음을 멈췄다. 차가 일부만 세척되어 있었다. 운전석과 보닛은 먼지가 끼고 진흙이 튀어 있었지만 자동차 뒤쪽 유리와 바로 그 아래쪽 차체는 아주 깨끗했다. 누가 걸레로 닦은 듯한 자국이 먼지 속에 남아 있었다. 뒤쪽 유리 위쪽 모서리에는 지문처럼 보이는 자국이 희미하게 남아 있었다. 빨간색이었다.

피의 수확

34

10월 16일

문을 두드리는 소리가 들렸다. 예상을 하고 있었으면서도 그는 화들짝 놀랐다. 해리는 일어나 음악 소리를 줄였다. 현관 복도로 나서자 현관문 유리 뒤로 키가 큰 두 사람의 모습이 비쳤다.

제니의 남편이자 싱클레어 렌쇼의 사위인 마이크 픽업은 단색조의 트위드 재킷과 트위드 캡, 갈색 코듀로이 바지와 니트 재질의 녹색 넥타이를 차려입었다. 옆의 남자는 맞춤 양복으로 보이는 짙은 회색의 핀스트라이프 정장을 입고 있었다. 누구도 미소는 짓고 있지 않았다.

"안녕하세요, 목사님. 이쪽은 러시턴 총경입니다." 마이크 픽업이 말했다.

경찰이 해리에게 고개를 짧게 숙였다. "브라이언 러시턴입니다. 랭커서 경찰서 페나인 지구 소속입니다."

"처음 뵙겠습니다. 들어오시죠." 해리가 말했다.

방문객들은 그를 따라 서재로 들어왔다. 해리는 몸을 숙여 안락의자에서 잠을 자고 있던 생강빛 털 뭉치를 치우고 손님이 모두 앉을 때까지 기다렸다. 목사관에서 가장 큰 방인 서재는 그가 일하고, 손님을 맞이하고, 때로는 작은 기도회를 여는 장소였다. 에드워드 왕조풍의 커다란 라디에이터 두 대 덕분에 목사관에서 가장 따뜻한 곳이기도 했다. 그래서인지 그는 그곳에서 항상 고양이를 발견했다.

그는 고양이를 바닥에 내려놓고 책상 밑으로 밀었다. "마실 것을 좀 드릴까요? 아이리시 위스키가 있습니다만." 그가 개봉된 채 책상에 놓인 병을 가리켰다. "맥주도 냉장고에 있고요. 아니면 물을 끓여도 됩니다."

"마실 것은 됐습니다." 픽업이 두 사람을 대표해 대답했다. "하지만 목사님은 드세요. 시간을 많이 빼앗지는 않겠습니다." 그가 말을 멈췄다. 해리가 앉기를 기다리는 것이 분명했다. 오십 대 후반의 총경은 천천히 방안을 둘러보고 있었다. 짙은 청회색 눈동자와 가는 눈매, 짙은 색의 무성한 눈썹이 눈에 띄었다.

해리가 책상에 가장 가까이 놓인 의자에 앉았다. 고양이가 다시 나타나 총경이 앉은 의자의 손잡이에 뛰어올랐다. 어느 정도 예상한 일이었다.

그가 다시 몸을 일으켰다. "죄송합니다. 제가 데리고 가겠습니다."

"아니, 괜찮아요, 젊은 양반. 난 고양이에 익숙합니다." 러시턴이 한 손을 들어 해리에게 일어서지 말라고 손짓하더니 고양이에게 주의를 돌렸다. "안사람이 집에 두 마리를 기르고 있거든요. 샴고양이인데 시끄러운 게 정말 말썽꾸러기들이에요." 그가 손을 뻗어 고양이의 귀 뒤를 쓰다듬었다. 고양이가 기쁨에 차 그르릉거렸다. 마치 시동이 부르릉 하고 걸리는 것 같았다.

"막상 저는 고양이에 익숙하지 않네요. 이놈이 절 입양한 것 같다니까요." 해리가 말했다.

러시턴이 거대한 눈썹을 위로 치켰다. 해리가 어깨를 으쓱했다.

"목사관 붙박이 같아요. 가구와 내부 시설의 일부랄까요. 아니면 그냥 기회주의자 길고양이든가요. 어쨌든 제가 여기 도착했을 때는 이 녀석이 이미 죽치고 있었고 영 나가려 들질 않네요. 먹이 한번

피의 수확

준 적이 없는데도 안 나가요."

"이름은 있나요?" 러시턴이 물었다.

"'저 빌어먹을 괭이 놈'요." 해리가 솔직하게 대답했다.

러시턴의 입술이 꿈틀거렸다. 마이크 픽업이 헛기침을 했다.

"목사님, 급한 요청에도 불구하고 만나주셔서 감사합니다."

해리가 교회 위원 쪽으로 고개를 숙였다.

"솔직히 말씀드리면 제가 브라이언에게 연락을 받은 것도 한 시간이 채 안 되었어요." 픽업이 설명했다. 두 남자가 짧게 시선을 교환했고 픽업이 해리에게 시선을 돌렸다. "브라이언과 저는 오랫동안 알고 지낸 친구입니다." 그의 말을 들으며 해리가 미소를 억눌렀다. 거대 고양이는 경찰의 무릎에 몸을 말고 앉아 러시턴의 커다란 손이 몸통을 쓰다듬을 때마다 트랙터 엔진이 소리를 내듯 그르렁거리고 있었다.

"지난 일요일 저녁에 마이크가 저를 보러 왔습니다. 추수절 예배 사건 후에요." 러시턴이 말했다.

"저와 아내가 예배 후에 처가에서 점심 식사를 했어요. 죄송한 말씀이지만 저희는 성찬례 때 무슨 일이 있던 건지 궁금했습니다. 장인이 이야기하지 않고 싶어 하는 게 분명했음에도 제니가 밀어붙였고, 결국 장인이 항복하고 이야기를 해줬죠. 누가 한심한 장난을 친것이니 다 잊어도 된다고 여기는 것 같더라고요. 하지만 저는 몇 주전 플레처 가족의 아이가 당할 뻔한 일을 생각하니 마음이 그리 편치 않았어요. 그래서 식사 후에 제의실로 가봤습니다. 장인이 성작 안에 든 것을 쏟아버리고 잔을 씻어놓았지만, 디캔터는 깜박했더군요. 제가 그걸 이 친구에게 가지고 갔더니 실험실에 보내겠다고 약속을 해줬지요. 은밀하게 확인해보겠다고요."

"그랬군요." 해리가 말했다.

"브라이언이 오늘 저녁에 전화를 해서 결과를 말해주었습니다. 돼지 피였답니다. 예상했던 바였어요. 토요일에 가축을 여러 마리 도살했는데 아시겠지만 돼지를 죽이면 피를 빼서 저장을 합니다. 피순대를 만들 때 쓰죠. 누군가가 그 저장한 피를 빼낸 것이 분명해요. 그리 어려운 일은 아니었을 겁니다. 그리고 그 피가 교회까지 간 거죠."

러시턴이 의자에서 몸을 앞으로 기울였다. "레이콕 목사님, 목사님은 토요일 오후 늦게까지 교회에 계시면서 추수절 예배 준비를 다 마치셨다고 알고 있습니다. 목사님이 떠난 후 토요일 저녁과 일요일 오전 예배 사이에 교회에 들어올 수 있었던 사람이 있습니까?"

해리가 마이크를 보았다. 남편 앞에서 아내 제니의 이름을 언급하기가 망설여졌다. 마이크가 입을 열었다.

"제 아내가 레이콕 목사님이 떠나신 후에 십오 분 정도 교회 안에 있었습니다. 장인이 열쇠를 빌려주었죠. 4시 반쯤에 제가 교회로 가서 아내를 만났고 둘이 같이 교회 안을 꼼꼼히 둘러보았어요. 제니가 그러던데 목사님이 교회 안에 아이들인지 누군지가 숨어 있는 것 같다고 하셨다고요. 맞나요?"

"맞습니다. 교회 안에서 누가 장난을 치고 있었어요. 제니를 혼자 남겨두지 말았어야 했지만, 제니가 혼자 있겠다고 고집을 부리더군요."

"제니는 괜찮았어요. 목사님이 안사람에게 혼자 있을 시간을 주신 것은 잘하신 겁니다. 우리가 떠날 때 교회는 비어 있었어요. 확실

피의 수확

하게 확인했습니다."

"누가 또 교회 열쇠를 가지고 있습니까?" 러시턴이 물었다.

"보통은 목사와 교회 위원만 가지고 있고 청소부도 가지고 있을 때가 있죠. 현재는 고용한 청소부가 없으니 제가 아는 한, 지금 열쇠를 가진 사람은 목사님과 제 장인과 저뿐입니다." 마이크가 대답했다.

"목사님, 저는 교회에 다니지 않습니다." 러시턴이 말했다.

"이 세상에 완벽한 사람은 없지요." 해리가 기계적으로 대답했다.

"맞습니다. 하지만 마이클 이 사람이 그러는데, 성직자가 영성체를 제일 처음 하는 게 예배 관습이라고요. 맞습니까?"

해리가 고개를 끄덕였다. "네, 항상 그렇게 합니다. 목사가 은혜를 받은 상태에서 다른 사람에게 빵과 와인을 주기 위함이죠."

"대부분의 사람이 그 관습을 알고 있다고 보십니까?"

"그럴 겁니다. 적어도 정기적으로 영성체를 하는 사람은 말이죠."

"무슨 말인가요, 브라이언?" 마이크가 물었다.

"흠. 두 가지 가능성이 있습니다. 목사님에게 개인적인 원한을 품은 자가 목사님을 언짢게 하려고 꾸민 짓일 가능성이 첫째입니다. 또는 범인이 영성체 와인을 제일 먼저 마시는 사람이 목사님이라는 걸 몰랐을 수도 있습니다. 목사님이 와인을 신도에게 먼저 돌리기 시작했다면 아마 대여섯 명 정도가 마신 후에야 처음에 마신 사람들이 뭔가 잘못됐다는 것을 깨달았을 게 분명하거든요. 그럼 목사님은 피곤해지는 거죠. 이런 짓을 할 이유가 있을 만한 사람이 혹시 있나요?"

해리가 잠시 생각에 잠긴 척했다. 그것이 두 사람이 그에게 예상하는 반응일 것이다. "떠오르지 않습니다. 저는 교회가 다시 열리는 걸 원하지 않는 사람이 있는 게 아닌가 생각하고 있었죠. 아니면 제가 부임한 이후 의도치 않게 누구를 언짢게 했을 수도 있고요."

"그런 일은 없어요. 사람들은 사실 목사님을 상당히 마음에 들어 하고 있어요." 마이크가 말했다.

"우리는 이렇게 하고 싶습니다, 목사님. 목사님의 지문을 채취하는 겁니다. 그리고 디캔터에 목사님 것이 아닌 지문이 있나 확인하는 거죠." 러시턴이 말했다.

"저도 도움이 된다면 지문을 제공하고 싶군요." 마이크가 말하고 해리에게 시선을 돌렸다. "목사님, 교회 보안에 대해서 고민을 할 필요가 있겠어요. 아침에 일어나자마자 자물쇠를 바꾸도록 조치하겠습니다. 열쇠는 딱 세 세트만 만들어놓고요."

"좋은 생각입니다." 해리가 동의했다.

"알겠습니다. 모레쯤 목사님께 새 열쇠를 드릴 수 있습니다. 화이트라이언에 오셔서 저와 점심을 같이 하시죠. 1시 어떻습니까?"

지문 채취는 이삼 분 만에 끝났고 두 남자는 작별 인사를 고하고 떠났다. 해리는 서재로 돌아왔다. 그는 주류 캐비닛을 보았다. 오늘은 충분히 마셨다. 뭔가 따뜻한 것이 자신의 두 발목 사이에서 움직이는 것을 느끼고 밑을 내려다보았다. 고양이가 청바지에 몸을 비비고 있었다.

"난 고양이가 너무 싫어." 해리가 구시렁거렸다. 그는 몸을 숙여 고양이를 안아 들었다. 고양이가 안온하고 평안하게 그르렁거리며 그의 품에 머물렀다.

반시간 후, 고양이는 깊이 잠들었다. 해리는 그때까지 움직이지 않았다.

35

10월 19일

이비는 마지막으로 남은 한 자리에 자동차를 주차했다. 굿쇼브리지 소방서의 거대한 격납고 스타일 빌딩은 이십 미터 정도 떨어져 있었다. 그녀는 차에서 내려 지팡이를 찾아 들었다.

"실례지만 제가 계단을 잘 못 올라서요. 제가 이용할 수 있는 엘리베이터가 있을까요? 귀찮게 해드려 죄송합니다." 그녀가 안내 데스크에 앉아 있는 소방관에게 설명했다.

"전혀 문제없죠. 일 분만 기다리세요."

소방관이 그녀를 데리고 복도를 걸었다. 뒤처지지 않으려고 애썼지만 벌써 며칠째 등에 불편을 겪고 있었다. 지팡이에 의존한 탓에 몸 한편의 근육이 지나친 압박을 받아 신경까지 연이어 눌리고 있었다. 휠체어를 더 자주 이용하면 괜찮아질 문제지만, 그건 차마⋯⋯.

두 사람은 엘리베이터에 탔고 한 층을 올라가 다시 복도로 나왔다. 소방서를 나올 때는 그냥 소방 출동용 봉을 타고 내려오는 게 더 나을지도 몰랐다.

앞서던 소방관이 파란색 문 앞에 멈춰서 빠르게 문을 두드렸다. 대답을 기다리지 않고 그가 문을 열어젖혔다. "대장님, 손님이 만나러 오셨습니다." 그가 이비를 흘낏 보았다. "성함이⋯⋯?"

"이비 올리버예요." 그녀가 앙다문 잇새로 간신히 말했다. "정말 감사합니다."

방안에는 두 명의 소방관이 서서 그녀를 기다리고 있었다.

"안녕하십니까, 올리버 선생님. 저는 소방서장인 아널드 언쇼입니다. 이쪽은 부서장인 나이절 블레이크라고 합니다." 둘 중에 키가 더 크고 연상인 사람이 손을 내밀며 말했다.

"만나주셔서 정말 고맙습니다." 이비가 말했다.

"별 말씀을요. 소방 벨이 울리면 선생님이 눈치도 못 채실 정도로 순식간에 사라져야 합니다만, 그때까지는 백 퍼센트 선생님을 도와드리겠습니다. 참, 커피 어떠신가요?" 그가 목청을 높였다. "어디 가나, 잭?"

이비의 안내원이 다시 나타나 그의 상관 두 명이 여전히 차에 우유와 각설탕 세 개를 넣는지 확인하고는 이비에게도 밀크 커피를 타주겠다고 흔쾌히 동의했다.

세 사람은 모두 자리에 앉았다. 이비는 잠시 뜸을 들이며 숨을 고르고 싶었지만 두 남자가 모두 그녀를 바라보면서 입을 열기를 기다리고 있었다.

"전화로 설명을 드렸다시피 저는 몇 해 전에 헵턴클로에서 발생한 화재에 관심을 가지고 있어요. 제가 맡은 환자와 관계가 있어서요. 제가 자세한 내용을 말씀드릴 수 없다는 점은 이해하시리라 믿어요. 환자 기밀의 문제라서요."

언쇼 서장이 고개를 끄덕였다. 부서장 역시 흥미를 느끼고 돕고 싶은 것처럼 보였다. 소방관은 대체로 지루한 걸까? 그래서 업무 외의 일을 환영하는 걸까? 그녀는 잠시 궁금해졌다.

"삼 년 전 늦가을에 발생한 화재예요. 헵턴클로 내 와이트 레인에 위치한 농가에서요. 제가 언급했나요?"

언쇼가 고개를 끄덕이고 책상에 놓인 마닐라 파일을 두드렸다.

"여기 다 있습니다. 우리가 꼭 들춰봐야 아는 건 아니지만요. 질이 나쁜 화재였죠. 어린 아가씨가 죽었어요."

"거기 계셨나요?"

"우리 둘 다 있었습니다. 정규 소방대원은 모두 출동했고 자원봉사자도 두 명인가 갔죠. 궁금하신 점이 뭔가요?" 언쇼가 물었다.

"불길이 퍼지는 것을 일단 막으면 두 가지 기본 의문점을 해결해야 한다고 알고 있어요. 발화부가 어디인가, 화재 요인이 무엇인가의 문제요." 질리언은 화재가 어떻게 시작되었는지는 아직도 말해주지 않았다. 그녀나 남편의 주의 부족 때문이었다면 그녀가 품은 분노나 죄책감이 어느 정도 이해가 갔다. 두 남자가 모두 그녀를 보며 고개를 끄덕였다.

"출발점을 제대로 잡은 건가요?" 그녀가 물었다.

블레이크가 몸을 앞으로 기울였다. "화재가 일어나기 위해서는 세 가지가 필요하죠, 올리버 선생님. 열기, 종이나 가솔린 같은 연료, 산소입니다. 셋 중 하나라도 없다면 화재는 일어나지 않아요. 이해되시나요?"

이비가 고개를 끄덕였다.

"대부분의 경우 산소는 당연한 존재로 간주됩니다. 그래서 우리는 열기와 연료가 만난 곳을 찾아보죠. 그리고 불길은 발화부에서 옆과 위로 움직입니다. 화재가 벽 발치에서 나면 불길의 흔적이 그 위치에서 위와 옆으로 퍼진 모양, 즉 V 자로 남게 되지요. 여기까지 아시겠어요?"

이비가 또다시 고개를 끄덕였다.

"집안에 있는 것, 예를 들면 합성 물질이나 계단 같은 것 때문에 이런 기본 원칙이 뒤틀릴 때가 있지만, 기본적으로는 화재로 인한 훼손이 가장 큰 곳부터 시작해서 뒤를 밟아갑니다. 그리고 열기와 연료가 함께 있었던 곳을 찾아보는 거죠. 와이트 레인 농가 화재에서는 위층이 결국 무너지긴 했지만 발화부는 상당히 분명했어요. 주방 가스레인지 근처였죠."

"불이 어떻게 시작됐는지는 아세요?"

블레이크가 대답했다. "대체로 짐작에 의한 결론입니다만. 그 부근 훼손의 범위가 너무 방대했거든요. 다만 레인지 근처에 식용유를 두었다는 건 압니다. 절대 그러지 마세요. 그리고 켜진 가스불 위에 프라이팬이 있던 걸로 추측해요. 오믈렛 팬 때문에 화재가 자주 납니다. 사람들은 오믈렛이 찢어지지 않도록 한 덩어리로 접시에 올려놓는 데 정신이 팔려서 레인지에 다시 팬을 놓을 때 가스를 끄지 않았다는 사실을 잊어버려요. 팬은 계속 뜨거워지고 결국 남은 기름에 불이 붙게 됩니다. 올리브유가 든 플라스틱병이 근처에 있었다면 병이 녹아서 기름이 새어 나왔을 겁니다. 선생님도 이제 아시겠죠. 어떻게……."

"네, 물론이죠." 주방 가스레인지 근처에 둔 식용유병을 치울 것. 이비가 머릿속에 메모를 하며 대답했다.

"하지만 그 화재에서 진짜 문제는 부탄가스였어요." 이번에는 언쇼가 입을 열었다. "그 집엔 가스 연결이 되어 있지 않았고 부탄가스를 사용하는 레인지를 사용하고 있었죠. 시골에서는 보기 드문 경우가 아닙니다만, 이 경우에는 가스레인지 바로 옆 작은 방에 부탄가스 세 캔이 보관되어 있어서 거기 불이 붙었을 때……."

"알겠어요." 과연 자신에게 다음 질문을 할 배짱이 있을까 생각하

며 이비가 대답했다. "이제 대답하시기 좀 힘든 질문을 여쭈려고 하
는데, 미리 사과 말씀을 드릴게요. 혹시 방화의 가능성은 고려해보
셨는지요?"

언쇼가 의자에 등을 기댔다. 블레이크가 눈살을 찌푸리며 그녀를
보았다.

뜸을 좀 들이다가 언쇼가 대답했다.

"우리는 언제나 방화의 가능성을 고려해야 합니다. 그렇지만 이
경우에는 불법적인 요인을 의심할 이유가 전혀 없었습니다. 발화
부를 파악하는 것이 쉬웠으니까요."

"불이 붙은 이유를 쉽게 설명할 수가 있었죠." 블레이크가 말을
더했다.

"침실 휴지통에서 발화가 되었거나 집 주위에 석유를 뿌린 흔적
이 발견되었다면 문제가 달랐을 겁니다." 언쇼가 말했다.

"농가는 셋집이었기 때문에 보험 사기일 가능성도 없었어요." 블
레이크가 말했다.

"그리고 부부는 아이를 잃지 않았습니까." 이비가 그 사실을 스스
로 깨달았어야 하지 않느냐는 어조로 언쇼가 말했다. '사고사로 위
장한 방화' 이론은 더이상 갈 데가 없었다. 소방관들이 이비를 향해
품었던 환영의 감정이 슬슬 사그라져가는 느낌이 들었다.

"이해합니다. 무신경한 질문이라는 것을 알고 있어요. 왜 이런 질
문을 드릴 수밖에 없는지 설명을 할 수 없어서 유감이에요."

"방화 증거를 숨기는 것은 간단한 문제가 아닙니다. 방화범은 종
종 성냥을 이용하고 그냥 던져버리죠. 불에 타서 사라질 거라고 생
각하니까요." 블레이크가 말했다.

"그렇지 않은가요?"

블레이크가 고개를 저었다. "성냥 머리에는 규조류라는 것이 함유되어 있습니다. 규토라고 불리는 질긴 성분을 가지고 있는 단세포 생물이죠. 규토는 불길에서도 살아남습니다. 때로는 성냥의 상표까지 알아낼 수 있어요."

"그렇군요. 괜찮으시다면 이제 하나만 더 여쭙고 사라질게요. 화재 진압 후 얼마나 후에 아이의 시신이 완전히 연소되었다는 것을 깨달으셨는지요?"

두 남자가 서로를 마주보았다. 블레이크의 찌푸린 주름이 더 깊어졌다.

"몇 시간 동안이나 탔다고 들었습니다. 화재가 진압이 된 후에도 건물 구조가 안전한지 재차 확인하셔야 했다고요." 이비가 말을 이었다.

"위층이 무너졌으니까요." 블레이크가 말했다.

"맞아요. 제 말이 그 말이에요. 그러니 화재 현장을 점검할 때 상당한 시간이 걸렸겠죠. 확신하시기 전에는요." 그리고 그동안 내내 질리언은 무어 황야를 정처 없이 걸으며 생존의 가능성을 믿으라고, 계속 믿으라고 자신에게 강요했으리라. "제 말은, 화재로 인해 어린 아이의 시신이 완전히 사라졌다고 서장님이 확신하시기 전에요."

"선생님, 화재에서 시신이 완전히 연소되는 것은 매우 희귀한 일입니다. 정말 희귀한 일이에요." 언쇼가 말했다.

"죄송해요. 무슨 말씀이신지……."

"그렇게 생각하지 않는 사람은 화학을 모르는 겁니다. 시신을 화장할 때는 섭씨 팔백 도가 넘는 고열에 두어 시간은 노출합니다. 그

피의 수확

런데도 재 속에 유골이 남아 있죠. 대부분의 건물 화재는 시신이 파괴될 정도로 뜨겁거나 오래 타지 않습니다. 특히 가정집에 난 화재는요. 집만으로는 충분한 연료가 되지 못하거든요." 블레이크가 말했다.

"이 경우에는 물론 불길이 아주 뜨겁긴 했어요. 부탄가스가 연료로 제공이 되었으니까." 언쇼가 말했다.

"그래서 어린아이의 유해가⋯⋯."

"이튿날 찾았죠." 블레이크가 끼어들었다. "물론 조금밖에 남아 있지 않았어요. 하지만 그래도⋯⋯. 어째서 선생님은 아이의 유해를 찾지 못했다고 생각하신 건가요?"

이비가 양손으로 황급히 입을 막았다가 간신히 말했다. "너무 죄송해요. 제가 완전히 잘못된 정보를 가지고 있었네요."

"우리가 찾아낸 것은 화장하고 난 후의 결과물과 흡사했습니다. 재와 함께 뼈의 단편이 남아 있었죠. 인간의 뼈로 판명이 되었으므로 우리가 그 가족의 아이를 찾았다는 사실에는 의문의 여지가 없었습니다." 블레이크가 말했다.

"유해는 어떻게 되었나요?"

"가족에게 주었어요." 언쇼가 대답했다. "제가 기억하기로는, 어머니가 받았습니다."

36

10월 21일

"왜 부모님이 나를 만나보길 원하셨다고 생각하니?" 짙고 매끄러운 머리카락과 숱이 많은 검정 속눈썹의 의사가 물었다. 이비라고 부르라고 했다. 하트 모양의 창백한 얼굴에 커다랗고 파란 눈동자가 빛나는 모습이 여동생이 갖고 있는 러시아 인형처럼 생겼다. 밀리의 인형과 옷 색깔까지 같았다. 빨간색 블라우스와 제비꽃색 스카프.

톰이 어깨를 으쓱했다. 이비는 착해 보였다. 그게 제일 나빴다. 착해 보이면 믿고 싶어진다. 그러나 톰은 절대 그녀를 신뢰하면 안 됐다.

"널 걱정하게 만드는 것이 있었니? 어떤 식으로든 불안하게 만드는 게?" 그녀가 지금 톰에게 질문을 하고 있었다.

톰은 고개를 저었다.

이비가 미소를 지었다. 톰은 의사가 다른 질문을 하기를 기다렸다. 그런데 하지 않았다. 의사는 그저 그를 바라보며 미소만 지었다. 의사의 머리 뒤에 있는 커다란 창문에 하늘이 비쳤다. 하늘의 색이 너무 짙어서 군데군데가 까만색으로 보이기도 했다. 곧 하늘 전체가 까맣게 변하리라.

"새 학교에선 어떻게 지내니?" 의사가 물었다.

"괜찮아요."

"새로 사귄 친구들은 이름이 뭐니?"

의사가 한 수 위였다. 톰이 예, 아니요, 괜찮아요 또는 어깨를 으쓱하는 정도로는 대답할 수 없는 질문을 던지다니. 그래도 친구는 괜찮았다. 친구에 대해서는 이야기할 수 있었다. 조시 쿠퍼에 대해서 이야기할 수 있었다. 그 애는 괜찮았다.

"학교 애들 중에 친구가 아닌 애도 있니?" 톰이 같은 반 사내아이들에 대해 이야기한 지 몇 분이 지났을 때 의사가 물었다.

"제이크 놀스요." 톰이 망설임 없이 바로 대답했다. 방법은 모르겠지만 그의 천적 제이크 놀스가 톰이 전문의를 만난다는 사실을 알아냈고 그 때문에 며칠 동안 그의 학교생활은 비참했다. 제이크에 의하면 톰은 정신병동에 갈 운명이었다. 그곳에서 꽁꽁 묶여 벽을 두텁게 바른 감옥 같은 곳에서 살게 되고 의사들이 톰의 뇌에 전기충격을 가할 것이라고 했다. 톰이 미쳤다는 사실을 깨달은 전문의가 톰을 멀리 보내 죽을 때까지 엄마 아빠를 보지 못하게 할 거라고도 했다. 무엇보다도 가장 끔찍한 것은 밀리를 돌볼 수 없게 된다는 점이었다. 조도 감시할 수 없게 될 것이다.

"일주일 전에 일어난 일에 대해 얘기하고 싶니? 지난주 토요일 말이야. 뭔가가 톰을 겁나게 해서 톰이 교회 마당으로 뛰어들어간 날." 이비가 그에게 질문했다.

톰이 대답했다. "그건 꿈이었어요. 나쁜 꿈일 뿐이었어요."

37

밀리는 정원으로 이어진 뒤쪽 계단을 기어 내려왔다. 아이는 똑바로 일어서더니 주위를 둘러보았다. 아이의 눈이 상록수를 찾았을 때 작은 얼굴이 불 켜지듯 환해졌다. 아이가 나무를 향해 발걸음을 뗐다.

"밀리!" 그때 뒷문에 톰이 나타났다. "어디 가니, 밀리?" 계단에서 펄쩍 뛰어내린 톰이 성큼성큼 세 걸음 만에 정원을 가로질러 동생을 따라잡았고 몸을 숙여 여동생을 들어올렸다.

"혼자 있으면 안 돼." 꼼질거리기 시작한 아이에게 그렇게 말하고, 톰은 아이를 안고 뒷문으로 돌아갔다.

오빠의 품에 안겨 집안으로 향할 때 밀리는 상록수를 돌아보았다. 두 아이가 집안으로 사라지고 문이 단단히 닫혔다. 밀리는 더이상 혼자 놀 수 없게 되었다. 단 일 분도.

38

10월 23일

"조현병을 앓는 경우는 상당히 희귀합니다. 인구의 약 일 퍼센트 정도만 증후를 겪고 열 살 전에 발현되는 경우는 그중에서도 매우 적어요. 가장 중요하게는, 앨리스도 남편분도 가족력이 없어요." 이비가 말했다.

이비가 앨리스 플레처와 둘이서만 만나기는 오늘이 처음이었다. 두 사람은 플레처 저택의 크고 색감 풍부한 거실에 앉아 있었다. 이비가 따로 한 명씩 만나본 두 형제는 학교에 갔고 밀리는 낮잠을 자고 있었다. 이비와 앨리스의 상담은 지금까지 상당히 독특하게 진행됐다. 앨리스는 처음부터 아들의 정신과 의사를 매혹시키려고 거의 작심한 듯이 보였다. 그녀는 이비에게 개인적인 관심을 보였다. 환자는 보통 자기만의 세계에 빠지는 편이라 이런 태도를 거의 보이지 않는다. 하지만 앨리스는 이비를 웃기려고 했고 심지어 몇 번은 성공하기까지 했다. 그녀의 이런 태도가 가면임은 분명했다. 그것도 약해서 깨지기 쉬운 가면. 앨리스의 양손은 너무나 심하게 떨렸고 웃음은 억지스러웠다. 결국 상담이 시작된 지 이십여 분이 채 지나기 전에 그녀는 버티지 못하고 무너졌고 아들이 아동기 조현병을 겪고 있는 것이 아닐까 하는 두려움이 심하다고 털어놓았다.

"그렇지만 그 애가 듣는다는 목소리들은……." 앨리스가 대꾸했다.

"환청은 조현병의 한 가지 증상에 불과합니다. 다른 증상도 많이 나타나는데 톰은 그중 하나도 겪고 있는 것 같지 않아요." 이비가 단호하게 말했다.

"어떤 증상요?"

"흠. 예를 들면, 톰이 보이는 감정적 반응은 상당히 정상적이고, 우리가 사고장애라고 부르는 것의 증거는 보이지 않아요. 예의 여자아이에 대해 고집을 부리는 것 외에는 다른 망상적인 행동도 나타나지 않았죠. 참, 여자애 이야기가 나와서 말인데, 톰이 제게는 그 여자애를 언급하지 않았답니다."

앨리스 플레처는 이비의 흥미를 자극했다. 고향에서 멀리 떠나왔기에 그녀는 가족의 다른 성원보다 헵턴클로에 뿌리를 내리기가 더 어려울 수 있었다. 아이들이 겪는 문제 중 어느 정도가 어머니의 불안을 감지한 결과인 걸까.

"조현병 진단을 받는 아동은 거의 항상 다른 진단을 먼저 받게 됩니다." 이비가 재빨리 말을 이었다. 그녀는 손가락으로 진단 항목을 하나하나 짚는 시늉을 했다. "주의력결핍과잉행동장애, 양극성기분장애, 강박장애 등이 있는데 이런 증상이 어떤 것인지 아시나……."

"네." 앨리스가 말 도중에 끼어들었다. "그리고 강박증요. 그것도 맞아요. 톰은 매일 밤 집을 돌아다니면서 집안 문이랑 창문이 전부 제대로 잠겨 있는지 확인하고 또 확인한답니다. 그 애는 목록까지 만들어서 하나하나 체크를 해요. 그 목록을 다 마치지 않으면 자러 가지 않는데다 때로는 밤중에 일어나서 다시 목록에 따라 확인한답니다. 그건 왜 그런 건가요?"

"아직 모르겠네요. 하지만 톰이 여동생에 대해 불안해하는 것은 저도 눈치챘어요. 우연인지, 조도 그렇더군요. 다만 조는 형의 불안을 감지한 것에 불과할 수도 있습니다. 아이들이 지금 특히 여동생에 대해 불안해할 만한 게 뉴스에 나온 적이 있나요?"

앨리스가 잠시 생각하다 고개를 저었다. "그런 건 아닐 거예요. 애들은 어린이 프로그램만 보거든요. 전 톰이 밀리의 침실 바닥에 잠들어 있는 걸 여러 번 봤어요."

이비는 메모를 흘끗 내려다보았다. "예의 그 여자애 이야기를 좀 해볼까요. 앨리스의 이야기를 들으면 톰을 힘들게 하는 대부분의 일은 그 여자애를 중심으로 발생하는 것 같아요. 생김새가 좀 기묘하고 아마도 이상한 방식으로 행동하는 사람이 이 동네에 살고 있을 가능성은 어때요? 그에 대해서는 생각해보셨어요?"

앨리스가 고개를 끄덕였다. "물론이죠. 몇 사람한테 물어보기도

했고요. 이 사람 저 사람 많이 묻지는 않았어요. 그랬다간 마을 사람 전부가 우리가 겪는 일을 알게 될 테니까요. 그러나 제니 픽업하고는 은밀히 얘기를 나눴고 그 사람의 조부인 토비어스하고도 얘기했어요. 이 마을에서 계속 산 사람들이에요. 두 사람 모두 톰의 묘사에 조금이라도 들어맞는 사람에 대해 전혀 들어본 적이 없다고 했어요."

앨리스가 잠시 말을 멈췄다.

"게다가 톰이 말하는 걸 들으면 그 여자애는 인간 같지가 않아요. 악몽에서나 볼 수 있는 그런 모습이에요. 이곳이 이상한 동네이기는 하지만요, 이비. 괴물을 숨기고 있다? 그게 말이 돼요?"

39

10월 27일

마을이 가까워지고 있었다. 길모퉁이를 돌 때마다 거대한 석조 건물들의 그림자가 점점 커졌다. 왼쪽 어깨 위 하늘에서 불꽃이 터졌다. 해리는 차의 속도를 약간 줄였다. 그는 언제나 불꽃놀이를 사랑했다. 11월 5일에 무어 황야로 다시 차를 몰고 오는 것은 어떨까. 백 군데는 될 본파이어 파티에서 터지는 불꽃놀이를 구경하는 것이다. 페나인 지역을 죽 따라 불꽃이 터지는 모습이 장관일 것이다.

포장도로가 자갈길로 변했다. 지금 도는 모퉁이만 지나면 동네였다. 교회에 이른 그의 왼편 위쪽에서 금빛 별들이 터졌고 그는 교회 대신 불꽃을 쳐다보며 차를 대고 시동을 껐다.

최연장자에 속하는 신도 한 명을 방문하고 돌아오는 길이었다. 케언스 부인은 구십 대의 할머니로 거의 침대에 갇혀 살았다. 부인을 만난 후에 부인의 딸과 남편이 같이 식사를 하자고 간곡히 부탁하는 바람에 그곳을 떠났을 때는 거의 밤 9시였다. 그래도 집에 가기 전에 세인트 바나바 교회에 들러 봉헌금을 수거해야 했다.

교회 길의 반들거리는 바닥에 발이 닿자마자 무언가 이상한 느낌이 들었다. 해리는 자신이 각별히 예민한 사람이라고 여긴 적이 전혀 없었지만 그런 그조차도 무시할 수 없는 그런 느낌이었다. 몸을 돌려 옛 교회 터를 봐야만 할 것 같았다. 하지만 과연 그의 몸이 움직여줄 것인가.

해리는 몸을 돌렸고, 쳐다보았다. 자신이 보고 있는 광경을 도저히 믿을 수가 없었다.

오래된 수도원 교회의 폐허는 여전히 그 자리에 있었다. 거대한 아치들은 위로 솟구쳐 보랏빛 하늘을 향하고 있었다. 높고 위압적인 탑은 땅 위에 그늘을 드리우고 있었다. 그가 도착한 이후로 변한 것은 전혀 없었다. 수백여 년 동안 거의 그 모습 그대로였을 것이다. 그러나 눈앞에는 처음 보는 형체가 있었다. 창틀에 앉은 형체들, 기둥에 기댄 형체들. 아치 꼭대기에 늘어진 형체들, 벽돌 사이의 틈마다 끼어 들어가 있는 형체들. 모두 사람이었다. 그들은 앉아서, 서서, 기댄 채로, 늘어진 채로 입을 비죽거리며 빤히 보고 있었다. 그를 둘러싸고 인형처럼 정지한 채로 지켜보고 있었다.

피의 수확

40

10월 29일

"매장: 루시 엘로이즈 픽업, 2세, 마이클 픽업과 제니퍼 픽업(혼인 전: 제니퍼 렌쇼)의 외동 자녀"가 매장 등록부에 있는 마지막 기록이었다. 해리는 등록부의 제일 앞으로 책장을 되넘겼다. 1897년 조슈아 애스핀의 매장이 첫 번째 기록이었다. 첫 기록이 등록된 지 백오십 년이 되면 교회 등록부는 마감되어 교구 기록실로 보내진다. 이 등록부는 아직 백오십 년을 채우지 않았다. 그가 등록부를 덮으려고 했을 때 렌쇼의 이름이 다시 보였다. 소피 렌쇼가 열여덟 살의 나이로 1908년에 사망했다. "순수한 기독교도 영혼"이란 표현이 기본적인 내용 옆에 기재되어 있었다. 해리는 손목시계를 흘끗 보았다. 11시였다.

책장을 넘기니 아는 이름이 더 나왔다. 렌쇼가 여러 번 나왔고 놀스와 그라임스가 한 번 이상 나왔다. 그리고 세 번째 페이지를 반쯤 내려가자 그 표현이 다시 나왔다. 찰스 퍼킨스, 15세, 1932년 9월 7일에 매장. 순수한 기독교도 영혼. 그는 다시 손목시계를 보았다. 11시 3분. 해리는 의자 등에 기대 방을 둘러보았다. 물기 떨어지는 양말이 라디에이터에 널려 있지도 않았다. 우리고 난 티백이 개수대에 남아 있지도 않았다.

중앙 통로에서 들려온 갑작스러운 소음에 해리는 펄쩍 뛰어오르다 의자째 뒤로 넘어갈 뻔했다. 그는 의자의 네 다리가 안전하게 바닥을 디딜 때까지 의자를 낮췄다. 교회에 누가 있을 턱이 없었다. 그가 도착했을 때 건물은 이미 잠겨 있었고 그는 제의실로 통하는 문 하나만 열었다. 그 문은 그에게서 삼 미터도 떨어져 있지 않았다. 그의 시선을 피해 들어올 수 있는 사람은 없었다. 하지만 그가 방금 들은 소리는 오래된 목재에서 별 이유 없이 나는 소리치고는 너무 컸다. 마치…… 금속을 긁는 소리 같았다. 그는 일어나 방을 가로질러 중앙 통로로 통하는 문을 열었다.

물론 교회는 비어 있었다. 그도 다르게 예상한 것은 아니었다. 그렇지만 왠지 비어 보이지 않았다. 그는 제의실 쪽으로 뒷걸음질을 쳤다. 그의 눈이 무언가가 움직이는 기색을 찾아 성단소를 두리번거렸다.

해리는 귀를 열심히 기울였다. 이윽고 문을 닫았을 때는 안도감마저 들었다. 이제는 인정해야 할 것이다. 그는 이 교회를 좋아하지 않는다. 이 교회의 무엇인가가 그를 불안하게 했다.

아니, 겁나게 한다는 뜻이겠지. 이 교회는 너를 겁나게 해.

해리는 다시 손목시계를 보았다. 11시 10분. 그를 방문하기로 한 사람이 지각임은 확실했다. 바깥에서 기다릴까. 정신 나간 놈처럼 보이겠지? 그는 휴대폰을 집어 들었다. 문자메시지도 부재중 전화 메시지도 없었다.

제의실 문을 두드리는 소리에 그는 또다시 펄쩍 뛰었다.

이비는 해리의 차 뒤에 주차했다. 지팡이를 지렛대 삼아 혼자서 차에서 내렸다. 제의실 문까지는 거리가 꽤 있어서 휠체어를 타는 것이 분별 있는 행동일 것이다. 지팡이를 접어서 휠체어 뒤 홈에 끼우고 서류 가방을 무릎에 놓은 후 반들반들 오래된 판석 위로 바퀴를 굴리면 몇 초 만에, 대부분의 사람이 뛰는 속도보다 더 빠르게 닿을 것이다. 그리고 해리는 휠체어에 탄 그녀를 보게 될 것이다.

그녀는 차문을 잠그고 보도를 따라 천천히 걸었다. 튀어나온 돌에 걸릴까 두려워 계속 땅을 쳐다보며 이 분여를 걸었다. 잠시 숨을 고르려고 멈췄을 때 그림자가 눈에 잡혔다. 태양이 그녀 앞 잔디에 옛 교회 터의 윤곽을 그리고 있었다. 탑과 본당 건물 한쪽 옆에 솟은 세 개의 아치를 알아볼 수 있었다. 한때는 스테인드글라스가 빛나고 있었을 아치 모양의 구멍도 보였다. 유리 없이 남은 창틀은 땅에서 사오 미터 위에 있었다. 사람이 그런 곳에 앉아 있어도 정말 괜찮은 걸까.

그녀는 지팡이로 균형을 잡으며 옛 교회 터로 시선을 돌렸다. 아니 대체…….

순무와 늙은 호박, 짚까지 이용해서 만든 머리에 진짜 옷을 입은 사람 크기의 인형이 옛 교회 터를 채우고 있었다. 이비는 재빨리 세어보았다. 적어도 스무 개 이상이 있는 것이 분명했다. 인형들은 빈 창틀에 앉아 있거나 아치 꼭대기에 누워 있거나 기둥에 기대 있었다. 심지어 인형 하나는 허리가 탑에 묶여 저 높은 곳에서 달랑거리고 있었다. 자기도 모르게 이비는 한 발짝 한 발짝 발을 내디뎌 옛 교회 경내에 거의 닿을 정도로 다가갔다. 눈앞에 보이는 것들은 사람들이 본파이어의 밤에 불태우는 짚 인형이었다. 17세기에 국회 폭발의 음모를 꾸미다 적발된 천주교도 가이 포크스의 모습을 본떠 만든 인형이라 '가이'라 불렸다. 눈앞의 가이 인형들은 이비의 눈에도 꽤 잘 만든 것처럼 보였다. 보통 가이 인형은 주저앉거나 흐물흐물하거나 납작하지만 여기 있는 것들은 전혀 그렇지 않았다. 몸체가 탄탄했고 사지의 비율이 균형 잡혀 있었다. 인형들은 놀라울 정도로 진짜 사람처럼 보였다. 얼굴만 뺀다면. 얼굴에 톱니처럼 파인 커다란 입이 씩 웃고 있었다.

왠지 그것들을 등지고 싶지는 않은 기분으로 이비는 플레처 저택 쪽을 흘긋 보았다. 적어도 저택 위층 창문의 두 군데에서는 가이 인형으로 새로이 장식된 옛 교회가 상당히 잘 보일 것이다. 톰 플레처와 남동생은 잠자리에 들 때 이 광경을 보지 않을 수 없을 것이다.

왼쪽 다리가 충분히 오랫동안 멈추고 있었으니 다시 움직이라는 신호를 보냈다. 그녀는 지팡이를 앞으로 딛고 몇 초마다 뒤를 돌아보며 길을 계속 걸었다.

이비의 얼굴이 벌겋게 달아올라 있었다. 이마에는 전에 보지 못한 주름이 세로로 져 있었다. 머리카락도 달랐다. 어깨에 살짝 닿는 길이의 매끄럽고 짙은 머리카락이 젖은 듯 반짝반짝 빛났다.

"차에서 전화를 하지 그랬습니까? 제가 나가서 도와드렸을 텐데요." 해리가 말했다.

이비의 입술이 미소를 그렸지만 미간 주름은 남았다. "하지만 혼자서도 했잖아요."

"그래요. 잘하셨습니다. 들어오세요."

그는 뒤로 물러서며 이비를 제의실로 들였고 라디에이터에 가까이 놓은 두 개의 의자까지 걸어가 그중 가까운 것의 팔걸이를 움켜잡았다. 그녀가 의자에 천천히 몸을 내리고 앉아 지팡이를 접어 옆에 놓았다. 주홍색의 모직 재킷에 무늬 없는 검은 상의와 바지를 입고 있는 그녀의 이국적인 듯 독특한 향기가 제의실 안에 살짝 감돌

피의 수확

았다. 가을 아침 같은 분위기도 감돌았다. 잎사귀의 냄새와 나무 탄 내, 그리고 살짝 차갑고 건조한 듯 신선한 느낌. 그는 자기도 모르게 그녀를 뚫어지게 쳐다보았다.

"커피 타드릴까요? 차도 있습니다. 오트밀 과자도 있어요. 앨리스 가 올 때마다 꼭 한 통씩 가지고 옵니다." 해리가 등을 돌리고 싱크 대로 움직이며 말했다.

"커피 좋지요. 감사합니다. 설탕은 필요 없고 혹시 있다면 우유는 넣어주세요." 그에게 화가 나지 않았을 때 그녀가 내는 목소리가 얼 마나 달콤하고 나직한지 그는 그새 잊고 있었다. 그가 뒤를 흘깃 보 았다. 눈동자가 어떻게 저렇게 파랄 수 있는 것일까. 새벽녘의 팬지 꽃 같은 보라색이라 할 정도로 파랗……. 그는 또다시 뚫어지게 그 녀를 쳐다보고 있었다.

등뒤에서 이비가 가방을 열고 서류를 꺼내면서 내는 소리를 들으 며 그는 2인분의 커피를 준비했다. 그녀가 펜을 떨어뜨렸고 그가 펄 쩍 돌아서 주워주려 했을 때는 그녀가 이미 집어 든 후였다. 그녀의 양 뺨에 어렸던 분홍빛 기운은 잦아들고 있었다. 뜨겁게 느껴지는 건 그의 얼굴이었다.

그는 그녀에게 머그잔을 건네고 자리에 앉아 기다렸다.

오늘 아침, 해리는 머리카락 한 올까지 성직자처럼 보였다. 단정 한 검은 옷과 하얀 로만 칼라와 반짝이는 검정색 가죽신이 그랬다. 심지어 책상에는 돋보기안경까지 있었다.

"만나줘서 고마워요." 이비가 입을 열었다. 그가 아무 말 없이 그 녀 쪽으로 머리를 까딱 움직였다.

그녀는 종이 한 장을 내밀었다. "받으세요. 당신과 이야기해도 좋다는 앨리스와 개릿 플레처 부부의 허가서예요. 적당한 선 안에서라면 플레처 가족에 대해 실컷 논해도 좋다고 했어요." 해리는 그녀에게서 서류를 받아 들여다보았다. 안경은 책상에 그대로 머물렀다. 독서용 안경을 쓰기에 그는 어차피 너무 젊었다. 안경은 그저 효과용 소품이리라. 일 초 후 그가 서류를 내려놓고 머그잔을 들었다.

"톰과 조가 다니는 학교 선생님들하고도 이야기를 했어요. 톰의 예전 학교 교장 선생님과 플레처 가족의 가정의하고도요. 아이를 상담할 때는 으레 있는 일이죠."

이비는 해리의 응답하기를 기다렸지만 그는 가만히 있었다. "아이들은 환경에 크게 영향을 받기 때문에 주변에 대해 가능한 한 많이 알아야 해요. 아이들의 삶에 무엇이 영향을 주는지도요."

"저는 플레처 가족을 좋아하게 됐습니다. 당신이 도와줄 수 있다면 좋겠군요." 해리가 말했다.

오늘 아침은 너무나 달랐다. 그녀가 만났던 그 남자와는 완전히 달랐다.

"분명히, 전 최선을 다할 거예요. 하지만 아직은 진료의 초반이고 지금 하는 것은 사실 조사에 불과해요."

해리가 뒤의 책상에 머그잔을 내려놓고 돌아서며 말했다. "제가 도와드릴 수 있다면요."

너무 차갑다. 다른 사람이다. 같은 얼굴을 하고 있는 다른 사람. 그래도 그녀는 할 일을 해야 한다.

"이 주 전에 톰의 가정의로부터 톰을 소개받았어요. 극도의 불안을 겪고 학교에서 잘 지내지 못하고, 잠을 잘 자지 못하는데다 집과

학교 모두에서 격한 행동을 보인다고 하더군요. 정신병적인 행동의 가능성까지 있다고 했어요. 다 모아보면 열 살 난 사내아이에게는 매우 좋지 않은 징후예요."

"아이 부모가 걱정이 심하다는 것은 압니다. 저도 걱정하고 있고요."

"정신 병리학에 대해서 어느 정도 아시는지 모르겠지만……."

"거의 모릅니다."

젠장, 좀 웃기라도 하지. 지금의 만남이 그녀에게는 쉬운 일인 것 같나.

"통상적인 절차는 아이를 먼저 만나서 어느 정도의 공감대를 형성하는 거예요. 가능하다면 신뢰 관계까지 맺으면 더 좋겠죠. 톰처럼 나이가 충분히 든 아이라면, 그 애가 겪고 있는 문제가 뭔지 직접 말하게 하려고 애쓰죠. 아이가 왜 제게까지 오게 되었다고 생각하는지, 무엇 때문에 걱정을 하는 건지, 어떻게 하면 문제가 해결될 수 있다고 보는지 등등요."

이비가 말을 멈췄다. 해리의 시선이 그녀의 얼굴을 떠난 적은 없지만 그녀는 그의 표정에서 아무것도 읽어낼 수 없었다.

"톰의 경우는 그 통상적 절차가 순조롭게 진행되지 않아요. 그 아이, 상황을 벗어나기 위한 최소한의 말만 하는 데 상당히 재주가 있어요. 이제껏 일어났던 여러 가지 일, 예를 들면 그 기묘한 여자아이와 엮인 일에 대해 이야기하게 하려고 좀 밀고 당겨봤지만 조개처럼 입을 다물어버리더라고요. 나쁜 꿈을 꾼 게 다라고 주장하는 걸로 끝이에요."

이비가 잠시 말을 끊었다. 해리가 계속하라며 고개를 끄덕였다.

"아이만 먼저 따로 본 후에는 가족 전체를 들어오게 해요. 가족 성원끼리 어떻게 반응하는지 관찰하면서 그들 사이에 혹 긴장감이 돌지는 않는지, 불화의 표지는 없는지 확인하려는 거죠. 가족력도 꼼꼼히 살펴요. 병력과 환경 측면 다요. 이 단계의 목표는 가족의 삶에 대해 가능한 한 완전한 그림을 얻는 거예요."

그녀가 말을 멈췄다. 오늘의 만남은 예상했던 것보다 훨씬 어려웠다. "듣고 있습니다. 계속하세요." 해리가 말했다.

"신체 검진도 항상 합니다. 소개받은 어린이와 그 애의 형제들을 검진해요. 제 경우, 검진 자체를 직접 하지는 않아요. 아이들과 공감대를 형성하는 데 방해가 되더라고요. 하지만 가정의가 톰과 조, 밀리를 모두 검진했어요."

해리가 미간을 찌푸렸다. "그 검진 결과를 제게 말하는 것을 허락받은 겁니까?"

이비가 어깨를 으쓱했다. "그 애들은 괜찮아요. 신체적으로 모두 건강한 어린이입니다. 의학적으로 큰 문제도 없고 제대로 발육하고 있어요. 저는 아이들에게 능력 평가를 두 번 정도 치르게 했어요. 톰과 조는 언어 능력과 인식 기능, 전반적 상식 면에서 나이에 비해 특출나게 발달되어 있는 것 같아요. 둘 다 지능이 평균치보다 높은 것 같고요. 어때요, 당신이 관찰한 모습과 비슷한가요?"

"잘 맞습니다." 해리가 생각할 새도 없이 바로 대답했다. "제가 처음 봤을 때 그 애들은 밝고 재미있는, 정상적인 아이였습니다. 마음에 들었죠. 지금도 좋아합니다."

플레처 가족은 그의 친구였다. 그가 완전히 객관적일 수는 없을 것이다. 그녀는 해리의 신뢰 또한 얻어야 했다.

피의 수확

"이 점도 언급하는 게 좋을 것 같은데, 가정의에 의하면 어느 아이에게도 학대의 가능성이 발견되지는 않았어요. 신체적으로도, 성적으로도요. 물론 가능성을 완전히 배제할 수는 없어요. 그렇지만……."

그가 그녀를 노려보고 있었다. 그에게 현실의 씁쓸함에 대한 설교를 좀 해야 할까.

"톰처럼 아이가 정신적으로 불안정한 모습을 보일 때 학대의 가능성을 무시하는 것은 무책임한 행동이에요." 그녀는 자신의 목소리가 매서워지는 것을 느꼈다. 해리의 눈에서 무언가가 그녀를 향해 번득였다.

이비는 해리에게 슬슬 화가 났지만 목소리를 의식적으로 낮추고 부드럽게 내려고 애썼다. "이 가족의 가장 중차대한 특징은 가족 문제가 이곳으로의 이주로부터 비롯된 것 같다는 점이에요."

그의 눈에는 확실히 뭔가가 있었다.

"예전 학교에서 톰의 기록은 아주 모범적이에요. 아이의 예전 가정의와 예전 축구 코치, 심지어 예전 보이스카우트 마스터하고도 이야기를 했는데 그 사람들 모두 톰이 평범하고 잘 적응된, 행복한 아이라고 했어요. 그런데도 가족이 이리로 이사를 하자 모든 게 잘못 돌아가기 시작했어요."

그녀에게서 시선을 낮춘 해리가 제의실 바닥을 보고 있었다. 골이 난 것처럼 보였다. 그에게 책임을 묻고 있다고 생각하는 걸까.

"아동 정신 질환의 경우, 파악 가능한 원인이 한 가지에 머무르는 경우는 거의 없어요. 플레처 가족이 새로운 환경에 속하면서 일어난 어떤 일이 톰 안에 잠자고 있던 다른 문제점을 깨웠을 가능성도 있어요. 그 촉매가 정확히 무엇인지 알 수 있다면 정말 큰 도움이 될 거예요."

"그것 때문에 제가 필요한 건가요?" 해리가 시선을 올리며 물었다.

"그래요. 당신도 여기 새로 온 사람이죠. 촉매 후보로 무엇이 들 만한지 감지하는 데 누구보다도 좋은 상황에 있다고 할 수 있어요. 뭔가 생각나는 게 없나요?"

* * *

해리는 뜸을 들였다. 무엇이 있을까? 플레처 가족이 이사를 온 곳 은 십 년이 넘도록 새로운 이주민을 환영한 적이 없는 곳이었다. 도 살 의식을 한밤중에 나가 놀 구실로 삼는 곳이며 어딘지 통 알 수 없 는 곳에서 속삭임이 들려오는 그런 곳, 영성체용 성작에 돼지 피를 부어놓는 사람이 있는 그런 곳이었다. 그가 생각할 수 있는 게 없느 냐고? 오히려 언제 말을 멈춰야 할지 모를 정도로 많지 않을까.

해리가 마침내 입을 열었다. "이곳은 독특한 동네입니다. 주민들 은 자기만의 방식으로 일을 처리하지요."

"예를 들어주실 수 있을까요?" 이비가 작은 공책을 펼치고 왼손 손가락 사이에 연필을 쥐었다. 머리 오른편의 머리카락이 귀 뒤로 넘겨져 있었다. 너무나 작은 귀. 루비 스터드 귀걸이를 단 작은 귀.

"제가 이곳에 처음 온 날, 톰과 조가 동네 비행 소년 무리에게 괴 롭힘을 당하는 걸 봤습니다. 나이가 조금 위인 애들이었죠. 십 대들 도 있었어요."

"자전거를 타던가요?" 그녀가 재빨리 물었다.

　　　　　　　　　　　　　　　　　　　피의 수확

해리가 어리둥절해하며 고개를 저었다. "그때는 아니었습니다. 그후에 그 애들 중 한두 명이 자전거를 타고 돌아다니는 모습을 본 적은 있지만요. 마음만 먹는다면 속도를 꽤 올릴 수 있는 애들이죠. 민첩하기도 하고. 옛 수도원 터에서 벽을 기어오르는 사람을 본 적이 있어요. 확신합니다. 교회 지붕에 오른 사람도 본 적이 있고요. 증명할 수는 없지만, 몇 주 전에 밀리 플레처에게 생긴 일도 그 아이들 짓이라고 상당히 확신하고 있습니다."

"그 애들이 톰과 조를 위협하고 있었나요? 처음 본 날에?"

해리가 고개를 끄덕였다. "교회 유리창을 깬 다음에 두 아이에게 뒤집어씌우려고 했어요."

"폐쇄적 공동체가 바깥 사람에게 못되게 구는 게 처음은 아니겠죠. 당신한테는 어떻던가요?"

해리가 잠시 생각했다. "겉으로만 보면 상당히 우호적입니다. 좋은 사람들이 있어요. 하지만 이상한 일들이 일어나고 있죠." 그가 말을 멈췄다. 그가 교회 안에서 들은 속삭임에 대해 이비에게 이야기하는 게 옳을까? 사람들이 그를 속여 마시게 한 것의 정체에 대해서도? 하느님의 집이 그를 겁먹게 한다는 것도? "자세한 이야기는 하고 싶지 않습니다만, 다소 악의적인 유머 감각을 가진 사람이 톰과 조를 겁주려고 했다 해도 전 그리 놀라지 않을 겁니다."

"그거예요." 이비가 몸을 앞으로 기울였다. "그게 제가 톰에게서 감지한 거예요. 두려움요."

그녀의 목에 걸린 은목걸이가 제의실의 부드러운 조명 아래서 반짝였다.

"톰이 무엇을 두려워하죠?" 해리가 물었다.

"보통, 아이가 겁을 먹었을 때는 원인을 찾기 위해 아이의 가정을 자세히 살펴봅니다. 그런데 톰이 자기 가족을 두려워하는 기색은 없어요."

그녀는 화장을 하고 있었다. 전에 만났을 때는 아니었다. 그녀가 얼마나 아름다운지 그때는 미처 몰랐다.

"테스트가 있어요." 그녀가 말을 이었다. "무인도 테스트라고 하는데, 아이에게 무인도에 있다고 상상하게 해요. 머나먼 바다 한가운데, 모든 것에서 멀리 떨어진 곳이고 완전히 안전한 그런 곳이에요. 그리고 그 섬에서 같이 있고 싶은 사람을 한 명 고르라고 합니다. 너라면 이 세상 모든 사람 중에서 누굴 택하겠니 하고요."

당신이요. 저라면 두말할 것 없이 당신일 겁니다. 해리는 생각했다. "톰이 뭐라고 하던가요?" 그가 물었다.

"밀리라고 하더군요. 여동생요. 두 번째 사람을 고르라니 엄마래요. 그다음이 아빠고요."

"조가 아니에요?"

"조는 네 번째 후보였어요. 조에게도 같은 테스트를 했는데 그 애도 같은 대답을 했어요. 밀리가 처음, 엄마와 아빠가 그다음, 그리고 톰."

"둘 다 밀리를 고르다니 흥미롭군요."

이비가 시선을 떨구고 공책을 한 장 넘겼다. 짙은 머리카락이 주르르 흘러내려 그녀의 얼굴이 드러났다. 그녀가 한 장을 넘기더니 찾던 것을 발견한 모양이었다. "그다음에 조가 한 말이 정말 이해가 안 돼요." 그녀가 해리를 흘깃 보더니 말을 이었다. "그 애가 그 섬에 교회가 있느냐고 묻더라고요. 교회가 있다면 밀리가 가면 안 될 것 같대요."

라디에이터가 처음처럼 작동하지 않는 모양이었다. 해리는 손가락이 차가워지는 것을 느꼈다.

그 애들은 죽었어요. 그렇죠? 교회에 있는 여자애들요.

"전 괜찮아요. 정말요. 제가 할 수 있어요." 이비가 말했다.

해리가 제의실 문을 열어 붙들고 있었다. 그녀가 걸어나오자 그는 문을 닫았다. "전혀 의심하지 않습니다. 하지만 저는 모든 방문객을 정문까지 배웅하거든요. 혹시……."

그가 오른쪽 팔꿈치를 내밀었다. 그녀가 고개를 저었다. "전 괜찮아요. 고마워요." 그녀가 되풀이했다.

두 사람은 걷기 시작했고 이비는 지팡이가 두 사람 사이의 공간을 짚는 것을 예민하게 의식했다. 건물의 끝까지 오는 데만 거의 일 분이 걸렸다. 그들은 모퉁이를 돌았고 그녀의 귀에 자신이 숨을 헉 들이마시는 소리가 들렸다. 옛 교회 터에 새로운 신도 모임이 꾸려졌다는 사실을 잠시 잊고 있었던 것이다. 그녀는 잠시 쉴 구실을 찾은 것에 기뻐하며 멈춰 섰다.

"저것들이 대체 뭔가요, 해리?" 홀연히, 이비는 자신이 이날 아침 그의 이름을 처음으로 불렀음을 깨달았다. "도착했을 때 얼마나 놀랐는지 말도 못해요."

"한밤중에 안 본 것을 다행으로 생각하세요. 제가 그랬거든요. 봉헌금을 수거하러 왔다가 심장마비에 걸릴 뻔했습니다."

이비는 기괴한 인형들을 하나하나 훑어보았다. 남자 인형, 여자 인형. 우왓, 어린아이 크기의 인형이라니, 최악이었다. 그녀는 문득 옆에서 참을성 있게 기다리는 해리를 의식하고 다시 움직였다.

"본파이어의 밤이 가까운 것은 알지만, 그렇다고 가이 인형이 저렇게 많을 필요는 없잖아요? 저렇게 여러 개를 모아놓은 것은 처음 보았어요."

"저건 가이가 아니에요. 뼈 인간이란 뜻의 본맨boneman입니다."

이비의 고개가 옛 교회 터에서 옆의 남자로, 그러다 다시 교회 쪽으로 바쁘게 오갔다. "본맨요? 넝마장수라는 뜻의 래그앤드본맨rag-and-bone man의 그 본맨요?"

해리가 고개를 저었다. "아, 그것보다 직설적인 뜻이에요. 저 인형들은 말 그대로 본맨입니다. 이름처럼 만들어졌거든요."

그녀가 다시 멈췄다. "설명이 필요한데요."

"흠, 헵턴클로의 또 다른 전통이라는데, 이곳엔 전통이 꽤 많긴 하지만요. 이 전통은 교회 옆에 납골당이 있었던 중세까지 올라가는데, 삼십여 년마다 묘지를 열고 뼈를 파내서 납골당에 안치했다고 합니다. 납골당이 꽉 차면 뼈를 태웠고요. 그렇게 뼈를 태운 불bone fire이 훗날 본파이어bonfire가 된 겁니다. 그에 대해 얼마 전에 자세한 역사 강의를 들었죠. 평신도 회장의 아버지가 말해준 건데, 산뜻한 노인네라고 해주고 싶지만 그렇다면 과장이 되겠네요. 아무튼 저기 흩어져 있는 우리 친구들에 대해서는 원하시는 것만큼 잘 알려드릴 수 있습니다. 아마 별로 원하지 않으실 것 같지만……. 예를 들면 저 인형들은 토비어스 노인네가 오십 년 전에 직접 만든 것과 같은 모양으로 만들어졌다고 합니다."

"속이 좀 느글거리는 이야기네요. 어떤 종류의 뼈인가요. 설마 인간의……."

"흠, 아니길 바랍니다. 그렇다고 해도 저는 크게 놀라지는 않을 거예요. 인형은 주로 자연에서 난 것으로 만들어졌죠. 뼈대의 대부분은 버들가지이고 지푸라기와 건초, 옥수숫대, 오래된 채소로 속을 채웁니다. 주민 한 집당 적어도 하나씩은 내놓는답니다. 한 해 동안 쌓인 잡동사니를 없애는 방법이죠. 낡은 옷이나 종이, 나뭇조각도 없애고 폐기할 유기물질이 있으면 그 참에 다 없앱니다. 특히 뼈를 없애기에 좋은 방법이라 하네요. 일 년 중 지금이 뼈가 많이 남을 철이거든요. 겨울을 예비하기 위해서 도살을 갓 끝낸 때이기 때문이죠. 고기는 얼리거나 말리거나 절이고, 뼈는 끓여서 수프와 젤리를 만드는데, 끓이고 남은 뼈를 다 씹어 먹어줄 만큼 개를 많이 기르지는 않나 봅니다. 당신이 여기 왔을 때 약속대로 제게 전화를 먼저 했다면 제가 차로 당신을 데려왔을 것이고, 그럼 놀랄 일도 없었을 겁니다."

이비는 여전히 옛 교회 터를 둘러보고 있었다. "본파이어가 대단하겠는데요? 그야말로 악마가 광분하는 것처럼 보일 것 같아요."

"제 생각에는 저 인형들 하나하나가 다 본파이어예요. 엄청난 광경이겠지만 전 빠질까 생각중입니다. 그리고 신성한 장소에서 '악마가 광분한다'는 말을 하는 것에 대해 걱정할 필요는 없어요. 저는 요새 놀라울 정도로 열린 마음이 되어가고 있답니다."

그녀의 착각일까, 아니면 예전의 해리가 잠깐 돌아온 것일까? "당신은 분명 그런 사람이에요. 본파이어는 여기서 하나요? 교회 경내에서요?"

"제 눈에 흙이 들어가기 전에 그럴 일은 없…… 아니, 이 동네에서는 말조심을 해야 해요. 제 말은, 본파이어는 교회가 아니라 이곳에서 그리 멀지 않은 밭에서 할 겁니다. 우리가 만난 그날 당신도 그 옆을 지나왔을 거예요. 몇 주 전에 일종의 수확 의식을 행했던 그곳입니다." 그가 말을 멈췄다.

"당신이 절 초대했던 그 행사요?" 그녀가 부드럽게 말했다.

"네. 우리의 중지된 첫 번째 데이트의 밤요."

이비는 할말이 없었다. 다시 걸어야 했다. 차에 타고 그곳을 떠나야 했다. 그렇지 않으면……

"그건 그렇고, 오늘 당신은 참 예쁘네요."

……그가 이런 말을 할 테니까.

"고마워요." 그녀가 간신히 말했다. 그녀는 시선을 그의 발로 떨어뜨렸다가 다시 그의 얼굴을 보았다. "당신은 목사처럼 보여요."

해리가 짧게 웃으며 그녀에게서 물러서는 것처럼 보였다. "흠. 보이는 게 바로 실체겠죠, 아마도." 그가 이번엔 약간 그녀의 앞에서 발걸음을 뗐다. 문득 그가 멈춰 뒤로 돌았다. "그게 문제였던 건가요?"

"문제요?" 그녀가 모르는 척했다. 아뇨, 해리. 문제는 그게 아니었어요.

"그게 당신이 마음을 바꾼 이유인가요?"

그녀는 마음을 바꾼 적이 없었다. "복잡해요." 그에게 무슨 이야기를 할 수 있다는 말인가? "어떻게 설명을 해야 할지도 모르겠어요."

그의 입꼬리에 너울대던 미소가 사라졌다. "굳이 설명할 필요는 없어요." 그가 또다시 팔을 내밀었다. 그녀가 잡았다. "마음을 다시 바꾸게 되면…… 내가 어디 있는지는 잘 알죠?"

그녀는 애초에 마음을 바꾼 적이 없었다. 진짜로. 그들은 교회 경

피의 수확

내의 입구에 거의 다다랐다. 이삼 분 후면 작별을 고해야 할 것이다. 그때 한 여성이 갑작스레 모습을 드러냈고 둘은 모두 깜짝 놀랐다.

"여기서 뭐하는 거예요?" 여성이 이비를 노려보며 다그쳤다.

해리는 흠칫 놀랐다. 옆에 있는 여자에게 홀딱 빠져 있는 바람에 담 바로 뒤에 서 있던 다른 여자는 미처 보지 못했다.

"안녕하세요, 질리언." 왜 이렇게 운이 없을까 남몰래 탓하며 해리가 입을 열었다. 이비와 천천히 작별하고 싶었는데. 그래서 혹시라도 가능성이 있을……. "나를 만날 일이 있나요? 제의실 문이 열려 있어요. 아니, 열려 있으면 안 되지. 건물 밖으로 나올 때마다 잠가야 하는데. 잠시 딴생각을 하고 있었나 봅니다." 그가 이비를 내려다보며 미소를 지었다. 그녀는 더이상 그를 보고 있지 않았다. 그녀의 눈동자는 질리언에게 박혀 있었다. 그의 팔에 얹혀 있던 그녀의 손에서 힘이 빠지는 것이 느껴졌다. 그는 팔을 갈빗대에 가까이 붙이며 그의 다른 손을 그녀의 손에 얹었다.

"여기에는 왜 온 거죠?" 질리언이 다시 물었다. 그녀가 이비의 얼굴에서 시선을 돌려 이비의 손을 노려보았다. 해리의 팔에 갇힌 이비의 손을. "무슨 말을 하는 중이었어요?"

"질리언, 나를 기다리……." 해리가 입을 열었다.

질리언의 고개가 휙 치켜졌다. "이 사람이 뭐라고 했어요? 말을 하면 안 되는……."

"안 했어요." 이비가 그녀의 말을 막았다. "나는 환자의 허락 없이는 환자에 대해 이야기하지 못하게 되어 있어요. 절대로요. 그래서 이야기하지 않아요. 나는 레이콕 목사님과 전혀 다른 사안을 이야기하려고 온 거예요."

"우린 질리언에 대해 이야기하지 않았어요." 확실하게 밝혀야겠다는 생각에 해리가 덧붙였다. 그는 질리언과 이비를 번갈아 보았다. 어린 쪽의 여자는 화가 나고 당황한 표정이었다. 이비는 슬퍼 보일 따름이었다. 갑자기 어떤 생각이 해리의 뇌리를 스쳤다. 아, 이런. 그런 거였어.

"질리언, 미안한데, 생각해보니 십오 분 후에 내가 맡은 다른 본당에서 회의가 있어서 가야 해요. 완전히 잊고 있었어요. 나와 할 이야기가 있다면 오늘 오후에 집으로 전화 주세요. 난 이제 갈게요. 올리버 선생님이 차를 타는 것을 봐드려려 합니다."

질리언은 그들의 말소리가 들리지 않을 거리만큼만 발걸음을 옮긴 뒤 멈춰 섰다. 해리는 이비를 교회 경내 밖으로 데리고 나갔고 곧 그녀의 차에 닿았다. "우리가 가진 그 문제 말인데요. 첫 번째 데이트에 방해가 되었던 그거 말입니다." 그가 목소리를 낮추고 말했다.

이비는 가방 속을 뒤지고 있었다. 아무 대꾸도 없었다.

"방금 우리가 그걸 본 건가요?" 그가 물었다.

그녀가 자동차 열쇠를 찾아냈다. 리모컨을 누르자 차의 잠금이 풀렸다. 그는 그녀의 팔을 놓고 그녀 앞으로 가 차문을 열었다. 그녀는 여전히 그를 보고 있지 않았다. 그녀의 시선은 옛 교회 터로 향해 있었다.

"제가 상관할 일은 아니지만." 그녀가 지팡이를 접어 조수석에 놓으며 말했다. "저 인형들이 모두 교회 내에 있는 건 이상하지 않나요?" 그녀의 서류 가방도 차에 들어갔다. 그녀는 그를 보지 않겠다고 굳게 마음먹은 것 같았다. "플레처 씨네 아이들을 생각하고 있었어요. 어두워지면 꽤 무섭게 보일 것 같아요."

"아, 그건 제가 장담하죠." 해리가 말했다. 흠. 그녀가 계속 그를 보기를 거부한다면, 적어도 그는 맘대로 그녀를 빤히 쳐다보아도 되리라. 그녀의 오른쪽 귀 바로 아래에 아주 작은 점이 하나 있었다.

그녀가 시선을 돌렸다가 그와 시선이 마주쳤다. "그러면 당신이……." 그녀가 도중에 말을 끊었다.

"이비, 제가 여기 온 지는 몇 주밖에 되지 않았어요. 제가 만약 이래라저래라 하면서 힘을 행사하면 끔찍한 임기가 될 수 있어요." 그녀가 입을 열어 말을 하려 했지만 그가 막았다. "네, 압니다. 제가 어린아이 두 명의 안녕보다 제 경력을 우위에 놓고 있다는 것을요. 정말 좋지 않은 기분이지만, 이곳을 책임지는 사람이 저 혼자가 아니라는 것이 현실입니다. 인형들을 예정보다 빨리 치워줄 수 있는지 교회 위원들과 상의할 수는 있어요. 대부제님께 말씀드릴 수도 있고요. 대부제님의 지지를 받는다면 내년에는 이렇게 하지 못하도록 막을 수도 있겠지요."

그녀의 오른손가락들이 운전석 문을 잡고 있는 그의 손에 닿았다. "미안해요. 난처하게 하려는 건 아니었어요. 하지만 저 인형들은 이레나 더 있게 돼요."

"아니, 나흘입니다." 그녀는 자기가 그를 만지고 있다는 사실을 인식하고 있을까.

"하지만 본파이어의 밤은……."

"이 마을의 선량한 주민 여러분은 11월 5일에 본파이어 불을 지피지 않아요. 가이 호크스가 음모를 실행하려던 날이 11월 5일이었기 때문에 그날 밤 본파이어에서 가이를 태우는 게 보통이지만, 이곳 사람들은 천주교도의 음모를 깨부수는 것에는 별생각이 없나 봅니다. 이곳 사람들은 11월 2일에 본파이어 파티를 한답니다."

"위령의 날이에요?"

"교회 안 다니는 줄 알았는데요? 맞아요. 11월 2일은 위령의 날입니다. 세상은 떴지만 신의 왕국에는 이르지 못한 이들을 위해 기도하는 날이죠. 북쪽에서는 다른 이름으로 불러요. '망자亡者의 날'이라고 합니다."

41

10월 31일

핼러윈의 밤하늘에는 커다란 달이 떠 있어야 했다. 왠지는 모르지만 그래야만 되는 것처럼 느껴졌다. 지금 톰이 보고 있는 달은 너무나 빨리 솟아서 달이 미처 챙기지 못한 은빛 꼬리가 보이는 것 같았다. 달은 동그랗지는 않았지만 커 보였다. 옛 시에서 유령선에 비유한 바로 그 달이 옛 교회 터의 가장 높은 아치길 바로 위에서 그를 내려다보며 빛나고 있었다.

핼러윈은 원래 플레처 가족에게 큰 명절이었다. 톰의 어머니가 미국인이기 때문일 것이다. 그러나 올해는 아니었다. 헵터클로에서는 아무도 핼러윈을 기념하지 않았다. 사람들은 모두 11월 2일인 망자의 날을 준비하느라 바빴다. 그래서 플레처 저택에는 거실 창틀에 외로이 앉아 있는 호박 초롱 하나 외에는 장식이 없었다. 정원을 마주하고 있는 초롱을 그들 외에는 아무도 볼 수 없었다.

톰은 커튼 뒤에 숨은 채 침실 창가에 앉아 있었다. 그렇게 앉아 있으면 아무도 그를 볼 수 없었다. 최근에는 알아서는 안 되는 온갖 종류의 일을 찾아내는 데 그렇게 앉는 것이 유용하게 쓰이고 있었다.

예를 들어 톰은 엄마가 옛 교회 터에서 본맨을 없애려고 애쓰고 있다는 사실을 알게 되었다. 그날 아침 조와 함께 세었을 때 본맨은 스물네 개였다. 처음 나타난 날보다 다섯 개가 늘었다. 엄마는 그 인형들을 엄청나게 혐오했고 십 분 전에도 해리와 통화를 했다. 엄마는 해리와 거의 절교에 가까운 상태였다.

스물여섯! 방금 세본 옛 교회 터의 본맨 수는 스물여섯이었다. 아침에는 스물네 개밖에 없었다. 하루 새 두 개가 늘어난 것이다. 근사한데!

아침밥을 먹을 때 조가 자기들도 인형을 하나 만들 수 있느냐고 물어보았다. 엄마는 불안한 표정으로 조를 보며 안 된다고 단호하게 대답했지만, 솔직히 말해서 톰은 상관없었다. 톰은 본맨이 무척 멋지고 나름대로 재미있다고까지 생각했다. 본맨 중에 승마 바지와 낡은 고무장화와 승마 모자를 쓴 것이 있었다. 그 본맨은 한 손에 승마 채찍 같은 나뭇가지를 들었고 텔레비전에 나오는 인형 캐릭터 배질 브러시와 닮은 여우 인형을 한 팔에 끼고 있었다.

이런. 오, 하느님! 방금 본맨 하나가 움직였다. 톰은 눈을 깜박이고 비빈 다음 뚫어지게 쳐다보았다. 본맨 하나가(다른 것 없이 옷과 낡은 잡동사니로만 만든 것이었다) 담벼락을 따라 기어가고 있었다. 톰은 창틀에서 뛰어내려 엄마 아빠를 부르러 달려갈 태세를 갖추려다가 멈췄다. 본맨이 사라졌다. 톰의 상상이었던 걸까.

그것이 상상이었다면 톰은 여전히 상상을 하고 있는 셈이었다.

다른 본맨 하나가 탑의 가장 아래쪽 창문을 통해 기어오르고 있었기 때문이다. 조가 가장 웃기다고 생각했던 그 본맨은 꽃무늬 원피스를 입고 커다란 짚 모자를 썼다. 인형의 머리에서 흔들거리는 모자가 대낮의 햇빛처럼 뚜렷하게 보였다. 본맨이 곧 그늘로 뛰어내렸고 사라졌다.

대체 무슨 일이 일어나고 있는 걸까. 어째서 본맨들이 다 일어나서 움직이고 있는 걸까. 톰은 무릎을 꿇은 채 몸을 꼿꼿이 세우고 있었다. 누군가가 자신을 본다 해도 상관없었고, 아니 사실 누군가가 보아주기를 바랐다. 바깥 담 너머로 또다시 움직임의 기색이 느껴졌다. 두 개의 본맨이 함께 움직이고 있었다. 아니 본맨 하나가 다른 본맨을 데리고 가는 건가?

"아빠!" 복도 맞은편에서 밀리가 자고 있었다. 동생을 깨우지 않으면서 낼 수 있는 최대치의 목소리로 톰이 소리쳤다. "아빠! 이리 와보세요!"

그때 손 하나가 톰을 건드렸고 톰은 유리창을 뚫고 밖으로 뛰어내릴 뻔했다. 하느님, 감사합니다! 누군가가 여기 있어. 저 광경을 같이 봐줄 수 있는 누군가가! 톰은 커튼을 옆으로 열고 누가 방에 들어왔는지 보았다.

조였다. 톰은 손을 뻗어 조를 옆으로 끌어올린 후, 둘의 주변으로 커튼을 둥글게 쳤다. "교회 좀 봐봐. 본맨들이 살아 있어."

조가 유리창에 얼굴을 바짝 댔다. 두 형제는 본맨 하나가 예전에는 중앙 통로였던, 풀이 무성한 곳을 가로지르며 뛰어가는 모습을 보았다. 본맨이 돌무덤 뒤로 사라졌다. 톰은 조에게 시선을 돌렸다. 동생은 조금도 놀란 표정이 아니었다. 톰은 갈빗대 속에서 차오르

피의 수확

던 흥분이 곤두박질치는 것을 느꼈다.

"그 애야, 그렇지? 본맨들이 스스로 움직이지는 않아. 그 애가 움직이고 있는 거야." 톰이 낮은 목소리로 말했다.

조가 형에게서 몸을 돌려 창틀에서 내려가려고 했다. 톰이 조를 막았다. 조의 팔을 아플 정도로 꽉 잡았다. 조가 뭔가를 중얼거렸지만 알아듣지 못했다. 생각할 틈도 없이 그저 동생을 세게 밀었다. 머리를 유리에 부딪히며 조가 카펫 위로 떨어졌다.

나중에 조는 생명의 위험이 없다고 판명되었다. 실로 아까운 일이었다. 어머니가 온갖 야단법석을 떨며 조를 침대에 눕히고 뜨거운 코코아를 마시게 하고 옛날얘기를 들려준 후, 앞으로 십 년 동안은 방에서 나오지 말라는 말을 톰에게 한 뒤에야 톰은 조가 톰에게 밀쳐지기 전에 무슨 말을 했는지 깨달았다.

"마하면 안 댄다고 해써." 조가 중얼거렸다. 진짜 뜻은 이것이었다. 말하면 안 된다고 했어.

3부
———
망자의
날

BLOOD HARVEST

42

11월 2일

"하느님의 무한하신 평화가 함께하소서. 다 함께 나가서 사랑을 나누고 주님의 복음을 전합시다." 해리가 말했다. 오르간이 퇴장 음악을 연주했고 해리는 성단소에서 내려왔다. 여느 때와 마찬가지로 렌쇼 일가가 가장 먼저 교회를 떠났다. 크리스티아나는 오른손 주먹에 무언가를 꽉 쥔 듯한 모습으로 장의자에서 일어나 아버지와 할아버지를 뒤따랐다.

해리는 제의실로 들어가 성큼성큼 걸어 밖으로 난 문의 잠금장치를 풀었다. 밖으로 나간 그는 서둘러 교회 뒤쪽으로 향해 교회 건물을 나서는 싱클레어를 따라잡아 악수를 했다. 크리스티아나는 그를 보지 않은 채 손을 내밀었다. 그녀의 손에는 아무것도 없었다. 그다음이 마이크와 제니 픽업이었다. 제니는 분홍 장미로 만든 작은 꽃다발을 들고 있었다. 눈동자가 젖어 있었다. 해리가 교회 문 옆에 빈 공책을 놓고 예배 시간에 추모하기를 원하는 사람의 이름을 적으라고 신도들에게 청했던 것이 일주일 전이었다. 공책 제일 위에 적힌 것은 루시의 이름이었다. "고맙습니다. 은혜로운 예배였어요." 제니가 말했다.

렌쇼 일가의 뒤로 나오는 나머지 신도도 한 명 한 명 목사와 손을 잡기를 원했다. 목사에게 감사의 말을 전하고, 그들을 떠나간 이에 대해 알려주고 싶어 했다. 신도들 거의 마지막에 질리언이 서 있었다. 근래 들어 예배에 반드시 참여하는 것 같았다. 또 한 명의 기독 전사가 생겼으니 해리로서는 기뻐해야 할 일이다. 헤일리 또한 예배 도중 추모의 대상으로 이름이 불렸다. 악수를 하던 그에게 질리언은 추모할 무덤조차 없다는 점이 문득 떠올랐고, 그는 몸을 숙여 질리언의 뺨에 입을 맞추려다 가까스로 멈췄다. 지난번 그가 질리언의 뺨에 입을 맞추려 했을 때 그녀가 마지막 순간에 고개를 돌리는 바람에 입술이 만난 적이 있었다. 둘은 순간 어색해졌고 그가 황급히 사과의 말을 건넸지만 분위기는 나아지지 않았다.

질리언을 따라 밖으로 나온 중년의 빨간 머리 여성이 마지막 신도였다. 해리는 교회로 되돌아갔다. 중앙 통로가 빈 것을 확인하고 통로를 따라 걸었다. 누군가가 장미 꽃잎을 흩뿌려놓았다.

그는 위를 흘낏 보았다. 복층 신도석에서 떨어졌다고 생각해도 무리가 아닐 듯, 꽃잎들은 어린 루시 픽업의 숨이 끊긴 바로 그 자리에, 밀리 플레처가 떨어질 뻔했던 그 자리에 흩어져 있었다. 주먹을 꽉 쥐고 교회를 나서던 크리스티아나의 모습이 떠올랐다. 그는 장미 꽃잎을 건드리지 않은 채 제의실로 걸어 들어갔고 바깥으로 난 문이 잠긴 것을 확인하고 옷을 벗었다. 삼 분 후, 그는 차가운 날씨에 부대끼며 제의실 문을 잠그고 길로 나섰다.

"젊은 양반은 옷도 빨리 갈아입는구려." 칠십 대의 남자 신도 한명이 그를 향해 걸어왔다. 아내와 부모와 두 명의 형제가 교회 경내에 묻혀 있다고 해리에게 말했던 사람이었다.

"저는 다재다능한 사람이거든요, 하그리브스 씨." 다리 근육을 풀기 위해 교회 담벼락에 기대며 해리가 대꾸했다.

"무어 황야에 올라갈 건 아니지, 젊은 양반? 이런 바람엔 버티지 못하고 날아갈 걸세."

"아, 목사님도 다리가 잘 빠질 수 있는지 미처 몰랐구먼." 스탠리 하그리브스 뒤에서 여인 한 명이 절뚝거리며 나타났다.

"건강한 신체에 건강한 정신이 깃들죠, 호손 부인. 이것보다 멋진 다리를 보여드릴 수 있으면 좋았을 것을요." 해리가 대꾸했다.

그는 두 노인을 지나 천천히 뛰었다. 교회 경내를 벗어날 때 앨리스가 밀리를 데리고 차로 향하는 모습이 보였다. 그녀와 대화를 좀 해야 할 터였다. 내리막길을 몇 걸음 뛰어 내려가다 보니 앨리스가 빨간 머리의 여인과 이야기하는 모습이 보였다. 교회에서 질리언을 따라 나왔던 빨간 염색머리 여인이었다.

"참 예쁘구나. 나한테도 이렇게 예쁜 아이가 있었는데……. 이 아이를 보니 가슴이 찢어지는 것 같네요." 손을 뻗어 밀리의 곱슬머리를 만지며 그 여인이 말하고 있었다.

밀리가 움찔거리며 여자에게서 몸을 빼 어머니의 어깨에 얼굴을 묻은 바로 그때 앨리스가 해리를 보았다. 해리는 방해하고 싶지 않은 마음에 느릿느릿 다가갔다. 과연 앨리스가 자신을 반길까.

"아이들은 너무 빨리 자라죠." 앨리스가 말했다.

"우리 애는 자라지 못했다우." 여인이 대꾸했다. 밀리의 얼굴을 더이상 만질 수 없게 되자 여인은 대신 아이의 어깨를 도닥였다. "이 어린 것을 잘 보살펴요. 잃기 전에는 얼마나 소중한지 잘 모르겠지만."

앨리스가 가까스로 미소를 지어 보였다. "네, 그렇죠. 아, 목사님이 오시네요. 인사를 해야겠어요. 만나 봬서 반가웠어요." 여인은 앨리스에게 고개를 끄덕이고 밀리의 머리를 마지막으로 한 번 쓰다듬은 후 길 아래로 내려갔다.

"저 행복 요정이 누군지 모르겠네요."

해리가 가까워지자 앨리스가 낮은 목소리로 말했다. 그는 여자의 뒷모습을 보고는 고개를 저었다.

"방금 전까지 교회에 있던 사람입니다. 오늘 처음 보긴 했지만요. 저기, 앨리스. 어젯밤 얘긴데……."

앨리스가 한 손을 들어 보였다. "잠깐만요. 미안한 건 저예요. 당신에게 얼마나 힘든 일인지 저도 잘 알고 있어요. 그저 저는……." 그녀가 잠시 말을 멈췄다. "톰한테 뭔가 심각한 문제가 있다는 걱정을 떨칠 수가 없어요."

그녀가 차 안으로 몸을 들여 밀리를 카시트에 앉히고 벨트를 채웠다. 해리는 바람을 피하고 싶어 차에 가까이 몸을 기울였다. 혹독한 바람이 반바지 안으로 사정없이 들이쳤다. "저는 정말로 그렇게 생각하지 않아요. 게다가 앨리스가 흥분하는 건 아이한테 도움이 안 됩니다."

"이비도 딱 그렇게 말하더군요." 앨리스가 대꾸했다.

피의 수확

해리는 멈출 수가 없었다. 다리가 떨리기 시작했고 가슴에 통증이 느껴졌지만 뛰는 것을 멈추는 순간 땀이 식을 것이었다.

그는 마을 위쪽으로 사 킬로미터 남짓 올라와 있었다. 달리고 십 분후에 나타난 오래된 승마로를 뛰다가 포장길로 나왔다. 바람에 몸이 거의 붕 뜰 지경까지 계속 올랐고 이제는 집으로 향하고 있었다.

담벼락과 울타리가 어느 정도 바람막이 역할을 할 때는 견딜 만했지만 바람을 정통으로 맞았을 때는 몸이 마치 움직이기를 거부하는 것처럼 느껴졌다. 손목 밴드가 푹 젖었고 차가운 공기 때문에 폐가 아파왔다. 미친 짓이었다. 경치마저 즐길 수 없었다. 눈물이 나와 발밑의 땅이 흐릿하게 보일 정도였다.

나무들 위로 거대한 모렐 토르가 동쪽으로 뻗어 있었다. 사암 바위가 아슬아슬하게 층층이 쌓여 거대해진 일종의 기암괴석을 이르는 표현인 토르는 영국에서 흔하게 볼 수 있는 자연 발생 지형이지만 한때 인간의 짓이라 간주된 적도 있었다. 토르는 페나인 지역에서 흔한 지형으로 모렐 토르는 이 지역에서 악명이 높다고 했다. 부모가 원하지 않은 사생아를 모렐 토르 꼭대기에서 던지면 늑대나 들개가 바위에 부딪혀 찢어지고 깨진 아이의 시신을 물고 갔다는 것이 해리가 들은 전설 같은 이야기였다. 오늘날 모렐 토르는 양을 치는 농부에게 심각한 문제였다. 가축이 모렐 토르 근처에 가지 않도록 매우 애를 써야 하기 때문이었다. 강한 바람이 불어치는 밤이면 바위 사이에서 들리는 노랫가락에 현혹되어 양 십여 마리가 죽음을 맞이한다고 했다.

그는 발이 멈추었다는 것을 깨달았다. 얼어죽을 것처럼 추웠다. 집에 가서 샤워를 하고 옷을 갈아입고 굿쇼브리지에서 열리는 노인들의 주찬에 참석해야 했다. 전화를 해야 할 곳도 있었다. 몇 미터만 더 가면 밭 기슭을 따라 난 작은 보도가 나올 것이고 그 길을 따라가면 와이트 레인의 끝자락에 닿을 것이다.

해리는 두 개의 키 큰 바위 사이로 빠져나와 땅을 계속 살피며 밭 기슭을 따라 걸어 내려갔다. 모퉁이에서 낮은 담을 넘어 작물 그루터기가 남은 밭으로 들어갔고, 일 분이 채 지나기 전에 밭의 경사진 끝자락에 닿았다. 그는 울타리 문을 훌쩍 넘어 와이트 레인으로 들어섰다. 거의 다 왔다.

한 젊은 여성이 로일 농가의 다 타버린 벽난로 앞에 웅크린 채 마른 몸을 덜덜 떨고 있었다. 질리언이었다. 이십 미터 남짓 거리에서도 그녀의 울부짖는 듯한 소리를 들을 수 있었다. 그러나 그 소리는 울음소리가 아니었다. 곡소리였다. 그 외엔 묘사할 단어가 없었다. 째지는 듯 가슴을 찢을 듯 슬픈 소리. 아일랜드 사람이 망자에게 바치는 노래라고 부른다는 곡소리였다.

43

"괜찮아, 괜찮아요." 해리는 대문을 열고 잡초가 자라난 길로 발걸음을 옮겼다. "이리 와요, 질리언. 집으로 데려다줄게요." 그는 예전에 현관문이 있던 공간을 지나쳤다. 질리언은 고개를 들지 않았다. 무언가를 가슴에 꽉 끌어안은 채 몸을 웅크리고 있었다. 그는 울퉁불퉁한 바닥을 가로질러 그녀 옆에 몸을 구부렸다. 그녀가 고개를 들어 그를 보았을 때 그는 몸을 뒤로 빼고 싶은 유혹과 싸워야

피의 수확

했다. 잠깐이었지만 그녀의 눈동자에 떠오른 기색에 겁이 더럭 났다. 그녀 안에 있어야 할 본질적인 무언가가 사라진 것 같았다.

"이리 와요. 여기서 나가요. 가요, 질리언. 춥죠?" 얇은 스웨터만 입고 있는 질리언의 손목은 돌보다 차갑게 느껴졌다. 그는 그녀의 허리에 팔을 둘러 그녀를 일으켜 세웠다.

해리는 계속 흐느끼는 그녀를 대문 밖으로 데리고 나와 반은 질질 끌다시피 하며 와이트 레인을 걸었다. 교회 경내와 길에는 인적이 없었고 그의 차만 덩그러니 주차되어 있었다. 그는 질리언을 길 건너 차로 이끌어 조수석 문을 열었다. 헵턴클로에서는 차문을 잠그지 않는 터라 차 열쇠는 그의 옷과 함께 제의실에 있었다. 그는 차 안으로 몸을 들여 코트를 빼 그녀의 어깨에 둘러주었다.

"타요. 제의실에서 가방을 가져와 집으로 데려다줄게요."

그는 덜덜 떨며 교회 길을 뛰어가 반바지 주머니에서 열쇠를 꺼내 제의실 문을 열었다. 가방은 그가 둔 곳에 그대로 있었다. 그는 스웨트 셔츠를 집어 머리 위로 당겨 입었다. 떠나려는 찰나, 그는 멈춰서 뒤를 돌아보아야 했다.

누군가가 제의실에 다녀간 모양이었다. 중앙 통로로 통하는 문이 열려 있었다. 그가 떠났을 때는 분명히 닫혀 있었다. 해리는 문을 향해 발을 떼었다. 교회 위원이 그랬을 것이다. 마이크나 싱클레어나. 해리 외에 열쇠를 가지고 있는 유일한 사람들이었다. 하지만 그들은 지난 몇 주 동안 언제 교회 건물에 들어올지 미리 말했다. 그리고 그가 두 사람을 모두 본 것이 한 시간도 채 되지 않았다. 두 사람 모두 다시 돌아오겠다는 말을 하지 않았는데? 그래도 그 사람들일 수 있을 거……

해리는 문간에서 멈췄다. 심장은 너무나 빠르게 뛰었고 숨은 너무 얕았다. 시골 언덕길을 빠르게 뛰어서 이러는 거라고 스스로 납득하려 했다. 교회 위원들이 아니었다. 마이크도 싱클레어도 장의자의 방석을 모조리 건물 안에 흩어놓았을 리가 없었다. 해리는 성단소로 들어갔다. 몇십 개나 되는 방석이 널려 있었다. 카펫에도, 오르간 파이프 사이에도, 합창단석에도, 마땅히 있어야 하는 자리만 빼고 사방에 방석이 있었다.

방석 외에도 무엇인가가 있으리라 예감하며 그는 앞으로 걸어갔다. 몇 초 만에 그 무엇이 나타났다. 그는 더이상 숨을 빨리 쉬고 있지 않았다. 숨 자체를 쉬지 못했다.

그가 성단소 중앙에 이르러 몸을 돌려 통로를 보았을 때 목구멍에 무언가가 곰팡이처럼 피어나 빠르게 퍼져나가며 기도를 막았다. 충격에 대비해 마음의 준비를 하고 있었지만 이런 걸 예상하지는 않았다. 어린아이를 볼 마음의 준비는 되어 있지 않았다. 복층 신도석 아래 산산조각이 나 있는 어린아이라니.

밀리 플레처! 그 아이가 저 스웨터를 입은 모습을 본 적이 있었다.

잠시 동안 그는 쳐다보는 것 외에는 아무것도 할 수가 없었다. 공기가 폐로 전혀 들어오지 않았다. 당장이라도 머리가 핑핑 돌 것 같았다. 다리가 버텨주지 않을까 불안한 아기처럼, 그는 장의자 끝을 꼭 움켜쥐고 앞으로 발을 뗐다. 통로의 반쯤 닿았을 때 그는 자신의 몸이 두려움이 아닌 안도의 감정으로 떨리고 있음을 깨달았다. 그는 다시 숨을 쉬고 있었다. 밀리가 아니었다. 오, 하느님, 감사합니다! 감사합니다! 밀리일 수가 없었다. 아니 진짜 아이일 수가 없었다. 진짜 아이의 몸은 어느 부분도 채소로 만들어져 있지 않다. 오,

하느님, 감사합니다.

판석에 짓이겨지듯 터져 있는 것은 순무였다. 서툴게 그려진 어린아이의 얼굴이 남아 있었다. 나뭇가지로 만든 몸통은 조각조각 부서져 있었다. 크기가 가장 작은 본맨에 밀리의 스웨터를 입혀 안으로 들여온 것이다. 그의 몸을 꿰뚫던 떨림은 안도감에서 분노로 변했다. 이런 짓을 통해 고하려는 메시지가 이 이상 뚜렷할 수 있을까. 이 인형은 밀리를 뜻한 것이었다. 교회 바닥에 산산이 부서진 밀리의 모습을 보여주기 위해, 수확 축하연의 밤에 밀리가 당할 뻔했던, 그리고 그전에는 루시 픽업의 말로였던 바로 그 모습을 보여주기 위해서였다. 대체, 무슨 일이 벌어지고 있는 걸까.

질리언이 아직도 차에서 기다리고 있다는 사실을 떠올리며 해리는 인형에 다가가 쭈그리고 앉았다. 그냥 이렇게 내버려둘 수는 없었다. 그는 팔을 뻗어 부서진 조각을 모으려다 우뚝 멈췄다. 다행히도, 아직 건드리지 않았다.

이건 증거물이야.

그는 제의실로 가 커다란 검정색 쓰레기봉투와 고무장갑을 가져왔다. 청소부 한 명이 두고 간 것이다. 그는 장갑을 끼고 인형 조각을 모아 검정 봉투에 담았다. 분홍색과 주황색이 섞인 스웨터도 함께 넣었다. 다 넣은 다음 그는 봉투 입구를 묶고 일어섰다.

경찰에 연락해야 했다. 십 대의 장난이건 아니건, 밀리는 두 살에 불과했고 이미 심각한 위험에 처한 적이 있었다. 이런 짓은 전혀 재미있지 않았다. 게다가 교회 자물쇠를 바꿨는데도 누군가가 마음대로 교회 안팎을 드나들고 있었다.

왜 그리 오래 걸렸는지 질리언은 묻지 않았다. 알아채지도 못한 듯 보였다. 해리는 차 히터를 한껏 올리고 경사 지대를 내려갔고, 이 분 만에 동네 우체국과 편의점 옆에 차를 댔다. 질리언은 위층 아파트에 살았다.

그녀는 꼼짝달싹하지 않은 채 무릎 위에 분홍색의 작고 말랑말랑한 장난감을 꼭 쥐고 있었다. 그는 엔진을 끄고 차에서 내렸다. 어깨가 쑤셨다.

그가 차 안으로 몸을 기울였다. 그녀를 정말 다시 건드리고 싶지 않았지만 다른 방도가 없었다.

"질리언, 다 왔어요. 자, 이제 집에 들어가요."

여전히 그녀는 꼼짝도 하지 않았다. 해리는 짜증을 삼키며 그녀의 어깨에 팔을 둘렀다. 그러자 그녀는 그에게 기대며 고분고분 차에서 비틀비틀 내렸다. 거리를 건너는 그들의 모습을 두 여인이 쳐다보는 것을 해리는 눈치챘다.

아파트 건물 입구는 잠겨 있지 않았다. 해리는 질리언의 손을 잡아 닳아빠지고 더러운 카펫이 깔린 좁은 계단으로 끌었다. 다 올라왔을 때 그가 그녀에게 몸을 틀었다. "열쇠는?" 그가 물었지만 그녀는 어깨를 으쓱할 따름이었다.

그가 문을 밀자 빨지 않은 빨랫감과 묵은 공기의 냄새가 훅 끼치며 문이 활짝 열렸다. 아파트 안은 바깥보다 그리 따뜻하지 않았다. 아니면 그에게 감기 기운이 도는 건지도?

해리는 질리언을 소파 쪽으로 이끈 후 재빨리 전기난로 쪽으로 걸어갔다. 온도를 최고점으로 높이고 그녀에게 몸을 돌렸다. 질리언은 소파 가장자리에 앉아 눈앞의 벽을 멍하니 보고 있었다. 두 손으

피의 수확

로 쥐고 있는 것은 토끼 인형이었다.

"질리언, 담요를 덮어야겠어요. 어디 있어요?"

그녀는 대답하지 않았고 그는 고개를 돌렸다. 그녀가 본다면 그가 매우 짜증이 난 상태임을 알게 될 테니까. 해리는 그녀에게, 자기 자신에게, 그리고 지금 이 순간 손목시계를 보며 시간을 확인하고 있을 굿쇼브리지의 노친네들에게 화가 났으며 뼛조각과 지푸라기에 옷을 입혀 가져다 놓으면 그를 겁먹게 할 수 있으리라 생각한 그 미친 자식에게 매우 화가 났다.

아파트는 크지 않았다. 그는 곧 주방과 침실을 차례로 찾아냈다. 흘낏 시선이 간 침실 바닥은 옷가지로 덮여 있었고 빈 유리잔이 널려 있었으며 침대 옆 협탁에는 기름기가 낀 접시가 놓여 있었다. 그는 침대에서 이불을 벗겨냈다.

거실로 돌아오니 질리언은 소파에 웅크리고 있었다. 토끼를 꽉 쥔 채였다. 그는 이불을 그녀에게 덮어주고 침실로 돌아가 베개를 가져와 그녀의 머리 밑에 괴어주었다. 그리고 몸을 낮춰 그녀와 눈높이를 맞췄다.

"질리언, 여기 와서 질리언을 돌봐줄 수 있는 사람에게 전화를 해야겠어요."

은회색 눈동자가 그를 향했다. "당신." 그녀의 목소리가 갈라졌다. "당신이 돌봐주세요."

그가 고개를 저었다. "난 약속이 있어요. 지금도 벌써 늦었어요. 당신을 제대로 돌봐줄 사람이 필요해요. 당신이 잘 알지도 못하는 나 같은 사람 말고."

질리언이 한쪽 팔꿈치를 디디며 몸을 일으키더니 한 손을 분홍색 장난감에서 떼어 머리로 올렸다. "여기 있어줘요." 그녀가 자기 머리를 매만지며 말했다. 그녀가 몸을 위로 점점 일으키며 손을 해리에게 내밀었다. "여기 있어줘요." 그녀가 되풀이했다. "우리, 여기서 같이⋯⋯."

"올리버 선생님에게 전화해줄까요?" 그녀의 손에 닿지 않도록 발꿈치에 무게를 실어 뒤로 살짝 몸을 빼며 그가 말했다. "선생님과 이야기를 하면 좀 나아질 수도 있어요."

질리언이 소파에 몸을 꼿꼿이 세우고 앉아 그를 노려보았다. 양뺨에 화장이 번져 있었고 추위 탓에 코가 빨갰다. "당신 여자친구예요?" 그녀가 다그쳐 물었다.

"당연히 아닙니다." 그 대답은 진실이었지만 그는 왠지 거짓말을 하는 것처럼 느껴졌다. "선생님은 두 번 정도 만난 게 답니다." 두 번 정도로는 충분하지 않았다. 그들 세 명 모두에게 공정하지 못한 상황이었다. "하지만 난 선생님을 좋아해요." 그가 덧붙였다.

"목사님은 날 좋아한다고 생각했는데요." 그녀가 울부짖듯 말했다.

"좋아해요." 그가 대답했다. 언제 그녀가 그의 손을 잡은 걸까. "하지만 나는 질리언에게는 너무 나이가 많아요. 그리고⋯⋯."

"그런 건 상관없어요."

"⋯⋯그리고 질리언은 남녀 관계를 다시 맺기 전에 먼저 건강해질 필요가 있어요." 그는 손을 빼야 했다. 뒤로 물러나서 안전거리를 확보해야 했다.

"목사님과 함께라면 전 빨리 나을 수 있어요. 정말이에요."

그녀에게 말해야 했다. 그런 일은 결코 일어나지 않으리라는 걸 그녀는 알아야 했다.

피의 수확

"질리언, 오늘 얼마나 힘들었을지 잘 알아요. 다른 사람들은 추모도 할 수 있었고 위로도 받을 수 있었지만 질리언은 그렇지 못했죠. 혼자인 것이 어떤 기분인지 나도 잘 압니다. 정말로요."

"난 헤픈 여자가 아녜요. 정말이에요. 피트 이후에는 어떤 남자도 만나지 않았어요."

"그 말을 믿어요. 그렇지만 내 말 잘 들어요. 남자를 사귀는 것은 헤일리를 잊는 좋은 방법이 아니에요. 아, 가정의한테 전화하는 건 어떨까요?"

그의 시도는 먹혀들지 않을 것이다. 그녀는 숨을 깊이 들이쉬고 있었다. 마치⋯⋯.

그녀가 소리쳤다. "당신은 아무것도 몰라요!"

그녀가 옳았다. 그는 아무것도 몰랐다. 자신의 능력 범위를 훨씬 뛰어넘는 상황에서 허우적대고 있었다.

"친구는요? 근처에 사는 친구 없나요?"

"나를 가만 내버려두지 않아요." 질리언이 그의 가슴팍 어디쯤을 향해 말했다.

"누가요? 헤일리요?"

그녀가 고개를 끄덕였다. "그 아이는 죽었어요. 나도 알아요. 안 지 오래됐어요. 그런데 날 내버려두질 않아요." 그녀가 다시 그의 손을 움켜잡았다. "나를 쫓아다니고 있어요."

"질리언⋯⋯."

그녀가 고개를 홀쩍 들었다. 눈동자가 겁에 질려 있었다. "제발 도와주세요. 목사님은 뭔가 해줄 수 있잖아요. 난 알아요. 그 애가 사라지게 해줘요. 목사님은 할 수 있잖아요. 뭐라고 하더라, 퇴마?

귀신을 물리칠 수 있죠?"

아, 이 사람은 정신이 불안정했다. 도움이 절실했다.

"질리언, 내가 전화를 걸게요. 질리언 혼자서는······."

"내 말 좀 들어주세요." 그녀가 어느새 소파에서 내려와 그의 양손을 움켜쥔 채 무릎을 꿇고 있었다. "오늘이 망자의 날이죠, 그렇죠? 하늘로 가지 못한 길 잃은 영혼이 자기가 살던 곳으로 돌아오는 날이죠? 예전엔 그런 거 전혀 믿지 않았지만, 이젠 믿어요. 오늘 그 아이가 여기 왔었어요. 그 아이가요, 이 장난감요, 분홍색 토끼 인형요, 이걸 우리 옛날 집에 갖다 놓았어요. 방금 전에 내가 찾았단 말이에요. 가스레인지가 있던 곳에서요."

"질리언······."

"나한테 끊임없이 이야기를 해요. 엄마, 엄마, 도와주세요 하고 아이 목소리가 들려요. 내가 어디에 있든 상관없어요. 여기서도, 잠을 잘 때도, 무어 황야를 걸을 때도 그 아이는 언제나 내 옆에서 언제나 나한테 말을 해요. 엄마, 엄마 하고요. 날 찾아줘요 하고요. 아이는 물건들을 건드려서 옮겨놔요. 아파트에 나를 위한 작은 선물들을 남겨둬요. 내가 고개를 돌릴 때마다, 밤에 잠이 깰 때마다, 그 아이가 거기 있을 것만 같아요. 내가 마지막으로 그 아이를 봤을 때처럼, 베아트릭스 포터 잠옷을 입고요."

해리는 자신이 떨고 있음을 깨달았다.

"질리언, 질리언도 알잖아요. 유령 같은 건 없어요."

건물 입구 문을 쿵쿵 두드리는 소리가 났다.

"앉아 있어요. 내가 가서 누군지 볼 테니까." 그녀는 여전히 그의 손을 잡고 있었다. 그를 보내지 않으려 하며 달라붙었지만 해리가

피의 수확

문 쪽으로 계속 향하는 바람에 그녀에게는 선택의 여지가 그다지 없었다. 그는 단 몇 분이라도 그녀에게서 떨어졌다는 안도감에 휩싸여 계단을 뛰어내려가 건물 입구 문을 당겨 열었다. 염색한 빨간 머리칼을 한 중년 여성이 밖에 서 있었다.

"목사님." 여자가 고개를 까닥 숙이더니, 당연히 그가 옆으로 움직여 자신을 안으로 들일 것이라는 듯 거침없이 안으로 발을 내디뎠다. "이디스 홀컴이 전화를 했다우. 목사님이 질리언을 집으로 데려오는 걸 봤다고, 내가 이리로 와야 할 거라나." 그녀가 안쪽으로 더 들어왔다.

"질리언의 지인이십니까?" 해리가 물었다. 드디어 지원부대가 도착한 것인가?

"그웬 배니스터예요. 질리언의 어미랍니다. 만나서 반가워요, 목사님. 이제 걱정하지 마세요. 내가 그 아이를 돌볼 테니까."

질리언의 어머니? 오, 하느님, 감사합니다.

"흠, 그러시다면……." 그가 위층에 남겨둔 것이 없던가. 남겨둔 게 있은들 또 어떤가. 주머니에 열쇠가 있나? 있다!

"질리언의 상태가 좋지 않습니다." 누구라도 마음의 준비 없이 위층으로 가게 하고 싶지 않은 마음에 그가 설명을 했다. "의사에게 가야 할 것 같기도 합니다만."

"네, 네. 알아요, 알아. 그 애가 저러는 게 처음이 아니라우." 여인은 어느새 그의 옆을 지나 계단을 이미 반쯤 올라간 상태였다. "나도 아이를 잃은 적이 있지만 저 애처럼 정신을 놓진 않았는데 말이지. 우리 때는 좀더 기개가 있었는데, 요새 애들이란."

그는 가도 되는 걸까? 물론 가도 되었다.

해리는 뒤도 돌아보지 않고 문밖으로 나와 거리를 뛰다시피 가로질러 차로 향했다. 질리언의 아파트에 코트를 두고 왔지만 그 정도대가는 기꺼이 치를 것이다. 손목시계를 보았다. 지옥의 모든 악마에게 쫓기는 것처럼 차를 몰아 이 분 안에 샤워를 마친다 해도 이십분은 지각이다. 그에겐 단 일 분도 낭비할 여유가 없었다.

그런데 왜 그는 지금 휴대전화를 꺼내 들고 있는 것일까.

이비의 휴대전화가 울릴 때 더치스의 발굽이 사육장의 콘크리트 바닥 위에서 덜거덕거리고 있었다. 그녀는 코트 주머니 속에서 전화기를 꺼내 화면을 보았다. 오!

"이비 올리버입니다." 더치스가 말 트레일러에 가까이 다가가는 동안 그녀가 말했다.

"안녕하세요, 해리 레이콕입니다." 전화기 저편의 목소리가 말했다. 그녀는 이미 그가 누군지 알고 있었다. 그의 이름이 액정 화면에 떠올랐으니까. '해리'라는 단 한 단어로.

"오, 안녕하세요." 그럴듯한 대답이었나? 상냥하지만 약간은 놀란 기색이 느껴지도록?

"네, 안녕합니다. 조금 서두르고 있긴 하지만요. 저기요, 제가 생각을 좀 해봤는데, 본파이어 말인데요. 당신이 가야 한다고 생각합니다. 제 말은, 이쪽으로 오시라고요. 저랑 같이 갑시다."

그가 그녀에게 데이트를 청하고 있다! 아닌가? "저번엔 그 근처에도 안 가겠다면서요?" 그녀가 지적했다.

"생각을 바꿨어요. 이비, 이곳엔 확실히 정상적이지 않은 뭔가가 있어요. 그게 뭔지 알아낼 필요가 있습니다. 그리고 톰 플레처가 왜 그리 힘들어하는지 분명히 알고 싶은 마음이 이비한테 정말 있다면 이비도 그럴 필요가 있고요."

그를 만날 수 있다고? 오늘밤에? "하지만 해리, 그건 좀……."

"6시 반에 데리러 갈 테니 둘이 같이 가면 돼요. 길이 험하니까 내가 도와줄게요. 물론 당신이 도움이 필요한 사람은 아니지만요. 저도 잘 압니다. 그리고 데이트도 아니에요. 철저하게 공적인 이유로, 일 때문에 만나는 겁니다. 저도, 당신도요."

"고마워요. 공적이라는 게 무슨 뜻인지는 저도 알아요. 저는 사생활을 침해하는 면이 좀 있는 것 같다고 하려던 참이었어요. 플레처 가족은 제가 자기들을 엿본다고 생각할 수도 있을 것 같거든요. 가족 전체를 대상으로 일을 할 때는 신뢰 유지가 정말 중요해요." 아, 입 좀 닥쳐, 이 멍청아. 이러다간 저이가 마음을 바꾸겠어.

"제가 이미 앨리스와 이야기를 했어요. 괜찮답니다. 그리고 본파이어가 끝나면 저녁을 같이 먹자고 했어요. 다시 확인할게요. 이건 정말 데이트가 아닙니다."

"네, 알아들었어요. 잘 이해해요." 해리와의 데이트. 그녀가 해리와 데이트를 하게 된 것이다. 더치스가 콘크리트 바닥에서 이리저리 몸을 틀며 트레일러로부터 뒷걸음질을 쳤다. "좋은 생각 같기는 하지만 제가 직접 앨리스와 이야기를 해봐야겠어요. 예상하지 못했던 제안이라서요. 오늘 오후에 전화드려도 될까요?" 이비가 말했다.

"물론입니다. 전 이제 정말 가봐야 되겠어요. 나중에 얘기합시다."

그가 전화를 끊었다. 그건 그렇고 아아, 정말 신이 나서 견딜 수가 없는데, 대체 뭘 입어야 하지?

44

톰은 최대한 빨리, 그러나 누군가가 숨어 있을지도 모른다는 경계를 풀지 않은 채 교회 경내로 이어지는 입구로 뛰어 들어갔다. 그는 옛 교회 터 주위를 한 번 돌고 교회를 지나쳐 공동묘지 구역으로 들어갔고 비석 뒤로 몸을 던진 후 숨을 골랐다.

4시 반. 해가 진 지 채 오 분도 되지 않은 하늘에는 오렌지색과 분홍빛 흔적이 여러 줄 남아 있었다. 구름이 점점 짙어졌고 빛은 빠르게 스러졌다. 시간이 별로 없었다.

톰은 담에 최대한 가까이 붙어 다시 걷기 시작했다. 무슨 일이 생기면 담을 넘어 금세 뒷문으로 들어갈 수 있을 것이다. 그 아이가 빠르다는 사실은 알고 있었지만, 빠른 것으로 치면 톰도 남부럽지 않았다.

톰은 루시 픽업의 무덤에 닿았을 때 다시 몸을 웅크리고 앉았다. 누군가가 두고 갔는지 무덤에는 작은 분홍 장미꽃 한 묶음(왠지 참으로 처량하게 보였다)과 목에 분홍 리본을 맨 작은 크림색 테디 베어 인형이 놓여 있었다. 이 마을에서는 왜 11월 5일이 아닌 오늘밤 본파이어를 거행하는지 기억났다. 오늘, 11월 2일은 망자의 날이었다. 해리가 이야기해주었다. 사랑하는 사람과 사별한 이가 죽은 이를 기억하고 추모하는 날로서, 헵턴클로에서는 사람들이 무덤을 방문해 기도를 하고 선물을 남겼다. 헵턴클로 사람들이 사별한 이들을 추모하는 거라고 해리가 말했다.

톰은 주위를 둘러보았다. 아직은 빛이 충분했다. 그리고 그는 담에 아주 가까이 있었다.

주목 나무는 사람이 오르기에 적합하지 않다. 다들 알았다. 나무는 그 정도로 높게 자라지 않고 가지는 충분히 굵어지지 않는다. 하지만 이 나무는 강한 가지 하나가 정원으로 뻗어 있었다. 톰이 조심하고 몸이 긁히는 걸 두려워하지 않는다면 그 가지로 올라갈 수 있을 것이다.

십 분, 십오 분 정도의 시간이 있었다. 어머니는 톰이 숙제를 한다고 알고 조와 밀리에게 톰 근처에 가지 말라고 경고해둔 차였다. 십오 분이면 충분했다.

나무를 오르던 톰은 깜짝 놀랐다. 나무 위에서 그의 집이 너무나 잘 보였다. 팔 밑으로 기관총을 끼고 소파 뒤로 기어가고 있는 조의 모습이 눈에 들어왔다. 심지어 위층 방들도 잘 보였다. 욕실에서는 엄마가 밀리의 기저귀를 찾아 욕실장 안으로 손을 넣고 있었다. 톰은 생각을 멈출 수가 없었다. 그 아이는 여기, 이 가지 위에 앉아 우리를 지켜보았던 걸까? 묘지의 주목 나무는 결코 잎이 지지 않는다. 몸을 가만히 둘 수만 있다면 그 아이는 여기 숨어 톰의 가족을 몇 시간이라도 살필 수 있었다. 그래도 톰의 가족은 결코 알아채지 못할 것이다.

톰의 목에 걸린 것은 아빠의 디지털카메라였다. 카메라를 안전하게 지키기 위해 스웨트 셔츠 속으로 넣어 걸었다. 톰은 플래시를 사용하는 법과 초점을 맞추는 법, 줌 기능으로 확대와 축소 하는 법을 알았다. 어제저녁 내내 거실에서 춤추는 밀리의 사진을 찍으며 연습했고, 사진을 컴퓨터에 어떻게 옮기는지 아빠가 보여주었다. 톰은 그 여자아이가 나타나기를 기다렸다가 사진을 찍을 참이었다. 가능한 한 많이 찍을 것이다. 그러면 사람들이 믿어줄 것이다. 사람들에게 사진을 보여줄 수 있다면 톰이 이제껏 진실을 말했음을 알아줄 것이다. 미치지 않았다는 것을 알아줄 것이다. 이 계획에서 제일 근사한 점은 무엇보다도 톰 자신이 그것을 알게 될 것이라는 점이었다.

두세 시간 후에는 모든 것이 다 끝나리라.

45

"그래서 계획이 뭔가요, 목사님? 희생 의식이 치러지는 곳에서 부두교 의식을 하고 핫도그를 먹으면서 잠시 쉬기도 하다 보면 한밤중에는 좀비가 무덤에서 깨어나나요?"

"오늘 행사를 심각하게 여기지 않는군요." 해리가 길 한가운데서 껴안고 있는 두 여자애 옆으로 이비를 이끌며 대답했다. 심하게 취한 듯, 여자애 한 명의 눈동자가 번들거렸다. 그들 앞 하늘에서 분홍과 초록의 불꽃이 펑펑 터졌다. 불꽃에 구름이 언뜻 드러났다가 다시 어둠이 왔다.

"제가요, 1학년 때 대중심리에 대한 프로젝트를 한 적도 있는데요. 실제로 겪게 되니 정말 신나요."

헵턴클로에 널린, 돌로 포장된 뒷골목에서 십 대 후반의 사내아이가 튀어나와 비틀거리며 다가왔다. 불이 붙지 않은 담배가 그의 입에서 달랑거렸다. "불 좀 있어?" 질문부터 던졌다가 사내아이가 해리의 얼굴을 보았다. "아, 죄송해요, 목사님." 사내아이는 비틀거리며 경사 길 아래로 내려갔다. 이비가 나직이 웃었다.

피의 수확

해리는 마을이 이렇게 붐비는 것을 처음 보았다. 언덕길 아래로 거의 오백여 미터를 내려간 후에야 차를 댈 수 있었다. 그는 이비에게 교회에 내려줄 테니 양치기의 벤치에서 기다리라고 제안했지만 거절당했고 그래서 지금 두 사람은 다른 사람들과 함께 본파이어가 열리는 곳으로 올라가는 중이었다. 밤의 대기가 화약 냄새와 나무 탄내로 가득했다.

두 사람보다 빨리 움직일 수 있는 이들이 이삼 초마다 옆을 지나며 추월했다. 그들은 대부분 고개를 돌려 안녕하시냐고 해리에게 인사하고는 호기심 어린 눈빛으로 이비를 보았다. 그렇다 한들 그들을 나무랄 수 있겠는가? 자기 눈동자와 똑같은 짙은 파란색 누비 코트에 같은 색 모자를 쓴 이비는 마을 사람들이 실로 오랜만에 보는 어여쁜 여성일 것이다.

"의사의 전문적 시선으로 지금까지 관찰한 모습은 어때요?"

해리가 물었다.

이비가 목을 늘여 주위를 돌아보고는 그를 올려보았다. "흔히 예상되는 일이 모조리 일어나고 있어요. 아이들이 흥분해서 난리를 치며 놀고 있어서 부모들은 약간 짜증이 난 상태죠. 날이 어두우니 아이들을 잃어버릴까 두려워서요. 그래서 약간 불안해하고 과보호하게 되는데, 사람의 나쁜 성질이 나오기에는 충분한 조건이에요."

그녀의 오른쪽 귀 바로 밑에 작은 점이 있었다.

"나이가 좀 든 아이들은 평소보다 더 많이 술을 마시겠죠. 걸리지 않을 정도로 나이를 먹었으니 아예 술집에 죽치고 있겠고요. 어린 애들은 사과술병을 숨겨 어두운 구석에 모여 있을 테고. 말다툼, 심지어 폭력이 일어날 여지가 도사리고 있어요. 하지만 그러려면 아마 두 시간은 더 있어야 할 거예요."

그가 그 점에 입을 맞춘다면 그녀의 귀 굴곡이 뺨에 느껴질 것이고, 그녀의 머리카락이 코를 간지를 것이다.

"가장 큰 문제는, 이러한 행사에서는 사람들이 뭔가 기대하는 심리를 품게 된다는 점이에요. 모든 사람이 무슨 일이 일어나기를 은근히 기다리죠. 가슴이 두근거리는 상태이기 때문에 무슨 이유로든 실망을 하면 말썽이 일어나게 돼요. 답답함을 풀 곳이 필요하니까요. 저기요, 제 말을 듣고는 있는 건가요?"

그가 씩 웃었다. 바보처럼 보일 것이다. "아주 잘 듣고 있습니다. 그런데 우리, 아직도 뱀파이어 얘기를 하는 건가요?"

* * *

플레처 가족은 가진 중 가장 따뜻한 옷가지로 단단히 무장하고 7시 직전에 집을 나섰다. 밀리는 어머니의 품에 안겼고 조는 아빠의 목말을 탔다. 톰은 어머니와 아버지에게서 시야에서 벗어나면 발가락을 잘라버리겠다는 경고를 여러 번 들었다. 카메라는 그의 목에 걸려 있었다.

톰이 교회 경내에서 이십 분 정도 머물렀을 때 엄마가 뒷문에 나타나 그의 이름을 소리쳐 불렀다. 톰은 한 손으로 카메라를 감싼 채 담벼락을 타고 내려와 정원을 가로질러 뛰어갔다. 어머니가 으레 하는 잔소리를 다 끝냈을 때 톰은 학교 숙제로 황혼녘 사진을 찍고 있었다고 말했다. 어머니는 그 대답에 만족한 듯 보였다. 톰도 마찬가지였다. 톰이 보낸 이십 분은 시간 낭비가 아니었다. 절대, 절대 아니었다.

두 사람이 경사 지대의 정점에 다다를 무렵, 해리는 이비가 지쳐 가는 걸 느꼈다. 말수가 줄었고 걷는 속도가 눈에 띄게 느려졌다. 여기까지 차로 데리고 오려고 했는데 어째서 못 하게 한 걸까. 잠시 멈춰서 쉬자고 제안하면 화를 낼까?

"잠깐 앉아서 쉬어도 될까요?" 이비가 물었다.

다람쥐처럼 귀엽고 당나귀처럼 고집스럽다. 정말로 골칫거리인 여자였다. 이렇게 행복한 기분을 느껴도 되는 걸까? 해리는 그녀를 양치기의 벤치로 이끌어 함께 앉았다. 동네 사람 대부분은 이미 와이트 레인에 들어서 있었다. 함성 소리와 불꽃 튀는 소리가 들려왔고 건물들 위로 오렌지색 불빛이 희미하게 떠올라 있었다. 경사 지대 위쪽을 확인하려고 고개를 돌리던 그는 옛 교회 터에서 본맨이 모두 사라졌다는 사실을 발견했다. 그가 두어 시간 전에 러시턴 총경에게 건넨 본맨을 빼고는. 그 본맨은 다음 며칠 동안 지문 검사를 비롯해 증거 확보를 위한 각종 검사를 거칠 것이다. 정보가 더 나올 때까지 플레처 가족에게는 아무 말을 하지 않기로 그와 러시턴은 합의했다.

"앨리스랑 통화했죠? 어떻던가요? 괜찮던가요?" 해리가 물었다. 오늘 내내 바빴던 탓에 그는 이비의 전화를 받지 못했다. 전화에는 그녀를 어디로 데리러 와야 하는지 짧은 메시지가 남아 있었다.

"네, 괜찮은 것 같았어요." 이비의 숨은 여전히 거칠었다. 양 뺨이 발그레했다. "아이들이 모두 본파이어를 보러 가고 싶어 한다고 확신하는 것 같았어요. 톰이 사진에 깊은 관심을 가지게 되어서 사진을 좀 찍고 싶어 한대요. 그리고 앨리스의 동네 친구 중 한 명이 나쁜 일이 일어나지 않을 거라고 장담했다네요."

"모든 일에는 처음이란 게 있는 법인데." 해리가 중얼거렸다.

"네?"

해리가 고개를 저었다. "아무것도 아닙니다. 그래서요?"

"우리 둘 다 아이들을 혼란스럽게 하거나 겁을 먹게 하는 일만 없다면, 가족 단위로 뭔가를 하는 것은 유익할 거라고 생각했어요. 그러더니 앨리스가 저보고 당신하고 저녁 식사에 꼭 와야 한다고 우기더군요. 좋은 사람이에요."

"예쁜 여성분과 계시는 모습이 보기 좋구려, 목사님."

해리가 이비에게서 시선을 돌리자 노부인 세 명이 눈에 들어왔다. 오전에 그의 다리에 감탄하던 부인도 같이 있었다. 장난꾸러기 같은 미소를 띠고 그와 이비를 번갈아 보고 있었다. "목사란 마땅히 결혼해야 한다는 게 이 늙은이의 주장이지." 노부인이 말을 마쳤다. 얼굴에 떠올라 있는 것은 순진한 미소가 아니었다. 무언의 짓궂은 농담이었다. 옆에서 이비의 숨죽인 웃음소리가 들렸고 그는 뺨이 달아오르는 것을 느꼈다. 어두워서 다행이었다.

"아뇨, 호손 부인. 그런 거 아니에요. 올리버 선생님은 동료예요. 일 때문에 여기 오신 겁니다."

미니 호손의 친구 두 명이 끼어들었다. 세 노부인은 마치 『맥베스』의 한 장면처럼 그를 향해 빙글거렸다. 마녀 호손이 이비에게서 해리로 시선을 옮겼다. "아, 젊은 양반. 무슨 말씀인지 알겠소." 모직 모자를 쓴 머리를 끄덕이며 노부인이 수긍했다.

세 노부인은 킬킬거리며 다른 무리를 쫓아 와이트 레인으로 향했고 한순간 미니 호손이 두 사람을 힐끗 돌아보았다. 저 노부인이 지금 해리에게 윙크를 한 건가?

"노련한 어르신을 속일 수는 없군요." 해리가 조용히 말했다.

"우리도 이제 가야겠어요. 전 이제 괜찮아요. 게다가 플레처 가족은 아직 보지도 못했잖아요."

"잠깐만요. 당신하고 둘만 있을 때 말해야 할 게 있어요."

쾅하는 커다란 소리에 두 사람은 펄쩍 뛰었다. 금빛 불꽃이 이비의 머리 위에서 화르르 터졌다가 점점 짙어지는 구름 사이로 사라졌다. 불꽃이 터진 짧은 찰나에 옛 수도원 교회의 낡은 담이 날카롭게 모습을 드러냈다. 본맨이 사라진 교회는 기묘하게 비어 보였다. 하나가 남아 있는 것 같기는 했지만.

해리가 시선을 내려 이비를 똑바로 바라보았다. "오늘 질리언을 우연히 만났어요."

예상대로 이비의 얼굴이 굳었다. 입을 열려는 그녀를 한 손을 들어 막았다. "당신이 질리언에 대해 이야기할 수 없다는 것 알아요. 하지만 제가 말하지 못할 이유는 없지요? 그러니 듣기만 해요."

그가 제대로 보았다. 옛 교회 터에는 본맨이 하나 남아 있었다. 탑 창 안에 있는 형상이 그의 눈에 보였다. 아니, 이야기에 집중해야 한다. 중요한 이야기다. 그는 이비에게 시선을 돌렸다. 사실 그리 어려운 일은 아니었다. "예전에 살던 집터에 있었어요. 흥분한 상태로 딸아이의 장난감 하나를 꼭 쥐고 있더군요. 제가 집으로 데려다주긴 했지만 거의 아무것도 하지 못하는 지경이었어요. 그리고 몇 분 후에 모친이 도착했는데……."

"질리언의 모친요?"

"네. 오늘 처음 봤어요. 자기가 맡겠다고 아무 거리낌 없이 말하기에 제가 그곳을 뜰 수 있었습니다. 그런데 문제가 뭐냐면, 다들 질리언이 나아지고 있다고 생각하고 있었거든요. 지난 몇 주 동안 상태가 훨씬 좋아졌다고들 했죠. 당신이 봐주기 시작한 기간과 거의 일치해요. 그런데 오늘 저는 걱정이 들었습니다. 질리언이 딸에 대해 이야기하는 모습이 정상 같지가 않았어요. 딸아이의 넋이 쫓아다닌다는 식으로 말을 했어요. 퇴마 의식을 해달라고 부탁하더군요."

이비가 벤치를 보고 있었다. 그녀의 눈이 보이지 않았다. 하늘에서 불꽃 하나가 또다시 터졌다. 그가 본맨의 형상을 보았다고 생각한 것은 착각이었다. 탑 창문은 비어 있었다.

"이비가 알고 있어야 한다고 생각했습니다. 그게 다예요."

"고마워요." 이비가 벤치를 향해 말했다.

해리는 숨을 깊이 들이마시고 입을 열었다. "그리고 이건 제가 굳이 말하지 않아도 이비가 알아줬으면 하는데요. 설사 질리언이 감정적으로 심각하게 다친 상태가 아니라서 계속적인 치료가 필요하지 않다고 해도 말이죠. 백만 년이 지나도 제가 질리언을 생각할 일은…… 아, 진짜 제가 이 말을 굳이 해야 됩니까?"

"아니요." 이비가 속삭이듯 대답했다.

"고맙습니다."

"하지만……." 그녀가 고개를 들었다.

"아, 그 '하지만' 소리 좀 안 하면 안 돼요?" 손을 잡으면 '공적인' 사이로 보이지 않는 걸까 궁금한 심정으로 해리가 물었다.

"이건 그냥 가정인데요. 제가 환자를 보는 데 이익의 충돌 가능성이 잠재해 있다는 판단이 드는 경우, 제가 밟아야 할 올바른 절차는 환자를 대신 맡을 동료 의사를 찾는 거예요. 그러나 그게 항상 바로 가능하지는 않아요. 환자의 희망도 고려해야 하고요. 환자가 다른 의사에게 가기를 원하지 않을 수도 있어요. 그래서 그 사람이 남자건 여자건 제 환자로 남아 있는 한, 제게는 그 사람의 이익이 최우선 순위로 남을 수밖에 없어요."

"이해합니다." 해리가 자리에서 일어나 이비에게 손을 내밀었다. 그녀가 그 손을 잡고 일어나 그의 팔을 잡았다. 두 사람은 이제는 텅 빈 길을 가로질러 와이트 레인으로 접어들었다.

검정색 옷을 입고 얼굴을 검게 칠한 사람에게 들린 본맨이 본파이어를 둥그렇게 둘러싸고 서 있었다. "분장일 뿐이야." 톰의 엄마가 계속 되풀이했다. 딱히 누구에게 들으라고 하는 말 같지는 않았지만. "어머, 종이 가게 마스든 씨잖아." 어머니의 의도가 순수하다는 것을 톰은 알고 있었지만 다 쓸데없는 짓이었다. 톰도 그들이 검정색 옷을 입은 진짜 사람이라는 사실을 알고 있었다. 하지만 그늘에만 머물러 있으니 본맨 뒤 사람은 거의 보이지 않았다. 본맨들이 스스로 걷는 것 같은 모습으로 플레처 가족 옆을 지나친 것이 겨우 몇 분 전이었고 이제 그림자 남자들은 본맨을 앞에 세운 채로 본파이어 주위에 서 있었다. 둥글게 선 본맨에게서 거리를 좀 두고 마을 사람이 또 다른 원을 그리며 서 있었다. 톰과 가족은 길에 머물렀다. 조는 여전히 아빠의 목말을 타고 있었고 언제까지 비가 오지 않으려나 중얼거리는 엄마의 바로 뒤에서 톰이 담 위에 올라가 있었다. 원형으로 서 있는 본맨과 가운데 지펴져 있는 본파이어가 군중의 머리 너머로 잘 내다보였다. 톰에게 이렇게 멋진 광경은 처음이었다.

잠시도 눈을 떼기가 어려웠지만 톰은 주위를 계속 살펴야 했다. 그 아이가 여기 어디엔가 있었다. 그냥 알았다. 그 아이가 오늘 행사를 놓칠 리 없다.

* * *

해리와 이비가 길을 가로지를 때 검정색 옷으로 무장하고 얼굴에 검정 칠을 한 남자아이가 자전거를 타고 그들 옆을 쌩하니 지나쳤다. 핸들의 전조등이 번쩍번쩍 빛났다. 아이는 해리를 노려보더니 속도를 올리면서 경사 길을 내려갔다.

"친구인가 봐요?" 이비가 물었다.

"그럴 리가요. 제이크 놀스라고, 톰 플레처의 숙적 1호입니다. 제가 이곳에 도착한 날 저 아이를 곤란하게 한 적이 있었는데 저를 아직도 용서하지 않은 모양이에요. '복층 신도석에 올라간 밀리' 사건의 주 용의자기도 합니다." 해리가 잠시 말을 멈췄다. 교회에 밀리 인형을 남겨둔 것도 제이크 놀스일까? 그런 짓은 비행 청소년의 기준에서 보더라도 상당히 질이 좋지 않은 행동이었다.

"제가 낙마한 날 더치스를 겁준 아이 중 한 명인 것 같아요. 자전거가 낯이 익어요."

"맞을 겁니다."

와이트 레인에는 가로등이 없었다. 진짜 불이 타는 구식 호롱이 벽과 울타리에 묶여 길을 밝히고 있었다. 해리가 등 옆을 지나칠 때 등유 냄새가 풍겼다. 자갈길에 잡초가 무성해지자 이비가 비틀거리다 해리 쪽으로 기울었다.

피의 수확

"저기요, 제가 당신 허리에 팔을 두르면 걷기가 훨씬 쉬울 겁니다. 진짜요." 그가 제안했다.

"머리를 잘 쓰셨지만요, 목사님. 그런 일이 일어나려면 제 속에 술이 두어 잔은 들어가야 할걸요."

"음주는 안 하시는 줄 알았는데요."

그녀의 얼굴에 고양이 같은 미소가 살짝 떠올랐다. "술을 마시면 안 된다고 했지, 술을 마시지 않는다는 말은 한 적이 없는데요."

해리가 웃었다. "드디어! 이런저런 일이 있었지만 오늘이 나쁘게 끝나지는 않을 것 같네요."

* * *

아직까지 그 아이의 기색은 없었지만 톰은 개의치 않았다. 이렇게 사방에 사람이 깔린 상황이라면 그 아이는 특히 조심하고 있을 것이다. 분명히 그늘 어딘가에 있었다. 담 뒤, 아니면 낮은 지붕 위? 카메라 렌즈를 통해 보니 관찰하기가 더 쉬웠다. 주의가 흩어질 위험도 적었고 톰이 무슨 짓을 하는지 아무도 알 수 없었다. 그저 좋은 피사체를 기다린다고 짐작할 것이다. 톰은 여전히 담 위에 있었다. 어떻게 사람들이 톰 자신보다 본파이어에 더 가까이 서 있을 수 있는지 톰은 짐작조차 할 수 없었다. 자신은 얼굴에 와닿는 열기도 간신히 견딜 수 있을 정도인데 밖에 모인 군중은 거센 불길에서 고작 몇 미터 떨어져 있을 따름이었다. 군중보다 더 가까이 서 있는 것은 그림자 남자들이었다. 본맨은 그림자 남자보다도 가까이 있었지만 그들이 열기를 마다할 것 같지는 않았다. 다들 뭘 기다리는 걸까?

해리와 이비가 플레처 가족에 합세했고, 그들은 모두 그저 기다리고 있었다. 그 자리에 서서.

이비가 말한 '기대하는 심리'가 무슨 뜻인지 해리는 막 이해한 참이었다. 주변 사람의 얼굴에 떠올라 있었기 때문이다. 사람들은 세일을 하는 가게 문이 열리기를 줄서 기다리는 사람 같은 표정을 짓고 있었다. 이웃과 이야기를 하며 별생각 없다는 듯이 보이려고 애쓰고 있었지만 그들의 시선은 밭으로 연신 향하고 있었다. 불길과 너무나 가까운 위치에서 둥그렇게 서 있는 본맨의 모습은 마치 당장이라도 불이 붙어 타오를 것처럼 무서운 광경이었다. 실로, 그들은 해리와 이비가 도착했을 때보다 본파이어에 더 가까이 다가선 것처럼 보였다. 불길이 그들을 잡아끌기라도 하는 것처럼. 해리의 오른편에서 무언가가 갑자기 움직이며 주의를 끌었다. 해리가 고개를 돌렸다. 삼 미터 남짓 떨어진 곳에 질리언이 서 있었다. 자기 옛집 대문에 가까이 서서 그를 똑바로 바라보고 있었다. 그녀는 그의 코트를 입고 있었다.

본맨들이 본파이어에 가까이 다가서고 있었다. 톰은 카메라가 목으로 흘러내리는 것도 깨닫지 못할 정도로 넋이 빠져 그 광경을 지켜보았다. 천천히, 본맨을 잡고 있는 사람들이 앞으로 발걸음을 잘게 내디뎠다. 어떻게 그럴 수 있을까? 어떻게 열기를 견디고 있는 걸까? 군중의 소음 또한 잦아들었다. 사람들이 한 명 한 명 침묵에 잠기며 본맨이 천천히 불꽃으로 다가서는 모습을 바라보는 것처럼 보였다.

* * *

"제 말 들려요, 해리?"

이비가 그에게 말을 하고 있었다. 불길이 타는 소리에 그녀의 낮은 목소리가 묻혀 해리는 귀를 한껏 기울여야 했다. 그는 불길에서 시선을 돌려 아래를 보았다.

"예감이 안 좋아요. 무슨 일이 일어날 거예요." 그녀가 그의 귀에 바싹 대고 말했다.

그는 몸을 쭉 펴 다시 본파이어 쪽을 보았다. 마치 마을 전체가 불 주위에 거대한 원형으로 모여 선 것처럼 보였다. 길에 남은 사람은 그와 이비, 질리언과 플레처 가족을 포함해서 열 명 남짓밖에 되지 않았다. "뭐가요? 무슨 일이 일어난다는 건가요?" 그가 그녀에게 몸을 숙이며 물었다.

"일종의 깜짝쇼를 위해 분위기를 고조시키는 것 같아요. 여기 있는 사람은 대부분 그 쇼가 뭔지 알고 있고요. 제 생각엔, 때때로 문제가 생길 수 있는, 그런 깜짝쇼인 것 같아요. 오늘 여기 도착한 후로 얼굴에 심각한 화상 흉터가 있는 사람을 두 명이나 보았어요. 그리고 사람들이 불안해하고 있어요. 잘 보세요."

그녀가 옳았다. 연인은 바짝 붙어 서 있었고 부모는 아이를 단단히 붙들고 있었다. 손에 맥주잔을 들고 있는 남자는 마시는 것을 멈췄다. 모든 시선, 그와 이비의 시선을 제외한 모든 눈길이 본파이어에 못 박혀 있었다. 불을 둘러싼 원에.

사람들이 기다리고 있었다. 무엇을 기다리는지 톰은 알지 못했다. 톰은 사진 찍는 것을 포기했다. 다음에 일어날 일을 놓치고 싶지 않았다. 그다지 멀지 않은 곳에서 아이 하나가 울기 시작했다. 밀리인가 하고 잠시 생각했다. 세 발짝, 아마도 네 발짝만 더 가면 본맨은 불길에 다다를 것이다. 지푸라기와 넝마로 지어진 그들이 과연 어떻게…….

불똥이 튀었는지, 본맨 하나에 불이 붙었다. 일 초 전 인간의 형태였던 것이 이제는 불꽃의 형태로 대기에 높게 떠 있었다.

"망자를 추모하노라!"

어디서 터진 건지 톰은 몰랐지만, 고함소리가 무어 황야에 울려 퍼질 때 활활 타는 본맨이 공중에 높이 치솟았다. 인형은 불길의 정점으로 낙하하더니 바로 불길과 한몸을 이뤘다. 누군가가 무어 황야의 위쪽 지대, 아마도 모렐 토르에서 불꽃놀이 화약을 터뜨렸다. 불꽃이 하늘로 치솟는 모습이 마치 위로 향하는 망자의 영혼처럼 보였다.

또 다른 본맨이 활활 타며 공중으로 날았다. 불꽃이 한 점 또 터졌다. 세 번째 본맨, 네 번째 본맨이 뒤따랐다. 불꽃도 더 터졌다. 군중은 본맨이 하나씩 불길에 휩싸여 본파이어로 던져지는 모습을 지켜보았다. 본맨이 공중으로 날아오를 때마다 똑같은 함성이 터졌다.

"망자를 추모하노라!"

주머니에 불꽃놀이 화약이 든 본맨이 몇 개 있었던 모양인지, 다채로운 색의 불꽃이 본파이어로부터 불똥 튀듯 사방으로 튀었다. 군중 일부가 비명을 지르며 몸을 돌렸다. 톰의 바로 앞에서 아빠가 조를 어깨에서 잡아 땅에 내려놓았다. 앨리스가 밀리를 품에 안은 채 뒤로 한 걸음 물러섰고 톰은 담으로부터 자신을 끌어당기는 아빠의 손길을 느꼈다. 그때였다. 본파이어가 땅으로 무너져 내렸다.

"대체 무슨?"

해리가 이비를 담 옆에 두고 앞으로 나섰다. 가족에게 그 자리에 가만히 있으라고 지시하는 개릿 플레처의 목소리가 어렴풋이 들려왔다. 두 남자는 상황을 자세히 살피기 위해 앞으로 성큼성큼 걸어나와 울타리 위로 올라갔다.

"내가 제대로 본 거 맞나요?" 자기도 모르게 해리가 말했다.

"제길, 어떻게 저렇게 한 것 같아요?" 개릿이 물었다.

방금 전까지만 해도 본파이어가 훨훨 타던 곳에 입을 딱 벌린 구덩이가 커다랗게 패어 있었다. 본파이어는 모닥불이 타는 구멍으로 변해 있었고 색깔을 띤 불꽃이 온갖 방향으로 불똥처럼 튀었다. 해리는 사람 모양이 남은 형태를 몇 개 볼 수 있었다.

"지옥으로 가는 문을 방금 목격했군요." 개릿이 말했다.

인형을 들고 있던 남자들이 마침내 모닥불에서 몸을 비키고 삽을 건네받아 옆에 쌓여 있던 흙을 모닥불로 끼얹었다. 다른 이도 가담했다. 삽을 쓰는 사람도 있었고 맨손을 쓰는 사람도 있었다. 해리는 그 모습을 물끄러미 바라보았다.

"본파이어를 구덩이 위에 세운 거였군요. 구덩이 입구에 토대 같은 것을 설치하고 그 위에 불을 피웠어요. 입구에 걸쳐놓은 토대가 다 탔을 때 불 전체가 무너진 거고요." 개릿이 말했다.

"사람들이 죽은 사람을 묻어요." 이비가 말했다. 해리가 깜짝 놀라 몸을 돌렸다. 그녀가 그의 옆에 있었다. 잠시 그는 어떻게 그녀가 울타리 위에 올라온 걸까 의아했지만 말에 오를 수 있는 사람이라면 울타리도 오를 수 있음을 깨달았다. "잘 보세요. 뼈 위에 흙을 뿌리고 있어요. 우리가 매장을 할 때 그렇게 하죠."

"이런 기괴한 건 처음 봅니다. 선생님은 어떻게 생각하세요?"

개릿이 물었다.

이비는 잠시 생각을 잠긴 듯 보였다. "저만 그런 걸 수도 있지만, 이 정도로 끝난 것이 정말 다행이다 싶어요."

46

창문 블라인드가 여전히 열려 있었다. 흔하지 않은 일이었다. 요새 들어서는 날이 많이 어두워지기 전에 톰이 블라인드를 내리는 편이었다. 밀리를 제외한 플레처 가족 전부가 주방에 있었다. 아버지가 창문에 가까이 서서 교회를 관리하는 남자에게 말을 하고 있었다. 식탁에는 머리카락이 짙고 눈이 큰 젊은 여성이 앉아 있었다. 그들은 음료를 마시며 이야기를 나누었다. 행복해 보였다. 밀리는 어디로 간 걸까.

톰이 주방 조리대에 올라갔다. 아이는 어둠을 빤히 내다보다가 이윽고 손을 뻗어 블라인드 줄을 잡아당겼다. 블라인드가 내려갔고 눈앞의 광경이 사라졌다.

그 사람들, 문은 잠갔을까.

피의 수확

47

"제니가 미리 경고를 해주지 않았다니, 믿을 수가 없어요."

앨리스가 말했다.

"깜짝쇼를 망치고 싶지 않았던 모양이지. 톰, 거기서 내려오겠니? 이비는 뭘 마실래요?" 개릿이 말했다.

개릿이 장남에게서 고개를 돌려 이비를 보았고 그 틈을 타 톰은 주방 창 블라인드를 내렸다. 조리대에 올라가 다른 창문의 블라인드도 내리던 톰은 이비가 자신을 지켜보고 있는 것을 눈치챘다. 현관문이 잠겼는지 확인했던가?

"내년에는 우리도 본맨 해도 돼요?" 조가 물었다. 그날 저녁에만 열 번은 되풀이된 질문이었다. 조는 질문을 충분히 계속 던지면 조만간 원하는 대답을 들을 것이라고 믿었고, 실제로 그런 결과를 자주 얻었다.

"아버지 고추가 다 타버릴까 봐 안 돼." 앨리스의 대답에 조가 깔깔거렸다. 아이는 그 단어를 들을 때마다 웃음을 참을 수가 없었다. "오늘밤 헵턴클로에는 눈썹을 그슬린 사람들이 꽤 있을걸."

"몸의 다른 부위는 말할 것도 없이 말이죠. 고마워요, 친구." 해리가 톰의 아빠에게서 맥주를 건네받아 캔 뚜껑을 딴 후 그대로 들이켰다.

"자, 이리 와, 조. 이제 위층으로 올라갈 시간이야. 톰은 십오 분 남았어." 앨리스가 말했다.

"내가 찍은 사진을 먼저 보고 싶어요." 톰이 말했다.

"잘 나온 게 있니?" 이비가 물었다.

톰에게 갑자기 어떤 생각이 떠올랐다. "그럴걸요. 원하시면 나랑 같이 보실래요?"

톰의 엄마가 문간에서 몸을 돌렸다. "톰, 아가……."

"고마워. 그러고 싶어. 그래도 될까요, 앨리스?"

"물론이죠. 하지만 컴퓨터는 위층에 있는데, 괜찮겠어요?"

"그럼요." 이비가 일어서며 말했다. 그녀는 붙박이 다리미장에 걸쳐놓았던 지팡이를 잡아 들고 톰을 뒤따라 주방을 나섰다.

"괜찮……." 해리가 입을 열었다.

"네." 이비가 해리를 보았다. 톰이 보기에 그녀는 해리를 노려보려고 한 것 같았지만 그렇게 쳐다보는 것이 무서울 것이라 생각했다면 의사 선생님은 엄마에게 가르침을 좀 받아야 할 것이다.

톰이 계단을 뛰어올라갔고 이비가 뒤따랐다. 뒤에서 그녀의 지팡이가 계단을 짚는 소리가 나직이 들렸다. 톰이 계단참에 다다랐을 즈음 그녀의 숨소리가 들려왔다. 이비가 통증을 자주 느끼는 것 같은데도 그런 티를 내지도 않고 불평도 하지 않는 것을 보면 매우 용감한 사람이라고 엄마가 말한 적이 있다. 톰은 그 말이 옳다고 생각했다. 톰은 다치면 도저히 입을 다물고 있을 수 없는 편이었고 조로 말할 것 같으면, 흠, 동생이 다치면 온 세상이 알았다.

컴퓨터가 있는 부모님의 방을 향해 톰이 복도를 따라 앞장섰고 이윽고 두 사람은 자리에 앉았다. 톰이 카메라를 하드드라이브에 연결하여 저녁에 찍은 사진을 업로드했다. 톰 자신도 아직 사진을 볼 기회가 없었다.

"이건 본맨이 교회에 있을 때 찍은 사진이에요."

아래층에서 해리가 웃었다. 이비의 고개가 문 쪽으로 돌아가다가

　　　　　　　　　　　　　　　　　　　　피의 수확

톰에게 되돌아왔다.

"잘 찍었네. 저쪽 사진, 달이 막 뜨는 모습이 보이는 거 좋다. 이거세 장은 색깔이 아주 좋고. 해가 지는 모습을 정말 잘 잡았구나."

입에 발린 칭찬임을 알면서도 톰은 기분이 좋아졌다. 사진은 잘 나왔고, 엄마가 종종 하는 말에 따르면 톰은 구도를 잘 잡았다. 하지만 이비에게 보여줘야 할 사진은 교회 사진이 아니었다. 톰이 그녀를 위층으로 데려와서 보여주려고 했던 것은…….

"이건 누구니?" 이비가 물었다.

심장이 빠르게 뛰기 시작하는 것을 느끼며 톰은 이비가 보는 사진을 클릭하여 확대했다. 봐라, 증거가 여기 있다! 아무도 믿어주지 않았던 그 여자아이가 카메라에 잡혔다! 다만 문제는…….

"조니? 아니, 조보다 큰데. 친구니?"

……안타깝게도, 큰 비석 뒤에 숨어 있는 아이의 모습이 뚜렷하게 잡히지 않았다. 톰은 사진 속 아이의 정체를 이미 알기에 이상한 구식 원피스와 긴 머리카락을 알아볼 수 있었지만, 처음으로 이 사진을 보는 사람에게는 여느 어린아이로 보일 따름이었다. 톰은 그 사진 파일을 닫고 다음 사진을 띄웠다.

그 아이가 나타난 것은 톰이 주목 나무 위에서 거의 이십 분을 머무르다 추위로 몸이 뻣뻣해져 포기하려던 순간이었다. 톰은 아이가 교회 마당 아래쪽 끝에서 들어와 마당 위쪽으로 향하는 모습을 지켜보았다. 빠르고 조용히 움직이던 아이는 담에서 일 미터 정도 떨어진 거리에서 멈추더니 몸을 웅크리고 톰의 집을 지켜보았다. 감히 숨도 쉬지 못한 채 톰은 한 장 한 장 사진을 찍어나갔다.

이비가 다시 입을 열었다. "그 여자애, 여기 또 있네. 아, 여자애

맞니? 잘 모르겠다. 머리카락 같기도 하고 풀잎 같기도 하고…….
잘 안 보이네. 아, 봐봐, 또 있다. 사진들 잘 찍었다, 톰." 그녀가 톰
을 곁눈으로 보며 말했다. "공동묘지에 어렴풋하게 보이는 사람의
모습이라니, 소설의 한 장면 같네. 아, 봐, 여기 또 있어."

아래층에서 누군가 현관문을 열었다. "누가 집에 들어왔어요.
아빠를 데리고 와야 돼요." 톰이 말했다.

"왜 그러니, 톰? 어디 가……?"

톰이 펄쩍 일어서더니 방을 가로질렀다.

"톰!" 이비가 소리쳤다. "아마 아빠일 거야. 아니면 목사님이 차에
뭘 가지러 간 거야. 여기 있지 그러……."

톰은 이비가 말을 마칠 때까지 방에 남아 있을 수가 없었다. 무례
하다는 건 알지만 이 세상에는 그보다 더 중요한 일이 생길 때도 있
는 법이다. 톰은 복도를 뛰어가 계단참에 이르렀다. 그가 옳았다.
현관문이 십 센티미터 정도 열려 있었다. 잠겼는지 확인을 하지 않
았던 것이다. 왜 확인하지 않았을까? 계단을 뛰어내려가는 그의 뒤
로 복도를 탁탁 짚는 지팡이 소리가 어렴풋이 들려왔다. 아래층에
닿은 톰은 현관문을 쾅 닫고 잠금장치를 채웠다.

그 아이, 아직도 집안에 있을까? 식당으로 달려갔다. 테이블 아
래에는 아무도 없었다. 커튼! 톰은 팔이 뻗으면 닿을 만큼의 거리를
두고 서서 숨을 멈춘 채로 커튼을 양옆으로 휙 열었다. 창턱은 비어
있었다. 아이가 주방으로 갔을 리는 없었다. 아빠와 해리가 있으니
까. 위층으로 향했을 여유도 없었다. 그 아이가 집안에 있다면, 거
실이리라.

"톰!" 이비가 계단 위에 와 있었다. 톰은 이비가 부르는 소리를 못

들은 척하고 거실 문을 밀어 열었다.

"무슨 일이니, 아들?" 톰의 아빠와 해리가 주방에서 나와 있었다.

"현관문 열리는 소리가 들렸어요. 누가 집에 들어왔어요." 톰은 해리가 아빠를 쳐다보는 모습을 보았다. 아빠의 입술이 꽉 다물렸다.

"주방을 한 번 더 살펴줘요, 해리. 그래주겠어요?" 톰에게 시선을 거두지 않은 채 개릿이 말했다. "뒷문이 잠겼는지도 확인해주세요."

"그러죠." 해리가 복도를 따라 주방으로 걸어가는 소리가 들려왔다. 아빠가 거실로 들어가 가장 가까운 창문으로 다가갔다. 그는 커튼을 쳤고 멀리 있는 창문에 가서도 커튼을 쳤다. "이제 괜찮아." 아빠가 말했다. 그는 톰의 시야에서 벗어난 소파 바로 뒤에 서 있었다. "아빠가 식당도 봐줬으면 좋겠니?"

"내가 봤어요." 톰이 작은 목소리로 말했다.

"아마 바람이었을 거야." 아빠가 말했다.

톰이 고개를 끄덕였다. 아빠가 옳았다. 적어도 이번에는. 아마도 바람이었을 것이다.

톰은 위층으로 다시 올라가, 엄마가 이비에게는 저녁 식사를 하자고, 톰에게는 잠자리에 들 시간이라고 소리칠 때까지 이비와 함께 사진을 보았다. 여자아이가 나온 사진은 다섯 장이었지만 그 아이가 절대 정상적인 어린이가 아니라는 것을 증명할 만큼 뚜렷이 나온 사진은 없었다. 그럼에도 이비는 유독 그 아이에게 관심이 있는 것처럼 보였다. 그녀는 그 애가 누구냐고 계속 톰에게 물어보았다. 톰은 모른다고, 교회 마당에 사람이 있었는지 몰랐다고 대답했다. 그녀는 그 말을 믿는 척했지만 서로의 본심이 무엇인지는 사실 둘 다 알고 있다고 톰은 짐작했다. 때때로 톰과 이비는 게임을 하는 것처럼, 서로의 곁에서 춤을 추며 누가 먼저 항복할까 기다리는 것처럼 느껴졌다.

톰이 뚜렷한 사진을 찍지 못한 것은 안타까운 일이었지만 최악의 상황은 아니었다. 그 여자애가 사진에 모습을 드러냈다는 것이 중요한 점이었다. 사진은 그 아이가 실제로 존재함을, 그리고 톰이 미치지 않았음을 뜻했다. 그 사실을 깨달았을 때 톰은 말로 표현할 수 없을 정도로 마음이 놓였다. 그리고 톰은 다시 시도할 작정이었다.

48

"오늘 참 즐거웠어요. 감사합니다." 이비가 말했다.

앨리스가 이비의 뺨에 입을 맞춘 후 몸을 펴 해리의 뺨에도 입을 맞췄다. 개릿이 현관문에 손을 얹고 서 있었다.

"앨리스, 내 열쇠 봤어요?" 그가 물었다.

"아, 당신 청바지 주머니에 또 넣어놨나 봐요." 앨리스가 해리를 살짝 안으며 대답했다.

"여기 걸어놨는데. 당신 열쇠 바로 옆에. 난 6시엔 출발해야 해요." 개릿이 말했다.

"그럼 어서 찾아봐야겠네." 앨리스가 이비에게 미소를 지었다. "남편은 매일 열쇠를 잃어버려요. 종종 차 지붕에서 발견한답니다. 정원 담벼락에서도 자주 나오고 심지어 버터 접시에 있던 적도 있죠."

"내일 봐요, 개릿." 개릿이 현관에서 몸을 틀어 집안으로 사라질 때 해리가 이비의 팔을 잡으며 말했다.

"고마워요, 앨리스." 그가 말했다. 앨리스가 미소를 지으며 현관 문을 닫았다. 이비가 해리와 함께 진입로를 걸어 내려가는 동안 문을 잠그는 소리가 들렸다.

해리가 시동을 걸고 진입로를 후진하여 도로로 나왔다. 그들은 아무 말 없이 일이 분 정도 차를 몰았다. 집까지는 이십 분, 길이 막히면 이십오 분. 이런 속도라면 집에 도착할 때까지 내내 대화를 하지 않을 것이다. 이비는 조수석 창에 비친 해리를 바라보다가 고개를 돌려 그를 보았다. 무언가 말을 해야 했다. 진짜 별 볼 일 없는 말 한마디라도.

"좋은 사람들이네요." 에고. 심지어 그녀의 기준으로도 진짜 별 볼 일 없는 소리였다.

해리가 브레이크를 밟았고 차의 속도가 줄었다. 곁길에서 풀을 뜯던 양 한 마리가 고개를 들고 그들을 나른하게 쳐다보았다.

"누구요?" 해리가 모퉁이를 돈 후 속도를 올리며 말했다.

"플레처 가족요."

"아, 그래요." 그가 그녀를 흘낏 보았다. "미안합니다. 다른 생각 중이었어요. 오늘밤 톰은 어땠던가요?"

이비는 잠시 생각에 잠겼다. 톰이 어땠던가? 여전히 아리송한 아이라는 것이 그녀의 솔직한 심정이었다.

"당신에게 조현병의 가능성을 언급했다고 앨리스가 그러더군요." 이비가 바로 대답을 하지 않자 해리가 다시 입을 열었다. "가능한 일인가요?"

"톰은 정신이상이 아니에요." 이비가 말했다. 오늘밤 해리는 말끔히 면도를 한 낯이었다. 코트 목깃 바로 위에 실수로 난 작은 상처가 보였다.

"그 애가 겪는다는 환청은 어때요? 톰이 머릿속에서 목소리를 듣는다고 앨리스가 그러던데요." 그가 다시 그녀를 흘깃 보며 말했다.

"사실은, 그렇지 않아요. 그 아이는 머릿속에서 목소리를 듣는 게 아니에요."

전방에서 다른 차량의 헤드라이트 불빛이 보였다. 해리는 십 센티미터 정도 사이를 두고 담에 바짝 붙어 풀이 우거진 길 가장자리에 차를 세웠다. 두 사람은 자리에 앉아 전방의 자동차가 그들 쪽으로 이르기를 기다렸다. 지금 그는 그녀를 똑바로 바라보고 있었고 이비는 그와 계속 눈을 맞추는 것이 어려웠다.

그녀는 대시보드의 목재 마감에 시선을 떨구며 말을 이었다. "앨리스가 말해주는 정보에 따르면, 톰이 듣는 목소리는 톰의 외부 세상에서 나는 소리예요. 목소리는 모퉁이나 문 뒤에서 들리고 언제나 같은 사람이에요. 톰이 자기 가족을 지켜보고 있다고 생각하는 여자아이죠. 그 아이는 가족에게, 특히 톰에게 무섭고 위협적인 말을 속삭인다고 해요."

맞은편에서 오던 자동차가 이윽고 그들에게 닿아 헤드라이트 불빛을 한 번 껌벅이고는 지나쳤다. 해리가 핸드브레이크를 풀고 다시 차를 몰기 시작했다.

"톰은 그 기묘한 여자애가 진짜라는 것을 증명하려고 하고 있어요." 이비가 말했다.

"어떻게요? 잠깐, 말하지 말아요. 사진을 찍으려고 하고 있나요?"

이비가 고개를 끄덕였다. "오늘밤 찍은 사진을 스무 장 넘게 보여 줬어요. 그중 비석들 뒤에 숨어 있는 작고 알아보기 힘든 형체가 찍힌 사진이 다섯 장 있었어요."

"누구라고 하던가요?"

그들이 굽잇길을 한 번 더 돌자 헵턴클로의 전경이 눈에 들어왔다. 벌써 저 아래쪽으로 멀어진 마을이 동화 속 도시처럼 어둠 속에서 반짝거렸다.

"모른대요. 누가 거기 있는지도 몰랐대요. 물론 거짓말이죠. 사진 초점이 그 형체에 맞춰져 있었거든요. 남자애건 여자애건, 아무튼 그 애가 거기 있다는 걸 톰이 알았을 수밖에 없어요. 저는 그 애가 친구에게 부탁해서 여자애인 척하면서 교회 경내에서 여기저기 숨어 다니게 한 게 아닐까 의심하고 있어요. 그렇다 해도 그 술수는 영리할 뿐 아니라 이성적이죠. 그게 핵심이에요. 톰은 그 여자애가 진짜가 아니라는 걸 알고 있지만 우리에게 그 아이의 존재를 믿게 해야 할 필요가 있다는 것을 암시해요. 그 아이는 사진이 애매하게 나올 걸 알면서 일부러 사진을 찍었어요."

"그렇다면 톰이 그 형체가 그 여자애라고 실제로 주장한 건 아니군요?"

또 다른 굽잇길을 돌자 마을의 어두운 전경이 아래쪽에 다시 나타났다.

"맞아요. 그 아이의 존재를 아직 제게 인정하지 않고 있어요. 그래서 저 또한 그 아이를 언급할 수 없어요. 톰이 먼저 말하기를 기다려야만 해요. 우리, 왜 무어 황야로 올라가고 있는 거죠?"

"지름길입니다. 여자애가 진짜라면 어떻게 합니까?"

이비는 잠시 생각에 잠겼다가 그의 옆모습을 보며 미소 지었다.

"앨리스와 개릿은 톰이 마치 그 애가 인간이 아닌 존재인 것처럼 이야기한다고 해요. 저기요, 그런데 말이죠, 무어 황야에는 지름길이 없거든요? 지금 절 납치하는 건가요?"

"넵!" 그가 바로 대답했다. "특이하게 생긴 사람일 수 있잖습니까? 톰은 밤에만 그 아이를 보는 걸로 알고 있는데, 그래서 혼란스러운 게 아닐까요. 숨기 좋아하고 남을 속이는 장난을 좋아하는 사람이라면 어때요? 아마도 약간 문제가 있는 사람이라면?"

두 사람은 더 높이 올라갔고 어둠이 무어 황야에 검정 잉크처럼 넘실넘실 펼쳐졌다. 아래쪽 어딘가에서 불꽃이 터졌다. 불똥이 사그라질 때 나무들의 짙은 윤곽이 잠시 보였다.

이비가 잠시 생각했다가 고개를 저었다. "오로지 톰만이 그 아이를 보고 들을 수 있어요. 우리, 정확히 어디로 가는 중인가요?"

"질리언이 그 아이의 소리를 들을 수 있다면요?"

"질리언이요?"

"질리언은 죽은 딸이 자기한테 말하는 것이 들린다고 해요. 헤일리의 목소리가 틀림없다고 맹세하고 있어요. 당신에게도 그렇게 말을 했나요?"

그녀에게는 질리언이 그런 말을 한 적이 전혀 없었다. 아니, 질리언은 "그 애를 본 적은 한 번도 없어요"라고 했다. 본 적은 없다?

해리가 차의 속도를 줄이더니 헤드라이트를 상향등으로 바꾸며 도로에서 벗어났다. 그들은 이제 어렴풋이 남은 농로의 흔적을 따라 광활한 무어 황야를 달리고 있었다. 그들 앞에 보이는 것은…… 아무것도 없었다.

"질리언은 누가 자기 아파트에 왔다고 했어요. 누군가가 물건을, 특히 헤일리의 옛날 장난감을 옮겨놓는다고 했어요." 울퉁불퉁한 바닥에서 차가 덜컹덜컹 흔들리자 그가 속도를 극도로 낮추며 말했다.

두 사람은 작은 공터에 이르렀다. 해리가 엔진과 헤드라이트를 껐다. 소음이 갑작스레 사라져 소스라칠 듯 놀라웠지만 빛의 사라짐은 그보다도 더했다. 그녀의 옆에서 해리가 한낱 윤곽과 그림자로 변해버렸음에도 그녀는 그를 바라보기가 웬일인지 더 어려웠다.

"질리언과 톰이 제 환자인 데는 이유가 있어요. 두 사람은 모두 문제가 있어요."

그가 움직였고 그녀는 순간 숨을 멈추지 않을 수 없었다. 하지만 그는 단지 차 지붕에 손을 뻗어 잠금장치를 풀었을 뿐이었다. 부드러운 가죽 천이 뒤로 접혔고 나무 탄내와 화약의 냄새로 은은히 빛나는 밤이 그녀 주위를 차가운 담요처럼 감쌌다. 이비의 머리 위에 하늘이 암자색으로 펼쳐져 있었고 별은 지구에 일이 광년은 더 가까이 다가온 것처럼 보였다.

"추우면 말해요." 그가 의자에 몸을 묻으며 말했다. 침묵이 잠시 이어지다 깨졌다. "제가 그 여자애의 목소리를 들었다면요?"

이비는 놀란 표정을 감추지 않았다. "뭐라고요?" 해리가 양손을 머리 뒤로 깍지 끼고 의자에 기대 하늘을 바라보고 있었다. 그로서는 편안하게 느껴지지 않는 주제를 말하려는 것이 분명했다.

밤공기가 이비의 콧구멍에 축축하게 느껴졌다. 비의 기운이 머지않았다. 보랏빛 별무리가 하늘 위로 일제히 흐르며 두 사람의 주의를 잠시 흩뜨렸다.

해리가 입을 열었다. "당신 눈동자가 저 색이에요. 그리고 맞아요. 저도 목소리를 들었어요. 육체에서 분리된 듯한 으스스한 목소리였습니다. 어디서 나는지조차 모르겠는 그런 목소리요."

그런데도 그는 지금까지 언급할 생각을 하지 않은 건가. 이비는 의자에서 살짝 몸을 세웠다. "언제요? 어디에서요?"

"제가 혼자 있을 때요. 헵턴클로에서만 들립니다. 교회 안이나 그 주변에 있을 때만요. 톰도 학교에서는 그 목소리를 듣지 않을 거라고 제가 장담하죠. 맞죠?"

이비가 다시 뒤로 몸을 기댔다. "그 점에 대해서는 생각해볼 필요가 있겠네요. 그런데 우리, 여기서 정확히 뭘 하고 있는 거예요?"

"이 주 전쯤엔가 이곳을 발견했어요." 해리가 앞으로 몸을 숙여 카세트 플레이어를 켰다. 재생 버튼을 누르자 쉭쉭거리는 소리가 났다. "여기는 무어 황야의 정점인 모렐 토르 기슭에서 이십 미터가 좀 안 되는 지점입니다. 이곳을 발견했을 때 여기로 차를 몰고 와서 불꽃놀이를 보겠다고 다짐했죠."

미친 남자 같으니라고. 그녀는 미소를 그만 지어야 할 것이다. 안 그러면 그를 계속 부추기는 셈이 될 테니까. "삼 일이나 이르게 왔네요." 그녀가 지적했다.

해리가 그녀의 의자 뒤로 팔을 미끄러뜨리며 그녀에게 고개를 돌렸다. 그가 가까이 있었다. 이비는 그가 플레처 저택에서 마신 맥주 냄새를 맡을 수 있었다. "삼 일 후에는 당신이 저와 함께 있을지 확신할 수 없으니까요. 당신, 춤추나요?"

"제가 뭐요?"

"춤추냐고요. 춤이란 건 음악 박자에 맞춰 몸을 움직이는 건데요.

피의 수확

이건 제가 특별히 고른 음악입니다."

이비는 잠시 음악을 듣다가 부드러운 목소리로 말했다. "브루스 스프링스틴의 〈어둠 속에서 춤을〉이군요. 엄마가 이 노래를 틀어주곤 하셨어요. 어디서……."

해리가 차에서 내렸다. 그가 차 앞을 돌아 그녀 쪽 문을 열고 손을 내밀었다.

이비는 고개를 저었다. 진짜 미쳤나 봐. "전 춤 못 춰요, 해리. 절 봤잖아요. 혼자서는 걷기조차 힘든걸요."

그녀의 말을 마치 듣지 못한 듯 그가 그녀 앞으로 몸을 내밀어 소리를 높였다. 그리고 양팔로 그녀를 감싸 차에서 들어올렸다. 이비는 말을 하려고 했다. 그래봤자 소용없다고, 춤을 추지 않은 것이 벌써 몇 년째라고, 두 사람 모두 바닥에 널브러질 거라고 말하려고 했다. 그러나 허리를 단단히 감싼 그의 팔 덕분에 그녀는 자신이 상당히 수월하게 걸을 수 있음을 깨달았다. 두 사람은 농로의 흔적이 남은 마지막 일 미터를 걸어 토르의 암석으로 올라갔다. 해리가 한 팔로 이비의 허리를 감싸며 그녀를 곧추세우고 다른 손으로 그녀의 오른손을 잡았다. 그는 재킷 단추를 채우지 않았고, 그의 손은 얼음장처럼 차가웠다. 그가 그녀를 자기 몸에 단단히 밀착시킨 후 움직이기 시작했다.

구식 카세트 플레이어에서 흐르는 음악은 변질된 것처럼 들렸다. 그녀가 기억하는 것보다 드럼 소리가 더 크고 고집스러웠다. 어이가 없을 정도로 소리가 컸다. 마을 사람들이 들을 수 있을 것이다. 하지만 그런 것 따위를 걱정하는 것은, 해리 외의 다른 일을 생각하는 것은 불가능했다. 해리는 마치 춤추기 위해 태어난 사람처럼 그녀를 붙들어 안고 가볍게 춤을 췄고, 그녀의 귀에 대고 나직이 노래를 흥얼거렸다.

바람이 불어와 그녀의 머리카락이 그의 얼굴 위로 나부꼈고 그는 고개를 뒤로 젖히며 그녀를 어깨의 굴곡 쪽으로 끌어당겼다. 토르의 단단한 바위 위에서 두 사람은 4박 음악에 맞춰 뒤로 앞으로 흔들거리며 계속 움직였다. 다시는 춤을 추지 못할 줄 알았는데.

"가수 목사, 댄서 목사로군요." 음악이 막바지에 이르는 것을 느꼈을 때 이비가 속삭였다.

"대학 시절에 밴드를 했어요." 해리가 말했다. 가수의 목소리가 사라지고 색소폰 음조가 황야에 구르듯 퍼져나갔다. "스프링스틴 노래를 부르곤 했지요."

색소폰 소리가 잦아들었다. 해리가 그녀의 손을 놓고 그녀의 몸을 양팔로 감쌌다. 그의 목에서 풍기는 열기가 얼굴에 와닿는 것이 느껴졌다. 이건 말도 안 됐다. 그녀는 그와 얽힐 수 없는 관계였다. 두 사람 모두 그 사실을 알면서도 여전히 이곳에서, 마치 세상의 정점처럼 느껴지는 이곳에 함께 서서 십 대인 양 서로에게 매달려 있었다.

"오늘은 제게 아주 기묘한 하루였어요." 새 노래가 시작될 때 그가 속삭였다.

"그 얘기를 하고 싶나요?" 그녀가 가까스로 대꾸했다.

"아니요." 목. 귀의 바로 밑에 부드러운 스침이 느껴졌고 이비는 저도 모르게 몸을 바르르 떨었다.

"춥군요." 그가 몸을 펴며 말했다.

아니에요, 안 추워요. 나를 놓지 말아요.

그가 한 팔을 내리고 뒤로 물러서 그녀를 차로 데리고 가려 했다. 이비가 그의 가슴에 손을 얹어 그를 멈춰 세웠다. "난 춤지 않아요. 당신, 왜 목사인 건가요?"

해리가 잠시 놀란 표정을 지었다. "주님을 섬기기 위해서입니다." 그가 그녀를 내려다보고 하늘로 시선을 옮겼다. "비인가요?"

그녀가 고개를 내저었다. "아뇨, 그 정도로는 안 돼요. 당신 같은 남자가 어째서 목사가 된 건지 저는 알고 싶어요."

그는 여전히 미소를 짓고 있었지만 눈동자에는 신중한 빛이 떠올랐다. "첫 데이트에서 묻기엔 과한 내용인 것 같은데요. 비가 오는군요. 확실해요. 자, 차로 갑시다."

그녀는 그를 따라 고분고분 차 조수석으로 향했고 그가 차문을 열어 붙들고 있는 동안 자리에 앉았다.

"오늘은 데이트가 아니라면서요." 그가 그녀를 따라 차에 타 지붕을 덮으려고 의자에서 몸을 옆으로 틀 때 그녀가 지적했다.

"거짓말한 겁니다." 그가 지붕 잠금장치를 채우고 시동을 걸며 작게 말했다. 그러더니 마음을 바꾼 듯 엔진을 껐다. 그가 입을 열었다.

"목사가 되려고 의도한 적은 없었어요. 저는 뉴캐슬의 노동계급 가정 출신입니다. 우리집은 교회에 다니지 않았기 때문에 목사가 되겠다는 생각은 한 적이 없어요. 하지만 머리가 좋아서 장학금을 받아 좋은 학교에 가게 되었고 그곳에서 인상 깊은 스승을 몇 분 만났죠. 전 역사, 특히 종교사를 좋아했고 조직화한 종교에 매료되었어요. 각종 예식과 역사와 예술과 문헌과 상징주의 같은. 이제 보니 조직화한 종교의 모든 점에 매료된 셈이네요. 저는 대학에서 종교학을 공부했습니다. 신학이 아니라."

그녀는 그가 말을 잇기를 기다렸다. 그가 입을 열지 않자 그녀가 물었다. "그런데 무슨 일이 생긴 거죠? 바오로가 다마스쿠스로 가다가 깨달음을 얻은 것 같은 일이 당신에게도 일어난 건가요?"

해리는 피아노를 치듯 운전대를 손가락으로 두드리고 있었다. 이에 대해 이야기하는 것이 내심 불편한 것이리라. "비슷합니다. 사람들은 제가 좋은 성직자가 될 거라고 계속 말했지만 '믿음'이라는 사소한 문제가 저를 막고 있었어요."

갑자기 빗줄기가 들었다. 작은 돌처럼 차의 부드러운 지붕에 탁탁 떨어져내렸다. "신을 믿지 않은 건가요?"

그가 손으로 머리카락을 헤집었다. "믿음에 거의 가까운 상태이긴 했어요. 중요한 부분 부분은 모두 믿는다고 스스로 솔직하게 인정할 수 있었어요. 그렇지만 그건 각각의 이론을 한데 모아놓은 것에 불과했습니다. 무슨 말인지 이해가 가나요?"

"그런 것 같아요." 이비는 그렇게 대답했지만 그리 이해가 가지는 않았다.

"그러던 어느 날 변화가 생겼어요. 저는…… 연관성을 보았습니다."

"연관성요?"

"넵." 시동이 다시 걸렸다. 그가 토르 기슭으로부터 차를 후진하고 있었다. "한 사람의 내면을 보는 건 이 정도로 만족하세요, 올리버 선생님. 하룻밤에 다 볼 수는 없어요. 자, 안전벨트를 매고 이륙 준비를 하세요."

* * *

그들은 무어 황야를 쏜살같이 내려갔다. 나의 안전을 보장해주십사 기도를 드릴 신성의 존재를 믿을 수 있다면 좋겠다고 이비가 바랄 정도로 빠른 속도였다. 그의 주의가 흩어질까 두려워 그녀는 그에게 말을 걸 엄두를 내지 못했다. 게다가 그녀는 좀 전에 어이가 없을 정도로 경솔했다. 연애 감정은 없다고 어떻게 스스로에게 말할 수 있던 걸까. 그의 목덜미에서 풍기는 향이 라임과 생강 냄새라는 것을 알면서, 그를 향해 몸을 숙이면 정확히 그의 가슴 어디쯤에 입술이 닿을지 알면서?

도로 양옆으로 작은 물줄기가 빠르게 흘렀다. 비가 오기 시작한 지 몇 분이 지났을 뿐이었다. 십오 분 후, 그들은 무어 황야에서 벗어나 우울할 정도로 그녀의 집에 가까워지고 있었다.

"이제 우리는 어떻게 하는 건가요?" 그녀의 집으로 이어지는 길로 접어들었을 때 해리가 물었다.

"이번 주 후반에 톰을 만날 예정이에요. 톰은 이제 저와 있을 때 긴장하지 않는 것 같아요. 속내를 좀 보일지도 모르겠어요. 그 아이가 그저 인정하기만 한다면……." 해리가 그녀의 집밖에 차를 세웠다.

"플레처 가족에 대해 물은 게 아닙니다." 그가 한 옥타브는 낮아진 듯한 목소리로 말했다.

"갈게요." 이비가 가방을 찾아 몸을 굽혔다. "아침에 일찍 일어나야 해서요. 오늘밤 헵턴클로에 오라고 한 건 훌륭한 제안이었어요. 고마워요. 도움이 될 거예요." 그녀는 그를 등지고 그의 시선을 의식하며 손잡이를 찾아 손을 뻗었다. 서둘러야 했다. 현관 포치로 걸어가며 어깨 너머로 '안녕히 주무세요' 하고 외치면 될 것이다. 현관 포치는 이 미터도 채 떨어져 있지 않았다.

엔진이 꺼지며 소음이 사라졌다. 뒤에서 해리 쪽 차문이 열리는 소리가 났다. 그는 그녀보다 훨씬 빨라서, 그녀가 자리에서 일어서기도 전에 차 앞을 돌아 그녀에게 올 것이다. 그녀의 짐작은 옳았다. 그렇게 그가 옆에 와서 손을 내밀고 있었다. 혼자 할 수 있다고 굳이 말할 이유가 있을까? 없을 것이다. 그리고 어쨌든 이 사람은 새로운 해리였다. 좀더 짙어진 눈동자와 키가 한 뼘은 더 커진 것 같은 해리, 말을 하지 않는 해리. 한 팔로 그녀의 허리를 감은 채 쏟아지는 비를 뚫고 그녀를 서둘러 안온한 포치로 데려가주는 해리. 그렇다. 그는 확실히 새로운 해리였다. 그녀를 자신과 마주보게 돌려세우는 해리, 그녀의 머리카락 속에 손가락을 묻으며 그녀를 향해 고개를 숙이는 해리. 순간, 온 세상이 깜깜해졌다.

이것이 입맞춤일 리 없다. 나비다. 그녀의 입을 날개로 스치며 둥그런 뺨 위, 미소가 시작되는 그곳에 살포시 내려앉는 나비였다.

입맞춤일까, 입술에 부드럽게 닿는 이것은? 온몸이 어루만져지는 듯한 이 미친 듯한 느낌은?

입맞춤일 리 없다. 절대 아니다. 짙은 색 벨벳을 두른 곳으로 핑그르르 돌며 빠져드는 것 같은 이 순간이 입맞춤일 리가? 그의 두 손이 그녀의 머리카락에 엉켰다. 아니, 한 손은 그녀의 등, 살짝 팬 곳을 만지며 그녀를 더 가까이 잡아당기고 있었다. 포치 지붕에 부딪히는 빗줄기 소리가 그녀의 머릿속에서 북처럼 울렸다. 손가락이 그녀의 옆얼굴을 쓰다듬었다. 남자의 피부에서 어떤 냄새가 나는지 어떻게 잊을 수 있던 걸까. 포치 벽 위로 압박해오는 남자의 무게를 어떻게? 이것이 입맞춤이라면, 왜 눈물이 솟는 걸까?

"들어올래요?"

입 밖으로 소리를 내서 말한 걸까. 그랬던 게 분명했다. 이제 두 사람은 입을 맞추고 있지 않기 때문이다. 하지만 입을 맞추는 것과 다름없이 두 사람의 입술은 가까웠다. 그의 숨결이 그녀의 얼굴 주위로 따스한 연무처럼 감돌았다.

"이 세상 그 무엇보다도 그러고 싶어요." 전혀 해리처럼 들리지 않는 목소리가 말했다.

열쇠는 그녀의 주머니에 있었다. 아니, 그녀의 손에 있었다. 그녀의 손이 열쇠 구멍을 향했다. 그의 손이 그녀의 손을 감싸며 멈추게 했다.

"하지만⋯⋯." 그가 말했다.

아, 그 '하지만' 소리 좀 안 하면 안 되나?

해리가 그녀의 손을 자기 입술로 올렸다. "우린 아직 피자도 안 먹었고 영화도 안 봤잖아요." 그가 속삭였다. 빗소리 때문에 그의 말을 알아듣기가 힘들었다.

그리고 당신은 목사죠.

"난 정말 서두르고 싶지 않아요." 그가 손을 놓고 그녀의 턱을 위로 치켰다. 이비는 그를 똑바로 쳐다볼 수밖에 없었다.

"상냥하네요. 지나치게 여성적이기도 하고요."

이 말에 그녀가 아는 해리가 되돌아왔다. 그는 씩 웃으며 그녀를 들어올려 꽉 끌어안았다. 그녀의 귓가에서 그가 속삭였다. "제게 여성스러움이란 손톱만큼도 없어요. 너무 늦기 전에 그 말을 완전히 증명해 보일 작정입니다. 자, 안으로 들어가요, 골칫덩이 아가씨.

제가 마음을 바꾸기 전에."

전화벨이 울렸다. 자신이 조금 전 잠이 든 모양이라는 생각, 이비가 그에게 집으로 오라고 전화를 하는 중일 거라는 생각이 해리의 뇌리에 스쳤다. 그는 침대 속에서 몸을 틀었다. 전화를 어느 쪽에 두었던지 잠시 기억할 수 없었다. 젠장, 집어치워. 피자도 집어치우고 영화도 집어치워. 다 집어치우자고. 그냥 가는 거야.

아니, 이쪽에 있는 것은 시계였다. 오전 3시 1분. 그는 다시 몸을 틀어 손을 뻗었다. 옷을 입는 데 이 분. 그녀의 집에 닿기까지는 십 분. 3시 15분이 되었을 즈음에 그는……

"여보세요." 그가 전화기를 귀에 대며 말했다.

"목사님? 레이콕 목사?" 남자의 목소리였다. 나이가 든 남자.

"네, 전데요." 실망으로 배가 차가워졌다. 아무래도 그는 계획대로 외출을 하게 된 것 같았다. 그저, 향하는 곳이 여인의 따뜻한 침대가 아닐 뿐.

누가 죽어가고 있는 것이다. 섹스와 죽음. 한밤중에 누군가에게 전화를 걸게 되는 유일한 이유들.

"렌쇼입니다. 애비 되는 렌쇼요. 아들애가 부탁해서 목사님에게 전화드리는 거라오."

토비어스 렌쇼였다. 평신도 회장의 아버지가 이렇게 이른 시각에 전화를 하다니?

"직접 전화드리지 못해 죄송하고 목사님을 깨운 것도 죄송하다고 아들애가 그러는군요. 아무튼 죄송하지만 세인트 바나바 교회로 지금 바로 와주셔야 되겠소. 길에 경찰차가 주차되어 있을 테니 도착

피의 수확

하면 목사라고 신원을 밝혀야 할 거요. 러시턴 총경을 불러달라 하세요."

49

11월 3일

심바가 계단 바닥에 등을 대고 누워 있었다. 톰이 다섯 시간쯤 전에 마지막으로 보았을 때 밀리의 파란색 테디 베어 인형 심바는 어린 여동생의 품속에 있었더랬다. 그러니 그 폭신한 장난감이 야밤 산책에 맛을 들였든지, 아니면 무언가 매우 심각한 일이 생긴 것이다. 톰은 복도를 가로질러 밀리의 방으로 향했다. 요람이 비어 있었다.

아래층에서 문이 쾅 닫히는 소리가 났다. 톰은 엄마 아빠의 침실 쪽을 홀깃 보았다. 비명을 지르며 복도를 냅다 뛰어 계단을 내려가 주방을 가로지르는 것 외에는 다른 것을 할 새가 없었다. 톰이 들은 것은 뒷문 소리였다. 밀리를 데려간 사람이 누구건 간에 그 사람이 방금 집을 나선 것이었다.

주방 식탁 주위로 잽싸게 움직이고 있을 때 차가운 공기가 훅 느껴졌다. 뒷문이 다시 살랑 열려 있었고 신발장 나무 바닥이 젖어 있었다. 밖에는 여전히 비가 줄기차게 쏟아졌고 바람이 문간에 서 있는 톰을 사정없이 때리며 얼음장처럼 차가운 빗방울을 일제히 쏘아 보냈다. 진흙탕으로 변한 뒤뜰을 문간에서 바라보던 톰의 잠옷이 흠뻑 젖었다.

톰의 눈은 아직 어둠에 익숙해지지 않았다. 눈살을 찌푸리며 노려보니 그제야 교회 담벼락과 그 뒤 월계수의 윤곽이 어렴풋이 눈이 들어왔다. 묘지의 주목 나무와 루시 픽업의 무덤 쪽에서 끙 하는 소리가 들려왔다.

거기에 누군가가 있었다. 밀리를 데리고.

"아빠!" 톰이 소리쳤다. 답이 없었다. 이제는 선택의 여지가 없었다. 톰이 집밖으로 나서야만 했다.

지난 몇 시간동안 쉴 새 없이 쏟아진 빗물이 하루이틀 전에 내렸던 빗물에 합류하며 정원을 늪지대처럼 만들어놓았다. 안전한 뒷문으로부터 발걸음을 옮기는 톰의 양발 위로 무겁고 검은 진흙이 솟구쳤다. 두어 발짝만 가면 더 잘 보일 것이다. 인간처럼 보이는 짙은 형체가 담벼락을 기어오르려 했지만 한 손에 들고 있는 커다란 검정 가방 같은 것 때문에 곤란을 겪는 듯 보였다.

"아빠!" 톰은 최대한 큰 목소리로 외치며 집 쪽으로 목소리를 실어 보내려고 했지만 담에 붙은 형체로부터 시선을 떼고 싶지는 않았다. "아빠!"

아빠는 결코 제때 올 수 없을 것이다. 거의 무릎까지 진흙에 푹푹 빠지며 톰은 앞으로 내달렸고 담벼락 위로 도망가는 이의 다리 하나를 가까스로 붙잡았다. 여자애는(그 애 말고 또 누가 있겠는가?) 톰을 발로 찼지만 동시에 담에서 미끄러지고 있었다. 아이가 담 위쪽을 붙들고 마지막으로 발을 휘둘렀다. 아이의 장화가 톰의 옆얼굴을 가격했고 타격을 미처 예상하지 못한 톰이 아이의 발을 놓쳤다. 아이의 몸이 펄쩍 솟구치다가 담벼락 위에 나동그라졌고 아이는 사지를 미친듯이 놀리며 일어서려고 했다. 아이 자신은 달아나는 데 거의 성공했지만 가지고 있던 검정색 큰 가방은 아직 담벼락 발치에 놓여 있었다.

아이가 가방에서 톰에게 시선을 옮기더니 머리를 날카롭게 움직이며 자신이 서 있는 담벼락을 내려다보았다. 넘어지다시피 비틀거리던 아이가 담 너머로 뛰어내렸다.

담이 움직였다. 불가능한 일이었다. 하지만 움직이고 있었다. 오랫동안 엄청난 양의 흙을 지탱해온 돌담이 불룩하게 솟아오르는 것처럼 보였다. 돌이 하나둘 빠지다가 여러 개의 돌이 한꺼번에 담에서 정원으로 떨어지는 모습을 톰은 바라보았다. 돌이 빠져 생긴 구멍으로 교회 경내에 쌓여 있던 흙이 밀려들었다. 묘지의 비석 하나가 미끄러지는 모습이 보였다. 톰은 정말 너무나도 간절히 그 자리를 뜨고 싶었지만 무언가에 발목을 잡힌 듯 꼼짝도 못하고 서 있었다.

돌담이 마치 끔찍한 괴물을 낳으려는 임신부처럼 더 불룩하게 솟았다. 흙이 점점 더 많이 쏟아졌고 담벼락 너머의 어두운 형체가 뒤로 두어 발짝 물러섰다.

순간, 마치 어린애가 어설프게 쌓은 탑처럼 담이 터져버렸다. 돌이 사방으로 튀었고 짙은 색 액체가 거센 파도처럼 밀려들었다. 담에서 가장 가까이 있던 루시 픽업의 비석이 미끄러지며 점점 다가오다가 쓰러졌고 톰에게서 일 미터도 채 떨어지지 않은 곳에서 두 동강이 났다. 담벼락이 서 있던 비스듬한 지대로 흙이 쏟아져 내렸고 하수와 각종 썩은 것에서 풍기는 지독한 냄새에 톰은 질식할 것 같았다.

여자아이는 계속 뒷걸음질쳤다. 톰이 한 발짝을 내디딘 순간 무언가 둔중한 것이 그의 옆에 가까이 떨어지는 바람에 톰이 균형을 잃었다. 땅바닥에 넘어지던 톰의 눈에 관의 가장자리가 얼핏 들어왔고, 목재로 된 관이 완전히 부서지며 내용물을 드러냈다.

두개골이 자디잔 치아를 보이며 톰을 향해 씩 웃었다. 누르죽죽하고 낡은 가죽 같은 살점이 여전히 붙어 있었다. 톰은 시체로부터 벗어나기 위해 필사적으로 기었다. 비명이 머릿속에서 차올랐다. 지금 내지른다면 아마도 영원히 멈추지 못하리라.

새로운 흙의 홍수가 그를 덮쳤다. 흙에 가득차 있는 창백한 조각은 뼈일 수밖에 없었다. 톰이 머리를 뒤로 젖히며 비명을 내지르려던 순간 빛 한줄기가 톰의 얼굴을 비췄고 손 하나가 어깨를 잡았다. 톰이 빙글 돌았다. 노란색 비옷을 입고 비옷에 달린 두건을 단단히 뒤집어쓴 작은 형체가 손전등을 들고 톰의 옆에 무릎을 꿇었다. 조였다.

톰은 몸을 일으켜 세웠다. 집으로 돌아가 엄마 아빠를 깨우고 경찰에 전화를 하라는 소리만이 머릿속에서 세차게 들려왔다. 그가 뒷문으로 향하려 할 때 조가 그를 잡아 세웠다.

"안 돼. 기다려." 바람 소리에 묻히지 않으려고 목청을 올리며 조가 소리쳤다. "찾아야 돼."

"너무 늦었어." 톰도 소리쳤다. 교회 경내에 어두운 형체의 흔적은 없었다. "그 애는 가버렸어. 엄마 아빠를 데리고 와야 해."

조가 두 사람의 발치에 손전등을 비췄다. 톰은 그만두라고 외치고 싶었다. 제대로 본다면 훨씬 더 끔찍한 광경일 테니까. 이제는 시신에서 분리된 두개골이 일 미터 너머에 놓여 있었다. 루시의 작은 조각상이 무덤의 나머지 부분과 함께 무너져 있었다. 관 조각이 사방에 널려 있었다. 인간의 손 같은 것이 눈에 들어왔다. 손가락뼈가 주먹을 꽉 쥐고 있었다.

조는 무언가를 찾고 있는 것처럼 보였다. 침입자가 가지고 가려던 검정색 가방이 마침내 손전등 빛에 잡혔다. 가방은 진흙 낀 돌더미에 반쯤 파묻혀 있었다. 조가 비명을 내지르더니 펄쩍 뛰어가 가방의 손잡이를 잡아당겼다. 그 자리를 벗어나고 싶다고 간절히 바라던 톰조차도 가방이 중요한 것일지도 모른다고 느꼈다. 톰은 동생을 도우러 부지런히 발걸음을 옮겼다.

쿨럭 하는 소리와 함께 가방이 빠졌고 손잡이를 꽉 잡고 있던 형제는 뒤로 비틀거렸다. 조가 무릎을 꿇고 지퍼를 마구잡이로 당겼다. 짜증 섞인 목소리로 찡찡거리던 조가 마침내 지퍼를 열었다. 손전등의 창백한 빛 속에 조의 씩 웃는 모습이 떠올랐다. 톰은 동생 옆에 무릎을 꿇고 가방을 들여다보았다. 밀리가 누워 있었다. 오빠들의 시선 속에서 밀리의 눈꺼풀이 깜빡이며 열렸다. 여동생은 얼굴에 꽂히는 빗방울에 깜짝 놀라며 두 오빠를 향해 눈을 껌벅거렸다.

50

해리의 가슴속에서 뭔가가 큰 소리로 쿵쿵거렸다. 심장은 아닐 것이다. 그의 심장은 이런 식의 소음을 낸 적이 결코 없었다. 무슨 말이라도 해야 할까? 죽은 아이 중 한 명의 신원을 자신이 알고 있다고?

갈빗대에 쿵쿵거리며 느껴지는 충격은 거의 아플 지경이었다. 그것이 실로 심장이라면 그는 심각한 문제에 봉착한 것이다. 심장이란 것은 이렇게 심하게 뛰어서는 안 된다.

지금은 아무 말도 할 수 없었다. 해봤자 말도 안 되는 소리처럼, 심지어 그가 충격에 정신이 나간 것처럼 들릴 것이다. 내일 말해도 충분할 것이다. 그는 매트에서 벗어나지 않기 위해 아래를 흘깃 본 다음 통제구역을 벗어났다. 하얀 옷을 입고 주변을 어슬렁거리던 두 사람이 자기 업무를 다시 시작했다.

플레처 저택의 정원은 수렁으로 변해 있었다. 해리는 러시턴 총경을 따라 느슨하게 엮여 진흙에 얹힌 철판 위를 조심스레 걸었다. 머리 위로 쳐진 간이 비닐 천막이 궂은 날씨가 초래할 최악의 상황은 막아주었다. 네 귀퉁이에 세워진 강철봉에서 강한 조명이 빛나고 있었다. 이윽고 해리는 저택을 마주했다. 아래층에 불이 켜져 있고 블라인드와 커튼은 모두 닫혀 있었다.

"사건 현장으로는 최악의 상황이군." 저택을 향해 걸으며 러시턴이 입을 열었다. "어둡고 끔찍한 날씨에, 다리가 삼십 센티미터까지 푹푹 빠지는 진흙탕이 여기저기 있고. 게다가 경찰 도착 전에 현장이 이미 상당히 훼손된 것처럼 보여요."

하얀 옷을 입은 사람 중 한 명이 안쪽의 경찰 통제선 밖에서 천천히 움직이며 사진을 찍고 있었다. 여자로 짐작되는 다른 한 명은 줄자를 사용중이었다. 그녀는 담에서 세 구 중 가장 작은 시신까지 줄자를 늘려 잰 후 목에 건 클립보드에 글을 썼다. 그림을 그리는 것일지도 모른다.

"지금 보이는 검시 쪽 사람들은 방금 맨체스터에서 도착했어요. 우리 지역에는 그쪽 전문가가 없거든. 다행히 현장에 처음 도착한 경찰 아이가 똑똑해서 검시 쪽 인원이 도착할 때까지 구역을 봉쇄했

　　　　　　　　　　　　　　피의 수확

죠. 교회 경내도 마찬가지고." 러시턴이 설명했다.

해리는 위쪽을 올려보았다. 돌담 맞은편에는 하얀 옷을 입은 사람이 더 많이 보였다. 날씨를 통제하기 위한 조처 또한 취해지고 있었다. 금속봉 위로 가리개가 걸쳐져 있고 경찰 한 명이 가장자리에 비닐 장막을 둘러 고정시키려고 애썼다. 바람 탓인지 거의 희망이 없어 보였다.

"다들 뭘 하는 겁니까?" 해리가 물었다.

"미세 증거를 수집해서 분석실로 보내기 전에 사진을 찍어 현장을 기록하고 있습니다. 모든 각도에서 사진을 찍은 후 공동묘지에서도 사진을 찍을 거고. 저기 저 여자 요원은 그림을 그리고 있는 거예요. 모든 것의 상대적 위치를 측정해서 컴퓨터에 입력하는데, 사건이 법정까지 가게 되면 사용할 수 있을 정도로 정확한 모델을 만들 수 있습니다. 오늘밤에 해야 할 주된 업무는 가능한 한 온전하게 시신을 수습해서 병리학자에게 보내는 거예요. 관련이 있을 만한 것은 다 모아서 함께 보내는데 일단 관은 당연히 보내고, 옷 쪼가리와 머리카락 등도 같이 보내죠. 발자국도 모두 본을 뜹니다. 벌써 시작한 것 같군요."

러시턴이 저택에서 그리 멀지 않은 지점을 가리켰다. 한 남자가 알루미늄 격자판 위에 무릎을 꿇고 앞쪽 바닥에 액체를 붓고 있었다.

"다른 두 구의 시신은 루시의 무덤 양옆에 있는 무덤에서 나온 걸수도 있어요. 누구의 무덤인지는 모르겠지만 묘지 평면도가 어딘가에 있을 겁니다." 해리가 의견을 냈다.

"평면도는 벌써 가지고 있어요. 루시의 무덤 양쪽에 있는 건 가족묘지예요. 기록을 보면 한 묘지에는 세 구가 묻혀 있고 다른 하나엔

네 구가 묻혀 있는데 모두 성인입니다. 지금까지 본 바에 의하면 그 무덤들은 훼손되지 않았고."

"오랫동안 매장되어 있던 시신일 가능성은요?" 그렇지 않다는 것을 알면서도 해리는 물었다. 방금 전 본 시신들은 온전히 백골화하지 않았다. "누구 무덤인지 아무도 모르는, 아주 오래된 무덤이라든가요. 교회 마당은 수백 년 동안 이용되어왔어요. 언덕배기에 아주 오래된 무덤이 꽤 많을 겁니다. 비석이 빠져 누가 묻혀 있는지 잊힌 무덤 말이죠." 그가 말을 잠시 멈췄다. 지푸라기라도 잡으려고 쓸데없이 나불대고 있었다.

"흠. 지금으로서는 그 가능성을 배제할 수 없어요. 하지만 솔직히 말하면, 우리 팀은 그럴 가능성이 별로 없다고 생각합니다. 일리가 있기도 하고. 목사님한테는 그 시신들이 오래되어 보입니까?"

해리가 어깨 너머로 뒤를 돌아보았다. "플레처 가족은 지금 상황을 알고 있나요? 최근 들어 스트레스를 꽤 많이 받고 있는 사람들이라 좋은 상황일 수가 없……."

러시턴이 그의 말을 막았다. "아, 당연히 알고 있어요. 담을 무너뜨린 게 그 집 꼬마들이거든."

"네?"

"내가 아직 부모와 이야기할 시간이 없어서 반쪽 사정만 들었지만. 사정인즉슨, 이런 날씨에도 불구하고 그 집 사내애 둘이 밖으로 나와 담을 기어오른 것 같아요. 커다란 가방 속에 막내 여동생까지 넣어가지고 말이지. 가출을 하려고 한 것 같은데 목사님 의견은 어떤지 모르겠지만 이건 복지 쪽 사람들이 맡아야 할 일이 아닌가 싶…… 어딜 가시는 거요?"

해리가 보도를 따라 저택으로 향하고 있었다. 손 하나가 그의 어깨를 잡았다. "서두르지 말아요, 젊은 양반. 거기는 아직 가면 안 돼. 가정의가 방문중이고 내 부하 한 명이 두 어린애하고 얘기중이에요. 다들 자기 할 일을 하도록 시간을 줍시다."

해리는 그 말이 부탁이나 제안이 아님을 깨달았다.

"목사님은 이쪽 교회 마당의 구조를 압니까?" 두 사람이 다시 걷기 시작했을 때 러시턴이 물었다. "옛 교회와 새 교회 둘 다 가파른 언덕 꼭대기에 지어져서 공동묘지를 만들려면 층을 상당히 많이 내야 했을 텐데. 내가 들은 바에 의하면 지금 보이는 저 담은 수백 년 전에 세워진 겁니다. 교회 쪽보다 담 위치가 훨씬 높아요. 무슨 말인지 압니까?"

"네, 압니다." 두 사람은 플레처 저택 부지의 경계에 이르렀고 정원을 벗어나기 위해 몸을 틀었다. "개릿 플레처가 몇 번 언급했어요. 담의 안정성이 우려돼 측량 기사를 부르고 싶다고 하더군요."

"타당한 걱정이었군." 두 남자는 저택 측면에 이르러 있었다. 저택에서 교회 담까지 쳐진 거대한 가리개 덕분에 검시 팀은 마른 공간에 도구를 보관할 수 있었다. 궂은 날씨는 쫓겨난 것이 화가 났는지, 절대 무시당하지 않겠다고 작정한 듯했다. 빗방울이 비닐 지붕으로 벼락처럼 내리쳤고 바람은 쉴 새 없이 비닐 지붕에 펄럭이며 소음을 야기했다.

"교회 아래 지하수가 흐른다는 말을 들었습니다만." 러시턴이 오버올 점퍼를 벗고 해리에게도 벗으라 손짓하며 말을 이었다. "보통은 문제가 되지 않지만 요 며칠처럼 비가 많이 오는 경우는 교회 묘실이 물에 잠기게 되죠. 근처는 늪처럼 되고 말이죠. 알고 있습니까?"

"네." 해리가 한 발로 서서 발에 꽉 끼는 장화를 낑낑 벗으며 자기 신발을 찾아 주변을 두리번거렸다. "개릿과 함께 이 주일 전쯤에 함께 걸으면서 경계 부분을 살폈는데 제 생각에도 그리 안정적으로 보이지 않았습니다. 하지만 교회 부동산의 경우 공사를 하려면 거쳐야 하는 절차가 있거든요. 일이 돌아가게 손을 쓰긴 했지만 이런 일은 보통 몇 주, 때때로는 몇 달도 걸리는 법이라서요."

"흠, 브라이언, 우리 손녀딸의 무덤이 망가진 거요?"

해리와 러시턴이 시선을 돌렸다. 싱클레어 렌쇼가 플레처 저택의 진입로에서 텐트로 들어와 있었다. 오른손 손가락에 담배 한 대가 꽉 쥐어 있었다. 그가 담배를 피우는 모습을 해리는 본 적이 없었다.

"그런 것 같군요. 정말 유감입니다." 러시턴의 대답에 싱클레어가 고개를 딱 한 번 끄덕였다.

해리가 입을 열었다. "제니와 마이크가 알고 있나요? 제가 대신……."

싱클레어가 그의 말을 끊었다. "아침까지는 아이들에게 알리지 말라고 하더군요. 크리스티아나가 제의실에 커피를 끓여놓았으니 그리들 오시죠. 거기가 더 따뜻합니다."

해리가 재킷을 입었다. "이젠 뭘 합니까?" 그가 러시턴에게 물었다.

"흠. 이상하게 들리겠지만 이런 경우에 따라야 할 절차가 마련되어 있어요." 형사가 텐트를 나서자고 손짓했다. "교회 땅에서 시신이 나오면 외부로 옮겨져 경찰이 승인한 병리학자에게 검시를 받게 되어 있습니다. 발견된 유해가 오래된 뼈라고 판단이 내려지면 대체로 '백년 규칙'이라는 것을 적용하지요. 별다른 조치 없이 교회를 담당하는 목사에게 돌려주는 건데, 이 경우에는 당신이겠죠. 재매장은 당신의 책임이 됩니다."

"네, 저도 아는 규칙 같습니다. 아직 한 번도 겪어보지는 않았지만
요."

"적어도 이곳에서는 그런 일이 일어난 적이 없습니다." 싱클레어
가 말했다.

러시턴이 말을 이었다. "반면 이런 표현이 어떨지 모르겠지만, 유
해가 신선하다면 신원을 먼저 확인하게 돼요. 비석에 기재된 이름
을 가진 사람이 맞는지 확실하게 하기 위해섭니다. 여기까지는 이
해됩니까, 목사님?"

"네, 물론."

"신원이 확인되면 경찰은 유해를 목사와 가족에게 공동의 책임을
지우며 건네고, 가족은 목사에게 재매장을 요청하게 되는 겁니다."

싱클레어가 얼굴을 문지르며 입을 열었다. "장례식을 다시 치르
는 건 제니에게는 너무 힘든 일이 될 겁니다. 자기 아이를 두 번이나
묻어야 한다니, 그런 일을 당해도 될 어머니가 세상에 어디 있단 말
입니까."

51

"무단 침입의 가능성을 배제해서는 안 돼요. 톰이 진실을 말하는
걸 수도 있습니다." 해리가 말했다.

개릿이 양손으로 커피 머그잔을 들고 있었다. 두 손 모두 부자연
스러울 정도로 하얗게 보였고 손가락에는 파란 기가 돌았다. 해리

는 연민으로 몸이 떨리는 것을 느꼈다. 중앙난방 장치가 삐걱거리며 작동하는 소리가 들렸지만 오늘밤 일어난 일이 냉기를 실내로 몰고 들어온 것 같았다.

"침입의 흔적이 없어요. 앞 현관문은 잠겨 있었고 열리거나 깨진 창문도 없었어요. 뒷문이 열려 있기는 했지만 우리는 보통 열쇠를 열쇠 구멍에 남겨두고 아래쪽 빗장만 지르거든요. 톰이 스스로 뒷문을 열었을 수도 있단 뜻이죠." 해리의 말에 고개를 내저으며 개릿이 대답했다.

"톰이 어디서 가방을 가지고 온 건가요?"

"앞문 옆에서요. 내가 내일 가지고 나가려고 준비해놓았던 겁니다."

해리가 잠시 생각이 잠기다 몸을 돌려 복도를 통해 앞문으로 향했다. 운동복과 반바지, 양말 따위가 창문 아래 놓여 있었다. 누군가가 개릿의 운동 가방에서 꺼내놓은 것이다. 뒤에서 나는 발걸음 소리에 그는 개릿이 따라왔음을 알았다. 현관문의 색유리로 두 명의 하얀 형체가 보였다. 가로등의 오렌지색 불빛에 유령처럼 보이는 그들은 들것 같은 것을 함께 들고 거리를 가로지르고 있었다. 개릿에게 몸을 돌리려고 할 때 현관문 손잡이에 묻은 회색 먼지 같은 것이 해리의 시선을 잡아끌었다.

"저건 뭔가요?"

"경찰이 지문 채취를 위해 뿌려놓은 가루입니다. 아래층 전부와 밀리의 방에서 지문 채취를 했죠. 내 생각에 경찰은 그냥 해야 하니까 한 거예요. 아무것도 나오지 않았거든요."

"조는 어떻습니까? 무슨 일이 난 건지 말을 하던가요?"

"톰이 소리지르는 것을 듣고 일어났다고 했어요. 아래층에서 쿵쿵거리는 소리가 나는 걸 듣고 비옷을 입고 집밖으로 나갔다고 합니다. 여섯 살 아이가 정말 대단한 정신 상태 아닙니까? 그리고 톰이 진흙탕에 누워 있는 모습을 발견하고 형을 도와 가방을 집안으로 들여왔대요. 가방 안에 밀리가 있었고요. 난 소변을 보기 위해 일어났다가 뒷문이 열린 것을 깨닫고 아래층으로 내려왔죠. 살면서 그렇게 두려웠던 적은 처음이었습니다. 세 녀석 모두 홀딱 젖은데다 진흙을 뒤집어쓰고 있더군요. 톰은 예의 그 계집애 얘기를 하면서 소리를 질러댔고 앨리스는 아이들을 응급실로 데리고 가야 한다고 법석을 피웠죠. 난 밖을 내다보고는 경찰에 전화를 해야 한다는 걸 깨달았어요. 경찰이 저기서 뭘 찾아낸 건가요?"

"아직 확실하지 않대요." 해리는 거짓말을 했다. 정원에서 발견된 것에 대해 일절 언급하지 말라는 부탁을 받은 상태였다. "담이 저렇게 돼서 유감입니다. 저렇게 될 줄 알았다면……."

개릿이 앞문 옆에 나란히 달린 고리 세 개를 물끄러미 바라보고 있었다.

"이상한데."

"뭐가요?" 계단을 반쯤 내려와 있던 앨리스가 물었다. 해리는 고개를 들어 그녀에게 미소를 지으려고 했지만 차마 그럴 수 없었다. 그녀의 표정은 사람이 보고 미소를 지을 수 있는 표정이 아니었다.

"내 열쇠 말이에요. 아까는 없었잖아, 기억하죠? 당신이 찾았어요?" 개릿이 말했다.

앨리스가 고개를 저었다. "아마 거기 계속 있었던 거겠죠."

"없었어. 아이들이 자러 간 다음에 확인했다고요. 아침에 쓰려고 여분 열쇠를 꺼내야 했단 말이지. 그런데 어떻게 여기 다시 나타난 거지?"

앨리스가 해리와 남편을 번갈아 보았다. "톰이 그랬을 수도……."

"톰이 아빠의 열쇠를 뭐하러 숨기겠습니까?" 해리가 초조를 달래려고 애쓰며 끼어들었다. 해리와 달리 눈앞의 부부는 모든 사정을 알지 못했다. "톰이 밤에 앞문을 열려고 했다면 쓸 수 있는 다른 열쇠가 있었을 텐데요. 그렇지 않나요?"

앨리스가 고개를 끄덕였다. "내 열쇠도 같이 있었어요." 그녀가 고리를 흘깃 보며 말했다. "지금도 있네요. 그리고 톰은 앞문을 열지 않았어요. 우리가 아래층으로 내려왔을 때 앞문은 잠겨 있었어요."

"톰은 오늘 저녁에 누군가가 집에 들어와서 머물렀다고 생각한 겁니다. 이비와 위층에 있다가 엄청 당황해서 뛰어내려온 거 기억납니까? 우리한테 아래층을 확인하게 했죠." 해리가 말했다.

"그러네. 그래서 우리가 확인했고 집에는 아무도 없었죠."

개릿이 말했다.

"그래요, 아무도 없었죠. 하지만 열쇠는요? 그때 열쇠는 있었나요?"

52

"세 구의 인간 백골입니다. 어린아이의 유해가 거의 확실합니다만, 그에 대해서는 잠시 후 설명드리겠습니다." 병리학자가 말했다.

해리는 더웠다. 실험실은 그의 예상보다 더 작았다. 러시턴의 초대를 받아 병리학자의 검시에 온 해리(엄밀히 따지면 유해는 여전히 그의 책임이었으므로)는 조금 떨어져 구석에 박혀 있고 싶었지만 그렇게 되지는 않을 것이다. 오늘은 눈앞의 광경에서 그 누구도 멀리 떨어져 있을 수 없을 것이다. 그럴 공간이 없었다. 일 미터 정도 너비의 스테인리스스틸 작업대가 실험실 벽을 따라 죽 설치되어 있었다. 타일이 깔린 바닥은 중앙 배수구로 배출을 더 용이하게 하기 위해 아래로 살짝 경사가 진 것처럼 보였다. 작업대 위쪽으로 유리로 앞이 막힌 캐비닛이 벽을 가리고 있었다. 실내 중앙에는 환자 수송용 침상이 세 대 놓여 있었다. 병리학자와 그를 보조하는 실험실 조수 두 명, 세 명의 경찰관 팀과 해리 자신을 넉넉히 수용할 만한 공간이 없었다. 자신이 장애물이 되고 있음을 깨닫고 옆으로 물러서야 한 것이 벌써 두 번이었다. 그는 손목시계를 보았다. 실험실에 들어온 지 오 분도 채 지나지 않았다.

불과 십오 분 전에 소개를 받았지만 해리가 여전히 이름을 기억할 수 없는 병리학자가 첫 침상으로 다가서며 말을 이었다. "여기 있는 이 시신은 세인트 바나바 1번 시신이라고 당분간 칭하겠습니다만, 이 1번 시신이 가장 오래 매장되어 있었습니다. 백골화가 거의 완성된 것을 볼 수 있지요. 흉곽과 복부를 이어주는 근육과 인대만 조금 남아 있을 뿐입니다." 그가 침상 옆을 돌아 두개골로 향했다. "무덤이 훼손되었을 때 오른팔이 어깨 부분에서 부러진 것으로 보입니다. 왼팔의 뼈 일부는 아직 수습되지 않은 상태입니다. 왼손 손목뼈 또한 두어 개 정도 없고요. 뇌와 내부 장기야 물론 사라진 지 오래됐죠. 시신의 상체 주위에 직물의 흔적이 약간 있었고 작고 흰 단추 두

개가 늑골 내부에 떨어져 있었습니다."

"루시 픽업은 십 년 전에 매장되었네. 그 사실과 일치⋯⋯."

러시턴이 입을 열었지만 병리학자가 한 손을 들어 그의 말을 막았다.

"백골화의 속도는 개인차가 높습니다. 토양에도 영향을 받고 방부 처리라 불리는 시신 보존 처리를 했다면 그 처리의 질도 영향을 미치며 매장의 깊이 등에도 영향을 받습니다. 시신들이 발견된 지역의 토양은 알칼리성인데 그 경우 시신의 부패 속도가 느려지죠. 반면 이 시신은 어린아이입니다. 체질량이 적어요. 이런 점을 모두 고려해볼 때 매장 기간은 오 년에서 십오 년 사이로 추정됩니다."

"그보다는 좀더 자세한 판단이 필요하네, 레이먼드." 수송용 침상 발치 쪽에서 병리학자를 마주보며 서 있던 러시턴이 말했다. 레이먼드! 맞다, 그 이름이었다. 레이먼드 클라크. 경찰이 승인한 병리학자 목록에 있던 이름 중 하나였다.

"그 여자애가 몇 살이라고 말할 수 있겠나?" 러시턴이 말을 이었다.

"지금은 시작 단계일 뿐입니다. 그리고 1번 시신이 여자애인지는 아직 몰라요. 연령은 큰 문제가 아닙니다. 여기 있는 백골은 키가 팔십칠 센티미터 정도로 보이는데, 그렇다면 이 어린 친구는 십오 개월에서 삼십육 개월 사이에 걸쳐 있게 됩니다. 그다음엔 골화의 진척 정도를 봐야 합니다." 클라크가 대답했다.

"골화라니, 뼈의 유합癒合 말인가?" 러시턴이 물었다.

클라크가 머리를 한 번 까닥였다. "골화는 신체의 팔백 군데에서 발생합니다. 연령에 대한 유용한 단서를 제공하죠. 예를 들면, 유아는 태어날 때 손목뼈가 없습니다. 두개골 또한 단서가 됩니다. 신생

피의 수확

아의 두개골에는 주요 뼈 다섯 개가 있는데 봉합이라 불리는 분화된 관절과 서서히 유합합니다. 또한 신생아의 두개골에는 숫구멍이라 불리는 말랑말랑한 두개골 골막이 여러 군데 있어요. 여기 있는 아이는 그 구멍이 닫혀 있습니다. 적어도 이십사 개월에는 이르렀다는 것을 뜻하죠."

"그럼 두 살에서 세 살 사이란 뜻인가? 루시일 수 있겠군." 러시턴이 말했다.

"그럴 가능성이 아주 큽니다. 자, 이제 시신에 발생한 손상을 살피도록 하죠." 클라크가 말했다.

해리는 궁금했다. 다른 사람도 그만큼 더울까? 검시하는 장소가 왜 이렇게 더워야 하는 걸까. 시신을 좋은 상태로 보관하기 위해서는 그 반대일 것이라 누구나 예상할 것이다. 러시턴에게 소개받은 두 명의 형사(이름이 전혀 기억나지 않았다)가 그의 왼편에서 조각상처럼 서 있었다. 키가 크고 마른 형사는 삼십 대로 보였다. 마른 외관에 어울리게 머리숱 또한 성글었고 속눈썹은 없는 것처럼 보였다. 한두 살 어린 듯한 다른 형사는 강인해 보이는 체구였다. 두 사람 모두 해리처럼 불편한 느낌은 없는 모양이었다. 아니면 감정을 숨기는 연습을 많이 할 기회가 있던 건지도 몰랐다.

"루시 픽업의 사망을 분석했던 검시관의 보고서를 받았습니다." 레이먼드 클라크가 시신에서 노트북컴퓨터로 몸을 돌리며 말을 이었다. 그는 오른손에서 라텍스 장갑을 벗고 컴퓨터 버튼을 눌러 화면을 켰다. "여기 다 있으니 원하시면 보세요. 약 오 미터 정도의 높이에서 견고하고 단단한 판석 위로 추락한 후 두개골 오른쪽 뒷부분, 특히 측두골과 후두골에 강력한 둔상을 입었다고 언급하고 있습니다. 골절에 인한 두개골의 변위로 인해 상당한 내출혈이 발생했고 둔상으로 인해 치명적인 충격파가 뇌에 퍼졌다고 합니다. 사망은 거의 즉각적이었을 겁니다."

러시턴과 두 형사 중 키가 큰 쪽이 클라크 옆에서 몸을 구부렸다. 세 명의 남자는 컴퓨터 화면을 열심히 들여다보았다. 해리는 자기 자리에 머물렀다. 루시가 어떻게 죽었는지 그는 이미 알고 있었다. 그 아이는 추락했다. 그의 교회에서 떨어져 죽었다. 그리고 아이의 작은 두개골은……

바로 지금 그가 보고 있다. 병리학자가 뜸을 들이든 말든 해리는 그 시신이 루시라는 것을 알았다. 클라크가 다시 입을 열었다. "게다가 척수가 두 부분, 그러니까 요추 3번과 4번 사이, 그리고 약간 위쪽인 흉추 5번과 4번 사이에 손상을 입었습니다. 또한 오른쪽 다리에 대퇴골 간부 골절이 발생했고요." 컴퓨터에서 몸을 돌리던 그가 해리와 잠시 눈을 마주쳤다가 침상으로 뒷걸음쳤다. "이 어린 아가씨의 머리를 보면, 네, 저는 이 아이가 여자아이라는 생각에 동의하게 되었는데요. 아무튼 두개골에 가해진 외상의 정도를 확인할 수 있어요." 클라크가 다시 장갑을 끼고 두개골 밑에 손을 밀어넣어 두개골을 돌렸다. 덕분에 그의 관객은 두개골의 어느 부분이 무너졌는지 볼 수 있었다. "이러한 손상은 상당한 높이에서 추락했다는 사실과 일치합니다. 척추를 제대로 살필 기회는 아직 없었지만 소녀의 오른쪽 다리를 보면 대퇴골에 난 골절선이 상당히 뚜렷합니다. 보이시죠?"

"어젯밤에 발생했을 수도 있을까요?" 땅딸막한 형사가 물었다. 이 사람은 경사였지 하고 해리는 생각했다. 러셀이라는 이름의 경사.

루크 러셀.

"불가능한 일은 아닙니다. 하지만 검시관이 사후에 찍은 엑스레이를 보면 매우 흡사한 골절선이 보입니다. 우리가 오늘 엑스레이를 더 찍을 예정입니다. 확실하게 하고 싶다면 두 엑스레이를 비교해봐도 되겠지요."

"아이의 시신이 부검을 받았다면 그 사실이 뚜렷하게 드러나지 않나요? 부검 시 흉부 절개를 해서 내부 장기를 제거하지 않습니까?" 키가 크고 마른 형사가 말했다. 둘 중에서 직위가 높은 편인 것 같다고 해리는 생각했다.

"네, 그 말이 맞습니다. 정식 사체 부검의 경우 늑골을 절개한 후 흉골을 제거하는 절차를 거칩니다. 내부 장기는 적출해서 검사한 후 멸균 비닐백에 넣어 흉강에 다시 넣습니다. 뇌를 검사하기 위해서는 두개골 위쪽을 톱으로 잘라 열죠. 이러한 흔적을 놓치기란 매우 힘듭니다."

"그렇다면……."

"불행히도 이 경우는 별 도움이 안 돼요. 루시 픽업은 정식 부검을 받지 않았거든요. 사체의 외부만 조사하는 검안만 실시했더군요. 시신에 칼을 대면서 끝까지 갈지 아닐지는 언제나 어느 정도 자의적 판단에 의존해야 합니다. 사망 정황을 고려해야 하고 유족의 희망을 감안하는 일도 종종 있죠. 제 짐작으로는 당시의 검시관은 시체를 다 열어볼 이유가 없다고 생각한 것 같아요. 방부 처리는 한 것 같군요. 흔적이 보입니다."

클라크가 조수 한 명에게 몸을 돌렸다. "앤절라, 그 봉투를 가져다줘." 두 명의 실험실 조수 중 연상인 측이 뒤쪽 작업대에서 투명한 비닐봉투를 가져와 그에게 건넸다. 그는 경찰관에게 가까이 오라 손짓하고 봉투를 위로 올려 조명에 비췄다. 뒤편에 서 있는 해리에게는 빈 봉투처럼 보였다.

　"이 봉투에 든 것은 아이캡이라고 해서, 눈에 씌우는 플라스틱입니다. 보이나요? 큰 콘택트렌즈처럼 보이죠? 방부 처리를 하는 사람이 시신의 눈꺼풀을 감긴 상태로 고정하는 데 사용하는 겁니다. 고인이 평화로이 잠든 것처럼 보이죠." 클라크가 장갑을 낀 손을 봉투에 넣어 둥글고 반투명한 플라스틱 조각을 꺼냈다. "이것이 1번 시신의 두개골에 들어 있었습니다. 눈꺼풀을 고정하기 위해 눈 위에 접착제로 붙여놓았던 것일 테죠." 그가 봉투에 조각을 넣어 조수에게 건넸다.

　"턱에는 철사의 흔적이 보입니다. 방부 처리를 하는 사람이 시신의 입을 다물릴 때 사용하는 유형과 일치하더군요. 그리고 이제 두개골을 보시면……." 그가 침상에 놓인 시신으로 돌아갔고 해리를 제외한 사람들이 의사를 따라 침상 머리맡에 모였다. 해리는 참여하고 있다는 기색이 보일 정도로만 살짝 움직였다. 클라크가 머리로부터 분리된 두개골의 부서진 조각을 손으로 가리키고 있었다. "자세히 보시면 두개골을 접착제로 붙여놓은 듯한 부분을 아실 겁니다. 저런 식으로 손상을 복구하는 것이 전통적인 방부 처리 절차죠. 추모를 하러 온 친지에게 그럴싸하게 보이게끔 장례식이 열리는 날까지 시신을 보존하는 것이 핵심입니다. 흥미롭게도 이 시신이 세 구의 시신 중 방부 처리의 흔적이 보이는 유일한 시신이에요. 물론 확실한 분석을 위해 조직을 보내겠지만요. 포름알데히드는 꽤 끔찍한 물질이죠. 없어지지 않고 한동안 남아 있답니다."

클라크가 시신에서 몸을 빼고 장갑을 벗어 멸균 비닐백에 넣었다. 그리고 새 장갑을 한 켤레 빼 손에 끼며 말했다. "절대적으로 확신하고 싶다면 DNA 분석도 가능합니다. 오늘 오전에 아이의 부모가 방문하는 걸로 알고 있습니다만, 지금 제 의견을 물으신다면 이 시신이 어젯밤 훼손된 무덤의 주인인 어린 소녀라고 구십오 퍼센트 확신해요. 이 아이는 루시 픽업입니다."

아무도 입을 열지 않았다. 머리 위에서 에어컨 팬이 돌아가는 소리가 났다. 냉기가 나오고 있는 모양이지만 해리는 전혀 느끼지 못했다.

"자!" 클라크가 외쳤고 해리는 의사가 당장에라도 소매를 걷어붙일 기세라고 생각했다. "쉬운 쪽은 끝났습니다. 이제 다른 친구 두 명은 어떤지 볼까요?"

불경의 여지가 조금이라도 있는 언행에 목사가 보일 반응이 궁금하다는 듯 러셀 경사가 해리 쪽을 흘깃 보았다. 해리는 시선을 아래로 내렸다. 그가 다시 위로 시선을 올렸을 때 병리학자는 두 번째 침상으로 몸을 돌린 상태였다. 사람들이 그의 옆에 모였다.

"두 아이의 체구가 매우 비슷한데 이 아이가 루시 픽업이 아닌지 어떻게 확신하시는 겁니까?" 경위가 말했다.

"매장된 지 십 년이 지나지 않았거든요." 클라크가 생각할 필요도 없다는 듯 바로 대꾸했다. "땅속에 묻혀 있던 기간이 몇 달이 넘었다고 해도 저로선 믿기 힘듭니다. 보존 상태가 완전히 달라요."

해리가 앞으로 나왔고 그가 침상 옆에 올 수 있도록 러셀 경사가 옆으로 움직였다.

"3번 시신도 마찬가지입니다. 보이나요?" 세 번째 침상을 가리키며 클라크가 말했다.

"전혀 백골화되지 않았군. 피부가 남아 있어. 마치……." 러시턴
이 말했다.

"건조된 것 같다고요? 맞습니다. 미라화했거든요." 클라크가 고
개를 끄덕이며 러시턴의 말을 대신 마무리했다.

해리는 두 아이를 번갈아 보았다. 병리학자가 말한 대로 완전히
건조되어 있었다. 무언가가 아이들의 몸에서 습기를 빨아낸 것처
럼. 오래된 가죽처럼 색이 짙은 피부가 오그라들어 주름진 채 주방
용 랩처럼 작은 뼈대에 달라붙어 있었다. 두피에는 머리카락이 남
아 있었고 손에도 작은 손톱이 붙어 있었다. "부패시킬 수 없도다."
그가 혼잣말로 중얼거렸다.

"붕대가 없는데요. 미라는 붕대로 감겨 있는 줄 알았어요." 러셀
경사가 말했다.

"미라라는 말을 들으면 다들 고대 이집트를 생각하지요. 하지만
엄밀히 말하면 미라란 화학물질이나 극도의 추위 또는 공기의 부족
등에 노출됨으로써 피부와 장기가 보존된 시신을 의미할 뿐입니다.
이집트를 비롯한 몇몇 문화권에서는 인공적으로 미라를 만들었죠.
그러나 미라는 전 세계에 걸쳐 나타나는 자연 현상입니다. 대부분
은 보통 춥고 건조한 기후에서 발생하죠."

"땅 아래서는 발생할 수 없나?" 러시턴이 물었다.

클라크가 고개를 저었다. "적어도 일반 토양에서는 불가능합니
다. 토탄 늪의 경우 산소가 시신에 접촉하는 것을 막아서 부패 과정
을 멈추는 성분이 있지만요. 보존된 시신이 토탄에서 많이 발견되
는 이유가 있는 거죠."

"이들이 토탄에서 나온 시신일 가능성은?" 러시턴이 물었다.

"그렇지는 않을 겁니다. 물이 든 흔적이 없거든요. 이 두 시신은 땅 위에 보관되어 있었을 거라는 게 제 짐작입니다. 춥고 건조하고, 산소 공급이 제한된 곳 말이죠. 필요하다면 곤충학자에게 부탁해서 곤충 활동을 조사할 수도 있어요. 그러면 좀더 정확한 판단이 가능할 겁니다. 아무튼 이 아이들은 원래 보관이 되어 있던 곳에서 옮겨져 루시의 무덤에 들어간 겁니다. 지난 두세 달 중 어느 시점에요. 제가 경찰이라면 그 이유를 묻고 싶을 것 같네요."

잠시 실내에는 숨소리 외에 아무 소리도 들리지 않았다.

이윽고 클라크가 말을 이었다. "세인트 바나바 2번 시신의 키는 약 105센티미터로, 세 살에서 다섯 살 사이의 여자아이입니다. 두 개골의 봉합 관절을 보면 이 아이는 그 범위의 위쪽에 든다는 것을 알 수 있어요. 아마 네 살 정도 되었을 겁니다. 하지만 우리가 참고할 수 있는 가장 좋은 친구는 치아입니다." 그가 턱뼈 부근을 가리켰다. "인간의 기본 치열은 흔히 젖니라고 알려진 스무 개의 치아로 구성되어 있습니다. 젖니는 육 개월 무렵부터 나기 시작해서 세 살이 될 즈음에는 거의 다 나는 것이 보통이죠. 이십사 개월 이후부터는 영구치가 젖니 아래에 형성되기 시작합니다." 그가 장갑을 낀 손으로 턱뼈 주위를 쓸었다. "젖니는 대략 대여섯 살 정도부터 빠지기 시작해요. 물론 그 시점이 가족마다 상당히 다르긴 합니다만, 젖니가 몇 개 빠진 아이라면 적어도 일고여덟 살은 되었을 가능성이 큽니다. 영구치는 임의적으로 나는 것 같지만 그렇지 않아요. 따라서 어린아이의 두개골을 보고 연령을 추측하는 것은 상대적으로 쉽습니다. 뼈를 깨끗이 닦아서 치아를 제대로 볼 수 있게 되면 여러분께 보여드릴 차트도 있습니다. 상당히 유용해요."

"이 단계에서는 알 수 없나요?" 해리가 도저히 이름을 기억해낼 수 없는 그 경위가 물었다. 데이브였던가? 스티브?

"엑스레이를 찍기 전에는 어렵습니다만, 제가 보는 한에서는 2번 시신은 젖니가 다 난 것으로 보입니다. 따라서 네 살에서 여섯 살 사이의 어린이인 것으로 짐작돼요."

"남자애, 여자애?" 러시턴이 물었다. 두 형사가 모두 상사를 보았다가 다시 시신으로 눈길을 돌렸다.

"여자앱니다. 미라화한 덕분에 어느 정도 확신을 가지고 판단할 수 있어요."

"지금 나와 똑같은 생각 하고 있는 사람?" 러시턴이 천장을 보며 물었다.

"우리 모두 같은 생각을 하고 있을 겁니다, 보스." 러셀 경사가 말했다.

난 아닌데. 해리는 생각했다.

"제가 뭘 놓쳤나요?" 클라크가 형사들을 차례로 보며 물었다.

러시턴이 입을 열었다. "메건 코너. 4세. 지역 어린이. 육 년 전 이곳에서 멀지 않은 무어 황야에서 실종. 내 인생에서 가장 큰 사건. 거대한 규모의 추적 팀. 끝내 발견되지 않음." 그가 해리에게 시선을 돌렸다. "혹시 목사님도 아십니까?"

해리가 고개를 끄덕였다. 몇 주 동안이나 뉴스를 점령한 사건이었다. "아는 것 같습니다. 솔직히 말씀드리면 그 사건을 이 지역과 연관시킨 적은 없어요. 정확히 어디서 발생한 일인지 몰랐습니다."

"헵턴클로 위쪽으로 사 킬로미터도 떨어지지 않은 곳이었어요.

꼬마 숙녀는 가족이랑 피크닉을 갔다가 혼자 어디론지 사라져서 다시는 나타나지 않았지." 러시턴이 병리학자에게 휙 시선을 돌렸다. "시신과 함께 발견된 옷이 있나, 레이먼드?"

"네. 이 시신은 방수되는 옷을 입고 있었습니다. 비옷과 웰링턴 장화요. 장화는 한 짝만 발견됐지만. 여기 있습니다. 사이즈가……." 클라크가 대꾸했다.

"165밀리미터. 빨간색." 죽은 어린아이를 내려다보며 러시턴이 말했다. "비옷도 빨간색. 모자가 달려 있고 무당벌레 무늬가 찍혀 있지. 내 말이 맞나?"

"네. 따로 챙겨서 봉투에 넣어놓았습니다." 클라크가 말했다.

"나는 꿈에서도 그 옷을 본다네. 어디 있나?"

"이쪽에 있습니다." 클라크가 몸을 틀어 세 번째 침상 옆을 돌아 작업대로 향했다. 커다란 투명 비닐봉투 몇 개가 질서정연하게 한 줄로 늘어서 있었다. 그가 첫 번째 봉투를 집어 들더니 봉투 하나를 더 들어 러시턴에게 내밀었다. 두 봉투 모두 글자와 숫자가 적힌 라벨이 붙어 있었다. 러시턴이 작은 웰링턴 장화 한 짝이 든 봉투를 받더니 고개를 살짝 내둘렀다.

"또한 아이는 청바지와 스웨터 같은 걸 입고 있었습니다. 속옷도요. 신원 확인에 도움이 되겠죠." 클라크가 말했다.

러시턴은 웰링턴 장화에서 시선을 떼지 못했다. "이 사람들아, 난 아이가 옷을 입은 채로 묻혔다는 사실에 안도감이 든다네. 나란 놈, 어떻게 돼먹은 건지."

아무도 대꾸하지 않았다.

"클라크 박사, 사망 원인에 대해서는 어떻게 생각합니까?" 머리숱이 없는 형사가 물었다. "제 눈에는 두개골이…….."

"그래요. 그렇지 않습니까?" 클라크가 냉큼 동의했다. "두개골에 첫째 아이와 흡사한 손상이 있죠. 두정골과 전두골에 심각한 두개골 둔상이 보입니다. 빗장뼈라고도 불리는 오른쪽 쇄골에 골절이 있고 오른팔에는 상완골 중위 골절이, 오른손에는 원위 요골 골절이 있어요. 추락한 경우와 일치하는 것이 확실하지만, 골절의 발생이 사망 전인지 후인지는 말하기가 매우 어려워요."

"그렇다면 이 아이 두 명이 모두 상당히 높은 곳에서 떨어졌다는 뜻인가?" 러시턴이 물었다. "2번 시신에 대해서는 얼마나 확신하나? 이 아이의 뼈가 다른 방법으로 부러졌을 수 있나? 이 아이가, 아니 두 아이 모두 두들겨 맞은 걸 수 있나?"

"손상의 형태를 본다면 그럴 가능성은 별로 없어요. 1번 시신은 두개골 뒤쪽과 척추, 오른쪽 다리에 외상을 입었는데 높은 곳에서 등을 바닥으로 향한 채 떨어진 경우와 모두 일치합니다. 2번 시신의 손상은 모두 신체의 오른쪽에 나타나 있는데 이 또한 몸의 오른쪽이 바닥에 닿으며 추락한 경우와 일치하죠. 자신을 감싸기 위해 오른팔을 내밀었을 수 있고요. 아이들이 두들겨 맞는 경우에는 손상이 무작위로 나타납니다. 머리와 위쪽 몸통에 집중되는 경향이 있죠. 아이가 방어를 하려고 할 때는 양팔에서 외상을 볼 수도 있고. 하지만 이 두 시신에는 명백하게 방어흔으로 보이는 것이 없습니다."

"지난밤 무덤이 훼손되었을 때 골절이 발생한 걸 수도 있을까요?" 경위가 물었다.

"배제할 수는 없습니다. 골절의 치유가 시작된 흔적이 없거든요. 따라서 골절은 사망 바로 직전에 일어났거나 사후에 일어난 것이 확

피의 수확

실합니다. 그런데 어제는 땅바닥이 젖어서 부드러운 편이었죠? 그리고 제가 들은 바에 의하면 유해들은 위에서 추락했다기보다 180센티미터 정도 되는 높이에서 굴러떨어졌다는 편이 더 맞겠더군요." 그가 2번 시신의 두개골 손상 부위를 다시 보았다. "어젯밤에 생긴 것 같지는 않아요. 자, 여러분. 3번 시신을 볼 준비가 모두 되셨나요?"

아뇨. 해리는 생각했다.

침상 주위에 모였던 사람들이 흩어졌다가 세 번째이자 마지막 시신 옆에 다시 모였다. 마지막으로 자리를 잡은 사람은 해리였다.

"3번 시신에도 심각할 정도로 불온한 유사성이 보입니다. 이 또한 아주 어린 여자아이로, 대체로 미라화한 상태입니다. 치아와 골격 발달 상황을 볼 때 두 살에서 다섯 살 사이로 추정되고요. 아이의 키를 보면……."

클라크의 말 도중에 해리가 끼어들었다. "어젯밤 제가 보았을 때는 이 아이가 옷을 입고 있었는데요. 무슨 일이 생긴……."

클라크가 눈을 가늘게 뜨며 해리에게 좀더 관심을 보였다. "벗겨서 봉투에 넣었는데요. 왜 그러시죠?"

"볼 수 있을까요?"

"무슨 문제 있습니까, 젊은 양반?" 러시턴이 물었다.

"잘 모르겠습니다. 어젯밤은 어두웠기 때문에……. 아마 제대로 생각하고 있지 않았겠지만……. 그 잠옷, 아니 아이가 입은 게 뭐였든, 아무튼 그 옷을 볼 수 있을까요?"

클라크가 실험실 조수 중 어린 쪽인 사람에게 고개를 끄덕이자 조수가 작업대로 가 비닐봉투 몇 개를 확인하더니 그중 하나를 가지고 왔다. 해리는 봉투를 건네받아 조명에 비춰 보았다.

"잠옷 윗도리예요." 실험실 조수가 말했다. 젊은 여성. 스물다섯이나 되었을까. 짙은 색의 짧은 머리칼에 날씬한 몸매였다. "토양이 묻어 있어서 긁어낼 필요가 있어요. 미세 증거가 있는지 확인한 후 세탁을 할 겁니다. 세탁을 마치면 살피기가 훨씬 편할 거예요."

"윗도리만 있었나요?" 해리가 물었다.

"이제까지 발견한 것은 그것뿐이에요. 아랫도리는 오늘 나중에라도 나올 수 있겠죠. 그런데 상당히 눈에 띄는 옷이에요. 제가 보기엔 수제예요. 라벨도 세탁 방법 표시도 없는데다 동물 문양은 손으로 수를 놓은 것처럼 보여요."

"맞습니다." 작은 고슴도치를 보며 해리가 말했다.

"무슨 생각을 하는 겁니까, 목사님?" 러시턴이 물었다.

해리가 병리학자에게 시선을 돌렸다. "이 아이가 이십칠 개월 된 어린 여자아이일 가능성이 있습니까? 죽은 지 약 삼 년 정도 된?"

"흠, 그렇지 않다는 증거는 확실히 없어요." 클라크가 대답했다.

"왜 그래요? 누구라고 생각하는 거요?" 러시턴이 물었다.

"이 아이는 헤일리 로일이라는 아이입니다. 아이의 어머니가 제 교회의 신도지요. 삼 년 전 발생한 화재에서 죽었다고 간주되었습니다."

방안의 모든 이가 해리를 쳐다보고 있었다. 갑자기 그는 더이상 덥지 않았다. 차가운 땀줄기가 등뼈를 타고 흐르고 있었다. 해리는 루시의 시신으로 시선을 돌리며 말을 이었다.

"잠옷은 물려받은 옷입니다. 기묘한 일이지만, 저 아이의 어머니가 물려준 것이죠. 아이의 이모가 만든 옷이라 독특합니다."

피의 수확

모두 그를 빤히 바라보고 있었다. 그가 말하고 있는 것이 전혀 조리에 맞지 않는 건지도 몰랐다. 러시턴이 병리학자에게 고개를 돌렸다. 그는 입을 열지 않았다. 단지 무언의 질문처럼 양손을 으쓱 들었을 뿐.

"화재 손상의 증거는 제 눈에 보이지 않았습니다만. 얼마나 심각한 화재였나요?"

"몇 시간 동안 불에 탔다고 했어요. 집은 이제는 껍데기에 불과해요. 아이의 시신은 끝내 발견되지 않았고요." 해리가 말했다.

경찰이 자기들끼리 시선을 교환했다. 해리는 말을 이었다.

"아이의 어머니는 딸이 화재에서 죽지 않았다고 확신하고 있었어요. 헤일리가 집에서 빠져나가 무어 황야를 헤매고 다녔을 것이라 믿고 있었죠. 이제 보니 그게 옳았던 걸 수도 있겠네요."

"제기랄." 러셀 경사가 중얼거렸다. "앗, 죄송합니다, 목사님."

"별말씀을. 이 아이가 화재에서 죽은 게 아니라면, 어떻게 죽은 걸까요?"

클라크가 말문이 막힌 듯한 표정을 지었다.

"이 아이도 추락한 겁니까?" 그렇게 물었지만 해리는 그러리라고 이미 생각하고 있었다. 헤일리는 그의 교회 복층 신도석에서 떨어진 것이다. 루시처럼. 메건 코너처럼. 그 아이들의 피가 교회 돌바닥에 묻었을 것이다. 오늘 경찰이 그곳을 살핀다면 혈흔을 찾을 수 있을 것이다. 그는 눈을 감았다. 밀리 플레처는 하마터면 4번 시신이 될 뻔했다.

클라크의 목소리가 들렸다. "네, 유감이지만 이 아이도 추락한 걸 수 있습니다. 두개골과 안면골, 늑골과 골반에 손상을 입었어요. 높은 곳에서 얼굴을 아래로 하고 떨어진 겁니다."

"아, 이 애들이 우연히 떨어졌다고 생각하는 척은 이제 그만해도 될 것 같네." 러시턴이 말했다.

53

"헤일리일 수가 없어요. 유해를 찾았거든요." 병원의 중앙 접수처 구석에는 그들 둘뿐이었다. 그런데도 누가 엿들을까 두려운 듯 이비의 목소리가 낮았다.

"아닌데. 질리언의 말에 의하면 아이의 흔적이 없……." 해리는 검정색 셔츠와 재킷, 꽉 끼는 로만 칼라가 거북할 정도로 여전히 더웠다.

"네, 질리언이 당신한테 어떻게 말했는지는 저도 알아요. 저한테도 같은 말을 했으니까. 그건 거짓말이에요. 아, 제길, 이런 이야기를 하는 건 정말 부적절한 행동이에요." 이비가 휠체어에 앉아 한 손으로 얼굴을 문질렀다. "전 정말 말하면 안 돼요."

해리가 한숨을 쉬었다. "규칙에 예외가 없어요? 누군가의 생명이 위험에 처해 있다던가 하면 비밀 누설 금지 원칙을 깰 수 있지 않습니까?"

"아, 있긴 해요. 그렇기는 해도……."

해리가 이비의 휠체어 손잡이에 손을 얹었다. "이비, 저는 방금 세 명의 죽은 유아를 보고 왔습니다. 세 명 다 흡사한 방법으로 죽었고 그중 두 명은 애초에 있어서는 안 될 무덤에 있었어요. 정상적인 규

336   피의 수확

칙을 계속 적용해야 된다는 생각이 정말 들지 않아요."

이비가 바닥을 잠시 보았다.

이윽고 그녀가 마음을 정한 듯 이야기를 시작했다. 고개는 계속 숙인 채였다. "질리언의 집에 화재가 났을 때 출동한 소방관을 만났어요. 헤일리의 유해를 화재 다음날에 찾았다는 이야기를 들었고요. 화장 시 남는 것과 비슷하게 재와 뼛조각뿐이었지만 인간의 유해는 확실하다고 했어요. 뼈를 검사했다고 했어요."

해리는 배를 걷어차인 것 같았다. "흠. 이비 말이 그렇다면 제가 틀린 거군요. 선량하신 클라크 선생님이 나를 사랑해주시겠는데요." 그들 모두가 그를 사랑해줄 것이다. "헤일리가 실종된 날 밤 입고 있던 옷에 대해 질리언이 말하는 걸 분명히 들은 기억이 있었고 제니한테는 그 옷이 언니가 직접 만들어준 옷이라는 말을 들었기 때문에 의심할 여지가 없다고 봤는데."

해리만큼이나 이비도 걱정이 되는 표정을 지었다. "질리언이 착각한 게 분명해요. 심각한 외상은 사람의 기억에 장난을 칠 수 있어요. 잠옷을 다른 사람에게 주고 그 사실을 잊어버린 걸 수도 있고요. 그래도 그 옷이 독특하다면 시신의 신원을 확인하는 데는 도움이 되겠지요."

"아마도요." 해리가 동의했다. "문제는 판도라의 상자가 이미 열렸다는 겁니다. 경찰이 질리언과 이야기를 하려고 할 텐데 질리언이 어떻게 받아들일지 모르겠군요."

"제가 지금 갈 수 있어요. 오늘 예약을 다 취소했거든요." 이비가 말했다.

해리는 다가오는 발걸음 소리를 들었다. 고개를 들자 러시턴이 출입구에 서 있었다. "이제 로일 부인을 만나러 갈 준비가 됐는데 목사님은 시간이 괜찮으신지?"

"물론입니다." 그가 일어서서 이비를 향했다. 휠체어 뒤에는 그녀의 양어깨 부근에 하나씩, 손잡이가 두 개 달려 있었다. "제가 밀면……?"

그녀가 매섭게 대꾸했다. "말도 안 되는 소리 말아요. 자, 가죠."

54

문간에 선 질리언이 휘청거리는 것처럼 보였다. 그녀는 해리의 얼굴에서 눈을 떼지 못했다. "오늘 아침에 오겠다는 말은 안 했으면서!" 이비에게 교활한 눈빛을 홀쩍 쏘기 전에 그녀가 말했다.

"질리언, 이분은 러시턴 총경님이세요. 미안하지만 질리언하고 이야기를 해야 해요. 들어가도 괜찮겠어요?" 해리가 말했다.

질리언의 눈이 살짝 더 커졌지만 그녀는 이윽고 몸을 돌려 아파트 계단을 올라갔다. 해리는 이비를 앞서게 한 후 뒤따랐다. 러시턴이 마지막이었다.

어제보다는 집안이 정돈된 것처럼 보였다. 그를 위해서 그런 것이 아니길 해리는 바랐다.

"교회에 무슨 일이 있나요? 아침 내내 경찰차가 있던데요." 사람들이 모두 작은 거실에 들어섰을 때 질리언이 물었다.

질리언의 뒤에 난 창문으로 중앙도로가 구불구불 언덕을 오르며 교회로 이어지는 모습이 보였다. 전날 밤에 내린 비는 옅은 연무를 남겨놓고 떠났다. 도로의 양쪽을 차지하는 건물들의 윤곽이 마치 지우개로 지운 것처럼 흐릿했다.

"그것도 우리가 온 이유 중 하나예요. 어젯밤에 교회에 일이 났어요." 그가 러시턴에게 시선을 돌렸다. "총경님, 제가 해도 될까요?"

"네, 계속하세요." 러시턴이 안락의자에 털썩 앉으며 대답했다.

해리는 질리언과 이비가 모두 앉을 때까지 기다렸다. 이비는 또 다른 안락의자에 앉았고 질리언은 소파 가운데에 앉았다. 해리는 그녀에게 몸을 숙인 듯 엉거주춤한 자세로 몸을 낮추고 입을 열었다.

"질리언, 어젯밤에 일어난 일로 질리언을 좀 괴롭게 할지도 모르겠어요. 혹시 그렇게 될까 봐 올리버 선생님도 모시고 왔어요."

이비가 함께라는 사실을 마치 이제야 알아챘다는 듯 질리언의 두 눈이 이비에게 슬그머니 향했다가 해리에게 되돌아왔다.

"질리언의 옛집에 불이 났던 날 밤에 대해 이야기를 했던 거 기억나요? 헤일리가 죽은 날 밤에 대해서요?" 해리가 물었다.

질리언은 아무 말 없이 해리의 얼굴만 빤히 쳐다보며 딱 한 번 고개를 끄덕였다. 음주를 다시 시작한 걸까 하는 의심이 해리의 뇌리를 스쳤다. 뭔가 대단히 이상한데…….

"헤일리가 입고 있던 잠옷 기억해요?" 그가 말을 이었다.

질리언이 그 말에 퍼뜩 정신을 차렸다. 초점이 돌아온 눈으로 그녀는 해리에게서 러시턴으로 시선을 옮겼다. "무슨 일이에요?" 겁먹은 듯한 표정이 떠올랐다.

"로일 부인." 러시턴이 앞으로 몸을 숙이며 입을 열었다. 작은 공간 탓인지 그들은 모두 거북할 정도로 서로에게 가까웠다. "오늘 아침 일찍, 부인이 레이콕 목사님에게 묘사했던 것과 매우 비슷한 잠옷을 입은 어린아이의 유해를 경찰이 발견했습니다. 따님이 입고 있던 옷을 부인이 착각했을 가능성이 조금이라도 있을까요?"

"그 애를 찾았어요?" 질리언이 소파에서 몸을 일으키려고 했다. 펄쩍 뛰어오르기라도 할 기세였다.

해리가 질리언의 팔에 부드럽게 손을 얹었다. 이비와 러시턴 모두가 일어서려고 하는 모습이 눈가로 보였다. "어린이 한 명이 발견되었어요. 하지만 그 아이가 어떻게 헤일리일 수 있는지는 모르겠어요."

질리언의 손가락이 해리의 손을 꽉 쥐었다. "이럴 줄 알았어. 그 아이가 불에 타지 않았다는 걸 난 알고 있었다고요. 어디 있었어요? 그 애가 무슨 일을 당했어요?"

"로일 부인!" 질리언을 한순간 침묵하게 할 정도로 러시턴의 목소리는 컸다. "부인의 저택에 발생한 화재에 출동한 소방서장의 보고서를 보았습니다. 그에 따르면 따님의 유해가 발견되어 부인에게 전달되었던데요. 화재 후 얼마 지나지 않아서 말입니다."

"아니에요." 질리언이 러시턴을 노려보며 매섭게 쏘아붙였다.

"아니에요?" 해리가 되풀이했다.

질리언의 머리가 튕기듯 해리에게 향했다. "그치들이 나한테 준 건 헤일리가 아니에요. 아니라는 걸 난 알아요." 그녀가 다시 고개를 돌려 러시턴을 노려보았다. "그자들은 재 한줌 따위로 나를 속이려고 했어요. 딸애가 집밖으로 나갔다는 걸 난 알고 있어요. 내가 미친 여자 같아요? 다들 그런 식으로 서로 쳐다보지 말아요. 내가 무슨 말을 하고 있는 건지 난 잘 알고 있다고요."

"질리언, 소방관에게 받은 재는 어떻게 됐나요? 그걸 어떻게 했어

피의 수확

요?" 이비가 물었다.

질리언이 너무나 빨리 일어나는 바람에 해리는 자칫 균형을 잃을 뻔했다. 그는 그녀가 거실을 가로질러 주방으로 사라지는 모습을 바라보았다. 찬장 문이 열리고 물건이 움직이는 소리가 들렸다. 그가 이비에게 시선을 돌리자 그녀는 어깨를 살짝 으쓱해 보였다. 마침내 질리언이 두 손에 금속 항아리를 안고 돌아왔다. 그것은 유골함처럼 생겼다. 왜냐하면 유골함이었으니까. 해리가 몸을 일으켰다.

질리언이 거실을 가로질러 카펫 중앙에 놓인 작은 커피 테이블 앞에 멈춰 섰다. 그녀가 무릎을 꿇고 한 손으로 테이블을 휙 쓸었다. 잡지 한 권과 그녀의 핸드백이 바닥으로 떨어졌다.

"질리언, 안 돼요!" 이비가 소리쳤다. 그때서야 해리는 눈앞의 젊은 여성이 무슨 짓을 하려는 것인지 깨달았다.

"오, 하느님." 러시턴이 중얼거리며 일어섰다.

질리언이 뚜껑을 열고 유골함을 뒤집었다. 재가 쏟아져 나오며 테이블에 작은 구름이 피어났다. 딱딱한 물체가 목재 위로 떨어지는 소리가 들렸다. 회색을 띤 삼 센티미터 정도 크기의 물체가 그의 발치 가까이에 떨어졌다.

"이건 헤일리가 아니야! 난 알아!" 질리언이 소리쳤다.

이비가 질리언 옆 카펫에 무릎을 꿇었다. 한 팔은 질리언의 어깨에 두르고 다른 한 손으로는 질리언의 손을 잡으며 질리언이 거실에 재를 뿌려대는 행동을 멈추게 하려고 했다.

"괜찮아요. 제가 할게요." 해리의 손이 잠시 이비의 손을 건드렸고 다음 순간 그는 질리언을 위로 일으켜 세워 그녀의 손에서 빈 유골함을 빼앗았다. 질리언은 즉시 긴장을 풀며 그의 어깨에 얼굴을 묻고 흐느꼈다. 오, 하늘에 계신 아버지시여. 아무래도 실수한 것 같습니다…….

"그걸 건드리지 말아주세요, 올리버 박사." 러시턴의 목소리가 들렸다. 질리언의 머리카락이 그의 얼굴에 들러붙었다는 사실을 의식한 해리가 고개를 옆으로 틀었다. 바닥에 무릎을 꿇고 있던 이비가 마치 재를 다시 담겠다는 듯, 유골함을 집어 들고 있었다. "제가 하죠." 러시턴이 유골함을 빼앗으며 말했다.

건물 입구의 문이 열리고 계단을 올라오는 발걸음 소리에 네 사람의 고개가 돌아갔다. 해리는 질리언을 꽉 붙든 채 가까스로 소파로 데리고 갔다. 그는 부드럽게 그녀를 앉히고 이비를 향해 몸을 돌렸다. 이비는 여전히 카펫에 무릎을 꿇고 있었다. 그는 허락을 구하지 않고 바로 그녀의 허리를 양손으로 잡아 일으켜 그녀가 아까 앉았던 안락의자에 앉도록 도왔다.

"고맙습니다." 이비가 중얼거렸다. 아랫입술이 떨리는 듯 보였다. 이비의 뒤로 그웬 배니스터가 보였다. 질리언의 어머니는 문간에 서서 그들을 보고 있었다. 러시턴은 재를 치우기 시작한 참이었고 질리언은 다시 흐느끼고 있었다. 그녀는 무릎에 머리를 묻었고, 그녀의 금발은 바닥으로 흘러내렸다. 이비는 가방을 집어 속을 뒤지고 있었다. 해리는 새로운 방문자가 몸을 돌려 떠날지도 모른다고 생각했다.

"러시턴 형사님. 질리언의 기분을 나아지게 할 만한 걸 주고 싶은데요. 질리언에게 하실 질문이 더 있나요?" 이비가 물었다.

"지금으로서는 없어요. 재를 가지고 가서 다시 검사를 해볼 생각입니다. 이제까지 들은 이야기로 삼 년 전의 검사는 그저 이 재가 인간의 재라는 걸 확인해준 게 전부인 것 같은데 그보다는 조금 더 확실한 분석이 필요한 것 같군요."

"질리언은 좀 쉬어야 할 것 같아요." 이비가 다시 몸을 일으키려 하며 말했다.

그웬이 방을 가로질러 딸의 손을 잡았다. "애야, 이리 오렴. 가서 눕자." 그녀가 질리언을 일으켜 세우며 말했다.

두 모녀가 질리언의 침실로 사라졌을 때 해리는 안도의 한숨을 내쉬었다. "질리언이 잠옷 윗도리를 확인해드려야 합니까?" 그가 물었다. 라벨을 붙인 증거 보관용 봉투에 든 옷가지가 러시턴의 서류 가방에 있는 것을 그는 알고 있었다.

러시턴이 고개를 저었다. "믿을 만한 증인이라는 생각이 들지 않는군요. 안 그렇소? 옷을 만든 여성은 어떨까요? 크리스티아나라고 했던가요? 싱클레어의 장녀?"

해리가 고개를 끄덕였다. "제니가 말해주었죠. 루시에게 만들어준 잠옷이었다고요. 버리기엔 너무 좋은 옷이어서 루시가 죽고 몇 년 후에 질리언에게 주었답니다. 딸에게 입히라고요." 해리가 말을 멈췄다. 죽은 아이가 입었던 옷. 그 옷을 물려 입은 아이도 죽었다. 그리고 두 아이는 한 무덤에 같이 들어 있었다.

"정말이지 엉망진창이로군." 해리의 생각을 공유하는 것처럼 러시턴이 말했다. "그래, 이제 수도원장 저택에 가야 되겠군요. 이치에 맞는 말을 할 만큼 제대로 정신 박힌 사람이 있는지 좀 봐야겠습니다."

"저도 가겠습니다. 적어도 교회까지는요. 대부제님께 보고하기

위해서는 경내가 어떤 상태인지 정확히 파악해야 하거든요. 이비는
어떻게 할래요?"

이비가 침실 문 쪽을 흘깃 보았다.

"전 조금 더 머물러야 할 것 같아요."

"떠날 때 전화 줄래요?" 해리가 물었다. 그는 그녀에게 살짝 미소
를 지어 보이고 자리를 뜨기 위해 몸을 돌렸다. 러시턴이 그를 뒤따
랐다. 인간의 유해를 품에 안고서.

55

"메건 코너의 부모에게 연락은 하셨습니까?" 해리가 러시턴과 함
께 플레처 저택으로 향하며 물었다. 경사 지대 정점은 연무가 더 짙
었다. 돌에서 뿜어나와 모퉁이에서, 지붕 박공 아래서 어슬렁거리
는 듯 보였다. 무어 황야의 향기가 배어 있었다. 젖은 흙의 냄새가
났고 내린 비에도 불구하고 전날 밤의 나무 탄내가 남아 있었다.

"했지. 지금 오는 중일 겁니다." 러시턴이 고개를 끄덕였다. "사건
을 겪고 몇 년 후에 이사해서 현재는 애크링턴에 살고 있어요. 한 시
간 후에 약속이 잡혀 있습니다. 그 사람들에게 답을 더 줄 수 있다면
좋겠군요."

해리는 딸의 무사 귀환을 탄원하는 코너 부부의 눈물어린 모습을
뉴스에서 본 기억이 났다. 메건의 실종은 저녁 뉴스 프로그램의 톱
뉴스 자리를 며칠 동안 점령했다. 경찰 수색은 전국으로 번졌고 메
건을 목격했다는 증언이 멀게는 웨일스와 남부 해안에서까지 들어

피의 수확

왔다. 그러나 아이는 실종 장소에서 일 킬로미터도 떨어지지 않은 지점에 있었던 것이다.

"제가 아직도 이해하지 못하겠는 건, 메건과 헤일리라고 우리가 추측하는 두 여자애가 매장된 지 몇 달조차 지났을 리가 없다고 병리학자가 너무나 확신하고 있다는 점입니다. 그렇다면 아이들의 시신이 다른 어디엔가 보관되어 있었다는 건데요. 메건의 경우는 육년, 헤일리는 삼 년 동안이나요. 둘 다 이 지역 아이였으니 상식적으로 생각하면 이 근처 어디에 있었다는 뜻이겠죠." 해리가 말했다.

저택 진입로에는 경찰차 몇 대가 서 있었고 가벼운 복장의 사람 몇 명이 근처에서 어슬렁거리고 있었다. 그들이 기자임을 깨달았을 때 해리의 심장이 덜컥 내려앉았다.

"금방 올 테니 잠시들 기다리게." 러시턴이 경찰 팀에게 먼저 말하고는 해리에게 대꾸했다. "메건이 실종되었을 때 경찰이 제대로 수색한 것이 맞는지 묻는건가요, 목사님?"

"죄송합니다. 그런 뜻은 아니었⋯⋯." 기자들이 그들을 발견하고는 경찰이 쳐놓은 경찰 통제선 주위로 다가왔다.

기자들을 흘낏 보며 러시턴이 낮은 목소리로 말했다. "그에 대한 내 대답은 '그렇다'요. 수색은 확실히 했어요. 경찰관이 오십 명까지 동원된 적이 있고 마을 사람 대부분이 도왔지. 우리는 동네만 수색한 게 아닙니다. 무어 황야를 전부 수색했어요. 유적지든 양수장이든 덤불이든 돌무덤이든 싹 다 뒤졌죠. 커대버견이라 해서 부패하는 시체만 좇도록 훈련받은 경찰견도 동원했는데 썩지 않은 시체를 두 구 찾아냈어요. 하나는 토끼였는데 렌쇼가 소유한 오래된 농가에서 나왔어요. 다른 하나는 집고양이였고. 커대버견은 동물 유해는 건드리지 않도록 훈련받기 때문에 수색은 그다지 지연되지 않았어요."

"그래서 어떻게⋯⋯." 해리는 일부러 질문의 끝을 맺지 않았다.

"또 전역에 헬리콥터를 띄웠어요. 부패하는 시신에서 발생하는 열기를 감지할 수 있는 설비와 함께 말이지. 오소리 한 마리와 사슴 한 마리, 토끼 몇 마리, 한쪽 날개를 잃은 송골매 한 마리를 찾아냈죠. 어린아이는 없었어요."

"러시턴 총경님⋯⋯." 이십 대로 보이는 젊은 남성 기자 한 명이 여성 순경 주위를 두리번거리며 해리와 러시턴이 더 잘 보이는 곳으로 오려 하고 있었다.

"따라서 나는 경찰견과 헬리콥터, 랭커셔 지방의 인구 절반이 실종 지역을 돌아다녔는데도 메건을 찾아내지 못했다면 그건 수색 당시에는 메건이 여기 없었기 때문이라고 생각할 수밖에 없어요. 헤일리는 물론 찾아보지 않았죠. 실종되었는지조차 아무도 몰랐으니까요."

아이의 어머니만 제외하고요. 해리는 생각했다. 검시에 출석했던 형사 한 명이 그들에게 걸어오고 있었다. 연상에 직급이 위였던, 성근 머리와 눈에 보이지 않는 속눈썹을 한 쪽이었다. 데이브던가, 스티브던가 그런 이름으로 불렸던 사람이었다.

"이 초만 더 참게, 조브." 러시턴이 말했다.

조브? 주피터라는 뜻의 조브?

"아기 루시의 무덤이 손을 탄 걸 어째서 아무도 알아채지 못했는지가 난 궁금해요. 목사님 친구인 플레처 가족이 집을 짓기 전까지는 사람 눈에 바로 들어오는 곳은 아니었지만 말이죠. 누군가가 흔적이 남지 않도록 신중하게, 밤에 조용히 일했다면 손대는 현장을 들키지 않고 넘어가는 게 어렵지 않았겠다는 건 알겠어요. 오늘 같은 안개의 축복이 있었다면 아마 대낮에도 가능했을 테지." 그가 경사 길을 내려가 기자들을 마주했다.

"기자 여러분! 기자회견이 3시에 있으니 그때 이야기하도록 합시다." 그가 소리치더니 어깨를 떡 벌리고 동료 경찰에게 말했다. "자, 우리 친애하는 젊은 친구들! 뭣 좀 찾아낸 게 있는가?"

로마 신 주피터와 동명이라는 사실을 해리가 방금 알게 된 성근 머리카락의 형사가 해리 대신 러시턴의 옆자리를 차지하더니 길을 다시 올라 교회 마당 쪽으로 가야 한다고 말했다. 해리는 검시에서 만났던 경사와 함께 뒤를 따랐다. 수술복을 입고 있지 않으니 경사의 탄탄한 체구가 더 뚜렷이 보였다. 바지가 그의 허리께에서 팽팽하게 늘어나 있었다.

"여기 있으면 더 잘 보일 겁니다." 그들이 교회 입구를 지나 보도를 따라 걷고 있을 때 조브가 설명했다. 해리는 탑의 꼭대기를 볼 수 없었다. 키가 더 높은 아치길 꼭대기마저도 회색 연무에 가려져 있었다. "비가 멈춘 동안은 가리개를 거뒀습니다. 낮의 햇빛을 활용하기 위해서요." 그가 잠시 멈추고 위를 올려다보았다. "있는 그대로 말이죠."

"다른 게 뭐 나온 것이 있나?" 러시턴이 물었다. 네 명의 남자는 빠르게 걸으며 교회를 지나쳐 담에 가까이 있는 텐트 구역으로 접어들었다. 제복을 입은 순경이 입구에서 경계를 서고 있었다.

조브가 목소리를 낮추며 입을 열었다. "나머지 잠옷이 나왔습니다. 혈흔의 증거가 조금 있어서 실험실로 보냈습니다. 뼈도 몇 개 더 나왔습니다. 무슨 뼈인지는 모르겠습니다만 아주 작아 보입니다. 아, 그리고 저택 쪽을 봤을 때 무너진 무덤의 오른편에 있는 무덤 기억나시죠? 시크로프트라는 가족의 무덤이더군요."

"그렇군." 러시턴이 맞장구를 놓았다.

경찰 텐트가 눈앞에 있었다. 순경이 뒤로 물러서며 그들을 안으로 들였다. 해리는 마지막으로 들어갔다. 폴리우레탄 장막은 삼 면만 쳐져 있어 정원이 똑바로 보였다. 세 명의 현장 감식반 직원이 그곳에서 일하고 있었다. 두 명은 담으로부터 뜰 가장자리로 떨어진 돌을 나르는 듯했다. 어린이의 작은 석상이 돌더미 옆에 있었다. 저택 창문엔 여전히 블라인드가 내려져 있었다.

"흠. 이제 관을 볼 수 있습니다. 보세요. 떡갈나무 마감이 꽤 괜찮죠. 어젯밤엔 보이지 않았지만 이쪽 측면의 대부분이 보시다시피 밖으로 드러나 있습니다." 조브가 말했다.

해리는 습기로 얼룩지고 여기저기가 부서진 목관을 보았다. "이렇게 둘 수는 없어서 들어내려고 합니다. 클라크에게 이리로 오라 해서 보여준 후에 뭔가 수상해 보이는 점이 있다고 하면 관 전체를 실험실로 보내는 거죠."

"아주 좋네. 다른 쪽 무덤도 똑같이 할 필요가 있어. 누군가 무덤 발굴 요청을 냈는가?" 러시턴이 말했다.

"그런 것 같습니다만 다시 확인하겠습니다. 총경님."

"교회 아래 거대한 묘실이 있습니다." 더이상 입을 다물고 있지 못하고 해리가 말했다. "춥고 건조하죠. 시신이 미라화할 만한 그런 장소입니다. 오랫동안 폐쇄되어 있었더군요. 메건을 수색할 때 그곳도 보셨습니까?"

　　　　　　　　　　　　　　　　　　　　피의 수확

"봤지." 러시턴이 한 번 고개를 끄덕였다. "싱클레어가 문을 열어주었어요. 오래된 석관을 다 열어보았죠. 경찰견도 데리고 갔고요. 냄새가 요만큼도 안 나더군. 아, 수상한 기색이 없었단 뜻입니다. 견공들이 교회 안에서 흥분하긴 했어요. 오래된 종탑으로 이어지는 계단에서요."

"그래서 어떻게?" 해리가 대답을 요구하며 교회 쪽으로 몸을 돌렸다. 그 각도에서는 네 개의 탑 중 가장 가까운 탑, 남서쪽 귀퉁이에 있는 탑만 보였다.

"비둘기 세 마리가 죽어 있더군요. 계단을 반도 오르기 전에 나도 냄새를 맡을 수 있었지."

"묘실을 다시 확인해주시겠습니까? 아이들은 동네 아이였어요. 여기서 실종되고 여기서 발견되었죠. 분명히 근처 어딘가에 보관되어 있었던 겁니다."

러시턴은 그를 쳐다보려 들지도 않았다. "충고 감사합니다만, 목사님. 우리 경찰도 살인 사건 수사에 경험이 좀 있어요."

무전기가 칙칙댔다. 조브가 허리띠에서 수신기를 꺼내며 그들로부터 멀어졌다. "니스든 경위입니다." 그가 작게 말했다. 잠시 후 그가 상사에게 되돌아왔다. "저택으로 오시랍니다, 대장님. 뭔가가 나왔답니다."

"이 애는 얼마나 오랫동안 자는 거예요?" 그웬 배니스터가 물었다.

"딱히 시간을 말하긴 힘들어요. 테마제팜은 순한 진정제이고 제가 많이 주지도 않았어요. 체중이 좀더 나가고 몸이 건강한 사람이라면 그저 졸리게 느낄 정도? 약간 멍해지는 그런 정도일 텐데, 이렇게 빨리 잠이 든 걸 보면 기진맥진한 상태였나 봐요."

지난 삼십 분간의 긴장이 다소 가신 질리언의 얼굴은 평온했다. 어리고 부드러워 보였다. 한 팔은 베개 위로 뻗어 있었고 긴팔 티셔츠가 거의 팔꿈치까지 말려 올라가 있었다. 이비가 손을 내밀어 질리언의 팔을 살짝 잡고 소매를 좀더 위로 걷었다.

그웬이 딸의 팔뚝에 난 검푸른 새 상처들을 보며 말했다. "나아지고 있다고 생각했는데. 선생님을 만난 후로 나아졌다우."

"이런 일은 시간이 걸린답니다. 아직 진료의 초기 단계예요."

그웬이 문으로 시선을 돌렸다. "이리 와요, 의사 선생님. 선생님은 서 있으면 안 돼. 뜨거운 음료 한잔 줄까요?"

"감사하죠. 아침 먹은 건 벌써 다 내려간 것 같아요."

그웬이 침실을 나섰고 이비는 잠시 멈춰 질리언의 상처 난 팔을 잠옷으로 덮고 이불을 어깨까지 올려주었다. "차, 아니면 커피?"

"차가 좋아요. 설탕 없이 우유만요." 그녀가 거실로 향하며 부드럽게 목소리를 올렸다. 밖의 연무가 확실히 짙어지고 있었다. 그들이 질리언의 아파트에 도착했을 때는 무어 황야의 높은 부분과 마을의 윗부분에 어려 있다면 지금은 좀더 내려와 있었다. 이제는 옛 교회 탑의 일부만 간신히 알아볼 수 있었다. 그 위로는 아무것도 보이지 않았다.

이비는 창에서 몸을 돌려 자리에 앉았다. 커피 테이블은 고운 먼지로 얼룩진 것처럼 보였다. 찻주전자의 물이 끓는 소리, 물을 따르는 소리, 냉장고 문이 열리는 소리가 차례로 들려왔다. 그웬이 차를 담은 머그잔 두 잔과 비스킷 접시가 놓인 쟁반을 들고 왔다가 멈춰서서 테이블 표면을 내려다보았다. 테이블의 먼지가 가지는 깊은 의미를 머릿속에 새기는 듯했다.

"이렇게 두는 게 괜찮은 거 같진 않은데, 안 그러우? 닦아내야 할까?" 그녀가 테이블을 건드리지 않은 채 말했다.

"저도 잘 모르겠어요. 지금은 그냥 두는 게 나을지도 모르겠어요. 제가 이따 떠나기 전에 아까 왔던 경찰에게 연락해볼게요. 어떻게 해야 할지 물어보죠."

그웬이 몸을 숙여 거실 바닥에 쟁반을 놓았다. 그리고 비스킷이 담긴 접시를 이비에게 권했다.

"오늘은 질리언을 혼자 두면 안 될 것 같아요." 이비는 비스킷을 한입 베어 물었다가 후회했다. 눅눅한 질감의 비스킷이 입속에서 축축한 마분지처럼 질기게 느껴졌다. "질리언이 잠에서 깰 때 제가 다시 올 수 있긴 하지만 누군가가 함께 있어줘야 해요. 어머님이 같이 계실 수 없다면 제가 수속을 할 수도 있어요. 아, 병원 입원 수속요. 아마 오늘밤으로 충분할 거예요."

그웬이 고개를 저었다. "괜찮으우. 내가 같이 있을 수 있고 오늘밤 집에 갈 때 데리고 가면 돼. 한 번 정도는 모녀가 서로를 견딜 수 있지 않겠어요? 아유, 비스킷 맛이 왜 이래. 미안해요, 선생님."

"따님과 가깝지 않으세요?" 이비가 조심스레 물었다. 질리언은 어머니에 대해서 이야기한 적이 거의 없기 때문에 모녀 관계가 어떤지 감이 오지 않았다.

그웬의 표정이 애매해졌다. "그럭저럭 잘 지내요. 질리언이 좀 거칠게 군 적도 있지만. 나나 그 애나 심한 말을 좀 했지. 선생님도 선생님 엄마하고 때때로 사이가 나쁠 때가 있지 않겠수."

"물론이죠. 집에는 어머님뿐이신가요?"

"그래요. 질리언의 아빠는 오래전에 끔찍한 차 사고로 죽었어. 난 재혼했지만 오래가지 않았지. 하지만 선생님은 이런 건 벌써 다 아시지 않수?"

이비가 미소를 지으며 시선을 아래로 내렸다.

"어젯밤에 교회 마당에서 시체를 파냈다는 소리를 들었는데. 거기 있어서는 안 되는 시체들 말이우, 내 말은. 사실이에요?" 비스킷을 다 먹은 그웬이 하나를 더 집으며 말했다.

"죄송해요. 저도 들은 말이 별로 없어요."

"어린애들이라는데. 선생님이 그래서 여기 온 거유? 헤일리를 찾았다고들 생각하는 거예요?"

"그 가능성에 대해서 이야기가 좀 오갔나 봐요." 어떻게 하면 최대한 애매하게 마무리할 수 있을까 궁리하며 이비가 말했다. "하지만 물론……." 그녀는 커피 테이블 쪽을 손짓했다. 산들바람에 날리듯 가루가 움직이는 것처럼 보였다. 두 여인 누구도 느끼지 못하는 산들바람.

"헤일리는 지난 삼 년 동안 부엌 항아리 속에 있었는데 시신이 어떻게 그 애일 수 있겠어. 안 그래요?" 그웬이 이비의 말을 마무리했다.

"어머님이 오셨을 때 질리언은 이것이 헤일리의 재가 아니라고 말하던 참이었어요. 따님이 왜 그렇게 확신하고 있는지 혹시 아시나요?"

"그 애는 언제나 믿기를 거부했다우. 재가 인간의 것이라고 확인되었을 때도 받아들이지 못했어. 자기가 알지 못하는 새 다른 사람이 집에 들어와 타 죽은 거라는 듯 행동했어요."

잠시 그웬은 두 번째 비스킷을 씹으며 가만히 앉아 있었다. 이비는 혀가 델 듯 뜨거운 차를 마시며 기다렸다.

그웬이 이윽고 다시 입을 열었다. "때때로는 내 잘못인가 싶어. 오래전에 그 애를 도와줄 사람을 구했어야 하는 게 아닌가 후회도 들고 그렇다우. 하지만 그 시절엔 어르고 달래며 상담받는 그런 게 없었지. 아, 기분 나빠하지 말아요, 의사 선생님. 그 시절 사람들은 어떻게든 살아갔다는 뜻이니까."

"질리언이 오래전에 도움을 받았어야 했다고 생각하시는 거예요? 학교에서 문제가 있었나요?"

그웬이 카펫에 머그잔을 내려놓고 손가락에서 비스킷 부스러기를 털어냈다. "십 대들이 흔히 겪는 일이었지, 뭐. 자전거 보관소 뒤에서 담배를 피우거나 학교를 며칠 빠지거나 그런 거 말이우. 내가 말하려던 건 그 애의 꼬마 여동생한테 일어난 일이에요. 질리언이 열두 살 때. 선생님한테 말했을 텐데?"

그웬이 이비를 빤히 쳐다보았다. 턱 주변의 주름이 굳은 듯 보였다. 갑자기 그녀가 다시 머그잔을 들더니 내용물을 한꺼번에 많이 마셨다. 잔이 아래로 내려왔을 때 이비는 그웬의 입 주위에 튄 찻물 방울을 볼 수 있었다.

맞은편 여인이 손가락으로 입술 주위를 닦고 있을 때 이비가 조심스럽게 말했다. "죄송해요. 질리언이 여동생을 언급한 적은 없는 것 같아요."

그웬이 몸을 앞으로 숙이며 커피 테이블에 잔을 놓았다.

"그럼 그 애에게 물어보는 게 좋겠수."

"조언 감사드려요. 그런데 상담에서는 질리언이 먼저 언급하고 싶어 하는 것만 이야기한답니다. 제가 주제를 들이미는 건 질리언에게는 공정한 일이 아닐 거예요. 질리언에게 여동생이 있었다면 그에 대해서 이야기하고 싶어 할 때까지 전 기다려야 해요."

"흠. 그렇담 오래 기다려야 할지도 몰라요. 나한테도 이야기하고 싶어 한 적이 한 번도 없거든. 하지만 선생님이 알아야 할 일일 거야, 특히……." 그녀가 커피 테이블을 보았다. 재가 얄따랗게 깔린 테이블 한가운데에 질리언의 머그잔이 놓여 있었다. "질리언한테는 로런이라는 어린 여동생이 있었어요. 누가 계단 안전문을 열어놓는 바람에 로런은 십팔 개월 때 아래층으로 떨어졌다우. 질리언이 그랬을 가능성이 가장 높아요. 그 애는 끝내 인정하지 않았지만. 아무튼 로런은 안전문 빗살에 걸려서 계단 꼭대기에서 바닥까지 떨어져 마룻바닥에 부딪혔고 삼 일 동안 살아 있었지만 의식을 회복하지는 못했어. 난 아이가 눈을 뜨는 걸 다시는 보지 못했다우."

"너무 슬픈 일이에요. 어머님과 질리언 모두에게 얼마나 끔찍한 일이었을까요. 그런데 헤일리까지 그런 일을 당했으니." 추락사한 어린이가 또 있단 말인가.

"그래요. 그 일을 겪은 후엔 결혼 생활이 오래가지 않았어요. 그 아이를 발견한 사람이 존이었거든. 존은 끝내 극복하지 못했다우."

이비의 휴대폰이 삑 하고 울렸다. 문자메시지였다. "잠시만요." 그녀는 주머니에서 전화를 찾아 화면을 보았다. 문자를 할 수 있는 목사라! 어설프긴 했지만. 화면에는 여섯 개의 물음표와 뽀뽀를 뜻하는 두 개의 X, 그리고 H가 떠 있었다. 이비가 말했다.

"전 이제 가야 해요. 저를 믿어주셔서 감사합니다. 몇 시간 후에 다시 올게요. 그때쯤이면 질리언이 잠에서 깼을 수도 있겠네요. 어떻게 하면 될지는 그때 정하면 될 것 같아요. 괜찮으시죠?"

56

교회 문 옆에 이르렀을 때 해리는 멈춰 서서 세 명의 경찰관을 그의 앞으로 보냈다. 기자들이 여전히 어슬렁거리고 있었다. 러시턴과 두 명의 형사는 그들의 질문에 반응을 보이지 않고 옆을 지나쳐 플레처 저택으로 사라졌다.

"사실입니까?"

해리가 고개를 돌렸다. 키가 크고 둔중한 체구의 남자가 램프의 요정 지니처럼 연무 속에서 나타났다. 해리가 혼자 있을 때를 노려 말을 걸기 위해 교회 뒤에서 기다리던 걸지도 몰랐다.

"안녕하세요, 마이크. 잘 계시죠? 제니도 잘 있고요?" 해리가 말했다.

"사실입니까? 루시 무덤에서 아이 두 명을 더 발견했나요? 두 명 다 머리가 깨져 있었다고요?" 마이크 픽업은 숨을 거칠게 쉬고 있었다. 얼굴은 평소보다 벌게 보였고 턱 주위의 근육이 떨리고 있었다. "어떤 미친 자식이 우리 딸의 무덤을 이용한 겁니까?"

해리가 남자의 팔에 손을 얹었다. "진정해요, 마이크. 제의실로 갑시다. 커피가 있어요." 그의 말에도 픽업은 움직이려는 기미를 보이지 않았다. "내가 알고 있는 걸 얘기해줄게요." 해리가 덧붙인 말은 의도한 효과를 냈고 마이크는 그를 따라 고분고분 몇 미터 걸어 문이 열려 있는 제의실로 들어갔다.

해리만의 신성한 장소는 침범당한 상태였다. 경찰관 두 명이 벽에 기대서 커피를 마시고 있었다. 다른 경찰관 한 명은 해리의 책상에서 평면도를 검토하고 있었다. 크리스티아나 렌쇼가 머그잔을 씻고 있었다. 제의실은 상황실로 변해 있었다.

해리는 크리스티아나에게 커피를 건네받아 감사의 뜻으로 고개를 끄덕인 후 성단소로 앞장섰다. 그는 중앙 통로로 이어지는 계단을 내려가 신도석 첫 줄에서 멈췄고 마이크와 함께 의자에 앉았다.

"경찰의 기밀 요청을 깨고 말해주는 겁니다. 마이크는 알 권리가 있다고 보기 때문에요." 커피는 내린 지 좀 된 모양인지 그다지 뜨겁지 않았다. 해리가 두 모금을 꿀꺽 삼켰다. 음료가 고파서라기보다는 시간을 벌기 위해서였다.

"어린이의 시신 세 구가 어젯밤에 발견되었어요. 세 명 모두 담이 무너졌을 때 루시의 무덤에서 나온 걸로 보인다고 해요. 그중 한 명은 루시로 판명이 난 거나 마찬가지입니다. 제니가 오전에 DNA 표본을 제출했다고 들었는데, 그 검사 결과에 따라 최종 확정이 내려질 겁니다. 다른 두 시신의 신원은 아직 확인되지 않았고요."

"예전에 실종됐던 꼬마 메건이라면서요. 사람들이 말하는 것을 들었는데요. 나도 그 아이의 수색에 참여했습니다. 이틀 동안 일은 손톱만큼도 안 하고 말이죠. 젊은 사람을 모두 불러모아 데리고 가기도 했어요." 그가 머그잔을 자기 앞의 수강판에 내려놓더니 주머니를 뒤적거렸다. "난 그 부모의 아픈 심정을 느낄 수가 있었어요. 아이를 잃는 게 어떤 건지 아니까요."

마이크는 주머니에서 담뱃갑을 꺼내 물끄러미 쳐다보았다.

"제니는 어때요?" 해리가 물었다.

"제니는 자기 아빠하고 토비어스 할아버지와 함께 오전 내내 방에 틀어박혀 있어요." 마이크가 담뱃갑을 거꾸로 들었다. 담배가 종이갑에 부딪히는 부드러운 소리가 들렸다. "어떤 식으로 외부인에게 말을 할 건지 가족끼리 말을 지어내고 있는 거죠." 마이크가 담뱃갑을 옆으로 돌리며 말했다. "물론 나와는 아무 상관 없어요. 나는 고용인이나 마찬가지 신세니까." 그가 담뱃갑을 뜯었고 내용물이 그의 손에 쏟아졌다.

"슬픔은 여러 가지 방식으로 사람들에게 영향을 끼치죠. 부녀 사이엔 특별한 유대가 있다고 들었는데요." 해리는 남자의 목소리에 어린 비통한 기운에 깜짝 놀라서 냉큼 대꾸했다.

마이크가 담배 한 대를 검지와 엄지 사이에 쥐었다. 그는 해리의 시선에 아랑곳없이 담배를 구부렸다. 눈동자가 번들거렸다. 절대 무너지지 않으리라 안간힘을 쓰는 듯 숨을 깊고 천천히 쉬었다. 그가 고개를 내저었다. 담배가 그의 손에서 헛되이 부러졌다.

"그 아이는 내 딸도 아니었어요. 웃기죠, 해리?"

"생물학적 자녀가 아니란 뜻인가요?"

마이크는 계속 고개를 흔들었다. "제니는 나와 만나고 오래지 않아 임신을 했어요. 그때 우리는 데이트도 아직 안 할 때였어요. 당연히 내 아이일 수가 없었죠. 제니는 아버지가 누구인지 내게 절대 말해주지 않았어요. 어리석은 실수에 불과하다고, 연애 관계조차 없었다고만 말하더군요. 그러나 아이를 지우고 싶지 않다고 했어요. 나는 그런 제니가 대단하게 보였습니다. 하지만 딸이 미혼모가 되도록 싱클레어가 그냥 보고 있을 일은 하늘이 두 쪽 나도 없었죠."

"그래서 두 사람이 결혼하게 된 건가요?"

"수고의 대가로 난 농장 부지 오십만 평을 받았어요. 암양도 이천 마리 받고. 해리, 나는 휘트비 근처의 농가 출신입니다만, 형이 세 명 있어서 나까지 농장의 차례가 올 가능성이 없었어요. 나만의 농장을 가지려면 그 기회를 잡을 수밖에 없었습니다. 재산을 받지 않았더라도 제니와 결혼했을 거라는 게 아이러니이긴 하지만요. 제니를 점점 사랑하게 되었거든요."

해리의 손에 들린 머그잔이 빠르게 식어갔다. 해리가 따스함을 모조리 빨아들이기라도 하는 것처럼.

"결혼을 하고 루시를 받아들인 거군요. 마이크의 아이로……."

"그건 문제도 아니었어요. 처음 본 순간부터 난 그 애를 사랑했어요. 그리고 시간이 좀 흐른 후에는 잊어버렸습니다. 그 아이가 사실은 내 아이가 아니라는 사실을 잊어버렸어요. 나는 딸애의 죽음을 아직도 극복하지 못했어요. 아이를 더 가졌다면 가능했을지도 모르지만, 이제는 영원히 불가능하다는 생각이 드네요."

제의실 문이 열리고 제복을 입은 남녀 경찰관 두 명이 교회로 들어왔다. 해리와 마이크의 모습에 그들은 걸음을 멈추고 위로의 말을 건네고는 제의실로 돌아갔다. 그들이 제의실로 사라졌을 때 마이크가 자리에서 일어섰다. "그 애들이 무슨 일을 당한 건가요, 해리?" 그가 제의실 문을 뚫어지게 쳐다보며 물었다. "다른 두 애가 무슨 일을 당한 겁니까? 어떻게 죽은 건가요?" 담배 두 개비가 부러진 채로 돌바닥에 놓여 있었다.

"정확한 사망 원인은 아직……." 해리가 일어서서 통로로 나서며 입을 열었다.

마이크가 몸을 돌려 그를 마주보았다. "아, 그러지 좀 말아요. 불경스러운 표현을 쓰고 싶진 않지만, 오늘 아침에 목사님은 그 빌어먹을 검시에 갔잖습니까? 애들 머리가 부서져 있던가요?"

해리는 숨을 깊이 들이쉬었다. 실수였다. 애초에 말려들지 말았

　　　　　　　　　　　　　　피의 수확

어야 했다. "두 경우 모두 두부 외상의 증거가 좀 있습니다. 그래도 우린 정말로 기다려야 할 필요가……."

"루시처럼요?" 마이크가 다그쳤다.

"병리학자는 손상이 추락의 결과와 일치한다고 보고 있어요."

해리가 말했다. 그는 이제 러시턴에게 죽었다.

"루시처럼요?" 마이크가 되풀이했다.

"내가 말할 수 있는 건 정말 이것뿐입니다. 미안해요."

픽업이 그를 잠깐 더 노려보았다. "시간을 내주셔서 고맙습니다, 목사님. 더 붙잡지는 않겠습니다." 그가 해리에게 고개를 끄덕여 보이고 교회 앞쪽으로 발걸음을 옮겼다. 이윽고 그는 제의실로 들어가며 해리의 시야에서 사라졌다. 해리의 휴대전화가 날카롭게 세 번 울렸다. 그가 전화를 주머니에서 꺼냈다. 교회에 도착한 이비가 그가 어디 있는지 궁금해하고 있었다. 그는 마이크가 간 방향을 뒤따랐다.

"이제 그 사람들은 떠나겠죠?" 들려오는 목소리에 해리는 깜짝 놀랐다. 시선을 돌리자 크리스티아나의 모습이 눈에 들어왔다. 그를 바라보고 있었다. 그녀의 목소리는 제니와 비슷했지만 더 부드럽고 달콤했다. 그녀가 말하는 것을 해리가 들은 것은 처음 같았다.

"안됐지만 경찰은 한참 더 이곳에 있을 겁니다. 기분이 뒤숭숭하죠? 하지만 필요한 일이니까요."

"경찰 말고요. 플레처 가족이요." 그녀가 언제나 원피스를 입고 있다는 사실을 그는 깨달았다. 값비싸 보이는 원단으로 재단된 원피스들은 모두 그녀에게 완벽하게 맞아서 그녀가 직접 지은 옷일까 생각했다. 루시에게 지어준 잠옷처럼.

"플레처 가족이요? 어째서 그 사람들이 떠나……." 그가 말을 멈췄다. 오늘 아침 크리스티아나는 머리카락을 풀어 뒤로 넘겨 플라스틱 머리띠를 쓰고 있었다. 어깨 아래로 내려가는 긴 머리카락이 사십 대 여성으로는 독특했다. 지금 그녀는 그에게 가까이 서 있었다. 둘이 하는 말을 타인이 들을까 걱정하는 듯 그에게 바싹 붙어 서 있었다. 그녀가 뿌리고 온 예스러운 꽃 향에 해리는 복층 신도석 밑에 향긋한 장미꽃잎이 흩어져 있던 그날이 떠올랐다.

크리스티아나가 입을 열었다. "어린 여자애가 너무 많아요. 떠나라고 하세요, 목사님. 이곳은 안전하지 않아요. 어린 소녀에게는 안전하지 않아요."

57

"그래서 아이들이 어젯밤 어디로 갈 계획이었다고 생각하시죠, 플레처 부인?"

"그건 아이들이 어디로 가겠다고 계획했다는 걸 가정하는 질문이잖습니까?" 앨리스가 입을 열기 전에 해리가 끼어들었다. "여동생을 구조하려고 했다는 게 톰이 하는 말이잖아요."

이비는 금발의 사회복지사가 주방 테이블에 놓인 공책을 내려다보며 사고를 정리하는 모습을 지켜보았다. 여자가 잠시 뜸을 들이다 대답했다. "맞아요. 그 애 눈에만 보인다는 가상의 소녀로부터 말이죠." 그녀가 다시 앨리스를 올려다보았다. 반짝거리는 환한 분홍색 입술이 움직였다. "전에도 가출하려고 한 적이 있나요?"

"아이들이 가출하려고 했다는 가정이 또 나오는군요." 해리가 또 끼어들었다. "제 경험에 의하면 어린이는 한밤중에 가출하지 않습니다. 비가 엄청나게 오는 밤에는 특히 더 그렇죠. 아이들은 보통 낮에 나가요. 간식을 못 먹는다든가 방 청소를 하라든가 하는 말을 들을 때요. 그나마도 길모퉁이까지 도망칠 수 있다면 다행이죠."

"가출하는 아이에 대해 정확히 어느 정도의 경험이 있으신가요, 레이콕 씨?" 사회복지사가 물었다. 이비는 미소를 숨기기 위해 머그잔을 입술로 가져갔다. 웃으려야 웃을 수 없는 상황이었지만 투사 상태에 돌입한 해리에게는 뭔가 간질거리는 점이 있었다.

"커피 더 드실 분?" 앨리스가 물었다. 아무도 대답하지 않았다. 그들이 앉아 있는 테이블에는 머그잔 네 개가 덩그러니 놓여 있었다. 표정을 가리기 위해 이따금 사용되는 이비의 잔을 제외한 다른 잔에는 손이 닿은 흔적이 없었다.

주방문이 열리며 조가 나타났다. 모두의 시선이 아이에게 향했다.

"엄마, 나 쉬하고 싶어요." 아이가 호기심 어린 눈빛으로 어른들을 차례차례 둘러보며 말했다. 해리를 본 아이의 입술이 희미한 미소를 지었다. 앨리스가 일어섰다. "아래층에만 있어야 해, 아들. 해리 뒤로 빠져나갈 수 있겠니?" 주방 뒤쪽 문을 가리키며 그녀가 말했다.

"무선 조종 달렉 로봇을 갖고 오고 싶은데." 조가 문간에서 움직이지 않은 채 대답했다. 조의 어머니가 고개를 저었다.

"경찰분들이 일을 다 끝내실 때까지는 안 돼요, 아들. 밀리는 괜찮니?"

"톰이랑 탑을 쌓고 있어요. 장작으로요."

"오, 잘들 하고 있구나." 앨리스가 말했고 조는 몸을 돌려 주방을 떠났다.

"우리집 위층은 공식적으로 사건 현장이에요. 아직도요. 그래서 오늘 밀리의 방에 들어가지 못했어요. 아이에게 조의 옷을 입혀야 했죠." 딱히 누구에게라고 할 것 없이 앨리스가 말했다.

"소위 '무단 침입'의 증거를 전혀 찾아내지 못한 모양이죠?" 사회복지사가 말했다. 해리와 이비가 플레처 저택의 문을 두드리고 바로 몇 초 후 도착한 그녀는 자신을 해나 윌슨이라고 소개했다. 삼십 대 초반에 통통한 편으로 목이 깊게 파이고 몸에 달라붙는 스웨터를 풍성한 가슴이 꼭 끼도록 입고 있었다. 가슴뼈 위까지 내려오는 긴 보석 목걸이 한 줄이 깊은 가슴 골짜기를 강조했다. 이십 분 정도가 흐르는 동안 이비는 해리의 시선이 그쪽으로 향하기를 기다리고 있었다. 아직까지 그는 성공적으로 저항하고 있었다.

"앨리스 남편의 열쇠가 없어졌잖습니까." 해리가 지적했다.

"열쇠라는 건 원래 없어지는 거예요. 유괴 미수를 증명하려면 그보다는 좀더 증거가 필요하지 않겠어요?" 해나가 대꾸했다.

"번리 종합병원 영안실에 있는 신원 미상 시신 두 구는 증거로서 어떤가요? 둘 다 어젯밤 이 집 뒤뜰에서 발견되었죠. 너무 직접적으로 말해 미안해요, 앨리스." 해리가 말했다.

앨리스가 어깨를 으쓱하더니 이비를 슬쩍 보았다. 이비가 미소를 살짝 지어 보였다. 이쯤에서 해리의 고삐를 조금 당겨야 할 것이다. 사회복지사의 방문은 경찰이 소환되고 아이가 위험에 처한 것으로 간주되는 사건에서는 평상적 절차였다. 해리가 이 여자를 열받게 하면, 사적인 원한 관계로 발전할 수도 있었다. 해나 윌슨이 해리에

피의 수확

게 본때를 보여주겠다며 힘을 쓰게 되면 플레처 가족은 고래 싸움에 등이 터지는 새우가 될지 몰랐다.

"흠. 지금 밖에서 경찰이 수사중인 사건이 이 가정과 관계가 있는 지는 현 단계에서는 알 수 없는 일이죠. 그때까지 저의 유일한 관심 은 아이들의 안녕이에요." 해나가 말했다.

"그건 저도 마찬가진걸요." 앨리스가 끼어들었다.

"하지만 톰의 이야기가 아귀가 잘 맞지 않는다는 건 부인도 인정 하셔야 해요." 사회복지사가 반박이라도 해보라는 듯 해리와 앨리 스, 이비를 차례대로 보았다. "톰의 얼굴은 꽤 심하게 멍이 들었어 요. 플레처 부인, 부인이 하신 말을 제가 제대로 이해했다면, 톰은 여동생을 데리고 도망치던 그 여자아이가 발로 차서 멍이 들었어 요. 맞나요?"

"톰이 그렇게 말했어요." 앨리스가 말했다.

"그런데 톰의 예전 묘사에 의하면 그 여자아이는 제가 이해하기 로는 신발을 신고 있지 않거든요."

아무도 입을 열지 않았다. 이비는 테이블로 시선을 떨어뜨렸다. 그 점을 먼저 알아채지 못한 자기 자신을 머릿속으로 마구 나무랐 다. 주방문이 다시 열렸다. 이번에는 톰이었다. 광대뼈에 든 보라색 멍이 창백한 피부 때문에 더 두드러졌다.

"엄마, 밀리가 소파에 주스를 쏟았어요." 톰의 말에 앨리스가 한 숨을 쉬고 몸을 일으켰다.

"제가 할게요." 이비가 자원해 일어서서 행주를 집었다. "앨리스 는 여기서 이야기를 마치세요. 월슨 씨의 볼일이 거의 끝나셨을 거 예요."

이비는 톰을 따라 거실로 향했다. 무거운 발걸음으로 돌아다니는 소리와 사람들의 낮은 목소리가 위층에서 들려왔다. 조는 거실 끝쪽에 있었다. 내려진 커튼 사이로 바깥 정원에서 일어나는 일을 엿보는 중이었다. 발목을 걷은 데님 오버올 바지를 입은 밀리는 이 세상 너머의 존재처럼 귀여웠다. 이비에게 점화용 장작 하나를 흔들어 보이다가 빈 벽난로 안으로 구를 뻗했다. 톰이 후다닥 앞으로 내달려 여동생의 머리가 난로에 부딪히기 전에 동생을 붙잡았다.

"안녕, 우리 예쁜이." 어린아이가 안전하게 몸을 가누며 일어섰을 때 이비가 말했다. 아이의 눈 주위 피부가 벌겋게 성이 난 것이 마치 울고 있던 것처럼 보였다. "끈적끈적하게 된 부분이 어디니?" 이비가 물었다.

"쩌기." 소파를 가리키며 밀리가 말했다. 이비는 흘린 주스를 발견하고 젖은 행주로 의자를 닦았다. 그녀를 향하고 있는 톰의 시선이 느껴졌다.

"좀 어때, 톰? 아직도 피곤하니?"

톰이 어깨를 으쓱했다. "저 여자는 누구예요? 이비처럼 저 여자도 의사인가요?"

이비는 고개를 저었다. "아니, 저분은 사회복지사란다. 어젯밤에 무슨 일이 일어난 건지 알아보고 너하고 조하고 밀리가 괜찮은지 확인하러 오신 거야."

"내가 저 사람하고 얘기해야 하나요?"

이비는 소파의 팔걸이에 몸을 걸쳤다. "저분하고 이야기를 하고 싶니?"

톰이 잠시 생각하다 고개를 저었다.

"왜 안 하고 싶니?" 이비가 물었다. 그녀는 밀리가 대화를 하는 두 사람을 지켜보고 있음을 눈치챘다. 마치 두 사람의 말 한 마디 한 마디를 모두 이해하는 것처럼 아이의 시선이 입을 여는 사람에게 번갈아 향했다. 조는 창문 곁에서 조용히 있었다.

톰이 다시 어깨를 으쓱하고는 카펫에 쌓인 장작더미로 시선을 떨어뜨렸다.

이비는 몇 초 동안 톰을 바라보다가 마침내 마음을 정했다. "나한테는 왜 그 여자애에 대해서 이야기를 하지 않니, 톰?" 그녀의 질문에 톰의 눈이 커졌다. "어젯밤에 나한테 보여준 게 그 아이의 사진이지? 그렇지만 톰은 그 애가 누군지는 말해주지 않았어." 창문 옆에 있는 조의 모습이 눈 가장자리 시야로 들어왔다. 아이는 더이상 커튼 사이를 들여다보지 않았다. 톰과 이비를 보고 있었다. "톰이 하는 말을 내가 믿어주지 않을 것 같아서 그러니?" 그녀가 부드러운 목소리로 말을 이었다.

"믿어줄 건가요?" 톰이 물었다.

"나는 사람들이랑 이야기하는 데 시간을 많이 쓴단다. 그래서 거짓말을 들으면 보통 알 수 있어. 사람들은 자기도 모르게 온갖 종류의 작은 신호를 보내거든. 우리가 얘기하는 동안 난 톰을 자세히 봤어. 톰, 나는 톰이 거짓말쟁이라고 보지 않아." 그녀는 미소를 지었다. 사실 톰을 보면 미소를 짓는 것이 그리 어렵지 않았다. "때때로 톰이 이런저런 작은 속임수를 썼다고는 생각해. 하지만 너는 대체로 거짓말은 안 해." 톰이 그녀와 계속 눈을 마주하고 있었다. "그러니 톰이 나한테 그 여자아이에 대해 말을 해준다면, 그리고 그게 진실이라면, 나는 알 수 있을 거야."

톰이 조를 건너본 후 밀리를 내려다보았다. 두 아이 모두 톰이 입을 열기를 기다리는 듯한 모습으로 보고 있었다. 마침내 톰이 입을 열었다.

"한동안 우리를 지켜보고 있었어요. 어떨 땐 항상 거기 있는 것 같아요……."

58

"긴급 보호 조치라는 게 뭡니까?" 해리가 물었다.

"법원이 발동하는 명령이에요. 아이의 안전을 위해 보호소로 이동시키는 거죠. 즉각적인 효력이 있어요." 해나 윌슨이 대답했다.

해리는 도로 앉아 의자를 앨리스에게 가까이 옮겼다. 앨리스는 가만히 앉아 있었다. 그녀의 떨리는 손가락이 아니었다면 그는 그녀가 듣지 않은 모양이라고 생각할 뻔했다.

"올리버 선생님과 의논하셨습니까? 이 가족의 정신과 상담의로서 당연히 의논해야 할 상대라고 봅니다만." 해리가 말했다.

"물론 올리버 선생님도 보고서를 제출할 수 있어요. 판사가 고려하리라 확신합니다." 윌슨이 대꾸했다.

대체 어떤 말을 해야 좋을지 감이 잘 오지 않는 상태였지만 어쨌든 그가 대꾸하려 할 때 아래층으로 내려오는 발걸음 소리가 들렸다. 러시턴의 독특한 목소리가 들렸고 앞 현관문이 열렸다 닫히는 소리가 뒤따랐다. 발걸음이 주방으로 향하다가 멈췄다.

"이 집 사람들도 알아야 하네." 러시턴의 말소리가 들렸다. 낮았

피의 수확

지만 단호한 목소리였다. 이윽고 그가 예의 바르게 문을 두드린 후 주방으로 들어왔다. 니스든 경위와 여성 순경 한 명이 그 뒤를 따랐다. 니스든은 불만스런 표정을 짓고 있었다.

"방해해서 미안합니다. 플레처 부인, 괜찮다면 저 좀 잠깐 보실까요." 러시턴이 말했다.

앨리스는 또 다른 충격에 마음의 준비를 하는 듯 보였다.

"그러세요. 저만 따로 보셔야 하나요?"

러시턴이 니스든의 시선을 피하며 테이블 주위를 재빨리 훑어보았다. "아, 우린 다 친구 아니겠습니까. 잘 있었나, 해나? 떠나려던 참인가?"

"발견하신 게 있습니까?" 해리가 물었다.

"그런 것 같아요. 플레처 부인, 남편분은 언제쯤 집에 오십니까?"

빠르게 사고하는 기능 따위는 앨리스에게서 사라진 것 같았다. 그녀는 손목시계를 흘깃 보더니 해리를 보았다. 잠시 후 그녀가 말했다. "나갈 때는 두세 시간 후에 오겠다고 했어요." 그녀는 뒤쪽 벽에 걸린 주방 시계로 시선을 돌렸다. "빠지면 안 되는 현장 검사가 있다고 했어요. 이제 도착할 때가 되었어요."

"잘됐군요. 참, 열쇠공을 부르시는 게 좋겠습니다. 이 집 잠금장치를 바꿀 수 있는지 없는지 확인하게 말이죠."

"왜 그러시죠?"

러시턴이 방금 이비가 일어선 의자를 당겨 앉았다. 뒤에 서 있던 니스든 경위가 입을 꽉 다물며 키 큰 그릇장에 몸을 기댔다. 순경은 살짝 문을 닫더니 그 옆에 머물렀다.

"어젯밤 경찰이 정원에서 발자국을 발견한 것은 기억하시죠. 과

학수사 요원이 본을 떠 갔습니다." 러시턴이 뒤에 선 부하에게 고개를 돌렸다. "가지고 있나, 조브?"

니스든 경위는 얇고 파란 플라스틱 폴더를 들고 있었다. 그는 꺼리는 것이 명백한 기색으로 폴더에서 하얗고 **빳빳한** A4 용지 한 장을 꺼내 상사에게 건넸다. 러시턴이 그것을 받아 앨리스와 해리에게 보여주었다. 진흙에 찍힌 발자국의 사진이었다.

"정원의 발자국은 어젯밤에 난 것이 분명합니다. 어젯밤에 이곳에 비가 많이 왔기 때문에 만약 발자국이 그보다 이른 저녁 시간에 난 거라면 비에 씻겨 사라졌겠죠. 그래서 우리는 담이 무너진 시각에 부인의 아이들이 아닌 누군가가 정원에 적어도 한 명은 있었다는 사실을 알게 되었습니다." 러시턴이 말했다.

해나가 몸을 앞으로 숙여 사진을 살폈다.

"어젯밤에 경찰은 발자국 본을 여러 개 떴습니다. 사진도 꽤 많이 찍었죠. 이 사진이 가장 뚜렷하게 나온 겁니다." 그가 해리에게 시선을 돌렸다. "현장에 처음 온 순경이 똑똑한 아이라고 내가 말한 것 기억하십니까?"

해리가 고개를 끄덕였다.

"알고 보니 내가 생각한 것보다도 더 똑똑했어요. 이 발자국을 보고 비에 손상되겠다 싶어 수사팀이 도착할 때까지 양동이를 씌워놓았다지 뭡니까. 그래서 선명한 사진을 찍을 수 있었죠⋯⋯. 본도 잘 뜰 수 있었고."

"이 발자국의 본을 뜬 건가요? 뭘로⋯⋯. 석고로요?" 앨리스가 물었다.

"치아용 석고일 겁니다. 질기고 견고한 석고죠." 그가 발자국을

피의 수확

가리켰다. "아마 사이즈가 255에서 265밀리미터 정도 될 겁니다. 키가 큰 여성일 수도 있고 발이 작은 남성일 수도 있으니 크게 도움이 되는 정보는 아니죠. 플레처 부인은 235를 신으시는 걸로 아는데, 맞습니까?"

앨리스가 고개를 끄덕였다. "네. 그리고 개릿은……."

"285죠. 압니다. 남편분 본도 같이 떴거든요. 남편분이 밖에 신고 나간 장화와 일치했어요. 그런데 이 발자국들은 상당히 달라요. 밑창 모습이 훨씬 조악하죠. 보입니까?" 러시턴이 발자국의 윤곽을 손가락으로 쓸었다.

해리는 더 자세히 살피기 위해 몸을 앞으로 숙였다. 골 모양의 선들이 발자국 위에 가로로 그어져 있었다. 사진의 음영으로 판단할 때, 깊은 진흙을 걷는 용도로 제작된 장화의 밑창에서 볼 수 있는 그런 종류의 깊숙한 골이었다.

"습지용 웰링턴 장화처럼 보이는군요." 그가 말했다. 앞 발바닥과 뒤꿈치 사이의 아치에 뭔가 찍히다 만 것 같은 것이 보일락 말락 했다. 살짝 둥글린 삼각형이 3분의 2 정도 남은 것 같은 모양이었다. "제조업체 로고입니까?"

"그래요, 제대로 봤어. 그리고 알아보기 힘들겠지만 그 바로 밑에는 '메이드 인 프랑스'라고 씌어 있다는군. 모델과 제조업체를 추적하는 게 그리 어렵지는 않을 거요." 러시턴이 말했다.

"그런데 정원에 난 발자국에 대해선 어제 벌써 알고 계셨잖아요. 어째서 갑자기 중요해진……."

러시턴이 앨리스의 말을 막았다. "아, 어젯밤에는 이것과 일치하는 발자국이 위층에 나 있다는 걸 몰랐거든요."

"보스, 그런 말씀은 정말 하시면 안 되……."

니스든 경위가 입을 열었지만 러시턴이 한 손을 들어 그의 말을 막았다.

"이 집엔 어린아이가 세 명이나 있어. 부모가 알아야 하네."

"저기, 잠깐만요. 이것과 일치하는 게 위층에 있다고요?" 앨리스가 낮은 목소리로 말했다.

니스든이 포기했다는 표정을 상사에게 지으며 입을 열었다.

"위층 복도에 있더군요. 따님 방 바로 바깥예요. 이런 말씀을 드려 유감입니다만, 어젯밤에 이 집 정원에 들어왔던 사람은 집안에 먼저 들어와 있었던 겁니다."

앨리스의 손이 얼굴로 올라갔다. 손도 얼굴도 구분이 가지 않을 정도로 창백했다.

"그래요. 알아요, 부인. 혼란스러울 겁니다. 하지만 이건 수사가 진척되고 있다는 것을 의미합니다." 러시턴이 말했다.

앨리스는 믿고 싶지 않다는 표정이었다. "제가 어젯밤에 둘러보았어요. 아무것도 보지 못했는데요. 누가 들어왔……."

"보실 수 없었을 겁니다. 이건 잠재흔이라고 해서, 맨눈에는 거의 안 보이죠. 보통 깨끗한 신발일 때 이런 흔적이 남습니다." 니스든 경위가 말했다.

"신발은 우리가 어딜 걸을 때마다 그곳의 흔적을 수집해요. 로켓의 법칙이라던가 뭐 그런 건데……." 러시턴이 말했다.

"로카르드의 교환법칙입니다." 니스든이 끼어들었다. 그의 얼굴에 미소가 떠오르는 것을 해리는 처음으로 보았다. "두 표면이 접촉할 때마다 물리적 물질 교환의 잠재성이 있다는 법칙이죠. 우리는 우리가 접하는 것의 일부분을 가져가게 됩니다. 어디에 가더라도 말이죠."

"맞아, 그거야." 러시턴이 부하 경위를 향해 고개를 끄덕였다. "그래서 내가 하려던 말은 이겁니다. 흙이든 진흙이든 카펫이든 뭐든 간에, 우리가 뭔가를 밟고 걸을 때마다 신발의 밑창에 작은 분자가 달라붙는다는 거죠. 그리고 신발이 깨끗하고 건조한 표면과 접촉하게 되면……. 이 집 위층 바닥처럼 말입니다. 그럼 희미한 자국을 남기게 되는 겁니다. 그걸 우리가 발견한 거고. 아, 여기서 우리란 우리 영리한 젊은 남녀 경찰 여러분을 뜻하는 겁니다. 지문도 이렇게 찾죠. 가루를 뿌려서 접착테이프로 지문을 떠내는 거예요."

"집안에 발자국은 하나만 있었습니까?" 해리의 질문에 러시턴이 확인을 바란다는 듯 부하 형사에게 시선을 돌렸다.

니스든이 고개를 끄덕였다. "더는 없다고 확신합니다. 어젯밤에는 더 있었을지도 모릅니다만 우리가 이곳에 닿기 전에도 이미 실내에서 사람이 꽤 왔다갔다하고 있었으니까요. 더 있었더라도 지워졌겠죠. 별 문제는 없습니다. 하나면 충분해요."

"괜찮아요, 앨리스?" 해리가 물었다.

앨리스의 낯에 혈색이 좀 돌아오는 것 같았다. 그녀가 고개를 끄덕였다. "솔직히 말씀드리면 조금은 안도했어요. 톰이 거짓말을 하지 않았다는 뜻이잖아요." 그녀가 잠시 침묵하다 덧붙였다. "아마 이제까지 톰이 한 말은 다 참이었겠죠."

해리는 그녀에게 미소를 지어 보이고 러시턴에게 시선을 보냈다. "장화 주인을 추적할 수 있습니까?"

러시턴이 고개를 끄덕였다. "가능성이 꽤 높죠. 우리한테는 편리하게도, 밑창 오른쪽에 작은 홈이 나 있어요. 보입니까?" 그가 오른쪽 검지로 사진 옆 부분을 건드렸다. 살짝 패인 틈이 보였다. 0.5센티미터나 될까. "또한 수사 연구소 실험실에서는 신발이 어떤 식으로 닳았는지 보인다고 합니다. 문제의 장화를 찾을 수 있다면 그걸 신은 사람이 이 집 안과 정원에 들어왔다는 것을 증명할 수 있어요. 무단 침입의 흔적이 부족한 상황인데도 내가 잠금장치를 바꾸는 것을 언급한 게 이 발자국 때문이에요. 잠금장치를 바꿀 때 알람도 설치하는 걸 고려해보면 어떨까 싶습니다만."

앨리스가 자리에서 일어섰다. "개릿에게 전화를 넣을게요. 집에 오는 길에 새 잠금장치를 몇 개 갖고 오라고 하겠어요."

"현명하십니다. 하지만 잠깐만 기다려요, 젊은 양반. 미안하지만 얘기가 더 있어요. 앉는 편이 좋을 거예요."

앨리스가 주방문을 보았다. "아이들이 어떻게 하고 있는지 봐야 할 것 같아요."

"이비가 같이 있으니 괜찮아요." 해리가 말했다. 아이들이 어떤지 자기가 가서 보겠다고 사회복지사가 제안하지 않을까 했지만 그런 일은 일어나지 않았다. 앨리스가 자리에 앉았다.

"댁의 드라이클리닝을 어디다 맡기십니까, 플레처 부인?"

러시턴이 말했다.

"드라……. 네?" 앨리스가 물었다.

"드라이클리닝 말입니다. 굿쇼브리지에 세탁소가 두세 군데 있는데, 그중 한 곳을 이용하나요?"

"그렇겠죠. 가지고 갈 옷이 있다면요. 그렇지만 우린 드라이클리닝을 일 년에 한 번 할까 말까 해요."

　　　　　　　　　　　　　　　　　　　　　　피의 수확

러시턴과 조브가 시선을 교환했고 잠시 침묵이 흘렀다.

사람들이 믿어주지 않을까 걱정된다는 투로 앨리스가 말을 이었다. "우린 아이가 세 명이나 되잖아요. 저는 그림 그리는 게 일이고 남편은 토목업을 하죠. 물빨래를 할 수 없는 옷은 사지 않는다는 게 제 기본 규칙이에요."

러시턴이 고개를 끄덕이며 말했다. "합리적인 생각이로군. 우리 안사람에 의하면 내 양복 세탁하는 데만 엄청난 돈이 든다니까요. 아무튼 그렇다면 시중에서 판매하는 가정용 드라이클리닝 키트를 사용해본 적은 있습니까? 왜, 비닐봉투 안에 다 집어넣고 화학물질을 왕창 뿌린 다음에 건조기에 넣는 거 말입니다."

"그런 게 있는지도 몰랐는데요."

"그렇다면 여기 우리 스테이시하고 경찰 몇 명이 댁의 수납장을 살짝 봐도 괜찮을까요, 부인이 혹시 잊고 있는 게 없나 보게?"

앨리스가 잠시 생각하다 대답했다. "뜻대로 하세요. 정돈은 잘되어 있지 않으니 양해하시고."

러시턴이 고개를 돌려 여성 순경에게 고개를 끄덕였다. 순경이 주방을 떠났다.

"드라이클리닝이 이 일과 무슨 관계가 있는 건지 당최 모르겠는데요." 해리가 말했다.

"이제 무대를 이어받게, 조브." 러시턴이 의자 등받이에 몸을 기대며 말했다. 복도 쪽에서 현관문이 열리고 닫히는 소리가 들려왔다. 여자 순경이 집밖으로 나간 거라고 해리는 짐작했다.

"사건 현장을 살피던 수사관들이 어젯밤에 정원에서 뭔가를 발견했는데 그게 아리송한 겁니다. 처음엔 휴지 조각 같은 거에 불과하다고 생각했지만 그래도 사진을 찍고 봉투에 넣어 실험실에 보냈죠. 원래 하는 것처럼 말이죠." 니스든이 앨리스에게 말했다.

앞문이 다시 열렸다. 주방 쪽으로 다가오는 발걸음 소리가 들렸다.

니스든이 말을 이었다. "삼십 분 정도 전에 실험실에서 전화가 왔습니다. 그게 무엇인지 알아냈다고 하더군요. 가정용 드라이클리닝 키트의 핵심 부분이랍니다. 얼룩 제거 기능을 하는 화학물질에 적신 일종의 세탁포로, 옷과 함께 건조기에 넣는 겁니다. 집에서 드라이클리닝을 한다면 말이죠."

"우리 안사람한테 얘기해줘야겠어." 넘어갈락 말락 아슬아슬하게 의자를 뒤로 기울이며 러시턴이 말했다.

"아, 네, 보스. 감사합니다. 아무튼……."

주방문이 열리며 여자 순경이 두 명의 남성 동료와 함께 들어왔다. "이곳부터 시작해도 되겠습니까?" 그녀가 물었다. 러시턴이 의자를 바로 하며 고개를 끄덕였다.

"어디까지 얘기했죠? 맞다. 드라이클리닝 세탁포. 그게 이 집의 정원에 왜 떨어진 건지 경찰은 당연히 고민했습니다. 화학물질이 강하게 잔존해 있었고 발견 당시 그다지 젖어 있거나 진흙이 많이 묻어 있지 않았어요. 그 말은 아까 그 발자국과 마찬가지로 세탁포 또한 어젯밤에 정원에 떨어졌다는 뜻입니다. 실험실에 의하면 남편분의 운동 가방에서도 똑같은 화학물질의 흔적이 나왔습니다."

"드라이클리닝 세탁포가 가방에 있었던 겁니다." 해리가 말했다. 다들 그를 무시했다.

"남편분께서 운동 가방에 드라이클리닝 키트를 갖고 다닐 만한 이유가 뭐가 있을까요?" 니스든 경위가 물었다.

앨리스가 고개를 저었다. "개릿은 세탁기를 어떻게 쓰는지 몰라요."

러시턴이 더이상 입을 다물고 있지 못하고 나섰다. "봅시다. 드라이클리닝 용제는 아주 뚜렷한 냄새를 갖고 있습니다. 목사님은 당연히 아시겠죠. 그 어여쁜 전례복은 다 세탁소에서 드라이클리닝을 하니까요."

해리가 고개를 끄덕였다. "비닐 덮개를 벗기는 순간 숨이 막히죠."

"그런데 우리가 따님의 침대에서 시트를 벗겨냈을 때 냄새를 좀 맡았어요. 흠, 솔직히 말하면 맡은 건 여기 있는 조브지만. 코가 좋죠."

겁에 질린 표정이 앨리스의 얼굴에 또다시 떠올랐다. "그러셨군요. 아무래도 제가 가서 애들을 좀 봐야겠어요."

"제가 가죠." 해리가 일어서며 말했다. 그는 테이블에서 몸을 빼다가 멈췄다. 떠나고 싶지 않았다. 이야기가 어떻게 이어질 건지 듣고 싶었다.

"의사는 딸아이가 괜찮아 보인다고 그랬어요. 약간 졸린 것 같지만 그 외엔 문제없다고요. 의사는 아이가 걱정할 만한 상태는 아니니 오늘 이따가 데리고 오라고만 했어요." 앨리스가 말했다.

"기침이나 콧물 같은 건요? 눈이 충혈되었다든가?" 니스든이 말했다.

앨리스가 고개를 끄덕였다. "눈을 많이 비비고 있어요. 애한테 무슨 일이 있던 거죠?"

"아드님의 이야기에서 우리를 어리둥절하게 만든 부분이 있었죠. 왠지 모르겠지만 그 아이가 거짓말을 하고 있는 것같이 들리지는 않았거든요. 그런데 침입자가 아이를 가방에 넣었는데도 어째서 애가 소리를 미친듯이 지른다거나 해서 온 집안사람을 깨우지 않았는지 대관절 이해가 안 되는 거예요. 이 세탁포 덕분에 그 부분이 이제 이해가 되더군요." 러시턴이 끼어들었다.

"전 아직도 잘 모르겠는데요." 해리는 문에 이르러 있었다.

"드라이클리닝 세탁포의 주요 성분은 폴리글리콜에테르입니다." 니스든 경위가 말했다.

"네?" 앨리스가 말했다.

"어렵게 들리는 앞부분은 빼게. 여기서 중요한 건 에테르니까. 에테르란 상당히 원시적 형태의 마취제로 고릿적부터 사용된 물질이에요. 이런 말을 해서 유감이지만, 누군가가 에테르를 흠뻑 적신 세탁포를 밀리 얼굴에 갖다 댄 것처럼 보입니다. 어른한테는 듣지 않았을 테고 아마 이 집 큰 꼬마에게도 효과가 없었을 거예요. 하지만 따님은 체구가 작고 이미 잠들어 있어서 가방에 넣을 수 있을 정도로 수면 상태를 유지하는 건 가능했을 겁니다." 러시턴이 말했다.

억눌린 듯한 비명이 앨리스에게서 새어 나왔다. 그녀가 해리 쪽으로 발을 디뎠다.

"저는 이제 갑니다." 해리가 작게 말하고 주방문을 당겨 열었다. 그의 보폭으로 거실 문까지는 네 발짝이면 충분했다. 앨리스가 바짝 붙어 따라오는 것을 의식하며 거실 문을 열었다. 이비와 세 명의 아이들이 바닥에 앉아 있었다. 네 개의 얼굴이 그에게 향했다. 누구 얼굴이 가장 예쁜지 정하는 것은 불가능했다. 앨리스가 그의 옆을 지나쳤을 때도 그는 여전히 갈등했다.

"엄, 엄므." 밀리가 불렀다. 아이의 작은 얼굴이 환하게 빛났다.

엄마가 아이를 홀쩍 들어올려 가슴에 꼭 끌어안자 아이가 답답한 듯 째진 목소리를 냈다.

러시턴과 니스든 경위가 거실로 들어왔다.

"엄마하고 이야기는 이제 끝났고 경찰 아저씨는 너희 둘하고 한 번 더 얘기를 해야 할 것 같구나. 소년 슈퍼맨 톰과 톰의 충실한 동료인 무적의 조는 출동 준비를 갖추라!" 러시턴이 말했다.

59

"우리가 죽어서 사라지면 사람들이 우리를 위해서 명판을 달아주겠죠? 추워요?" 해리가 말했다.

"왜요? 코트라도 주게요?" 이비가 물었다.

해리는 계속 앞만 똑바로 쳐다보고 있었다.

"같이 입으면 되죠." 그가 제안했다. 이비는 그가 고개를 돌려 그녀를 보아주길, 그리고 미소를 지어주길 기다렸지만 그는 꼼짝하지 않았다.

"피곤해 보여요." 이비가 말했다. 사실 그는 피곤해 보이기만 하는 것이 아니었다. 수척하고 나이들어 보였다. 오늘 아침 병원에서 만난 남자는 그녀가 아는 해리가 아니었다. 누군가가 그의 자리를 대신 차지했고 그 누군가는 아직도 해리의 몸속에 있었다.

"뭐, 어젯밤 반절 정도는 당신 생각을 하면서 깨 있었거든요. 전화가 온 게 그때였어요." 그가 거리 너머의 건물에 시선을 못 박은 채 말했다.

이비는 위장이 빈 것 같은 느낌에 지금이 대낮임에 틀림없다는 걸 알았다. 하지만 태양은 아직 연무를 뚫고 나오지 못했다. 무어 황야 위로 높게 낀 연무는 그녀에게조차 느껴질 정도로 짙었다. 차갑고 축축한 기운이 그녀의 폐로 슬그머니 스며들고 있었다.

"질리언이 어떤지 가서 좀 봐야겠어요." 그녀가 말했다. 하지만 사실 그 아파트로 돌아가고 싶은 마음이 손톱만큼도 없다는 것을 스스로 잘 알고 있었다. 그녀는 벤치에서 몸을 앞으로 빼 언덕 아래를 내려다보았다. "차까지 데려다줄래요?"

"싫어요." 그가 팔짱을 끼며 담에 기댔다.

"싫어요?" 어젯밤에는 그녀에게 입을 맞추고 그녀와 춤을 춘 남자가 이제는 기본 예의조차 지키려고 들지 않았다.

마침내 해리가 고개를 돌려 그녀를 보았다. "당신은 잠시 쉬어야 해요. 우리 둘 다요. 상궤에서 크게 벗어난 오늘이라는 하루에 대해 잠시 반성의 시간을 가집시다."

이비는 과감해지기로 했다. "설마 나한테 목사처럼 구는 건 아니겠죠? 고개를 숙입시다 같은 말 하면 웃어버릴 거예요."

"환자들이 어떻게 당신을 진지하게 받아들이는지 대체 이해가 안 돼요." 그가 마침내 미소를 짓고 있었다. 그녀의 노력에 그의 가슴이 열렸다.

언덕 아래쪽에서 무언가가 움직이는 것이 보였다. 이비가 고개를 들 때 마침 해리가 몸을 트는 바람에 그녀는 해리의 어깨 너머로 시선을 던졌다. 앨리스의 자동차가 후진하여 진입로를 벗어나고 있었다. 뒷좌석에서 작은 얼굴 하나가 그들을 바라보고 있었다. 얼굴의 주인이 그들을 향해 한 손을 흔들었다. 자동차가 앞으로 움직여 경찰

피의 수확

통제구역을 지나 경사 길을 내려갔다. 러시턴과 니스든 경위가 짙은 파란색 스테이션 왜건을 타고 플레처 가족 뒤를 따라 출발했다.

"밀리는 괜찮을까요?" 해리가 물었다.

"괜찮을 거예요. 눈가와 코가 벌건 건 오늘이 지나면 아마 사라질 거고요. 며칠 동안은 지쳐서 찡얼댈 수 있겠지만 그 정도로 끝날 거예요." 그녀가 재빨리 대답했다.

"혈액에서 에테르의 흔적이 나올까요?"

"나올 게 확실해요."

플레처 저택에서 또 한 사람이 나오고 있었다. 금발의 사회복지사 해나 윌슨이었다.

"저 여자, 가다 똥이나 지렸으면 좋겠네. 긴급 보호 조치라는 것을 언급하던데 걱정해야 하는 일입니까?"

"내가 돌아가서 저 사람 상사에게 전화를 할게요. 법원에 어떤 신청을 하더라도 알 수 있도록요. 그건 그렇고, 저 여자 가슴에 용케 눈길을 안 주던데요."

"금발은 취향이 아니거든요. 당신이라면 반대할 겁니까?"

해나 윌슨이 빨간색 소형 오픈카에 올라 사라지는 모습을 보며 이비는 잠시 생각했다. "그런 조치가 필요하다는 판단이 들면 내가 직접 신청을 할 거예요, 해리. 아니 성질 좀 내지 마요. 그 아이들은 위험에 처해 있어요. 어젯밤 일어난 일을 생각하면 아무도 더이상 그 사실을 의심할 수 없어요."

"그래도 아이들을 엄마 아빠한테서 빼앗는 것은……."

"긴급 보호 조치는 아이를 부모에게서 빼앗아가는 것이 아니라 아이를 위험에서 지킬 수 있도록 지역 정부에 권한을 준다는 뜻이에요. 개릿 플레처의 부모가 이 근처에 살죠. 그렇죠?"

해리가 고개를 끄덕였다. "그럴 겁니다. 번리에요."

"흠. 그렇다면 판사는 아이들이 당분간 조부모와 함께 지내는 게 낫다고 판단할 수도 있어요. 물론 앨리스와 개릿의 전적인 동의와 협조하에서요."

"얼마나 오래요?"

이비가 고개를 저었다. "딱히 기간을 말하는 건 불가능해요. 보통 이삼 일 정도지만 가끔은 장기 보호 명령이 뒤따르기도 하거든요. 아, 노려보지 말아요. 난 아이들 부모가 문제라고 생각한 적이 한 번도 없어요. 그렇지만 이 상황에 문제가 있는 건 맞잖아요."

"경찰이 저택을 관찰하도록 러시턴이 조치할 겁니다."

"얼마나 오랫동안요? 영원히 감시할 만큼의 인력이 러시턴에겐 없어요. 그리고 묘지에서 발견된 아이들이 실제로 살해되었다고 밝혀진다 해도, 어린 여자아이를 희생양으로 삼는 사이코패스가 존재한다 하더라도, 아이들은 죽은 지 벌써 몇 년이 지났잖아요. 범인을 빨리 찾아낼 가능성은 높지 않아요."

해리는 아무 말도 하지 않았다. 그녀가 옳았다.

"그리고 경찰이 수사중인 동안 이 아이들은 계속 위험에 노출되어 있는 거죠."

그녀는 여전히 옳았다. 해리가 머뭇거리다 살짝 고개를 끄덕였다.

"방금 전에 톰하고 이야기를 길게 했어요. 이야기가 꽤 잘됐어요. 예의 여자애에 대해 내게 마침내 말하기 시작했거든요." 이비가 말했다.

"그리고……."

"흠. 그 아이가 거짓말을 하는 게 아니라는 걸 난 확신해요. 누군가가 그 애를 겁주고 있어요. 그리고 내 생각엔 당신이 어젯밤 말한 게 맞지 않나 싶어요. 누군가가 핼러윈 분장 같은 걸 하고 못된 장난을 치고 있는 거죠. 그 여자애는 밤에 나타나는 경향이 있던데 그래서 톰이 그 애를 잘 볼 수 없는 거예요. 톰이 그러는데 그 아이를 제대로 보는 적이 그다지 없대요. 모습을 살짝살짝 보고 톰에게 말하는 목소리를 듣는 게 다라는 거죠."

"톰은 구월에 밀리를 교회 신도석에 올려놓은 게 그 여자애라고 생각하던가요?"

"네. 그 여자애라고 확신하고 있어요."

"어젯밤에 밀리를 데려간 것도 그 여자애고요?"

그녀는 고개를 돌렸다. 그녀의 상상일까, 아니면 해리가 벤치에서 그녀에게 다가온 걸까.

"처음엔 그렇게 생각했대요. 하지만 그 여자애였을 수가 없다는 사실을 이야기 도중 깨달았지요. 그 아이가 묘사하는 침입자는 전혀 어린 여자애 같지 않거든요. 일단 키가 훨씬 더 크고, 옷도 다른 걸 입고 있었대요. 당신의 '똥 지린 팬티' 씨는 똑똑했어요. 침입자가 톰을 장화 신은 발로 찼다는 것을 알아차렸으니까요."

"난 팬티에 대해선 아무 말도 안했어요. 똥쟁이 옷에 난 관심 없습니다. 지금 일어나는 일은 교회와 관련이 있어요. 확실합니다."

"교회요?"

"그 아이 중 한 명인 루시 픽업이 교회에서 죽었다는 것은 알려진 사실이죠. 밀리 플레처도 비슷한 일을 당할 뻔했고요. 다른 두 애도 그렇게 죽었을 거라고 장담합니다. 복층 신도석에 데리고 가서 떨어뜨린 겁니다."

이비는 뜸을 들이며 그의 말을 소화했다. "어린 여자애 네 명이라. 누가 그런 짓을 하는 걸까요?"

"아이들은 신도석에서 떨어진 후 묘실에 보관되었던 겁니다. 그날 밤 밀리가 떨어졌다면, 우리가 그 아이를 제때 발견하지 못했다면 그 애 또한 묘실에 가는 신세가 되었겠죠. 아마 루시도 묘실행이 계획되어 있었을 겁니다. 제니가 빨리 찾아내버린 거죠."

이비는 어깨뼈 사이가 서늘해지는 것을 느꼈다. 그녀는 몸이 떨리지 않도록 양팔을 부여잡아야 했다. "방금 목사님이 하신 말씀은 결론의 도약이 과한데요."

"이비는 한때 신실한 천주교 신자였죠. '썩지 않는 자'에 대해 들어봤어요?"

이비가 잠시 생각했다가 고개를 저었다. "처음 듣는 것 같은데요."

"아까 검시에 참여했을 때 떠올랐습니다. 메건과 헤일리를 봤을 때요. 그 아이들의 시신은 보존되어 있었어요. 부패가 거의 일어나지 않았어요."

"계속하세요."

"천주교와 동방교회에서는 죽음 후에 부패하지 않는 사람이 있다고 믿습니다. 보통 신심이 깊은 사람이 그렇다고 하는데, 초자연적인 거죠. 성령의 힘이 그들을 완벽하게 유지시켜주는 거예요. 그런 사람을 '썩지 않는 자'라고 합니다."

"영혼과 육신이 썩지 않는다고요?"

그가 고개를 끄덕였다. "시성의 대상임을 나타내는 표지의 하나죠. 예가 아주 많습니다. 루르드의 성녀 베르나데타와 성 비오 교황,

피의 수확

성녀 비르지니아 첸투리오네, 교황도 여러 명 있어요."

"그건 미라화한 시신이 아닌가요? 미라화는 자연 현상이에요."

해리가 나직이 웃었다. "물론 그렇습니다. 이 경우에 성령이 일하셨다고 말하려는 게 아닙니다. 전혀 그렇지 않죠. 그저 그 때문에 생각이 하나 떠올랐다는 겁니다." 그가 몸을 돌려 그녀를 마주했다. 그의 눈은 벌겋게 충혈되어 있었고 이마에는 전에 보이지 않던 주름이 져 있었다. "초자연적 현상임을 믿지 않는다면 성직자 중 다수가, 아, 상대적으로 말하는 겁니다. 그 사람들이 소위 썩지 않는 몸을 가지게 된 것은 유해가 미라화를 일으키기 그만인 장소에 보관되었기 때문이라고 주장할 수 있겠죠. 춥고 건조한 교회 묘실에서 진공 상태의 석관에 들어 있었으니까요. 우리 바로 아래 있는 장소처럼요."

이비는 저도 모르게 아래쪽을 흘깃 보았다. "러시턴에게 말했어요?"

"넵. 회의적이더군요. 메건이 실종된 다음에 묘실을 속속들이 수색했다고 합니다. 하지만 이번에 다시 내려가볼 겁니다. 열심히 살피면 흔적을 발견하겠죠."

"그 사람, 당신이 수색대에 참여하기를 원할걸요." 그에게 미소를 짓게 하고 싶었다.

해리는 여전히 그녀를 보고 있었다. "그 사람은 불편할 정도로 접촉을 좋아해요. 언제나 내 어깨나 팔을 만집니다. 혹시 날 좋아하는 걸까요?"

이비가 어깨를 슬쩍 으쓱했다. "그렇지 않을 이유가 없잖아요?"

"훌륭한 대답입니다. 오늘밤 바빠요?"

그녀는 가까스로 그를 외면하며 느릿느릿 말했다.

"아뇨. 하지만……."

"아, 그 '하지만' 소리 좀 안 하면 안 돼요?"

이비가 고개를 돌렸다. "지금 의사로서 질리언의 진료를 중지할 수는 없어요. 타이밍이 나빠요. 그리고 질리언이 당신한테 홀딱 빠져 있는 것쯤, 바보라도 알 수 있다고요."

"그게 내 잘못입니까?" 그가 그녀의 손을 잡아 장갑을 벗기려 했다. 손목에 그의 손가락이 느껴졌다. 그녀는 손을 빼려 했지만 그가 꽉 잡았다.

"당신 잘못은 아마 아니겠죠. 하지만 그게 당신 잘못이든 아니든 당신의 문제임에는 틀림없어요. 아, 낙담은 말아요. 당신이 참고할 만한 매뉴얼이 아마 있을 테니까. 어느 시대나 목사에게 빠지는 여자는 있었답니다." 손가락에서 장갑이 벗겨지고 있었다. 그녀는 숨을 죽였다.

"틀린 여자만 오니 문제죠." 그녀의 양손을 그가 한 손으로 감싸며 말했다. "그리고 '아마 아니겠죠'라니 무슨 뜻입니까?"

"당신에겐 엄청난 매력이 있어요, 목사님. 당신이 나 하나만을 위해서 그 매력을 품고 있다는 걸 믿을 수가 없네요."

"흠. 그에 대해선 당신이 틀렸어요. 당연히 당신만을 위해서입니다. 아, 물론 러시턴 총경님도요." 그의 검지가 그녀가 입은 재킷 소매 속으로 미끄러져 들어갔다. "당신 피부는 너무나 부드러워." 그가 중얼거렸다.

이비는 해리의 손을 잡아 단호히 밀어냈다. "어젯밤 발견된 아이가 헤일리라면 질리언이 어떤 반응을 보일지 난 상상조차 할 수 없어요. 질리언의 진료를 중지할 수는 없어요. 아무리……."

피의 수확

그녀는 말을 멈췄다. 더이상 말을 이을 필요가 없었다.

해리가 벤치에 등을 기댔다. "어젯밤 발견된 아이가 헤일리라면, 나는 그 애를 묻어야 할 겁니다."

60

11월 9일

"목사님 말이 옳았어요. 묘실에 보관됐던 거였더군. 앞쪽에서 세번째 벽감에. 두 아이의 머리카락과 혈액의 흔적이 발견됐어요. 다른 종류의 체액도 나왔고, 심지어 단추도 하나 찾았어요."

"하늘에서 편히 쉬고 있으면 좋겠군요." 해리가 말했다.

"그래야죠. 물론 메건을 찾으면서 분명히 그 방도 수색했는데 그때는 비어 있었어요. 그러니 그때는 다른 곳에 있었던 겁니다. 범인의 집에 있었을 수도 있겠고요. 야단법석이 가라앉은 다음에 묘실로 옮긴 게지요." 여느 때와 달리 전화 저편에서 들려오는 러시턴의 목소리가 가라앉아 있었다.

해리는 손목시계를 보았다. 저녁 6시. 이비에게 전화를 걸면 어떨까. 소용이 있을까? 그녀가 전화조차 받지 않은 지가 벌써 나흘째였다.

러시턴이 말을 이었다. "우리는 교회 중심부에서도 혈액의 흔적을 발견했어요. 뭐라 부르지? 본당?"

해리가 뭔가 중얼거렸다.

"복층 신도석 바로 밑에서요. 돌바닥이 깨끗이 닦여 있기는 했지만 돌 사이에서 모르타르를 조금 긁어냈습니다. 두 아이의 것과 다 일치하더군요." 러시턴이 말했다.

"그렇다면 메건과 헤일리라고 확인이 된 겁니까?"

러시턴이 한숨을 쉬었다. "그래요. 이틀 전쯤에 DNA 분석 결과를 받았어요. 누구도 의심을 한 건 아니지만. 현재는 질리언 로일에게 전달되었던 유골함 속 유해에 대한 결과를 기다리고 있어요. 그 유해가 우리가 모르는 또 다른 실종 어린이의 것이라면 어떻게 해야 할지."

"그러게 말입니다. 짐작 가는 아이가 있습니까?"

"단서가 있는 사건이 몇 가지 있어요."

해리는 러시턴이 말을 잇기를 기다렸다. 그가 말을 마친 것임을 깨달았을 때 해리가 입을 열었다. "제가 복층 신도석 아래서 발견한 인형은 어떻게 됐습니까?"

"그 인형을 만든 사람들과 이야기를 했어요. 그 사람들 말에 의하면, 본파이어가 열린 밤에 가지러 갔지만 찾을 수가 없었습니다. 그게 어떻게 교회 안까지 들어갔는지 전혀 모르겠다고 주장하고 있어요. 인형에 지문이 두어 개 찍혀 있었지만 가족 누구와도 일치하지 않은 걸 보면 진실을 말하고 있는 걸 수 있어요. 하지만 스웨터는 밀리 플레처의 것이 맞아요. 그 애 어머니가 확인해줬습니다."

"어떻게?"

"빨랫줄에 널린 옷을 훔친 거라는 게 가장 가능성이 높은 짐작인데, 그 집 정원은 접근이 용이해서 그리 어려운 일은 아니었을 거예요. 다음 몇 주 동안 동네에 있을 경찰 인원을 늘렸어요. 그 집을 계

피의 수확

속 가까이서 관찰할 겁니다." 그가 다시 한숨을 깊게 쉬었다. "톰 플레처와 그 아이의 정신과 의사와 이야기하고 중입니다. 주변에 어정거린다는 여자애에 대해서 말이에요. 그 애를 찾아내야 해요."

"그 아이는 동네에 사는 게 분명합니다. 그렇게 어려울 리가 없어요." 러시턴이 이비와 이야기하고 있었다니. 해리만 빼고 다들 모두 그녀를 만난다. 다들. 그만 빼고.

"문제는 톰 녀석의 상상이 강력하게 한쪽으로 치우쳐 있다는 겁니다. 그 여자애가 거의 인간이 아닌 것처럼 말을 한단 말이죠. 경찰이 가가호호 방문을 하면서 인간의 형태를 한 괴물을 찾는다고 할 수는 없지 않습니까."

"그러기는 힘들겠죠."

"그리고 그날 밤 정원에서 발견한 발자국의 정체가 확인이 되었어요. 짐작대로 웰링턴 장화더군. 사이즈 265밀리미터에 밑창은 고무이고 프랑스제라고 합니다. 불행히도 매년 몇천 켤레가 수입되고 공급업체가 북서부에만도 열 군데가 넘어요. 찾는 데 시간이 좀 걸릴 겁니다."

전화를 끊자마자 해리는 이비에게 전화를 걸었다. 자동응답기가 전화를 받았고 그는 메시지를 남겼다. 그는 고요가 내린 집안을 걸어 뒷문을 열고 정원으로 나섰다. 헐벗은 목련 나무 아래 이끼가 덮인 축축한 벤치가 있었다. 그는 벤치에 앉았다. 기도를 올리고 싶었다.

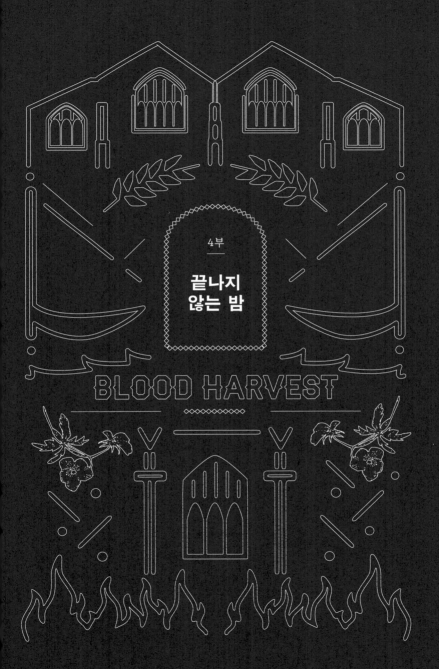

4부
——

**끝나지
않는 밤**

BLOOD HARVEST

61

12월 17일

"별 의미는 없는 말이겠지만, 첫 번째보다는 나았던 것 같소, 목사님. 짧아서 바람 속에 오래 서 있을 필요도 없었고."

해리는 고개를 돌렸다. 토비어스 렌쇼가 렌쇼 저택의 커다란 강당에 모인 추도객을 헤치고 어느새 그에게 다가와 있었다. 오늘은 정말이지 그의 날이 아니었다. 원래 무덤보다 아래쪽으로 판 새 무덤에 루시를 두 번째로 묻은 후 그는 수단을 펄럭거리며 교회로 후다닥 내달려 이비가 모습을 감추기 전에 붙잡으려고 했지만 교회 문 옆에서 어정거리던 기자 무리의 밥이 되어버렸다. 부아를 돋우는 노친네와 이야기할 기분이 전혀 아니었다. 그는 보라는 듯 일부러 강당 안을 둘러보았다.

"마이크가 무덤에서 돌아왔는지 모르겠군요. 밖에 나가 찾아볼까 합니다. 힘들어하는 것 같던데요."

"누구? 아, 제니 남편 말이로군. 난 그 애를 좋아한 적이 없어. 언제나 한탕해볼까 궁리하는 치로만 보였소. 그래도 제니는 꽤 행복한 듯이 보이더구먼. 그건 그렇고, 예쁜 앨리스와 귀여운 따님은 어떻게 지내고 계시오? 방금 교회에서 봤는데. 이곳으로 오지 않은 거요?"

"총경님. 잘 오셨습니다." 토비어스 뒤에 나타난 러시턴의 모습에 해리가 안도하며 말했다.

"잘 지냈어요, 젊은 양반?" 러시턴이 그에게 고개를 끄덕이고 노인에게 시선을 돌렸다. "렌쇼 씨, 조의를 표합니다."

"그래, 그래요. 마실 게 필요한 분? 보조금 제도라도 있어야 하는 거 아니오? 같은 장례식을 두 번 치러야 하는 경우를 위해서 말이지." 해리와 러시턴은 음료 테이블로 향하는 노인의 모습을 지켜보았다.

"해로운 사람은 아니에요." 러시턴이 낮은 목소리로 말했다.

"너그러우시군요. 아무튼 저는 아리송한 점이 있습니다." 해리는 속내를 숨기려 들지조차 않으며 말했다. 그러는 것은 에너지의 낭비였다.

"뭐가 그런가요, 젊은 양반?"

"이곳 말입니다. 토지며 농장이며 모든 부동산이 토비어스 소유 아닌가요? 렌쇼 가문의 최연장자이잖습니까. 그런데 실제로 모든 일에 실력 행사를 하는 건 언제나 싱클레어처럼 보인단 말이죠."

"소유권이 몇 년 전에 모두 싱클레어에게 넘어갔거든. 내가 기억하기로 토비어스는 은퇴할 채비가 되어 있었지만 전권이 주어지지 않는 한은 일을 맡지 않겠다고 싱클레어가 고집을 부렸지요."

그에게서 담배와 커피 냄새가 풍겼다. "부친이 법적으로 권한을 넘기도록 만들었단 말입니까?"

"아, 그렇게 말하면 심한 짓을 한 것 같잖습니까. 그런 건 아니었어요. 어차피 언젠가는 싱클레어 것이 될 것이었으니 상관없지 않습니까. 그 집 재산은, 뭐라고 하더라? 상속인이 한정되어 있어요. 언제나 최연장자 남성만 승계하도록 되어 있지. 그건 그렇고, 이렇게 마주쳐서 잘됐습니다. 우리끼리만 잠시 이야기를 나눴으면 하는데."

고분고분 옛 학교 교실의 조용한 구석으로 이끌려가던 해리의 눈에 그들 두 사람을 바라보고 있는 질리언의 모습이 들어왔다.

"최신 DNA 분석 결과가 나왔어요. 로일 부인이 부엌 찬장에 넣어놓았던 불탄 유해 말입니다. 원했던 것보다는 오래 걸렸지만, 아무튼 이제 들어왔거든." 러시턴 또한 질리언을 본 모양인지, 조용히 말했다.

"그런데요?"

"확정적인 결과가 나왔지. 우리의 친구 아서와 완벽하게 일치했어요."

해리는 한숨을 쉬었다. 음료 테이블에는 아이리시 위스키 한 병이 있었지만 아직 한낮도 되기 전인데다 오후 일정이 바빴다.

"제가 확실히 이해한 건지 모르겠군요. 그러니까 질리언 로일이 이제껏 주방 찬장에 가지고 있던 유해는 사실 아서 시크로프트라는 칠십 세 노인의 것이었다, 이 말입니까? 루시 옆에 묻혔던 사람이요?"

"흠. 엄밀히 말하면 그의 오른쪽 다리 일부뿐입니다. 나머지 몸은 여전히 무덤에 묻혀 있죠. 아, 고마워요, 정말 고마워요."

크리스티아나 렌쇼가 샌드위치 쟁반을 들고 가까이 와 있었다. 러시턴이 샌드위치를 두 쪽 집었다. 해리는 고개를 젓고 크리스티아나가 다른 사람들에게 향할 때까지 기다렸다.

"그렇다면 누군가가 아서의 무덤을 파헤쳐서 사지 한쪽을 빼내고 그날 밤 질리언의 집에 침입해 헤일리를 납치하고 아서의 뼈를 그 집에 남겨둔 다음 불을 지른 것이다?"

러시턴이 몇 초 동안 빵을 씹다 삼켰다. "배짱 한번 대단하지 않습니까? 불에 탄 인간의 흔적이 집안에 없었다면 소방관이 의심을 품었겠죠. 아무것도 나오지 않았다면 딸이 불에 타 죽은 게 아니라는 질리언의 주장에 힘이 실렸을 겁니다. 진지한 수색이 뒤따랐을 거고 묘실에서 아이들을 찾아냈을 것이고. 아서의 오른쪽 다리가 그걸 다 막아준 거예요. 경찰은 헤일리를 찾아보지 않았어요. 나로서는 또 하나의 중대한 실수입니다. 창조주를 뵙게 되는 날 어떻게 용서를 빌어야 할지 모르겠군요."

"일이라는 게 나중에 보면 다 쉬워 보이는 법이죠. 저도 화재 진압 보고서를 봤습니다. 질리언이 보여줬거든요. 화재 조사원이 방화를 의심할 이유가 없었습니다."

러시턴은 아무 말도 하지 않았다. 맛을 음미할 여유도 없이 기계적으로 빵을 먹는 것처럼 보였다. 일 분여 후 그가 입을 열었다. "경찰은 곤충학자의 보고서도 받았어요. 산란과 부화 과정에 대한 긴 설명이 좀 있었고 금파리에 구더기에, 송장벌레라던가? 미안해요, 젊은 양반. 난 벌레는 잘 모릅니다. 아무튼 결론적으로 말하면 곤충학자는 메건과 헤일리가 땅속 루시와 함께하게 된 것이 구월 초반이라고 본다는군."

"교회가 다시 열렸을 무렵이로군요."

러시턴이 샌드위치 하나를 끝내고 나머지 샌드위치를 먹기 시작했다. "그러게 말입니다. 그 짓을 저지른 자는 새 목사가 혹 묘실을 들여다보겠다고 결심한다면 시신 세 구가 발견될 수 있다는 위험을 감수할 준비가 되어 있지 않았던 겁니다. 그래서 시신들을 공동묘지로 옮겨놓은 거죠. 시체 한두 구를 몰래 숨기기에 그보다 더 좋은 장소가 어디 있겠습니까. 남자든 여자든 간에 범인은, 플레처 가족의 말썽꾸러기들이 한밤중에 대탈주를 벌이리라고는 상상도 못했겠죠."

강당 저편에서 크리스티아나가 다시 나타났다. 샌드위치 쟁반이 다시 채워져 있었다.

"크리스티아나는 입을 다물고 있지만 뭔가 알고 있어요."

해리가 말했다.

러시턴이 고개를 돌려 크리스티아나를 보았다. 그녀의 움직임은 천천했다. 그토록 키가 큰 여성으로서는 꽤 우아한 몸짓이었다.

"뭐, 젊은 양반이 그렇게 말한다면야. 하지만 내가 만났을 때는 걱정하지 않을 사람이 어디 있겠느냐는 말만 하더군요. 두 아이가 루시와 똑같은 방법으로 죽었다는 게 밝혀진데다 밀리 플레처가 거의 같은 방법으로 목숨을 잃을 뻔했으니까요. 그 말에 일리가 있다는 건 목사님도 인정해야 할 겁니다. 아, 그리고 말인데 크리스티아나는 지문을 자진해서 제공했어요. 목사님이 발견한 인형에 묻은 지문과 일치하지 않았고, 마이크가 시월에 가져온 와인 디캔터 지문과도 맞지 않았어요."

"아, 총경님 생각이 옳을 겁니다. 제 염려는 자라 보고 놀란 가슴

솥뚜껑 보고 놀라는 격이에요."

"시신이 발견되고 다음날 아침에 내가 크리스티아나를 만난 건 알고 있지요? 잠옷 확인을 요청하기 위해서?"

해리가 고개를 끄덕였다.

"잠옷을 제니와 크리스티아나에게 보여줬어요. 제니는 잘 모르겠다고 하더군. 뭐, 그날은 제정신이 아니었을 테니까요. 하지만 크리스티아나는, 아, 여간내기가 아니더군. 재봉 바구니를 가지고 와서 동물 수를 놓을 때 사용한 패턴을 보여주더군요. 몇 년 전에 사용한 걸 말이죠. 그러고는 수놓은 무늬 하나하나에 사용한 자수 실의 정확한 색깔과 품번을 말해줬어요. 기묘한 면이 있지만 나름대로는 똑똑한 사람이야."

"웰링턴 장화에 대한 정보는요?" 해리는 러시턴이 샌드위치를 다 먹기를 기다렸다.

"막다른 골목입니다. 제조 날짜를 추적할 수 있다면 좋겠다고 바랐지만 그런 행운은 일어나지 않았어요. 그 장화 자체를 찾을 수 있다면 일치 여부를 확인할 수 있겠는데 이 부근에는 웰링턴을 신는 사람이 워낙 많아야 말이죠."

러시턴의 말이 이어지는 동안 해리는 질리언의 모습을 보았다. 그녀는 무색의 액체가 담긴 유리잔을 입으로 가져가 거의 비웠다. 러시턴이 해리의 시선을 좇았고 두 사람은 질리언이 음료 테이블로 향하는 모습을 지켜보았다. 그녀는 살짝 휘청거리며 병을 잡았다.

헤일리가 정말로 톰 플레처가 발굴한 세 구의 시신 중 하나라는 사실을 알게 되었을 때 질리언이 처음 보인 반응은 희열이었다. 자신의 말이 옳았음이 증명된 것이다. 딸은 화재에서 죽은 것이 아니었다. 그녀가 줄곧 주장해온 것이 옳았다. 그러나 희열의 감정은 곧 끊임없는 고통으로 변해버렸다. 스스로 걷잡지 못하고 머릿속으로 계속 딸의 마지막 몇 시간을 상상하는 것 같았다. 해리는 질리언의 회복이 심각한 타격을 입었음을 깨달았다. 이비가 굳이 말을 해줄 필요가 없었다.

그는 강당 안을 휙 둘러보았다. 어디에도 질리언의 어머니는 보이지 않았다. "잠깐 실례하겠습니다." 그가 러시턴에게 말했다.

연장자가 고개를 끄덕이고 말했다. "그래요, 젊은 양반. 하지만 솔직히 말하면 목사님이 저 사람에게 뭘 해줄 수 있는지, 나는 잘 모르겠습니다."

62

"자, 이제 규칙을 말해줄게." 흥미진진한 기색을 띤 세 명의 얼굴이 이비의 앞에서 또랑또랑 눈을 빛내고 있었다. 병원 내 가족 상담실이었다. 그녀 맞은편에 놓인 밝은 색채의 작은 안락의자 세 개에 톰과 조와 밀리가 앉아 있었다.

"여기 이 상자에는 우스운 가면이 여러 개, 그리고 아주 무서운 가면도 몇 개 들어 있단다. 너희 중 누구라도 어떤 이유로든 겁이 나거나 초조하거나 걱정이 되면 말하렴. 바로 멈출 수 있으니까. 조하고 밀리는 저쪽 테이블에 가서 그림을 그려도 되고 상자에 든 장난감을 가지고 놀아도 된단다. 여기서 톰을 돕고 싶다면 그것도 좋고."

"난 그림을 그리고 싶어요." 조가 말했다.

이비는 종이와 색깔 펜, 크레용 등을 갖춰놓은 나지막한 테이블을 가리켰다. 상담실 한 귀퉁이에는 앨리스와 리즈 모티머 순경이 앉아 있었다. 아이들의 주의를 흐트러뜨리거나 아이들이 주변을 의식하는 일이 없도록 주의해달라고, 이비는 이미 두 사람에게 부탁해놓았다. 한쪽 벽에 달린 커다란 거울 유리창 뒤에서는 앤디 제프리스 순경이 그들을 지켜보며 메모하고 있었다.

"자, 톰. 상자 안을 볼 준비가 되었니?" 이비가 물었다.

톰이 초조한 기색으로 고개를 끄덕였다. 그 자신에게 쏠리는 관심을 즐기는 것같이 보이기도 했다. 이비는 카펫으로 몸을 낮췄다. 무릎을 꿇고 있는 것은 그녀에게 좋지 않아서 추후 혹독한 대가를 치러야 할 테지만 지금은 피할 수 없었다. 앨리스가 무릎에 잡지를 둔 채 왼손으로 손차양을 만들어 눈 위에 얹고 안쪽을 바라보고 있었다. 이비는 그 시선을 의식하며 종이 상자의 뚜껑을 열고 안으로 손을 넣었다. 그녀는 자기 손에 딸려 나온 가면을 재빨리 흘깃 보았다. "내 생각에 이건…… 스쿠비 두네." 그녀는 만화에 나오는 개 캐릭터를 위로 올려 보였다.

톰이 미소를 띠었다. 눈에 띄게 긴장이 풀리는 모습이었다.

"써봐도 돼요?"

이비가 가면을 건네는 동안 밀리가 안락의자에서 꼬물꼬물 빠져나와 상자를 향해 똑바로 다가왔다. 톰은 스쿠비 두 가면을 쓰고 고개를 돌려 커다란 거울에 자신의 모습을 비춰보았다. 앨리스가 고개를 들어 아들을 본 후 미소를 지으며 다시 잡지로 시선을 돌렸다. 밀리는 상자 뚜껑을 집어 들어 머리에 얹고 뒤뚱뒤뚱 균형을 잡고 있었다.

피의 수확

이비가 다시 상자 속에 손을 넣었다. "자, 이건 배질 브러시네. 내가 써봐도 될까?"

"우린 내일 연극을 보러 가요. 블랙번에요. 학교 행사예요."

톰이 말했다.

오늘 모임은 몇 주에 걸쳐 계획한 것이었다. 톰이 예의 기묘한 여자아이에 대해 이비에게 처음으로 털어놓았을 때 바로 아이디어가 하나 떠올랐다. 아이의 묘사를 들은 후 이비는 수사팀에게 그녀가 세운 가설에 대해 설명했다. 나이가 좀더 위인 어린아이 또는 십 대 초반 정도 된 누군가가 카니발 가면 같은 것을 쓰고 플레처네 집 주위에서 계속 어슬렁거려왔고 적어도 한 번은 집안까지 들어온 것 같다는 가설이었다. 만약 어떤 가면인지 꼭 집어낼 수 있다면, 그런 가면이 어디서 누구에게 팔렸는지 추적할 가능성이 약간은 있을지 모른다. 물론 헛된 짓일 수도 있었다. 톰이 언급하는 그 여자아이가 밀리의 유괴 미수에 어떤 식으로든 관련이 있다는 증거가 없는 상황이기에 더 그랬다. 하지만 경찰은 시도해보겠다는 의향을 표시했다.

계획을 진행하기로 결정한 후 수사팀은 가게와 인터넷을 뒤져 각종 파티 가면과 카니발 가면, 핼러윈 가면을 모았다. 이비는 톰의 묘사와 닮은 점이 없는 가면을 제외해놓고 개중 재미있고 덜 위협적으로 보이는 가면이 먼저 상자에서 뽑히게끔 장치했다.

톰은 이제 상자에 직접 손을 넣어 새로운 가면을 뽑고 있었고 그때마다 고개를 돌려 자기 모습이 어떻게 보이는지 거울에 비춰보았다. 오빠를 따라 하는 밀리의 머리카락에 가면 고무줄이 엉켰다. 조는 두 아이를 철저히 무시하고 있었다. 가면의 표정은 점점 어둡고 무서워졌다. 더이상은 어린이의 파티를 염두에 둔 가면이 아니었다.

"엄마, 이것 좀 보세요!" 톰이 소리쳤다. 아이는 크기가 꽤 큰, 기다란 가면을 쓰고 일어섰다. 동유럽 남자 농부의 얼굴이 뇌가 없다시피 한 멍청한 표정으로 침을 흘리고 있었다.

앨리스가 잡지에서 고개를 들었다. "뭘? 어머, 그거 꽤 괜찮구나."

"누군지 알겠죠? 〈젊은 드라큘라〉 드라마에 나오는 하인이에요. 아침밥으로 박쥐 코딱지 죽을 만들어 주는 하인이요."

"그래. 나도 그 죽 좀 먹어야겠다. 더 좋은 건 없니?" 앨리스가 말했다.

톰이 상자로 몸을 돌렸고 밀리는 〈두 얼굴의 사나이〉에 나오는 헐크 가면을 쓰고 어머니에게 비척비척 걸어갔다. 가면은 거꾸로 씌어 있었다.

삼십 분 후 상자는 바닥이 드러났고 이비는 항복을 선언해야 했다. 아이 중 누구도 오늘의 놀이에 불안해하는 기색이 없던 것은 좋은 점이었다. 톰은 가면을 전부 써보고 심지어 이비에게도 몇 가지를 씌워주는 등 재미있는 게임을 하는 것 같은 반응을 보였다. 밀리 또한 시간이 좀 흐른 후에 지쳐 결국 어머니 무릎에 안착하기는 했지만 꽤 즐거워했다. 조는 형과 동생을 모두 완전히 무시하고 그림에만 집중했다. 아이가 그림 하나만 붙잡고 있은 지 삼십 분이 넘었다. 무슨 그림인지 이비가 살피기에는 거리가 약간 멀었다.

방 귀퉁이에 있는 시계가 6시 25분을 알렸다. 이비가 커다란 거울을 흘깃 보며 입을 열었다. "미안하지만 이제 멈춰야 할 것 같네. 고맙구나, 톰. 넌 오늘 용감했어. 도움이 많이 되었고. 밀리도 고마워." 그녀는 방 한 귀퉁이에 자리잡고 있던 앨리스와 모티머 순경을 보았다. 앨리스가 눈썹을 치켜 침묵의 질문을 던졌고 이비는 고개를 흔들었다. 앨리스가 밀리를 품에 안으며 일어섰다. 졸려 게슴츠레한 눈으로 아이가 어머니의 품속을 파고들었다.

"시도해볼 가치는 있었어요." 형사가 일어서며 중얼거렸다.

"가자, 얘들아. 코트를 어디 뒀더라? 조, 다 끝났니?" 앨리스가 말했다.

이비는 조에 대해 거의 잊고 있었다. 이비가 톰과 밀리와 같이 어울리는 내내 조는 무척 조용했다. 아이가 자리에서 일어서 자기가 그리던 그림을 살펴본 후 그녀에게 가지고 왔다. 그리고 그림을 내밀었다.

이비는 그림을 받았다. 갈비뼈가 조이는 듯한 기분이 들었다. 그림은 여섯 살짜리 아이의 작품으로는 놀라울 정도로 훌륭했다. 허연 기운의 파란 옷을 입은 사람이 그려져 있었다. 긴 금발머리에 손발이 과하게 컸다. 머리 또한 커 보였고 눈꺼풀이 두터운 두 눈도 아주 커다랬다. 풍성한 입술로 감싸인 입은 벌어져 있었고 목덜미는 끔찍하게 변형되어 있었다. 이비의 옆에서 움직이는 기척이 느껴졌다. 톰 또한 동생의 그림을 보고 있었다. 앨리스와 밀리가 가까이 다가왔다.

"에바!" 밀리의 눈이 반짝 밝아졌다. 아이가 그림을 향해 손을 뻗으며 말했다. "에바!"

"그 애예요." 톰이 작은 목소리로 입을 열었다. "그 아이가 이렇게 생겼어요."

63

"세 명 다요? 확실합니까?"

"확실해요. 조가 그림을 그렸고 톰과 밀리가 모두 알아보았어요. 에바라고, 밀리는 심지어 이름조차 붙였더라고요. 이 에바라는 사람은 진짜예요. 경찰이 찾아내야만 해요. 지금 튼 음악, 스프링스틴인가요?" 이비가 말했다.

"남자도 꿈을 꿀 수는 있으니까요. 잠깐만요, 소리를 줄일 테니까." 해리가 리모컨을 들었고 소리가 잦아들었다. "그래서 그 여자의 정체가 뭡니까? 어린이? 난쟁이?"

"딱 집어 말하기는 어려워요. 톰이 키재기 판을 보면서 키가 대강 어느 정도 될지 보여줬는데, 140센티미터 정도 되더라고요. 여덟 살이나 아홉 살 정도 아이의 키죠. 그런데 조의 그림이 정확하다면 그 여자의 양손과 양발, 머리가 균형에 어긋날 정도로 커요. 그걸 보면 성장에 방해를 받은 성인일 수도 있어요. 그리고 목 앞쪽에 혹 같은 게 있어요. 갑상샘종일 수도 있는 것 같아요."

"그런 사람이 헵턴클로에 살고 있다면 사람들이 알 텐데요."

"맞아요. 그리고 헵턴클로에 살고 있어야만 해요. 다른 가까운 동네가 없으니까요."

"외곽으로 나가면 띄엄띄엄 떨어져 있는 농장이 꽤 있긴 합니다. 몇 군데는 상당히 고립되어 있고요. 거기서 오는 걸 수도 있어요."

"그날 온 형사도 그런 말을 했어요. 경찰관 몇 명을 모아서 가가호호 방문을 시작하자고 윗사람에게 건의하겠다네요."

"경찰도 심각하게 받아들이고 있는 겁니까? 사실 따지고 보면 여섯 살짜리 애 그림에 지나지 않습니다만."

"그것 외에는 경찰이 뒤쫓을 수 있는 게 별로 없으니까요. 안 그래요?"

"조는 그 여자에 대해 뭐라고 하던가요?"

"아무 말도 안 했어요. 그 애하고만 적어도 오 분은 이야기를 했는데 여자 얘기는 한마디도 안하더군요. 톰은 동생이 그 여자에 대해 말을 하지 않겠다고 약속한 것 같대요. 그런데 그림을 그리는 건 약속을 깨는 게 아닌 거죠."

"그 여자가 조를 위협했을 가능성은요?"

"가능은 하다고 보지만 그런 것 같지는 않아요. 조에겐 그 여자를 무서워하는 느낌이 전혀 없어요. 대화하는 것에 스트레스를 받지도 않아요. 그냥 가만히 있을 뿐이에요. 밀리는 그림을 보고 오래 알고 지낸 친구처럼 반기기도 했고요."

"그렇다면 남동생과 여동생은 괜찮아하는 사람을 톰은 죽도록 무서워하고 있다는 건가요? 그건 좀 이상하지 않습니까?"

"톰은 나이가 더 많으니까요. 여러 가지 측면에서 그 아이는 성인처럼 사고하기 시작한 참이에요. 조와 밀리는 나이가 어리기 때문에 에바를 받아들이기가 더 쉬울 수 있는 거고요."

"그 여자를 뭐라고 부른다고요?"

"에바요. 밀리가 그렇게 부르고 있어요. 물론 얼마든지 다른 이름일 수도 있어요. 엠마나 엘라나. 누가 알겠어요? 중요한 건 그 여자가 진짜라는 거예요."

"그 여자는 어떻게 집에 들어오는 건가요?"

"흠. 톰에 의하면 더이상은 들어오지 않고 있대요. 담이 무너진

날 밤 이후로 본 적이 없다네요. 플레처 가족이 외출을 하면 그때는 집을 지켜보고 있을 수도 있다고 생각하지만 확신은 없대요."

"우리집에 와요." 해리는 말했다. 그녀가 왔으면 하는 바람이 너무나 강렬해서 겁이 날 지경이었다.

대답이 없었다.

"내가 밥해줄게요." 여전히 아무 대답이 없자 그가 다시 시도했다.

"갈 수 없다는 거, 알잖아요."

해리의 안에서 무엇인가가 탁 부러졌다.

"난 그런 거 전혀 몰라요. 아는 거라곤 태어나서 처음으로 내가 주변에서 일어나는 일을 감당하지 못하고 있다는 사실뿐입니다. 밖에 나갈 때마다 기자가 달려들고 이제는 전화조차 받고 싶지 않습니다. 어디로 나서든 경찰이 보여요. 나 자신이 용의자가 아닌가 하는 의심이 들 정도란 말입니다."

"무슨 뜻인지 알아요. 하지만……."

"내가 달래줘야 하는 비탄의 감정은 전에는 들도 보도 못한 수준이고 땅에서는 어린애들 시체가 굴러 나오고 있어요. 이 동네에서 유일하게 친구라 할 수 있는 사람들은 정신적 붕괴로 치닫고 있고요. 교회 안에서는 어린애 인형이 나오고 난 속아서 피를 마셔야 했고……."

"해리……."

"이런 나를 정상적으로 지켜줄 수 있는 사람이 딱 한 명 있는데, 그 사람은 나와 연관되기를 끝내 거부하고 있어요."

"인형이라고 했어요? 피를 마셨다고요? 지금 그게 무슨 말이에요?" 그녀의 목소리가 낮아졌다. 전화기를 귀에서 떼고 말하는 것처

피의 수확

럼 들렸다. 부드럽게 똑똑 두드리는 소리가 들렸다. 고양이 녀석이 뭔가 넘어뜨렸나.

"이비가 나한테 관심이 없다고 생각했다면 이렇게 귀찮게 굴지는 않을 겁니다." 그는 방안을 둘러보았다. 고양이의 기척은 없었다. "진짭니다. 난 그렇게 한심한 놈은 아니에요. 내가 주제를 모르고 나대는 거라면, 당신이 그렇게 말한다면 이젠 당신을 내버려두겠습니다. 하지만 그런 건 아닐 거라고 난 믿어요. 난 당신이 나와 같은 감정을 느끼고 있다고 생각해요. 그리고……." 두드리는 소리가 다시 들렸다. 문밖에 누군가가 있었다.

"피를 마셨다니, 무슨 말이에요?"

"저기요, 그 따위는 잠시 잊고 우리 둘이 얘기 좀 하면 안 됩니까? 저녁 먹으러 와줘요. 밥만 먹으면 보내줄게요. 약속해요. 난 그냥 이야기를 하고 싶은 겁니다."

"해리, 나한테 말해주지 않은 게 또 뭐가 있어요?"

"당신이 오면 다 말해줄게요."

"아, 진짜! 애처럼 굴지 좀 말아요, 해리. 이건 심각한 일이에요. 무슨 일이 있었는지 얘기해줘요." 그녀가 매섭게 대꾸했다.

"지금 누가 문을 두드리고 있어요. 가서 봐야겠어요. 삼십 분이 지나도 당신이 안 오면 내가 갈 테니 그리 알고 있어요." 그는 수화기를 내려놓았다.

해리는 욕지거리를 뇌까리며 복도를 걸어갔다. 현관문 유리 너머로 키가 큰 어두운 형체가 보였다. 만나고 싶지 않은 신도의 처리 속도 신기록은 얼마일까 궁금해하며 해리는 문을 당겨 열었다.

문간에 서 있는 이는 러시턴 총경이었다. 그가 한 손에 쥐고 있던 제임슨 술병을 위로 들어 보였다. "지난번에 목사님 술병이 좀 비어 있는 것처럼 보이던데, 그걸 그냥 두고 볼 수가 없어서. 내 걸 가지고 왔어요."

64

12월 18일

"누구게요."

해리는 고개를 들었다. 가까워지는 발걸음 소리가 들렸지만 교회 근처를 헤집고 다니는 경찰관일 것이라 여기고 넘긴 그였다. 그런데 지금 이 순간 그는 무엇에 홀린 듯 자리에서 벌떡 일어나 제의실을 성큼성큼 걷고 있었다. '안녕하세요' 하고 입을 열 새도 없이 그는 제비꽃 눈동자와 똑같은 색 옷을 입고 있을지도 모르는 젊은 여성에게 다가가고 있었다. 그가 이미 그녀를 품에 안고 있었기에 옷 색깔을 확신할 수는 없었다. 옷에 초점을 맞추기에는 두 사람이 너무나 가까웠다. 그리고 그녀는 고개를 들어 그에게 미소를 짓고 있었다…….

꿈 깨, 해리. 그는 책상에서 움직이지 않은 채 멍청이처럼 방 건너편을 쳐다보고 있었다. 그녀의 옷은 제비꽃 색이 맞았다. 제비꽃 색의 커다란 스웨터가 딱 달라붙는 검정 데님 바지 위로 헐렁하게 내려와 있었다. 바짓단은 긴 부츠 안으로 사라져 있었다. 그는 이 순간 매우 성직자답지 못한 상상을 하고 있었다. 부츠 속에 있는 것이 맨

다리라면…….

"온다더니, 안 왔네요." 한 손은 문가에 얹고 다른 손으로는 문을 잡아 살짝 연 채로 그녀가 말했다.

해리는 의자에 몸을 기댔다. 오 초. 제의실을 가로질러 문을 발로 차서 닫고 머릿속 환상을 실현하는 데 필요한 시간은 단 오 초. "내 인생의 두 사랑 중 한 명이 아이리시 위스키 병을 들고 나타났거든 요. 한 시간이 지난 후에는 둘 다 운전이 불가능했어요. 그분도 나처 럼 하루 종일 고통받고 있기를 바랄 뿐입니다."

"러시턴 총경요?" 그녀의 윤기 흐르는 양 뺨이 살짝 분홍빛으로 물들었다.

"바로 그분이죠." 오 초나 걸릴까? 책상을 뛰어넘으면 사 초에도 가능할 것이다.

"그분은 어떠시던가요?" 그녀가 문가에 세워두었던 지팡이를 들 고 앞으로 나섰고 그녀 뒤에서 문이 닫혔다.

책상을 뛰어넘었다간 당장에라도 속이 뒤집힐 것이다.

"사건이 해결되기 전에 조기 은퇴를 강요당할까 봐 엄청 두려워 하고 있어요. 이제 뭘 해야 할지 전혀 모르겠답니다. 어떤 기분인지 아주 잘 알겠다고 말해줬죠. 그러고는 서로 한 잔씩 또 따라서 마셨 습니다."

밖에서 발걸음 소리가 났고 그녀의 미소가 사라졌다. 제의실로 향하는 사람인가 싶어 해리는 잠시 기다렸지만 발걸음 소리는 보도 로 이어지다 사라졌다.

"무슨 일이 나고 있는 건지 들어야 하겠기에 왔어요. 중요한 일이 잖아요." 그녀가 말했다.

해리는 한숨을 쉬었다. 이비가 눈앞에 있는 지금 그는 정말로 그런 이야기는 하고 싶지 않았다. 정말로. 그가 하고 싶은 것은 그저 앞으로 나아가, 그녀를 문으로부터 끌어당겨…….

그녀가 고개를 갸우뚱하더니 그의 눈을 똑바로 바라보았다.

"제발요."

"알았어요, 알았어."

해리는 가능한 한 말을 아끼려 애쓰며 그가 헵턴클로에 도착한 이래 발생한 모든 기이한 일에 대해 말해주었다. 속삭이듯 들리는 위협의 목소리. 교회에서 꾸준히 감지해온, 혼자가 아닌 듯한 느낌. 밀리와 놀라울 정도로 똑 닮은 으깨진 인형. 그리고 베스트 중의 베스트인, 성작에 담긴 피를 마신 경험. 그가 말을 마쳤을 때 그녀는 조용했다.

"앉아도 될까요?" 이비가 잠시 후 말했다.

그가 책상 앞에서 빼준 의자에 그녀가 푹 앉았다. 고통으로 인해 이마에 주름이 졌다. 그녀가 고개를 들어 그를 보며 물었다.

"괜찮아요?"

그가 어깨를 으쓱했다. "급하게 답할 수 없는 질문이군요. 일어난 일 중에 이해가 되는 게 하나라도 있나요?"

그녀가 고개를 저었다. "아니요. 하지만 에바가 누군지는 곧 알게 될 것 같아요. 그 일 때문에 여기 온 거예요. 제 가방에 노트북컴퓨터가 있는데 좀 가져다줄래요?"

해리는 이비가 문 옆에 남겨둔 커다란 검정색 가죽 가방을 집어 그녀 앞 책상에 올려놓았다. 그녀가 날렵한 모양새의 컴퓨터를 꺼내 전원을 켜는 동안 그는 책상 옆으로 의자를 끌고 와 그녀 옆에 나

피의 수학

란히 앉았다. 이비가 창 하나를 띄우고 해리가 볼 수 있도록 컴퓨터를 옆으로 돌렸다. 의학 자료 사이트의 창이 떠 있었다. 그의 눈동자가 창 꼭대기에 쓰인 제목을 향했다.

"선천성 갑상샘 기능 저하증." 그가 소리 내어 읽은 후 맞는지 확인하기 위해 그녀에게 시선을 돌렸다. 그녀가 고개를 끄덕였다.

"톰이 조의 그림을 보고 기억을 되짚어보더니 그 여자에 대한 세밀한 묘사를 해줬어요. 갑상샘종이 가장 확실한 단서긴 했지만요."

"그게 정확히 뭡니까?" 해리가 제목 밑의 내용을 훑다가 물었다. 의학 전문용어는 거의 이해할 수 없었다.

"기본적으로 신체의 티록신 호르몬이 부족한 거예요." 이비가 말했다. 그와 그녀는 단지 십 센티미터 정도 떨어져 있었다. 그는 그녀의 달콤하고 따스한 향기를 맡을 수 있었다. 향수라기엔 미묘한, 아마도 비누나 바디 로션일 것이다. 그는 집중해야 했다. 그녀가 계속말을 하고 있었다.

"티록신은 목에 위치한 갑상샘에서 분비되는데, 그 양이 충분하지 않으면 인간은 제대로 자라지 못하고 정상적으로 발육하지 못해요. 다행히 치료가 가능한 증상이기 때문에 이제는 희귀한 편이죠. 하지만 예전에는 상당히 흔했어요. 특히 세계의 특정 지역에서는요."

"들어본 적이 없는 것 같아요." 해리가 고개를 저으며 말했다.

"아, 그래도 들어봤을걸요? 백치라는, 시대에 뒤떨어진 명칭은 들어봤겠죠? 제 생각엔 톰의 친구, 에바라고 불러야 할까요? 그게 얘기하기 더 쉬울 것 같네요. 에바가 우리가 백치라 부르던 그런 존재인 것 같아요."

해리는 양 관자놀이를 문지르며 잠시 생각했다. "그래서 정체가 뭔가요? 어린아이인가요?"

이비의 얼굴에 고양이 같은 미소가 살짝 떠올랐다. "꼭 그런 건 아니에요. 이 증상을 겪는 사람들은 150센티미터가 넘게 자라는 일이 거의 없어요. 그래서 성인이라 해도 훨씬 어려 보이죠. 그리고 보통은 정신연령도 어린이와 같아서 행동도 어린아이처럼 해요. 파라세타몰 좀 드려요?"

"약까지 먹으면 난 덜덜 떨게 될 겁니다. 그 증상은 왜 나타나는 건가요? 유전입니까?"

"유전인 경우도 있지만 주로 환경 요인에서 비롯해요. 신체가 티록신을 분비하기 위해서는 요오드가 필요해요. 요오드는 주로 음식을 통해 섭취하는데 사람들이 자기 먹거리를 재배하고 마을에서 기르는 가축을 먹던 시절에는 이 증상에 훨씬 취약했지요. 요오드가 결핍된 토양이 있거든요. 알프스처럼 오지의 산악 지대 토양이 흔히 그래요. 요오드가 없는 토양의 지역에 사는 사람의 갑상샘은 요오드를 가능한 한 많이 흡수하기 위해 부풀어오르게 되고, 그렇게 해서 목덜미의 갑상샘종이 생기게 되죠."

"알프스는 여기서 멀리 떨어져 있는데요."

"더비셔의 일부가 매우 취약한 지역이었던 건 그리 오래전 일이 아니에요. '더비셔 목'은 상당히 널리 알려진 증상이에요. 보세요."

그녀가 화면을 바꾸자 해리의 눈앞에 19세기 말엽의 옷을 입은 여인의 사진이 나타났다. 목덜미 위가 거대하게 부어올라 머리가 제 위치에서 밀린 탓에 시선이 강제로 위를 향하고 있었다.

이비가 덩어리를 가리켰다. "이게 갑상샘종이에요. 그리고 더비

피의 수확

셔의 피크 국립공원은 여기서 그다지 멀지 않죠."

"그렇다면 톰에게 겁을 주던 그 여자는 이 증상을 겪고 있는 동네 사람이군요? 아무도 그 여자에 대해 언급하지 않다니 믿을 수가 없는데요."

"이상하긴 해요. 하지만 이곳에서 플레처 가족은 아직은 낯선 존재죠. 아마 주민 대부분이 신중한 것이라 생각해요."

해리가 잠시 생각에 잠겼다가 말했다. "커피가 필요합니다." 그가 일어서서 싱크대로 향하더니 전기 포트를 손에 들고 뒤를 돌아보았다. "이 증상이 치료가 가능하다는 건가요?"

이비가 고개를 끄덕였다. "맞아요. 그래서 아리송한 거예요. 지금은 정기적으로 신생아를 검사하거든요. 티록신이 부족하다고 판명되면 인공적으로 투여할 수 있어요. 살아 있는 동안 계속 투여를 받아야 하지만 발육은 정상적으로 이뤄져요."

해리가 전기 포트의 전원을 켜고 깨끗한 머그잔을 찾았다.

"제가 생각할 수 있는 이유는 하나뿐이에요. 상대적으로 교육을 받지 못한 부모에게 태어났기 때문에 치료를 받지 못한 거예요. 부모 또한 같은 증상을 겪고 있을 수 있고요. 오늘 아침에 러시턴 총경을 만나서 외진 곳에 위치한 농장과 농가를 훑는 게 어떻겠느냐고 제안했어요. 에바의 가족이 누군지는 모르겠지만 마을에 자주 오지는 않는 사람들일 거라고 짐작해요."

해리가 머그잔에 인스턴트커피를 떠 넣으며 물었다.

"중요한 질문을 하나 던져보죠. 그 여자애, 아니 그 여자, 아니 아무튼 누구건 간에, 그 사람이 루시와 메건, 헤일리의 사망에 책임이 있을 수 있습니까? 밀리를 위협한 사람일 수도 있나요?" 이비가 화면을 되돌렸다. "오늘 내내 이 증상에 대해 찾을 수 있는 건 다 찾아보았지만 이 증상을 가진 사람이 폭력적이거나 호전적인 태도를 보인다는 증거는 보지 못했어요. 심지어 톰마저도 지금은 밀리를 유괴하려고 한 게 그 사람이라고 생각하지 않아요. 그 여자보다 훨씬 큰 사람이었다고 주장하고 있어요."

"그때는 날이 어두웠고 톰은 겁을 먹고 있었어요. 혼동한 걸 수도 있죠."

"맞아요. 그럼에도 왠지는 모르겠지만 전 그 사람이 그런 것 같지가 않아요. 이 증상을 겪는 사람은 남에게 피해를 끼치지 않는, 부드러운 성격이 특징이거든요. 명칭조차도 그런 점을 암시하고 있어요. 백치를 뜻하는 영어 단어 '크레틴cretin'은 앵글로프렌치 단어인 '크레티앵Chrétien'에서 비롯됐다고 알려져 있어요."

"그건 뜻이 뭔가요?" 전기 포트의 물이 끓자 전원을 끄며 해리가 물었다.

"크리스천, 즉 기독인이라는 뜻이에요. 백치를 의미하는 영어 단어 '크레틴'은 기독인을 뜻하는 거예요. 이 증상에 시달리는 사람이 죄를 범할 능력이 부재한 사람임을 나타내려고 한 거죠. 그리스도처럼요."

오늘 아침 그는 집중하기가 정말 너무 어려웠다.

"어떻게 그렇게 됩니까?"

"그들에게는 선과 악을 구분할 수 있는 정신 능력이 없어요. 그래서 그들이 무슨 짓을 하더라도 진정한 의미의 '죄'로 간주될 수 없고 그들은 죄 없이 순수한 사람, 즉 무죄로 남게 돼요."

해리는 고개를 저으려다 참사가 발생하기 전에 가까스로 멈췄다.

피의 수확

다시는 술을 마시지 않을 것이다. "그렇다고 그 사람들이 나쁜 짓을 할 수 없다는 뜻은 아니지 않습니까? 그저 자기 행동이 잘못된 것임을 모르는 것뿐이죠. 만약 에바라는 사람이 금발머리의 어린 여자애 외양을 좋아해서 일종의 장난감처럼 생각한다면…… . 아, 잠깐만요. 지금 뭔가가 생각이 날락 말락 해요. 뭐가 지금 뇌리를 스쳐갔는데…… ."

"뭐가 뇌리를 스쳐갔다니, 지금 당신한테는 가장 필요 없는 거 아닌가요?" 그녀가 그를 놀렸다.

"지금 내게 필요한 건 하느님의 성전에서는 이야기할 수 없는 거네요." 하지만 이비가 옳았다. 오늘 그는 정말 끔찍한 숙취에 시달리고 있었다. "죄 없이 순수한 기독인." 마치 입속에서 울리는 느낌이 어떤지 알고 싶은 것처럼 그가 소리 내어 말했다. 그리고 기억이 났다. "순수한 기독교도 영혼. 매장 등록부를 봐야겠습니다."

"네?"

해리의 팔이 이미 등록부가 있는 벽장으로 향하고 있었다.

"여기 봐요. 소피 렌쇼. 18세, 1908년 사망, '순수한 기독교도 영혼'이라고 쓰여 있어요." 그는 찾던 부분이 나오자 그녀에게 말했다.

"여기도 있네요. 찰스 퍼킨스, 15세, 1932년에 사망. 이런 사람들이 몇 명이나 되죠?" 이비가 물었다.

그가 재빨리 수를 세어보았다. "여덟 명이군요. 여자가 여섯, 남자가 둘. 사망 시에 모두 스물다섯이 안 되었어요."

"이 증상은 여성에게 더 흔하게 나타나요. 이 사람들이 모두 에바 같은 경우라고 보세요?"

"그렇다 해도 조금도 놀라울 게 없습니다. 이젠 그 빌어먹을 노인네가 자랑하던 말까지 기억나거든요. '내가 이제까지 사는 동안 먹은 음식의 구십 퍼센트는 무어 황야에서 온 것이오'라고 그 노인네가 나한테 그랬죠. 장담하는데 이곳의 토양은, 아까 뭐라고 했죠?"

"요오드 결핍요. 해리, 우리는 정말 에바를 찾아야만 해요."

65

관광버스가 멈췄고 쉰 명의 흥분한 어린아이가 자리에서 벌떡 일어났다. 증기 서린 창문 너머로 톰은 킹조지 극장 외부에 걸린 거대한 배너와 포스터, 그리고 블랙번의 어마어마한 크리스마스 조명 장식을 볼 수 있었다. 〈눈의 여왕〉. 약간은 여자애 취향의 연극이지만 무슨 상관이겠는가? 덕분에 오늘 오후는 수업이 없었고 내일부터는 크리스마스 연휴다!

톰은 몸이 앞으로 밀리는 것을 느꼈다. 디컨 교장의 목소리가 들렸다. "조심해서 내리려무나. 선생님은 응급실에서 하루를 보내고 싶지는 않단다."

톰은 속으로 웃으며 버스에서 보도로 발을 디뎠다. 두 번째 버스가 블래키무어 스트리트에 차를 댔고 일이 학년 아이들이 내렸다. 그 학년 아이 대부분은 이번 학교 행사 나들이가 처음이라 주변을 연신 두리번거렸고 크리스마스 조명에 넋을 잃었다. 톰은 조가 자기 키의 반은 되는 높이의 계단에서 가볍게 펄쩍 뛰어내리는 모습을 보았다. 형과 눈이 마주치자 조가 손을 흔들었다.

톰은 신바람을 주체하지 못하고 폴짝폴짝 뛰면서 줄을 따라 킹조

피의 수확

지 극장으로 들어갔다.

66

"사건이 발생하는 장소가 중요하다고 생각해요?" 이비가 물었다. 해리는 그녀를 이끌고 교회 안을 걷고 있었다. "이 세상에는 어린애를 밀어 떨어뜨릴 만한 높은 곳이 너무 많은데도 꼭 이곳이어야 한다는?"

"확신합니다. 이곳은 살육의 장소예요."

이비의 시선이 두 사람의 거의 바로 위에 위치한 복층 신도석으로 향했다. "끔찍하군요."

해리도 올려다보았다. "이 교회에는 뭔가 문제가 있어요, 이비. 처음 발을 들인 순간부터 그렇게 느꼈던 것 같아요."

그의 손에 부드럽게 스치는 그녀의 손가락이 느껴졌다.

"건물은 내부에서 일어나는 일을 어느 정도 흡수합니다. 내 의견에 모두가 동의하리라고는 기대하지 않지만, 난 확신해요. 교회는 보통 평화롭고 안전한 기운이 도는 곳입니다. 수십 년, 때로는 수백 년 동안 희망과 기도, 호의를 흡수해왔기 때문이죠."

"이 교회는 아닌가요?" 그녀의 손가락이 그의 손을 감쌌다.

"네, 아닙니다. 이곳에서는 그저 고통만이 느껴져요."

잠시 두 사람은 움직이지 않았다. 그녀가 곧 움직이리라 해리가 깨달은 순간, 이비가 몸을 돌려 그에게 팔을 뻗었다. 그도 이것이 가벼운 포옹이며 잠시의 평온에 지나지 않는다는 것쯤 알고 있었다.

그렇지만 그는 저항할 수 없었다. 그녀에게 이토록 가까이 있으면서 고개를 숙이지 않기란, 그래서 그녀의 귀 밑에 있는 점을 찾아 그녀의 머리카락에 얼굴을 묻으며 깊게 숨을 들이마시지 않기란 불가능했다. 그녀가 움찔하며 품속에서 머리를 뒤로 뺐다. 그런 그녀에게 그가 입을 맞추는 것은 너무나도 당연한 일이었다.

시간이 흘렀지만 해리의 머릿속에는 이비가 있기에 세상은 그리 나쁜 곳일 수가 없다는 생각뿐이었다. 그는 자신이 그녀의 몸을 부여잡고 옆에 있는 장의자에 부드럽게 눕힌 후 오후 내내 사랑을 나눈다면 영원토록 지옥 불에 타게 될까 궁금했다.

이비의 몸이 갑자기 뻣뻣해졌고 그녀의 입에서 헉하는 소리가 새어 나왔다. 열정과는 거리가 먼 소리였다. 그녀가 그의 품에서 몸을 빼고 그의 왼쪽 어깨 너머를 쳐다보았다. 목덜미 뒤로 닿는 차가운 공기에 그는 교회 앞문이 열렸음을 깨달았다. 그는 한 발짝 물러서며 뒤로 돌아섰다.

열린 문가에 질리언이 서 있었다. 그녀는 당장이라도 의식을 잃을 것 같은 기색을 잠시 띄었다가 곧 분노에 휩싸여 그들에게 달려들 기세로 변했다. 하지만 결국엔 이도 저도 아니었다. 질리언은 그저 몸을 틀어 시야 밖으로 뛰쳐나갔다.

67

닭들이 구구거리며 길을 돌아다니는 모습을 밀리가 문간에서 바라보고 있었다. 진입로 건너편에서는 밀리의 어머니가 가게에서 사 온 물건을 차에서 내리고 있었다. 그녀가 몸을 쭉 펴고 문으로 향했다.

그녀가 어린 딸 쪽으로 몸을 구부리며 말했다. "안으로 들어갈까? 추워." 그녀가 아이 옆을 지나치며 시야에서 사라졌다. 잠시 후 그녀의 양손이 밀리의 허리를 붙잡았다. "엄마 말 들어야지." 그녀가 딸을 위로 훌쩍 들었고 아이가 시야에서 사라졌다. "너 혼자 가면 계단에서 넘어질 거야."

진입로는 잠시 동안 비어 있었다. 이윽고 아이 어머니가 다시 나타나 빠른 걸음으로 차로 향해 마지막 남은 봉투들을 집어 들었다. 그녀가 몸을 펴고 손에 쥔 물건의 버튼을 눌러 차문을 잠그려고 할 때 아이가 문가에 다시 나타났다. 아이는 개구진 시선으로 어머니를 흘깃 훔쳐보더니 집 뜰로 들어온 닭들에게 시선을 돌렸다. 그리고 계단을 기어 내려와 진입로로 들어왔다.

자동차가 잘 잠기지 않았다. 아이 어머니는 버튼을 몇 번 누르다가 포기하고 차 열쇠로 차를 잠갔다. 바로 그때 밀리가 풀밭으로 들어갔고 아이 어머니는 진입로를 가로질러 집안으로 들어갔다. 현관문이 닫혔다. 침묵이 깔렸다.

잠시 동안 아무것도 보이지 않았고 아무것도 들리지 않았다. 일분, 아니 이 분이나 흘렀을까? 현관문이 벌컥 안으로 당겨 열렸고 아이 어머니인 여자가 하얗게 질린 얼굴로 양팔을 부여잡고 문가에 나타났다. "밀리!" 소리가 너무 클까 봐 두려워하는 듯한 목소리로 그녀가 소리쳤다. "밀리!" 그녀는 조금 더 큰 목소리로 다시 불렀다. "밀리!"

68

"어디서 찾은 건가요?" 해리가 물었다.

"환경청 문헌실요. 감자칩 조심해요. 거기 기름이 묻으면 난 죽어요." 개릿이 대답했다.

해리는 감자칩 봉투를 내려놓고 지도로 몸을 구부렸다. "집수集水 구역 지도라. 처음 들어봅니다."

개릿이 맥주를 들이켰다. 크리스마스 일주일 전. 헵턴클로 중심부에 위치한 화이트라이언은 붐볐고 오후 5시가 채 되지 않은 시간임에도 가까스로 테이블을 잡을 수 있었다. 해리는 자리가 없기를 내심 바랐다. 그래서 그와 개릿 플레처가 며칠 동안 계획해온 오늘의 만남을 뒤로 미룰 수밖에 없게 되기를 바랐다. 그가 지금 하고픈 것은 이비와 함께 질리언을 찾아 이야기를 나누는 것이었다. 이비에게만 맡겨둘 수는 없는 일이었다.

"들어볼 이유가 없었겠죠. 수원을 관리하는 정부 부처에서 만드는 겁니다. 수자원 지역에 초점을 맞춰 각 지역을 표시하는 거죠."

"그게 정확히 무슨 뜻인가요?" 해리가 물었다. 실내 한쪽에서는 회사원 한 무리가 흥겹게 놀고 있었다. 그중엔 종이 모자를 쓴 사람도 있었다. 그들이 자리에서 일어섰을 때 대부분 휘청거리는 것 같았다.

그가 따라가려는 것을 이비는 거절했다. 질리언이 자신의 환자이며 자신의 책임이라고 했다.

"대체로 지도의 주인공은 도로와 작은 동네와 큰 도시죠. 그렇죠?" 개릿이 말했다.

"그렇죠."

"이 지도는 하천이 주인공입니다. 보세요. 이게 린들 강이에요. 언덕 한참 위쪽에서 샘으로 시작해 아래쪽으로 서서히 내려와 테인과 만나죠. 여기 보이는 여러 물줄기와 하천은 모두 린들 강의 지류입니다." 개릿이 지도로 몸을 굽혀 손가락으로 구불구불 그려진 희미한 선들을 가리켰다. "이들 지류는 모두 린들 강으로 합류하면서 서서히 점점 더 커져요. 이런 하천이 모두 모여 있는 지역을 집수 구역이라고 부르는 겁니다."

"그건 알겠어요." 해리가 말했다. 그는 종이 모자를 쓴 짙은 색 머리카락의 여성을 쳐다보고 있던 참이었다. 모자의 보랏빛에 떠오르는 사람이 있었다. 언제 그녀에게 전화를 할 수 있을까. 지금 질리언과 같이 있을까? "그런데 수자원 쪽 공무원에게 이 지도가 필요한 이유는…….' 그는 집중하기 위해 안간힘을 쓰며 먼저 말을 꺼냈다.

"하천이 마르거나 오염되거나 물고기가 죽어 있거나 홍수의 위험이 있거나 하면 정부가 알아야 하니까요. 그렇게 된 하천이 어디에 있는지, 어느 하천에 영향을 미칠 것인지 등등 말이죠."

"알겠어요." 이 일로 나는 면허 박탈이 될 수도 있어요. 얼마나 심각한 문제인지 당신은 전혀 모르고 있어요. 교회 철문에서 그와 옥신각신하던 중 그녀가 한 말이었다.

"현대의 지도는 읽기가 수월합니다. 각각의 집수 구역이 다르게 색칠되어 있거든요. 이 지도는 팔십 년은 된 오래된 지도가 분명하지만, 새 지도에는 없는 게 있습니다. 이 지도에는 지하수의 흐름이 표시되어 있어요. 심지어 땅속 깊숙이 위치한 대수층도 몇 군데 표시되어 있죠. 사람들이 집 마당에 우물을 파던 시절로 거슬러 올라가는 지도입니다. 물줄기를 찾을 법한 행운을 위해서는 어디를 파야 하는지 알아야 했던 때죠."

"계속하세요." 해리가 말했다. 질리언은 나를 신뢰했는데, 나는 질리언을 실망시키고 말았네요. 최악의 방법으로요.

"지도를 보시면 상당한 규모의 지하수 줄기가 여기, 모렐 토르 바로 밑에서 시작해서 구불구불 마을을 뚫고 내려가죠. 이 과정에서 상당수의 우물에 물이 공급됩니다. 아마 지금은 사용하지 않게 되어 막힌 우물이겠죠. 그리고 이 물줄기는 교회 지하까지 오고 있어요."

"교회 아래를 보러 갔다가 발견한 그거 말이죠? 옛날 수도승이 마시는 샘물용 분수로 만들어놓았던 거?"

"바로 그겁니다. 자, 이제 우리가 알고 있듯이 이 물줄기는 배수로 덮개 밑으로 빠지며 묘실 아래를 흐르고 있죠. 저기요, 지금 중요한 부분인데, 집중하고 있어요?"

"아, 정말 흥미진진하네요." 질리언에게 무슨 일이 생긴다면, 그건 다 나 때문이에요.

"지하수 줄기는 교회 기반을 빠져나가자마자 둘로 갈라져요. 큰 줄기는 계속 내려가서 묘지를 뚫고 렌쇼 저택 정원 아래를 지나 무어 황야로 흘러들죠. 다른 줄기는 서쪽으로 향해 교회 담을 따라 흐르고요."

"담을 심각하게 훼손시키면서요?"

"내 생각엔 그래요. 내가 보기에 담 쪽 지류를 다른 곳으로 빼기 전까지는 담을 새로 쌓는 게 그다지 의미가 없어요."

"그 지류를 막아버리면 지하수는 다른 지류와 함께 언덕 아래로 흐를까요?"

"아마도요. 하지만 수자원 쪽에 있는 친구한테 확인해봐야 합니다. 어떻게 할까요? 목사님이 자금을 풀어주십사 신께 이야기하기 전에 내가 확인해드려요?"

"네, 그렇게 해주십시오." 해리는 지도에 그려진 마을을 보며 그가 아는 장소들을 찾아보려고 했다. 질리언과 이비 사이에 벌어지고 있을지 모르는 일을 떠올리고 싶지 않았다. 와이트 레인이 눈에 들어왔고 그가 때때로 달리기를 하는 경사진 통행로도 보였다. 그가 직사각형 안에 들어 있는 두 겹의 동그라미 표시를 가리켰다.

"물을 긷기 위해 땅을 파고 박은 집수관인 것 같군요. 옛날 우물이죠. 이렇게 높은 곳에 왜 박은 건지는 모르겠지만." 개릿이 말했다.

"토르 바로 아래죠, 그렇죠? 거기 옛날 방앗간이 있지 않습니까?"

"맞아요. 이건 그곳 오두막집 안에 있는 게 틀림없어요. 아이들이 빨간 망토네라고 부르는 집요."

해리는 고개를 끄덕였다. 그도 그 집을 알고 있었다. "렌쇼 가문의 소유죠. 러시턴 총경에 의하면 메건 코너를 찾기 위해 수색했을 때 그 집도 뒤졌어요. 하지만 총경이 저 물구멍을 언급한 것 같지는 않은데요."

"집수관이 막혀서 사람들이 존재를 잊었다면 경찰은 그게 거기 있다는 걸 몰랐을 수도 있어요. 아무도 모르는 우물과 집수관이 도처에 깔려 있거든요. 한 잔 더 할래요?" 개릿이 자기 맥주를 비우며 말했다.

"난 아직도 어제 숙취에서 못 깬 것 같아요. 한 잔 더 마신다고 크게 달라질 건 없겠죠."

개릿이 빙긋 미소를 지었다. 그가 일어섰을 때 〈뚝딱뚝딱 밥 아저씨〉 주제가가 찌릉찌릉 울리는 소리가 들렸다. "내 전화예요." 개릿이 주머니에서 휴대전화를 꺼내며 말했다.

개릿은 테이블을 떠나 귀에 전화를 댄 채 걸었다. 바에 닿은 그가 돌아서서 해리를 힐끗 본 후 음주 연령에 갓 이르렀을 만한 소년 두 명을 제치며 선술집 밖으로 나갔다.

해리는 잠시 가만히 있다가 자리에서 일어섰다. 개릿의 직장 문제겠지, 중요한 건 아닐 거야. 그는 뇌까렸다. 선술집 안 소음이 더 커진 듯했다. 회사 직원 파티에 온 여자들이 째지는 듯한 목소리를 내지르며 장난감 폭죽에서 나온 종이 나팔을 불고 있었다.

그는 문 쪽으로 한 발짝 내디뎠다.

밀리는 괜찮을 것이다. 밀리는 오늘 아침 어머니와 함께 마지막 크리스마스 쇼핑을 갔다. 슈퍼마켓에서는 아무 일도 일어나지 않을 것이다. 웨이트리스가 손님 사이를 걸어 다니고 있었다. "셰리 트라이플! 셰리 트라이플 주문하신 분!" 심지어 바의 현금 계산기 벨마저도 부자연스러울 정도로 날카롭게 울리는 것 같았다.

"메리 크리스마스, 목사님!" 취객을 헤치고 나가는 그의 뒤통수에 대고 사람들이 소리쳤다. 그는 무시했다. 밀리는 괜찮을 것이다. 요즘 들어서는 밀리를 앨리스의 시야에서 벗어나도록 내버려두지 않았다. 그의 바로 뒤에서 누군가가 유리잔을 떨어뜨렸다. 아니 그가 건드려서 떨어진 건지도 몰랐다. 유리잔이 타일 바닥에서 산산이 부서졌다.

해리는 문을 밀었다. 차가운 저녁 공기가 그를 후려쳤고 갑작스러운 침묵이 그를 감쌌다. 그는 숨을 깊이 들이쉬고 주위를 둘러보

피의 수확

았다. 밖은 어두웠다. 언덕으로 약 십오 미터 정도 떨어져 있는 트럭에 개릿이 올라타려는 모습이 보였다. 잠시 해리는 그냥 그를 보내고 싶었다. 그가 뒤로 돌아서지 않았으면 했다. 그때 보았던 그 표정. 해리는 죽을 때까지 누구의 얼굴에서도 그 표정을 다시는 보고 싶지 않았다.

"저기요!" 해리가 외쳤다. 차를 타려는 저 사람 이름이 뭐더라. 아무리 머리를 굴려도 떠오르지 않았다.

개릿이 뒤로 돌아섰다. 그 표정이 또 떠올라 있었다. 얼굴 전체가 공포에 휩싸인 그 표정. 그가 입을 벌려 꺽꺽거리는 내용을 해리는 간신히 알아들을 수 있었다. 밀리가 아니었다. 이제까지의 걱정이 무색하게, 밀리는 괜찮았다.

실종된 아이는 조였다.

69

"자, 지금까지 우리가 알고 있는 것은 이렇습니다." 러시턴 총경이 말을 멈추고 헛기침을 했다. 그는 앨리스의 눈 대신 정수리를 바라보아야 했다. 그녀의 두 눈은 주방 테이블에 떨어져 있는 콘플레이크 알갱이를 빤히 쳐다보고 있었다.

"조는 3시 15분에서 3시 45분까지였던 중간 휴식 시간 동안 확실히 킹조지 극장에 있었습니다. 극장 앞쪽을 담당하는 하우스 매니저가 시간에 대해서는 상당히 확신하고 있어요. 조는 학교 측에서 사준 아이스크림을 받았고 두 명 이상의 아이가 조가 화장실 줄에서 있던 것을 기억하고 있습니다. 우리가 확신할 수 없는 것은 2막에도 아이가 극장 내에 있었는지의 여부입니다."

"조 옆에는 대체 누가 앉아 있던 겁니까?" 해리와 함께 집안으로 들어온 후 개릿은 한시도 몸을 가만두지 못했다. 주방을 우왕좌왕하기도 했고 발꿈치를 축으로 몸을 앞뒤로 흔들거나 이 방 저 방 돌아다니기도 했으며 귀를 기울여줄 법한 사람에게 자기 의견을 외치기도 했다. 남편과 달리 앨리스는 세 시간 동안 거의 움직이지 않았다. 일 분 일 분이 흐를수록 그녀의 얼굴은 점점 창백해지며 쪼그라드는 것 같았다.

해리는 손목시계를 보았다. 8시가 다 되었다. 주머니에서 휴대전화를 꺼내 화면을 확인했다. 메시지는 없었다.

"그게 문제입니다." 니스든 경위가 말했다. "아이들에게는 좌석이 배정되지 않았어요. 그래서 중간 휴식 때 다들 자리를 바꾸었죠. 무대 위 악역 배우에게 겁을 먹어 교사들 옆으로 간 저학년생도 한둘 있습니다. 극장은 만원이 아니어서 빈자리가 있었습니다. 우리가 이야기를 한 사람 가운데 2막 도중 조를 확실히 보았다는 사람은 아무도 없었습니다. 행사 경비원하고도 이야기를 했습니다. 세 명이 근무중이었다는데 혼자 걷고 있던 어린 남자아이를 본 경비원은 아무도 없었습니다."

"학교 측에서는 아이들이 모두 버스에 탄 후 머릿수를 셀 때까지는 조가 사라진 것을 전혀 몰랐다고 하더군요. 머릿수를 센 시간이 4시 50분이었고 학교 직원이 극장으로 돌아가서 찾아보았지만 삼십 분이 지난 후에는 포기했다고 합니다. 경찰에 신고가 들어온 것은 5시 25분경이었고요." 러시턴이 말했다.

피의 수확

"그때라면 실종된 지 이미 두 시간은 지났을 수도 있는 거군요."

개릿이 니스든 경위 옆을 지나 싱크대로 향하며 말했다. 그는 유리잔에 수돗물을 채워 입술로 올렸다가 내려놓았다. 그가 몸을 돌릴 때 주방문이 열렸고 톰이 들어왔다. 소년은 문가에 서서 어른들을 한 명 한 명 바라보았다. 어른들은 모두 아이에게 무슨 말을 해야 할지 모르는 표정을 하고 있었다. 제니 픽업이 톰의 뒤에서 나타났다. 평소보다 창백한 낯에 흐트러진 매무새로 밀리를 품에 안고 있었다.

"착하지, 톰. 이리 오렴. 어른들끼리 이야기하게 두고 우리는 컴퓨터 하면서 놀자. 응?" 그녀가 말했다.

톰이 뭔가를 말하려는 듯 입을 열었으나 아랫입술이 떨렸다. 아이는 몸을 돌려 주방에서 뛰쳐나갔고 대신 밀리가 어머니에게 가고 싶다며 찡찡거렸다. 앨리스가 일어나 양팔을 내밀었다. 그녀는 딸을 안아 들고 자리에 털썩 앉았다. 일어서 있는 것 자체가 너무나 힘겨운 것처럼.

"제가 톰하고 같이 있을게요." 제니가 작게 말했다.

"고맙습니다. 제가 잠깐 후에 가겠습니다. 사실 애들은 이젠 자야 해요." 개릿이 말했다.

그 말에 해리는 다시 휴대전화 화면을 확인했고 제니는 조용히 주방 밖으로 나갔다.

"자, 이야기를 계속합시다. 그다음에 경찰은 CCTV를 확인했어요. 쉬운 일은 아니었지. 건물이 꽤 크거든요. 연극 외에도 노스게이트 스위트룸에서는 세미나를 열고 있었고 카페 바도 크리스마스 며칠 전이라 꽤 붐볐어요." 러시턴이 말했다.

"그리고요?" 개릿이 개수대에 물을 따라 버리며 물었다.

러시턴이 고개를 내저었다. "로비 카메라는 아무것도 잡지 못했어요. 중간 휴식 때는 많은 사람이 이리 밀리고 저리 밀리면서 다니기 때문에 아이가 누군가의 뒤에 딱 붙어서 빠져나갔을 가능성이 없지는 않지만, 학교 측에서는 그런 일을 방지하기 위에 문 옆에 직원을 한 명 세워뒀다고 하더군요. 그 직원은 자기 옆을 지나간 어린이는 한 명도 없다고 아주 강력하게 주장했어요. 상당히 믿음직해 보이기도 했고."

"다른 문은 어땠습니까?" 해리가 물었다.

"직원용 출입구와 방화문을 포함해서, 건물에는 출입구가 아홉 군데 있는데, 카메라 촬영 범위에 든 문도 있고 아닌 문도 있었습니다. 여러분이 보아주셨으면 하는 장면을 하나 잡긴 했어요. 갖고 있나, 앤디?"

랭커서 경찰서의 일원이라기보다는 십 대 불량 청소년에 더 가까워 보이는 모습의 앤디 제프리스 순경이 주방 테이블에 노트북컴퓨터를 준비해놓고 있었다. 그가 컴퓨터 자판을 두 번 누른 후 앨리스와 마주하도록 화면을 돌렸다. 개릿이 테이블로 다가와 아내가 앉은 의자 등 너머로 몸을 구부렸다. 해리도 가까이 다가갔다. 그들은 재생되기 시작한 CCTV 영상으로 시선을 향했다. 킹조지 극장의 중앙 통로 중 하나가 그들 눈앞에 나타났다. 직원 두 명이 카메라를 향해 걸어오다가 화면에서 사라졌고 성인 한 명과 아이 한 명이 화면에 나타났다가 사라졌다. 성인은 야구 모자에 두꺼운 누빔 재킷과 바지 차림이었다. 아이도 같이 있던 어른처럼 커다란 야구 모자를 쓰고 있었고 큰 파란색 비닐 비옷을 입었다. 어른은 아이의 몸에

피의 수확

한 팔을 둘렀고 두 사람은 함께 문으로 향해 바깥으로 나갔다.

"어떻습니까?" 러시턴이 물었다.

"한 번 더 보죠." 개릿이 말했다.

동영상이 다시 돌아갔다. 세 번의 재생 후 개릿이 입을 열었다.

"확실히 말하기는 불가능합니다만, 아이는 조 정도의 키에 체구도 비슷해요. 하지만 얼굴이 전혀 보이지 않는군요. 여보, 당신은 어떻게 생각해요?"

앨리스는 잠시 아무 반응을 보이지 않다가 이윽고 고개를 흔들었다.

"오늘밤 뉴스에 동영상을 내보낼 겁니다." 러시턴이 말한 후 손목시계를 보았다. "한 시간 정도 후가 되겠군. 자기가 동영상에 나온 사람이라면 경찰에게 연락을 취하라고 청하는 겁니다. 조와 아무 상관이 없는 사람이라면 수사 대상에서 제외되겠죠."

"아이와 있는 어른은 남잡니까, 여잡니까? 십 대 청소년일 수 있습니까?" 해리가 물었다.

"다 가능해요. 화질을 좀 높여보려고 애는 쓰고 있지만 손에 있는 것이 사람 뒤통수뿐일 때는 일이 까다롭죠. 이 두 사람은 조와 아무 관련이 없을 수도 있어요. 오늘 오후 그 시간대에 일하던 버스 운전사는 모두 경찰이 만나고 있어요. 아이가 돈을 조금 가지고 있었을 가능성에 대비해 택시 운전사도 만나고 있고. 물론 그 지역의 모든 정거장과 역에는 아이의 사진과 설명이 배포된 상태입니다." 러시턴이 말했다.

해리는 휴대전화를 앞에 꺼내놓았다. "그 동네 거리에 있는 카메라는 어떻습니까? 우린 다 하루에 백 번씩은 거리 카메라에 찍힌다고 들었어요. 그 말이 옳다면 조의 모습이 잡힌 블랙번 주변 카메라가 몇 대는 있을 텐데요."

"카메라만 훑는 팀을 구성해놓았지만 여러분도 예상할 수 있다시피 시간은 좀 걸릴 겁니다. 하지만 목사님 말이 맞아요. 아이 모습이 잡힌 카메라가 몇 대는 있을 겁니다." 러시턴이 말했다.

"우리가 도울 만한 일은 없습니까? 인력이 문제라면, 앉아서 텔레비전 화면을 보는 건 우리도 할 수 있는데요." 해리가 말했다.

"고마운 말씀입니다만, 이런 일은 감정적으로 연루되지 않은 사람이 필요해요. 목사님의 자리는 여기, 플레처 가족분들 옆입니다. 자, 어디까지 얘기했죠?" 러시턴이 메모를 내려다보았다. "경찰관은 블랙번 타운 센터의 열려 있는 점포에 다 들어가 조사중입니다. 모두 아이의 사진을 갖고 있어요."

"조는 낯선 사람과 어딜 갈 아이가 아닙니다. 그 아이가 누군가와 킹조지 극장을 나섰다면, 그건 그 아이가 아는 사람일 겁니다."

개릿이 말했다.

"그럴 가능성이 높긴 합니다만 조가 어린애라는 걸 잊으면 안 돼요. 게다가 설득력이 강한 사람을 만났을 수도 있죠. 경찰은 조의 학교 친구도 모두 만나고 있어요. 조에게 다른 계획이 있었다면 친구에게 언급했을 수 있으니까. 자, 할 수 있는 이야기는 다 했으니 저는 서로 돌아가야겠습니다. 뉴스 속보가 나오면 전화통에 불이 날 테니까요." 그가 손을 뻗어 앨리스의 어깨를 토닥이고 자리에서 일어서며 말했다. "기운 내십시오. 아이를 본 사람이 있을 겁니다."

"잠깐만요." 해리가 의자를 뒤로 밀며 말했다. "경찰이 블랙번은 샅샅이 조사하시는 것 같은데, 이곳은 어떻게 되고 있습니까?"

러시턴이 미간을 찌푸리며 그를 보았다. "이곳?"

"이곳은 누가 살피고 있습니까? 밖에서 경찰 수색팀을 보지 못했는데요. 게다가 우리는 톰이 언급해온 그 여자애도 아직 찾지 못한 상태입니다."

"해리, 블랙번은 여기서 이십 킬로미터가 넘게 떨어진 곳입니다. 아이가 자기 집으로 돌아오기 위해 극장에서 달아났다는 생각은 들지 않는데요?" 러시턴이 말했다.

"총경님은 조의 실종이 그저 우연이라고 보십니까? 여기서 일어난 일과 연관이 없다고 생각하세요?" 해리가 물었다.

러시턴이 대답을 하려다 마음을 바꾼 듯 보였다. "밖에서 잠깐 봅시다, 목사님." 그가 복도로 난 문을 가리키며 낮은 목소리로 말했다. 해리는 러시턴을 따라 주방 밖으로 나왔다. 현관을 향해 복도를 걷는 두 사람 뒤로 개릿이 따라붙었다. 러시턴이 저지하려는 듯 입을 벌렸다.

"혹시 아시는지 모르겠지만, 조는 제 아들입니다." 개릿이 팔짱을 끼며 말했다.

해리가 입을 열었다. "죽은 아이 세 명이 이 집 정원에서 발견됐고 오늘 아이 한 명이 더 실종됐어요. 이게 보통의 유괴일 리가 없……."

"그 아이들은 여자애였고 조보다 나이도 어렸죠." 러시턴이 쏘아붙였다. 잠시 해리를 노려보던 그가 곧 긴장을 풀고 말을 이었다. "내일 아침 팀을 짜서 데리고 오죠. 경찰견도 출동시키고, 헬리콥터를 띄울 수 있는지도 알아보겠습니다. 그럼 톰이 말하는 어린 아가씨도 찾아볼 수 있을 겁니다. 하지만 오늘밤 나는 아이를 찾을 가능성이 가장 큰 곳에 자원을 집중해야만 해요. 아이는 블랙번에 있습니다. 장담합니다."

70

"기분이 좀 나아졌어요?"

이비는 코를 닦고 화장이 지나치게 번지지 않도록 눈 밑에 손수건을 갖다 댔다. "네. 죄송해요." 기분이 나아지지는 않았지만 그녀는 그냥 그렇게 대답했다.

교회에서 뜻밖에 질리언과 만난 이비는 바로 질리언의 아파트로 차를 몰고 갔다. 아파트 문을 계속 두드렸지만 응답이 없었다. 마침내 아파트 밑 점포에서 여자가 한 명 나와 질리언이 버스를 탄 지 십 분이 채 지나지 않았다고 알려주었다. 이비는 상담실로 돌아올 수밖에 없었다. 상담실에 도착한 지 얼마 지나지 않아 조의 실종을 알리는 경찰의 전화가 왔다. 그녀는 그날 잡힌 진료 예약을 모두 취소하고 거의 한 시간여 차를 몰아 멘토 스티브 채닝의 집으로 향했다. 대형 회계 법인의 파트너인 아내와 함께 스티브는 아름다운 경관으로 유명한 볼랜드 숲 중심부의 오랜 장원 저택에 살고 있었다.

"별말을 다 하는군. 이제 이야기할 마음이 들어요?"

이비가 고개를 끄덕였다.

"경찰은 마을에서 발생하고 있는 일과 조의 실종을 연관 짓지 않나요? 조의 여동생이 두 번이나 사고를 당할 뻔했는데도?"

이비는 고개를 저었다. "연관 짓고 있지 않아요. 아이가 블랙번에서 실종됐고 마을 사건의 피해자와 특징이 맞지 않기 때문에 두 사

피의 수확

건 간에 직접적 연관성이 있을 가능성은 적다고 본대요. 수사 책임자는 동네가 최근 언론에 노출된 것이 조의 유괴를 촉발했다고 보고 있어요. 누군가가 텔레비전에서 아이의 모습을 보고 마음이 동했을 거라는 거죠. 말이 되기는 하는 것 같아요."

스티브가 일어서서 창문으로 다가갔다. 길 건너편 돌집들의 현관 포치에 불이 켜져 있었다. 창문으로 크리스마스트리가 보이는 집도 몇 집 있었다. 길 끝에는 돌로 된 다리가 좁은 하천 위를 가로질러 놓여 있었다. 이비와 함께 이곳에 도착해 부산스럽게 강둑에 내려 앉았던 한 떼의 거위도 밤을 준비하며 다소 잠잠해졌지만 이비에게는 여전히 새소리가 들리는 것 같았다. 그때 새소리와 다른 소리가 들려왔다. 핸드백 속에서 삑삑거리는 소리가 희미하게 났다. 누군가가 그녀에게 또 전화를 걸고 있었다.

"이비 생각은 어때요?"

그녀는 전화를 받을 수 없었다. 지금은 해리와 이야기할 수 없었다. 그녀는 집중하기 위해 안간힘을 쓰며 입을 열었다. "우연의 일치치곤 너무 공교롭다는 느낌이 들어요. 그리고 여자애들을 죽인 범인이 조를 데리고 갔을 가능성을 무시하는 건 멍청하다고 할 수밖에요. 두 사건 간에 연관성이 존재한다는 사실을 러시턴 총경이 인정하기 두려운 게 아닌가 하는 생각까지 들어요. 연관성이 있다면 그 또한 조의 실종에 책임이 있게 되니까요. 적어도 일부는요. 그가 이전 사건을 망치지 않았다면 범인이 아직도 밖을 활보하고 있지는 않겠지요."

스티브가 창에서 돌아와 다시 앉았다. "이비 말이 좀 가혹하긴 하지만 맞는 말일 수 있어요. 이비가 보기에는 무슨 일이 일어나는 것 같아요?"

"손톱만큼도 모르겠어요, 스티브. 세 건의 살인과 한 건의 유괴뿐이 아니거든요. 성작에 피를 담아놓기도 했고 교회 복층 신도석에서 인형을 내던지기도 했어요. 저택에 무단 침입이 발생하기도 했고 실체는 없이 목소리만 들려올 뿐 아니라 심각한 장애가 있는 여성이 몰래 돌아다니며 사람을 접주고 있어요. 모두 다 전혀 이해가 안돼요."

스티브는 그녀를 그저 바라보기만 했다.

"밀리 플레처는 피해자의 특징을 갖추고 있어요. 제 생각엔 처음부터, 그러니까 플레처 가족이 마을로 이사를 온 때부터 범죄 대상으로 겨냥된 것 같아요. 하지만 살인을 이미 두 번이나 저지른 사람이 다시 살인할 계획을 세웠다면 대체 어째서 쓸데없는 장난질을 그렇게 많이 치는 건지 모르겠어요. 그건, 마치, 범인이 사람들에게……." 그녀가 우뚝 말을 멈췄다.

"계속해요."

"경고를 하려는 것 같아요." 그녀가 끊었던 말을 마쳤다. 스티브가 예의 특유의 표정으로 그녀를 바라보고 있었고 그럴 때의 스티브는 그녀가 어물쩍 넘어가도록 내버려두지 않았다. "그렇지만 그건 말이 안돼요. 어째서 범인이 사람들에게 경고를 하겠어요? 경고를 받은 사람들이 바로……."

"계속해요."

아, 어째서 뚜렷하게 생각할 수 없는 것일까. 조의 실종 탓에 그녀는 공황 상태에 빠져버렸다. 이비가 마침내 다시 입을 열었다. "범인이라면 경고하지 않겠죠. 쓸데없는 장난을 치고 있는 사람은 살

해범이 아니에요." 그녀는 손으로 머리카락을 훑었다. "제길! 이렇게 분명한 걸 가지고 질질 끌고 있었어요. 지금까지 우린 계속 한 사람만 생각하고 그 사람만 찾고 있었어요. 그런데 우리가 찾아야 하는 사람은 두 명이었던 거예요."

스티브의 얼굴에 아이를 놀리는 듯한 미소가 떠올랐다. "이제야 진척이 좀 되는 것 같군. 첫 번째 사람은 어린 여자애들을 죽인 범인. 또한 조를 데리고 있을 수도 있어요. 그리고 아이들을 보호하는 사람들에게 경고를 보내려는 사람이 두 번째 사람이지. 다만 질리언의 경우에는 경고가 아니겠죠. 경고를 하기엔 이미 늦었으니까. 대신 진짜 사정을 말해주고 싶은 거예요. 목소리가 질리언에게 계속 말하던 게 뭐였죠? '엄마, 엄마, 날 찾아줘요'였지? 질리언은 그 말을 표현 그대로 받아들였어야 했던 거였어요. 무덤을 찾아보라는 뜻이었던 거야."

"해리의 경우는 어떻게 봐야 할까요? 그 사람은 부모가 아닌데요."

"해리는 교회의 책임자죠."

"살육의 장소로군요." 이비가 속삭이듯 말했다. 조의 하얗고 어여쁜 얼굴과 길고 가는 사지가 눈앞에서 갑자기 둥실둥실 떠돌았다. 그녀는 눈을 세게 깜박이며 그 모습을 지워버리려고 했다.

"바로 그거예요. 여러분이 에바라고 부르는 그 여자는 범인일 수 없는 것처럼 보입니다. 중증의 선천성 갑상샘 기능 저하증을 겪는 사람에게 세 건의 유괴와 살인을 계획하고 실행할 정신적, 육체적 능력이 있을 수 없어요. 블랙번으로 버스를 타고 가 킹조지 극장에서 남자애를 데리고 가는 것은 말할 것도 없죠. 동의해요?"

"네. 네, 물론이요. 스티브 말이 맞아요. 하지만 그 여자가 사람들에게 경고를 하려고 하는 사람일 수는 있어요."

스티브는 그녀 쪽으로 몸을 숙이고 있었다. "그 목소리들이 하던 말이 무엇인지 떠올려봐요. 톰에게는 뭐라고 했죠? '밀리 떨어져'였던가요? 톰은 그걸 위협이라고 느꼈지만 뒤집어 생각해보면 그건 힌트일 수도 있는 거죠. 그건 그렇고 이비, 약 먹은 지 얼마나 됐어요?"

"6시에 먹어야 하는데 놓쳤어요. 여기 오느라 서두르다가요." 이비는 가까스로 미소를 지으며 고백했다.

"내가 뭣 좀 줄까요?"

"아니요. 그러실 필요 없어요. 정말요. 그렇게 나쁘지 않아요. 어차피 복용량을 줄이려고 하던 참이었어요. 스티브, 에바가 유괴와 전혀 상관이 없다면, 그저 사람들에게 경고를 하려는 거라면, 에바는 범인이 누군지 알고 있을 거예요."

스티브가 고개를 끄덕였다. "이 에바라는 사람을 찾아낸다면, 유괴범도 함께 찾게 된다는 게 내 판단입니다. 살인범이 조를 교회로 데리고 가기 전에 에바를 찾아내야 해요. 그렇다면 제때 아이를 구해낼 수 있을지 모릅니다."

71

해리는 교회 묘실로 난 문을 열었다. 오랫동안 잊힌 것이 풍기는 케케묵은 냄새가 슬그머니 밀려왔다. 그는 차에서 가지고 온 손전

피의 수확

등과 공구 상자를 집어 들었다.

문 아래쪽에 도사린 어둠은 더 농밀해진 것처럼 보였다. 날이 밝으면 러시턴과 그의 수사팀이 올 것이다. 그들은 교회와 묘실을 샅샅이 뒤질 것이다. 그가 지금 하려는 행동은 경찰 수색을 망치는 멍청한 짓일 수 있었다. 하지만 동이 틀 때까지는 열한 시간이나 남았다. 지금 이 순간에도 조가 저 아래 있을 수 있었다.

밖에 해가 떠 있다면, 그가 혼자가 아니고 살해된 아이들의 시신이 발견되기 전이었다면 저 계단들을 밟고 내려가는 것이 훨씬 더 쉬웠으리라. 지난번 그가 여기 서 있었을 때는 악한 기운이 그의 목덜미를 쓰다듬을 정도로 가까이 있지 않았다. 그는 전등으로 아래쪽을 비췄다. 전등 빛은 강력했지만 계단 열 몇 단 정도를 보여주는 것이 고작이었다. 그리고 그는 여전히 계단 첫 단에 머물러 있었다.

열쇠 구멍에는 아직 열쇠가 꽂혀 있었다. 그가 열쇠를 남겨두고 아래로 내려갔다가 누군가 와서 문을 닫고 열쇠를 돌려 잠근다면……. 그는 후다닥 열쇠를 주머니에 넣었다. 그리고 숨을 깊게 들이쉬고 어깨를 폈다. 왜 이렇게 바보처럼 구는 걸까. 그는 다 자란 성인 남자였다. 이곳은 그저 지하실에 불과했다. 오늘밤을 그 자신이 겁쟁이임을 깨닫게 되는 밤이 되게 하지는 않을 것이다.

손전등 불빛 속에서 어둠은 마치 움직이는 것처럼 보였다. 힘을 모으고 그의 도전을 기다리고 있는 것처럼, 그러나 그가 그런 도전을 하지 못할 줄 알고 있는 것처럼 보였다. 그는 신의 사람이었다. 이곳은 교회였다. 오늘밤이 자신의 신앙이 가짜였음을 깨닫는 밤이 될 것인가.

"나 비록 음산한 죽음의 골짜기를 지날지라도 무서울 것 없어라."

해리가 속삭였지만 즉시 기분이 더 나빠졌다. 누가 귀를 기울이고 있다면 그 말이 거짓임을 알 것이다. 그는 무서웠다. "내 곁에 주님 계시오니 무서울 것 없어라." 그가 다시 읊었다.

그가 계단 첫 단에 머무르고 있는 이 순간에도 여섯 살배기 작디작은 아이 조는 저 아래에 있을지 모른다. 그곳에 널린 석관 중 하나에 갇혀 추위와 공포에 떨고 있을지 모른다.

"내 곁에 주님 계시오니." 해리는 되풀이했다. 발은 여전히 움직이지 않았다. "빌어먹을!" 그가 외치고 아래로 발을 내디뎠다.

72

"갈 길이 먼데 서두르지 말아요. 결빙이 될 거라는 일기예보도 있었고." 스티브가 몸을 굽히고 자동차 창문을 통해 이비에게 말했다.

그가 굳이 말을 해줄 필요도 없었다. 스티브의 입김이 피어오르다 어둠으로 사라졌고 좁은 도로의 양쪽에 선 돌담은 얼기 시작한 습기로 번들거리고 있었다. "조심할게요. 그리고 고맙습니다."

그녀를 이대로 보내기 망설여지는 듯 스티브가 창틀에 양팔을 기대며 몸을 더 낮췄다. "몇 가지 생각이 더 떠올랐는데. 그 여자애들이 선택된 이유가 있는 것 같아요. 보통, 유괴의 가장 명백한 동기는 성적 욕구의 충족인데."

이비는 입술을 깨물어야 했다. 조가 다시 모습을 나타냈다. 작은 유령처럼 진입로 위에서 떠돌고 있었다. "스티브, 그 아이는 제가 아는 아이예요. 짙은 빨간색 머리카락에 주근깨가 있고요……."

피의 수확

"그만."

이비의 눈이 세차게 깜박거렸다.

"빨간 머리카락과 주근깨를 생각하면서 눈물짓는 건 아이 엄마 몫입니다. 아이에게 조금이라도 도움이 되고 싶다면 이비는 사실에만 집중해요. 자, 메건과 헤일리는 둘 다 마지막으로 목격되었을 때 입고 있던 옷을 그대로 입은 채 발견됐죠. 어때요, 그 사실이 이비에게는 성적 학대를 의미하나요?"

"그 반대인 것 같아요. 범인의 동기가 성적인 게 아니라면 뭔가 다른 걸 찾아야 하는 걸까요?"

"둘째, 아이들이 죽은 장소가 중요합니다. 교회 복층 신도석에서 떨어뜨린 이유가 있어요."

"스티브 말이 맞아요. 해리도 그러더군요. 교회가 중요하다고 생각하고 있어요."

"셋째, 피해자 사이에는 연관성이 있어요. 조를 포함해서 말이지. 누가 아이들을 데려갔든지 그 사람은 그 아이들 모두와 연관이 있어요. 연관이 없다면 그 남자 또는 여자는 희생양을 찾기 위해 멀리로 나갔을 겁니다. 그러면 잡힐 가능성이 줄어들죠. 그런데 그 남자 또는 여자는 대신 자기 동네에 집중했어요. 내가 볼 때 이 사실은 여자 아이면 아무라도 괜찮은 것이 아니었음을 의미합니다. 바로 그 아이들이 희생양이 되어야 했던 거죠. 연관성을 찾아내면 범인도 찾게 될 겁니다."

"또는 에바를요."

"바로 그거예요. 가정의가 이비에게 말을 해줄 것 같아요?"

이비가 어깨를 으쓱했다. "전혀 감이 안와요. 제가 토요일 아침 진료 시간에 불쑥 나타난다면 습격을 당한다고 생각할지도 몰라요."

"흠. 그래도 시도는 해봐야죠."

"그렇죠. 그런데 그렇게 계속 쭈그리고 계셔도 무릎이 성해요?"

"요즘 들어선 내 몸의 어느 부분도 성하지 않아요. 의사와 이야기한 후 나한테 전화 줘요."

"그럴게요."

"그리고 해리 일로 자책하는 건 그만둬요. 오늘 아침까지 이비는 철저하게 규칙에 따라 행동해왔잖아요. 사람은 잠시의 잘못된 판단 때문에 내쳐지지 않아요."

"정말 고마워요, 스티브."

"자, 내가 통증을 줄이기 위해 줄 만한 게 정말 없어요?"

이비는 고개를 저었다. "그렇게 나쁘지 않아요. 정말요. 집에 가면 바로 약을 먹을게요."

"그래요." 스티브가 몸을 일으켰다가 뭔가 떠오른 듯 다시 창으로 몸을 굽혔다. "아무래도 기분이 개운하지가 않아요, 이비. 조 말인데, 그 아이의 실종은 어딘지 아귀가 맞지 않아요. 적어도 형사가 그 점에 대해서는 옳은 것 같아요. 조는 뭔가 다른 이유로 납치된 겁니다."

73

톰은 덜덜 떨고 있었다. 유리창이 차가웠고 담이 차가웠고 모든 것이 차가웠지만 움직일 수가 없었다. 그때 가느다란 빛줄기가 교

피의 수확

회 보도 위에서 움직이는 모습이 보였다. 톰은 숫자를 세기 시작했다. 열, 열하나, 열둘. 서른까지 세면 아빠가 집에 올 것이다.

아래층에서 열쇠가 돌아가고 현관문이 열리는 소리가 들렸다. 묘지를 둘러본 아빠가 집에 도착한 것이다. 품에는 추위에 떨며 피곤에 절어 있는 조를 안고 있을 것이다. 사람을 진짜 짜증나게 하는 녀석이지만 조는 그의 동생이고 그 녀석을 아빠가 찾은 것이다. 그래야만 했다. 톰은 카펫을 내달려 방문을 열고 계단참으로 뛰어나갔다. 아래층 현관에 아빠가 서 있었다. 두터운 아웃도어용 코트를 입은 채였다. 아빠가 고개를 들어 위를 보았다. 혼자였다.

톰은 아빠가 코트를 벗어 복도에 있는 의자에 걸치고 계단을 오르는 모습을 지켜보았다. 계단참에 이르자 아빠는 장남의 양어깨를 두 손으로 잡고 뒤로 돌려세웠다. 두 부자는 함께 톰의 방으로 들어갔다. 톰은 조의 침대로 기어들어갔다. 아빠는 아무 말도 하지 않았다. 그저 카펫에 무릎을 꿇고 아들의 이마를 쓰다듬었다.

"죄송해요, 아빠." 톰은 저녁 내내 그 말이 하고 싶었지만 지금까지는 아빠와 단둘이 있을 기회가 없었다.

아빠가 어리둥절한 표정을 지었다. "뭐가, 친구?"

"조를 보고 있지 않았잖아요. 내가 조를 보살펴야 했던 건데."

아버지가 숨을 깊이 들이쉬더니 순간 부르르 떠는 것처럼 보였다. 홀연 그의 두 눈이 젖었다. 아버지가 우는 것을 톰은 이제껏 본 적이 없었다. 아빠가 차가운 손으로 톰의 손을 잡았다. "톰, 이 녀석. 그건 네 잘못이 아냐. 조를 지켜보는 건 네 책임이 아니란다. 그건 선생님들이 하실 일이었어. 톰 잘못이 아니야. 절대, 절대 그렇게 생각하면 안 된다."

아버지가 거짓말을 하는 것을 톰은 이제껏 들어본 적이 없었다.

"우린 조를 찾을 수 있을 거야, 그렇죠, 아빠? 조를 찾을 수 있다고 약속해주세요."

아빠는 안간힘을 쓰며 비죽거리는 입을 똑바로 다물었다.

"조를 찾을 때까지 아빠는 절대 멈추지 않을 거야, 톰. 약속할게."

아빠가 한 팔로 아들을 감싸고 베개에 아들의 머리를 뉘었다. 조가 돌아올 때까지 깨 있겠다고 단단히 마음먹었던 톰이었지만 눈꺼풀은 점점 무거워졌다. 아빠는 조를 찾을 수 있다고 약속하지 않았다. 그저 찾을 때까지 멈추지 않겠다고만 했다. 그렇다면 아빠가 오늘 한 거짓말은 한 가지뿐이었다. 그리고 그것이 톰이 받을 수 있는 최선의 답이었다.

74

해리의 집 바깥 길에 파랗고 은색인 차는 보이지 않았다. 거의 11시였다. 이비는 휴대전화를 꺼내 화면을 확인했다. 그는 여섯 개의 메시지를 남겼다. 모두 8시 전에 온 것이었지만 그때 그녀는 누구와도 이야기하고 싶지 않은 상태였다. 그보다 먼저 생각할 시간을 갖고 감정적으로 연루되지 않은 사람과 이야기를 해야만 했다.

그녀가 그의 번호를 누르자 메시지를 남기라는 소리가 들렸다.

그녀의 다리는 비명을 지르고 있었고 등뼈는 마치 그녀가 바위에 몇 시간 동안이나 드러누워 있던 것처럼 느껴졌다. 그녀는 약이 필요했다. 밥을 먹고 쉬어야 했다. 차 시동을 걸었다.

이윽고 차를 주차했을 때 그녀는 다시 그의 번호를 눌렀다. 대답
이 없었다. 그녀는 혼자였다.

75

"시체 도굴꾼이 새삼 존경스러워지는군." 해리는 중얼거리며 쇠
지레를 석관의 돌 뚜껑 아래 끼우고 온몸의 무게를 실어 눌렀다. 둔
중한 돌덩어리가 몇 밀리미터 정도 움찔했다. 그는 지금까지 거의
한 시간여의 강제 연습을 통해 습득한 기술로 뚜껑을 움직일 수 있
었다. 손전등을 안에 간신히 비춰볼 수 있을 정도에 불과했지만.

아무것도 없었다. 그가 여덟 개의 석관을 간신히 열어 찾아낸 것
은 정확히, 아무것도 없었다. 뼈도, 미라화한 살점도, 수축된 수의도
없었고 조는 확실히 없었다. 오래전에 죽은 성직자의 유해가 언제
세인트 바나바 교회의 묘실에서 사라진 건지 그는 아마도 결코 알아
내지 못하겠지만 아무튼 유해가 사라진 것은 사실이었다.

불안이 증발한 것은 이미 오래전이었다. 무서운 기분을 몰아내는
데는 땀을 내는 것이 그저 최고였다.

한 군데의 벽감만이 미스터리로 남았다. 묘실 뒤에 가장 가까이
있는, 가장 마지막 벽감으로, 책상 서랍에서 찾아낸 열쇠 중 그 벽감
의 창살문을 열 수 있는 열쇠는 없었다. 경찰은 이전 수색에서 싱클
레어의 열쇠를 사용한 것이 틀림없었다. 해리는 리듬을 실어 철문
을 두드려보다 창살 사이로 렌치를 넣어 손에 닿는 두 개의 석관을
두드려보았다. 조의 이름을 소리친 후 적어도 십 분은 조용히 귀를

기울였다. 마침내 그는 포기하기로 했다. 조는 교회에 없었다. 교회 안에도 없었고 교회 밑에도 없었다.

적어도 이제 그 사실은 알 수 있었다.

묘실의 첫 번째 공간을 가로지른 해리는 전등을 비춰 두 번째 공간으로 난 입구를 찾아냈다. 그는 이제 옛 교회가 아닌, 그의 교회 밑에 있었다. 자정에 가까운 시각임에도 바깥 거리의 불빛이 어스름히 아래쪽으로 스며 들어왔다.

해리는 앞으로 걸었다. 자기 자신의 배짱에 감탄하며 손전등을 껐다. 흐릿한 형태가 어둠 속에 서서히 드러났다. 바깥의 가로등 불빛이 교회 창문을 통해 비쳐들었고 그 빛의 일부가 지하실로 스며들었다.

어떻게 빛이 아래로 스며드는 걸까.

그는 빛이 가장 밝은 듯한 곳으로 향했다. 그가 옳았다. 확실히 빛이 들고 있었다. 위에서 직각으로 빛줄기가 내려오고 있었다. 다가가 위를 올려다보았다. 머리 위에 창살 같은 것이 있었다. 팔을 올려 창살을 잡아당겼다. 꿈쩍도 하지 않았다. 위로 밀어보니 격자판이 홀러덩 밀리며 열렸다.

옆으로 격자판을 밀자 타일 바닥이 긁히는 소리가 났다. 해리는 위로 손을 뻗어 그가 방금 연 구멍의 가장자리를 잡았다. 돌 타일이 손가락에 만져졌다. 성단소 바닥 중 카펫이 깔리지 않은 부분으로 짐작이 갔다. 그의 팔뚝 근육이 얼마나 튼실한지 알아낼 때였다.

팔뚝은 실로 튼실했다. 한번 세게 힘을 주자 몸이 위로 솟구쳤다. 주위를 둘러보았다. 그가 있는 곳은 오르간 바로 뒤, 오래된 악기 뒤에 종종 존재하는 먼지투성이의 좁다란 공간이었다. 오르간 파이프 사이로 설교단이 보였다. 일 미터 정도밖에 떨어져 있지 않았다.

죽여야 할 때가 있노라.

"여기로군. 우리 작은 친구가 목소리를 낸 곳이 말이야." 해리가 중얼거렸다. 그는 아래로 다시 내려와 격자판을 원위치로 밀어놓고 묘실을 나왔다. 플레처 가족의 기묘한 친구인 에바는 교회 구조를 잘 알고 있었다. 적어도 그 사실은 뚜렷했다. 그가 처음 이곳에 도착하여 창피한 춤사위를 놀리게 한 존재는 그녀였을 것이다.

해리는 묘실을 잠갔고 교회의 주요 입구가 제대로 잠기고 빗장이 걸렸는지 확인했다. 그는 건물 뒤편 화장실을 이용한 후 본당으로 들어섰다. 그는 만반의 준비가 되어 있었다. 제니 픽업 덕분에 그는 플레처 가족과 함께 몇 시간 전 배를 채웠고, 경사 지대 아래쪽으로 이 킬로미터 좀 못 미치는 한적한 막다른 골목에 주차해놓은 차에서 여행용 담요를 가져다 놓았다.

그는 제대로 다가가 오래된 떡갈나무 테이블에 덮인 천을 들췄다. 크림색의 다마스크 리넨 위에 대림절용의 짙은 보라색 문직 제대보가 겹쳐져 있었다. 그는 제대 밑에 기도용 쿠션을 몇 개 밀어넣고 기어들어갔다. 그리고 제대보를 원래대로 내리고 담요로 몸을 감싸고 바로 누웠다.

그는 지금 살육의 장소에 있었다. 누군가가 오늘밤 조를 이곳에 데려온다면, 그는 맞이할 준비가 되어 있었다.

76

이비는 손목시계를 살폈다. 거의 10시였지만 2층 창문에는 아직 불이 켜져 있었다. 그녀는 길을 건너가 초인종을 울렸다. 지난 한 시간 동안 다리와 등의 통증은 훨씬 악화되어 있었다. 스티브가 주겠다던 약을 받지 않다니, 멍청한 짓이었다.

몇 분 후 계단 위쪽 복도에서 빛이 흘러나왔고 형체가 어슴푸레하니 내려오는 것이 보였다. 이비의 가슴이 답답해지기 시작했다. 형체가 계단 아래쪽에 이르렀고 문이 열렸다. 두 여인은 잠시 그저 서로를 바라보기만 했다.

"저예요, 질리언." 이비가 말했다.

질리언이 뒤로 휘청거리는 것처럼 보였다. 그녀의 두 눈은 이비의 눈에 제대로 초점을 맞추지 못했다. "그 사람과 억지로 떨어졌나봐, 그렇죠?" 술을 마시던 모양이었다.

늑골이 수축하는 듯한 기분에 이비는 급하게 숨을 들이켜야 했다. 질리언이라면 자기 자신이 중심인 대화에만 귀를 기울일 것임을 되새기며 입을 열었다. "교회에서 질리언이 날 본 후에 바로 여기로 왔어요. 질리언을 만나러요. 그런데 만나지 못해서 나는 다른 정신과 의사를 보러 갔어요. 저녁 내내 질리언에 대해 함께 이야기했어요. 나는 질리언이 걱정돼요. 들어가도 될까요?"

"안 돼요!" 이비를 막기에는 말로만은 부족하다는 듯 질리언의 양손이 문가로 치솟으며 입구를 막았다.

"질리언, 나와 해리는 사귀는 관계가 아니에요." 그녀는 목소리가 떨리는 것을 느꼈지만 온 힘을 다해 맞은편의 여성과 눈을 계속 맞쳤다. "우리는 데이트도 하지 않고, 서로의 집에서 시간을 보내지도 않아요. 당연히 잠도 같이 자지 않아요. 절대로요. 그저, 해리는 최근 들어 스트레스를 많이 받고 있었어요. 오늘 오후에 질리언이 본 건 한순간의 실수에 불과한 일이에요."

이비가 앞으로 발걸음을 내디뎠다. 미소를 짓고 싶었지만 허사였다. "나는 해리의 여자친구가 아니에요. 하지만요, 이런 말을 하기는 미안하지만 질리언 또한 해리의 여자친구가 아니라는 사실을 받아들여야 해요."

"쌍년이 거짓말까지 하네?"

욕설보다 더 거친 것은 맞은편 여인의 얼굴에 떠오른 분노였다. 이비는 뒤로 물러서다 넘어질 뻔했다.

"그이가 변한 건 당신 때문이야. 그이는 나를 좋아했어요. 우리는 친했다고. 그이가 나한테 키스했단 말예요. 그런데 갑자기 나를 피하기 시작하더군. 나에 대한 거짓말을 그이한테 늘어놓기 시작한 거야, 당신이. 그렇지? 내가 미친년이라고 했지? 그이를 차지하고 싶어서 당신이 그이를 물들인 거야." 질리언이 쏘아붙였다.

"질리언의 이야기를 다른 사람과 하지 않았……." 이비는 말을 멈췄다. 이제 그녀는 그런 말조차 할 수 없었다. 질리언에 대해 해리에게 이야기했으니까.

질리언이 문밖으로 나와 이비는 길 쪽으로 물러서야 했다.

"그거 알아? 당신은 한심한 여자야! 나는 내 상태가 안 좋다고 생각했는데, 당신은 거의 망상 수준이야. 흥, 미사여구 따위 집어치우고 솔직하게 얘기해볼까? 안달이 나면 그이가 당신을 건드릴 수도 있겠지. 하지만 그이가 불구 병신에게 원하는 건 그게 다일걸?"

"그만해요, 질리언." 그녀는 감당할 수 없었다. 지금은 불가능했다.

"그리고 그 짓도 어두운 데서만 하려 들걸?"

어둠 속에서 춤을……. 이비는 토할 것 같았다. "아침에 다시 올게요." 그녀가 간신히 말했다.

"올 필요 없어."

"질리언에게 다른 의사를 구해줄게요. 우리의 관계가 망가졌다는 것은 잘 알겠어요. 그건 내 잘못이니……."

이비는 자기 자신에게 이야기를 하고 있었다. 문은 이미 쾅 닫혔고 질리언은 사라져 있었다.

77

12월 19일

톰이 잠에서 깼을 때 방안은 어두웠다. 책상 위 시계가 새벽 3시에 가깝다고 알리고 있었다. 그는 조의 침대에 있었다. 혼자였다.

톰은 눈을 감았다. 정신 교감이라는 것을 느낀다는 사람을 다룬 텔레비전 프로그램을 본 기억이 났다. 일란성 쌍둥이가 종종 그런다고 했다. 쌍둥이 한 명이 입 밖에 내지 않고 속으로 생각하는 것을 다른 쌍둥이가 알 수 있다는 것이다. 톰과 조는 나이 차가 그리 많이 나지 않았다. 상당히 자주 톰은 동생이 무슨 생각을 하고 있는지 정확히 감지할 수 있었다. 톰과 조가 이 정신 교감이라는 것을 나눴던 걸 수도 있었다. 톰이 정말 열심히 집중하면, 자기가 어디 있는지 조

피의 수확

가 말해줄지도 몰랐다.

교회 시계가 부드럽게 시간을 알려 왔다. 댕, 댕, 댕.

리넨 제대보가 해리의 얼굴에 스쳤다. 그는 가까스로 눈을 뜨고 한 손을 들어 손목시계의 형광 버튼을 눌렀다. 3시 10분. 차가운 바람이 얼굴에 살짝 와닿았다. 누군가가 문을 연 것이다.

해리는 가능한 한 조용히 제대 밑에서 굴러 나와 몸을 일으킨 후 오르간 쪽으로 걸어갔다. 교회는 빈 것처럼 보였다. 발밑의 네모난 격자판도 제자리에 있었다. 묘실에서 올라온 사람은 없는 것이다.

그는 가만히 서서 귀를 쫑긋 세웠다. 바람은 잠잠해져 있었다. 저녁의 일기예보에 의하면 눈이 올 가능성이 있었다.

오 분 후 그는 천천히 통로를 걸으며 장의자를 한 줄 한 줄 확인했다. 교회 끝에 다다랐을 때 그는 묘실로 난 문을 확인해보았다. 문은 잠겨 있었고 빗장이 걸려 있었다. 위쪽 복층 신도석은 비어 있었다. 그는 종탑으로 이어지는 작은 나무문으로 향했다. 문은 잠겨 있었지만 빗장이 걸려 있지 않았다. 그가 빗장을 질렀던가? 지르지 않은 것이 분명했다. 달리 설명할 수가 없었다. 하지만 그는 자신이 분명히 빗장을 질렀다고 생각했다.

아무것도 없었다. 조가 연통을 보내고 있다 해도 톰은 받고 있지 않았다. 도저히 가만히 누워 있을 수가 없어 톰은 이불을 밀치고 침대에서 나와 복도를 가로질러 밀리의 방문을 열었다. 밀리는 깊이 잠들어 있었다. 머리카락은 땀에 젖어 있었고 작은 양팔이 심바를 가슴에 꼭 끌어안고 있었다.

지금 이 순간 조가 바깥에 있다면? 집에 왔는데 안으로 들어올 수가 없는 것뿐이라면? 동생은 꽁꽁 얼어붙은 몸으로 문 앞 댓돌에 웅크리고 있는지도 몰랐다. 톰은 사뿐히 계단을 내려가 현관문에 끼운 유리로 밖을 내다보았다. 현관 댓돌에 추위에 떠는 작은 사내애는 보이지 않았다.

위층으로 되돌아가려는 순간 톰은 우뚝 멈춰 섰다. 거실에서 무슨 소리가 들렸다. 솟구치는 희망을 억누르며 톰은 문을 밀어 열었다. 엄마가 보였다. 하루 종일 입고 있던 그 옷차림 그대로 엉덩이에 담요를 두른 채 소파에 누워 있었다. 다른 소파에는 아빠가 앉아 있었다. 머리는 뒤로 젖혀져 있었고 눈은 꼭 감겨 있었다. 아빠의 숨소리가 크고 느렸다.

톰은 거실로 살금살금 들어갔다. 세 번째 소파에 쿠션 여러 개와 밝은 색채의 담요가 있었다. 그는 소파에 누워 담요를 당겨 덮었다.

해리는 종탑으로 난 문을 열었다. 빌어먹게 추웠다. 탑은 텅 비어 있었고 종은 거꾸로 매달려 있었다. 그가 몇 시간 전 보았던 모습 그대로였다. 그가 굳이 탑으로 올라가볼 필요는 없으리라. 누구도 탑으로 올라와 교회로 들어올 수는 없었다.

그 누군가가 성인 남성이라면. 날씬한 여성은 가능했고 에바는 어린아이의 체구라고 했다. 해리는 탑 안이 제대로 보일 때까지 올라갔다. 타일을 바른 지붕이 위로 붕긋 솟아 있었다. 교회 앞쪽인 맞은편 귀퉁이에 세 개의 가짜 종탑 중 하나가 보였다. 그가 지금 서 있는 탑과 달리 교회에 미적인 균형을 갖춰주기 위한 목적으로 지어진 가짜 종탑은 안이 비어 있었다. 돌탑들 사이로 밤하늘이 보였다.

지붕에는 아무도 없었다. 그렇다. 그가 빗장을 지르지 않은 것이 분명했다. 그는 아래로 내려가 복층 신도석을 지났다. 본당을 가로지르며 그는 손목시계를 다시 보았다. 4시 이십 분 전. 다시 자러 가도 될 것 같았다.

78

무언가가 드르륵 거칠게 갈리는 듯한 소리가 났다. 무언가 무거운 것이 돌 위로 떨어졌고 쨍그랑 소리가 낮게 울렸다. 해리가 제대 밑에서 굴러 나왔을 때 어두운 형체가 바닥으로 사라지는 모습이 얼핏 눈에 잡혔다.

"기다려!" 그는 본능적으로 외쳤다. 그의 아래쪽 공간으로 무언가가 털썩 떨어지는 소리가 들렸다. 그는 제대 밑으로 손을 뻗어 손전등을 움켜잡고 성단소를 가로질렀다. 은밀하게 쫓을 이유는 더이상 없었다.

묘실 바닥으로 뛰어내려 손전등을 비췄다. 한 군데도 빠짐없이 구석구석을 훑으며 그 자리에 있어서는 안 될 그림자, 그 자신의 것이 아닌 움직임의 기척을 감지하려고 했다. 묘실의 첫 번째 공간은 비어 있는 듯했다. 두 번째 공간으로 향하려는 순간 무슨 소리가 다시 들렸다. 철과 철이 쨍쨍 부딪치는 듯한 소리가 두 번째 공간에서 들려왔다.

해리는 문을 향해 내달리다가 멈췄다. 어둠으로 급하게 들어갈 이유가 없었다. 입구에 서서 손전등으로 주위를 훑었다. 가리비 껍

데기, 첫 번째 벽감, 두 번째 벽감, 세 번째 벽……. 마지막 여섯 번째 벽감의 문이 열려 있었다. 그가 수색할 수 없었던 바로 그 벽감 안에 누가 있었다.

"에바! 그게 당신 이름인가요, 에바? 난 얘기만 하고 싶어요. 조를 찾도록 에바가 도와주면 좋겠어요." 해리가 소리쳤다.

대답은 없었다. 그는 방금 세 번째 벽감을 지났고 여섯 번째 벽감에 점점 가까워지고 있었다.

"조만 찾으면 됩니다, 에바. 조가 어디 있는지 말해줄 수 있나요?"

네 번째 벽감을 지나 다섯 번째로 향하고 있었다. 여섯 번째 벽감의 문은 아직 열려 있었다.

그는 걷는 속도를 늦추며 거리를 좁혔다. 여섯 번째 벽감 안에는 석관 네 개와 좁은 통로가 있었고 안쪽 벽에 작은 나무문이 나 있던 것이 기억났다.

해리는 갑작스러운 공격의 가능성에 대비해 마음의 준비를 하며 문안으로 들어섰다. 벽감은 비어 있었다. 에바는 안쪽 벽에 난 문으로 빠져나간 것이 분명했다. 해리가 문으로 다가섰다. 너비 사십오 센티미터 정도에 불과한 문이 밖으로 열렸다.

문밖으로 나서니 아치형의 벽돌 천장이 있는 좁고 높은 방이 나왔다. 양쪽 벽에 벽돌로 된 선반이 달려 있었고 각 선반에는 석관이 놓여 있었다. 내부의 건조한 공기에서 흙냄새가 풍겼고 차가운 바람이 안쪽 끝에 난 또 다른 문을 통해서 가볍게 들어오고 있었다. 에바가 급하게 자리를 뜬 모양인지 좁은 틈새로 밤하늘이 보였다.

해리는 관 옆을 지나며 손목시계를 흘깃 보았다. 오전 6시 40분. 문을 밀어 열자 높은 철책을 두른 작은 안뜰이 나왔다. 이쪽에 와보

피의 수확

기는 처음이었지만 그는 즉시 그곳을 알아보았다. 그는 렌쇼 가족 묘지를 통해 교회에서 벗어난 것이었다.

흠. 그는 이제 에바가 어떻게 사람 눈에 뜨이지 않고 교회 안팎을 드나들었는지 알게 되었다. 그런데 그녀는 어디 있는 걸까? 그는 자갈을 밟으며 안뜰을 가로질러 철문을 밀었다.

6시 40분. 세상은 잠에서 깨어나는 중인지 모르지만 그의 위에 펼쳐진 하늘은 어젯밤 내내 그랬던 것처럼 까맸다. 그는 기다렸다. 가슴속에서 심장이 쿵쿵 뛰었다. 아무 소리도 들리지 않았다. 바람 소리조차 없었다.

홀연 풀잎이 바스락거리고 관목이 흔들렸다. 누군가가 그를 향해 오고 있었다. 해리는 키 큰 월계수 관목의 그늘로 들어갔다. 작은 체구가 그를 향해 살금살금 다가오는 모습이 보였다. 마치 누군가 뛰어나와 덮칠까 겁을 먹은 듯 사방을 살피고 있었다. 해리는 앞으로 나서 그 형체의 양어깨를 움켜잡아 훌쩍 돌려세워 자신을 마주보게 했다.

온몸에서 피가 일순간에 빠져나가는 느낌이 들었다. "톰! 대체 여기서 뭘 하는 거니?"

톰이 휘둥그레진 눈동자로, 그리고 아이가 질문, 특히 멍청한 질문에 대답하기 싫을 때 짓는, 약간 부루퉁한 표정으로 그를 마주보았다. 그걸 물어봐야 아는가? 당연히 동생을 찾는 중이었다. 톰이 여기 있을 다른 이유가 또 뭐가 있겠는가.

"네가 여기 있는 거 엄마랑 아빠가 아시니?"

톰이 고개를 저었다. "둘 다 자고 있어요. 깨우고 싶지 않았어요."

"알겠다. 하지만 집으로 돌아가야 해." 해리는 톰의 어깨에 한 손을 엎고 언덕 위로 아이를 재촉했다. 앨리스와 개릿이 잠에서 깨 또 아이 하나가 사라진 것을 본다면 이제껏 간신히 움켜쥐고 있던 손톱 만큼의 정신마저 잃을지 몰랐다.

보도를 찾아 들어섰을 때 해리는 마침내 다시 입을 열 수 있을 정도로 긴장이 풀린 것을 느꼈다. "톰. 네가 말하던 그 여자애를 내가 방금 본 것 같다. 밀리가 에바라고 부르는 그 사람 말이야."

톰이 발걸음을 멈추고 그를 올려다보았다. "그 애를 보셨어요?"

"응. 멈추지 말고 계속 걸어야지." 해리는 부드럽게 톰을 밀었고 그들은 함께 오르막길을 걸었다. "방금 전에 교회 안에 있었어."

"무섭게 생겼죠, 그렇죠?" 톰이 낮은 목소리로 말했다.

그들은 이제 교회 담에 가까워져 있었다. "흠. 제대로 보지는 못했는데. 톰, 그 아이가 누구고 어디 사는지 알고 있는 게 있니? 언덕 사이에 살고 있을 리는 없으니 어딘가 거처가 있을 거야." 그 아이는 렌쇼 가족 묘지로 통하는 문의 열쇠를 가지고 있었다. 그렇다면 혹시……?

"내 눈에 띄면 그 애는 보통 도망가버려요. 조하고는 얘기를 해요. 거의 확실해요."

"네가 보기에는 조가 지금 그 애와 같이 있을 수도 있을 것 같니? 그 아이가 조를 데리고 갔다고 생각해?"

톰이 고개를 살짝 끄덕였다. "경찰한테도 그렇게 말했지만 그 애 같은 외모라면 사람들이 블랙번에서 보지 못했을 리가 없대요. 특히 킹조지 극장 안에서는요. 경찰은 어른이 조를 데려갔다고 생각해요."

"그럴지도 모르겠구나. 그래도 그 아이를 찾을 수 있다면 좋겠어.

피의 수확

톰, 너는…….”

“톰! 톰!”

톰이 앞으로 빠르게 걸었다. 해리는 숨을 깊이 들이쉬고 온 힘을 다해 소리쳤다. “여기 있어요! 나하고 같이 있어요!”

바로 개릿의 머리와 어깨가 담 위로 튀어나왔다. 그는 담을 넘어 아들을 향해 성큼성큼 걸어왔다.

“너, 지금 네가 무슨 짓을 한 건지 알아? 대체…….” 그가 입을 열었다.

해리가 재빨리 앞으로 나섰다. “잠을 잘 수가 없어서 조를 찾으러 밖으로 나온 겁니다. 언덕 바로 아래쪽에서 나를 만났어요.”

“네 어머니는 심장마비에 걸릴 뻔했어! 당장 들어가.”

“진정해요, 친구.” 해리가 말했다.

개릿이 얼굴을 양손에 묻고 숨을 크게 쉬었다. “그래야죠. 이리 오렴.” 그가 손을 뻗어 아들을 당겼다. 톰이 자기 아버지의 허리에 한 팔을 둘렀고 두 부자는 함께 교회 경내로 들어오는 입구를 향해 걸어갔다. 뒤를 따르던 해리의 눈에 저택 현관문에서 그들을 바라보는 앨리스의 모습이 들어왔다. 그녀의 마른 몸이 경련하는 듯 보였다. 울지 않으려고, 아니 비명을 지르지 않으려고 안간힘을 쓰고 있는 걸까, 그는 잠시 생각했다. 도로 건너편에서는 저택들의 불이 켜지고 커튼이 젖히고 있었다. 그와 개릿이 소리를 치며 헵턴클로의 절반을 깨운 것이었다.

개릿과 톰은 교회를 나서 집으로 향했고 해리는 걷는 속도를 늦췄다. 거의 7시였다. 교회 경내 입구에 다다랐을 때 그는 걸음을 멈췄다. 집에 가서 옷을 갈아입고 아침을 먹어야 할 것이다. 한 시간 후면 날이 완전히 밝을 것이고 러시턴과 그가 이끄는 경찰 팀이 도착할 것이다. 그들이 일광을 사용할 수 있는 시간은 여덟 시간, 많아봤자 아홉 시간 정도였다.

누군가가 그를 지켜보고 있었다. 그는 경사 지대 위로 시선을 돌렸다. 교회 담 옆에 은색 아우디가 딱 붙어 있었다. 차에서 막 내린 이비가 지팡이로 몸을 가누려 하고 있었다. 그녀는 그가 다가오기를 기다렸다.

79

"대체 어디 갔던 겁니까? 내가 얼마나 걱정했는지 알기나 해요?"

그가 그녀의 양팔 위쪽을 움켜잡고 있었다. 포옹이라기엔 너무나 분노가 가득했지만 아니라기엔 너무나 은밀한 자세였다. 그에게서 땀과 먼지와 양초 연기의 냄새가 났다. 두 눈에는 핏발이 서 있었다. 그녀는 수염으로 꺼끌꺼끌해진 그의 턱 밑을 어루만졌다.

"어디서 밤을 지낸 거예요?" 해리의 턱이 부르르 떨리는 걸 느끼며 그녀가 물었다. 그가 그녀를 빨리 놓아주지 않는다면 그녀는 울 것이다. 울음보가 터져버리면 그녀가 제대로 기능할 가능성은 전혀 없었다.

해리가 그녀의 팔에서 한 손을 떼고 얼굴을 문지르더니 그녀를 놓고 주머니에 양손을 넣으며 대답했다. "당신이 들으면 한심하다고 할 겁니다. 나랑 같이 가서 아침 먹어요."

이비가 그보다 더 원하는 것이 있을까. 그의 집에서 아침을 먹고

피의 수확

그의 목욕물을 받아주고 그가 면도하는 모습을 지켜보고 싶었다. 그녀는 고개를 저었다. "시간이 없어요. 지역에 있는 병원 하나하나에 전화를 걸어야 하고 토요일 오전에 의원이 열리면 구역을 담당하는 의사와 이야기를 해야 해요. 지난 삼십 년 동안 선천적 갑상샘 기능 저하증을 가지고 태어난 아이가 있다면 어딘가에 반드시 기록이 있을 거예요. 그리고 플레처 가족과 함께 기자회견 자리에 가주겠다고 약속했어요."

"어제 무슨 일이 있었습니까?"

이비가 한숨을 쉬었다.

"제 멘토를 보러 갔어요. 범죄 수사에 경험이 좀 있는 분이라 지금 사건에 대해 의견을 듣고 싶었어요. 쓸모가 있을 거라고 생각했거든요. 나중에 다 얘기해줄게요. 에바를 찾는 게 핵심이에요."

"질리언은 만났습니까?" 해리가 그녀와 눈을 제대로 마주치지 못하며 물었다.

그의 어깨 너머로 사람들이 교회로 향하는 모습이 보였다.

"어젯밤 늦게요. 얘기가 잘되지 않았어요. 제가 또 해야 하는 게, 질리언을 맡아줄 의사를 찾는 거예요. 오늘 내로 마땅한 의사를 찾아서 질리언을 만나게 하고 싶어요. 정말 걱정이 되거든요."

몇 미터 떨어진 지점에서 두 명의 노파가 서성이고 있었다. 그에게 이야기를 하고 싶은 것이 분명했다. 이비가 손목시계를 보았다. "가야겠어요. 최대한 빨리 처리하고 올게요." 그녀가 차로 몸을 돌리다가 멈춰 섰다. "당신의 그 신앙이라는 거 있잖아요, 내가 지금 좀 필요한데. 혹시 남는 게 있나요?"

그가 대답을 했을까.

만약 했다면 그녀의 귀에는 미치지 않은 모양이었다.

80

해리가 이비로부터 몸을 돌리자 미니 호손이 친구와 교회 경내의 입구에 서 있는 모습이 보였다. 노파들은 다가오는 그를 마치 양파 껍질 벗기듯 바라보았다. 그의 구겨진 옷매무새와 면도하지 않은 얼굴을.

"숙녀분들, 오늘도 안녕하신지." 속 좁고 남의 일에 관심이 지대한 노파들에게 예의를 갖출 기력을 대체 어디서 찾을 수 있을까 하고 그는 잠시 생각했다. 눈앞에서 펼쳐지는 드라마를 즐기고 싶다는 바로 그 이유만으로 노파들은 여기 있는 것일 테다.

"밤을 새우셨나 봐요, 목사님?" 미니가 그의 발치로 시선을 내렸다가 올리며 물었다.

"뭐, 그런 거죠."

"교회는 열려 있는가요?" 친구가 물었다.

뒤에서 이비의 자동차에 시동이 걸리는 소리가 들려왔다. 그는 고개를 끄덕였다.

"그럼 우리가 알아서 들어갈 테니 신경쓰지 말아요. 금방 목사님께 아침을 차려드릴게." 미니가 말했다.

해리가 고개를 돌렸지만 이비는 그에게 눈길조차 주지 않은 채 옆을 지나쳤다. 신도 중 한 명인 스탠리 하그리브스가 남자 두 명과 함께 그들 쪽으로 걸어오고 있었다. 랜드로버 한 대가 무어 황야 쪽 도

피의 수확

로에서 나타나 푸줏간 옆에 차를 댔다. 제니와 마이크 픽업 부부가 앞좌석에 앉아 있었다. 푸줏간에서 불빛이 깜박거렸다. 딕 그라임스와 그의 아들이 뒷좌석에서 내렸다.

"경찰이 올 때까지 기다리지 않을 거유. 목사님이 기도를 끝내자마자 시작할 거예요." 미니의 친구가 말했다.

"기도요?" 해리가 말했다.

미니가 그의 팔을 잡고 교회 쪽으로 이끌며 말했다. "그 아이를 위한 기도 말이에요. 무사히 돌아오도록 빌어야지. 이리 와요, 목사님. 이런 말, 해도 괜찮을지 모르겠지만 정신이 나간 거 같구먼. 속에 뜨거운 걸 좀 집어넣어야 할 거 같아."

모퉁이를 돌아 백미러에 더이상 교회가 비치지 않게 되었을 때 이비는 눈물을 훔쳤다. 눈물은 금방 다시 차올랐다. 질리언이 아파트 건물 입구 앞에 서 있었다. 그녀와 시선이 마주쳤을 때 이비는 액셀에서 발을 뗐고 자동차가 느려졌다. 하지만 멈출 수는 없었다. 대체 무슨 말을 할 것인가. 그녀는 다시 액셀을 밟았고 자동차는 앞으로 튀어나갔다.

질리언도 수색에 참여할 계획일까? "나는 동네에 있는 숨을 곳을 전부 알아요. 거의 삼 년 동안 매일 확인하고 다녔으니까"라고 했었다. 얇은 청재킷에 굽이 높은 부츠는 수색에 걸맞은 옷차림이 아니었다.

울타리 밑에 누워 있는 어린 소년의 몸이 갑자기 눈앞에 아른거렸다. 콜리견들이 냄새를 맡고 찾아낼 것이다. 경찰견이 도착하기도 전에. 그리고 끝나리라.

그만. 그만해. 아직 끝나지 않았다고.

이비는 시계를 보았다. 지역 의원의 토요일 아침 진료 시간은 오전 10시에서 정오까지였다. 오늘 당직의는 존 워링턴이었다. 기자 회견은 10시에 시작해서 아마도 사십 분은 계속할 것이다. 시간이 빠듯했지만 맞출 수는 있을 것이다. 아직 시간이 있었다. 끝나지 않았다.

그런데 어째서 울음이 멈추지 않는 걸까. 빌어먹을.

동이 튼 뒤로 교회는 비어 있지 않았다. 이비가 떠난 후 삼십 분이 채 지나지 않아 해리는 베이컨 샌드위치와 진한 커피를 먹고 수색대를 위한 임시 예배를 올리고 있었다. 그가 어젯밤 꾸렸던 간이 잠자리는 누가 치워놓았다. 또 다른 누군가는 전례복을 입지 않아도 된다고 했다. 상황이 상황이니만큼 청바지와 스웨터로도 충분할 것이다.

예배가 시작된 지 오 분 만에 교회 안은 거의 꽉 찼다. 대부분의 사람이 마치 앉는 데 드는 시간마저 아껴 기도하고 싶다는 듯, 그냥 교회 뒤편과 양 가장자리에 서 있었다. 예배 시작 팔 분 후에는 경찰이 도착하여 교회 뒤편에 묵묵히 자리잡았다.

싱클레어와 크리스티아나 렌쇼가 제의실 문으로 들어와 그들이 항상 앉는 장의자에 앉았다. 질리언이 경찰 뒤에서 슬그머니 들어와 부들부들 떨며 뒤쪽에 섰다. 사람들이 안절부절못하고 움찔거리는 모습이 해리의 눈에 들어왔다. 복층 신도석 쪽에서 무언가가 움직였다. 개릿과 톰 플레처 부자가 그곳에 서 있었다. 잠시 후 앨리스가 아기띠를 매고 밀리를 업은 모습으로 나타났다. 플레처 가족은 오늘 오전에 텔레비전으로 조의 무사귀환을 호소할 예정이었다. 그때까지는 낭비할 시간이 없었다. 해리가 성서를 덮었다.

"나가서 조를 찾읍시다." 해리가 말했다. 그가 제일 먼저 교회를 나섰다.

81

무어 황야에 모인 사람들은 진중한 단호함에 휩싸인 것처럼 보였다. 해리의 귀에 같은 말이 여러 번 되풀이되며 들려왔다. "우리는 아이를 찾을 겁니다. 아이를 또 잃어버리지는 않을 거요."

그는 확실히 효율성으로 경찰을 탓할 수 없었다. 앤디 제프리스 순경은 힘이 좋아 보이는 남성과 나이든 십 대 소년 삼십 명을 모아 마을에서 가장 높은 지점으로 데리고 갔다. 제일 위쪽 길에 다다랐을 때 그들은 흩어져 무어 황야로 내려갔다. 주변과 어울리지 않는 것이 있는지 무엇이라도 살펴보라는 지시가 내려졌다. 옷가지든 장난감이든 신발 한 짝이든 조 플레처가 지나갔음을 암시할 수 있는 것이라면 무엇이든. 밭의 끝에 이르자 수색대는 서쪽으로 방향을 돌려 이번에는 위쪽을 향해 똑같은 탐색 활동을 펼쳤다.

하늘에는 구름이 잔뜩 끼어 있었다. 눈구름이 아니기를 바랐지만 해리는 하늘을 올려다볼 때마다 가슴속이 점점 굳는 것처럼 느껴졌다. 8시가 되기 직전, 동쪽에서 노란색 빛이 비쳐오며 태양 또한 힘을 발휘하려고 노력한다고 알려 왔다. 하지만 그는 태양의 노력에 점수조차 줄 수 없었다. 자비롭게도 바람은 가벼웠지만 시시각각

날씨는 점점 추워지는 것처럼 느껴졌다.

수색은 아직 결실이 없었다. 픽업 가족의 콜리견 한 마리가 바위 더미를 보고 짖기 시작했을 때 서른 개의 심장이 폭주했다. 그들의 눈앞에 끌려나온 것은 부패중인 양의 후사분체였다.

무어 황야의 수색이 시작된 지 거의 두 시간이 지나고 추위가 가장 두꺼운 코트에도 스며들 무렵, 사람들의 귀에 헬리콥터 소리가 들려왔다. 수색대원 누구도 구름 때문에 헬리콥터를 볼 수 없었지만 반복하여 커졌다 작아지는 엔진 소리에 그들은 헬리콥터가 가까이 다가왔는지 또는 멀리 가고 있는지 알 수 있었다. 헬리콥터 소리는 집요할 정도로 꾸준히 들려왔고 오 분이 지났을 때 해리는 언제까지 그 끊임없는 습격을 견딜 수 있을지 확신을 잃었다. 십 분이 흐른 후에는 머릿속에서 계속 그 소음을 들었던 것 같은 착각마저 들었다. 헬리콥터가 도착한 지 십오 분이 되었을 때 제프리스 순경이 호루라기를 불었다.

"대장이 다 내려오랍니다! 무어 황야에 사람이 너무 많대요!" 그가 자기 말을 증명하겠다는 듯 위쪽을 가리키며 고함을 쳤다. 헬리콥터의 윙윙거리는 소리에 묻히지 않기 위해서는 어쩔 수 없었다. "열화상 카메라가 제대로 작동할 수가 없대요. 여길 비워야 한답니다."

수색대는 방향을 틀어 마을 쪽으로 향했다.

"무슨 말을 해야 할지 모르겠어요. 한마디도 생각이 안 나요." 앨리스가 말했다.

피의 수확

경찰서에 도착한 플레처 가족을 안내하던 사복 차림의 언론 담당 여성 경찰이 입을 열었다. "그냥 머릿속에 떠오르는 말씀을 하시면 됩니다. 여러분이 어떤 상태인지 사람들은 알고 있어요. 오늘의 목적은 조가 실종되었다는 것을 가능한 한 많은 사람에게 알려 사람들로 하여금 조를 찾게 하는 것입니다. 톰은 좀 어떠니?"

톰은 경찰관을 쳐다보았다. "좋아요." 그가 기계적으로 응답했다.

경찰이 톰에게 몸을 굽혔다. 몸에 지나치게 꽉 끼는 녹색 양복을 입은 그녀에게서 오렌지와 치약 냄새가 풍겼다. "톰, 무슨 생각이 들면 주저하지 말고 이야기하렴. 예를 들면 조에게 하고 싶은 말이 있으면 그냥 해. 조가 보고 있을 수 있단다."

"그럴까요?" 톰이 어머니에게 고개를 돌렸다. "그럴까, 엄마?"

어머니가 고개를 끄덕였고 톰은 목구멍이 아파왔다.

"이제 시작합니까?" 개릿이 물었을 때 톰은 숨을 깊이 들이쉬었다. 울면 안 됐다. 텔레비전에서 울 수는 없었다. 제이크 놀스가 보고 있을지도 모른다. 아니, 제이크는 무어 황야에 나가 있었다. 그렇지 않나? 자기네 아빠랑 형들이랑? 제이크의 가족이 교회에 왔고 톰은 수색을 떠나는 그들의 모습을 지켜보았다. 지금 이 순간, 제이크 놀스는 추운 바깥에 나가 있었다. 톰의 동생을 찾기 위해서.

"이비예요." 앨리스가 말했다.

톰이 몸을 돌리니 이비가 휠체어를 굴려 그들에게 다가오고 있었다. 이상한 일이었다. 톰은 언제나 이비가 예쁘다고 생각했다. 거의 엄마만큼이나. 그런데 이제는 더이상 예뻐 보이지 않았다.

"비비." 밀리가 아버지의 품속에서 말했다.

"이비, 와줘서 고마워요. 밀리를 데리고 계실 수 있을까요? 이비라면 같이 있겠다고 할 거예요." 앨리스가 말했다.

이비가 팔을 뻗었고 개릿이 이비의 무릎에 딸을 부드럽게 내려놓았다. 밀리가 이비의 머리카락을 붙잡고 몸을 위아래로 움직였다.

"갈 시간입니다." 러시턴 총경이었다. 어디서 나타난 걸까? 다른 경찰과 함께 무어 황야에 나간 줄 알았는데. 톰은 그가 앨리스의 어깨를 짚는 모습을 바라보았다. "준비됐나요?"

톰의 부모는 형사를 따라 커다란 방으로 들어갔다. 많은 사람이 앞쪽에 놓인 긴 테이블을 마주하고 의자에 앉아 있었다. 플레처 가족이 자리에 앉자 카메라 플래시가 터지기 시작했다.

제의실은 식당으로 변해 있었다. 미니 호손과 그녀가 이끄는 일단의 할망, 아니 상냥하고 친절한 여성들이 도움이 되고자 하는 간절한 마음으로 제의실을 정돈했다. 대여섯 개의 주전자에서 물이 계속 끓었고 샌드위치가 계속 만들어져 사람들의 입으로 들어갔다. 노부인들은 자신의 연약함이 창피하다는 듯한 어조로 자기는 무어 황야로 나가기에는 너무 나이가 많지만, 적어도 수색을 나가는 사람에게 밥을 해줄 수는 있고 꼬마를 위해 기도를 올릴 수는 있다고 말했다.

해리는 일 초라도 더 그들 옆에 더 머물러야 했다면 비명을 질렀을 것이다.

제대 앞에서는 니스든 경위가 경찰에서 잠시 수색을 멈춰야 했던 이유를 설명하고 있었다. 사람들은 형사가 말을 마치면 해리가 다시 기도를 이끌거라고 생각하겠지만 해리는 도저히 교회 안에 더이상 머무를 수 없었다.

피의 수확

헬리콥터는 아직 교회 밖 상공을 돌고 있었다. 교회 앞쪽에서는 러시턴 총경이 거리를 살짝 두고 싱클레어와 토비어스 렌쇼 부자와 이야기를 나누고 있었다. 러시턴이 돌아온 것을 보니 기자회견이 끝난 것이 분명했다. 해리의 모습을 본 러시턴이 렌쇼 부자의 옆을 떠나 그에게 걸어왔다. 갑작스레 몰려오는 피곤에 해리는 뒤쪽 돌무덤에 털썩 걸터앉았다. 러시턴이 다가와 그의 옆에 앉았다. 한 손에 불이 붙은 담배를 쥐고 있었다.

해리는 예의상 러시턴에게 시선을 돌렸다. 러시턴은 양복에 두꺼운 오버코트를 걸쳤고 두터운 장갑에 초록색 모직 목도리를 두르고 있었다. 눈을 붙인 시간이 해리보다도 적으리라.

"뭐가 좀 나왔습니까?" 답을 알면서도 스스로 주체하지 못하고 해리가 물었다.

러시턴이 담배를 깊게 빨아들였다. 그가 입을 열자 연기가 얼굴 주위로 피어올랐다. "아직까진 없어요. 기자회견은 잘 끝났습니다. 톰이 스타가 됐어요. 동생을 위해서 병정 인형 상자를 정리해놓았다는 말을 하는 바람에 회견실에 있던 사람이 다 눈물을 글썽일 정도였거든."

해리는 양손에 고개를 묻었다.

"우리가 딱 바라던 대로였지. 이제 랭커셔 전체가 조 플레처에 대해 이야기하고 있어요."

"기다리게 해서 죄송합니다. 토요일 오전은 언제나 붐비네요." 워링턴이 말했다.

이비는 미소 비슷한 것을 가까스로 지었다. 기자회견 후 서둘러

의원에 왔지만 대기실에 앉아 바깥 정원에서 다람쥐들이 나무를 오르락내리락하는 것을 바라보고 있어야 했다. 기침이나 웃자란 발톱 등 긴급한 상황이 전혀 아닌 환자가 먼저 진료실로 향하는 모습을 보며 화가 서서히 치밀던 참이었다.

의사가 손목시계를 흘깃 보았다. "빨리 말씀해주셔야 하겠어요. 정오에 골프 티오프를 하거든요." 책상에는 책이 펼쳐져 있었다. 그가 책을 덮고 뒤로 팔을 뻗어 창턱에 올려놓았다. 그는 단 몇 초도 그녀와 눈을 마주치지 않았다.

"이 지역에 선천성 갑상샘 기능 저하증을 앓고 있는 여자가 있어요. 그 여자를 찾아야 해요. 조 플레처의 유괴와 연관이 있을 수 있어요."

워링턴이 팔을 뻗어 컴퓨터를 껐다. "죄송합니다만 올리버 선생, 규칙을 아실 텐데요."

"저 위는 어떻습니까?" 러시턴의 담배 연기가 폐 속으로 자욱이 스며드는 것을 느끼며 해리가 물었다.

"흠, 경찰견 핸들러들이 교회를 재빨리 훑었지요. 두 번. 지하실하고 교회 마당도 수색했고. 개가 뭔가 찾은 것 같았던 때가 두어 번 있었는데 아무것도 나오지 않더군요."

"플레처 꼬마들은 교회에 상당히 자주 옵니다. 지난 일요일에도 예배를 드리러 왔어요."

"흠. 그래서였는지도 모르겠군. 블랙번의 CCTV 일은 운이 좀 좋았어요. 방금 전화가 왔거든."

"정말입니까?"

"그래요. 아이 부모에게 이야기를 할 기회는 아직 없었으니 목사님만 알고 있어요. 킹조지 극장 카메라에 잡혔던 그 두 사람이 또다시 목격되었답니다. 위턴 공원으로 가는 버스에 탔다 해요. 경찰이 한 시간 전쯤에 운전사를 만났어요."

"두 사람을 기억하던가요?"

"어렴풋이. 킹 스트리트 부근에서 내린 게 분명하다는데, 공원에 닿았을 때는 확실히 타고 있지 않았다고 해요. 그즈음엔 버스가 거의 비어 있었다는군요."

"그후로는 흔적이 없습니까?"

"없어요. 있을 가능성이 별로 없기도 하고. 도로 어딘가에 차를 주차해놓았을 수 있거든. 중요한 것은 그 두 사람이 경찰에 연락을 하지 않았다는 점입니다. 사진이 어젯밤과 오늘 아침 뉴스에 나갔고, 오늘 자《랭커셔 텔레그래프》에 실렸는데도 아무 연락이 없어요."

"그렇다면 경찰은 두 사람을 배제할 수 없었겠군요?"

"아니, 이제 확실히 알았어요. CCTV 화질을 개선할 수 있었는데 어린애 신발의 발꿈치 쪽에 스티커 같은 게 붙어 있는 게 보였어요. 조가 운동화에 스파이더맨 스티커를 붙이고 있었다고 톰이 그러더군요. 또 두 사람이 입은 옷도 확인할 수 있었어요. 목사님도 기억하겠죠, 두 사람 모두 야구 모자를 쓰고 헐렁한 코트를 입었잖아요."

"그랬죠."

"정확히 그 옷을 브리티시 홈 스토어라는 백화점에서 팔고 있어요. 킹조지 극장에서 일 킬로미터도 떨어지지 않은 곳이지. 매출 전표를 받아 다 훑었더니 딱 그 네 가지 물품을 구매한 전표가 나왔어요. 조가 마지막으로 목격된 지 정확히 한 시간 전에 구매했더군요."

"유괴를 위해 구매한 옷이로군요."

"슬프게도 현금 구매여서 신용카드를 추적할 수는 없지만, 카메라에 찍힌 사람이 조와 유괴범이라는 걸 경찰은 제법 확신하게 되었죠. 화질을 더 높이는 게 가능한지 손을 써보고 있는데 큰 희망은 없어요. 체구가 작은 남자일 수도 있고 키 큰 여자일 수도 있고, 둘 다 가능해요."

"밀리가 유괴된 날 밤 경찰이 플레처 저택에서 발견한 발자국의 주인도 체구가 작은 남자거나 키가 큰 여자일 수 있었죠."

"그랬지. 또한 영상에서 조가 반항하는 모습이 보이지 않는 것으로 보아 조는 안면이 있는 사람과 갔을 가능성이 높아요."

"그렇다면 이곳에 돌아와 있을 수도 있겠군요?"

"그래, 맞아요. 제때 아이를 찾을 수만 있다면, 내 처음 의견이 틀렸다고 해도 행복할 거요. 경찰 팀이 가가호호 방문을 하면서 경찰견이 집안을 살피게 해달라고 요청중입니다. 물론 강요할 수는 없지만, 이제까지는 다들 협조해주고 있어요."

"헵턴클로의 전 가구를 도는 데 얼마나 걸릴까요?"

러시턴이 한숨을 쉬었다. 그는 비석에 담배를 비벼 끄고 풀밭에 버렸다. "방문 수색을 오늘 마치는 것은 불가능합니다. 하지만 마을 밖으로 이어지는 두 도로에 차가 몇 대 나가 있어요. 마을을 떠나는 사람은 모두 차를 세우고 검문을 받아야 하죠. 사람들에게 장화를 살펴볼 수 있겠느냐고 묻고 있어요."

"사람들이 동의하나요?"

"동의하지 않는다면, 이유가 뭔지 경찰은 알고 싶겠지."

피의 수확

아니, 이렇게 끝내지는 않을 것이다. 이비는 발끈하지 않으려고 애쓰며 입을 열었다. "네, 규칙은 알고 있습니다. 지난 스물네 시간 동안 세 번이나 읽었거든요. 그러니까 선생님이 제게 규칙을 인용해주실 필요는 없어요. 제가 본 바에 의하면, 제삼자에게 심각한 위해가 가해질 수 있는 상황에서는 의사가 정보를 공개할 수 있을 뿐 아니라, 공개해야만 하도록 되어 있던데요."

워링턴이 턱 앞에 손깍지를 끼며 그녀 쪽으로 몸을 굽혔다. "그 부분은 경찰에 정보를 공개하는 경우를 뜻하는 거겠죠. 사건을 담당하는 경찰을 이곳으로 데리고 와서 저를 만나시면 그땐 제가 도와드릴 수 있는지 알아보겠습니다." 그가 몸을 숙여 가방을 집어 들었다.

"그럴 시간이 없어요. 보세요, 제가 선생님한테 예고 없이 급하게 들이닥쳤다는 것은 압니다. 죄송하게 생각하고 있어요. 하지만 이 일 때문에 저는 어젯밤을 새우다시피 했어요."

그가 대꾸를 하려고 했다. 그녀는 그에게 반박할 기회를 주지 않았다. 이비가 황급히 말을 이었다.

"지금 저한텐 예의를 갖출 시간도, 에너지도 없으니 단도직입적으로 말씀드릴게요. 선생님이 저를 도와주지 않은 채 조 플레처가 죽는다면, 저는 모든 사람에게, 경찰이건 일반의료위원회건 언론이건, 어디도 빼놓지 않고 반드시 모든 사람에게 오늘 우리가 나눈 대화 내용을 알리겠어요. 선생님이 어린 소년의 생명보다 규칙을 우선했다는 걸 말예요. 골프는 말할 것도 없고요."

방안에 침묵이 흘렀다. 이비는 부들부들 떨고 있었다. 잠시 그녀는 위협이 효과가 없었다고 생각했다. 의사는 곧 그녀를 진료실에서 쫓아내고 정오로 예정된 티오프를 하기도 전에 일반의료위원회에 민원부터 공식적으로 접수할 것이다. 그때 그가 팔을 뻗어 컴퓨터를 다시 켰다.

"그래서요. 찾아봐야 하는 게 정확히 뭡니까?" 그가 그녀와 눈을 마주치려 하지 않으며 물었다.

"고맙습니다. 선천성 갑상샘 기능 저하증 환자를 찾아야 해요. 삼십 세 미만일 가능성이 상당히 높습니다."

러시턴의 전화가 울렸다. 그가 일어서더니 오른쪽 귀에 전화를 대고 빠르게 걸으며 해리로부터 멀어졌다. 이윽고 그가 전화를 끊고 해리에게 돌아왔다. "그레이트하운드에서 목격담이 나왔답니다. 해리, 나와 함께 차까지 갑시다."

그들은 호기심에 찬 시선을 받으며 교회 경내의 도보를 걸었다.

"조의 모습과 일치하는 남자아이가 집으로 들어가는 것이 목격되었어요. 아이가 없는 집으로 알려져 있고 집주인은 경찰이 한동안 관심 대상으로 지켜보던 사람입니다. 경찰은 그가 강간범이라고 확신하지만 증명할 수가 없어요. 똑똑한 사람이거든."

"그 사람이 조를 데리고 있다고 생각하세요?"

"젊은 양반, 난 그러길 바라고 있습니다. 정말 그러길 바라요. 왜냐하면 한 시간도 되지 않아 전화가 온 거거든. 그 아이가 조라면, 아직 살아 있다는 거요."

"개릿과 앨리스에게 알리실 겁니까?"

"확실하게 알게 될 때까지는 안 돼요. 십 분이면 그 집에 차가 도착해요. 나를 기다리지 않고 출동할 겁니다."

피의 수확

두 사람은 러시턴의 자동차에 닿았다. 대기하던 기자들이 총경의 몸짓에서 긴급함을 감지하고는 그들을 향해 성큼성큼 다가왔다. 러시턴이 차로 훌쩍 오르더니 해리에게 고개를 돌렸다. "내가 젊은 양반이라면, 교회로 돌아가서 자신의 최선을 다하겠습니다." 자동차가 모퉁이를 돌아 시야에서 사라졌다.

해리는 기자의 존재를 견딜 수 있을 것 같지 않았다. 그래서 재빨리 몸을 돌려 오르막길을 올랐다. 사람들이 교회를 나서는 모습이 보였고 몇 분 전부터는 헬리콥터 소리도 들리지 않았다.

아웃도어용 의류를 입은 싱클레어와 토비어스 렌쇼 부자가 해리와 러시턴을 따라 교회 경내를 벗어나 밖으로 나와 있었다. 렌쇼 부자의 약간 뒤쪽에서 질리언이 고개를 들었다 내리며 해리와 땅을 번갈아 쳐다보았다.

"새 소식이 있습니까, 목사님?" 해리가 가까이 다가가자 싱클레어가 물었다.

해리는 고개를 저었다. "아직은 없습니다." 소아 성애자로 알려진 사람이 조와 함께 밤을 보낸 걸까. 그렇다면 설사 살아 있다 해도 조는 어떤 상태일까. 아니 그런 식으로 생각하기 시작하면 끝이 없으리라.

앨리스와 밀리가 그의 바로 앞에 나타났다. 모녀 옆에는 제니 픽업이 딱 붙어 있었다.

"힘들지요, 앨리스? 그래도 잘 견디고 있어요." 싱클레어의 상냥한 어조에 해리는 깜짝 놀랐다. 앨리스가 마치 외국어라도 들은 양 키가 큰 남성을 올려다보았다.

"개릿과 톰 보신 분 계세요?" 그녀가 물었다.

질리언이 가까이 다가오며 입을 열었다. "반시간 전에 로어뱅크 로드에 있었어요. 저랑 다른 몇 명이랑 같이 옛 철길에 갔거든요. 콜링웨이 터널을 확인하려고요."

토비어스가 끼어들었다. "헬리콥터가 수색을 시작했을 즈음엔 돌아왔을 텐데. 앨리스, 우리집에서 휴식을 좀 취하면 어떻겠소? 어린 아이가 밖에 있기엔 날씨가 너무 차."

제니가 조부에게 한 발짝 다가가며 입을 열었다. "그러는 게 좋겠어요, 앨리스. 적어도 밀리는 그 집에 두세요. 아빠네 가정부가 봐줄 거예요. 이런 식으로 하루 종일 아이를 업고 다닐 수는 없잖아요."

앨리스의 시선이 허공 어딘가로 향했다. 그녀는 근처 가로등 기둥을 보며 말했다. "고마워요. 밀리는 저하고 있어야 해요. 이제 개릿을 찾아봐야겠어요."

그녀가 몸을 돌렸다. 점점 더 많은 사람이 교회에서 나오고 있었다. 수색이 다시 시작된 것이다.

"미안합니다. 더이상은 찾아볼 수 있는 게 없군요."

어떡하면 의자에서 일어날 에너지가 생길까 생각하며 이비는 고개를 끄덕였다. "그런 것 같네요."

신비로운 에바를 같이 찾겠다고 존 워링턴이 동의한 것이 한 시간 전. 이제 그들은 포기할 수밖에 없었다. 두 사람은 찾을 수 있는 모든 환자 기록을 컴퓨터에 띄워 검색을 시도했다. 전산화한 기록은 지난 삼십 년 치뿐이었지만 워링턴은 의원의 지하실로 가 그보다 오래된 기록을 몇 상자 찾아냈다. 그들은 사십 년 전의 기록까지 거슬러 올라갔다. 에바가 그보다 더 나이가 들었을 가능성은 거의 없다

피의 수확

고 판단했기 때문이다. 증후군을 앓은 사람의 기록이 몇 건 나왔지만 그들은 모두 사망한 상태였다. 삼십오 년 동안 환자 중 선천성 갑상샘 기능 저하증을 앓는 것으로 등록된 경우가 없었다. 혹을 가진 사람조차 없었다. 두 사람은 머리를 쥐어 짜내며 비슷한 증상의 다른 질병을 생각해 그에 대한 검색도 여러 번 돌렸다. 마침내 그들은 두 손을 들 수밖에 없었다.

"그 사람이 이 지역에 산다고 얼마나 확신하십니까?"

워링턴이 물었다.

"여기에 살고 있어야만 해요. 그 증상을 겪는 사람은 운전을 할 수 없으니까요."

"그런 것 같군요."

"그런 사람이 어떻게 이제껏 눈에 띄지 않은 걸까요? 어째서 아기일 때 진단이 안 된 거죠? 어째서 치료를 받지 못한 걸까요? 의학의 도움이 명백히 필요했는데도 어째서 지역 의사들은 그녀에 대해 아무것도 모르는 걸까요?" 이비가 답답함에 몸을 떨다시피 하며 물었다.

워링턴은 대답하지 않았고 이비는 몸을 일으켰다. "선생님 시간을 너무 많이 빼앗았군요. 게임을 놓치게 해서 죄송합니다."

"오늘 집에서 쉬는 접수원에게 전화를 걸어보겠습니다. 은퇴한 접수원도 몇 명 있고요. 그 사람들이 뭔가를 기억하거나 떠올릴 가능성도 있어요. 성과가 있으면 알려드리겠습니다." 의사가 제안했다.

"해리, 못 견디겠어요." 앨리스가 말했다. 교회 마당의 귀퉁이에 이르렀을 때 앨리스가 비틀거렸고 해리는 팔을 뻗어 그녀를 잡아야 했다. 그녀와 밀리가 땅바닥에 쓰러지는 것을 막아야 했다.

"앨리스는 잘 버티고 있어요. 차분하게 제대로 행동하고 있고, 아이 두 명을 잘 돌보고 있어요. 나는 상상도 하지 못할 강인함입니다." 해리는 한 팔로 그녀의 어깨를 감싸고 그녀를 담으로 이끌었다. 그녀는 너무나 가쁘게 숨을 쉬고 있었다.

"내 아이가 어디 있는지 모르는 건 세상에서 제일 끔찍한 느낌이에요. 이런 기분으로 멀쩡하게 있을 수 있는 사람은 없어요."

앨리스가 말했다.

"앨리스는 할 수 있어요." 그렇게 말은 했지만 해리는 확신할 수 없었다. 앨리스가 무엇에도 초점을 맞추지 못하는 것이 그는 정말 불안했다.

그녀가 거북할 정도로 그에게 가까이 기대며 말을 이었다.

"어떤 느낌인지 말해줄게요. 마치 조가 이 세상에 존재한 적이 없는 것 같아요. 그 아이는 내가 그냥 상상한 존재인 거예요. 그리고 톰과 개릿을 정말 봐야만 하겠다는 기분이 들어요. 왜냐하면 두 사람도 사라진 것 같거든요. 그래서 내가 옆으로 시선을 돌리면 이번엔 밀리가 사라져요. 마치 누가 우리를 조금씩 갉아먹는 것 같은 그런 느낌이에요."

"밀리는 앨리스 등에서 잘 자고 있어요." 해리는 재빨리 입을 열었다. 입을 계속 다물고 있다가는 그 또한 흐느끼게 될 것 같았다. "톰과 개릿도 가까운 곳에서 조를 찾고 있어요. 앨리스, 내 얼굴 좀 봐요."

그녀가 고개를 들었다. 그가 아직 사랑에 빠지지 않았다면 그녀의 옅은 터키블루빛 눈동자와 사랑에 빠졌을지도 모르겠지만⋯⋯.

"우린 조를 찾을 겁니다. 금세 찾을 거예요. 조가 온전한 상태로 무사히 돌아온다고 약속이라도 해주고 싶지만 그럴 수 없다는 건 앨리스도 알 겁니다. 어쨌든 우리는 조를 찾을 겁니다. 앨리스는 다시 뚜렷하게 판단할 수 있게 될 거고, 어쩔 수 없는 상황이 닥친다면 애도하는 법을 배울 수 있을 거예요. 그리고 다시 삶을 살기 시작할 수 있게 될 겁니다. 앨리스는 결코 홀로 남지 않을 거예요."

"해리, 나는⋯⋯." 그녀의 터키블루빛 눈동자에 눈물이 차올랐다. 또 다른 터키블루빛 눈동자 한 쌍이 그를 바라보고 있었다. 잠에서 깬 밀리가 마치 모든 말을 다 이해한 것처럼 해리를 쳐다보고 있었다.

"앨리스는 놀라울 정도로 강인한 사람이에요. 당신 가족은 당신 덕분에 살아남을 겁니다. 앨리스는 플레처 가족의 심장이고 영혼이에요."

"해리가 어째서 성직자가 됐는지 알겠네요." 앨리스가 손을 뻗어 그의 팔을 만졌다. "하지만 진짜가 아니에요, 그렇죠?"

참고 참았지만 그의 눈에도 이젠 눈물이 고였을지 모른다는 생각이 들었다. "무슨 뜻인가요?" 그는 알면서도 물었다.

"지금은 해리를 지탱해주는 믿음이 없어요. 하늘에 있는 분과 직통으로 연결되어 있지 않아요. 그냥 해리만 있는 거예요. 그렇죠?"

"이리 와요. 우리 두 사람 다 안으로 들어가야겠어요." 해리가 말했다.

82

이비는 햅턴클로에 와 있었다. 거리는 다시 한적해졌다. 그녀는 길옆에 차를 대고 내렸다. 지금처럼 피곤한 적이 있었던가? 잘 기억이 나지 않았다. 그녀는 포장도로를 가로질러 연립주택 건물로 이어지는 짧은 길을 걸었다. 대기 중에 떠돌던 무언가가 문간에서 기다리는 그녀의 코트 소매에 내려앉았다. 그날 내내 예상되던 눈이 드디어 도착한 것이다.

"질리언을 만나러 왔는데 초인종을 눌러도 나오질 않아요. 따님이 걱정돼요." 문이 열렸을 때 그녀가 말했다.

그웬 배니스터가 한숨을 내쉬었다. "들어와요, 선생님. 당장이라도 쓰러질 것 같구먼."

이비는 그웬을 따라 현관 복도에 깔린 꽃무늬 문양의 카펫을 밟으며 작은 거실로 들어갔다. 여기저기가 해진 카펫 등 거실 내부는 오랫동안 새 치장을 하지 않은 모양새였다. 거실 한 귀퉁이에 텔레비전이 켜져 있었다.

"오늘 따님을 보셨나요?" 이비는 텔레비전 쪽을 흘짓 보며 그웬이 텔레비전을 끄지 않으려나 잠시 생각했다.

"앉아요, 선생님. 주전자에 물을 올릴 테니."

이비는 차를 마시고 싶지 않았지만 감사한 마음으로 소파에 털썩 앉았다. 그녀가 입을 열었다. "여기서 계속 시간을 써도 될지 모르겠어요. 정말 걱정이 많이 되거든요. 따님을 마지막으로 보신 게 언제죠?"

"두 시간 정도 전?" 그웬이 잠시 뜸을 들이다 대답했다. "그 애는 하루 종일 수색대를 돕고 있다우. 5시쯤 되었나, 수색하기에 날이 너무 어두워졌을 땐 목사하고 얘기하고 있었고."

텔레비전 소리가 너무 컸다. 텔레비전 방청객들이 박수를 치자 이비가 움찔했다. "괜찮아 보이던가요?" 그녀가 물었다.

그웬이 어깨를 으쓱했다. "흠. 내 생각엔 목사님이 한 말이 딸애 맘에 별로 들지 않았던 거 같아. 왜냐하면 그럴 때마다 하는 식으로 휙 돌아서서 언덕 아래로 뛰어내려가버리더라고요. 그 애가 집에 없는 게 확실하우?"

"창문에 불은 켜져 있지만 전화를 안 받고 문도 열어주지 않았어요." 이비가 질리언의 아파트 건물 밖에서 기다린 시간은 십오 분이었다. 점점 추워지는 날씨에 몸이 딱딱하게 굳어 그녀는 결국 다른 방법을 찾아야 했다.

"내가 가서 확인해볼게요. 그전에 먼저 차를 다 마셔도 될까?"

"괜찮겠죠." 하지만 사실 이비는 그웬이 바로 가줬으면 하고 간절히 바랐다. "어머님도 따님이 걱정되시면 제게 꼭 전화 주세요. 특히 따님이 지금 집에 없다면요. 따님이 대체로 괜찮아 보이면 내일 아침에 전화가 갈 거라고 전해주시고요. 병원에서 저와 같이 일하는 동료 의사가 전화를 할 거예요. 질리언을 환자로 받기로 했어요."

그웬이 미간을 찌푸렸다. "난 선생님하고 그 애하고 잘 지내는 줄 알았는데?"

"그랬죠. 죄송하지만 자세한 내용은 말씀드릴 수 없어요. 도와주셔서 감사해요. 필요하시면 제게 전화주세요." 이비가 몸을 일으켰다.

그웬이 따라 일어섰다.

"그려요. 그런데 꼬마 애 소식은 더 없는 거유?"

이비가 고개를 저었다.

"애 엄마가 안됐지 뭐야. 이 동네에서 대체 무슨 일이 일어나고 있는 건지 의아하지, 안 그래요? 교회도 이상하고 말이야. 밤새 제의실을 지키도록 순경 한 명을 세워놨다는데……. 혹시나 해서 말이에요. 흠. 깊이 생각하지 않아도 뻔한 거 아닌가?"

이비는 문 쪽으로 움직였다. 그웬이 길을 막고 서 있었지만 잡담을 나눌 시간이 정말 없었다. 이비가 일부러 보란 듯이 손목시계를 쳐다보자 그웬이 옆으로 비켜섰다.

그웬이 이비를 따라 현관 복도를 걷다가 입을 열었다. "내가 질리언을 더 불쌍히 여겨야 한다는 건 알아. 딸아이를 잃은데다 자기가 귀여워하던 여자애도 둘이나 죽었으니 말예요. 물론 그게 우연이 아니라고는 누구도 생각 못 했지. 일이 시간차를 두고 발생했잖아요. 루시하고 메건은 사 년의 시간차가 있었고 우리가 헤일리를 잃기 전에는 또 삼 년이 흘렀으니까. 일어난 일도 너무나 달랐고요. 한 명은 떨어졌고, 한 명은 실종됐고, 한 명은 화재에서 죽었지. 그 세 아이가 다 연결이 되어 있었을 거라 누가 알았겠어."

"그런 생각은 도저히 할 수 없었겠죠. 누구도 책임을 느껴서는 안 돼요." 이비가 현관문 일 미터 남짓 앞에서 멈춰 섰다. 다 연결이 되어 있다? "질리언이 루시와 메건을 귀여워했나요?"

"아, 그랬다우. 루시가 살아 있을 때 그 애를 봐준 적이 있거든. 선생님 혼자서 문을 열 수 있겠어요?"

"질리언에게서 이야기를 들은 것 같아요. 질리언이 메건하고도 안면이 있었는지는 몰랐지만요."

"그 애는 메건도 봐주곤 했다우. 예쁜 애였어. 그 애 가족은 다른 곳으로 이사를 갔어요. 그런 일은 절대 극복이 안 되거든, 안 그러우? 진짜 나도 질리언을 좀 불쌍히 생각해줘야 해. 아는데 잘 안 되네. 저기, 내가 해줄게요."

이비는 그웬이 그녀 옆을 지나 문을 열어주는 모습을 지켜보았다. 그리고 앞으로 나서 문지방을 넘으며 말했다. "고맙습니다, 어머님. 연락 주세요."

이비는 밖으로 나와 자기 차에 몸을 기댔다. 고운 눈발이 이미 차 앞유리를 덮기 시작한 참이었다. 정신 줄을 놓으면 안 됐다. 지금은 그럴 때가 아니었다. 스티브도 연관성을 찾으라는 말을 했다. 희생자는 무작위로 선택된 것이 아니었다. 그들 사이에는 연관성이 있었다. 그녀는 그걸 찾아낸 걸까? 경찰에 말해도 될 만큼 근거가 충분한 걸까?

차를 몰고 언덕을 내려가던 그녀의 눈에 플레처 저택 밖에 주차된 해리의 자동차가 들어왔다. 몇 초 후 그녀는 차를 댔다. 질리언의 아파트는 무시하고 바로 그 아래 신문 가게로 향했다. 가게는 어둠에 잠겨 있었다. 이비는 문을 쾅쾅 두드렸다. 초인종이 있던가? 아, 위쪽 왼편 구석에 있다. 그녀는 초인종을 오 초 동안 누른 후 잠시 기다렸다가 다시 눌렀다. 가게 안쪽에 있는 문이 열렸다. 불이 켜졌고 누군가가 그녀를 향해 오고 있었다. 제발. 됐다! 어제 이야기했던 그 여인이었다.

"문 닫았는데."

"여쭤볼 게 있어서요. 기억하실지 모르겠는데, 제가 어제 여기 왔었거든요. 질리언을 만나러요."

"내가 질리언 유모라도 되나?" 육십 대로 보이는 여인은 통통하고 키가 작았다. 직모인 머리카락이 하얗게 세어 있었다.

"질리언이 버스 타는 걸 보셨다고 말씀하신 거 기억 안 나세요?"

"그런 말을 했던 거 같긴 하네." 여인이 팔짱을 끼며 말했다.

"몇 번 버스를 탔는지 보셨어요? 종점이 어디인 버스였는지?"

"뭐지? 〈크라임 워치*〉라도 찍는 거야? 아, 혹시 그 아이랑 관련된 일이우?" 여인의 얼굴에 걱정의 기색이 얼핏 떠올랐다.

이비는 필사적이었다. "그럴 수도 있어요. 제발, 기억나시는 게 있다면 말씀해주세요. 정말 중요한 일이에요."

"위치웨이 회사 버스는 아니었수. 그 버스들은 꺼멓고 뻘겋고 그렇잖아?" 여인의 싸움닭 같은 태도는 사라져 있었다.

"그렇죠." 동의는 했지만 사실 이비는 버스를 타본 적이 전혀 없었다.

"녹색이었어. 맞아, 이제 기억나네. 엘시 밀러가 타는 걸 봤어요. 매달 가는 병원 정기검진에 가는 모양이라고 생각했지."

"그런데 녹색 버스는 행선지가……."

"병원을 지나쳐서 타운 센터에서 사람들을 내려준다우."

"어느 타운 센터요?"

"당연히 블랙번이지."

---

* 영국 BBC 방송사에서 방영하는 TV 프로그램. 미해결 사건의 정보를 대중에게 공개하여 사건 해결을 위한 제보를 받고자 만들어졌다.

피의 수확

"죽은듯 잠이 들었네요." 제니가 주방으로 들어오며 말했다. 그녀가 멈칫하더니 한 손으로 입을 막았다. "미안해요. 이렇게 배려가 없을 수가. 제 입을 꿰매버리고 싶어요."

개릿이 아내를 흘깃 보았다. 앨리스가 들은 것 같지는 않았다.

"제니가 무슨 뜻으로 말한 건지 아니까 걱정 말아요. 아이들은 둘 다 아주 기진맥진했어요. 톰은 오늘 저만큼이나 많이 걸었거든요. 밀리가 바깥 공기를 이렇게 오래 맡은 적도 처음이고요. 제가 오븐 확인할까요?"

"아, 제가 할게요." 제니가 해리 뒤로 빠져나가 오븐 앞에서 몸을 숙였다. 그녀가 오븐 문을 살짝 열자 김이 주방으로 흘러 들어왔다. 고기 익는 냄새가 공기를 채웠고 해리는 배가 고프다는 것을 깨달았다.

"토할 것 같아요." 앨리스가 일어서서 말하고는 몸을 돌려 뒷문으로 사라졌다.

배가 진짜 고팠던 걸까 궁금해질 정도로 해리의 식욕이 순식간에 가라앉았다. 개릿이 주방을 등지며 밖을 바라보고 있었다. 밖은 이제 완전히 어두워져 있었다. 해리는 손목시계를 보았다. 시간이 궁금해서라기보다는 단순한 버릇이었다. 이비의 도착을 기다리는 것은 오래전에 그만두었다. 그가 고개를 들었을 때 개릿이 돌아서서 주방을 향했다.

"제니가 어떻게 생겼는지 마이크가 까먹겠습니다. 정말 괜찮겠어요? 이렇게……." 개릿은 질문을 마무리짓지 않았다. 개릿은 제니가 떠나길 원하는 걸까 해리는 궁금했다. 제니와 해리가 모두 떠나길 원할지도 몰랐다. 지금 이 순간 플레처 가족에게 친구란 아무 소용이 없었다. 친구는 도울 것이 없었다. 오히려 방해만 될 뿐이었다.

"조금 이따 들를게요. 우린 오늘밤 친정에서 잘 거거든요. 아침에 일찍 시작할 수 있게요." 제니가 해리와 개릿을 번갈아 보았다. "다들 또 올 거예요. 마이크하고 수색대 남자 모두 다요. 우린 포기하지 않아요."

"고마워요, 제니. 하지만 조는 이곳에 없어요. 다들 알고 있을 겁니다." 개릿이 말했다.

해리가 자리에서 일어나 제니를 배웅했다. 문간에 이르자 제니가 부드러운 어조로 말했다. "나중에 와서 확인해볼게요. 오 분만 지나면 다 될 테니 저분들에게 밥을 꼭 먹이세요."

해리는 현관문을 닫고 문에 기댔다. 그도 떠나는 편이 나을 것이다. 이곳에서 그는 무용지물이었다. 적어도 제니는 밥이라도 해놓고 갔다. 아무도 먹지는 않을 테지만, 뭔가를 하긴 했다. 그때 밖에서 무슨 소리가 들렸다. 자동차 한 대가 주차를 하고 있었고 또 한 대가 가까이 따르고 있었다. 두 대의 자동차에서 두 명의 형체가 나타나 현관으로 다가왔다. 그는 기자라고 짐작하며 문을 열려고 했다. 이번에는 뭐라고 해야 할까? 플레처 가족은 잘 견디고 있습니다. 여러분의 지원에 감사하고 있습니다. 부디 계속 기도를 해주십……

댓돌에 서 있는 이는 브라이언 러시턴이었다. 코트 어깨가 눈송이로 젖어 있었다. 그의 옆에는 이비가 서 있었다. 그녀가 그렇게 창백한 것을 해리는 처음 본 것 같았다.

"안 돼!"

피의 수확

사람들의 고개가 모두 돌아갔다. 앨리스가 주방 문간에 서 있었다. "안 돼." 그녀가 다시 말했다. 해리의 몸에 열이 확 올랐다. 러시턴과 이비의 방문이 무엇을 암시할까 생각해보니 앨리스가 무슨 생각을 하는 건지 알 수 있었다.

"앨리스, 그러지 마……." 이비가 입을 열었다.

러시턴이 안으로 들어와 신발에 묻은 눈을 털고는 해리를 이끌어 앨리스에게 성큼성큼 다가갔다. "진정해요, 앨리스. 나쁜 소식이 있어서 온 게 아닙니다. 소식이 있긴 하지만 나쁜 건 아니니 마음을 가라앉혀요. 이리 오세요, 와서 앉으세요."

"뭡니까?" 해리가 이비에게 입 모양으로 물었다. 그로서는 해석할 수 없는 표정을 흘긋 던지고 그녀는 문지방에 구두 뒤축을 두드려 눈을 턴 후 러시턴과 앨리스의 뒤를 따랐다. 해리도 문을 닫고 그들 뒤를 따랐다.

"다들 앉으세요." 러시턴이 말했다. 해리가 일행 중 마지막으로 이비 옆에 앉으려다가 그녀와 눈을 마주쳤다. 그녀는 아파 보였다. 그는 싱크대로 향해 컵에 수돗물을 채워 아무 말 없이 그녀에게 건넸다. 그녀가 반 정도를 마셨다.

"한 시간쯤 전에 올리버 선생이 전화를 주셨습니다. 돌파구를 찾은 걸 수도 있는 듯해요." 러시턴이 말했다.

"에바를 찾은 겁니까?" 해리가 이비에게서 시선을 떼지 않은 채 물었다.

"그 일이 아니에요." 그녀가 고개를 젓고는 러시턴을 보며 물었다. "직접 말씀하시겠어요?"

"아니, 조금 전에 나한테 잘 설명해준 것처럼 여러분께도 젊은 양반이 직접 이야기하는 게 좋겠어요."

이비의 양손이 떨리고 있었다. 자신을 가누기 위해 엄청난 노력을 하는 것처럼 보였다. "어젯밤에 저는 동료 의사를 만나러 갔어요. 범죄 수사 쪽에 경험이 좀 있는 사람이라 지금 상황을 어떻게 보는지 알고 싶었거든요." 그녀가 잠시 말을 멈추고 물을 한 모금 마셨다. 물을 삼키는 순간 마치 목구멍에 무엇이 걸린 것처럼 얼굴이 통증으로 일그러졌다.

"스티브 덕분에 저는 우리가 찾고 있는 사람이 두 명임을 깨닫게 되었어요. 첫째는 에바라는 사람이죠. 무슨 일이 일어나고 있는지 알고 있고 자기 나름의 방식으로 플레처 가족에게 경고를 하려고 시도해온 사람이에요. 하지만 그녀는 아이들과 교류하기엔 한계가 있고 또한 톰을 겁먹게 만들기 때문에 그다지 성공적이지 못했어요." 그녀가 시선을 해리에게 돌렸다. "그녀가 교회 주변에서 서성거리는 걸 당신은 이미 알고 있었어요. 제 생각엔 그녀가 성작에 피를 넣었고 당신이 발견하도록 밀리 인형을 남겨놓은 것 같아요. 교회에서 무슨 일이 일어나고 있는 건지 당신에게 말해주고 싶었다고나 할까요? 밀리가 노출된 현실적인 위험에 대해서 말이죠."

개릿과 앨리스가 서로를 마주보는 것이 해리에게 느껴졌다. 교회에서 일어난 그 기괴한 사건을 부부가 얼마나 알고 있는 건지 기억나지 않았다. 개릿이 입을 열어 말을 하려고 했지만 아내가 쉿 하며 멈추게 하는 모습이 보였다.

"더 중요한 것은 우리가 어린 여자아이를 유괴하여 죽이는 사람을 찾고 있다는 거예요. 스티브 덕분에 저는 그 일이 모두 연관되어 있다는 점을 깨닫게 되었어요. 이 사건에서 교회의 의미는 중요해요. 하지만 마을 자체도 의미가 있더군요. 희생자가 모두 이 마을 출신인 것은 우연이 아니에요. 유괴범이 누구건 간에, 그 또는 그녀는 희생자 모두와 관계가 있어요. 그 아이들이 선택된 데는 이유가 있어요. 전 오늘 에바를 찾지는 못했지만, 연결 고리는 찾은 건지도 모르겠어요."

"그게 무엇입니까?" 개릿이 물었다.

"'무엇'이 아니라 '누구'예요. 저는 질리언이 연결 고리라고 생각해요."

톰은 잠에서 깨어 있었다. 잠이 들었던 걸까? 그랬던 모양이지만 확신할 수는 없었다. 지금 누구 침대에 누워 있는 걸까. 조의 침대였다. 톰의 침대 덮개는 머리로부터 일이 미터 남짓 위에 있었다. 복도에서 불빛이 비쳤고 아래층 주방 쪽에서 목소리가 들려왔다. 그렇다면 그리 늦은 것은 아니리라. 다시 잠이 드는 게 나을 것이다. 잠 속의 세계에서는 조가 무사했다.

갑자기 유리창이 덜컹거리는 소리가 들렸다. 톰은 일어나 앉았다. 톰이 깬 것이 저 소리 때문이었다. 유리창을 두드리는 듯한 날카롭고 뚜렷한 일련의 소리들. 누군가가 창문에 돌을 던지고 있었다.

조였다! 조가 집안으로 들어오려고 하고 있었다. 톰은 침대에서 펄쩍 뛰어내려 방을 가로질렀다. 커튼이 내려져 있었다. 얼굴에 깔깔하게 와 닿는 커튼 천을 통해 바깥에 있는 형체가 어렴풋이 보였다. "조." 톰이 속삭이듯 말했다.

아래층에서 여전히 여러 목소리가 들려왔다. 해리의 목소리가 가장 크고 가장 뚜렷했다. 여자 목소리도 들렸다. 훨씬 부드럽고 나직했다. 영국 억양이 있는 것이 엄마는 아니었다. 제니일 수도 있었다. 아까도 집에 있었으니까. 아빠 엄마를 소리쳐 불러야 할까? 조가 밖에 있는 것 같다고, 밖에서 유리창으로 돌을 던지고 있는 것 같다고 말해야 할까?

그렇지만 그가 엄마에게 그런 짓을 해도 될까. 조가 돌아온 것이라는 희망을 품게 해도 될까? 사실은 창문을 스치는 나뭇가지에 지나지 않는데도?

톰의 침실 창문 근처에 나무라고는 없었다.

톰은 양손을 커튼에 대고 몇 센티미터 정도 열어보기로 했다. 밖에 무엇이 있는지 알 수 있을 정도, 딱 그만큼만. 일 센티미터를 열었다. 어둠밖에 안 보였다. 삼 센티미터. 오 센티미터.

그 여자애가 있었다. 집 뒤뜰에서 그를 올려다보고 있었다.

주방에 침묵이 깔렸다. 이윽고 개릿이 의자에서 일어났다. 러시턴이 한 손을 들어 막았고 손목시계를 살피며 입을 열었다. "로일 부인이 지금쯤 본서로 오는 중일 겁니다. 저는 그녀의 신병을 무사 확보했다는 전화를 니스튼 경위로부터 기다리고 있고요. 경찰 정신의가 입회하지 않으면 그녀와 이야기할 수 없습니다만, 적어도 그녀가 아이를 해치지 못하게 할 수는 있겠지요."

"질리언요? 헤일리는 질리언의 딸인데요." 앨리스가 말했다.

"질리언이 친딸을 죽인 첫 번째 어머니는 아닐 겁니다. 전혀 아니죠. 솔직히 말하면 올리버 선생이 전화했을 때 나 자신도 회의적이었어요. 아직도 백 퍼센트 납득한 것은 아니지만 답을 요구해야 하는 의문점은 충분히 있는 것 같습니다." 러시턴이 대답하며 이비에

피의 수확

게 고개를 끄덕여 보였다. "젊은 양반이 계속하세요. 나보다 잘하는 것 같으니."

이비가 테이블로 시선을 떨어뜨렸다가 다시 위를 보았다. 환자 기밀 엄수 의무를 깨는 것이 지금도 힘들다는 듯, 단어가 그녀의 입에서 마지못해 나오는 것처럼 보였다. "제가 질리언에 대해 걱정한 지는 좀 되었어요. 질리언이 제게 말해주지 않는 게 많다는 건 알고 있었고 그녀의 머릿속에 애도의 감정 외의 생각이 오가고 있다는 것도 알고 있었죠. 그녀가 해준 이야기 몇 가지와 그녀가 보이는 행동에서 저는 아동 학대를 짐작했지만, 정말로 걱정하기 시작한 건 헤일리의 사망에 대해 그녀가 거짓말을 한 것을 알아냈을 때였어요. 질리언은 저를 포함한 여러 사람에게 헤일리의 시신이 발견되지 않은 채 화재에서 그저 사라져버렸다고 했는데, 참말이 아니었어요. 소방관이 시신을 찾았거든요."

"그건 헤일리의 시신이 아니었잖습니까? 화재 발생 전에 누군가가 헤일리를 밖으로 데려갔어요." 해리가 그녀에게 일깨워주었다.

"그래요. 하지만 헤일리가 집에서 사라진 일에 그녀가 연루되지 않았다면, 시신이 헤일리의 것이 아님을 그녀는 어떻게 알았을까요? 발견된 시신이 헤일리의 것임을 받아들이기 거부함으로써 질리언은 죄책감과 싸운 거예요. 제 생각은 그래요."

"알겠습니다. 하지만 그것만으로는 충분하지 않아요." 해리가 러시턴을 올려다보며 말했다. 그는 그 나이든 남자의 표정을 읽어보려고 했다.

이비가 다시 유리잔의 물을 한 모금 마시고 말했다. "맞아요. 충분하지 않죠. 그런데 지난 한 주 동안 저는 질리언의 모친과도 계속

이야기를 나눴어요. 질리언이 세 살 때 부친이 자동차 사고로 사망했다고 하더군요. 그때 질리언은 아버지와 함께 차 안에 있었대요. 다치지는 않았지만 경찰이 그녀를 차에서 빼냈을 때는 아버지의 피를 뒤집어쓰고 있었다고 해요."

"맙소사." 개릿이 중얼거렸다.

"그렇죠. 어떤 아이라도 정신적 상처를 입었을 거예요. 질리언의 모친은 재혼했고. 그리고 증거는 없지만 질리언은 상당히 어렸을 때 양부에게 학대를 당한 것 같아요. 어린시절 진료 기록을 보면 학대의 교과서를 보는 것 같을 정도예요. 게다가 양부에 대해서 말할 때 그녀는 혹독한 비난조가 되고 성적으로 연관이 있는 표현을 많이 써요. 이에 대해 그웬에게 이야기할 때 조심해야 했어요. 질리언이 학대당했느냐고 대놓고 물을 수는 없으니까요. 그래도 에둘러 언급은 할 수 있었어요. 무언가 일이 있었던 건 확실해요. 그웬은 겉으로 인정하는 것보다는 많이 알고 있어요. 그리고 질리언이 열두 살 때, 십팔 개월 된 여동생이 죽었죠. 집안 계단 꼭대기에서 돌바닥으로 떨어졌다고 해요. 왠지 귀에 익지 않나요, 여러분?"

해리는 앨리스가 팔을 뒤로 뻗어 남편의 손을 잡는 모습을 보았다. 부부 모두 말문이 막힌 듯했다.

해리는 다시 러시턴을 보았다. "우려가 되긴 합니다. 그렇지만 이건 경찰이 흔히 정황증거라 표현하는 그런 거 아닙니까?"

러시턴이 반응을 보이기 전에 이비가 입을 열었다. "아이를 발견한 사람은 질리언의 양부였지만 질리언 또한 집안에 있었다고 해요. 그녀는 피를 보았을 거고 자기가 혐오하는 남자가 고통에 차 울부짖는 소리를 들었을 겁니다. 빗나간 십 대 아이가 자신의 힘을 상당히 잘 느꼈을 상황이에요."

"여전히 짐작에 불과해요, 이비." 해리가 말했다.

"나도 이 시점에서는 그렇게 말했지." 러시턴이 고개를 끄덕이며 말했다.

"질리언의 남편은 바람을 피우고 있었어요. 저는 그녀가 남편을 벌하기 위해 헤일리를 죽였다고 생각해요. 양부의 딸을 죽임으로써 그녀가 양부를 벌한 것처럼요. 자신의 힘을 느끼기 위해서 그녀는 사람을 죽입니다. 루시가 죽던 날도 질리언과 질리언의 모친은 렌 쇼가에 있었어요."

"그웬이 그러던가요?" 해리가 잠시 생각에 잠겼다 입을 열었다. "그러고 보니 나도 알고 있던 것 같습니다. 제니가 언급한 것 같아요."

"질리언은 때때로 루시를 돌보아주었다 해요. 일종의 비공식 보모였죠. 메건을 봐준 적도 있다더군요. 물론 그녀가 왜 그 두 아이를 죽이고자 했는지 우리로서는 짐작할 수 없지만, 아까 말한 대로 대답을 들어야 할 의문점이 있어요." 러시턴이 말했다.

잠시 아무도 입을 열지 않았다.

"어제 이른 오후에 질리언이 블랙번으로 가는 버스를 타는 것을 본 사람이 있어요." 이비가 말했다.

여전히 침묵이 감돌았다.

"질리언은 아이들이 보는 연극에 대해 알고 있었어요. 어제 아침에 이 부근에서 제니와 함께 있기에 우리 애들이 어디 가는지 제가 말해주었어요." 앨리스가 말했다.

톰은 맨발로 살금살금 아래층으로 내려왔다. 주방 문은 닫혀 있었다. 문 뒤에서 여러 목소리가 났다. 톰은 거실로 들어가 정원이 내다보이는 창문으로 갔다. 그 아이가 아까보다 훨씬 더 가까이 있을 터라 커튼을 걷는 것이 쉽지는 않았지만, 어찌어찌 커튼을 걷었다.

눈동자 한 쌍. 커다란 갈색의 두 눈 주위에 구겨진 얇은 종이처럼 주름이 자글자글했다. 아이는 주름 탓에 나이가 들어 보였지만 그 때문에 어려 보이기도 했다. 톰을 빤히 바라보는 두 눈엔 처음 보는 기색이 어려 있었다. 장난기가 가득한 아이의 모습은 본 적이 있었다. 톰과 밀리를 위협하는 모습도 본 적이 있었다. 아이가 겁에 질린 것은 본 적이 없었다.

"에바." 아무 소리도 나오지 않았고 그의 입술만이 단어의 모양대로 움직였다.

"토미." 아이의 입도 움직였다.

톰은 커튼에서 손을 떼며 뒤로 물러섰고 커튼은 제자리로 다시 드리워졌다. 아이가 톡톡 창을 살짝 두드렸다.

어떻게 해야 하지.

톰이 아빠를 소리쳐 부른다면 그 아이는 사라질 것이다. 그리고 톰은 그 아이가 사라지길 원했다. 조가 없는 것만으로도 충분히 상황이 좋지 않은데 괴물까지 상대할 힘은 도저히 없었다.

똑, 똑, 똑. 이번에는 소리가 더 크게 났다. 아이가 유리를 부수기 전에 결정을 내려야 했다.

침묵이 흘렀다. 톰은 손을 뻗어 커튼을 움직였다. 아이는 여전히 같은 곳에 있었다. 아이는 그를 보더니 손을 아래위로 흔들며 창문 잠금장치를 가리켰다. 톰이 창문을 열어주기를 원하는 것이다. 안

　　　　　　　　　　　　　　　　　피의 수확

으로 들어오고 싶어 하는 것이다.

　백만 년이 지나도 그럴 일은 없었다. 톰이 소리를 치기 위해 입을 열었다.

　이 아이가 조를 데리고 있을지도 몰랐다.

　어쩌라고. 그는 그렇게 용감하지 않았다. 아이를 절대 들어오지 못하게 할 것이다. 톰은 고개를 흔들고 거실 안쪽으로 한 걸음 물러섰다. 커튼이 다시 드리워졌지만 완전히 닫히지는 않아서 그 아이의 모습이 보였다. 아이가 원피스 목깃 아래 손을 넣어 무언가를 꺼냈고 그것을 유리창에 갖다 댔다.

　그 아이는 정말로 동생을 데리고 있는 것이었다. 그렇지 않고서야 조의 운동화를 어떻게 갖고 있는 걸까?

　톰은 자신도 모르게 창문 쪽으로 한 발짝 내디뎠다. 새 운동화가 생겼을 때 톰과 조는 운동화에 손을 좀 댔다. 뒤꿈치 쪽에 스티커를 붙이고 톰의 검정 운동화에는 빨간 끈이, 조의 빨간 운동화에는 검정 끈이 있도록 끈을 서로 바꾸었다. 유리창에는 검정 끈이 꿰인 빨간 신발 한 짝이 붙어 있었고 운동화 뒤꿈치 끝에는 스파이더맨 스티커가 붙은 것이 살짝 보였다.

　조를 데리고 있는 것은 저 애였다. 저 아이가 이제까지 원한 것이 바로 그것이었다. 플레처 가족의 아이 중 한 명. 밀리를 데려가려고 했지만 실패하자 대신 조를 쫓아간 것이다.

　아이가 다시 창문 잠금장치를 가리키고 있었다. 정말로, 정말로 안으로 들어오고 싶은 모양이었다. 복도를 사이에 두고 바로 옆에 아빠와 해리가 있었다. 아이가 안으로 들어오면 톰이 붙잡을 수 있다. 자신이 지르는 고함소리에 사람들이 올 때까지 계속 붙들고 있을 수 있다. 일단 아빠가 저 아이를 잡기만 하면 저 아이는 조가 어디 있는지 털어놓아야 하리라. 아이를 안으로 들어오게 하고 미친 듯이 소리를 지르면서 아이를 꽉 붙들고 있자. 할 수 있을 것이다. 아니, 할 수 있을까? 내가 그렇게 용감할 수 있을까?

스스로 생각할 틈을 주지 않고 톰은 에바에게 고개를 끄덕인 후 손가락 하나를 들어 보였다. "일 분만 기다려." 그렇게 말은 했지만 아이가 그 말을 이해할지 못할지는 전혀 감이 오지 않았다. 그는 거실에서 뛰어나가 복도 쪽 열쇠가 걸린 곳으로 갔다. 거기 있는 열쇠 중 하나가 창문 열쇠였다.

몇 초가 지났다. 에바가 더이상 그곳에 있지 않을지도 모른다고 반쯤 기대했지만 아니었다. 아이는 그대로 있었다. 톰은 잠금장치 구멍에 열쇠를 넣고 돌렸다. 손잡이가 위로 올라가자마자 아이는 마치 많이 해본 듯 창문을 당겨 열고 기어올라 안으로 들어왔다. 톰은 바로 뒤로 물러섰다. 아이의 목에 달린 끔찍한 혹 때문에 근처에도 있고 싶지 않았기 때문이다. 아이는 그에게 생각할 여유도 주지 않고 카펫 위로 툭 내려서더니 거실을 가로지르며 달렸다.

톰이 비명을 지르며 아이를 쫓아 달렸지만 아이는 문 앞에서 멈춰서서 문을 닫았다. 아이는 이제 톰과 어른들 사이에 있었다. 그래도 톰은 소리를 치고 아이를 잡을 수 있을 것이다.

아니, 그럴 수 있을까?

"토미." 아이가 말했다. "토미, 제발 와줘."

열린 창문을 통해 바깥의 찬 기운이 실내로 물밀듯 흘러 들어오고 있었다. 하지만 톰이 떠는 것은 추위 때문이 아니었다. 그는 알았다. 추위는 사람 속으로 이렇게 들어오지 않는다. 이렇게 깊숙이 들

피의 수확

어오지 못한다. 비바람이 일으키는 평범한 추위는 사람의 가장 은밀한 내면을 얼음장처럼 얼어붙게 만들지 않는다.

톰을 떨게 한 것은 동생의 목소리였다. 저 여자애의 입에서 마치 메시지처럼 나오는 동생의 목소리. 그로서는 절대 닿을 수 없는 장소에서 외치는 것처럼 들리는 동생의 목소리. 마치…….

"토미, 제발 와줘."

……도와달라 애원하는 것처럼.

"이비 말이 옳다고 칩시다. 내가 이해하지 못하겠는 건 어째서 질리언이 여자애들에게서 조로 갈아탔느냐는 겁니다. 행동 양식을 바꾼 거잖아요." 개릿이 말했다.

이비가 동의했다. "그렇죠. 저는 질리언이 정말로 조에게 관심이 있었다고는 보지 않아요. 원했던 아이는 밀리에요. 구월 연회에서 밀리를 데리고 나가 교회 복층에 올려놓은 사람이 질리언이라고 생각해요. 해리와 아이 오빠들이 때마침 그곳에 도착한 건 정말 천운이었어요." 그녀가 해리에게로 시선을 돌렸다. "당신은 기억하죠? 거기 질리언이 있었죠? 당신이 아이들과 함께 교회에서 나왔을 때 질리언이 당신을 기다리고 있었어요."

해리가 고개를 끄덕였다. "질리언이 밀리를 집까지 안고 갔습니다. 우리는 다 넋이 나가 있었거든요. 이비 생각엔, 질리언이 근처에서 서성거리다가……."

"제 생각엔 누군가가 오고 있다는 걸 깨닫고 도망간 거예요. 다만 밀리는 가지 않은 거죠. 계획대로 일이 마무리될 가능성이 여전히 있었으니까요. 당신이 제때 밀리한테 다가가지 못할 수도 있었어요. 그후에도 그녀는 거듭 아이를 데리고 가려고 했죠. 십일월에. 하지만 톰과 조가 방해했어요. 그 뒤로는 때를 기다리고 있던 것 같아요. 어제까지는요."

"어제 무슨 일이 있었는데요?" 앨리스가 물었다.

이비는 자신에게 향한 해리의 시선을 느꼈다. 그녀가 입을 열었다. "질리언은 해리에게 심각할 정도로 반해 있었어요. 그런데 어제……."

"내가 이비에게 입을 맞추는 걸 질리언이 보았습니다." 해리가 끼어들었다.

앨리스가 남편을 보았다가 다시 이비에게 시선을 돌리며 입을 열었다. "그런데 그게 어째서……."

이비는 고개를 돌리지 않고 앨리스와 시선을 계속 맞추기 위해 안간힘을 썼다. "해리와 나는 자식이 없어요. 하지만 우리는 이 집 아이들을 좋아하고 질리언은 그 사실을 알고 있죠. 정말 미안해요, 앨리스. 내 생각엔 질리언이 우리를 벌하기 위해서 조를 데리고 간 것 같아요."

"질리언과 나는 오늘 이야기를 했습니다. 인내심을 발휘할 상태가 전혀 아니어서 짜증을 냈는데 질리언이 잘 받아들이지 못했어요. 아, 제기랄." 그가 양손에 머리를 파묻었다.

"올리버 선생이 옳다면, 질리언은 여기서 몇 킬로미터나 떨어진 곳까지 가서 조를 데리고 간 겁니다. 여자애들에게 일어난 일과 연관 짓지 못하게 하기 위해서겠죠. 조는 질리언을 알고 있으니 어머니가 보내서 왔다고 했다면 그 말을 믿었을 가능성이 꽤 큽니다." 러시턴이 말하고는 손목시계를 다시 보았다. "조브는 어디 있는 거

피의 수확

야?" 그가 중얼거렸다. 바로 그때 그의 휴대전화가 울렸다. 그가 실례하겠다고 말하고 주방을 떠났다.

모두가 러시턴의 전화 대화를 조금이라도 엿듣기 위해 귀를 쫑긋 기울였고 주방은 침묵에 빠졌다. 오래 기다릴 필요가 없었다. 삼 분이 채 지나기 전 복도를 걸어 되돌아오는 그의 발걸음 소리가 들렸다. 문이 열렸다. 러시턴의 혈색 나쁜 피부가 더 창백해진 것 같았다.

그가 주방으로 들어오지 않은 채 입을 열었다. "그다지 좋은 소식은 아닙니다. 조브와 수하들이 질리언의 아파트에 갔는데 사방이 피투성이였답니다. 그래서 사건 현장으로 취급하기로 했지만 알고 보니 질리언이 오늘 저녁에 자살을 시도했다 해요."

이비는 엉거주춤 반쯤 몸을 일으켰지만 더 일어설 기력이 없었다. 그녀는 다시 주저앉았다. 그녀의 옆에서 해리의 몸이 미동도 없이 아주 고요해졌다.

러시턴이 마치 졸음을 쫓으려는 듯 고개를 흔들었다. "질리언의 모친이 발견하고 구급차를 불러서 현재 번리 종합병원에 있다고 해요. 양쪽 손목을 모두 그었는데 누가 봐도 좋지 않은 상태라고 하는군."

이비가 손으로 입을 막았다. "오, 하느님." 그녀가 속삭이듯 말했다.

"살아날까요? 만약 죽는다면……." 앨리스가 말했다.

"진정들 하세요. 제가 지금 가볼 겁니다. 아직 질리언과 이야기를 못 했는데, 담당의에게 얼마나 압력을 넣을 수 있는지 한번 보겠습니다. 조브도 놀고 있지는 않아요. 모녀가 블랙번에 어떤 연고가 있는지 질리언의 모친에게 묻고 있는 중이라 합니다. 옛친구나 친척이나 예전에 살던 곳 등등." 러시턴이 말했다.

"저도 같이 가야겠어요." 이비가 안간힘을 쓰며 자리에서 일어섰다.

"이비, 그건 좋은……." 해리가 입을 열었다.

"저는 질리언의 의사예요."

"무례하게 굴려는 것은 아닙니다만, 지금 질리언이 보고 싶은 사람 중에 올리버 선생이 있을 것 같지는 않아요. 설득이 필요하다고 판단이 들면 목사님은 부를지도 모르겠습니다만. 이만 실례하겠습니다, 여러분." 러시턴이 코트 지퍼를 올리며 말했다.

러시턴이 저택을 나섰다. 그는 틀렸다. 질리언은 이비가 책임져야 할 환자였으므로 그녀는 병원에 가야 했다. 러시턴의 등뒤로 현관문이 쾅 닫혔을 때 이비가 일어서서 주방을 가로질렀다. 그녀가 복도를 반쯤 갔을 때 해리가 그녀를 멈춰 세웠다.

"어디에도 못 가요."

그녀가 팔을 흔들며 그의 손을 뿌리쳤다. "이건 다 내 잘못이에요. 나는 질리언의 안녕에 책임이 있는 사람인데 그녀를 배신했어요." 그녀가 낮은 목소리로 말했다. 아이들을 깨우고 싶지 않았고 앨리스와 개릿이 엿듣고 자신이 일을 완전히 망친 것을 알게 되기를 원하지도 않았다.

해리는 조용히 이야기하는 것이 불가능한 것 같았다. "당신은 그런 짓은 조금도 하지 않았어요. 우리가 만난 이후 내내 당신은 옳은 일을 하기 위해 안 해도 될 일까지 했을 정도입니다. 당신을 내버려두지 않은 건 나예요. 책임을 져야 할 사람이 있다면 그건 납니다. 병원에는 내가 가겠습니다."

"둘 다 아무데도 못갑니다." 해리가 이비에게서 몸을 틀자 주방 문간에 서 있는 개릿이 이비의 눈에 들어왔다. 그가 말을 이었다. "자기 연민 따위는 그만들 둬요. 오늘밤만 해도 충분히 들었으니까. 자, 두 사람 다 주방으로 오세요. 질리언이 어디다 조를 두었을지 같이 궁리해봅시다."

톰은 어두운 거실에 서서 복도에서 나는 소리를 듣고 있었다. 그 자신의 입에서는 소리가 영 나오려 들지 않았기에 누군가가 문을 열고 자신과 에바를 보아줬으면 했다. 그때 현관문이 쾅 닫혔다. 해리와 이비가 복도에서 말다툼하는 소리가 들렸고 아빠가 무언가를 말하는 소리가 이어서 들렸다. 그러더니 어른들은 모두 주방으로 돌아갔다.

"아빠를 데려와야 해." 톰이 말했다.

아이의 몸 전체가 부르르 떨렸다. 아이는 고개를 젓더니 문을 보았고, 다시 그를 보았다가 창문으로 시선을 돌렸다. 아이가 창문 쪽으로 한 발짝 내디뎠다.

"우리 아빠는 너를 해치지 않아." 톰이 말했다. 하지만 조를 해친 사람에게 아빠가 무슨 짓을 할지 확실히는 모른다는 것이 진실이었다. 아이는 창문 쪽으로 한 발짝을 더 내디뎠다. 아이를 이렇게 떠나게 하면 어른들은 결코 아이를 다시 찾지 못할 것이다. 경찰관 한 팀 전체가 하루 종일 동네를 수색했지만 아이를 찾지 못했다. 아이가 가버리면, 톰이 조를 찾을 마지막 기회는 사라지리라.

아이가 공포를 느끼는 모습에 자신의 공포는 오히려 줄어드는 것 같았다. 인생에서 가장 기괴한 경험 중의 하나를 지금 겪는 중인데도(그리고 톰은 최근 들어 그런 경험을 여러 번 했다) 상상했던 것만큼은 겁이 나지 않는다는 것을 깨달았다. 상당히 겁이 나기는 하지만, 그렇지만…… 조는 에바를 두려워한 적이 한 번도 없었다.

"기다려." 톰의 귀에 자기 목소리가 들렸다. "말 안 할게." 지금 뭐라는 건가? 원래 계획은 말을 하는 것이었다. 그렇지 않나? 아이를 붙들고 소리쳐 아빠를 부르는 것이 톰의 계획이었다.

생각해보면, 밀리 또한 겁을 먹은 적이 없었다. 조가 그린 에바의 얼굴을 보며 밀리의 작은 얼굴은 환하게 빛났다. 마치 오래된 친구의 그림을 본 듯이.

"토미, 와." 에바가 손을 내밀며 말했다. 아이는 창문을 향해 움직이고 있었고, 순식간에 사라질 것이었다.

톰이 고개를 끄덕였다. 미친 걸까? "그래."

앨리스와 이비, 해리는 주방 테이블 앞에 다시 앉았다. 개릿만이 서 있었다. 그가 이비를 보며 물었다. "그 여자가 아이를 어디에 두었을까요?"

이비가 고개를 저었다. "범죄 수사 쪽은 제 분야가 아니에요. 범죄 관련한 일은 해본 적이 없어요."

"그렇군요. 하지만 당신은 누구보다도 질리언에 대해 잘 알고 있는 것 같아요. 그 여자가 아이를 이곳에 둘까요, 아니면 다른 곳에?"

이비는 잠시 뜸을 들이다 마침내 입을 열었다. "이 동네를 배제해서는 안 돼요. 질리언이 집처럼 편안하게 느끼는 곳이 이곳이죠. 야단법석이 가라앉았을 때 아이를 교회로 데려갈 계획이라면 그녀는 접근하기 쉬운 곳에 아이를 두길 원할 거예요. 아이를 살아 있게 하

피의 수확

고 싶다면 밥을 먹여야 할 테죠. 그리고 누구보다도 그녀는 무어 황야에 대해 잘 알고 있어요. 얼마나 자주 자랑을 했는지 몰라요. '나는 동네에 있는 숨을 곳을 전부 알아요'라고 말했죠."

"나도 그렇게 생각합니다. 그 여자는 하루 종일 여기 있었어요. 자주 눈에 띄었죠. 게다가 그 여자는 차가 없어서 동네 안팎을 동에 번쩍 서에 번쩍 하듯 드나들 수가 없어요." 개릿이 말했다.

"조가 어디 있는지 말해주지 않으면 어쩌죠? 말해주기 거부한다면 우리는 평생 아이를 찾지 못할 수도 있어요. 조가 야외에 있다면 이런 날씨를 오래 견디지 못할 거예요. 경찰을 여기로 다시 불러와야 해요. 우리는 계속 수색해야 해요." 앨리스가 말했다.

"하지만 무어 황야 전체에 개를 쫙 갈아 수색했고 경찰은 열 감지기도 사용했습니다. 조가 무어 황야에 있을 리가 없어요." 해리가 말했다.

"무어 황야는 질리언이 편안하게 느끼는 곳이에요. 아이를 숨길 곳으로 무어 황야를 떠올리는 건 질리언에겐 자연스러운 일이에요." 이비가 말했다.

"아이가 이곳에 있다면, 경찰견과 열 감지기가 찾을 수 없는 곳에 있는 겁니다." 해리가 말했다.

침묵이 흘렀다.

"무슨 뜻인가요?" 잠시 후 앨리스가 물었다.

"경찰견과 감지기의 힘이 미치지 않는 곳에 있다는 거죠." 해리가 대답했다.

"물속? 톤스워스 저수지! 여기서 오 킬로미터도 떨어져 있지 않아. 근처에는 양수기를 보관하는 건물이 있어요." 개릿이 말했다.

"그곳은 수색했습니다. 유나이티드 유틸리티스사社에서 우리를 위해 개방해주었어요. 경찰견이 들어갔습니다." 해리가 말했다.

"공중 어딘가에 있는 건요? 잘은 모르겠지만……. 나무라든가, 트리 하우스요. 경찰견이 찾지 못하겠죠." 이비가 말했다.

"헬리콥터는 찾을 수 있습니다. 어린아이 같은 커다란 열원이라면 감지기가 잡아냈을 겁니다. 심지어 아이 시신이라 하더라도. 미안해요, 앨리스."

"지하는 어때요? 무어 황야에 탄광이 있나요? 동굴이나? 더비셔에 블루존 동굴이 있는 것처럼요." 앨리스가 물었다.

"그런 것 같지는 않은데. 어제 해리와 내가 집수 구역 지도를 보고 있었는데 그런 게 있었다면 지도에 나와 있었을……. 이런, 제길!"

"왜요?" 이비가 물었다. 두 남자가 서로 마주보고 있었다. 개릿이 주방에서 뛰쳐나갔다.

"뭐예요? 뭐가 생각난 거예요?" 앨리스가 물었다.

"잠깐 기다려봅시다." 해리가 말했다.

그들은 개릿이 다른 방에서 종잇장을 들추는 소리를 들으며 기다렸다. 개릿이 돌아와 테이블로 몸을 구부리며 커다란 흑백 지도를 펼쳤다. 그의 손이 지도 위에서 잠시 빙빙 돌았다.

"여기." 마침내 그가 한 곳을 짚으며 말했다. 두 여자가 몸을 앞으로 기울였다. 해리는 그 자리에 머물렀다. "집수관입니다."

"집수관이 뭔데?" 앨리스가 물었다.

"땅속으로 깊이 낸 구멍이지. 지하수면까지 쭉 뚫려 있어요." 개릿이 말했다.

"당신 말은, 우물?"

그녀의 남편이 고개를 끄덕였다. "집수관은 보통 우물을 파기 위해 내는 거야."

"잠깐만요, 친구. 그곳을 수색하지 않았다는 걸 믿을 수가 없어요. 동네에서 일 킬로미터도 안 떨어진 곳인데." 해리가 말했다.

"어디 있는 거예요, 정확히?" 앨리스가 물었다. "모렐 토르 바로 아래 있는 작은 돌집요? 애들이 빨간 망토네 집이라고 부르는 그 집? 애들과 거기서 질리언을 본 적이 있어요."

"나도 거기서 질리언을 본 적이 있습니다." 해리도 시인했다. "그녀가 몇 년 동안 렌쇼가를 드나들고 있었다면 열쇠를 훔칠 기회는 많았을 겁니다. 그렇지만 분명히 수색을 했을 텐데요."

"그 집안에 집수관이 있을 리가 없어요. 싱클레어에게 들었는데, 제니와 크리스티아나가 어릴 때 거기서 놀았다고 했어요." 앨리스가 말했다.

"집수관이나 오래된 우물은 보통 막아놓아요. 안 그러면 엄청나게 위험하니까. 하지만 그 여자가 다시 접근할 방법을 찾아냈을 수도 있지." 개릿이 말했다.

"경찰이 수색했을 거라고 확신합니다." 해리가 말했다.

"경찰견의 탐지 범위가 어느 정도인가요? 경찰견의 탐지가 미치지 못하려면 어린아이가 구덩이 밑으로 얼마나 깊숙이 매달려 있어야 하죠?" 이비가 말했다.

아무도 그녀의 질문에 대답하지 않았다. 아무도 답을 몰랐다. 그러나 모두의 얼굴에 같은 표정이 떠올랐다. 똑같은 그림이 그들의 머릿속에 떠오른 것이다.

"아이가 지하 깊숙이 있다면 열 감지기가 탐지를 못 했을 수도 있어요." 이비가 말을 이었다.

"그리로 가야겠어요." 개릿이 문 쪽으로 움직였다.

"나도 가요." 앨리스는 이미 일어서서 남편을 따르고 있었다.

해리가 벌떡 일어나 그녀를 잡았다. "앨리스는 톰하고 밀리랑 같이 있어야죠. 내가 가겠습니다. 내 차에 밧줄이 있어요. 고정 벨트도 있고요. 개릿의 트럭을 이용하면 근처까지 운전해서 갈 수 있어요." 그가 말을 멈췄다. 미간에 주름이 잡혔다. "문이 잠겨 있을 겁니다. 도구가 필요해요!" 그가 개릿을 향해 소리쳤다.

개릿이 복도를 지나 현관문을 여는 소리가 들렸다. 해리가 이비에게 몸을 틀었다. "러시턴의 전화번호를 갖고 있나요?"

그녀가 고개를 끄덕였다.

"전화하세요. 우리가 출발했다고 알리고 사람을 보낼 수 있는지물어봐줘요. 안 된다는 대답은 용납하지 말아요. 소방관과 구조대원도 필요할 겁니다." 해리가 몸을 돌려 의자 등에서 코트를 들고 어깨를 움츠리며 꿰어 입었다. 잠시 후, 그와 개릿은 저택을 떠났다.

84

톰은 현관문 옆에서는 운동화를, 거실 소파 중 하나 뒤에서는 후드가 달린 노란색 스웨트 셔츠를 찾아냈다. 그럼에도 창문 밖으로 기어나오자마자 몸이 얼어붙었다. 돌로 된 창틀이 잠옷 너머로 닿는 느낌이 얼음장 같았다. 그의 머리와 얼굴에 눈꽃이 내려앉았다. 톰은 창문이 닫힐락 말락 할 정도로 당겨 내렸다.

에바가 그의 손을 잡고 어두운 정원을 향해 서둘렀다. 담에 난 틈에 이르렀을 때 아이가 먼저 빠져나갔고 톰이 뒤따랐다. 다음 순간, 둘은 교회 마당에 있었다.

해리는 트럭에 훌쩍 올라탔다. 무릎에는 암벽등반용 밧줄이 있었다. 그가 문을 채 닫기도 전에, 눈에 새 타이어 자국을 찍으며 트럭이 움직였다. 개릿이 진입로 밖으로 휙 빠져나와 와이트 레인을 향해 내리막길을 탔다.

"위로 가야죠. 언덕 위로, 마을 밖으로요." 해리가 말했다.

개릿은 여전히 와이트 레인을 내려다보고 있었다. "앨리스와 아이들은 이 길을 걸어서 무어 황야로 올라갑니다."

"아, 그렇군요. 하지만 그 길은 가파른데요. 트럭으로는 어디까지 갈 수 있을지 모르겠군요."

개릿이 숨을 깊이 들이쉬었다. "그러면 어떻게 하는 게 좋을까요?"

"마을 밖으로 일 킬로미터 조금 더 나가면 오른쪽에 농장 문이 있습니다. 마이크 픽업이 가축에게 사료를 먹일 때 이용하는 문 같은데, 그 문밖으로 운전을 해서 나가면 위쪽에서 그 집으로 접근할 수 있어요. 땅이 단단하니 꽤 근처까지 운전할 수 있을 겁니다."

개릿이 액셀을 밟았고 트럭이 언덕 위로 움직였다. 그들이 차 속도를 올려 마을을 뒤로하는 동안 굵어진 눈발이 눈앞에서 휘날렸다.

"속도 줄여요. 더요. 됐어요." 해리가 말했다.

트럭이 멈췄고 해리가 펄쩍 뛰어내렸다. 그는 후진하는 차 앞을 걸어서 돌았다. 잠시 후 트럭의 헤드라이트가 농장 철제 문을 환하게 비쳤다.

해리가 문을 밀어 열었고 개릿이 차를 몰고 통과했다. 일이 킬로미터만 더 가면 그들이 향하는 돌집이 나올 것이다.

자동차 미등 빛이 무어 황야 쪽으로 사라졌을 때 극심한 피곤이 물결처럼 이비를 덮쳤다. 그녀는 그저 드러누워서 눈을 감고 싶었다. 남은 일은 이제 다른 사람들이 처리하도록 내버려두고 싶었다. "맞다. 전화가 필요해요." 그녀가 말했다.

"이비 바로 뒤에 있어요. 전 톰하고 밀리가 잘 있는지 봐야겠어요." 이비는 전화기를 쓰려고 몸을 틀었고 앨리스는 계단을 종종 달려 올라갔다. 전화기는 없었다. 이비가 복도로 나왔을 때 앨리스는 밀리의 방에서 나와 2층 복도를 가로지르고 있었다. 이비가 앨리스를 부르기 위해 손을 들었지만 앨리스는 내려다보지 않았다.

목이 조이는 듯한 비명 소리가 들려왔다. 이비는 우뚝 멈춰 섰다. 심장이 쿵쿵 뛰었지만 그녀의 뇌는 다른 무슨 일이 생겼을 수 있다는 가능성을 받아들이려 하지 않았다. 그러나 뭔가 좋지 않은 일이 일어난 것이다. 계단 꼭대기에 선 여인의 얼굴 표정이 그렇게 말하고 있었다.

톰과 에바는 하얀 공동묘지 사이를 걷고 있었다. 토미, 제발 와줘. 지금 동생의 목소리를 무시한다면 그 목소리를 평생 머릿속에서 듣게 될 것임을 톰은 알고 있었다.

루시 픽업의 새 무덤을 지나칠 때 톰은 그들의 목적지가 교회인 것 같다는 짐작을 했다. 헛된 짓이다. 교회는 경찰견 등 여러 방도를

피의 수확

동원해 철저히 수색을 했고, 설사 수색이 덜 되었더라도 지금은 그 안에 들어갈 수 있을 리 없었다. 톰은 아까 전에 어른들이 하는 말을 들었다. 정문과 지붕으로 통하는 문을 잠그고 빗장을 걸었으며 세 쌍이 있다는 제의실 열쇠는 현재는 해리와 경찰이 가지고 있다고 했다. 게다가 혹시나 해서 순경이 제의실에서 밤을 보내고 있다고 했다.

소음이 눈에 흡수되고 있든지 아니면 톰이 짐작한 것보다 더 늦은 시간이든지, 밤의 대기는 소리가 나지 않다시피 고요했다. 차 시동이 걸리는 소리가 얼핏 들린 듯했지만 자동차는 쏜살같이 무어 황야로 사라졌고 고요가 다시 내려앉았다. 두 사람은 렌쇼 가문의 고인이 모두 잠들어 있는 가족 묘지에 이르러 있었다. 루시의 어머니인 제니가 싫어해서 루시만은 없다고 했다. 오늘 렌쇼 가족 묘지를 수색하며 경찰은 혹 조가 있지 않을까 확인하기 위해 묘지 내 석관들을 모두 열어보았다. 그들은 수색 후 다시 문을 잠갔고 싱클레어 렌쇼가 어마어마하게 큰 자물쇠를 문에 채웠다. 그런데 어째서 에바가 열쇠를 갖고 있는 걸까? 저 열쇠가 설마 자물쇠 구멍에 맞지는 않겠지? 밤에 묘지 속으로 들어갈 수는 없었다. 아무리 이런 상황이라 하더라도 그건…….

토미. 제발 와줘.

에바가 자물쇠를 먼저 딴 후 철문 잠금장치를 열었다. 문이 훌쩍 열렸고 아이는 옛 무덤에서 어슬렁거리는 것이 일상인 듯 안으로 들어갔다. 톰은 입구에 서 있다가 머뭇머뭇 한 발짝을 내디뎠다. 그들이 들어간 곳은 철책이 쳐진 작은 안뜰이었다. 여기가 끝이리라. 설마 에바가 건물 안으로 들어갈 수 있는 것은 아닐…….

에바가 네모난 상자 같은 커다란 건물 안으로 이어지는 문을 열고 있었다. 아이는 그를 오라 하고 있었다. 조급해하며 얼굴을 찡그리고 있었다. 이 아이는 진심인 것이다. 정말로 그를 안으로 데려가려는 것이다. 하지만 교회는 하루 종일 사람으로 꽉 차 있었다. 조가 교회 안에 있을 리가 없었다. 이건, 뭔가 덫일 것 같았다.

토미, 제발 와줘.

기다려, 조. 형이 지금 간다.

트럭은 움직이려 들지 않았다. 앞바퀴를 홀랑 삼켜버린 작은 시냇물에서 후진해 빠져나오려고 개릿이 용을 쓴 지 오 분이 지났고 두 남자는 더이상 시간을 낭비할 수 없었다. 해리는 암벽등반용 밧줄을 목에 걸치고 한 손에 손전등을 들었다. 개릿은 한 손에는 공구상자를, 다른 손에는 양두 망치를 들었다. 두 남자는 눈 위를 성큼성큼 걷기 시작했다.

죽여야 할 때가 있노라. 질리언이 무슨 짓을 하려는 건지 에바는 알았던 걸까. 어린 세 명의 소녀가 죽임을 당한 것을, 질리언이 밀리에게 흥미를 느낀 것을 알았던 걸까? 그래서 그들에게 경고를 하려 했던 걸까?

그들이 허물어진 방앗간 터 부근에 이르렀을 때 해리는 숨을 가쁘게 쉬었다. "미안해요, 친구. 당신이 원래 오려던 길로 오는 게 맞았어요."

개릿이 고개를 돌리지 않은 채 대꾸했다. "차이가 전혀 없었을 겁니다. 무어 황야를 운전하는 건 날씨가 좋은 날에도 불가능에 가까워요. 그런데 눈이 모든 걸 덮고 있기까지 하잖습니까."

피의 수확

두 남자는 방앗간 터를 서둘러 지났다.

에바가 경고를 하려는 것이었다면, 그녀가 질리언을 괴롭힌 이유는 일종의 징벌이었던 걸까? 엄마, 날 찾아줘요. 어째서 에바는 그 말을 한 걸까?

개릿이 자기 왼쪽을 가리켰다. 작은 건물이 어렴풋이 보였다. "저겁니까?" 그가 물었다.

"맞습니다. 조심해요. 이 근처는 돌멩이들이 널려 있으니까."

개릿이 걷는 속도를 줄였고 두 사람은 남은 길을 걸어 오두막에 닿았다. 지붕에 쌓인 눈 탓에 오두막은 평소보다도 더 동화 속에 나오는 작은 집 같았다.

본파이어의 밤에 질리언이 플레처 저택에 몰래 들어왔던 걸까? 밀리를 유괴하기 위해? 침입자는 웰링턴 장화를 신고 있었다. 질리언이 그런 신발을 신은 모습을 한 번이라도 본 적이 있던가?

두 남자가 문에 이르렀을 때 해리는 잠시 멈춰 숨을 돌렸다. 안으로 냅다 쳐들어갈 수는 없었다. 오두막에 집수관이 있다면 밤에 그 안에 들어가는 것은 믿을 수 없을 정도로 위험한 행동일 것이다. 얼마나 더 있어야 경찰이 여기 도착할까. 그들은 걸어서 와야 할 것이다. 해리는 아래쪽을 쳐다보았다. 그의 바람에도 불구하고 그들 쪽으로 향하는 불빛은 보이지 않았다.

해리는 손을 내밀어 문을 열려고 했다. 예상대로 잠겨 있었다.

"뒤로 물러서요." 개릿이 명령했다.

해리는 들은 대로 따랐다. 개릿이 거대한 양두 망치를 머리 위로 쳐들고 앞으로 휘둘렀다.

그렇게 빨리 움직인 적이 지난 몇 해 동안은 없었을 정도로 이비는 계단 중간까지 후다닥 올라갔다. 그녀는 난간을 붙들고 마음의 준비를 했다. 지금 앨리스가 떨어진다면, 둘이 엉켜 바닥으로 함께 떨어질 가능성이 컸다. 그녀는 앨리스가 휘청거리다 팔을 뻗어 벽을 잡는 모습을 바라보았다.

"앨리스, 진정해요. 숨을 깊이 쉬면서 앉으세요. 고개를 숙여요."

그녀가 큰 소리로 말했다.

앨리스가 바닥에 주저앉았다. 이비가 남은 계단을 힘겹게 올라오는 동안 그녀는 앞을 멍하니 바라보고 있었다. "무슨 일이에요?" 이비가 앨리스 옆에 털썩 앉으며 숨을 가쁘게 쉬었다. 제길, 통증이 이렇게 심할 수도 있다는 걸 예전엔 미처 몰랐다. 당장이라도 정신이 나갈 것 같았다.

앨리스는 이미 몸을 일으키고 있었다. "가야 돼요. 개릿을 찾아야 해요. 나, 밖에 나가서……."

"앨리스!" 이비가 앨리스의 팔을 잡았다.

앨리스가 말을 이었다. "톰이 없어요. 이젠 톰도 사라졌어. 애들이 다 없어지고 있어요. 한 명, 한 명. 그 여자가 나한테서 다 빼앗아 가고 있어요."

"앨리스, 날 봐요."

앨리스가 이비와 눈을 맞추려고 했지만 허사였다. 그녀는 휘청휘청 몸을 세우고 있었다.

"톰이 사라졌을 리가 없어요. 우리가 계속 집에 있었잖아요. 문은 다 잠그고요. 화장실은 확인했어요?"

앨리스는 화장실이 어디 있는지 전혀 모르겠다는 표정을 지었다.

그녀는 쇼크 상태에 빠져 있었다. 지난 스물네 시간 동안 정신을 잃지 않으려고 애쓰다 받은 스트레스가 너무 과했던 것이리라. 톰의 예상하지 못했던 화장실 방문에 그녀의 정신 줄이 끊어져버렸다.

"톰!" 이비가 소리쳐 불렀다. "톰!" 대답이 없자 조금 더 큰 목소리로 다시 한번 불렀다. 초조가 뭉게구름처럼 피어났다. 이비는 일어서려고 안간힘을 썼다. 지팡이는 계단 아래 있었고 다리 통증은 평상시보다 훨씬 더 심했다.

앨리스가 다시 움직였다. 계단을 뛰어내려가 현관문을 열고 이비에게 몸을 틀며 애원했다. "개릿에게 전화해주세요, 제발요. 집으로 오라고 해주세요. 전 밖에 나가서 아이를 찾아볼 테니까요."

앞문이 활짝 열린 채로 앨리스가 사라지자 눈발이 현관을 통해 날아들어와 석판 타일에서 바로 녹아버렸다. 개릿에게 전화를 하라고? 이비는 경찰에도 아직 전화를 걸지 못한 상태였다. 전화기가 어디 있는지조차 몰랐다. 그녀는 벽에 의지해 가장 가까운 방까지 갔다. 밀리의 방이었다. 주위에서 펼쳐지는 드라마에 아랑곳없이 아기는 잠들어 있었다. 이비는 몸을 돌렸다. 톰은 집안에 있을 것이다. 그래야만 했다.

"톰!" 이비는 이제 더이상 톰을 부르는 것은 그만두자고 생각했다. 아이를 부를 때 아무 대답이 들리지 않는 것은 너무나 무섭고 견디기 힘들었다.

"톰!" 밖에서는 앨리스가 소리치고 있었다.

톰이 밖으로 나갔을 리가 없었다. 문을 다 잠가놓았으니까.

이비는 몸을 돌려 조의 방으로 향했다. 톰이 마음의 평화를 얻기 위해 동생 침대에서 자고 있을 수도 있었다. 그녀는 문간에 서서 혁

헉거리며 문을 밀어 열었다. 방은 비어 있었다.

고통의 감각을 머릿속에서 지워버리려 애쓰며 이비는 방안으로 들어가 전등을 켰다. "톰!" 밖에서 소리가 들려왔다. 앨리스는 이제 저택의 뒤에 있었다. 정원에서 소리치고 있었다.

이비는 방을 가로질러 창틀에 매달려 숨을 가다듬었다. 앨리스가 정원을 샅샅이 뒤지고 있는 모습이 어렴풋이 보였다. 아, 맞다. 화장실과 플레처 부부의 방도 살펴야 했다. 앨리스에게 짜증이 났다. 그녀가 정신 줄만 놓지 않았다면 몇 초 만에 2층을 확인했을 것이다. 이비의 경우는 몇 분이나 걸릴 터였고 한시바삐 경찰에게 전화를 해야 할 때 몇 분이란 시간은 실로 소중한 시간이었다.

"톰! 톰, 제발. 장난치지 말자." 그녀는 울고 있는 자신을 깨달으며 소리쳤다.

대답은 들리지 않았다. 그녀는 2층 복도로 몸을 움직였다.

톰은 달리고 있었다. 에바를 놓칠게 될까 봐, 집요하게 몸에 감겨 오는 어둠에 혼자 남겨질까 봐 너무 두려웠다. 톰은 지금 달리고 있는 지하 공간이 얼마나 큰지 감조차 오지 않았다. 벽이 보이지 않았다. 물론 톰이 벽을 찾고 있던 것은 아니다. 톰의 두 눈은 앞쪽에 있는 여자애에게 고정돼 있었다.

돌아가고픈 유혹이 고개를 들 때마다 톰은 동생을 생각하려 애썼다. 조가 톰의 인생을 비참하게 만들기 위한 목적으로 이 땅에 온 거라는 생각이 들 때도 있었다. 태어난 날부터 조는 톰의 두통거리였다. 언제나 자기 뜻대로 일이 되게끔 공작을 하던 동생. 톰은 적어도 일주일에 한 번은 동생을 죽이는 환상을 품기도 했다. 하지만 조가

피의 수확

없다면 톰은 더이상 살아갈 수 없을 것 같았다. 톰은 그런 조의 존재를 떠올리려고 애썼다.

그들 앞에 벽이 나타났고, 에바는 아치길 밑으로 튀어나갔다. 톰도 뒤따랐다. 이러는 게 좋은 생각인지 아닌지 자문할 기회를 스스로 주지 않았다. 애초에 지금 하고 있는 이 짓 자체가 전혀 좋은 생각이 아니었다. 아마도 톰의 인생을 통틀어 그가 한 가장 멍청한 생각일 것이다. 하지만 자신을 앞서고 있는 저 기이한 생명체가 동생의 신발을 가지고 있는데 어떡하랴.

여자애가 뒤집힌 상자에 올라가 균형을 잡으며 천장에 있는 무언가에 손을 뻗고 있었다. 다음 순간 톰의 눈앞에 불빛이 보였다. 일분 후, 그와 에바는 교회 안에 있었다. 순경의 기적은 없었고 제의실로 난 문은 굳게 닫혀 있었다. 에바가 일어나 통로를 달려 교회 뒤편으로 향했다.

* * *

톰은 집에 없었다. 앨리스의 말이 옳았고 이비는 소중한 시간을 낭비한 셈이었다. 그녀는 전화기조차 찾지 못했다. 앨리스의 목소리가 들리지 않게 된 지도 벌써 몇 분이나 지났다. 이비는 아래층으로 내려가 경찰에 전화를 해야 했다. 그러면 몇 분 후 경찰이 이곳에 도착하리라. 휴대전화로 전화를 걸면, 아니 휴대전화는 저택 바깥에 주차된 그녀의 차 안에 있었다.

이비가 앞문으로 다가가려는 찰나 문이 쾅 닫혔고 그녀는 소스라치게 놀랐다. 그녀는 멈춰 서서 숨을 가다듬었다. 집안에는 여전히 차가운 바람이 감돌고 있었다. 그때 거실 문이 쾅 하고 닫혔다.

이비는 복도를 가로질러 문을 다시 밀어 열었다. 거실 끝 창문이 활짝 열려 있었다. 그녀는 가능한 한 빠르게 다가가 창밖으로 몸을 내밀었다. 앨리스는 더이상 정원에 있지 않았다.

"톰!" 이비가 소리쳤다.

톰은 대답하지 않았지만 이비도 대답을 들으리라 예상하지 않았다. 톰은 사라진 것이다. 일련의 뚜렷한 발자국이 정원을 가로질러 교회 마당 담으로 향하고 있었다. 성인이 찍었다고 하기에는 너무나 작은 발자국이 톰이 사라졌다는 반박할 수 없는 증거였다.

이비는 몸을 더 내밀어 땅을 가까이 살폈다. 또 다른 한 쌍의 발자국이 눈에 찍혀 있었다. 톰의 발자국 바로 옆이었다. 고통스러울 것임을 알면서도, 이비는 창틀에 앉아 두 다리를 들어올리고 몸을 틀어 정원에 내려섰다.

눈이 이미 발자국을 덮기 시작한 참이었다. 반시간이 채 지나기도 전에 발자국은 완전히 사라질지도 몰랐다. 하지만 지금은 꽤 뚜렷이 보였다. 누군가가 담에서 정원을 가로질러 왔다가 몸을 다시 돌려 톰을 데리고 되돌아간 것이 그리 오래전이 아닌 것이다. 톰의 발자국이 깨끗하고 평범하게 찍힌 모양새에서 그가 끌려갔거나 강요받아 따라간 것이 아님을 알 수 있었다. 이비는 다른 한 쌍의 발자국을 뚫어지게 쳐다보았다. 어른의 발 크기였다. 큰 발자국은 아니었지만 톰의 운동화 밑창이 낸, 소용돌이 모양으로 골이 패인 무늬와는 달랐다. 이비는 커다란 엄지발가락과 발 아치의 곡선을 알아볼 수 있었다. 신발을 신지 않는 사람의 발자국이었다.

톰을 데리고 사라진 사람은 에바였다.

피의 수확

문은 네 번째 타격에 열렸다. 개릿이 안으로 뛰어들어가는 것을 막기 위해 해리는 개릿의 어깨를 붙잡으며 일깨웠다. "집수관요."

해리는 개릿의 앞으로 나서며 작은 돌집 내부를 손전등으로 샅샅이 비춰보았다. 가로 삼 미터, 세로 사 미터 정도 되는 방 하나짜리 집이었다. 위로는 지붕 들보가 손에 닿을 만큼 가까이 있었다. 철제로 만든 커다란 고리가 중심 대들보에 박혀 있었다. 발아래 바닥은 리기다소나무 널빤지로 마감되어 있었다.

개릿이 장화 뒤축으로 바닥 널빤지를 쿵쿵 내리치며 안으로 들어왔다.

"소리를 들으니 상당히 튼튼한 것 같은데요." 해리가 말했다.

개릿이 고개를 저었다. "소리가 다릅니다."

개릿이 이리저리 움직이며 발을 힘차게 구를 때마다 해리는 귀기울여 들었다. 차이가 거의 없었다.

해리는 손전등을 아래로 비추며 집안을 천천히 돌았다. 마룻바닥이 들렸던 흔적이 널빤지에 남아 있는지 찾아보려고 했다. 눈에 띄는 것은 아무것도 없었다. 문으로부터 사십오 센티미터 정도 안으로 들어온 지점의 널빤지에 작고 동그란 구멍이 나 있다는 점만 제외한다면. 그가 몸을 구부렸다.

"뭐가 있습니까?" 개릿이 물었다.

해리는 새끼손가락으로 구멍 주위를 훑었다. 그가 잠시 후 입을 열었다. "나사 구멍이군요. 나사산이 느껴져요. 뭔가 여기 달려 있어야 하는 게 빠진 겁니다." 마치 그것이 벽에 걸려 있을 거라는 듯 그가 위를 보며 손전등을 여기저기 비췄다. "저런 거죠." 그가 지붕 들보에 박혀 있는 고리를 똑바로 비췄다.

개릿이 위를 쳐다보고 집의 안쪽으로 향했다. "이런 거군요." 뒷벽에 박혀 있는 비슷한 고리를 가리키며 그가 말했다. 벽에 박힌 고리 일이 미터 남짓 아래에는 비틀린 형태의 철제 조각이 하나 있었다. "일종의 도르래군요. 그 밧줄 좀 줘요."

해리는 밧줄을 던져주고 개릿이 밧줄 한끝을 벽 고리에 먼저 통과시킨 후 지붕 들보 고리에 끼우는 모습을 바라보았다. 개릿이 이윽고 해리가 무릎을 꿇고 있는 곳으로 밧줄을 끌고 왔다.

"여기 고리는 없어졌어요." 해리가 말했다.

"물론 그렇겠죠. 고리가 아직 달려 있다면 집수관에 다가가기가 너무 쉽거든요. 안전을 위해 제거된 겁니다. 아님 질리언이 가지고 있던가요." 그가 마룻바닥 위에 찰싹 엎드리며 외쳤다. "조! 조!"

해리는 자기도 모르게 몸을 부르르 떨었다. 개릿이 다시 몸을 일으키더니 공구 상자에서 날카로운 끌과 망치를 꺼냈다. 그는 끌의 뾰족한 끝을 두 널빤지 사이에 넣고 망치를 세게 내리쳤다. 나무가 쪼개졌다. 개릿은 내리치고 또 내리쳤다. 그가 멈추더니 끌과 망치를 한 쌍 더 꺼내 해리에게 던지며 명령했다. "맞은편에 구멍을 내요."

해리는 바닥에 난 작고 좁은 틈을 찾아 개릿처럼 했다. 낡은 나무라 쉽게 부서졌다. 널빤지 밑으로 삼 센티미터 약간 못 미치게 망치질을 했을 때 끌이 손에서 미끄러져 나갈 뻔했다.

"난 끝났어요. 이 아래는 비어 있어요." 해리가 말했다. 개릿은 이미 밧줄 끝을 자기가 낸 구멍으로 꿰어 해리 쪽으로 보내고 있었다. 해리는 손가락을 틈새에 넣고 밧줄이 만져질 때까지 꼼지락거렸다.

이윽고 그가 만져진 밧줄을 당겨 위로 끌어올렸다.

개릿이 해리에게 밧줄을 건네받아 끝을 묶더니 벌떡 일어나 맞은편 벽을 향해 성큼성큼 걸어갔다. 그가 해리를 보며 말했다. "뒤로 물러서요. 벽에 딱 붙어서요."

이비는 한 발짝 내디딜 때마다 부르르 떨며 집안으로 들어왔다. 차에서 휴대전화를 꺼내리라 굳게 다짐하며 현관문을 열었을 때 그녀는 문틀을 꽉 붙들어야 했다. 당장 고꾸라질 것만 같았다. 저택 옆에서 한 형체가 어슴푸레 나타났다.

"앨리스예요?" 별 확신 없이 일단 불러보았다. 앨리스라기엔 키가 너무 컸다.

"저예요." 여자의 목소리. 형체가 빛 속으로 들어왔다. 앨리스의 친구 제니 픽업이었다. 몇 시간 전에 이 집에서 아이들을 돌봐준 여자였다. 정말 다행이었다.

"제니, 톰도 없어졌어요." 한마디를 할 때마다 애를 먹을 정도로 이비는 숨이 찼다. 그녀 자신도 어처구니가 없을 정도였다. 그녀가 간신히 말을 이었다. "도움을 요청해야 해요. 톰은 자기가 이야기하던 그 여자애랑 사라졌어요. 호르몬 결핍인 아이요. 이 집 근처에서 돌아다니던 아이요."

제니가 잠시 얼굴을 찌푸리며 어깨 너머를 돌아보고는 앞으로 발걸음을 내디뎠다. "이비, 얼굴이 아주 안 좋아 보여요. 집안으로 들어와요. 내가 뭔가 힘이 날 걸 드릴게요."

"경찰에 전화를 해야 해요. 톰이 실종됐어요. 앨리스가 어디로 간 건지 전혀 모르겠어요."

제니가 한 손은 문에, 다른 한 손은 이비의 팔에 올려놓았다. "진정해요. 숨을 천천히 쉬세요. 경찰은 오고 있는 중이에요."

"그래요?"

"네, 확실해요. 제가 브라이언한테 전화를 했거든요. 십 분이면 된다고 했어요. 그리고 밀리가 어떤지 봐달라고 앨리스한테 부탁을 받았고요. 그건 그렇고, 이비는 정말 좀 앉아야 하겠어요."

"앨리스를 보셨어요?" 이비가 말하며 뒤로 물러섰다. 제니가 너무나 가까이 다가와서 물러서지 않을 수가 없었다. "저기요, 톰이 없어졌어요. 사람들한테 찾아보라고 해야 해요."

"이비, 진정해요. 사람들이 찾고 있어요. 이제 내 말 좀 들어봐요."

이비는 제니를, 그녀의 고요한 개암빛 눈동자를 보았다. 이 여성의 태도에는 뭔가 마력 같은 것이 있었다. 이비의 호흡이 고분고분말을 듣기 시작하는 것 같았다.

제니는 마치 자신이 정신과 의사고 이비가 히스테리에 걸린 환자인 것처럼 천천히 말했다. "아빠랑 마이크, 그리고 마이크가 부리는 남자 한 명하고 같이 오다가 방금 전에 길에서 앨리스와 마주쳤어요. 저만 빼고 다른 사람은 다 앨리스와 같이 갔어요. 톰이 멀리 가지는 못했을 거예요." 그녀가 말을 멈추고 자신의 긴 금발 머리카락을 한 손으로 훑었다. 길게 늘어뜨린 머리카락 위에 눈발이 흩어져 있었고 정수리 부근이 축축이 젖어 있었다. "특히 톰이 헤더와 같이 갔다면 말이죠. 헤더는 멀리 갈 만큼 기력이 없거든요. 그리고 경찰이 올 때가 다 됐어요."

오, 하느님, 감사합니다. 이제 그녀는 뭘 하면 될까? 밀리를 확인해야지. 이비는 계단으로 몸을 돌려 앞으로 두 발짝을 내디뎠다가

피의 수확

숨을 헉 들이마시며 난간을 붙잡았다. 그녀 뒤에서 제니가 앞문을 밀어 닫았다.

"헤더요?" 이비는 뒤로 돌아서며 자신이 들은 이름을 되풀이했다. 제니의 말이 마침내 머릿속에 박힌 것이다. 헤더. 두 살배기의 발음으로는 에바. "톰을 데려간 아이, 그 아이 이름이 헤더예요? 누군지 아시는 거예요?"

해리는 돌집 문에 몸을 기대 개릿이 밧줄을 당기는 모습을 바라보았다. 한동안은 아무 일도 일어나지 않았지만 마침내 두 남자가 망치로 내려치던 널빤지가 들썩거렸다. 개릿이 밧줄을 한 번 더 당기자 벽 가장자리로부터 삼십 센티미터 정도 사이의 널만 제외하고 마룻바닥 전체가 위로 들렸다. 마룻바닥은 안쪽 벽 근처에서 접히며 열리는 커다란 뚜껑 문이었다. 한번 움직이기 시작하자 가벼이 들리는 문을 개릿이 몇 초 만에 들어올렸다. 이윽고 문이 뒷벽에 쿵 부딪히며 움직임을 멈췄다.

해리는 집의 원래 바닥이었던 거친 돌바닥으로 발을 내디뎠다. 개릿이 밧줄을 묶은 후 그의 옆으로 다가오는 것이 시선 가장자리로 들어왔다. 문득 발치의 깊은 구덩이가 두려워진 해리는 무릎을 꿇고 네 발로 움직였다.

오랫동안 버려진 교회가 연상되는 냄새가 밑에서 올라왔다. 그들이 찾은 것이 실제로 집수관인지는 잘 몰랐지만, 해리는 집수관이 완벽한 원형일 거라고 짐작하고 있었다. 눈앞의 집수관은 어설프게 파였고 미완성인 것처럼 보였다. 구멍 가장자리의 돌이 거칠게 깎여 비죽비죽 각이 진 채였다. 집수관 밑으로 육십 센티미터, 아니 아마도 구십 센티미터 정도까지는 눈으로 볼 수 있었다. 그 밑에 도사린 어둠은 너무나 견고하게 짙어 마치 구멍이 막힌 듯이 보였고 그는 자칫 구멍 안으로 발을 들일 뻔했다. 이때 개릿은 그의 옆에 무릎을 꿇고 있었다.

"전등을 줘요." 우물에서 시선을 떼지 않은 채 해리가 말했지만 개릿은 꿈쩍도 하지 않았다. "이봐요, 친구. 난 전등이 필요해요. 손이 안 닿는다고." 해리가 거듭 말하며 옆에 있는 남자의 팔을 쿡 찌르고는 바닥에 놓인 손전등을 가리켰다. 개릿이 몽유병을 꾸는 사람처럼 몸을 돌려 팔을 뻗었고, 이윽고 해리에게 손전등을 건네주었다.

해리의 양손은 추위에도 불구하고 땀으로 축축했다. 그는 손전등을 꽉 붙들고 앞으로 움직여 집수관 가장자리에서 몸을 굽혔다. 빛줄기가 땅속 깊숙이까지 내리닫는 모습이 마치 바위가 떨어지는 것 같았다. 돌을 거칠게 바른 집수관 벽에서 모르타르가 말라 벗겨지고 있었고 빛 없이도 존재할 수 있는 미끌미끌한 식물 같은 것이 보일락 말락 들러붙어 있었다. 훨씬 더 아래 차 있는 물까지 눈에 보이는 것 같았다. 하지만 눈에 보인다고 그가 확신할 수 있는 것은 하나뿐이었고 그는 그것에서 시선을 뗄 수 없었다. 녹슨 사슬. 입구 가장자리에서 거의 육십 센티미터 정도 아래의 벽에 녹슨 사슬이 박혀 있었다. 사슬의 다른 한 끝은 전등 빛이 이르는 깊이보다 더 밑으로 늘어지며 어둠에 묻혀 있었다.

그는 주위를 흘깃 보다 개릿 또한 사슬을 보았음을 깨달았다. 이 시점에서 말을 한다는 것은 시간과 에너지의 어마어마한 낭비처럼 느껴졌다. 해리는 바싹 엎드려 손이 사슬에 닿을 때까지 집수관 가장자리에서 꿈지럭꿈지럭 몸을 움직였다.

피의 수확

제니는 앞문 바로 앞에 서 있었다. 집밖 가로등이 앞문에 난 채색 유리를 통해 비쳐 들며 그녀의 머리카락을 기묘한 보랏빛으로 물들였다. 그녀의 얼굴은 바깥에 내리는 눈처럼 새하얬다. 그녀가 슬픈 어조로 입을 열었다. "물론 난 그 아이가 누군지 알고 있어요. 거의 십 년 동안이나 같은 집에서 산걸요. 그 애는 내 조카딸이에요."

이비는 잠시 자신의 귀를 의심했다. "조카딸요?" 그녀가 제니의 표현을 되풀이했다.

제니가 고개를 끄덕였다. 마음을 가라앉히려고 애쓰는 모습이었다. "크리스티아나의 딸이에요. 우리, 올라갈까요? 밀리가 잘 있는지 봐달라고 앨리스가 꼭 집어서 부탁을 했거든요."

이비는 그저 물끄러미 바라볼 수밖에 없었다. 그녀와 해리가 고립된 농장 가옥이나 무어 황야 저 위쪽에 자리잡은 오두막의 가능성을 논했지만 알고 보니 그 아이는 내내 바로 옆에서, 마을의 심장부에서 살고 있었던 것이다.

"그 아이, 선천성 갑상샘 기능 저하증을 앓고 있죠, 그렇죠?"

제니가 한 걸음 가까이 다가왔다. "이곳 토양이 초래한 직접적인 결과죠. 호랑이 담배 피우던 시절부터 우리 가문은 그 병에 시달려왔어요. 우리가 식료품을 일부만이라도 대형 마트에서 샀다면 그런 일은 안 생겼을 거예요." 그녀가 계단 앞에 서 있는 이비에게 이르렀다.

이비가 옆으로 한 발짝을 살짝 떼며 제니의 진로를 확고히 가로막았다. "지금은 그 증상을 치료할 수 있어요. 출생 전 검사로 미리 알아낼 수 있고 아이는 약을 처방받을 수 있어요. 사실상 박멸된 질환이나 마찬가지예요."

제니가 한숨을 쉬었다. "그런데도 우리는 바로 그런 사람을 데리고 살고 있네요. 저기, 밀리가 잘 자고 있는지 정말 봐야겠어요. 좀 비켜주겠어요?"

"어떻게 그렇게 된 거죠? 크리스티아나가 아이 치료를 거부했나요?" 왠지는 모르겠지만 이비는 그 여자아이에 대해 가능한 한 많이 알아내는 게 중요하다는 생각이 들었다. 그래야 한다고 감이 왔다.

"크리스티아나는 치료 제안을 받은 적이 없어요. 언니는 임신 기간 내내 집에 갇혀 있었고 입을 다무는 대가로 돈을 많이 받은 동네 산파의 도움을 받아 출산했지요. 출생신고는 하지 않았어요." 제니의 시선이 위층 계단참 쪽 어딘가로 향하고 있었다. 이비는 뒤를 돌아보고 싶은 유혹과 싸워야 했다.

"아이에 대해 얼마나 많은 사람이 알고 있나요?" 이비는 헤더의 존재를 플레처 가족에게 언급한 사람이 아무도 없다는 것, 특히 톰이 예의 기묘한 소녀에 대해 이야기하기 시작한 후에도 모두가 입을 다물고 있었다는 것이 믿기지 않았다.

"상대적으로 적은 수일 걸요. 그 아이의 존재는 마이크조차 모르거든요. 뭐, 그 사람은 애초에 머리가 좋은 편이 아니지만요."

이비는 자신이 뒤로 한 발짝 물러섰다는 것을 그때서야 깨달았다. 그녀는 제일 아래 계단 위에 서서 고개를 흔들었다. "그게 어떻게 가능하죠?"

제니가 손을 난간으로 뻗었다. 그녀는 이비의 손 근처를 자기 손으로 짚었다. "아, 이비. 마을 전체를 소유한 사람이 무슨 일을 할 수 있는지 안다면 깜짝 놀라겠군요. 당연한 말이지만, 그 아이가 집을 나서는 건 허용되지 않아요. 크리스티아나가 거의 하루 종일 같이 있으면서 책을 읽어주고 간단한 게임을 하죠. 언니의 참을성은 끝이 없긴 하지만 그래도 휴식이 필요할 때면 헤더는 텔레비전을 봐요. 시비비스라고, 미취학 아동을 위한 채널 말이에요."

"하루 종일 집안에 둔다고요?"

제니가 고개를 끄덕였다. "고용인은 위층엔 절대 올라가지 않아요. 크리스티아나가 따로 관리하지요. 고용인이 다 퇴근하면 헤더는 정원에서 놀 수 있어요. 솔직히 아이에 대해 아는 사람이 한둘은 있다고 봐요. 나이가 들면서 밤에 몰래 빠져나가는 데 상당히 능숙해졌거든요. 때로는 낮에도 나갈 정도죠. 아이가 앨리스와 개릿의 아이들에게 마음을 둔 건 확실해요. 하지만 사람들은 입을 다물고 있어요. 아빠의 분노를 불러일으키고 싶지 않으니까요."

이비의 가슴속이 조여드는 듯 답답해졌다. 플레처 가족의 아이들을 향한 걱정 때문만은 아닌 것 같았다. 일생 동안 죄수처럼 갇혀 산 여자아이. 얼마든지 피할 수 있었는데도 손상된 신체에 갇혀버린 죄수. 자기집에 갇혀버린 죄수. 이비가 입을 열었다. "왜 그러는 건가요? 대체 무슨 이유로 당신 가족은 그런 식으로 법을 위반하는 거죠?"

제니가 맑은 개암빛 눈을 두 번 깜박거렸다. "이비는 정신과 의사 같아요? 짐작해보세요."

에바는 복층 신도석 뒤편에 난 문의 잠금장치를 풀어 열고 짧은 나선형 계단을 올랐다. 아이의 머리가 바람을 받아 위로, 옆으로 깃발처럼 나부꼈다. 톰은 멈췄다. 위로 올라가는 건 미친 짓이었다.

토미, 제발 와줘.

어떻게 해야 할지 생각할 시간을 톰에게 주지 않고 에바가 톰의 손을 꽉 잡아 지붕 위로 끌어올렸다. 아이는 양손과 양 무릎으로 바닥을 짚었고 톰도 따라 했다. 몸 아래서 눈이 버석거렸고 스웨트 셔츠 안으로 바람이 홀홀 들어왔다. 에바는 지붕 가장자리에 둘린 납땜 홈통으로 기어들어갔다. 아이 왼쪽으로는 지붕이 비스듬히 위로 경사지며 올라가고 아이 오른쪽은 십 센티미터 정도 높이의 석재로 마감이 되어 있었다. 아이가 미끄러진다 해도 막아줄 수 있을 만큼 높지 않았다. 톰이 자기처럼 기어서 따라오리라 기대하는 걸까? 그런 모양이었다. 아이가 뒤를 돌아보며 기다리고 있었기 때문이다. 아, 제길.

톰은 출발했다. 눈 덮인 홈통에 시선을 견고히 못 박고 기었다. 미친 짓이었다. 지붕 위에는 조가 숨을 수 있는 곳이 전혀 없었다. 종탑 세 개는 빈 탑이었다. 땅에서 올려다보면 알 수 있었다. 종탑을 통해 하늘이 보이기 때문이었다. 둘은 북동쪽 귀퉁이에 있는 탑으로 향하고 있었다. 햇빛이 미치지 않아 언제나 그늘 아래 있는 것처럼 보이는 탑이었다. 에바의 어깨 너머로 크리스마스 다음날의 선물 상자처럼 텅 비어 있는 탑이 보였다. 돌기둥 사이로 빛나는 별이 보였고 흐르는 구름이 보였고 은빛 공처럼 둥그런 보름달이 보였다.

하지만 달은 톰의 뒤에 있었다.

이비가 짐작하는 데는 오랜 시간이 필요하지 않았다. "아이 아버지는 누구죠? 당신 아버진가요? 싱클레어요?"

제니의 얼굴이 일그러졌다. "계속해보세요."

피의 수확

이비는 재빨리 머리를 굴려보았다. 그녀는 렌쇼 가문 사람에 대해 아는 것이 거의 없었다. 해리와 플레처 가족이 말해준 것만 알고 있었다. 제니에게 남자 형제가 있다면 그녀는 알지 못했고, 제니의 아버지의 존재만 알고 있었다. 키가 크고 머리가 하얗게 센, 아주 고상하게 잘생긴 남자였다. 그리고…….

"설마 당신 조부는 아니겠죠?" 그녀가 낮은 목소리로 말했다. 맞은편 여자의 얼굴에 떠오른 표정을 보니 맞는 것 같았지만 혹시나 잘못 짐작했을까 겁이 났다. "하지만 그분은……." 토비어스 렌쇼가 몇 살이던가? 여든은 넘었을 텐데.

"헤더가 태어났을 때 할아버지는 육십 대 후반이었어요. 그때쯤엔 아주 잘하고 있었죠."

"언니가 너무 안되었네요. 아주 잘하고 있었다니, 무슨 뜻인가요?"

제니의 시선이 이비의 눈에 계속 박혀 있었다.

"당신도 학대한 거예요. 그렇죠?" 이비가 물었다.

아무 말도 없었다. 그저 텅 빈 듯한 시선뿐.

"정말 안됐어요."

아무 말도 없었다.

"몇 살이었어요? 언제 시작된 건가요?"

제니가 한숨을 길게 내쉬더니 식당 문에 닿을 때까지 뒤로 물러섰다. 이비는 숨통이 트인 기분이었다. "세 살 때요. 아니 네 살이었을까. 잘 기억이 안 나요. 난요, 커다랗고 거친 손이 나를 쿡쿡 찌르고 건드리고 만지작거리는 게 어떤 느낌인지 어릴 때부터 언제나 알고 있었던 거 같아요." 그녀가 시선을 돌려 이비를 똑바로 쳐다보았다. "할아버지는 내 방 문간에 서서 내가 옷을 입는 것을 바라보곤 했어요. 내가 목욕을 할 때면 들어와 씻기기도 했고요. 내가 내 몸의 주인인 적은 한 번도 없었어요. 단 한 번도요. 그게 어떤 건지 상상이 가나요?"

이비는 솔직하게 대답했다. "아니요. 정말 안됐어요. 당신을 강간했나요?"

"그 나이에요? 아니요. 그러기엔 할아버지는 너무나 교활했거든요. 네 살짜리를 강간해봐요. 누군가는 알게 되겠죠. 할아버지는 내 몸 위에서 자위를 했어요. 한 손으로는 나를 만지고 다른 손으로는 자기 것을. 뭔지 알죠? 그걸 문지르는 거예요. 내가 조금 자랐을 때는 나보고 빨아달라고 했어요. 강간이 시작된 건 내가 열 살 때였어요. 그렇게 오래 기다린 게 어찌 보면 놀라울 정도였죠. 그게, 나는 할아버지가 내는 소리를 들었거든요. 크리스티아나하고 있을 때요. 나는 어떤 일이 닥칠지 알고 있었어요."

이비의 양손이 입으로 올라갔다. 그녀는 넘어질 뻔했고 성급히 팔을 뻗어 난간을 다시 잡았다. "그럴 수가. 정말 안됐어요. 왜 누군가에게 말을 하지 않았나요? 부모님이나 어머니, 어머니라면 절대……." 그녀가 말을 멈췄다. 제니의 대답은 필요 없었다. 아이는 이야기하지 않는다. 남에게 발설하지 말라는 말을 듣기 때문에 이야기하지 않는다. 아이는 어른이 시키는 대로 한다.

"당신을 위협했나요?"

제니가 다시 그녀에게 다가오고 있었다. 술을 마시고 왔구나. 이비는 그제야 알아챘다. "위협 정도에 그치지 않았어요. 우리를 가족 묘지에 가두곤 했어요. 석관이 주르르 있는 곳에 말이죠. 심지어 우리 어머니가 그곳에 잠든 후에도 할아버지는 그 안에 우리를 가뒀어

피의 수확

요. 아니면 우리를 계단 꼭대기로 데리고 갔죠. 교회 복층 신도석으로요. 심지어 토르 암괴까지 데리고 가서 바위에 달랑달랑 매단 적도 있어요. 한쪽 발목만 붙들고 있던 적도 있고요. 착하게 굴지 않으면 손을 놓아버리겠다고 말하곤 했지요. 크리스티아나에게도 그랬다는 걸 전 알아요. 언니는 높은 곳을 두려워하거든요."

이비는 머릿속에 떠오르는 그림을 지워버리고 싶어 눈을 깜박였다. "너무나 무서웠겠어요."

"나는 비명을 지른 적이 한 번도 없어요, 이비. 그래봤자 소용이 없거든요. 난 그냥 눈을 감고 오늘이 그때일까, 오늘은 할아버지가 나를 놓을까, 그러면 나는 공기가 휙 스치는 걸 느끼고 다음 순간 모든 것이 끝났음을 알게 되는 걸까. 오늘이 바로 그날일까 생각하는 거예요."

이비가 틀렸다. 이비는 질리언을 범인으로 지목했지만 그 짐작은 틀렸다. 그녀 때문에 해리와 개릿은 엉뚱한 곳으로 수색을 떠났고 질리언은 지금 죽어가고 있는 중일지도 모르고 조와 톰은 실종된 상태고 앨리스는…… 앨리스는 어디 있는 거지?

"제니, 할아버지가 아이들을 죽인 건가요? 그 사람이 조를 데리고 있어요?"

* * *

사슬을 당기자. 다른 건 아무것도 생각할 필요가 없다. 사슬을 당기고 신께 기도하자. 그를 배반한 신이지만, 사슬 끝에는 아무것도 없게 해주십사 기도하자. 개릿은 쳐다보지 말자. 저 남자는 거의 정신을 잃을 지경이니까. 아니 벌써 잃었을 수도 있다. 지금 두 사람이 할 수 있는 유일한 이성적인 행동은 이곳에서 벗어나는 것이었다. 둘 중 한 명이 죽기 전에. 하지만 해리는 자신이 절대 그러지 못할 것을 알았다. 그러니 사슬을 당기자. 여기까지 왔으니 결과를 알아야 했다.

사슬이 움직이고 있었다. 그가 한 번씩 힘껏 당길 때마다 조금씩 올라오고 있는 사슬 끝에는 뭔가 무거운 것이 달려 있었다. 오른팔로 당기고 왼팔을 써서 구멍 가장자리로 끌어올리자. 아무 생각하지 말고 그냥 계속 끌어당기는 거야. 그 무언가가 집수관 내벽을 긁고 있었다. 벽에 거치적거려서 끌어당기기가 더 힘들었다. 무언가가 그들에게 점점 가까워지고 있었다.

해리의 팔 근육이 힘들다며 비명을 내질렀지만 사슬을 얼마나 더 잡아당겨야 할지 전혀 감이 오지 않았다. 스무 번을 더 당기면 쉬어야 할 것이다. 과연 스무 번 더 당길 수 있을까. 열 번 더. 일곱 번 더…… 더 당길 필요가 없었다. 사슬 끝에 붙어 있는 것은 무거운 구식 지퍼가 달린 커다란 캔버스 가방이었다. 스스로 생각하거나 쉴 틈을 주지 않고 해리는 오두막 돌바닥으로 가방을 끌어올려 지퍼를 열었다.

그의 눈에 처음 들어온 것은 눈구멍이었다. 안구가 사라진 빈 눈구멍.

톰은 눈을 깜박거렸다. 눈발이 두 눈으로 들어와 앞이 잘 보이지 않았다. 톰이 보고 있는 것은 분명히 달이었다. 북동쪽 석조 종탑을 뚫고 빛나고 있었다. 톰은 감히 고개를 옆으로 돌려보았다. 그의 어

피의 수확

깨 위에도 달이 떠 있었다. 달이 두 개란 말이야? 에바는 탑에 가까워지고 있었다. 아이는 날쌘 몸짓으로 탑 한쪽에 다가간 후 뒤를 돌아보며 그를 기다렸다. 대체 저 아이는 무슨 생각인 걸까? 오늘 헬리콥터가 여러 번이나 이 위쪽을 돌았다. 종탑 머리에 얹힌 작은 지붕 때문에 헬리콥터에 탄 사람들이 탑 속을 보지는 못했겠지만 헬리콥터에는 열 감지기가 있었다. 온기가 있는 몸이 있었다면 발견했을 것이었다. 에바가 그에게 빨리 오라 하고 있었다.

오늘 교회는 사람으로 꽉 차 있었다. 헬리콥터가 수색을 시작했을 때 경찰은 사람들을 모두 무어 황야로부터 불러들였고 그들은 모두 교회 안으로 들어갔다. 헬리콥터가 수색중일 때 교회에는 거의 이백 명이 있었다. 이백 명의 따뜻한 몸이 있었다. 바늘을 숨기고 싶다면 어디에 숨길까? 건초 더미 속에 숨길 것이다. 톰은 이제 종탑에 손이 닿을 정도로, 탑 네 귀퉁이에 솟은 돌기둥 사이로 손을 넣을수 있을 정도로 탑에 가까이 와 있었다. 톰은 손을 내밀었다. 손이 반사되어 보였다. 탑 돌기둥 사이에 붙어 있는 거울 타일에 톰 자신의 얼굴이 비치는 것이 보였다. 종탑 기둥 사이로 울타리처럼 둘린 거울 타일 때문에 작은 상자 같은 공간이 생겨나 있었다. 그 크기는 딱…….

"가장 끔찍했던 게 뭐였는지 말해볼까요, 이비? 할아버지가 우리한테 한 가장 나쁜 짓요?"

"뭔데요?" 사실 이비는 결코 알고 싶지 않았다. 앨리스가 소리치는 걸 마지막으로 들은 게 언제였던가? 지금쯤이면 경찰이 도착했어야 하지 않나?

"우리는 무어 황야에 오래된 우물을 하나 갖고 있어요. 예전엔 물방앗간과 일꾼을 위한 오두막 몇 채가 있던 곳이죠. 건물은 다 사라졌지만 우물은 무슨 이유에선지 메워지지 않았고 우리는 안전을 위해 우물 위에 돌집을 지었어요. 양떼와 길 잃은 아이를 안전하게 지키기 위해서요. 하지만 우물은 우리에겐 안전하지 않았어요. 크리스티아나와 나한테는요. 왜냐하면 할아버지가 고정 벨트와 밧줄을 달아놓고 우리가 말을 안 들으면, 감히 싫다고 하거나 할아버지가 원하는 것만큼 세게 빨아주지 않으면 우리를 우물 속으로 넣곤 했거든요. 우리 몸에 고정 벨트를 매서 우물 속으로 내리는 거예요. 그런 식으로 몇 시간이나 우리를 어둠 속에 방치했어요. 다른 아이들한테도 똑같은 짓을 했어요. 한 명을 너무 오래 거기 두는 바람에 그 끔찍한 게임을 끝내야 했던 날이 올 때까지는 말이죠."

제니가 너무 가까워 이비는 뒤로 물러서야 했고 따라서 계단으로 올라갈 수밖에 없었다. 제니가 바로 따라 올라왔다.

"제니는 도움이 필요해요. 알고 있죠, 그렇죠? 당신 잘못은 아무것도 없어요. 그렇지만 학대를 종결짓기 위해서는 도움을 받아야 해요. 당신 조부는 당신에게 상처를 입혔고 크리스티아나도 마찬가지예요. 제니와 함께할 사람을 제가 찾아줄 수 있어요. 시간은 걸릴 거예요. 당연한 거죠. 그래도……."

제니가 이비에게 몸을 기울이며 물었다. "이런 종류의 상처가 회복 가능하다고 정말로 생각하는 건가요, 이비? 상담으로요?"

일리 있는 지적이었다. 이비는 제니가 가까이 서 있지만 않아도 괜찮겠다고 바라며 입을 열었다. "완전히 회복되지는 않겠죠. 그 기억은 영원히 사라지지 않아요. 그렇더라도 좋은 상담사를 만나면 당신이 마무리를 짓는 데 도움을 받을 수 있어요. 하지만 지금 중요한 것은 조를 찾는 거예요. 당신이 말한 그 우물로 해리와 개릿이 올라갔어요. 조가 거기 있나요?"

제니의 얼굴에 무언가가 번득 스치고 지나갔다. "그 사람들이 그 집에 갔다고요? 십오 년 동안 아무도 가지 않은 곳인데. 닫아버렸거든요. 그 일이 있은 후…….."

"그 일? 거기 뭐가 있는 건가요?"

"내 말 들어요. 내 말 좀 들으라고!"

개릿 플레처는 듣고 있지 않았다. 그는 오두막의 돌벽에 머리를 찧고 두 주먹으로 벽을 내리치며 비명을 질러대고 있었다. 이마의 피부가 벗겨져 핏줄기가 코 옆으로 흘러내렸다. 해리는 그의 한 팔을 잡아 뒤로 돌려세우려고 했지만 개릿이 다른 손을 해리 쪽으로 휘두르는 바람에 뒤로 물러섰다. 위험할 정도로 우물에 가까웠다.

"조가 아니에요! 저건 조가 아니라고요!" 그가 가슴이 터지도록 큰 소리로 외쳤다.

그의 말이 가닿은 걸까? 개릿이 비명을 멈추고 벽에 기댔다. 양손에 고개를 파묻은 채였다.

"개릿, 내 말 좀 들어요. 이 아이는 죽은 지 몇 년이나 된 아이에요. 봐요. 보라니까. 조일 수가 없다니까! 내가 보장할게요. 제발 좀 봐요."

개릿이 고개를 들었다. 눈동자를 부자연스러울 정도로 빛내며 그가 해리를 향해 한 발짝을 내디뎠다. 해리는 마음의 준비를 단단히 했다. 두 사람 중에 키는 해리가 더 컸지만 힘은 아마도 개릿이 더

셀 것이다. 우물가에 이렇게 가까이 있는 채로는 어떤 식으로도 몸싸움을 벌이고 싶지 않았다. 그가 내리찍듯 개릿의 어깨를 붙들었고 어느새 두 사람은 차가운 돌바닥에 다시 무릎을 꿇고 있었다.

"봐요." 해리가 캔버스 가방의 양옆을 잡아 벌리며 말했다. 전등을 집어 가방 속을 비추는 그의 양손이 부들부들 떨렸다. "이 아이는 몇 년 전에 죽은 아이입니다. 보세요, 개릿이 봐야 합니다. 살점이 거의 없어요. 조일 수가 없어요. 도저히 가능한 일이 아니란 말입니다."

개릿은 숨을 쉬기가 괴로운 것 같았다. 그가 숨을 한 번 쉴 때마다 허덕거리는 울음소리가 크게 섞여 나왔다. 하지만 그는 가방을 보고 있었다. 가방 속의 아이를 보고 있었다.

"조가 아니에요." 그를 믿게 하려면 몇 번이나 되풀이해야 할까 궁금해하며 해리가 말했다. 지금 그가 납득시키려는 사람이 정말 개릿뿐일까.

개릿이 한 손으로 얼굴을 쓸었다.

"제길, 해리. 이게 다 뭐란 말입니까."

"조!"

톰은 눈꺼풀을 깜박여 눈송이를 두 눈에서 빼냈다. 톰이 보고 있는 것은 동생이었다. 크리스마스 칠면조처럼 밧줄로 양 손목과 양 발목이 묶이고 달팽이처럼 몸을 둥글게 만 채 북동쪽 종탑 안에 있었다. 조는 버섯처럼 창백했고 고드름처럼 차가웠지만 아직 살아 있었다. 젤리처럼 몸을 부르르 떨며, 색깔이라곤 다 사라진 것 같은 두 눈으로, 하지만 톰이 기억하는 바로 그 두 눈으로 올려다보고 있

피의 수확

었다. 조는 플레처 형제의 집에서 백 미터도 떨어지지 않는 곳에 있었던 것이다.

에바가 종탑 안으로 몸을 기울였고 더러운 조각보 이불을 끌어올려 동생의 어깨에 둘러주었다. 톰의 동생을 따뜻하게 해주기 위해서.

"조, 괜찮아. 이젠 다 괜찮아. 내가 널 데리고 내려갈 거야." 톰이 속삭였다.

조는 대답 없이 그저 반투명한 눈동자로 톰을 물끄러미 올려다보기만 했다. 동생의 머리는 덜덜 떨렸고 사지는 꿈틀거리고 있었다. 상태가 좋지 않다는 걸 알 수 있었다. 교회 지붕에서 하룻밤과 낮은 어찌어찌 살아남았지만, 그리 오래 버티지는 못할 것이다. 조를 데리고 내려와야 했다. 톰은 탑 안으로 몸을 들어 동생의 어깨 밑에 양손을 넣었다. 살아 있는 육신을 덮고 있기에는 너무나 차가운 것 같은 피부가 느껴졌지만 그가 끌어당겼을 때 동생은 여전히 그 자리에 존재했다.

톰은 고개를 돌려 에바를 보았다. 아이는 거울 타일 공간의 다른 편에 웅크리고 있었다. 과하게 커다란 두 손으로 타일 가장자리를 움켜쥔 채 그를 바라보고 있었다.

"조를 빼내려면 어떻게 해야 할까?" 톰이 물었다.

* * *

눈앞에서 제니의 입이 움직이고 있었다. "아이가 죽었어요, 이비. 할아버지가 핼리팩스 근처에 말을 보러 갔다가 찾아낸 작은 집시 아이였어요. 혼자서 돌아다니고 있었대요. 할아버지는 그 아이를 그냥 거기에, 무어 황야에 내버려두었어요. 우물 안에 매단 채로요."

빌어먹을 경찰은 대체 어디 있는 걸까?

"당신에겐 이야기하기가 편하네요, 이비. 당신은 잘 들어줘요. 사람을 재단하지 않고요. 이제 난 밀리를 데리러 가야겠어요." 제니는 실로 부드럽지만 단호하게 이비를 밀치다시피 하며 계단을 올라가려 했다. 이비는 난간을 꽉 붙든 채로 몸을 틀어 넘어지려는 것을 막았다.

"아무도 당신을 재단하지 않을 거예요, 제니. 당신은 어린애였어요. 무슨 일을 겪고 있는지 아버지에게 얘기해볼 생각은 전혀 하지 않았나요?"

제니의 눈동자에 뭔가가 번득였다. "몰랐을 거 같아요?"

"설마 몰랐겠죠?"

"플레처 가족이 이곳에 땅을 사는 걸 아버지가 왜 그렇게 반대했을 것 같아요? 플레처 가족 중에 어린 딸이 있다는 걸 안 거예요. 아버지는 이 마을이 여자아이에게 안전한 곳이 아니라는 걸 알아요."

이비는 그 말이 의미하는 것을 흡수하려고 애썼다. "하지만 자기 딸들인데?"

"내가 열세 살 때 아버지가 날 기숙학교로 보냈어요. 헤더가 태어난 직후였어요. 아이까지 태어났으니 모르는 척 눈을 감고 있을 수만은 없었던 거겠죠. 물론 크리스티아나는 이미 늦었고요. 학교에 가기에는 나이가 너무 많았어요."

이비가 손을 내밀어 제니의 팔을 만졌다. "제니, 지금까지 한 이야기를 다 경찰에게 해야 해요. 어린애가 또 죽기 전에 당신 할아버지를 막아야 해요. 내가 전화를 다시 해야겠어요. 더 빨리 오라고요."
그녀가 계단에서 한 발짝 아래로 내려왔다.

이비의 팔이 단단히 붙들렸다. "잠깐만요. 내가 얘기를 다 한 건
아니에요."

세상에나. 말할 게 더 있을 수 있단 말인가? 이비는 깜박이는 경
광등이 보이길 간절히 바라며 거리가 내다보이는 창문 쪽을 흘깃 보
았다. "나한테 더 이야기해야 하는 게 뭐죠?"

제니가 고개를 숙였다. "이건 너무 힘드네요. 이 이야기를 다른
사람에게 할 거라고는 상상해본 적도 없어요."

"조를 빼내려면 어떻게 해야 할까?" 톰이 질문을 되풀이했다. 에
바의 표정은 변하지 않았고 그의 말을 알아들었다는 기색도 떠오르
지 않았다. 톰은 몸을 돌려 동생의 몸을 당기며 적어도 동생이 일어
나게는 하려고 애썼다. 조는 움직이지 않았고 톰은 그 이유를 깨달
았다. 동생의 양손과 양다리를 묶은 밧줄이 탑에도 묶여 있는 것이
었다.

"조, 다른 사람을 데려와야겠어. 아래층에 경찰관 아저씨가 있어.
오 분이면 돼, 조. 약속할게."

조의 눈은 감겨 있었다. 동생을 탑에 두고 떠나는 것은 톰의 인생
에서 가장 힘겨운 일이었지만 그는 어찌어찌 몸을 돌려 지붕 홈통을
따라 왔던 길을 되돌아갔다. 에바가 뒤따르는 소리는 들리지 않았
다. 조가 안심하고 있게끔 에바가 뒤에 남은 것이기를 바랐다.

톰은 교회로 이어지는 진짜 종탑으로 돌아왔다. 그의 발이 계단
첫 단을 밟았을 때 손 하나가 불쑥 튀어나오며 발목을 붙잡았다.

두 여자는 계단에 앉아 있었다. 제니가 앉으며 이비도 자기 옆에 앉혔다. 두 사람 모두 몸을 떨고 있었다.

"언제 멈췄나요? 당신이 학교에 갔을 땐가요?"

제니가 고개를 저었다. "그전에 이미 약간 좋아졌어요. 할아버지가 자기 관심을 돋우는 다른 사람을 찾았거든요. 우리집 가정부의 딸이었죠. 금발에 예뻤고 어렸어요. 할아버지가 좋아하는 딱 그대로였어요."

"질리언요? 질리언도 학대한 거예요?" 이비가 적어도 하나는 맞힌 셈일까?

제니가 어깨를 으쓱하다가 고개를 끄덕였다. "그웬 배니스터는 무슨 일이 일어나고 있는 건지 짐작한 것 같아요. 할아버지를 다그친 적은 결코 없지만 딸을 악마의 손에서 빼냈죠. 날 위해서는 아무도 그렇게 안 해줬는데."

"질리언이 떠난 후에는 다시 당신을 괴롭히기 시작했나요?"

"내가 학교에서 집에 돌아오면요. 그런데 내가 열아홉 살 때 할아버지의 행운이 끝장났어요. 나도 임신을 한 거예요. 있는 용기 없는 용기를 다 쥐어짜서 아빠에게 말했을 때는 이미 아이를 지우기에 너무 늦었지요. 그래서 아빠는 마이크를 구슬러서 날 데려가게 했어요. 할아버지를 설득해서 가문 자산을 법적으로 넘기게도 했고요."

"당신 아버지가 이런 일을 다 공모했다는 게 믿어지지 않아요. 당신, 얼마나 배신감을 느꼈을까요."

제니가 이비의 양손을 놓았다. "이비, 남자들은 수천 년 동안 부와 권력을 위해 딸들을 팔아왔어요. 20세기가 되었다고 그게 멈출 것 같아요? 아무튼 임신은 내게도 좋은 일이었어요. 빠져나올 수 있었으니까. 그리고 루시를 얻었고."

토비어스의 딸. 루시는 자기 증조할아버지가 범한 근친상간에 의한 아이였다.

"루시한테는 무슨 일이 있던 건가요? 사실은 어떻게 죽은 거죠?" 이비가 작은 목소리로 물었다.

"이비, 난 그 애를 정말 무척 사랑했어요."

"그랬으리라 믿어요. 그 사람이 그랬나요? 토비어스가 죽인 건가요?"

"할아버지가 루시를 눈여겨보기 시작했을 때 그 애는 겨우 두 살이었어요, 이비. 금발에 예쁜 아이였어요. 크리스티아나와 내가 어릴 때 딱 그랬던 것처럼요. 나는 할아버지의 시선이 아이의 몸을 훑는 것을 봐야 했어요. 그때도 할아버지는 운전을 할 수 있어서 우리 집에 항상 왔어요. 할아버지가 가까이 있을 때면 아이 옷을 갈아입히거나 목욕을 시키는 일은 절대 없었어요. 하지만 할아버지가 언제나 아이 근처에서 어슬렁거리는 것 같았어요. 그 일이 다시 일어나게 내버려두면 안 된다는 걸 난 알았어요. 루시는 안 돼요."

"하지만 루시는 달랐어요. 루시는 자기를 보호해줄 엄마가 있었어요. 당신요. 마이크도요."

"그렇지만 할아버지가 얼마나 교활한지 난 알았어요. 결국엔 아이에게 손을 댈 거라는 것도요. 그래서 난 할아버지를 죽일 방법을 모색했죠. 그것밖에 대책이 없는 것 같았어요. 충격적인가요?"

충격적인 정도가 아니라고 이비는 생각했다. "당신이 그 정도로 화가 났다는 건 이해할 만하다고 생각해요."

"할아버지가 자고 있을 때 질식시키는 것도 생각해봤고, 음식에 독을 넣는 것, 계단에서 밀치는 것, 할아버지를 속여 토르 암괴로 데려가서 밀어 떨어뜨리는 것 등등을 생각해보았어요. 그러다 어느 날 깨달았어요. 할아버지가 원하는 걸 가지려는 것을 막기 위해서 꼭 할아버지를 죽일 필요는 없는 거였어요."

"그럴 필요가 없었다고요?"

"그래요. 아이를 죽이면 되는 거였어요."

누가 톰을 아래로 잡아당겼다. 등이 돌계단에 계속 긁혀서 아팠다.

"뭔 짓을 하는 거야?" 아는 목소리였다. 커다란 두 손이 톰의 허리를 그러잡고 계단 아래로 더 끌어내렸다. "비켜, 우리가 내려가게." 같은 목소리가 지시했다. 그들로부터 멀어지는 여러 사람의 발걸음 소리가 들렸다. 다음 순간, 톰은 다시 교회 복층 신도석으로 돌아와 있었다.

"조가 지붕에 있어. 다른 종탑에 있어. 사람들이 다 비었다고 믿는 탑 말이야. 하지만 비어 있지 않아. 조가 거기 있고 금방이라도 얼어죽을 것 같아. 지금 걔를 데리고 내려와야 해." 톰이 간신히 말했다.

네 명의 사내아이가 톰을 바라보고 있었다. 잡은 외계인에게 갑자기 명령을 받은 것 같은 표정이 소년들의 얼굴에 떠올라 있었다.

제일 먼저 입을 연 아이는 제이크 놀스였다. "네 동생? 우리가 하루 종일 찾던 그 녀석 말이야?"

"지붕에 있다고?" 톰이 이름을 기억할 수 없는 제이크의 형이 물었다.

톰은 네 명의 얼굴을 쳐다보았을 때 심장이 멈추는 것 같았다. "너희가 그런 거지? 그 애를 거기 올려다 놓은 건 너희야."

나이가 위인 소년의 얼굴이 일그러졌다. "이 새끼, 대체 우리를 뭐라고 생각하는 거야? 사이코?"

"걔가 진짜로 위에 있단 말이야? 살아서?" 빌리 애스핀이 물었다.

톰이 고개를 끄덕였다. "묶여 있어서 내가 데리고 올 수가 없었어. 난 아빠를 데리고 와야 해. 너흰 여기서 뭘 하고 있는 거야? 조를 위에 둔 게 너희가 아니라면 어째서 여기 있는 거야?"

"네 뒤를 따라 들어온 거야. 너랑 렌쇼네 백치가 묘지를 뛰어가는 걸 보고 따라왔어. 그런데 지하실에서 완전히 길을 잃었지. 걔는 어디 간 거야?"

"도움을 요청해야 해. 경찰이 있······." 톰은 에바에게 무슨 일이 생겼는지 전혀 모르고 있다는 데 생각이 미쳤다.

놀스네 맏아들이 끼어들었다. "가자. 얘가 무슨 소리를 하고 있는 건지 한번 보자고."

이비는 몸이 타는 것처럼 더웠다. 우습게도 그녀는 공포를 느끼는 것에 대해 환자들이 이야기하는 것을 많이 들어보았다. 공포를 느낄 때 얼마나 더운지는 아무도 말해준 사람이 없었다. 그리고 뇌가 슬로모션처럼 느리게 돌아간다는 것도 말해준 사람이 없었다. 제니였어? 이제까지 밀리를 쫓아다닌 사람이? 아니 그럴 리가 없었다. 뭔가 오해한 것이다. 이비가 심하게 지친 것이다.

"여기서 진짜 아이러니는 말이죠, 할아버지가 아이를 정말 사랑했다는 거예요." 제니가 다시 부여잡아서 이비가 움직이는 것은 불가능했다. 제니의 얼굴은 벌겋게 달아올랐고 두 눈은 부자연스럽게 번쩍였다. 이비는 어떻게든 일어서야 했다. 하지만 그다음엔? 위층 밀리의 방으로 가야 할까, 아니면 바깥에 가서 전화를 해야 할까?

제니가 말을 이었다. "할아버지는 완전히 절망했어요. 그게, 할아버지에게 그 장면을 보게 만들었거든요. 난 할아버지가 교회에 간다는 걸 알고 있었어요. 할아버지는 몇 년 동안 평신도 회장이었으니까요. 그래서 루시를 품에 안고 할아버지 뒤를 밟았죠. 그리고 복층 신도석에 올라가서 할아버지를 소리쳐 불렀어요."

땀줄기가 이비의 견갑골 사이로 흘러내리고 있었다. 경찰은 올 기색이 없었다. 제니는 전화하지 않은 것이다. 그런데 이 사람은 왜 이렇게 가깝게 붙어 있으려 하는 걸까?

제니의 입이 여전히 움직이고 있었다. "난 잊지 못할 거예요. 할아버지가 제의실에서 나왔을 때 나는 루시의 발목을 잡고 애를 거꾸로 들고 있었어요. 할아버지가 내게 하던 식으로요. 아이는 비명을 질렀고, 할아버지가 나한테 고함치는 모습이 보였어요. 멈추라고 나한테 소리를 질렀죠. 할아버지가 앞으로 뛰쳐나왔을 때 나는 아이를 놓았어요. 쉬웠어요."

제니가 풍기는 냄새는 열기만큼이나 지독했다. 알코올 냄새와 땀내와 이국적 꽃향기. 몸을 움직이지 못하면 이비는 냄새 때문에 토할 것 같았다. 양손을 낮춰 바닥을 세게 밀어. 고통은 무시해. 그녀는 강인한 팔을 가지고 있었다. 성공할 것이다.

"아이가 바닥에 닿을 때까지는 오래 걸리더군요. 그래서 생각할 시간이 많았어요. 그렇게 될 거였다는 걸 난 깨달았죠. 언제나 그랬던 거예요. 결국 내가 할아버지를 파괴할 운명이었던 거예요. 나한

　　　　　　　　　　　　　　　피의 수확

테 저지른 짓 때문에요."

지금 해. 이비는 일어섰지만 곧 강제로 앉혔다.

제니는 이제 이비의 얼굴에 대고 속삭이고 있었다. "할아버지는 아이를 잡는 데 거의 성공할 뻔했어요. 하지만 교회 판석 바닥에 아이는 세게 부딪혔어요. 피가, 피가 사방으로 튀었죠. 피로 만든 커다란 거품 방울을 떨어뜨렸나 착각이 들 정도였어요. 복층에 있던 나한테까지 피가 튈 것 같았어요."

이비는 가까스로 침을 삼켰고, 숨을 죽여 냄새를 막고픈 유혹과 싸웠다. 그녀는 계속 숨을 쉬어야 했다. 숨을 멈추면 기절할 것이다.

"나는 섹스에서 기쁨을 느낀 적이 없어요, 이비. 단 한 번도요. 어떻게 느끼겠어요? 사람들이 그렇게 집착하는 오르가슴이라는 거, 난 그게 뭔지 전혀 몰라요. 그런데 그날 말이죠. 사방에 피가 튀고 할아버지가 비명을 지르는 걸 지켜보면서 내가 느낀 쾌락이 얼마나 대단했는지 이루 표현할 수가 없어요. 그 자리에서 기절할 뻔했어요. 그 정도로 강렬했어요. 아이가 바닥 타일에 부딪혔을 때 퍽 하고 농익은 과일이 터지는 것 같은 소리가 났어요. 난 머릿속에서 그 소리를 듣고 또 들었죠. 그동안 아이에게서는 피가 계속 흘러나왔어요. 물결치듯 콸콸 쏟아지더군요. 아이의 심장이 계속 뛰려고 용을 쓰는 동안이요."

이비는 비명을 지르면 안 된다는 걸 알고 있었다. 질러봤자 누구도 아닌 밀리만이 들을 터였다.

두 남자는 발밑의 하얀 땅을 손전등으로 비추며 무어 황야를 뛰어 내려갔다. 너도밤나무 숲을 뚫고 옛 물방앗간 터를 지나 시냇물을 건넜다. 개릿이 정신을 차린 듯 보였을 때 해리는 극심한 불안감에 휩싸였다. 그들은 돌아가야 했다. 해리의 머릿속에는 그 생각뿐이었다. 돌아가야 한다는 생각.

그들이 집을 나선 지 사십여 분이 지났다. 지금쯤이면 경찰이 합류했어야 했다. 헵턴클로로 들어오는 도로에 이미 경찰차가 있으니 플레처 저택까지 오 분이 넘게 걸리지는 않았을 것이다. 그와 개릿이 집을 나섰을 때 이비가 전화를 했다면, 지금쯤은 도착했어야 했다. 그러나 경찰은 오지 않았다. 그녀가 전화를 하지 않았다는 뜻이었다. 무슨 일이 생긴 것이다. 상황이 악화된 것이다. 조의 문제만이 아니었다. 질리언이 행사한 폭력만이 아닌, 더 나쁜 상황이 온 것이다. 그들은 돌아가야 했다.

해리의 휴대전화가 청바지 주머니에 있었다. 그가 직접 경찰에게 전화한 후 플레처 저택에 전화를 할 수도 있다. 하지만 그러려면 달리기를 멈춰야 했다.

그들은 울타리 문에 이르렀다. 해리가 문에 올라가 펄쩍 뛰어내려 다시 뛰었다. 개릿이 똑같이 하는 소리가 뒤에서 들렸다. 그들은 마을 바로 위쪽 밭에 이르렀다. 백 미터 정도만 더 가면 망자의 날에 본파이어가 열렸던 장소를 지나게 될 것이다. 울타리에 이르러 해리는 울타리를 훌쩍 뛰어넘었다. 질리언의 옛집을 지나치자 길 양편으로 건물이 나타났다. 자갈길은 눈으로 미끄러웠다. 옆에서는 개릿이 숨을 거칠게 쉬고 있었다. 그들이 와이트 레인 끝에서 주도로로 막 들어섰을 때였다. 교회 종이 울리기 시작했다.

"물론 할아버지는 나를 집으로 질질 끌고 갔어요. 우리는 둘 다 옷을 갈아입고 루시를 찾는 수색에 합류했죠. 할아버지는 교회로 돌아가려 하지 않았어요. 아이 모습을 차마 다시 볼 수는 없었던 거죠. 나는 봐야 했지만요."

생각을 해. 흥분하지 말고 진정해. 경찰은 오지 않을 테지만 해리와 개릿은 돌아올 것이다. 지금쯤이면 돌집에 도착해 무엇이든 그들이 찾으려고 했던 것을 찾아 집으로 돌아오는 길일 것이다. 이비는 절대 평정을 유지해야 했다. 이 여자가 악행을 더 저지르지 못하게 막아야 했다. 이 여자를 밀리로부터 떨어뜨려놓아야 했다. 이렇게 덥지만 않다면 좀 나으련만.

계단에서 이비는 억지로나마 몸에서 힘을 빼고 숨을 깊이 쉬며 말했다. "그럼 그때 끝난 건가요? 당신이 할아버지를 징벌했을 때요? 당신은 그럼……." 제길, 여기서 무슨 말을 해야 하는 걸까? "평온을 되찾았나요?" 이 정도면 노력했다.

제니가 고개를 끄덕였다. "한동안은요. 마치 인생의 주도권을 되찾은 것 같았어요. 이해되나요?"

"물론이죠. 주도권을 가지는 건 중요합니다. 우리 모두에게 필요한 일이에요." 이비는 과하게 흥분한 환자에게 으레 그러듯 천천히 말을 하자고 속으로 되뇌며 대답했다.

"당연히 나는 딸애가 미친듯이 그리웠어요. 지금도 그리워요. 아직도 극복하지 못했어요."

"그렇겠죠. 부모가 자식의 상실을 완전히 극복하는 일은 없다고 생각해요." 이비는 손목시계를 보고픈 유혹과 그보다 더 강렬한, 머리를 뒤로 젖히고 괴성을 지르고픈 유혹과 싸웠다.

"그렇지만 나는 마치 내 인생의 한 장章이 닫힌 것 같았어요. 그래서 다시 앞으로 나아갈 수 있게 된 것 같았어요." 제니가 눈을 가늘게 떴다. 그녀가 손목시계를 내려다보았지만 이비가 시간을 훔쳐보기에는 몸짓이 너무 빨랐다. "시간이 많이 흘렀군요. 이리 와요. 도와줄 테니 같이 올라가요." 제니가 일어서서 몸을 숙여 이비의 양팔 아래 손을 넣으며 이비를 잡았다. 이비는 그 자리에서 버티리라 이를 악물었지만 제니는 강했다. 이비는 제니에게 이끌려 일어났고 그렇게 일어난 그녀의 허리를 제니가 얼른 팔로 휘감았다.

"가자고요. 밀리가 우는 소리가 방금 들렸어요. 확실해요."

제니가 말했다.

"밀리는 잘 있어요. 제니, 정말 중요한 게 있어요." 제니가 이비의 허리를 꽉 붙든 채로 멈춰 섰다. "뭐가요?" 그녀의 목소리가 매서워졌다. 인내심을 잃은 것이다.

"그게 말이죠……. 다른 여자애들이요. 메건이랑 헤일리요. 그 애들은 왜 죽어야 했던 건가요?"

제니가 고개를 갸우뚱했다. 잠시 후 그녀가 입을 열었다. "루시가 죽은 후 주도권을 잡은 사람은 나였죠. 할아버지가 여자아이에게 부적절한 관심을 보이면서 도가 지나친 행동을 할 때마다 내가 멈추게 할 수 있었어요. 저기, 힘내요. 한 발짝 한 발짝 내디디면 돼요."

"미안해요. 계단 오르는 게 너무 버겁네요. 잠깐만 쉬면 좋겠어요. 그래서 토비어스는 메건을 학대한 건가요? 루시에게 그런 일이 있었는데도요?"

이비를 잡고 있던 제니의 손이 살짝 느슨해졌다. "아, 그 정도로 일이 진행되지는 않았던 것 같아요. 내 눈에 보인 건, 할아버지가 그 애를 쳐다보거나 그 애 어머니의 마음을 사려고 온갖 애를 쓰면서 상냥하게 구는 정도였어요. 나는 용납할 수 없었어요. 루시를 잃은 후에는요. 할아버지가 쉽게 루시를 잊고 다른 애를 좋아하게 둘 수는 없었어요."

"그래서 당신이 메건을 죽인 건가요? 헤일리도요? 밀리도 죽이려고 했고요?"

제니는 어쩌면 그렇게 순진하냐는 듯 이비를 보았다. "나는 이미 내 딸을 죽였어요. 그런 짓을 한 후에 남의 딸을 죽이는 게 어려울 거 같아요?"

제니가 몸을 돌려 계단을 오르려고 할 때 이비가 물었다. "그럼 조는 왜요? 당신 할아버지는 조에게 관심이 없었을 텐데요. 그런데 왜 당신은 조를 데리고 간 거죠? 당신이 데리고 간 거 맞죠, 그렇죠?"

"이비, 나는 조롱을 받고 있었어요."

"조한테서요?"

"할아버지한테서요. 얼마나 악마 같은 노인네인지 당신은 상상도 못할 거예요. 실실 농담을 던지죠. 플레처 가족의 보안 상태가 왕가의 보석을 지키는 것보다 더 치밀하다는 둥, 밀리는 어머니 시야에서 벗어나는 적이 결코 없다는 둥, 거의 매일 그 집에 가서 멍청한 초상화 모델을 한다는 둥. 난 알아요. 할아버지는 그러다가 밀리랑 놀게 되겠죠. 무릎에 아이를 앉히고 다리를 쓰다듬고 손은 점점 위로 올라가겠죠. 루시는 싹 잊고요. 그런 일이 일어나게 할 수는 없었어요."

"조는요? 그 애는 뭐가……."

"앨리스가 밀리에게 신경을 덜 쓰게 하려면 다른 아이 하나가 실종되어야 한다는 걸 알았으니까요."

이비는 뺨을 얻어맞은 느낌이었다. "조가 미끼였다는 건가요?"

제니가 어깨를 으쓱했다. "착한 꼬마더군요. 반항하지 않고 나한테 왔어요. 여동생이 사고를 당해서 병원에 있다, 네 어머니가 내게 널 데리고 병원으로 오기를 원해서 왔으니 같이 가자고 했거든요. 아이가 진짜 상황을 알아챘을 때는 제대로 싸울 수가 없었어요. 난 아이를 때려서 기절……."

"어디예요? 어디 있어요?"

"사람들이 절대 찾지 못할 곳에요. 메건도 못 찾았으니 조도 못 찾을 거예요. 이비, 한 계단 더 올라갈 수 있겠어요?"

제이크 놀스의 맏형이 톰 옆을 지나 계단을 올라갔다. "조는 묶여 있어. 빼낼 수 없을 거야." 톰이 주장했다.

소년이 청바지 주머니에서 십이삼 센티미터 정도 길이의 얇은 쇳조각을 꺼냈다. 그의 엄지가 꿈틀하고 움직이자 은빛의 긴 날붙이가 튀어나왔다. "문제없어." 소년이 대꾸하고는 탑으로 사라졌다. 나머지 세 소년도 한 명 한 명 뒤따랐다. 제이크가 마지막이었다. 제이크가 아래 계단에 한 발을 걸친 채 톰을 뒤돌아보았다. "이리 와." 그러고는 사라졌다.

톰도 뒤따랐지만 상황이 좋은 건지 나쁜 건지는 아리송했다. 조가 필요한 것은 이 멍청이 네 명이 아니라 어른 한 명이었다. 그들이 조를 어떻게든 빼낼 수 있다 하더라도, 아래로 데리고 내려오다가 지붕에서 떨어질 가능성이 컸다. 톰의 앞에서 제이크가 지붕 위로 기어오르고 있었다. 톰은 서둘러 몇 발짝을 더 움직여 밖을 내다보았다.

"댄이 거의 다 갔어." 제이크가 말했다. 톰이 지붕 끝을 보았다. 제이크의 형 댄이 북동쪽 탑에서 단지 몇 걸음 거리에 있었다. 바로 뒤에는 제이크의 둘째 형이 있었다. 에바는 보이지 않았다.

댄이 맞은편 탑에 이르러 몸을 구부리고 안쪽을 보았다. "여기 있다! 내가 잡았어!" 둘째 형도 탑에 이르렀다. 두 소년이 탑 안으로 몸을 기울였고 톰은 청바지를 걸친 두 개의 엉덩이가 밤하늘을 향해 치솟은 모습을 볼 수 있었다. 이윽고 한 명이 몸을 폈고 다른 한 명이 뒤따랐다.

"월이 잡았어. 조를 빼내고 있어. 봐." 제이크가 말했다.

제이크의 형 중 한 명이 양팔로 조의 몸통을 감싸고 탑에서 끌어내고 있었다. 조와 월 놀스가 비틀거리다 지붕 위로 쓰러졌을 때 조각보 이불이 흘러내렸고, 조의 창백한 나신이 달빛을 받아 조개처럼 빛났다. 댄이 몸을 굽혀 조를 안아 들었다. 댄은 아기를 안 듯 작은 소년을 품고 홈통을 따라 톰과 제이크, 빌리를 향해 걸어왔다. 댄이 가까워졌을 때 일행은 그가 뭔가 외치는 소리를 들을 수 있었다. "교회 종이 땡땡땡, 어서 모이자! 멍청한 놈들아, 종을 울려!" 제이크가 톰보다 일 초 먼저 형의 말을 알아들었고 두 소년은 먼저 종의 줄을 당기는 사람이 되고픈 마음에 앞다투며 계단을 구르듯 내려갔다.

댕. 그 늦은 밤에 잠을 깨야 하는 것에 나이든 종이 부르르 떨며 항의를 했다. 댕! 종이 자신감을 회복한 듯 더 큰 소리를 냈다. 대앵! 톰은 줄을 놓고 귀를 막고 싶다는 마음도 좀 들었지만 그러지 않았다. 줄을 잡아당기며 종을 울리는 느낌이 너무 좋았기 때문이다. 대애앵! 마을 사람들아, 다들 나와요, 다 나와서 우리가 지붕 위로 조를 데리고 가는 모습을 보란 말이에요. 조가 무사해요. 조가 집으로 돌아가고 있어요. 톰은 엄마 얼굴을 보고 싶어 견딜 수가 없었다.

"제니, 그 방에 들어가면 안 돼요."

"불구인 주제에 나를 막으려고요? 그렇게는 안 될걸." 제니가 까치발을 하며 몸을 늘여 이비의 어깨 너머를 보았다. "현관 바닥은 돌이죠. 어떤 소리가 나는지 알아요? 아이의 두개골이 돌에 부딪혀 부서질 때요. 달걀이 깨지는 소리랑 비슷해요. 소리가 천 배로 증폭되는 것만 빼면요. 당신도 듣게 될 거예요. 아마도."

"조는 어디 있어요?" 이비가 다그쳤다.

제니는 2층 복도를 따라 뒷걸음하고 있었다. 그녀의 손이 밀리의 방문 손잡이로 향했다.

"조가 어디 있는지 헤더가 알아요?"

제니가 처음으로 애매한 표정을 지었다. "아뇨."

"확실해요? 그 아이가 제니에 대해 다 알고 있는 것 같거든요. 내 생각에 그 아이는 사람들에게 경고를 하려고 했어요. 자기 나름의 방식으로요. 조와 톰, 밀리랑 친구가 되려고 했죠. 해리에게는 말을 해주려고 했어요. 심지어 질리언한테도요. 딸에게 무슨 일이 일어났는지 말해주려고 했어요."

"그 애는 뇌가 없는 멍청이거든요." 손잡이가 돌아갔고 문이 오 센티미터 정도 밀리며 열렸다.

"오늘밤 그 애가 톰을 데리러 왔어요. 그렇게 밤늦게 왜 그랬을까요? 제니가 조를 어디다 뒀는지 몰랐다면요." 이비가 말했다.

제니가 잠시 생각하다 어깨를 으쓱했다. "그렇다고 달라질 건 없

피의 수확

어요. 지금쯤이면 죽었을 테니까."

이비가 앞으로 한 발짝을 떼었다. "내가 정말 열받는 게 뭔지 알아요, 제니? 당신은 진짜 가식쟁이예요. 밀리가 당신 할아버지의 다음 희생양이란 이유로 이런 짓을 하는 척하고 있지만, 웃기지 말아요. 토비어스가 아이한테 가까이 간 적은 아마 없을 거예요. 헤일리나 메건도 건드리지 않았을 가능성이 높아요. 제니 입으로 그랬잖아요? 루시 옆에 절대 못 가게 했다고요. 당신이 그 아이들을 죽인 건, 그런 짓을 하는 게 좋았기 때문이에요."

"닥쳐요."

"당신이 루시의 죽음에 대해 이야기할 때 당신 얼굴에 떠오른 표정을 난 봤어요. 당신은 그걸 즐긴 거예요."

"이따위 소리 듣고 있을 필요가 없어." 제니가 몸을 돌렸다.

이비는 제니를 막아야 했다. 밀리 외에 제니의 관심을 끌 만한 다른 것을 던져주어야 했다. "당신 할아버지도, 과거에 당신에게 일어났던 일도 모두 그저 변명거리에 불과해요. 당신은 재미를 위해서 이런 짓을 하고 있는 거죠."

"당신은 상상도 못 할 거예요." 제니는 밀리의 방으로 들어가 카펫을 가로질렀다.

이비가 소리쳤다. "나는 정신과 의사야. 당신처럼 뒤틀리고 미친 년들을 몇 년 동안이나 다뤄왔다고! 자, 요람에서 비켜!"

제니가 그녀에게 다가왔다. 제니는 순식간에 방에서 나왔고 일 초 후 그녀의 양손은 이비의 목덜미를 감싸고 있었다. 두 사람은 비틀거리며 계단의 옆을 지나 그 뒤쪽으로 향했다.

"하늘을 나는 게 어떤 기분일까 궁금해본 적이 있어요, 이비? 곧 알게 될 거예요. 사람들은 당신이 예쁜 밀리를 품에 안은 채 계단에서 미끄러져 떨어졌다고 생각할 거예요. 진실은 할아버지만이 알겠죠." 제니가 이비의 귀에 속삭였다.

이비의 기도가 찌그러지고 있었다. 그녀가 목이 졸렸다는 것을 검시의는 알 것이다. 작으나마 마음의 위안이 되겠지. 난간이 등을 파고들었다. 지옥처럼 아팠지만 그래도 그녀의 몸을 지탱해주고 있었다. 이비는 성한 다리를 들어 맞은편 여인의 가랑이를 무릎으로 세게 찼다. 제니가 끙 소리를 냈고 그녀의 손이 느슨해졌다. 하지만 여자였기 때문인지 별다른 충격은 입지 않았다. 이비는 몸을 비틀며 난간을 잡으려고 하다 몸이 난간 위로 밀쳐지는 것을 느꼈다.

마음의 준비를 하기도 전에 엉덩이가 난간 너머로 넘어갔고 그녀는 떨어지기 직전이었다. 한 손으로 난간을 붙들며 매달렸지만 제니가 양 다리를 잡아 올려 밀었고 무언가가 그녀의 손을 세게 후려치고 짓밟아 난간을 붙든 손을 놓는 수밖에 없었다.

돌바닥에 부딪히기까지 시간이 오래 걸리는 듯했다.

아이들은 종 울리기를 멈췄다. 세 소년이 탑 안으로 들어왔다. 조를 데리고 있을까? 그랬다. 조가 있었다. 댄 놀스의 가슴에 조각보 이불로 몸을 감싼 조가 얼굴을 묻고 있었다. 가는 나일론 끈으로 단단히 묶인 몸이 쉴 새 없이 떨리고 있었지만 아직 살아 있었다.

댄 놀스는 지붕에서 보낸 짧은 시간 동안 성장한 것처럼 보였다. 계단 아랫단에서 복층 신도석으로 들어가는 그는 일 년여 후에나 갖췄을 청년의 모습을 띠고 있었다. 십 대 불량배의 모습은 없었다. 동생 월이 그 뒤를 따랐고 월의 뒤를 빌리가 따랐다. 불현듯 둔중한 문

피의 수확

이 열리는 소리가 교회 주위에 울렸다.

"누구 있어요?" 뉴캐슬 억양의 목소리가 크게 외쳤다.

"위에 있어요! 우리가 데리고 있어요!" 댄 놀스도 소리쳐 답했다.

"조!" 톰의 아빠가 외쳤다.

"아빠!" 톰이 째진 목소리로 소리쳤다.

"꼼짝하지 마! 경찰이다!"

두 무리는 복층석 계단에서 만났다. 개릿 플레처와 댄 놀스는 서로 부딪힐 뻔했다. 달달 떨고 있는 작은 뭉치가 한쪽에서 다른 쪽으로 넘겨졌고 조는 아버지의 품에 폭 안기며 나직하게 신음소리를 냈다. 개릿의 머리 위쪽 계단에 있던 톰과 해리의 시선이 마주쳤다. 목사는 몸을 돌려 어리둥절한 표정의 순경 옆을 지나 교회 밖으로 뛰쳐나갔다.

이비는 의식이 거의 없었다. 너무 추웠다. 얼음장 같은 바람이 주변에 몰아치고 있었다. 눈송이가 얼굴에 부드럽게 떨어지고 있었고 세상은 점점 어두워지고 있었다. 예전의 그 산으로 돌아온 걸까? 아니, 지금 있는 곳은 플레처 저택이었다. 지금 귀에 들리는 소리는 밀리의 목소리였다. 누가 죽어 곡을 하는 것처럼 온 집안이 떠나가라 울부짖고 있었다. 현관문은 열려 있었고 그녀로부터 일 미터도 채 떨어지지 않은 곳에 한 남자가 서 있었다. 돌바닥 위로 군데군데 젖은 갈색 가죽 구두가 보였다. 남자의 왼손에는 뭔가 길고 가느다란 것이 들려 있었다. 금속으로 만든 그것이 무엇인지 그녀는 알 것 같았지만 그 자리에 너무나 어울리지 않아서 절대적으로 확신할 수는 없었다.

"내려놔라." 남자의 목소리가 말했다. 너무 늦었어요. 이비는 생각했다. 난 이미 떨어졌는걸요.

"아, 그럴 거예요." 머리 위 높은 쪽에서 여자의 목소리가 대답했다.

"한 발짝도 더 내딛지 마. 그리고 아이를 내려놔."

"농담이죠?"

남자가 들고 있던 것이 위로 올라가며 이비의 시야에서 벗어났다.

"다 끝났다. 아이를 내려놔."

마치 세상이 멈춘 듯, 조용해졌다. 홀연 한 발짝을 내딛는 소리와 함께 폭발음이 들렸다. 이비는 두 번째 총성은 듣지 못했지만 총알의 진동에 자신의 몸이 푸드득 흔들리는 것을 느꼈고 눈이 멀 것 같은 빛의 번득임을 보았다. 그것으로 끝이었다.

첫 번째 총성이 들린 것은 해리가 담을 펄쩍 뛰어넘어 앨리스의 차 옆으로 움직일 때였다. 앨리스가 교회 쪽으로 내달리는 모습이 얼핏 보였지만 발을 멈출 여유가 없었다. 그는 현관문이 열린 것을 보았고 토비어스 렌쇼의 키 큰 형체가 문간에 서서 스스로에게 소총을 겨누는 모습을 보았다. 일 초 후, 노인의 머리가 폭발하며 뼈와 피가 뿜어나왔다. 해리는 시체가 땅 위로 완전히 쓰러지기 전에 그 위를 뛰어넘었다.

날카로운 울음소리가 해리의 주의를 끌었다. 피와 자디잔 회백질 조각으로 덮인 밀리가 계단 꼭대기에 서 있었다. 위층 계단참에는 한 여인이 엎드린 채 쓰러져 있었다. 낯익은 사람의 모습에 아기가 앞으로 발을 내디디며 계단 첫 단 가장자리에 위험할 정도로 가까워졌다. 해리는 계단을 달려 올라가 아기를 안아 들었다. 그리고 몸을 돌렸다. 계단 발치에, 토비어스의 시신에서 일 미터도 채 떨어지지 않은 곳에 제비꽃색 스웨터를 입은 젊은 여성이 쓰러져 있었다. 눈송이가 그의 시선을 받으며 그녀의 검은 속눈썹에 내려앉았다. 그녀의 두 눈은 그가 기억하는 것처럼 파랬다.

에필로그

이월이 무어 황야에 더 많은 눈을 몰고 온 탓에 남자들은 이른 아침부터 밖으로 나가 교회에서 묘지로 이어지는 길을 치우고 있었다. 그럼에도 추모객은 조심조심 길을 걸어 내려갔다.

장례식 담당자가 낮은 어조로 내리는 지시에 따라 여섯 명의 운구자가 어깨에서 관을 들어 아래로 낮췄다. 무덤 구덩이 위에 걸친 두껍고 납작한 줄 위에 관을 내려놓자 관 뚜껑에 얹힌 장미꽃들이 부르르 떨렸다. 해리가 몸을 쭉 펴고 두 손을 비볐다. 손이 얼음장 같았다.

후임자를 물색할 때까지 임시로 해리의 성직을 맡기로 한 늙수그레한 성직자가 입을 열었다.

"전지전능한 주께서는 세상을 떠나는 우리 자매의 영혼을 기쁘게 데려가시지만⋯⋯."

관 속에 누운 젊은 여성은 조 플레처가 가족에게 돌아온 동짓날 밤에 죽지는 않았다. 그녀가 입은 부상은 심각했지만 몇 주 동안은 회복되리라는 확고한 희망이 있었다. 그러나 새해 초 그녀는 세균에 감염되었고 증상은 폐렴으로 급속히 발전했다. 심하게 손상된 육신은 싸울 힘이 없었고 그녀는 열흘 전에 죽었다. 그 소식을 들었을 때 해리 속에서도 무언가가 같이 죽었다.

해리와 다른 운구자들이 무덤 구덩이로 관을 내릴 때 해리는 앨리스가 바로 맞은편에 서 있음을 깨달았다. 오늘이 그가 그녀를 볼 마지막 기회일지도 몰랐다. 플레처 가족은 몇 주 후면 헵턴클로를 뜰 것이다. 싱클레어 렌쇼는 경찰 수사와 기소의 가능성을 마주하고 있었지만 마을에 대한 자기 권한은 유지하겠노라 굳게 다짐한 상태였다. 집을 후한 가격에 사겠다는 그의 제안을 플레처 가족은 받아들였다.

사내아이들은 잘 지내고 있다고 했다. 누가 물을 때마다 앨리스는 그렇게 대답하며 꾸준히 사람들을 안심시키는 것 같았다. 가족을 새로 맡은 상담의는 이야기를 계속하라고, 겁이 나면 그 사실을 인정하고 화가 나면 솔직하게 밝히라고 계속 말했다. 무엇보다 시간이 걸릴 테니 기적을 기대하지는 말라고 거듭 말했다.

플레처 가족 중 이전과 똑같아 보이는 사람은 밀리뿐이었다. 아이의 변화를 굳이 찾는다면, 아이는 나날이 시끄러워지고 장난기가 심해지며 행복해지는 것처럼 보였다. 다른 가족 구성원이 잃은 에너지가 아이에게 흘러들 방법을 찾아낸 것 같았다. 밀리가 아니었다면 플레처 가족은 지난 몇 주를 버티지 못했으리라고 해리는 때때로 생각했다.

앨리스 옆에 서서 과하게 커다란 손으로 앨리스의 작은 손을 꼭 쥐고 있는 사람은 앨리스의 새 대녀 헤더 크리스틴 렌쇼였다. 새해 초, 해리는 헤더에게 세례를 베풀며 성직록을 받은 목사로서 공식적으로 행하는 마지막 임무를 마쳤다. 세례식은 짧았고 남은 렌쇼 가족만이 참석했다. 크리스티아나와 싱클레어와 마이크. 그 세 명의 고집에 앨리스와 조와 톰도 참석했다. 헤더 또는 에바(해리는 언제까지나 그녀를 에바로 기억할 것이다)는 치료를 받고 있었다. 수년간의 태만에 의한 손상이 완전히 자취를 감추기엔 너무 늦었지만, 투약이 도움은 될 것이다. 그보다 더 중요한 것은 죄수로서의 그녀의 인생이 끝났다는 점이었다.

해리의 시야에 언덕 아래쪽의 움직임이 들어왔다. 마이크 픽업은 교회 안에는 들어왔지만 무덤까지 추모객을 뒤따라오지는 않았다. 대신 그는 루시의 새 휴식처이며 이제는 그 아이의 어머니도 함께 묻힌 무덤 옆에 서 있었다. 토비어스는 렌쇼 가족 묘지 내 석관에 스러진 왕처럼 누워 있었다.

성직자는 말을 멈췄다. 그가 해리를 흘낏 보았고 해리는 입술에 억지로 미소를 띄웠다. 장례식 담당자가 흙이 담긴 작은 상자를 추모객 사이에 돌리고 있었다. 손에 흙을 담은 사람들이 한데 모여 관 위에 뿌리고 뒤로 물러섰다. 추모객이 한 명 한 명 언덕 위로 떠나갔고 해리만이 혼자 남았다. 아, 완전히 혼자는 아니었다. 큰 키에 둔중한 체구의 남자가 무언가를 중얼거린 후 몇 발짝을 뗐다. 멀어지던 그가 묘지에 남은 두 사람을 흘낏 돌아보았다. 해리는 모르는 사람이었다. 남자는 고개를 돌려 골짜기 너머를 아련히 바라보았다.

"언제 떠나요?" 휠체어에 탄 창백한 얼굴의 젊은 여성이 물었다.

얼굴에 비해 너무 커 보이는 두 눈은 그가 그녀를 마지막으로 본 이후 탁해져 있었다. 더이상 보랏빛 팬지꽃처럼 보이지 않았다.

"오늘요." 해리가 대답했다. 그는 짐을 실은 자동차가 주차된 언덕을 올려다보았다. "지금." 그가 덧붙였다. 지난 며칠 동안 그는 사람들에게 작별 인사를 고했다. 이 인사가 그의 마지막이 되리라.

"당신, 괜찮아요?"

"아뇨. 당신은?" 화를 내려던 것은 아니었다. 그녀에겐 그녀 자신의 문제가 있다는 것을 그는 알고 있었다. 그저 자신을 주체할 수 없을 따름이었다.

"해리, 당신은 누군가와 이야기를 해야 해요. 당신에게 필요한 건……."

그는 그녀를 다시 볼 수 없었다. 그녀를 본다면 결코 이곳을 떠날 수 없을 것이다. 그가 가까스로 입을 열었다. "이비. 나는 신에게는 더이상 이야기할 수 없어요. 그리고 당신은 내 이야기를 들어주려고 하지 않지요. 그래서 내가 이야기할 수 있는 사람은 없어요. 몸조심해요."

해리는 묘지에서 몸을 돌려 보도로 올라섰다. 다른 모든 추모객은 이미 사라졌다. 밖에 오래 있기에는 추운 날씨였다. 그가 오르막길을 휘적휘적 오를 때 교회 일꾼이 흙을 파내 관으로 툭툭 끼얹는 소리가 들렸다.

이비의 휠체어가 끽 하는 소리를 들은 것 같기도 했지만 그는 돌아보지 않을 것이다.

해리는 발걸음을 재촉했다. 흙이 목관으로 툭툭 떨어지는 소리가 언덕 위까지 그를 쫓아오는 듯했다. 일꾼은 빠르게 일하고 있었다.

한 시간이 지나기 전에 새로운 무덤이 완성될 것이다. 부드러운 봉분은 꽃으로 덮일 것이다. 시들어 죽을 꽃. 꽃이란 언제나 그렇다. 하지만 사람들이 다른 꽃을 가져와 무덤을 산뜻하게 유지해줄 것이다. 질리언이 살아 있을 때는 그녀를 그다지 좋아하지 않았던 그 사람들이 이제는 그녀의 무덤을 돌보아줄 것이다.

헵턴클로 사람은 사별한 이를 추모했다. 죽은 이 모두는 아닐지라도.

피의 수확

지은이의 말

헵턴클로

헵턴클로는 가상의 마을로, 요크셔 페나인 산맥에 있는 마을인 헵턴스털(야생 장미를 뜻하는 옛말인 '헵'과 농장을 뜻하는 '턴스털'에서 유래된 이름)에서 영감을 받았다. 영감 정도만 받았을 뿐, 헵턴스털에 기초해 지어낸 장소는 아니다. 랭커셔 주와 맞닿은 주경에서 그리 멀지 않은 곳에 위치한 헵턴스털은 이 가상의 마을처럼 초반에는 모직 무역으로 번성하였고 오늘날은 두 곳의 교회(오래된 교회와 더 오래된 교회)와 화이트라이언 선술집, 옛날 중등학교, 키큰 돌집이 가장자리에 서 있는 자갈길 여러 곳을 뽐내고 있다. 헵턴스털에서 와이트 레인이나 수도원장의 저택 또는 플레처 가족의 반짝거리는 새집을 찾으려 했다가는 허탕을 칠 테지만, 십 대 소년들이 오래된 교회 담벼락을 따라 자전거를 타는 모습은 확실히 볼 수 있다. 나는 보았다.

선천성 갑상샘 기능 저하증

"특이한 형태와 크기의 머리, 웅크리고 부은 몸체와 멍청한
표정, 흐릿하고 공허하며 둔중한 두 눈, 두툼하게 튀어나온
눈꺼풀, 납작한 코를 보인다. 납빛 얼굴에 피부는 지저분하고
흐늘흐늘하며 피진으로 덮여 있고 두터운 혀는 축축이 젖어
검푸른 입술 아래로 축 늘어져 있다. 입은 항상 벌어져 있고
침으로 가득하며 썩어가는 치아를 드러낸다. 가슴은 좁고 등
은 굽었으며 천식의 기미가 있고 짧은 사지는 형태가 이상하
며 힘이 없다. 무릎은 두툼하고 안으로 꺾였으며 발은 평평하
다. 커다란 머리는 가슴 위로 멍하니 꺾여 있다. 복부는 마치
주머니 같다."

—보프레, 「백치(크레틴)에 대한 논문」, 1850년경.

선천성 갑상샘 기능 저하증은 신체적 정신적으로 심각한 발달 장
애를 초래하는 증상으로, 티록신 호르몬 결핍에서 기인한다. 유전
적 또는 산발적으로 나타날 수 있고 풍토성을 띨 때도 있다. 영국에
서는 3,500명에서 4,000명 중 한 명 꼴로 타고난다고 알려져 있으며
비슷한 발생률이 미국과 유럽 대륙에서 보고된 바 있다. 남아보다는
여아에게 흔하게 나타나지만 이유는 아직 밝혀지지 않았다.

치료를 받지 않는 경우, 성인은 1미터에서 160센티미터 사이의
평균 이하 신장에 머무르며 골 성숙과 청소년기의 도래가 심각하게
지연된다. 불임이 일반적으로 나타나며 신경 장애가 경우에 따라
다양한 정도로 나타날 수 있다. 인지 발달 및 사고 능력, 반사 신경

의 속도가 느리다. 이 증상의 다른 징후로는 두터운 피부와 비대한 혀, 복부 팽만을 들 수 있다.

출생 전 갑상샘 이상 발육으로 초래되는 유전성 또는 산발성 기능 저하증의 경우 다행히 신생아 선별검사 및 평생 치료 등에 의해 선진국에서는 자취를 거의 감추었다.

풍토성 요인으로 인한 증상은 갑상샘 호르몬 분비를 위해 신체가 필요로 하는 필수 미량 원소인 요오드가 결핍될 때 나타난다. 지역을 막론하고 내륙 지방의 경우 토양에 요오드가 부족한 경우가 많으며 그런 토양에서 재배된 식량 또한 요오드가 결핍되어 있다. 인체에 요오드가 결핍되면 갑상샘이 서서히 비대해지며 그 결과로 갑상샘종(혹)이 생긴다. 풍토성 요인으로 비롯되는 선천성 갑상샘 기능 저하증은 여전히 많은 개발도상국의 주요 국민 건강 문제이다.

백치를 뜻하는 단어 '크레틴'은 선천성 갑상샘 기능 저하증 환자가 특히 많이 발생한 지역에서 사용한 알프스-프렌치 방언에서 비롯된 단어로, 19세기에 의학 용어로 자리매김했다. 19세기와 20세기 초 의학 자료에서 많이 사용되었지만 민간 영어에서는 멍청하게 행동하는 사람을 비하하는 용어로 널리 사용되었다. 경멸의 의미가 함축된 일상적 사용 행태로 인해 의료 종사자는 대체로 이 용어를 더이상 사용하지 않는다.

지은이의 말

피의 수확
BLOOD HARVEST

초판 발행 2019년 7월 19일

지은이 샤론 볼턴 │ **옮긴이** 김민수 │ **펴낸이** 염현숙

책임편집 이송 │ **편집** 임지호 │ **외주편집** 이경민 │ **디자인** 강혜림
저작권 한문숙 김지영 │ **마케팅** 정민호 정진아 함유지 김혜연 박지영 김수현
홍보 김희숙 김상만 이천희 오혜림 │ **제작** 강신은 김동욱 임현식 │ **제작처** 영신사

펴낸곳 (주)문학동네
출판등록 1993년 10월 22일 제406-2003-000045호
임프린트 엘릭시르

주소 10881 경기도 파주시 회동길 210
문의 031-955-1918(편집) 031-955-8896(마케팅) 031-955-8855(팩스)
전자우편 editor@elmys.co.kr │ **홈페이지** www.elmys.co.kr

ISBN 978-89-546-5652-8 03840

엘릭시르는 출판그룹 문학동네의 임프린트입니다.